上海古籍出版社

楚辭補注

〔宋〕洪興祖 撰
黄靈庚 點校

楚辭要籍叢刊
主編 黄靈庚

圖書在版編目(CIP)數據

楚辭補注／(宋)洪興祖撰；黄靈庚點校．—上海：上海古籍出版社，2015.7(2021.9重印)
(楚辭要籍叢刊)
ISBN 978-7-5325-7643-2

Ⅰ.①楚… Ⅱ.①洪… ②黄… Ⅲ.①古典詩歌—詩集—中國—戰國時代②楚辭—注釋 Ⅳ.①I222.3

中國版本圖書館CIP數據核字(2015)第102086號

楚辭要籍叢刊
楚辭補注
[宋]洪興祖 撰
黄靈庚 點校
上海世紀出版股份有限公司
上 海 古 籍 出 版 社 出版
(上海瑞金二路272號 郵政編碼200020)
(1)網址：www.guji.com.cn
(2)E-mail：guji1@guji.com.cn
(3)易文網網址：www.ewen.co
上海世紀出版股份有限公司發行中心發行經銷
上海展强印刷有限公司印刷
開本850×1168 1/32 印張19.25 插頁6 字數470,000
2015年7月第1版 2021年9月第5次印刷
印數：4,251—5,300
ISBN 978-7-5325-7643-2
I·2926 定價：68.00元
如有質量問題，請與承印公司聯繫

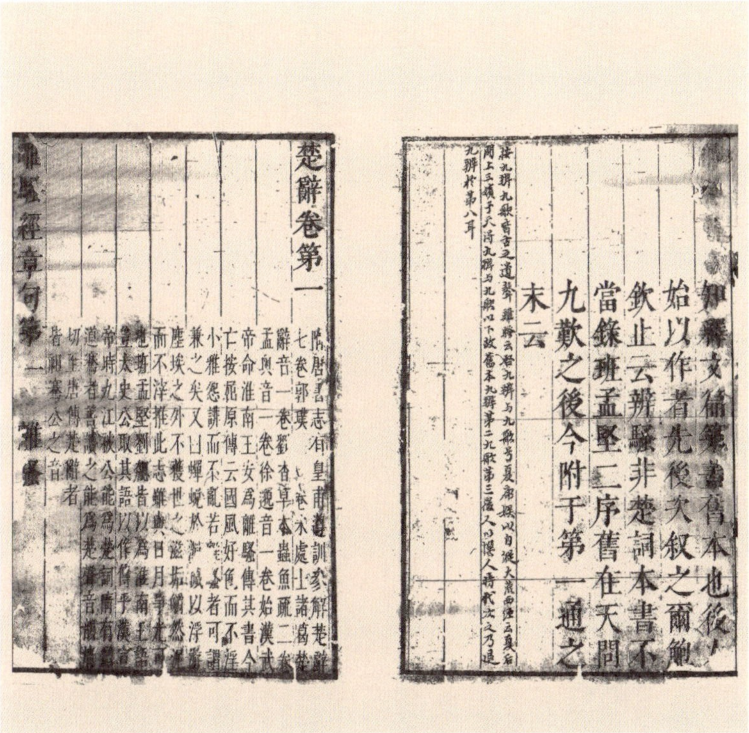

明末清初汲古閣毛表校刻《楚辭補注》書影

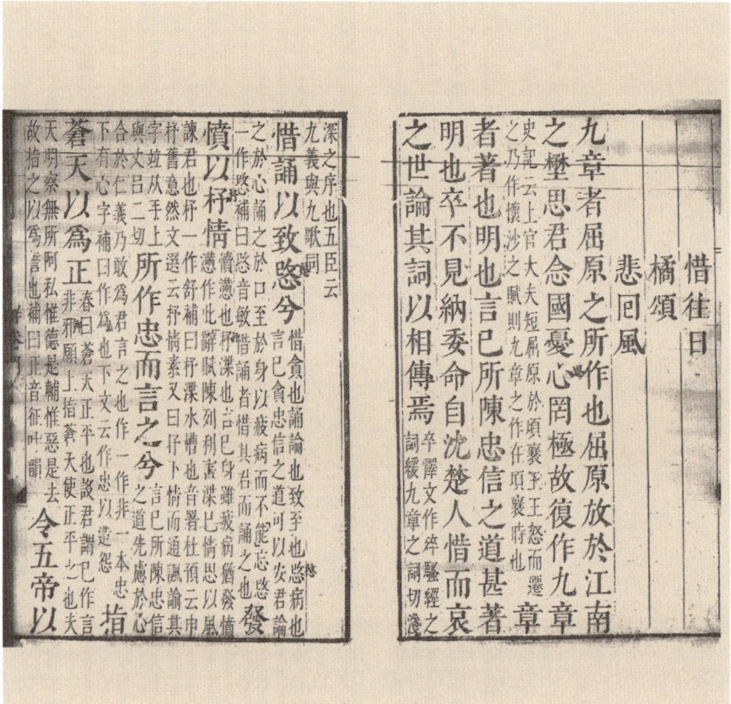

惜往日
橘頌
悲回風
九章者屈原之所作也屈原放於江南
之壄思君念國憂心罔極故復作九章
史記云上官大夫短屈原於頃襄王王怒而遷
之乃作懷沙之賦則九章之作在頃襄時也
章
者著也明也言己所陳忠信之道甚著
明也卒不見納委命自沈楚人惜而哀
之世論其詞以相傳焉
卒釋文作碎騷經之
詞緩九章之詞切淺

深之序也五臣云
九義與九歌同
惜誦以致愍兮
惜貪也誦論也致至也愍病也
言己貪忠信之道可以安君論
之於心誦之於口至於身以疲病而不能忘愍
一作愍補曰愍音敏惜誦者惜其君而誦之也
發
憤以杼情
憤懣也杼渫也言己身雖疲病猶發憤
懣作此辭賦陳列利害渫己情思以風
諫君也杼一作舒補曰杼渫水槽也音署杜預云申
杼舊意然文選云抒情素又曰抒下情而通諷論其
字並从手上
與文吕二切
所作忠而言之兮
言己所陳忠信
之道先慮於心
合於仁義乃敢爲君言之也作一作非一本忠
下有心字補曰作爲也下文云作忠以造怨
指
蒼天以爲正
春曰蒼天正平也故君謂己作言
非邪願上指蒼天使正平之也夫
天明察無所阿私惟德是輔惟惡是去
故指之以爲誓也補曰正音征叶韻
令五帝以

明末清初汲古閣毛表校刻《楚辭補注》書影

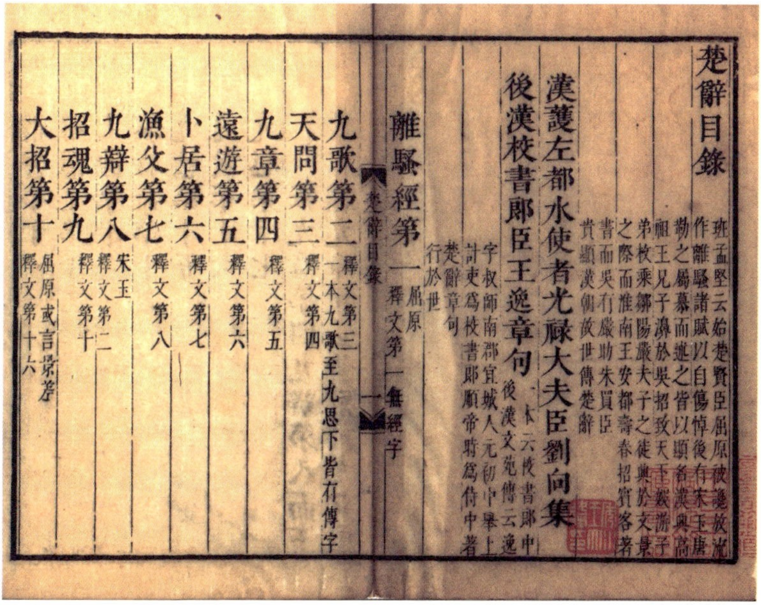
楚辭目錄

班孟堅云始楚賢臣屈原被讒放流作離騷諸賦以自傷悼後有宋玉唐勒之屬慕而述之皆以顯名漢興高祖王兄子濞於吳招致天下娛游子弟枚乘鄒陽嚴夫子之徒興於文景之際而淮南王安都壽春招賓客著書而吳有嚴助朱買臣貴顯漢朝故世傳楚辭

漢護左都水使者光祿大夫臣劉向集

後漢校書郎臣王逸章句 一云校書郎中 後漢文苑傳云逸字叔師南郡宜城人元初中舉上計吏爲校書郎順帝時爲侍中著楚辭章句行於世

清寶翰樓繙刻汲古閣《楚辭箋注》書影

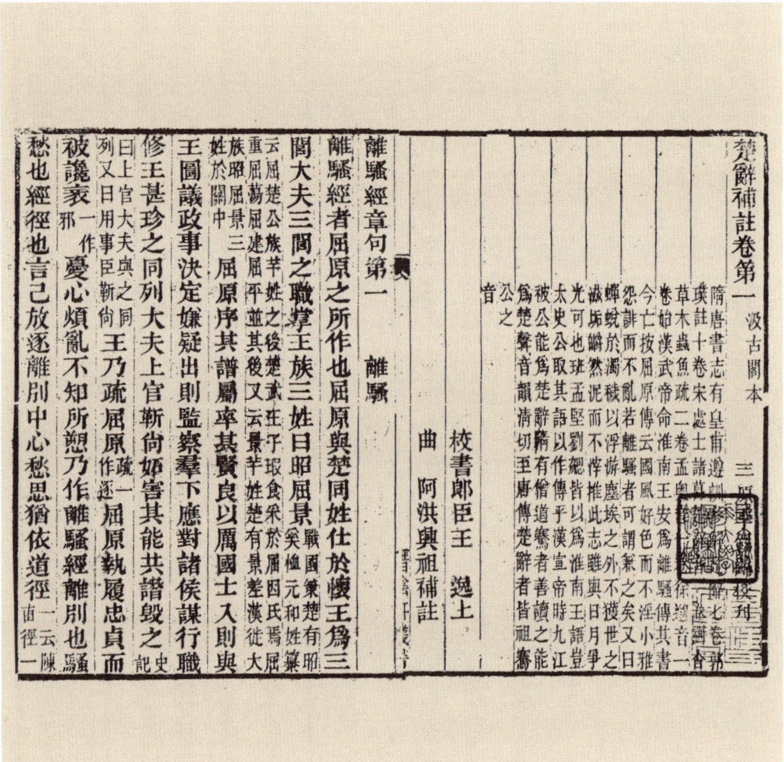
楚辭補註卷第一　汲古閣本

隋唐書志有皇甫遵訓[illegible]七卷郭璞註十卷宋處士諸葛[illegible]草木蟲魚疏二卷孟奥[illegible]卷始漢武帝命淮南王安爲離騷傳其書今亡按屈原傳云國風好色而不淫小雅怨誹而不亂若離騷者可謂兼之矣又曰蟬蛻於濁穢以浮游塵埃之外不獲世之滋垢皭然泥而不滓推此志雖與日月爭光可也班孟堅劉勰皆以爲淮南王語豈太史公取其語以作傳乎漢宣帝時九江被公能爲楚辭隋有僧道騫者善讀之能爲楚聲音韻清切至唐傳楚辭者皆祖騫公之音

校書郎臣王　逸上

曲　阿洪興祖補註

離騷經章句第一　離騷

離騷經者屈原之所作也屈原與楚同姓仕於懷王爲三閭大夫三閭之職掌王族三姓曰昭屈景戰國策楚有昭奚恤元和姓纂云屈楚公族芈姓之後楚武王子瑕食采於屈因氏焉屈重屈蕩屈建屈平並其後又云景芈姓楚有景差漢徙大族昭屈景三姓於關中屈原序其譜屬率其賢良以厲國士入則與王圖議政事決定嫌疑出則監察羣下應對諸侯謀行職修王甚珍之同列大夫上官靳尚妒害其能共譖毀之史記曰上官大夫與之同列又曰用事臣靳尚王乃疏屈原疏一作逐屈原執履忠貞而被讒衺一作邪憂心煩亂不知所愬乃作離騷經離別也騷愁也經徑也言己放逐離別中心愁思猶依道徑一云陳直徑一

惜陰軒本《楚辭補注》書影

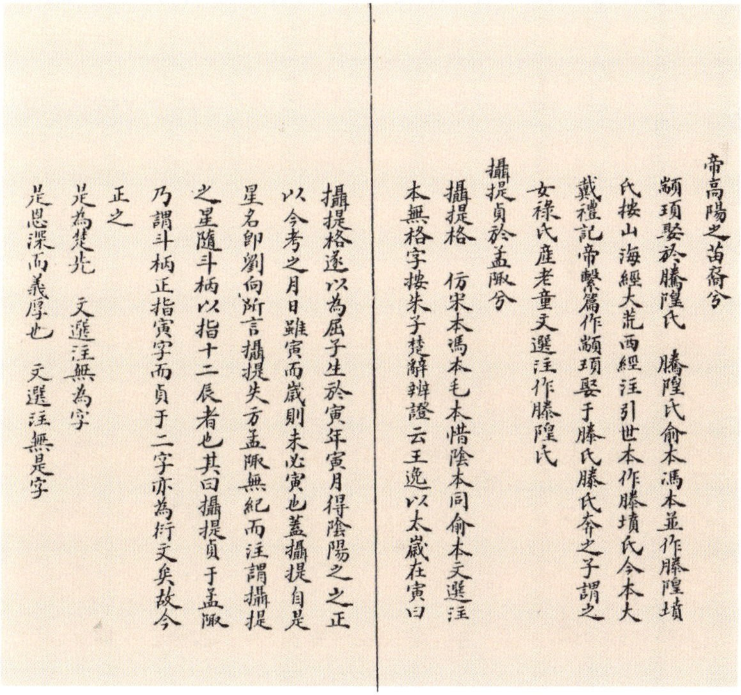

帝高陽之苗裔兮
顓頊娶於騰隍氏　騰隍氏俞本馮本並作滕隍墳
氏按山海經大荒西經注引世本作滕墳氏今本大
戴禮記帝繫篇作顓頊娶于滕氏滕氏奔之子謂之
女祿氏產老童文選注作滕隍氏
攝提貞於孟陬兮
攝提格　仿宋本馮本毛本惜陰本同俞本文選注
本無格字按朱子楚辭辯證云王逸以太歲在寅曰
攝提格遂以為屈子生於寅年寅月得陰陽之正
以今考之月日雖寅而歲則未必寅也蓋攝提自是
星名卽劉向所言攝提失方孟陬無紀而注謂攝提
之星隨斗柄以指十二辰者也其曰攝提貞于孟陬
乃謂斗柄正指寅字而貞于二字亦為衍文矣故今
正之
是為楚先　文選注無為字
是思深而義厚也　文選注無是字

清毛祥麟《楚辭校文》書影

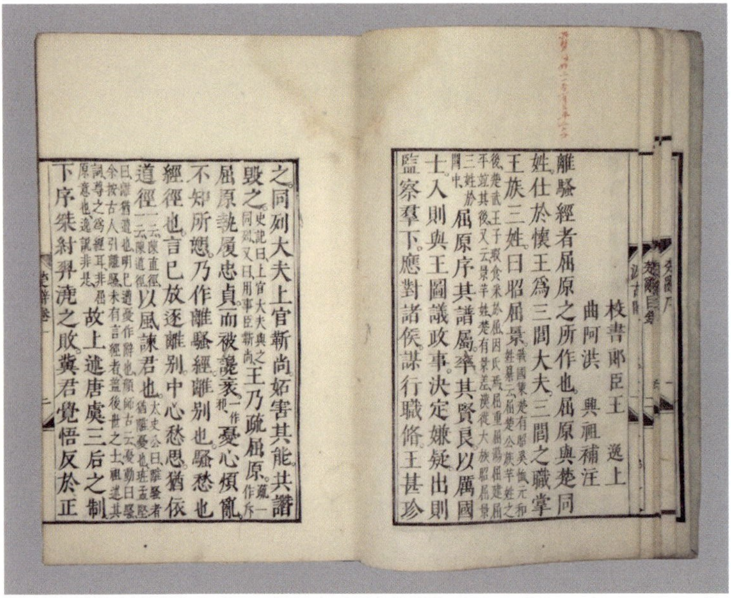

日本皇都書林繙刻《楚辭箋注》書影

楚辭要籍叢刊導言

黃靈庚

楚辭首先是詩，與詩經是中國詩歌史上的兩大派系，好比是長江與大河，同發源於崑崙山，然後分南北兩大水系。大河奔出龍門，一瀉千里，蜿蜒於中原大地，孕育出帶上北國淳厚氣息的國風；而長江闖過三峽，九曲十灣，折衝於江漢平原，開創出富有南國絢麗色彩的楚辭。「楚辭」這個名稱，始於漢代，是漢人對於戰國時期南方文學的總結。「楚辭」既指繼承詩經之後，在南方楚國發展起來的新體詩歌，標誌着中國文學又進入了一個輝煌的時代；又是中國詩歌由民間集體創作進入了詩人個性化創作的時代，而屈原無疑是創作這種新歌體的最傑出的代表，創造出了「驚采絶豔，難與並能」的離騷、九歌、天問、九章、遠遊、卜居、漁父等不朽的名作。

屈原的弟子宋玉、景差及入漢以後的辭賦作家，承傳屈原開創的詩風，相繼創作了九辯、招魂、大招、惜誓、招隱士、七諫、哀時命、九懷、九歎、九思等摹擬騷體之作，被後世稱之爲「騷體詩」。據説是西漢之末的劉向，將此類詩賦彙輯成一個詩歌總集，取名爲「楚辭」。再以後，東漢王逸爲劉向的這個總集做了注解，這就是至今還在流傳的王逸楚辭章句十七卷的本子，是現存的最早的楚辭文獻，也是我們今天學習楚辭最好的讀本。

「楚辭」之所以名「楚」，表明了所輯詩歌的地方特徵。宋黄伯思業已指出：「蓋屈、宋諸騷，皆書楚語，作楚聲，紀楚地，名楚物，故可謂之『楚詞』。若些、只、羌、誶、蹇、紛、侘傺者，楚語也；頓挫悲壯，或韻或否者，楚聲也；沅、湘、江、澧、修門、夏首者，楚地也；蘭、茝、荃、葯、蕙、若、蘋、蘅者，楚物也；他皆率若此，故以『楚』名之」。其雖然説出了「楚辭」所以名「楚」的緣由，而没有進一步指出名「辭」的來歷。辭，也可以寫作「詞」。楚辭詩句之中都有感歎詞「兮」字。這個「兮」字，古人統歸屬於「詞」，古音讀作「呵」，是最富於表達、抒發詩人的情感的感歎詞。這也是楚辭句式的顯著特點。「楚辭」之又所以稱「辭」，是與用了這個「兮」字有關係。

楚辭的句式比較靈活，四言、五言、六言、七言不等，參差變化，不限一格，一改詩經以四言爲主的呆板模式。詩經的篇章結構以短章重疊爲主，短則數十字，長則百餘字，内容相對單一，只截取生活中一個片斷，無法敘述比較複雜、曲折、完整的故事。楚辭突破了這個局限，像離騷這樣的宏篇巨製，洋洋灑灑，三百七十三句，二千四百九十字，至今仍是最偉大的浪漫主義抒情長詩，表現了詩人自幼至老、從參與時政到遭讒被疏，極其曲折的生命歷程；撫今思古，上天入地，抒瀉了在較大時空跨度中的複雜情感。從音樂結構分析，楚辭和詩經一樣，原本都是配上音樂的樂歌。詩經只是一遍又一遍的短章重複演奏，而楚辭有「倡曰」、「少歌曰」、「重曰」，表示樂章的變化，比詩經豐富得多。最後一章，必是衆樂齊鳴，五音繁會，氣勢宏大的「亂曰」。

楚辭的地方特徵，不僅僅是詩歌形式上的變化和突破，更重要的在於精神內容方面的因素。南國楚地三千里，風光秀麗，山川奇崛，楚人既沾濡南國風土的靈氣，又秉習其民族素有「剽輕」的遺風，陶鑄了楚人所特有的品格。楚辭更是「得江山之助」，在聲韻、風情、審美取向、精神氣質等方面，無不深深地烙上了南方特色的印記，染上了濃厚的「巫風」、神怪氣象，動輒駕龍驂鳳，驅役神鬼，遨遊天庭，無所不至。至其抒發情感，激越獷放，一瀉如注，較少淳厚平和的理性思辨，和中原文化所宣導的「不語怪力亂神」、「温柔敦厚」風氣比較，確實有些區別。

屈原是一位富於創造精神的文化巨匠，他置身於大河、長江的崑崙源頭，俯視於南北文化交融的臨界綫。一方面既保持着楚人特有民族性格，自强不息的精神面貌，富有想象的浪漫情調；另一方面又廣泛吸取、融會中原的理性思想，繼承詩經的道德傳統精神。故而在他的作品中，儘管有大江兩岸、南楚沅湘的旖旎風光、濃豔色彩，但幾乎不曾提到楚國的先王先賢，而連篇累牘的都是爲中原文化所公認的歷史人物：堯、舜、禹、湯、啓、后羿、澆、桀、紂、周文王、武王、皋陶、伊尹、傅説、比干、吕望、伯夷、叔齊、甯戚、伍子胥、百里奚等。在屈原的神話傳説中，除九歌中的湘君、湘夫人、山鬼三篇外，像太一、雲中君、東君、司命、河伯、女岐、望舒、雷師、屏翳、伏羲、女媧、虙妃等，都不是楚國固有的神靈，也没有一個是楚人所獨有的神話故事。離騷開頭稱自己是「帝高陽之苗裔」，高陽是黄帝的孫子，其發祥之地，在今河南省的濮陽，不也是中原人的先祖嗎？總之，楚辭是承接詩經之後的一種新詩體，二者同源於大中華文化，是不能割切開來的。更不能説，楚辭是獨立於中華文化以外的另一文化系統。如果片面强調楚辭的地域性、獨立性，也是不妥當的。

楚辭對於後世文學創作的影響是非常巨大的，像司馬遷、揚雄、張衡、曹植、阮籍、郭璞、陶淵明、李白、杜甫、李賀、李商隱、蘇軾、辛棄疾等各個歷史時期的名家巨子，沿波討源，循聲得實，都不同程度地從屈原的辭賦中汲取精華，吸收營養，形成了一個與詩經並峙的浪漫主義傳統的創作風格。在中國文學史上，後世習慣上説「風、騷並重」，指的是現實主義和浪漫主義的兩大傳統精神。由此想見，屈原對於中國文學的偉大貢獻是無與倫比的，屈騷傳統精神更是永恒不朽的。

正因如此，研究中國詩學，構建中國文學史及中國文化史，楚辭無論如何是繞不開的。而讀楚辭、研究楚辭，必須從其文獻起步。據相關書目文獻記載，自東漢王逸楚辭章句以來至晚清民初的兩千餘年間，各種不同的楚辭注本大約有二百十餘種。綜觀現存楚辭文獻，大抵以王逸章句與朱熹集注爲分界：在朱熹集注以前，基本上是承傳王逸章句，而明、清以後，基本上是承傳朱子集注。由我主編且於二〇一四年國家圖書館出版社出版的楚辭文獻叢刊，輯集了二百〇七種，應該蒐録的注本，基本上已彙輯於其中了。遺憾的是，由於這部叢書部帙巨大，發行量也極有限，普通讀者很難看到。且叢書爲據原書的影印本，没作校勘、標點，對於初學楚辭者，尤爲不便。

有鑑於此，我們與上海古籍出版社合作，從中遴選了二十五種，均在楚辭學史上具有影響，爲楚辭研究者必讀之作，分别予以整理出版，滿足當下學術研究的需要，而顔之曰楚辭要籍叢刊。其二十五種書是：漢王逸楚辭章句，宋洪興祖楚辭補注，宋朱熹楚辭集注，宋吴仁傑離騷草木疏，清祝德麟離騷草木疏辨證，宋錢杲之離騷集傳，明汪瑗楚辭集解，明陸時雍楚辭疏，明周拱辰離騷草木史，明陳第屈宋古音義，明黄文焕楚辭聽直，清林雲銘楚辭燈，清王夫之楚辭通釋，清丁晏楚辭天問箋，清蔣驥山帶閣注楚辭，清戴震屈原賦注附初稿本，清胡濬源楚辭新注求確，清陳本禮屈辭精義，清劉夢鵬屈子楚辭章句，清朱駿聲離騷賦補注，清王闓運楚辭釋，清馬其昶屈賦微附初稿本屈賦哲微，日本西村時彦楚辭纂説、屈原賦説，日本龜井昭陽楚辭玦等。參與點校者，皆多年從事中國古典文獻研究、尤其是楚辭文獻研究，是學養兼備的「行家裏手」，其對於所承擔整理的著作，從底本、參校本的選定，出校的原則及其前言的撰寫等，均一絲不苟，功力畢現，令人動容。但是，由於經驗、水平不足，受到各種條件限制（如個别參校本未能使用），且多數作品爲首次整理，頗有難度，因而存在各種問題，在所難免，其責任當然由我這個主編來承擔。敬請讀者批評指瑕，便於再版改正。

前言

宋洪興祖楚辭補注，是繼王逸楚辭章句之後，又一部里程碑式文獻著作，在楚辭學史上具有不可替代地位，亦爲其後學人研習楚辭所必讀之書。

一

興祖字慶善，號練塘，鎮江丹陽人。宋史卷四百三十三儒林三有其傳，云：「少讀禮，至中庸，頓悟性命之理。績文日進。登政和上舍第，爲湖州士曹，改宣教郎。高宗時在揚州，庶事草創，選人改秩軍頭司引見，自興祖始。召試，授秘書省正字，後爲太常博士。上疏乞收人心，納謀策，安民情，壯國威。又論國家再造，一宜以藝祖爲法。紹興四年，蘇、湖地震。興祖時爲駕部郎官，應詔上疏，具言朝廷紀綱之失。爲時宰所惡，主管太平觀。起，知廣德軍，視水原爲陂塘六百餘所，民無旱憂。一新學舍，因定從祀：自十哲曾子而下七十有一人，又列先儒左丘明而下二十有六人。擢提點江東刑獄，知真州。州當兵衝，瘡痍未瘳。興祖始至，請復一年租，從之。明年再請，又從之。自是流民復業，墾闢荒田至七萬餘畝。徙知饒州，先夢持六刀。覺曰：『三刀爲益，今倍之，其饒乎！』已而果然。是時秦檜當國，諫官多檜門下，爭彈劾以媚檜。興祖坐嘗作故龍圖閣學士程瑀論語解序，語涉怨望，編管昭州，卒。年六十有六。明年，詔復其官，直敷文閣。興祖好古博學，自少至老，未嘗一日去書。著老莊本旨、周易通義、繫辭要旨、古文孝經序贊、離騷楚詞考異行于世。」又，宋史藝文志錄其著作有：易古經考異釋疑一卷，書義發題一卷，論語說十卷，續史館故事錄一卷，韓子年譜一卷，韓愈年譜一部（卷亡），韓文年譜一卷，韓文辨證一卷，聖賢眼目一卷，語林五卷，杜詩辨證二卷。事又載清光緒丹陽縣志卷二十儒林，而卷三十五書籍志載其著作有：周易通義二十卷，考異十卷，春秋本旨二十卷，韓文辨證一卷，古今易總志三卷，繫辭要旨、古文孝經序贊一卷，語林五卷，左氏通解十卷，古今考異釋疑一卷，黄庭堅內外注二卷。是見其著書之勤。

洪氏坐罪，緣乎序程瑀論語解。序文已散佚，不復得見。謝采伯密齋筆記（卷四）載云：「程尚書瑀解論語『弋不射宿』，言孔子不欲陰中人之意。至『周公謂魯公』四句，則曰『可爲流涕』。洪慶善作序有云：『感發於孔子之一射，流涕于周公之四言。』魏安行作漕爲開板。初書出，秦檜亦自不知。忽有人譖謂是譏諷。魏隨追官，籍其家，程、洪皆得罪。」則序之要害，在於「感發於孔子之一射，流涕于周公之四言」。據李心傳建炎以來繫年要錄載，「忽有人譖」者，即「右正言王珉」也。又，宋志未見有老莊本旨、周易通義、古文孝經序贊諸書著錄，百思未得其解。陳振孫直齋書錄解題，洪氏韓文辨證八卷，非「一卷」。又，張之洞書目答問著錄韓柳年譜八卷，其中洪興祖韓子年譜五卷，而非「一卷」也。然洪氏諸書之「行於世」者，於今惟楚辭補注十七卷巋然獨存。

補注之作時已不可考。陳振孫直齋書錄解題，著錄洪興祖撰楚辭考異一卷，稱「興祖少時，從柳展如得東坡手校楚辭十卷，凡諸本異同，皆兩出之。後又得洪玉父而下本十四五家參校，遂爲定本。始補王逸章句之未備者。書成，又得姚廷輝本作考異，附古本釋文之後。其末又得歐陽永叔、孫莘老、蘇子容本於關子東、葉少協，校正以補考異之遺。洪於是書用力亦以勤矣」。則洪氏補注，蓋在「少時」已啓其端，大略徽宗崇寧、大觀年間。既得東坡手校本，又得洪玉父以下十四五家校本，又得北宋歐陽修、孫覺（莘老）、蘇頌（子容）本於關子東、葉少協。參校版本之富贍，至今無出其右。至成書之日，蓋高宗紹興十四、五年以後，屢遭左遷降職以至二十四年編管昭州之時也。洪氏生逢姦人當路，致意屈子，以澆己之塊壘，若屈子「生不得力争而強諫，死猶冀其感發以改行，使百世之下聞其風者，雖流放廢斥，猶知愛其君，眷眷而不忘，臣子之義盡矣」。原書兼載楚辭釋文，而楚辭考異一卷附於其末。則補注、釋文、考異，舊爲三書，刻於何時更不得詳知。至晁公武郡齋讀書志雖著錄釋文、考異二編，而稱「未詳撰人」。公武與興祖同時，其著志之時，非不能辨正興祖之書，是有意迴避忌諱而隱其名。

宋史本傳稱此書爲「離騷楚詞考異」。蓋宋人以離騷爲屈子二十五篇總名，以楚辭爲宋玉以下至漢人辭賦總名，故書名爲「離騷楚詞考異」。鄭樵通志稱「離騷章句十七卷」，郡齋志稱「凡王逸章句，有未盡者補之」。姜亮夫云：「洪書初刻，僅題『章句』，而未用興祖之名也。又，宋史謂興祖著書，有『贊離騷』之語，則原本或亦作『離騷』，故作史者據之入傳也。是則鄭氏此錄，必洪書無疑。

鄭氏卒紹興三十二年，後於洪氏二十五年。即通志成書時，洪書尚未大行，宜其不甚知名也。」案：李心傳建炎以來繫年要錄（卷一百六十九）：「（紹興二十四年十二月）丙戌，洪興祖送昭州編管。」又云：「（紹興二十五年八月）癸巳，左朝散大夫昭州編管洪興祖卒。」無名氏宋史全文（卷二十二上）亦云：「（乙亥紹興二十五年秋八月）癸巳，昭州編管洪興祖卒。」秦檜死於是年十月二十二日。據以上推，興祖生年蓋在哲宗元祐四年己巳。鄭樵作通志，似與洪氏編管昭州同時，著錄其書而不敢署其名，深爲秦檜諱歟？與「知名」與否無涉矣。設僅序他人論語而深見猜忌，則推知補注之書，尤不敢公然刊刻行世矣。終洪氏在世之年，此書當未曾鋟梓。檜死後，文禁始開，其人方得昭雪，其書亦始梓刻於世矣。然公武、漁仲所見者，抑洪氏稿本或鈔本歟？是以三書各自獨立，而終無定名。姜氏引宋史「贊離騷」，斷句有誤。原作「古文孝經序贊、離騷楚詞考異行于世」，「贊」字當屬上，亦不足以定洪氏原書舊名爲「離騷」。

二

補注三書合一編，宜於鐫刻以後，據集内「補曰」以爲書名，非洪氏所自定。然宋刻已不復得見，其舊貌無從考辨。今所存者惟爲明刻本。釋文祇存零簡殘字，凡七十七條，並與考異散入各句之下。四庫館臣稱「目錄後有興祖附記，稱鮑欽止云『辨騷非楚辭本書，不當錄。班固二序，舊在九歎之後，今附於第一通之末』云云。此本離騷之末有班固二序，與所記合。而劉勰辨騷一篇仍列序後，亦不詳其何故。豈但言其『不當録』，而未敢遽删歟？漢人注書，大抵簡質，又往往舉其訓詁，而不備列其考據。興祖是編，列逸注於前，而一一疏通、證明、補注於後，於逸注多所闡發。又皆以『補曰』二字别之，使與原文不亂，亦異乎明代諸人妄改古書，恣情損益。於楚辭諸注之中，特爲善本。故陳振孫稱其用力之勤，而朱子作集注亦多取其説云」。案：補注體例，館臣言之詳審矣。舊本固無辨騷一篇，班固二序原在九歎後，今置班固二序及辨騷於離騷後叙末，疑明人據單行本章句增益、移易之也。四庫鈔本亦據明刻鈔録，宋槧於清初蓋已佚。

惟楚辭釋文之編，於今已佚，然爲洪氏親所目驗，補注中存其異文七十七條，又存其目録，序次不同於今本者：離騷經第一，釋文亦第一，然無「經」字。九歌第二，釋文第三。天問第三，釋文第四。九章第四，釋文第五。遠遊第五，釋文第六。卜居第六，釋文第七。漁父第七，釋文第八。九辯第八，釋文第二。招䰟第九，釋文第十。大招第十，釋文第十六。惜誓第十一，釋文第十五。招隱士第十二，釋文第九。七諫第十三，釋文第十二。哀時命第十四，釋文第十四。九懷第十五，釋文第十一。九歎第十六，釋文第十三。九思第十七，釋文亦第十七。洪氏云：「按九章第四，九辯第八，而王逸九章注云：『皆解於九辯中。』知釋文篇第蓋舊本也。後人始以作者先後次叙之爾。」其説甚是。劉勰辨騷云：「故騷經、九章，朗麗以哀志；九歌、九辯，綺靡以傷情；遠遊、天問，瓌詭而惠巧，招魂、大招（楚辭章句單行本作「招隱」），耀豔而深華；卜居標放言之致，漁父寄獨任之才。故能氣往轢古，辭來切今，驚采絶焰，難與並能矣。自九懷已下，遽躡其跡，而屈、宋逸步，莫之能追。」自騷經至九懷凡十一篇，劉勰其時所據楚辭舊本篇目之次。「自九懷以下」云云，則七諫、九歎、哀時命以下漢人楚辭之作，九懷一篇不在其內。故劉勰所見楚辭，九懷一卷殿其末。且以招魂、招隱二篇同類並列，且招魂在招隱士前，與釋文目錄十一卷篇次微有別，即離騷、九辯、九歌、天問、九章、遠遊、卜居、漁父、招魂、招隱士、九懷。釋文雖爲五代王勉所作，然其篇次，則存南朝蕭梁之前王逸楚辭章句之舊。又，王國維手校汲古閣楚辭補注本，於楚辭目錄下批云：「按九辯、九歌，皆古之遺聲。離騷云：『啓九辯與九歌兮，夏康娱以自縱。』大荒西經云：『夏后開上三嬪於天，得九辯與九歌以下。』故舊本九辯第二、九歌第三。後人以撰人時代次之，乃退九辯於第八耳。」釋文以九辯次離騷後，存王逸章句之舊。六朝人遂目九辯爲屈原之作。三國志魏書陳思王植傳引屈平曰：「國有驥而不知乘，焉皇皇而更索。」此二語出於九辯，非屈子所作，而謂「屈平曰」云云，是其顯證。隋志屈子「八篇」説，九辯一篇不次漁父後，而次離騷後、九歌前，雜於屈原作品之中，正合爲「八」之數。六朝傳本王逸章句十一篇先後次第，除招隱士外，與釋文篇次大略相同。設無釋文目錄，則楚辭古本篇次，庶幾「馮馮翼翼」，不可識知。又，非惟於此，楚辭宋世傳本亦偶見於補注中。如悲回風「草苴比而不芳」下，洪氏云：「苴，釋文：『七古切，茅藉祭也。』鮑欽止本云：『七間、子旅二切。』林德祖本云：『丈買、士加二切。』比音卑。」七諫「謬諫」題下，洪氏云：「鮑慎思云：『篇目當在「亂曰」之後。』按古本釋文，七諫之後，『亂曰』别爲一篇。九懷、九思皆同。」鮑本、林本及釋文今皆未傳，幸據補注所引，而存其一二鴻爪矣。

考異原附於釋文末，既校楚辭正文，又校王逸序文、注文。今散入各篇各句之下，雖非其舊本，而於校訂楚辭正文或王逸章句，皆不無裨益參徵之功。僅離騷一篇，各臚列三事以説明之。一、據考異以校正離騷正文。如，「汩余若將不及兮」，補注引「不」一作「弗」。案：弗，不之深。舊本蓋作「弗及」。又，「曰黄昏以爲期兮羌中道而改路」，補注：「一本有此二句。王逸無注。至下文『羌内恕己以量人』，始釋『羌』義。疑此二句後人所增耳。九章曰：『昔君與我誠言兮，曰黄昏以爲期。羌中道而回畔兮，反既有此他志。』與此語同。」案：文選本無此二句，未見闌入。洪氏謂五臣本有此二句有注，其所見五臣本已竄入。然宋刻五臣注文選陳八郎本亦無此二句。又，「退將復修吾初服」。補注引一無「復」字。案：王注：「退，去也。言己誠欲遂進竭其忠誠，君不肯納，恐重遇禍，故將復去，脩吾初始清潔之服也。」「復去」云云，即「退去」之訛。退，古作「復」，與「復」形似。文選思玄賦「修初服之娑娑兮」，李善注引離騷無「復」字，則存其舊本。二、據考異以校正王逸離騷序、離騷注。如，序「猶依道徑，以風諫君也」。補注引「依道徑」一作「陳直徑」，一作「陳道徑」。案：王注有「道徑」，無「直徑」。涉江「猨狖之所居」，王注：「非賢士之道徑。」思美人「羌宿高而難當」，王注：「飛集山林，道徑異也。」九歎思古「錯權衡而任意」，王注：「更任其意而商輕重，必失道徑、違人情也。」舊本似作「道徑」。直，舊作「直」，與「道」字俗體相似，是以訛爲「直徑」。又，「何方圜之能周兮，夫孰異道而相安」。王注：「言何所有圜鑿受方枘而能合者，誰有異道而相安耶？言忠佞不相爲謀也。」補注引一云「方鑿受圓枘」。案九辯：「圜鑿而方枘兮，吾固知其鉏鋙而難入。」則作「圜鑿受方枘」，因九辯文。史記孟子列傳「持方枘欲内圜鑿」，索隱：「按：方枘，是筍也；圜鑿，是孔也。謂工人斲木，以方筍而内之圜孔，不可入也。故楚詞云：『以方枘而内圜鑿，吾固知其齟齬而不入』是也。謂戰國之時，仲尼、孟軻以仁義干世主，猶方枘圜鑿然。」淮南子氾論訓：「據籍守舊教，以爲非此不治，是猶持方枘而周員鑿也。」爲古時喻語，皆無作「圜枘受方鑿」者。索隱所見唐本，非是。又，「朝發軔於蒼梧兮」，王注：「軔，搘輪木也。」補注引「搘」一作「支」。案：詩小旻「是用不潰于成」，正義引王逸注作「支輪木」。說文木部：「榰，柱氏也。古用木，今以石。从木、耆聲。易曰『榰恒凶』。」段注：「引伸爲凡支拄、拄塞之偁。」爾雅釋言：「榰，柱也。」郭注：「相榰柱。」榰輪，同支輪，謂止輪。鶱公楚辭音殘卷引王逸注：「軔，枝輪木也。」黎本玉篇殘卷車部「軔」字：「楚辭『朝發軔於蒼梧』，王逸云：『枝輪木也。』」文選長楊賦「是以車不安軔」李善注、懷舊賦「水漸軔以凝沍」李善注、詩雨無正孔疏並引王逸注：「軔，支輪木。」慧琳音義卷五〇「轂輞」條引王注楚辞：「輞，枝輪木也。」輞，軔之訛。卷七四「爲軔」條：「楚辭『朝發軔』，王逸曰：『軔，支輪木也。』」支、枝古今字。則舊作「支輪木」，洪氏或本存其舊。據此亦可見考異十七篇文獻價值所在。

三

唐、宋人注漢人已注之書，多采用「正義」或者「疏義」體式，若孔穎達五經正義、邢昺論語疏、爾雅疏之類。而洪氏所以稱「補注」者，不拘「疏不破注」慣例。其列王注於前，而後於「補曰」以下，以己之所補益者繫之。大略約爲「疏解」、「補益」、「存異」、「正訛」、「索隱」五事：凡王逸注之簡質者則疏解之，王逸注之意未備者則補益之，王逸注義若非衹一端者則廣徵異説以並存之，王逸注之訛誤者訂正之，王逸注草木蟲魚鳥獸之義俱甚簡略而詳爲辨析疏證之，凡王逸之義理幽微未顯者則申而發之，直抒其懷抱，後世治楚辭者莫不宗其所向，奉之若龜鑑。

洪氏疏解王逸説之「簡質」者。如：離騷序：「三閭之職，掌王族三姓，曰：昭、屈、景。」洪氏云：「戰國策：楚有昭奚恤。元和姓纂云：『屈，楚公族，羋姓之後。楚武王子瑕食采於屈，因氏焉。屈重、屈蕩、屈建、屈平竝其後。』」又云：「景，羋姓，楚有景差。漢徙大族昭、屈、景三姓於關中。」案：序説楚族三姓「昭、屈、景」，簡略之至，故洪氏乃引戰國策及元和姓纂以疏證其義。離騷「朕皇考曰伯庸」，王逸注：「朕，我也。」洪氏引蔡邕云：「朕，我也。古者上下共之，咎繇與帝舜言稱『朕』，屈原曰『朕皇考』。至秦獨以爲尊稱，漢遂因之。」案：朕、我雖同爲自稱之詞，古今用法有別，故洪氏引蔡邕之説以疏證其義。又，「日康娛而自忘兮，厥首用夫顛隕。」王逸注：「言澆既滅殺夏后相，安居無憂，日作淫樂，忘其過惡，卒爲相子少康所誅，其頭顛隕而墜地。自此以上羿、澆、寒浞之事，皆見於左氏傳。」王注離騷陳詞一節，雖據左傳，然未引其文，撮其要爲解。洪氏引左傳云：「昔有夏之方衰，后羿自鉏遷于窮石，因夏民以代夏政。恃其射也，不修民事，而淫于原獸。寒浞，伯明氏之讒子弟也，信而使之，以爲己相。浞行媚于內，施賂于外，愚弄其民，而虞羿于田，樹之詐慝，以取其國家。內外咸服，羿猶不悛，將歸自田，家衆殺而亨之。靡奔有鬲氏，浞因羿室生澆及豷，恃其讒慝詐僞，而不德于民，使澆用師，滅斟灌及斟尋氏。靡自有鬲氏，收二國之燼，以滅浞而立少康。少康滅澆于過，后杼滅豷于戈，有窮由是遂亡。」又引論語兼義云：「羿逐后相自立，相依二斟，夏祚猶尚未滅。及寒浞殺羿，因羿室而生澆，澆長大，自能用師，始滅后相。相死之後，始生少康。少康生杼，杼又年長，始堪誘豷，方始滅浞而立少康。計太康失邦，及少康紹國，向有百載乃滅有窮。而夏本紀云：『仲康崩，子相立。相崩，子少康立。』都不言羿、浞之事，是馬遷之疏也。」則全引左傳原文以疏王注簡略。又引論語兼義辨夏本紀不載羿、浞，爲疏漏闕失，史記尤未足爲憑證。國殤「車錯轂兮短兵接」，王逸注：「短兵，刀劍也。言戎車相迫，輪轂交錯，長兵不施，故用刀劍以相接擊也。」洪氏引司馬法：「弓、矢，圍；殳、矛，守；戈、戟，助。凡五兵。長以衛短，短以救長。」蓋所以疏解「長兵不施」之義。天問：「何勤子屠母，而死分竟地？」王逸注：「言禹愊剝母背而生，其母之身分散竟地，何以能有聖德，憂勞天下乎？」洪氏云：「史記楚世家：『陸終生子六人，拆剖而產焉。』干寶曰：『前志所傳，修己背拆而生禹，簡狄胸剖而生契，歷代久遠，莫足相證。魏黄初五年，汝南屈雍妻生男，從右胳下小腹上出，而平和自若，母子無恙。詩云：「不坼不副，無災無害。」原詩人之旨，明古之婦人，常有坼剖而産者矣。又有因産而遇災害者，故美其無害也。』禹母事出帝王世紀。禹以勤勞修鮌之功，故曰『勤子』也。上云『九辯九歌』，言啓以禹故，得享備樂。何以修己生禹而反遇災害邪？言坼剖而産，則有之。死分竟地，未必然也。竟地，猶言竟天也。唐段成式云：『迸分竟地。』蓋用此語。」洪氏廣徵遠紹，以疏解王注「腷剁母背而生」之義。哀郢「遵江夏以流亡」，王逸注：「江夏，水名也。」其注「江夏」甚簡略。洪氏云：「前漢有江夏郡。應劭曰：『沔水自江別，至南郡華容爲夏水，過郡入江，故曰江夏。』水經云：『夏水出江津，於江陵縣東南。』注云：『江津，豫章口，東會中夏口，是夏水之首，江之汜也。所謂「過夏首而西浮，顧龍門而不見」也。』又云：『又東至江夏雲杜縣，入于沔。』注云：『應劭曰：江別入沔，爲夏水源。夫「夏」之爲名，始於分江，冬竭夏流，故納厥稱。既有中夏之目，亦苞大夏之名矣。當其決入之所土，謂之賭口焉。鄭玄注尚書「滄浪之水」言：「今謂之夏水。」劉澄之著永初山川記云：「夏水古文以爲滄浪，漁父所歌也。」因此言之，水應由沔。今按：夏水是江流沔，非沔入夏。假使沔注夏，其勢西南，非尚書「又東」文。余亦以爲非也。自賭口下沔水。兼通夏首，而會於江，謂之夏汭。故春秋傳「吳伐楚，沈尹戌奔命於夏汭」也。杜預曰：「漢水曲入江，即夏口矣。」』」夏水自江出，入於沔；入沔後東流與江會，是爲江夏。自江出者爲夏首，入沔後復入於江者爲夏口。此所疏解江夏及夏水、夏首之義。

洪氏補益王逸注所未及者。如：離騷「帝高陽之苗裔兮」，王逸注：「德合天地稱帝，苗，胤也。裔，末也。高陽，顓頊有天下之號也。帝繫曰：『顓頊娶于騰隍氏女而生老僮，是爲楚先。』其後熊繹事周成王，封爲楚子，居于丹陽。周幽王時生若敖，奄征南海，北至江漢。其孫武王求尊爵於周，周不與，遂僭號稱王，始都於郢。是時生子瑕，受屈爲客卿，因以爲氏。屈原自道本與君共祖，俱出顓頊胤末之子孫，是恩深而義厚也。」洪氏云：「皇甫謐曰：『高陽，都帝丘，今東郡濮陽是也。』張晏曰：『高陽，所興之地名也。』劉子玄史通云：『作者自叙其流，出於中古。離騷經首章，上陳氏族，下列祖考，先述厥生，次顯名字。自叙發跡，實基於此。降及司馬相如，始以自叙爲傳。至馬遷、楊雄、班固，自叙之篇，實煩於代。』」案：洪氏以爲高陽之號因其所興之地爲之，故引皇甫謐、張晏二家之説以引申之。又，洪氏引劉子玄説後世「序傳」之權輿，基於離騷此首章，於古今文體之學，不無參徵價值，故申而引之，以發明王注所未及。九歌東皇太一「吉日兮辰良」，王逸注：「日謂甲乙，辰謂寅卯。」洪氏引沈括存中云：「『吉日兮辰良』，蓋相錯成文，則語勢矯健。如杜子美詩云：『紅豆啄餘鸚鵡粒，碧梧棲老鳳凰枝。』韓退之云：『春與猿吟兮，秋鶴與飛。』皆用此體也。」案：若爲常格，此句當爲「吉日兮良辰」，洪氏引沈括語，則以爲别開「相錯成文」之新格，以補益王注所未及。國殤「子魂魄兮爲鬼雄」。王逸未注「魂魄」之義。案：洪氏云：「左傳曰：『人生始化曰魄，既生魄，陽曰魂。用物精多，則魂魄強。』疏云：『人稟五常以生，感陰陽以靈。有身體之質，名之曰形。有噓吸之動，謂之爲氣。氣之靈者曰魄。既生魄矣，其内自有陽氣也，氣之神者曰魂。魂魄，神靈之名，本從形氣而有，附形之靈爲魄，附氣之神爲魂。附形之靈者，謂初生之時，耳目心識，手足運動，啼呼爲聲。此則魄之靈也。附氣之神者，謂精神性識，漸有所知。此則附氣之神也。魄在於前，魂在於後，魄識少而魂識多。人之生也，魄盛魂強，及其死也，形銷氣滅。聖人緣生以事死，改生之魂曰神，改生之魄曰鬼。合鬼與神，教之至也。魂附於氣，氣又附形，形強則氣強，形弱則氣弱，魂以氣強，魄以形強。』淮南子曰：『天氣爲魂，地氣爲魄。』注云：『魂，人陽神；魄，人陰神也。』」此所以補王注於「魂魄」二義之所未備。抽思「少歌曰」，王逸未注「少歌」之義。案：洪氏云：「荀子曰『其小歌也』，注云：『此下一章，即其反辭，總論前意，反復説之也。』此章有少歌，有倡，有亂。少歌之不足，則又發其意，而爲倡；獨倡而無與和也，則總理一賦之終，以爲亂辭云爾。」則於音樂結構補王注未及「少歌」之義。悲回風「馮崑崙以瞰霧兮」，王逸注：「遂處神山，觀濁亂之氣也。」案：補注：「馮，登也。」補王注未及「馮」義。宋本玉篇馬部：「馮，乘也，登也。」文選西征賦「憑高望之陽隈」，李善注引廣雅：「憑，登也。」馮又爲依，登亦爲依，此詞義之所以相互滲透。左傳昭公十年「登軾而望之」，孔疏：「横施一木名之曰軾，得使人立於其後時依倚之。曹劌登軾，得臣云『君謂馮軾』，皆謂此也。」孔氏亦以馮爲登。

洪氏不主一家，錄舊説以增廣異聞者。如：離騷「啓九辯與九歌兮」，王逸注：「啓，禹子也。九辯、九歌，禹樂也。言禹平治水土，以有天下，啓能承先志，纘叙其業，育養品類，故九州之物，皆可辯數，九功之德，皆有次序而可歌也。左氏傳曰：『六府、三事謂之九功，九功之德皆可歌也，謂之九歌。水、火、金、木、土、穀，謂之六府。正德、利用、厚生，謂之三事。』」洪氏云：「山海經云：『夏后上三嬪於天，得九辯與九歌以下。』注云：『皆天帝樂名。啓登天而竊以下用之。』天問亦云：『啓棘賓商，九辯九歌。』王逸不見山海經，故以爲禹樂。五臣又云：『啓，開也。言禹開樹此樂。』謬矣。騷經、天問多用山海經，而劉勰辨騷以『康回傾地』、『夷羿彃日』爲『譎怪之談，異乎經典』。如高宗夢得説、姜嫄履帝敏之類，皆見於詩、書，豈誣也哉！」案：王注據經義解騷，故引左傳説九辯、九歌，自是勉强。洪氏引山海經説九辯、九歌，且謂「騷經、天問多用山海經」，别於經典。此蓋所以廣博聞、存異説。湘君：「君不行兮夷猶，蹇誰留兮中洲。」王逸注：「君，謂湘君也。言湘君蹇然難行，誰留待於水中之洲乎？以爲堯用二女妻舜，有苗不服，舜往征之。二女從而不反，道死於沅、湘之中，因爲湘夫人也。所留，蓋謂此堯之二女也。」洪氏云：「逸以湘君爲湘水神，而謂留湘君於中洲者，二女也。韓退之則以湘君爲娥皇，湘夫人爲女英。」又於篇末「湘君」目下云：「山海經曰：『洞庭之山，帝之二女居之。』郭璞疑『二女』者，帝舜之后，不當降小水爲其夫人，因以二女爲天帝之女。以余考之，璞與王逸俱失也。堯之長女娥皇爲舜正妃，故曰君。其二女女英，自宜降曰夫人也。故九歌詞謂娥皇爲君，謂女英帝子，各以其盛者，推言之也。禮有小君、君母，明其正，自得稱君也。」案：逸以湘君爲湘水神，湘夫人爲堯之二女。郭璞以「二女」爲「天帝之女」。韓愈以湘君爲娥皇、湘夫人爲女英。洪氏俱條列之，以廣異聞，而後折衷取舍之，乃取韓愈説爲是。天問：「何所不死，長人何守？」王逸注：「括地象曰：『有不死之國。』長人，長狄。春秋云：『防風氏也，禹會諸侯，防風氏後至，於是使守封嵎之山也。』」洪氏云：「山海經：『不死民在交脛國東，其人黑色，壽不死。』注云：『圓丘上有不死樹，食之乃壽。有赤水，飲之不老。』又：『大荒之山，日月所入，有人三面，一臂奇右，其人不死。』淮南曰：『西方之極，石城金室，飲氣之民，不死之野。』國語：『仲尼曰：「昔禹致羣神於會稽之山，防風氏後至，禹殺而戮之，其骨節專車。」又曰：『山川之守，足以綱紀天下者，其守爲神。」客曰：「防風氏何守也？」仲尼曰：「汪芒氏之君守封嵎之山者也。爲漆姓，在虞、夏、商爲汪芒氏，於周爲長狄，今爲大人。」客曰：「人長之極幾何？」仲尼曰：「長者不過十之，數之極也。」注云：「十之，三丈，則防風氏也。今湖州武康縣東有防風山，山東二百步有禹山，防風廟在封、禺二山之間。」』穀梁文公十一年：『叔孫得臣敗狄于鹹。長狄也，射其目，身橫九畝。』」案：洪引山海經、淮南「不死」之義，詳於括地象；又引國語「長人」之説，亦甚於春秋。此皆以增廣異聞，未拘一端。懷沙「非俊疑傑兮」，王逸注：「千人才爲俊，一國高爲傑也。」王注以「傑」高於「俊」。洪氏云：「淮南云：『知過萬人謂之英，千人謂之俊，百人謂之豪，十人謂之傑。』」案：則「傑」未若「俊」之遠甚。是存其別一説。

洪氏以訂正王逸之注訛誤者。如：離騷序「乃作離騷經，離，別也。騷，愁也。經，徑也。言己放逐離別，中心愁思，猶依道徑以風諫君也。」洪氏云：「余按：古人引離騷未有言『經』者，蓋後世之士祖述其詞，尊之爲『經』耳，非屈原意也。逸説非是。」案：洪氏以離騷稱「經」，乃後世所尊，非屈原本意。此所以正王逸之誤。又，「是時秦昭王使張儀譎詐懷王，令絶齊交。又使誘楚。請與俱會武關，遂脅與俱歸，拘留不遣，卒客死於秦」。洪氏引史記云云，乃謂「使張儀譎詐懷王，令絶齊者，乃惠王，非昭王也」。離騷「將往觀乎四荒」，王逸注：「荒，遠也。言己欲進忠信以輔事君，而不見省，故忽然反顧而去，將遂游目往觀四荒之外，以求賢君也。」五臣云：「觀四荒之外，以求知己者。」王注以「往觀四荒」爲「求賢君」，洪氏云：「禮失而求諸野，當是時，國無人莫我知者，故欲觀乎四荒，以求同志。此孔子『浮海』、『居夷』之意。然原初未嘗去楚者，同姓無可去之義故也。賈誼弔屈原云：『歷九州而相其君兮，何必懷此都。』失之矣。」案：則以「原初未嘗去楚者，同姓無可去之義」。是以逸説與賈誼「歷九州而相其君」，並斥棄之。九章惜往日：「封介山而爲之禁兮，報大德之優游。」王逸注：「言文公遂以介山之民封子推，使祭祀之。又禁民不得有言燒死，以報其德，優游其靈魂也。」洪氏云：「史記：晉初定，賞從亡，未至隱者介子推。推亦不言禄，禄亦不及。介子推從者乃懸書宫門。文公出，見其書，曰：『此介子推也，吾方憂王室，未圖其功。』使人召之，則亡。遂求其所在，聞其入綿上山中。於是文公環綿上山中而封之，以爲介推田，號曰介山。以記吾過，且旌善人。『封介山而爲之禁』者，以爲介推田也。逸説非是。優游，大德之貌。」案：則史記詳載介子推本事，文公賜封介山爲介推田，未聞封介山民者。屈子「封介山而爲之禁兮，報大德之優游」，正合史記封田之意。故以逸説無所依據而斥爲「非是」。又，王注「優游其靈魂」云云，曲爲之説。改訓「大德之貌」，蓋爲「悠悠」、「陶陶」、「滔滔」之別文。此説報子介滔滔之大德。則渙然無疑義。遠遊：「恐天時之代序兮，耀靈曄而西征。」王逸注：「託乘雷電以馳騖也。靈曄，電貌。詩云『曄曄震電』。西方少陰，其神蓐收，主刑罰。屈原欲急西行者，將命於神，務寬大也。」洪氏云：「博雅云：『朱明、耀靈、東君，日也。』張平子云：『耀靈忽其西藏。』潘安仁云：『曜靈曄而遄邁。』皆用此語。曄音饁，光也。征，行也。逸説非是。」案：則據張衡思玄賦、潘岳寡婦賦「耀靈」詞例，以爲俱出遠遊，同爲「日」之稱，而非「雷電」之名。言天時替代，日陽西沈，猶離騷「日月忽其不淹兮，春與秋其代序」。王注「屈原欲急西行者，將命於神，務寛大」云云，繳繞不通。招魂「大苦醎酸」，王逸注：「大苦，豉也。」洪氏云：「本草：『豉味苦。』故逸以大苦爲豉。然説左氏者曰『醓醢鹽梅』，不及豉。古人未有豉也。内則及招䰟備論飲食，言不及豉。史游急就篇曰，及有無夷鹽豉。蓋秦漢以來始爲之耳。據此，則逸説非也。又，爾雅云：『蘦，大苦。』郭氏以爲『甘草』。又，詩云：『隰有苓。』陸機草木蟲魚疏云：『苓，大苦也。可爲乾菜。』此所謂大苦，蓋苦味之甚者爾」案：洪氏以爲「豉」是秦漢以後之物，戰國以往未有豉。逸以「大苦」爲「豉」，不知古今之變。據爾雅，大苦即「蘦」，亦詩之「苓」。然審之於此文，「所謂大苦，蓋苦味之甚者」，毋需深解。七諫自悲「屬天命而委之咸池」，王逸注：「咸池，天神也。言己自哀不能修人事以見愛於君，屬祿命於天，委之神明而已。」洪氏云：「言己遭時之不幸，無可奈何，付之天命而已。逸説非是。屬音燭，付也。淮南云：『咸池者，水魚之囿也。』注云：『水魚，天神。』」案：王注「屬祿命於天，委之神明」云云，蓋以「屬」爲「接續」之義，洪氏改訓「付」，釋此句爲「付之天命」，其義簡要妥貼，如冰釋無礙。

洪氏辨析疏證王注草木蟲魚鳥獸之義，長至數千言，而實事求是，切理饜心，迄今無出其右。

如：離騷「紉秋蘭以爲佩」，王逸注：「蘭，香草也，秋而芳。」蘭爲何草？據王注，不可得知。洪氏云：「相如賦云『蕙圃衡蘭』，顏師古云：『蘭，卽今澤蘭也。』本草注云：『蘭草、澤蘭，二物同名。蘭草，一名水香，李云都梁是也。』水經云：『零陵郡都梁縣西小山上有渟水，其中悉生蘭草，緑葉紫莖。澤蘭如薄荷，微香，荆、湘、嶺南人家多種之。』此與蘭草大抵相類。但蘭草生水傍，葉光潤尖長，有歧，陰小紫，花紅白色而香，五、六月盛。而澤蘭生水澤中及下溼地，苗高二、三尺，葉尖，微有毛，不光潤，方莖紫節，七月八月開花，帶紫白色，此爲異耳。詩云『士與女，方秉蕑兮』，陸機云：『蕑卽蘭也。其莖葉似藥草。澤蘭廣而長節，節中赤，高四、五尺，漢諸池苑及許昌宮中皆種之。』文選云『秋蘭被涯』，注云：『秋蘭，香草，生水邊，秋時盛也。』荀子云：『蘭生深林。』本草亦云：『一種山蘭，生山側，似劉寄奴，葉無椏，不對生，花心微黄赤。楚詞有秋蘭、春蘭、石蘭，王逸皆曰香草，不分别也。』近時劉次莊樂府集云：『離騷曰「紉秋蘭以爲佩」，又曰「秋蘭兮青青，緑葉兮紫莖」。今沅、澧所生，花在春則黄，在秋則紫，然而春黄不若秋紫之芬馥也。由是知屈原真所謂多識草木鳥獸，而能盡究其所以情狀者歟？』黄魯直蘭説云：『蘭生深山叢薄之中，不爲無人而不芳，含香體潔，平居與蕭艾同生而不殊。清風過之，其香藹然，在室滿室，在堂滿堂，所謂含章以時發者也。然蘭蕙之才德不同，蘭似君子，蕙似士夫。槩山林中十蕙而一蘭也。離騷曰：「予既滋蘭之九畹，又樹蕙之百畝。」招魂：「光風轉蕙，泛崇蘭。」以是知楚人賤蕙而貴蘭矣。蘭蕙叢出，蒔以沙石則茂，沃以湯茗則芳，是所同也。至其發華，一幹一華而香有餘者，蘭；一幹五、七華，而香不足者，蕙也。蕙雖不若蘭，其視椒、椴則遠矣。」其言蘭蕙如此，當俟博物者。』」案：洪氏辨澤蘭、蘭草、蘭蕙異同，庶幾已無餘藴。湘夫人「辛夷楣兮葯房」，王逸注：「辛夷，香草，以作户楣。」不識「辛夷」爲何草。洪氏云：「本草云：『辛夷，樹大連合抱，高數仞。』此花初發如筆，北人呼爲木筆。其花最早，南人呼爲迎春。逸云『香草』，非也。」案：洪以辛夷爲木，故可作門楣，其非香草亦甚明。又，少司命：「秋蘭兮蘪蕪，羅生兮堂下。」王逸未注「蘪蕪」之義。洪氏云：「山海經云：『臭如蘪蕪。』本草云：『芎藭，其葉名蘼蕪，似蛇牀而香，騷人借以爲譬，其苗四五月間生，葉作叢而莖細，其葉倍香。或蒔於園庭，則芬香滿徑，七八月開白花。』管子曰：『五沃之土生蘼蕪。』相如賦云：『芎藭昌蒲，江離蘪蕪。』師古云：『蘪蕪，即芎藭苗也。』」案：則知蘪蕪，即芎藭之苗。他者，若屈賦中江離、芷、木蘭、宿莽、申椒、菌桂、荃、留夷、揭車、杜衡、菊、薜荔、芙蓉、薋、菉、葹、玉虬、鷖、望舒、飛廉、鸞皇、雷師、鳳鳥、幽蘭、瓊枝、鴆、鳩、藑茅、珵、鵜鴂、蕭艾、椴、玉鸞、蛟龍等等，王逸注皆簡略或未注，洪氏則旁徵博引，條分縷析，即於經典名物訓詁之牽互者，亦能鈎析分明，則叔師遺義，由此得以顯白於後世。不亦楚辭之功臣、王逸之諍友乎！若逐條出之，裒集爲一編，庶幾與陸璣比侔，庶成其楚辭草木蟲魚疏之書。

漢世以下評騭屈原，或褒或貶，造語兩端，各有所偏。洪氏往往申叔師，思揚己之胸臆，直抒其懷抱。離騷「願依彭咸之遺則」，王逸注：「彭咸，殷賢大夫，諫其君不聽，自投水而死。」案：叔師以爲屈子投水，以諫君不從，類古賢彭咸，出於一時之激忿，似非理性之選擇。洪氏未以爲然，云：

「顏師古云：『彭咸，殷之介士，不得其志，投江而死。』按屈原死於頃襄之世，當懷王時作離騷，已云『願依彭咸之遺則』，又曰『吾將從彭咸之所居』。蓋其志先定，非一時忿懟而自沈也。反離騷曰：『棄由聃之所珍兮，摭彭咸之所遺。』豈知屈子之心哉！」蓋以彭咸、屈子雖同投水死，而彭咸率性所至，屈子經懷、襄二世之久，終以義不容苟活，理之所必然，二者未可同日語。洪氏力倡叔師「若屈原膺忠貞之質，體清潔之性，直若砥矢，言若丹青，進不隱其謀，退不顧其命，此誠絶世之行、俊彦之英也」之論，以駁斥班固「謂之露才揚己，競於羣小之中，怨恨懷王，譏刺椒蘭，苟欲求進，強非其人，不見容納，忿恚自沈，是虧其高明而損其清潔者」之悠謬，折衷是非，復申叔師餘義，爲之長論，大爲屈子人格張目，曰：「或問：古人有言，殺其身有益於君則爲之。屈原雖死，何益於懷、襄？曰：忠臣之用心，自盡其愛君之誠耳。死生、毀譽，所不顧也。故比干以諫見戮，屈原以放自沈。比干，紂諸父也；屈原，楚同姓也。爲人臣者，三諫不從則去之，同姓無可去之義，有死而已。離騷曰：『阽余身而危死兮，覽余初其猶未悔。』則原之自處審矣。或曰：原用智於無道之邦，虧明哲保身之義，可乎？曰：愚如武子，全身遠害，可也。有官守言責，斯用智矣。山甫明哲，固保身之道，然不曰『夙夜匪解，以事一人』乎？士見危致命，況同姓兼恩與義而可以不死乎？且比干之死，微子之去，皆是也。屈原其不可去乎？有比干以任責，微子去之，可也。楚無人焉，原去則國從而亡，故雖身被放逐，猶徘徊而不忍去。生不得力爭而強諫，死猶冀其感發而改行，使百世之下聞其風者，雖流放廢斥，猶知愛其君，眷眷而不忘，臣子之義盡矣。非死爲難，處死爲難。屈原雖死，猶不死也。後之讀其文，知其人，如賈生者亦鮮矣。然爲賦以弔之，不過哀其不遇而已。余觀自古忠臣義士，慨然發憤，不顧其死，特立獨行，自信而不回者，其英烈之氣，豈與身俱亡哉？『仍羽人於丹丘，留不死之舊鄉』，『超無爲以至清，與太初而爲鄰』。此遠遊之所以作，而難爲淺見寡聞者道也。仲尼曰：『樂天知命，故不憂。』又曰：『樂天知命，有憂之大者。』屈原之憂，憂國也；其樂，樂天也。離騷二十五篇多憂世之語，獨遠遊曰：『道可受兮，不可傳。其小無内兮，其大無垠。無滑而魂兮，彼將自然。壹氣孔神兮，於中夜存。虚以待之兮，無爲之先。』此老、莊、孟子所以大過人者，而原獨知之。司馬相如作大人賦，宏放高妙，讀者有淩雲之意，然其語多出於此。至其妙處，相如莫能識也。太史公作傳，以爲『其文約，其辭微，其志絜，其行廉。其稱文小而其指極大，舉類邇而見義遠。其志絜，故其稱物芳；其行廉，故死而不容自疏。濯淖污泥之中，以浮游塵埃之外，推此志也，雖與日月爭光可也』。斯可謂深知己者。楊子雲作反離騷，『以爲君子得時則大行，不得時則龍蛇。遇不遇，命也，何必沈身哉！』屈子之事，蓋聖賢之變者，使遇孔子，當與三仁同稱。雄未足以與此。班孟堅、顔之推所云，無異妾婦兒童之見，余故具論之。」而其中「生不得力爭而強諫，死猶冀其感發而改行」之語，尤爲後世評論屈子者所稱道不置，推重爲古今不刊之論。

四

補注十七卷文獻價值，猶在於楚辭正文及「補曰」前所存之王逸章句，與單行本章句對勘，見其優於他本者亦夥頤。明、清以後，版刻流傳頗多。後之治楚辭者多取補注本以爲文獻依據，蓋古今學人經驗所積習，固非「版本易見」足以説明之。觀補注本精善所在，於以下兩端以見之。僅以屈賦七篇爲例，各臚列數事以窺見其全貌。

補注本楚辭正文與單行章句本對勘，足見補注本所優者。如，離騷：「朝搴阰之木蘭兮，夕攬洲之宿莽。」單行本「洲」上有「中」字。案：阰、洲對舉爲文，「洲」上不當有「中」字。王注「夕入洲澤采取宿莽」云云，王注舊本固無「中」字。又，「申申其詈予」，單行本「詈予」作「罵余」。案：散則罵、詈同，對文別義。罵之爲言武也，詈之爲言歷也。怒，謂之罵，以言語歷數之爲詈。下文牽引鮌之事數詈之，則舊本作「詈」。又，楚辭領格用余，賓格用予，分别至嚴。此用賓格，當作「詈予」，補注本存其舊。又，「固亂流其鮮終兮」，單行本「固」作「國」。案：王注「羿以亂得政，身即滅亡，故言鮮終」云云，王注舊本固無「國」字之義。文選本亦作「固」。作「國」字，非是，補注本存其舊。又，「舉賢而授能兮」，單行本「賢」下有「才」字。案：舉賢、授能，對舉爲文，有「才」字，衍文。王注「不遺幽陋，舉賢用能，行用先聖法度，無有傾失」云云，其舊本亦無「才」字。又，「望崦嵫而勿迫」，單行本「勿」作「未」。案：勿，禁詞；未，未將之詞。王注「望日所入之山，且勿附近」云云，其本作『勿』字。九歌湘夫人「白薠兮騁望」，單行本「白」上有「登」字，「薠」作「蘋」。案：薠，秋生於道上；蘋，春生於水澤，原是二草。此説騁望於薠草始生之時，以其在秋。作「蘋」，非是。舊本作「薠」。「白薠」以記時，非高敞之處，有「登」字，益不可通。補注本是也。天問：「僉曰何憂，何不課而行之。」單行本「曰」作「答」。案：王注「衆人曰何憂哉，何不先試之」云云，其本作「曰」字，補注本存其舊。又，「胡維嗜不同味，而快鼂飽。」單行本「嗜」下有「欲」字。案：嗜亦欲也。慧琳音義卷六六「琪嗜」條引考聲云：「嗜，欲也。」王注「特與衆人同嗜欲」云云，欲爲釋語，因以誤衍爲「嗜欲」。九章惜誦「竭忠誠㠯事君兮」，單行本「君」下有「子」字。案：君，謂君主，楚王也。非「君子」之「君」。王注「竭盡忠信以事于君」云云，舊本無「子」字。補注本存其舊。哀郢「方仲春而東遷」，單行本無「方」字。案：王注「正以仲春陰陽會時」云云，舊本有「方」字。懷沙「寃屈而自抑」，單行本「寃」作「俛」。案：俛，俯也。寃，曲也。俛，寃之訛也。寃屈，寃結、鬱結，皆聲轉字，抑鬱貌。補注本存其舊。悲回風「故荼薺不同畝兮」，單行本「薺」作「苦」。案：荼、薺，二草名。若作「苦」，則祇爲荼一物，亦不得云「同畝」。王注「荼薺不同畝而俱生」云云，舊本作「薺」字。又，「心鞿羈而不形兮」，單行本「形」作「開」。案：形者，分也。周禮遂人「以土地之圖經田野造縣鄙形體之灋」，鄭注：「經、形、體，皆謂制分界也。」賈疏：「形體二者，同實而異名，明俱爲分界處所也。」鄭以事説之，形猶分也。賈以名説之，形猶所分之所。皆通。莊子德充符：「何謂德不形？曰：平者，水停之盛也。其可以爲法也，內保之而外不蕩也。德者，成和之修也。德不形者，物不能離也。」不形、不離，相對爲文，形，亦離分。易「形」作「開」者，未審其義而妄改之。補注本存其舊。遠遊「美往世之登仙」，單行本「美」作「羡」。案：此若作「羡往世」，則與下文「羡韓衆」重複。羡，美字之訛。補注本存其舊也。又，「無滑而魂兮」，單行本「無滑」作「無淈滑」。案：滑、淈，並謂亂。有「淈」字，襲同義而誤衍。補注本存其舊也。卜居「誰知吾之廉貞」，單行本「貞」作「真」。案：廉貞，習語，不作「廉真」。補注本存其舊。若此類者，則舉不勝舉。

補注本王逸序文與注文與單行章句本對勘，以見補注本所優者，以離騷一篇爲例，則可概其餘。如，離騷序：「言己放逐離别，中心愁思，猶依道徑，以風諫君也。」單行本「己」作「以」。案：以、已古通用。已，「己」字之訛。補注本存其舊。離騷「皇覽揆余初度兮」，王注：「覽，觀也。」單行本「覽」作「覩」。案：覽，古祇訓「觀」，無訓「覩」。説文見部：「覽，觀也。」文選思玄賦「覽蒸民之多僻兮」，舊注：「覽，觀也。」呂氏春秋重言篇「將以覽民則也」，高注：「覽，觀也。」則舊本作「觀」，補注本是也。又，「扈江離與辟芷兮」，王注：「江離、芷，皆香草名。」單行本「芷」上有「辟」字。案：辟，即「幽僻」之「僻」，「芷」之飾語，非香草名。有「辟」字爲衍文。補注本存其舊。又，「夕攬洲之宿莽」，王注：「水中可居者曰洲者。」單行本「水中可居者」作「水可居中者」。案：單行本作「水可居中者」，不辭。補注本是也。又，「恐皇輿之敗績」，王注：「皇，君也。」單行本「君」作「后」。案：君、后同義。然王注及兩漢遺義，「皇」無釋「后」者。九歎愍命

「嘉皇既殁」，王注：「皇，君也。」書五子之歌「皇祖有訓」，孔傳：「皇，君也。」詩正月「有皇上帝」，毛傳：「皇，君也。」則舊本作「君」。又，「余既不難夫離別兮」，王注：「言我竭忠見過，非難與君離別也。」單行本「離別」作「別離」。案：據王注文例，正文作「離別」，則注文亦作「離別」。正文作「別離」，則注文亦作「別離」。少司命「悲莫悲兮生別離」，王注：「人居世間，悲哀莫痛與妻子生別離，傷己當之也。」則舊本當作「離別」。又，「又申之以攬茝」，王注：「然猶復重引芳茝以自結束，執志彌篤也。」單行本「執志」作「執意」。案：王注文例，但作「執志」，而無「執意」。下文「自前世而固然」，王注：「言鷙鳥執志剛厲，特處不群。」大司命「高駝兮沖天」，王注：「言己雖見疏遠，執志彌堅。」九歎愍命：「回邪辟而不能入兮」，王注：「言己執志清白淵靜，回邪之言，淫辟之人，不能自入於己。」則舊本作「執志」。又，「就重華而敶詞」，王注：「敶詞自説，稽疑聖帝，冀聞秘要以自開悟也。」單行本「秘要」作「要説」。案：秘要，王注習用恒語。遠遊「審壹氣之和德」，王注：「究問元精之祕要也。」祕、秘同。秘要，始出於後漢，因乎讖緯。後漢書方術傳附任文公：「父文孫，明曉天官風角祕要。」三國志蜀書諸葛亮傳注引蜀記「千井齊甃，又何祕要。」則舊本作「秘要」。又，「霑余襟之浪浪」，王注：「衣眥謂之襟。」單行本「眥」作「貲」，或作「皆」。案：眥，目眶。衣眥，謂衣領之襟似目眶。爾雅釋器李巡云：「衣眥，衣領之襟也。」貲、皆，皆「眥」之訛。補注本存其舊。若此類者，他篇俯拾皆是。知補注本所存王逸章句多存其舊。

雖然，補注本訛、脱、衍及竄亂之文，時或見焉。其見於楚辭正文者，如離騷「澆身被服強圉兮」，單行本「服」作「於」。案：王注：「言浞取羿妻而生澆，彊梁多力，縱放其情，不忍其慾，以殺夏后相也。」未釋「被服」之義。被於，猶言拔扈。作「被服」者，非是。又，「殷宗用而不長」，單行本「而」作「之」。案：用之，猶「厥首用夫顛隕」之「用夫」，謂「以是」。「而」之古字，與「夫」字形似。夫，亦之也。補注本作「而」，非是。九歌湘夫人「鳥萃兮蘋中」，單行本「萃」上有「何」字。案：以下句「罾何爲兮木上」斷之，「萃」上有「何」字是也。補注本脱訛。少司命「夫人自有兮美子」，單行本作「夫人兮自有美子」。案：蔣驥山帶閣注楚辭：「兮字，當在人字下。」又，王注「司命何爲主握其年命，而用思愁苦」云云，其本作「何爲」。則補注本非是。天問「伯禹愎鮌」，單行本「愎」作「腹」。案：腹鮌，謂禹生於鮌。王注「鮌愚狠愎而生禹」云云，舊本作「腹」，補注本因注「狠愎」，誤改正文作「愎」。又，「比干何逆而抑沈之？雷開阿順而賜封之？」單行本「封之」下有「金」字。案：沈、金古同協侵部，若無「金」字，則出韻。王注「阿順於紂乃賜之金玉而封之」云云，舊本有「金」字。補注本脱訛。懷沙「懲連改忿兮」，單行本「連」作「違」。案：連、忿，對舉爲文。當作「違」，通作「恚」，謂忿恚。王注「則止己留連之心」云云，舊本已誤。橘頌「不終失過兮」，單行本作「終不失過兮」。案：王注「敕慎自守，終不敢有過失」云云，舊本作「終不失過兮」。補注本乙訛。漁父「何故深思高舉」，單行本同史記作「何故懷瑾握瑜」。案：王注「獨行忠直」云云，以「瑾瑜」之玉喻忠直之行。而「深思高舉」無此義。其見於王逸注文者則更多。如離騷「帝高陽之苗裔兮」，王注引帝繫曰：「顓頊娶于騰隍氏女而生老僮，是爲楚先。」單行本「騰隍氏」作「騰墳隍氏」。案：王引帝繫，見大戴禮記，其作「顓頊娶于滕氏，滕氏奔之子謂之女祿氏，産老童」。騰與滕，奔與墳，古字並通用。無「隍」字。山海經大荒西經郭注引世本：「顓頊娶于滕墳氏」，宋衷曰：「滕墳，國名。」吳任臣山海經廣注引國名記「滕墳」作「勝濆」，注云：「勝奔也。高陽妃勝奔氏國。或作騰隍。誤。」太平御覽卷七九皇王部四顓頊高陽氏引帝王世紀、卷一三五皇親部一顓頊妃引世本並作「勝墳氏」。路史後紀高陽「勝奔氏曰娽」條：「奔，即勝濆也。埤蒼云：『娽，顓帝之妻名。』世本、人表皆作女祿。大戴禮：『勝奔氏之子謂之女祿。生老童。』」又，國名紀世妃后之國「勝濆」條曰：「高陽妃勝奔氏國，或作騰隍。誤。」濆、墳、奔古字通用，勝、滕、騰亦通用。滕墳氏，非氏之復名，即戴記「滕氏奔」乙訛。有「隍」字，衍文。滕，氏名。奔，人名。而補注本誤脱「墳」字。又，「惟庚寅吾以降」，補注本「惟」字無注。案：單行本有注：「惟，辭也。」文選本亦有注。「惟」字首見，宜有注。補注本脱之。又，「皇覽揆余初度兮」，王注：「言父伯庸觀我始生年時，度其日月皆合天地之正中。」案：單行本「言」下有「己美」二字。皇，訓「美」，則有「己美」二字。九歎遠逝「承皇考之妙儀」，王注：「上以承美先父高妙之法，不敢解也。」愍命「昔皇考之嘉志兮」，王注：「言昔我美父伯庸體有嘉善之德，喜升進賢能，信愛仁智以爲行也。」皆以「美父」連文。補注本脱之。又，「惟夫黨人之偷樂兮」，王注：「黨，朋也。論語曰：『朋而不黨。』」單行本「朋而」作「羣而」。案：論語諸本作「羣而不黨」，無作「朋而不黨」。補注本訛。又，「謇吾法夫前修兮」，王注：「一云：謇，難也。言己服飾雖爲難法，我倣前賢以自修潔，非本今世俗人之所服佩。」案：單行本無此注，「一云」之説，見文選五臣呂向注。蓋由五臣注竄入。又，「阽余身而危死兮」，王注：「阽，猶危也。或云：阽，近也。言己盡忠，近於危殆。」單行本無「或云阽近也言己盡忠近於危殆」十三字。案慧琳音義卷九八「阽危」條楚辭云：「阽余身以危死。」引王注：「亦危也。」黎本玉篇殘卷阜部「阽」字：「楚辭『阽余身以危死』，王逸曰：『阽，危也。』」皆無「或曰」以下十三字。補注本有此十三字，後所竄亂。又，「欲少留此靈瑣兮」，王注：「一云：靈，神之所在也。瑣，門有青瑣也。言未得入門，故欲小住門外。」案：小住，六朝以後恒語。搜神記卷一「薊子訓」條：「見者呼之曰：『薊先生小住。』並行應之，視若遲徐，而走馬不及。」卷二「吳孫峻」條：「小住須臾，更進一家上便止，徘徊良久。」藝文類聚卷七〇服飾部下胡牀引世説：「公曰：『小住，老子於此處，亦復不淺。』因便據胡牀，與諸賢士談謔竟坐。」叔師注文，不當有六朝語，當竄入之文。九辯「忼慨絶兮不得」，王注：「中情恚恨，心剝切也。」案：慧琳音義卷四九「忼慨」條、卷五五「慷慨」條同引王注楚辭：「中情恚恨，心切剝也。」據辭例，古無作「剝切」，但有「切剝」。九懷匡機「余深愍兮慘怛」，王注：「我內憤傷，心切剝也。」九思憫上「思怫鬱兮肝切剝」。隸釋卷八引漢無名氏金鄉長侯成碑「昆嗣切剝」，卷二二漢無名氏李翊夫人碑「慟切剝兮年不榮」，陸雲與戴季甫書「追慕切剝」。則舊本作「切剝」。剝與上「軾」及下「北」、「慼」爲職、屋合韻。若作「剝切」，出韻。補注本類此者，亦不勝其舉，宜反覆詳審之，參校諸本異同，是其是，非其非，求其舊本者可也。

五

整理補注，須平心定氣，字斟句酌，務求正確無誤，約定爲五事：一是訂正字形。如，九辯「何云賢士之不處」，王注：「二老太公，歸文王也。」單行本「二老」作「大老」。案：「二老」之「二」，與「上」之古文「二」形似。舊本當作「上老」。單行本作「大老」，則據義妄改。又，「椉騏驥之瀏瀏兮」，椉，一作六。案：若作「六騏驥」，不可通。補曰：「椉與乘同。」知「六」即「乘」字。朱子集注：「椉，一作乘。」二是審辨字音反切。如，招魂「揳梓瑟」，補曰：「揳，古入切，轢也。」案：「古入」爲切「急」字音，非「揳」字音。集韻：「揳，古鍺切。」知「入」即「八」字之訛。又，九歎逢紛「順波湊」，補曰：「湊，干候切。」案：「干候」爲切「遘」字音，非「湊」字音。集韻：「湊，千候切。」知「干」即「千」字之訛。又，九思憫上「顛鬢白」，補曰：「顛，疋沿切，髮亂貌。」案：「疋沿」爲切「篇」字音，非「顛」字音。集韻：「顛，匹沼切，髮亂皃。」知「沿」即「沼」字之訛。三是廣泛吸收前賢校勘成果。如，清毛祥麟楚辭校文（簡稱「毛校」）、清譚獻批點同治十一年金陵書局重刊汲古閣本（簡稱「譚批」）、日本西村時彦楚辭王注考異本（簡稱「西村校」）、劉師培楚辭考異本（簡稱「劉校」）、聞一多楚辭校補本（簡稱「聞校」）等，雖一善必擷取。

四是明其注書體例。洪氏引經據典，徵引古籍達百餘種，而書名多見省略。如漢書徑或省作漢之類，不知者則誤以爲朝代名而不標書名。雲中君「壽宮」，補曰：「漢：『武帝置壽宮神君。』臣瓚曰：『壽宮，奉神之宮。』」中華書局標點本誤以「漢武帝置壽宮神君」一句連讀，不以「漢」爲「漢書」省稱。他如「漢樂歌」，即漢樂歌。「漢許商上書」，即漢：許商「上書」。「漢武陵郡有辰陽」，即漢：「武陵郡有辰陽。」「漢武帝謂劉德爲千里駒」，即漢：武帝謂劉德爲「千里駒」。「漢始元中，黄鵠下建章宮太液池中」，即漢：「始元中，黄鵠下建章宮太液池中。」漢，皆指漢書，宜標書名，中華本誤以爲朝代名。又，補注徵引文選有李善注、五臣注、文選音、文選注等，文選音、文選注，非出自李善注或五臣注，原是四種不同注本。如，離騷「攬茹蕙」，補曰：「茹，文選音：汝。」又，「精瓊爢」，補曰：「爢，文選音：靡。」湘君「邅吾道」，補曰：「邅，文選音：陟連切。」招隱士「罔兮沕」，補曰：「沕，文選音：勿。」案：文選音，蓋蕭該或公孫羅所作，而中華本皆標作「文選音」，「音」字在書名外。誤也。又，離騷「閶闔」，補曰引文選注云：「閶闔，天門也。」又，「無芳草兮」，草，舊作卉，補曰引文選注云：「卉，百草總名，楚人語也。」又，「載雲旗」，補曰引文選注云：「其高至雲，故曰雲旗。」湘君「石瀨」，補曰引文選注云：「石瀨，水激石間，則怒成湍。」涉江「帶長鋏」，補曰引文選注云：「鋏，刀身，劍鋒也。有長鋏、短鋏。」思美人「竚眙」，補曰引文選注云：「佇眙，立視也，今市聚人謂之立眙。」遠遊「招玄武」，補曰引文選注云：「龜與蛇交曰玄武。」卜居「突梯滑稽」，補曰引文選注云：「突，吐忽切，滑也。」案：以上注義，皆不見文選李善注或五臣注，當是唐世别一種注本。而中華本皆標作「文選注」，「注」字在書名外。誤也。五是貢獻一己之得。如，抽思「北山」之爲「丘山」，懷沙「本迪」之爲「伓迪」，悲回風「居戚戚」之爲「處戚戚」，皆爲己所發明，已爲學者所認可。故徑改之，但於校勘記中注明出處而已。

補注現存傳世本，其重要者都凡六種：一、明無名氏繙刻宋本（簡稱「景宋本」），二、明末清初汲古閣毛表校刊本（簡稱「汲古閣本」）。汲古閣存世本，僅見兩部完帙：一則見藏於國家圖書館，原屬王國維舊物；一則見藏於南京圖書館，原屬丁丙舊藏。誠不易得也。三、清吴郡陳枚寶翰樓復刊汲古閣楚辭箋注本（簡稱「寶翰本」），四、日本國寬延二年皇都書林刊刻汲古閣楚辭箋注本（簡稱「皇都本」），五、清道光二十六年惜陰軒叢書仿汲古閣本（簡稱「惜陰本」），六、清同治十一年金陵書局重刊汲古閣本（簡稱「同治本」）。這次整理以汲古閣本爲底本，其餘五種爲校本。其出校原則，唯以校正底本是非爲主：凡底本有訛、脱、衍及錯亂者，則據校本改、補、删、乙；底本與校本兩可者，酌情出異文校；底本、校本皆誤者，則或者據章句本、集注本、補注所徵引本書及清毛祥麟楚辭校文（簡稱「毛校」）簡等改正，或者徑據拙著楚辭集校（上海古籍出版社二〇〇九年版）改正；底本不誤而校本有誤者，則不出校。校勘記務求簡要明白，不作繁瑣考證。然限於學識卑陋不精，斷句標點或者校記等容或不當失誤之處，在所不免，祈請高明指正。

時維甲午之歲孟冬之月己酉之日，記於婺州麗澤寓舍。

總目

楚辭目錄

班孟堅云：「始，楚賢臣屈原被讒放流，作離騷諸賦，以自傷悼。後有宋玉、唐勒之屬，慕而述之，皆以顯名。漢興，高祖王兄子濞於吳招致天下娛游子弟，枚乘、鄒陽、嚴夫子之徒興於文、景之際，而淮南王安都壽春，招賓客著書。而吳有嚴助、朱買臣貴顯漢朝，故世傳楚辭。」

漢護左都水使者光祿大夫臣劉向集

後漢校書郎臣王逸章句

一本云：「校書郎中。」後漢文苑傳云：「逸字叔師，南郡宜城人。元初中，舉上計吏，爲校書郎。順帝時爲侍中。著楚辭章句行於世。」

九思第十七

按：九章第四，九辯第八，而王逸九章注云：「皆解於九辯中。」知釋文篇第，蓋舊本也。後人始以作者先後次叙之爾。鮑欽止云：「辨騷非楚詞本書，不當録。班孟堅二序，舊在天問、九歎之後，今附于第一通之末云。」

楚辭卷第一①

①隋唐書志有皇甫遵訓參解楚辭七卷，郭璞注十卷，宋處士諸葛楚辭音一卷，劉杳草木蟲魚疏二卷，孟奧音一卷，徐邈音一卷。始，漢武帝命淮南王安爲離騷傳，其書今亡。按屈原傳云：「國風好色而不淫，小雅怨誹而不亂，若離騷者，可謂兼之矣。」又曰：「蟬蛻於濁穢，以浮游塵埃之外，不獲世之滋垢，皭然泥而不滓。推此志，雖與日月爭光可也。」班孟堅、劉勰皆以爲淮南王語，豈太史公取其語以作傳乎？漢宣帝時，九江被公能爲楚詞。隋有僧道騫者善讀之，能爲楚聲，音韻清切。至唐，傳楚辭者皆祖騫公之音。

離騷經章句第一　離騷

校書郎臣王逸上
曲阿洪興祖補注

離騷經者，屈原之所作也。屈原與楚同姓，仕於懷王，爲三閭大夫。三閭之職，掌王族三姓，曰昭、屈、景①。屈原序其譜屬，率其賢良，以厲國士。入則與王圖議政事，決定嫌疑；出則監察羣下，應對諸侯。謀行職脩，王甚珍之。同列大夫上官、靳尚妬害其能，共譖毁之②。王乃疏屈原③。屈原執履忠貞而被讒衺④，憂心煩亂，不知所愬，乃作離騷經。離，別也。騷，愁也。經，徑也。言己放逐離別，中心愁思，猶依道徑⑤，以風諫君也⑥。故上述唐、虞、三后之制，下序桀、紂、羿、澆之敗，冀君覺悟，反於正道而還己也。是時，秦昭王使張儀譎詐懷王，令絶齊交。又使誘楚，請與俱會武關，遂脅⑦與俱歸，拘留不遣，卒客死於秦⑧。其子襄王，復用讒言，遷屈原於江南⑨。屈原放在草野⑩，復作九章，援天引聖，以自證明，終不見省。不忍以清白久居濁世，遂赴汨淵，自沈而死⑪。離騷之文，依詩取興，引類譬諭，故善鳥香草以配忠貞，惡禽臭物以比讒佞，靈脩美人以媲於君⑫，宓妃佚女以譬賢臣，虬龍鸞鳳以託君子，飄風雲霓⑬以爲小人。其詞温而雅，其義皎而朗⑭。凡百君子，莫不慕其清高，嘉其文采，哀其不遇，而愍其志焉⑮。

①戰國策：楚有昭奚恤。元和姓纂云：「屈，楚公族芈姓之後。楚武王子瑕食采於屈，因氏焉。屈重、屈蕩、屈建、屈平竝其後。」又云：「景，芈姓。楚有景差。漢徙大族昭、屈、景三姓於關中。」

②史記曰：「上官大夫與之同列。」又曰：「用事臣靳尚。」

③疏，一作「逐」。

④一作「邪」。

⑤一云「陳直徑」，一云「陳道徑」。

⑥太史公曰：「離騷者，猶離憂也。」班孟堅曰：「離，猶遭也，明己遭憂作辭也。」顔師古云：「憂動曰騷。」余按：古人引離騷，未有言「經」者。蓋後世之士祖述其詞，尊之爲「經」耳，非屈原意也。逸説非是。

⑦一作「脇」。

⑧史記曰：「屈平既絀，其後秦欲伐齊，齊與楚從親，惠王患之，乃令張儀詳去秦，厚幣委質事楚。」「詳」與「佯」同。又曰：「秦昭王與楚婚，欲與懷王會。屈平曰：『秦，虎狼之國，不可信，不如無行。』懷王卒行。入武關，秦伏兵絶其後，因留懷王。」然則使張儀譎詐懷王，令絶齊者，乃惠王，非昭王也。

⑨史記曰：「懷王長子頃襄王立，令尹子蘭使上官大夫短屈原于頃襄王，王怒而遷之。」

⑩草，一作「山」。

⑪前漢地理志，長沙有羅縣。荆州記曰：「縣北帶汨水，水源出豫章艾縣界，西流注湘。沿湘西北，去縣三十里，名爲屈潭，屈原自沈處。」汨音覓。

⑫媲，配也，匹詣切。

⑬飄，一作「飇」。

⑭朗，一作「明」。

⑮愍，一作「閔」。魏文帝典論云：「優游按衍，屈原尚之，窮侈極妙，相如之長也。然原據託譬喻，其意周旋，綽有餘度，長卿、子雲不能及。」宋子京云：「離騷爲詞賦之祖，後人爲之，如至方不能加矩，至圓不能過規矣。」

帝高陽之苗裔兮①，朕皇考曰伯庸②。攝提貞于孟陬兮③，惟庚寅吾以降④。皇覽揆余初度兮⑤，肇錫余以嘉名⑥。名余曰正則兮⑦，字余曰靈均⑧。紛吾既有此内美兮⑨，又重之以脩能⑩。扈江離與辟芷兮⑪，紉秋蘭以爲佩⑫。汩余若將不及兮⑬，恐年歲之不吾與⑭。朝搴阰之木蘭兮⑮，夕攬洲之宿莽⑯。日月忽其不淹兮⑰，春與秋其代序⑱。惟草木之零落兮⑲，恐美人之遲暮⑳。不撫壯而棄穢兮㉑，何不改此度㉒？乘騏驥以馳騁兮㉓，來吾道夫先路㉔。

①德合天地稱帝。苗，胤也。裔，末也。高陽，顓頊有天下之號也。帝繫曰：「顓頊娶于騰隍氏女而生老僮，是爲楚先。」其後，熊繹事周成王，封爲楚子，居于丹陽。周幽王時生若敖，奄征南海，北至江漢。其孫武王求尊爵於周，周不與，遂僭號稱王，始都於郢。是時生子瑕，受屈爲客卿，因以爲氏。屈原自道本與君共祖，俱出顓頊胤末之子孫，是恩深而義厚也。【補曰】皇甫謐曰：「高陽都帝

丘，今東郡濮陽是也。」張晏曰：「高陽，所興之地名也。」劉子玄史通云：「作者自敘其流，出於中古。離騷經首章，上陳氏族，下列祖考，先述厥生，次顯名字。自敘發跡，實基於此。降及司馬相如，始以自敘爲傳。至馬遷、楊雄、班固，自敘之篇實煩於代。」

②朕，我也。皇，美也。父死稱考。詩曰：「既右烈考。」伯庸，字也。屈原言我父伯庸，體有美德，以忠輔楚，世有令名，以及於己。【補曰】蔡邕云：「朕，我也。古者上下共之，咎繇與帝舜言稱『朕』，屈原曰『朕皇考』。至秦獨以爲尊稱，漢遂因之。」唐五臣注文選云：「古人質，與君同稱朕。」又以伯庸爲屈原父名。皆非也。原爲人子，忍斥其父名乎？

③太歲在寅曰攝提格。孟，始也。貞，正也。于，於也。正月爲陬。【補曰】並出爾雅。陬，側鳩切。

④庚寅，日也。降，下也。孝經曰：「故親生之膝下。」寅爲陽正，故男始生而立於寅。庚爲陰正，故女始生而立於庚。言己以太歲在寅，正月始春，庚寅之日，下母之體，而生得陰陽之正中也。【補曰】天問云：「皆歸䠶鞫，而無害厥躬。何后益作革，而禹播降？」九歎云：「赴江湘之湍流兮，順波湊而下降。徐徘徊於山阿兮，飄風來之匈匈。」降，乎攻切，下也。見集韻。説文曰：「元氣起於子。男左行三十，女右行二十，俱立於巳，爲夫婦。裹妊於巳，巳爲子，十月而生。男起巳至寅，女起巳至申。故男年始寅，女年始申也。」淮南子注同。

⑤皇，皇考也。覽，觀也。揆，度也。初，始也。覽，一作「鑒」。一本「余」下有「于」字。五臣云：「我父鑒度我初生之法度。」

⑥肇，始也。錫，賜也。嘉，善也。言父伯庸觀我始生年時，度其日月，皆合天地之正中，故賜我以美善之名也。

⑦正，平也。則，法也。

⑧靈，神也。均，調也。言正平可法則者莫過於天，養物均調者莫神於地。高平曰原，故父伯庸名我爲平以法天，字我爲原以法地。言己上能安君，下能養民也。禮曰：「子生三月，父親名之，既冠而字之。」名，所以正形體、定心意也；字者，所以崇仁義、序長幼也。夫人非名不榮，非字不彰，故子生，父思善應而名字之，以表其德、觀其志也。五臣云：「靈，善也。均，亦平也。言能正法則，善平理。」【補曰】史記：「屈原，名平。」文選以平爲字，誤矣。「正則」以釋名「平」之義，「靈均」以釋字「原」之義。名有五，屈原以德命也。禮記曰：「三月之末，父執子之右手，咳而名之。」又曰：「既冠而字之，成人之道也。」士冠禮云：「賓字之，曰：昭告爾字，爰字孔嘉。」字雖朋友之職，亦父命也。

⑨紛，盛貌。五臣曰：「内美，謂忠貞。」

⑩脩，遠也。言己之生，内含天地之美氣，又重有絶遠之能，與衆異也。言謀足以安社稷，智足以解國患，威能制彊禦，仁能懷遠人也。【補曰】重，儲用切，再也。非「輕重」之「重」。能，本獸名，熊屬，故有絶人之才者謂之能。此讀若耐，叶韻。

⑪扈，被也。楚人名被爲扈。江離、芷，皆香草名。辟，幽也。芷幽而香。文選「離」作「蘺」。五臣

云：「扈，披也。」【補曰】扈音户。左傳云：「九扈爲九農正，扈民無淫者也。」扈，止也。江離，説者不同。説文曰：「江蘺，蘼蕪。」然司馬相如賦云：「被以江離，糅以蘼蕪。」乃二物也。本草：「蘼蕪，一名江離。」江離非蘼蕪也，猶杜若一名杜蘅，杜蘅非杜若也。蘼蕪，見九歌。郭璞云：「江離似水薺。」張勃云：「江離出海水中，正青，似亂髮。」郭恭義云：「赤葉。」未知孰是。辟，匹亦切。白芷，一名白茝，生下澤，春生，葉相對婆娑，紫色，楚人謂之葯。

⑫紉，索也。蘭，香草也，秋而芳。佩，飾也，所以象德。故行清潔者佩芳，德仁明者佩玉，能解結者佩觿，能決疑者佩玦，故孔子無所不佩也。言己脩身清潔，乃取江離、辟芷，以爲衣被；紉索秋蘭，以爲佩飾；博采衆善，以自約束也。【補曰】紉，女鄰切。方言曰：「續，楚謂之紉。」説文云：「繟繩也。」記曰[一]：古者男女「皆佩容臭」。臭，香物也。又曰：「佩帨茝蘭。」則蘭芷之類，古人皆以爲佩也。相如賦云：「蕙圃衡蘭。」顔師古云：「蘭，即今澤蘭也。」本草注云：「蘭草、澤蘭，二物同名。」蘭草，一名水香。李云「都梁」是也。水經云：「零陵郡都梁縣西小山上，有渟水，其中悉生蘭草，緑葉紫莖。」澤蘭，如薄荷，微香，荆、湘、嶺南人家多種之。此與蘭草大抵相類。但蘭草生水傍，葉光潤尖長，有歧，陰小紫，花紅白色而香，五六月盛。而澤蘭生水澤中及下濕地，苗高二三尺，葉尖，微有毛，不光潤，方莖紫節，七月八月開花，帶紫白色。此爲異耳。詩云：「士與女，方秉蕑兮。」陸機云：「蕑，即蘭也，其莖葉似藥草。澤蘭廣而長節，節中赤[二]，高四五尺，漢諸池苑及許昌宮中皆種之。」文選云：「秋蘭被涯。」注云：「秋蘭，香草。生水邊，秋時盛也。」荀子

云：「蘭生深林。」本草亦云：一種山蘭「生山側，似劉寄奴，葉無椏，不對生，花心微黄赤」。楚詞有秋蘭、春蘭、石蘭，王逸皆曰「香草」，不分别也。近時劉次莊樂府集云：「離騷曰『紉秋蘭以爲佩』，又曰『秋蘭兮青青，緑葉兮紫莖』。今沅澧所生，花在春則黄，在秋則紫，然而春黄不若秋紫之芬馥也。」由是知屈原真所謂多識草木鳥獸，而能盡究其所以情狀者歟？黄魯直蘭説云：「蘭生深山叢薄之中，不爲無人而不芳。含香體潔，平居與蕭艾同生而不殊。清風過之，其香藹然。在室滿室，在堂滿堂，所謂含章以時發者也。然蘭蕙之才德不同：蘭似君子，蕙似士夫。槩山林中，十蕙而一蘭也。離騷曰：『予[三]既滋蘭之九畹，又樹蕙之百畝。』招魂：『光風轉蕙，泛崇蘭。』以是知楚人賤蕙而貴蘭矣。蘭蕙叢出，蒔以沙石則茂，沃以湯茗則芳，是所同也。至其發華，一幹一華而香有餘者蘭，一幹五七華而香不足者蕙也。蕙雖不若蘭，其視椒、榝則遠矣。」其言蘭蕙如此，當俟博物者。

⑬汩，去貌，疾若水流也。不，一作「弗」。五臣云：「歲月行疾，若將追之不及。」【補曰】汩，越筆切。方言云：「疾行也，南楚之外曰汩。」

⑭言我念年命汩然流去，誠欲輔君，心中汲汲，常若不及。又恐年歲忽過，不與我相待，而身老耄也。【補曰】恐，區用切，疑也。下竝同。論語曰：「日月逝矣，歲不我與。」

⑮搴，取也。阰，山名。【補曰】搴音蹇。説文「攓，拔取也」，南楚語，引「朝攓阰之木蘭」。阰，頻脂切，山在楚南。本草云：「木蘭皮似桂而香，狀如楠樹，高數仞。任昉述異記云：木蘭州[四]在尋

陽江，地多木蘭。」

⑯攬，采也。水中可居者曰洲。草冬生不死者，楚人名曰宿莽。言己旦起陞山采木蘭，上事太陽，承天度也；夕入洲澤採取宿莽，下奉太陰，順地數也。動以神祇自勑誨也。木蘭去皮不死，宿莽遇冬不枯，以喻讒人雖欲困己，己受天性，終不可變易也。攬，一作「擥」，一作「擥」。洲，一作「中洲」。【補曰】攬，盧敢切，取也。莽，莫補切。爾雅云：「卷施草拔心不死。」即宿莽也。

⑰淹，久也。忽，釋文作「曶」。

⑱代，更也。序，次也。言日月晝夜常行，忽然不久。春往秋來，以次相代。言天時易過，人年易老也。

⑲零、落，皆墮也。草曰零，木曰落。零，一作「苓」。

⑳遲，晚也。美人，謂懷王也。人君服飾美好，故言美人也。言天時運轉，春生秋殺，草木零落，歲復盡矣。而君不建立道德，舉賢用能，則年老耄晚暮，而功不成，事不遂也。【補曰】屈原有以美人喻君者，「恐美人之遲暮」是也；有喻善人者，「滿堂兮美人」是也；有自喻者，「送美人兮南浦」是也。

㉑年德盛曰壯。棄，去也。穢，行之惡也，以喻讒邪。百草爲稼穡之穢，讒佞亦爲忠直之害也。文選無「不」字。五臣云：「撫，持也。言持盛壯之年，廢弃道德，用讒邪之言，爲穢惡之行。」【補曰】撫，芳武切。「不撫壯而弃穢」者，謂其君不肯當年德盛壯之時，棄遠讒佞也。五臣注誤。

㉒改，更也。言願令君甫及年德盛壯之時，脩明政教，棄去讒佞，無令害賢，改此惑誤之度，脩先王之法也。甫及，一作「撫及」，一作「務及」。文選云「何不改其此度」，一云「何不改乎此度也」。五臣云：「何不早改此法度，以從忠正之言。」

㉓騏驥，駿馬也，以喻賢智。言乘駿馬，一日可致千里。以言任賢智，則可成於治也。乘，一作「椉」，文選作「策」。馳，一作「駝」。【補曰】駝，即「馳」字。下同。

㉔路，道也。言己如得任用，將驅先行，願來隨我，遂爲君導入聖王之道也。文選作「導夫先路」。一本句末有「也」字。五臣云：「言君能任賢人，我得申展，則導引入先王之道路。」

昔三后之純粹兮①，固衆芳之所在②。雜申椒與菌桂兮③，豈維紉夫蕙茝④？彼堯舜之耿介兮⑤，既遵道而得路⑥。何桀紂之猖披兮⑦，夫唯捷徑以窘步⑧。惟夫黨人之偷樂兮⑨，路幽昧以險隘⑩。豈余身之憚殃兮⑪，恐皇輿之敗績⑫。忽奔走以先後兮，及前王之踵武⑬。荃不察余之中情兮⑭，反信讒而齌怒⑮。余固知謇謇之爲患兮⑯，忍而不能舍也⑰。指九天以爲正兮⑱，夫唯靈脩之故也⑲。曰黄昏以爲期兮，羌中道而改路⑳。初既與余成言兮㉑，後悔遁而有他㉒。余既不難夫離別兮㉓，傷靈脩之數化㉔。

①后，君也。謂禹、湯、文王也。至美曰純，齊同曰粹。

②衆芳，諭羣賢。言往古夏禹、殷湯、周之文王，所以能純美其德，而有聖明之稱者，皆舉用衆賢，使居顯職，故道化興而萬國寧也。五臣云：「三王所以有純美之德，以衆賢所在故也。」

③申，重也。椒，香木也。其芳小，重之乃香。菌，薰也。葉曰蕙，根曰熏。五臣云：「雜，非一也。申，用也。椒、菌桂皆香木。」【補曰】菌音窘。博雅云：「菌，薰也。其葉謂之蕙。」則菌與蕙一種也。下文別言「蕙茝」，又云「矯菌桂以紉蕙」，則菌桂自是一物。本草有菌桂，花白蘂黃，正圓如竹。菌，一作「箘」，其字從竹。五臣以爲香木，是矣；其以「申」爲用，則非也。淮南子曰：「申茮、杜茝，美人之所懷服。」

④紉，索也。蕙、茝，皆香草，以諭賢者。言禹、湯、文王雖有聖德，猶雜用衆賢，以致於治，非獨索蕙茝，任一人也。故堯有禹、咎繇、伯夷、朱虎、益、夔，殷有伊尹、傅說，周有呂、旦、散宜、召、畢，是雜用衆芳之效也。【補曰】本草云：「薰草一名蕙草，生下濕地。」陶隱居云：「俗人呼鷰草，狀如茅而香，爲薰草，人家頗種之。」引山海經云：「薰草，麻葉而方莖，赤花而黑實，氣如蘼蕪，可以已厲。」又，廣志云：「蕙草綠葉紫花。」陳藏器云：「此即是零陵香，生零陵山谷。南越志名燕草。」黃魯直說與此異，已見上。椒與菌桂，木類也；蕙、茝，草類也。以言賢無小大，皆在所用。茝，白芷也，昌改切。

⑤堯、舜，聖德之王也。耿，光也。介，大也。【補曰】耿，古迥、古幸二切。

⑥遵，循也。路，正也。堯、舜所以有光大聖明之稱者，以循用天地之道，舉賢任能，使得萬事之正

也。夫先三后者，據近以及遠，明道德同也。五臣云：「循用大道。」【補曰】上言三后，下言堯、舜，謂三后遵堯、舜之道以得路也。路，大道也。

⑦桀、紂，夏、殷失位之君。猖披，衣不帶之貌。猖，一作「昌」，釋文作「倡」。披，一作「被」。五臣云：「昌披，謂亂也。」【補曰】博雅云：「裮被，不帶也。」被音披。

⑧捷，疾也。徑，邪道也。窘，急也。言桀、紂愚惑，違背天道，施行惶遽，衣不及帶，欲涉邪徑，急疾爲治，故身觸陷阱，至于滅亡，以法戒君也。唯，一作「雜」[五]。五臣云：「言桀、紂苦人使亂，用捷疾邪徑，急步而理之。」【補曰】桀、紂之亂，若衣披不帶者，以不由正道，而所行蹙迫耳。左傳曰：「待我不如捷之速也。」捷，邪出也。論語曰：「行不由徑。」徑，步道也。

⑨黨，朋也。論語曰：「羣[六]而不黨。」偷，苟且也。一無「夫」字。

⑩路，道也。幽昧，不明也。險隘，諭傾危。言己念彼讒人相與朋黨，嫉妬忠直，苟且偷樂，不知君道不明，國將傾危，以及其身也。【補曰】小人朋黨，偷爲逸樂，則中正之路塞矣。隘，狹也。遠遊云：「悲世俗之迫阨。」相如大人賦作「迫隘」，「阨」、「隘」一也。

⑪憚，難也。殃，咎也。一無「身」字。【補曰】小人用事，則賢人被殃。憚，徒案切，忌難也。

⑫皇，君也。輿，君之所乘，以喻國也。績，功也。言我欲諫爭者，非難身之被殃咎也，但恐君國傾危，以敗先王之功。五臣云：「言我所以不難殃咎諫爭者，恐君行事之失。」【補曰】皇輿宜安行于大中至正之道，而當幽昧險隘之地，則敗績矣。左傳曰：「大崩曰敗績。」

⑬踵，繼也。武，跡也。詩曰：「履帝武敏歆。」言己急欲奔走先後，以輔翼君者，冀及先王之德，繼續其跡，而廣其基也。奔走先後，四輔之職也。詩曰：「予聿有奔走，予聿有先後。」是之謂也。忽，一作「急」。【補曰】忽，疾貌。奔，舊音布頓切。相導前後曰先後。先，先見切。踵，亦跡也。

⑭荃，香草，以諭君也。人君被服芬香，故以香草爲諭。惡數指斥尊者，故變言「荃」也。察，一作「揆」。中，一作「忠」。【補曰】「荃」與「蓀」同。莊子云：「得魚而忘荃。」音義云：「七全切，崔音孫。香草，可以餌魚。」疏云：「蓀，荃也。」陶隱居云：東澗[七]溪側有名溪蓀者，根形氣色極似石上菖蒲，而葉正如蒲，無脊，詩詠多云蘭蓀，正謂此也。」

⑮齋，疾也。言懷王不徐徐察我忠信之情，反信讒言而疾怒己也。齋，一作「齊」。【補曰】齋音賫，又音妻。說文云：「齋，炊餔疾也。」釋文：「齊，或作齋，並相西切。」五臣云：「齊，同也。反信讒人，與之同怒於我。」

⑯謇謇，忠貞貌也。易曰：「王臣謇謇，匪躬之故。」【補曰】今易作「蹇蹇」，先儒引經多如此，蓋古今本或不同耳。

⑰舍，止也。言己知忠言謇謇諫君之過，必爲身患，然中心不能自止而不言也。文苑無「而」字。一本「忍」上有「余」字，一無「也」字。五臣云：「恐君之敗，故忍此禍患而不能止。」【補曰】顔師古云：「舍，尸夜切，訓止息人之屋舍及星辰次舍，其義皆同。論語曰：『不舍晝夜。』謂曉夕不息耳。今人音捨，非也。」

⑱指，語也。九天，謂中央八方也。正，平也。五臣云：「九，陽數，謂天也。」【補曰】九章云：「所作忠而言之兮，指蒼天以爲正。」淮南子：九天，中央鈞天，東方蒼天，東北變天，北方玄天，西北幽天，西方昊天，西南朱天，南方炎天，東南陽天。又，廣雅：九天，東方皞天，南方赤天，西方成天。餘同。

⑲靈，神也。脩，遠也。能神明遠見者，君德也，故以諭君。言己將陳忠策，內慮之心，上指九天，告語神明，使平正之：唯用懷王之故，欲自盡也。唯，一作「惟」。一無「也」字。五臣云：「靈脩，言有神明長久之道者，君德也。言我指九天，欲爲君行正平之道，而君不用我，故將欲自盡。」【補曰】王逸言「自盡」者，謂自竭盡耳。五臣説誤。

⑳【補曰】一本有此二句，王逸無注，至下文「羌內恕己以量人」，始釋「羌」義。疑此二句後人所增耳。九章曰：「昔君與我誠言兮，曰黄昏以爲期。羌中道而回畔兮，反既有此他志。」與此語同。

㉑初，始也。成，平也。言，猶議也。【補曰】成言，謂誠信之言，一成而不易也。九章作「誠言」。

㉒遁，隱也。言懷王始信任己，與我平議國政，後用讒言，中道悔恨，隱匿其情，而有他志也。遁，一作「遯」。他，一作「佗」。五臣云：「悔，改。遯，移也。改移本情，而有他志。」

㉓近曰離，遠曰別。一無「夫」字。

㉔化，變也。言我竭忠見過，非難與君離別也，傷念君信用讒言，志數變易，無常操也。五臣云：「傷，惜也。」【補曰】數，所角切。化音花。下同。

余既滋蘭之九畹兮①，又樹蕙之百畝②。畦留夷與揭車兮③，雜杜衡與芳芷④。冀枝葉之峻茂兮⑤，願竢時乎吾將刈⑥。雖萎絶其亦何傷兮⑦，哀衆芳之蕪穢⑧。衆皆競進以貪婪兮⑨，憑不猒乎求索⑩。羌内恕己以量人兮⑪，各興心而嫉妬⑫。忽馳騖以追逐兮⑬，非余心之所急⑭。老冉冉其將至兮⑮，恐脩名之不立⑯。朝飲木蘭之墜露兮⑰，夕餐秋菊之落英⑱。苟余情其信姱以練要兮⑲，長顑頷亦何傷⑳？擥木根以結茝兮㉑，貫薜荔之落蕊㉒。矯菌桂以紉蕙兮㉓，索胡繩之纚纚㉔。謇吾法夫前脩兮，非世俗之所服㉕。雖不周於今之人兮㉖，願依彭咸之遺則㉗。長太息以掩涕兮，哀民生之多艱㉘。余雖好脩姱以鞿羈兮㉙，謇朝誶而夕替㉚。既替余以蕙纕兮㉛，又申之以攬茝㉜。亦余心之所善兮，雖九死其猶未悔㉝。怨靈脩之浩蕩兮㉞，終不察夫民心㉟。衆女嫉余之蛾眉兮㊱，謠諑謂余以善淫㊲。固時俗之工巧兮，偭規矩而改錯㊳。背繩墨以追曲兮㊴，競周容以爲度㊵。忳鬱邑余侘傺兮㊶，吾獨窮困乎此時也㊷。寧溘死以流亡兮㊸，余不忍爲此態也㊹。鷙鳥之不羣兮㊺，自前世而固然㊻。何方圜之能周兮，夫孰異道而相安㊼？屈心而抑志兮㊽，忍尤而攘詬㊾。伏清白以死直兮，固前聖之所厚㊿。

①滋，蒔也。十二畝曰畹。或曰：田之長爲畹也。五臣云：「滋，益也。」釋文作「𦺇」，音栽。【補曰】

說文：「田三十畝曰畹。於阮切。」

②樹，種也。二百四十步爲畝。言己雖見放流，猶種蒔衆香，修行仁義，勤身自勉，朝暮不倦也。五臣云：「蘭、蕙喻行，言我雖被斥逐，脩行彌多。」釋文「畝」作「晦」。【補曰】畝，莫後切。司馬法：「六尺爲步，步百爲畝。」秦孝公之制，二百四十步爲畝。畹或曰十二畝，或曰三十畝。九畹，蓋多於百畝矣。然則種蘭多於蕙也。此古人貴蘭之意。

③畦，共呼種之名。留夷，香草也。揭車，亦芳草，一名芞輿。五十畝爲畦也。揭，一作「藒」。文選作「蒥荑」、「藒車」。【補曰】畦音攜。揭、藒、藒，並丘謁切。相如賦云：「雜以留夷。」張揖曰：「留夷，新夷。」顏師古曰：「留夷，香草，非新夷，新夷乃樹耳。」一云留夷，藥名。爾雅：「藒車，芞輿。」本草拾遺云：「藒車味辛，生彭城，高數尺，白花。」芞音迄。

④杜衡、芳芷，皆香草也。言己積累衆善，以自潔飾，復植留夷、杜衡，雜以芳芷，芬香益暢，德行彌盛也。衡，一作「蘅」。【補曰】爾雅：「杜，土［八］鹵。」注云：「杜衡也，似葵而香。」山海經云：「天帝山有草，狀似葵，其臭如蘼蕪，名曰杜衡。」本草云：「葉似葵，形如馬蹄，故俗云馬蹄香。」

⑤冀，幸也。峻，長也。文選作「葰」。五臣云：「茂盛貌，音俊。」【補曰】相如賦云：「實葉葰楙。」葰音峻。

⑥刈，穫也。草曰刈，穀曰穫。言己種植衆芳，幸其枝葉茂長，實核成熟，願待天時，吾將穫取收藏，

而饗其功也。以言君亦宜蓄養衆賢，以時進用，而待仰其治也。文選「竢」作「俟」[九]。

⑦萎，病也。絶，落也。【補曰】萎，草木枯死也。於危切。

⑧言己所種芳草，當刈未刈，蚤有霜雪，枝葉雖蚤萎病絶落，何能傷於我乎？哀惜衆芳摧折，枝葉蕪穢而不成也。以言己脩行忠信，冀君任用，而遂斥弃，則使衆賢志士失其所也。五臣云：「言我積行，爲讒邪所害見逐，亦猶植芳草爲霜露所傷而落。雖如是，於我亦何能傷？但恐衆賢志士見而蕪穢不自脩也。」【補曰】蕪，荒也。穢，惡也。

⑨競，並也。愛財曰貪，愛食曰婪。以，一作「而」。【補曰】並逐曰競。婪，盧含切。

⑩憑，滿也。楚人名滿曰憑。言在位之人無有清潔之志，皆並進取，貪婪於財利，中心雖滿，猶復求索，不知猒飽也。憑，一作「凴」。【補曰】憑，皮冰切。索，求也。書序曰：「八卦之説，謂之八索。」徐邈讀作蘇故切，則「索」亦有素音。

⑪羌，楚人語詞也，猶言「卿」，何爲也。以心揆心爲恕。量，度也。【補曰】羌，去羊切，楚人發語端也。文選注云：「羌，乃也。」一云：歎聲也。量，力香切。

⑫興，生也。害賢爲嫉，害色爲妬。言在位之臣，心皆貪婪，内以其志恕度他人，謂與己不同，則各生嫉妬之心，推弃清潔，使不得用也。故外傳曰：「太山之鴟，嗚嚇鴛雛。」此之謂也。興心，文選誤作「與心」。五臣云：「貪婪之人，乃内恕於己，以量度它人，謂與己同貪。若否，則各生嫉妬之心，讒譖之，使不得進用。」【補曰】貪婪之人，不知其非，自恕以度人，謂君子亦有競進求索之心，故

各興心而嫉妬也。

⑬五臣云：「忽，急也。」馳，一作「駝」。【補曰】騖，亂馳也。

⑭言衆人所以馳騖惶遽者，爭追逐權貴，求財利也，故非我心之所急。衆人急於財利，我獨急於仁義也。

⑮七十曰老。冉冉，行貌。五臣云：「冉冉，漸漸也。」

⑯立，成也。言人年命冉冉而行，我之衰老，將以來至，恐脩身建德，而功不成，名不立也。論語曰：「君子疾没世而名不稱焉。」屈原建志清白，貪流名於後世也。【補曰】脩名，脩潔之名也。屈原非貪名者，然無善名以傳世，君子所耻，故孔子曰：「伯夷、叔齊餓于首陽之下，民到于今稱之。」「脩」與「修」同，古書通用。

⑰墜，墮也。

⑱英，華也。言己旦飲香木之墜露，吸正陽之津液；暮食芳菊之落華，吞正陰之精蘂。動以香淨，自潤澤也。餐，一作「湌」。五臣云：「取其香潔，以合己之德。」【補曰】飲，啜也，音蔭。餐，吞也，七安切。秋花無自落者，當讀如「我落其實而取其華」[一〇]之「落」。魏文帝云：芳菊「含乾坤之純和，體芬芳之淑氣。故屈原悲冉冉之將老，思湌秋菊之落英，輔體延年，莫斯之貴」。

⑲苟，誠也。練，簡也。五臣云：「苟，且。姱，大。練，擇也。且信大擇道要而行。」【補曰】信姱，言實好也，與「信芳」、「信美」同意。姱，苦瓜切。要，於笑切。

⑳顑頷，不飽貌。言己飲食清潔，誠欲使我形貌信而美好，中心簡練，而合於道要，雖長顑頷，飢而不飽，亦何所傷病也。何者？衆人苟欲飽於財利，己獨欲飽於仁義也。【補曰】言我中情實美，又擇要道而行，雖顔色憔悴，形容枯槁，亦何傷乎？彼先口體而後仁義，豈知要者？或曰：有道者雖貧賤，而容貌不枯，屈原何爲其顑頷也？曰：當是時，國削而君辱，原獨得不憂乎？顑，虎感切。頷，户感切。又，上古湛切，下魚檢切。顑頷，食不飽面黄貌。頷，一作「頷」〔二〕，音同。

㉑擥，持也。根以喻本。文選「擥」作「掔」。【補曰】掔，啓妍切，亦持也。荀子云：「蘭槐之根是爲芷。」注云：「苗名蘭槐，根名芷。」然則木根與莖，皆喻本也。

㉒貫，累也。薜荔，香草也，緣木而生。蕊，實也。累香草之實，執持忠信貌也。言己施行，常擥木引堅，據持根本，又貫累香草之實，執持忠信，不爲華飾之行也。五臣云：「貫，拾也。蕊，花心也。言我持木之本，佩結香草，拾其花心，以表己之忠信。」【補曰】薜，蒲計切。荔，郎計切。山海經：「小華之山，其草多薜荔，狀如烏韭，而生於石上。」注云：「亦緣木生。」管子云：「薜荔白芷，蘪蕪椒連，五臭所校。」校，謂馨烈之鋭。前漢樂章云：「都荔遂芳。」謂都良、薜荔俱有芬芳也。花外曰萼，内曰蕊。蕊，花鬚頭點也。

㉓矯，直也。五臣云：「矯，舉也。舉此香木以自比。」【補曰】九章云：「擣木蘭以矯蕙。」

㉔胡繩，香草也。纚纚，索好貌。言己行雖據履根本，猶復矯直菌桂芬香之性，紉索胡繩，令之澤好，以善自約束，終無懈倦也。【補曰】説文：「索，昔〔三〕各切。草有莖葉，可作繩索。」「纚，所綺

切。」

㉕言我忠信謇謇者，乃上法前世遠賢，固非今時俗人之所服行也。一云：謇，難也。言己服飾雖爲難法，我倣前賢以自脩潔，非本今世俗人之所服佩。文選「謇」作「蹇」，「世」作「時」。五臣云：「蹇，難也。前修，謂前代修習道德之人。服，用也。言我所以遭難者，吾法前修道德之人，故不爲代俗所用。」【補曰】謇，又訓難易之難，非蹇難之字也。世所傳楚詞，惟王逸本最古。凡諸本異同，皆當以此爲正。又，李善注本有以「世」爲「時」、爲「代」，以「民」爲「人」之類，皆避唐諱，當從舊本。

㉖周，合也。

㉗彭咸，殷賢大夫，諫其君不聽，自投水而死。遺，餘也。則，法也。言己所行忠信，雖不合於今之世，願依古之賢者彭咸餘法，以自率厲也。【補曰】顏師古云：「彭咸，殷之介士，不得其志，投江而死。」按屈原死於頃襄之世，當懷王時作離騷，已云「願依彭咸之遺則」，又曰「吾將從彭咸之所居」，蓋其志先定，非一時忿懟而自沈也。反離騷曰：「弃由聃之所珍兮，摭彭咸之所遺。」豈知屈子之心哉！

㉘鞎，難也。言己自傷所行不合於世，將效彭咸沈身於淵，乃太息長悲，哀念萬民受命而生，遭遇多難，以隕其身。中生雉經，子胥沈江，是謂多難也。五臣云：「太息掩涕，哀此萬姓，遭輕薄之俗，而多屯難。」【補曰】掩涕，猶抆淚也。遠遊曰「哀民生之長勤」，與此意同。

㉙鞿羈，以馬自喻。韁在口曰鞿，革絡頭曰羈，言爲人所係累也。五臣云：「言我雖習前人之大道，而爲讒人所銜勒。」【補曰】鞿，居依切。羈，居宜切。下文云：「余獨好脩以爲常。」脩姱，謂修潔而姱美也。

㉚誶，諫也。詩曰：「誶予不顧。」替，廢也。言己雖有絶遠之智，姱好之姿，然以爲讒人所鞿羈而係累矣。故朝諫謇謇於君，夕暮而身廢棄也。【補曰】誶音邃，又音信，今詩作「訊」。訊，告也。

㉛纕，佩帶也。【補曰】纕，息羊切。下云：「解佩纕以結言。」

㉜又，復也。言君所以廢弃己者，以余帶佩衆香，行以忠正之故也。然猶復重引芳茝，以自結束，執志彌篤也。一云「又申之攬茝」。五臣云：「申，重也。攬，持也。」

㉝悔，恨也。言己履行忠信，執守清白，亦我中心之所美善也。雖以見過，支解九死，終不悔恨。五臣云：「九，數之極也。以此遇害，雖九死無一生，未足悔恨。」

㉞上政迷亂則下怨，父行悖惑則子恨。靈脩，謂懷王也。浩，猶浩浩，蕩，猶蕩蕩，無思慮貌也。詩曰：「子之蕩兮。」【補曰】今詩作「湯」。湯，蕩也。孔子曰：「詩可以怨。」孟子曰：「小弁之怨，親親也。親之過大而不怨，是愈疏也。」屈原於懷王，其猶小弁之怨乎？

㉟言己所以怨恨於懷王者，以其用心浩蕩，驕敖放恣，無有思慮，終不省察萬民善惡之心，故朱紫相亂，國將傾危也。夫君不思慮，則忠臣被誅；忠臣被誅，則風俗怨而生逆暴，故民心不可不熟察之也。民，一作「人」。五臣云：「浩蕩，法度壞貌。言我怨君法度廢壞，終不察衆人悲苦。」

㊱衆女，謂衆臣。女，陰也，無專擅之義，猶君動而臣隨也，故以喻臣。蛾眉，好貌。蛾，一作「娥」。【補曰】反離騷云：「知衆嫮之疾妬兮，何必揚纍之蛾眉。」此亦班孟堅、顔之推以爲「露才揚己」之意。夫冶容誨淫，目挑心與，孟子所謂「不由其道」者，而以汚原，何哉？詩人稱莊姜之賢曰「螓首蛾眉」，蓋言其質之美耳。師古云：「蛾眉，形若蠶蛾眉也。」

㊲謡，謂毁也。諑，猶譖也。淫，邪也。言衆女嫉妬蛾眉美好之人，譖而毁之，謂之美而淫，不可信也。猶衆臣嫉妬忠正，言己淫邪不可任也。以，一作「之」。五臣云：「讒邪之人，謂我善爲淫亂。」【補曰】謡音遥。爾雅：「徒歌謂之謡。」謂謡言也。諑，竹角切。方言云：「諑，愬也，楚以南謂之諑。」言衆女競爲謡言，以譖愬我。彼淫人也，而謂我善淫，所謂「恕己以量人」。

㊳偭，背也。圓曰規，方曰矩。改，更也。錯，置也。言今世之工，才知強巧，背去規矩，更造方圓，必失堅固，敗材木也。以言佞臣巧於言語，背違先聖之法，以意妄造，必亂政治，危君國也。五臣云：「規矩，法則也。」【補曰】偭音面。賈誼云：「偭蟂獺以隱處。」錯音措。

㊴追，猶隨也。繩墨，所以正曲直。【補曰】背，違也。墨，度名也，五尺曰墨。追，古「隨」字。

㊵周，合也。度，法也。言百工不循繩墨之直道，隨從曲木，屋必傾危而不可居也。以言人臣不脩仁義之道，背弃忠直，隨從枉佞，苟合於世，以求容媚，以爲常法，身必傾危而被刑戮也。【補曰】「偭規矩而改錯」者，反常而妄作；「背繩墨以追曲」者，枉道以從時。

㊶忳，憂貌。侘傺，失志貌。侘，猶堂堂，立貌也。傺，住也，楚人名住曰傺。邑，一作「悒」。一本注

云：「忳，自念貌。」五臣云：「忳鬱，憂思貌。悒，不安也。」【補曰】忳，徒渾切，悶也。鬱邑，憂貌。下文曰「曾歔欷余鬱邑兮」，五臣以「忳鬱」爲句絶，誤矣。侘，敕加切。傺，丑利切。又，上勑駕切，下勑界切。方言云：「傺，逗也。南楚謂之傺。」郭璞云：「逗，即今『住』字。」

㊷言我所以忳忳而憂，中心鬱邑，悵然住立而失志者，以不能隨從世俗，屈求容媚，故獨爲時人所窮困。憂，一作「自念」。一無「也」字。

㊸溘，猶奄也。以，一作「而」。奄，一作「晻」。下注同。【補曰】溘，奄忽也，渴合切。

㊹言我寧奄然而死，形體流亡，不忍以中正之性，爲邪淫之態。一無「也」字。

㊺鷙，執也。謂能執伏衆鳥，鷹鸇之類也，以喻中正。【補曰】鷙，脂利切，擊鳥也。月令曰：「鷹隼蚤鷙。」

㊻言鷙鳥執志剛厲，特處不羣，以言忠正之士亦執分守節，不隨俗人，自前世固然，非獨於今，比干、伯夷是也。李善文選「世」作「代」。

㊼言何所有圜鑿受方枘而能合者，誰有異道而相安耶？言忠佞不相爲謀也。圜，一作「圓」。周，一作「同」。一云「方鑿受圓枘」。

㊽抑，案也。【補曰】案，讀若按。

㊾尤，過也。攘，除也。詬，恥也。言己所以能屈案心志、含忍罪過而不去者，欲以除去恥辱，誅讒佞之人，如孔子誅少正卯也。釋文「詬」作「訽」。【補曰】詬、訽，並呼漏切，又古豆切。禮記曰：

「以儒相詬病。」詬病，恥辱也。

㊿言士有伏清白之志，以死忠直之節者，固乃前世聖王之所厚哀也。故武王伐紂，封比干之墓，表商容之閭也。【補曰】比干諫而死，孔子稱仁焉，厚之也。

悔相道之不察兮①，延佇乎吾將反②。回朕車以復路兮③，及行迷之未遠④。步余馬於蘭皋兮⑤，馳椒丘且焉止息⑥。進不入以離尤兮，退將復脩吾初服⑦。製芰荷以爲衣兮⑧，龔芙蓉以爲裳⑨。不吾知其亦已兮，苟余情其信芳⑩。高余冠之岌岌兮⑪，長余佩之陸離⑫。芳與澤其雜糅兮⑬，唯昭質其猶未虧⑭。忽反顧以遊目兮⑮，將往觀乎四荒⑯。佩繽紛其繁飾兮⑰，芳菲菲其彌章⑱。民生各有所樂兮，余獨好脩以爲常⑲。雖體解吾猶未變兮，豈余心之可懲⑳。

①悔，恨也。相，視也。察，審也。【補曰】相，息亮切。

②延，長也。佇，立貌。詩曰：「佇立以泣。」言己自悔恨，相視事君之道，不明審察，若比干伏節死義，故長立而望，將欲還反，終己之志也。【補曰】佇，直吕切，久立也。異姓事君，不合則去；同姓事君，有死而已。屈原去之，則是不察於同姓事君之道，故悔而欲反也。

③回，旋也。路，道也。回，一作「迴」。

④迷，誤也。言乃旋我之車，以反故道，及己迷誤欲去之路，尚未甚遠也。同姓無相去之義，故屈原遵道行義，欲還歸也。

⑤步，徐行也。澤曲曰皋。詩云：「鶴鳴于九皋。」【補曰】皋，九折澤也。一云：澤中水溢出所爲坎。招魂曰：「皋蘭被徑。」

⑥土高四墮曰椒丘。言己欲還，則徐步我之馬於芳澤之中，以觀聽懷王，遂馳高丘而止息，以須君命也。馳，一作「駝」。五臣云：「椒丘，丘上有椒也。行息依蘭椒，不忘芳香以自潔也。」【補曰】司馬相如賦云：「椒丘之闕。」服虔云：「丘名。」如淳云：「丘多椒也。」按：椒，山顛也。此以「椒丘」對「蘭皋」，則宜從如淳、五臣之説。焉，語助，尤虔切。

⑦退，去也。言己誠欲遂進，竭其忠誠，君不肯納，恐重遇禍，故將退[一三]去，脩吾初始清潔之服也。一無「復」字。五臣云：「尤，過也。」【補曰】九章云：「欲儃佪以干傺兮，恐重患而離尤。」離，遭也。曹植七啓曰：「願反初服，從子而歸。」

⑧製，裁也。芰，蔆也，秦人曰薢茩。荷，芙蕖也。【補曰】芰，奇寄切，生水中，葉浮水上，花黄白色。

⑨芙蓉，蓮華也。上曰衣，下曰裳。言己進不見納，猶復裁製芰荷，集合芙蓉，以爲衣裳，被服愈潔，修善益明。雧，一作「集」。【補曰】爾雅曰：「荷，芙蕖。」注云：「别名芙蓉。」本草云：「其葉名荷，其華未發爲菡萏，已發爲芙蓉。」芰荷，葉也，故以爲衣。芙蓉，華也，故以爲裳。反離騷云

「衿芰茄之綠衣，被芙蓉之朱裳」是也。北山移文曰「焚芰製而裂荷衣」，蓋用此語。薜茝音皆苟。又，上胡買切，下胡口切。

⑩五臣云：「言君不知我，我亦將止。然我情實美。」【補曰】芳，敷方切，香艸也。

⑪岌岌，高貌。【補曰】岌，魚及切。

⑫陸離，猶嵾嵯，衆貌也。言己懷德不用，復高我之冠，長我之佩，尊其威儀，整其服飾，以異於衆也。【補曰】許慎云：「陸離，美好貌。」顏師古云：「陸離，分散也。」九章云：「帶長鋏之陸離兮，冠切雲之崔嵬。」

⑬芳，德之臭也。易曰：「其臭如蘭。」澤，質之潤也。玉堅而有潤澤。糅，雜也。【補曰】糅，女救切。

⑭唯，獨也。昭，明也。虧，歇也。言我外有芬芳之德，內有玉澤之質，二美雜會，兼在於己，而不得施用，故獨保明其身，無有虧歇而已。所謂道行則兼善天下，不用則獨善其身。虧，一作「虧」，其字從兮。五臣云：「唯獨守其明潔之質，猶未爲自虧損也。」

⑮忽，疾貌。遊，一作「游」。

⑯荒，遠也。言己欲進忠信，以輔事君，而不見省，故忽然反顧而去，將遂游目往觀四荒之外，以求賢君也。五臣云：「觀四荒之外，以求知己者。」【補曰】爾雅：「觚竹、北户、西王母、日下謂之四荒。」皆四方昏荒之國。禮失而求諸野，當是時，國無人莫我知者，故欲觀乎四荒，以求同志，此孔

子「浮海」、「居夷」之意。然原初未嘗去楚者，同姓無可去之義故也。賈誼弔屈原云：「瞝[一四]九州而相其君兮，何必懷此都。」失之矣。

⑰繽紛，盛皃。繁，衆也。【補曰】繽，匹賓切。

⑱菲菲，猶勃勃，芬香皃也。章，明也。言己雖欲之四方荒遠，猶整飾儀容，佩玉繽紛而衆盛，忠信勃勃而愈明，終不以遠故改其行。五臣云：「佩忠信芳香之行，彌加明潔。」

⑲言萬民稟天命而生，各有所樂，或樂諂佞，或樂貪淫，我獨好脩正直以爲常行也。文選「民」作「人」。脩，一作「循」。【補曰】樂，魚教切，欲也。下文云：「汝何博謇而好脩。」又曰：「苟中情其好脩。」皆言好自脩潔也。

⑳懲，艾也。言己好脩忠信以爲常行，雖獲罪支解，志猶不艾也。豈，一作「非」。文選「可」作「何」。五臣云：「言我執忠貞之心，雖遭支解，亦不能變，於我心更何所懼？懲，懼也。」【補曰】解，古蟹切。說文：「懲，㣻也。」㣻與艾並音乂，謂懲創也。以「可」爲「何」，以「懲」訓「懼」，皆非是。

女嬃之嬋媛兮①，申申其詈予②。曰「鮌婞直以亡身兮③，終然殀乎羽之野④。汝何博謇而好脩兮，紛獨有此姱節⑤。薋菉葹以盈室兮⑥，判獨離而不服⑦。衆不可户說兮，孰云察余之中情⑧？世並舉而好朋兮⑨，夫何煢獨而不予聽？」⑩依前聖以節中兮⑪，喟憑心而歷茲⑫。濟沅湘以南征兮⑬，就重華而陳詞⑭。啓九辯與九歌兮⑮，夏康娛以自縱⑯。不顧難以圖後兮，五子用失乎家巷⑰。羿淫遊以佚畋兮⑱，又好射夫封狐⑲。固亂流其鮮終兮⑳，浞又貪夫厥家㉑。澆身被服強圉兮㉒，縱欲而不忍㉓。日康娛而自忘兮㉔，厥首用夫顛隕㉕。夏桀之常違兮㉖，乃遂焉而逢殃㉗。后辛之菹醢兮㉘，殷宗用而不長㉙。湯禹儼而祗敬兮㉚，周論道而莫差㉛。舉賢而授能兮㉜，循繩墨而不頗㉝。皇天無私阿兮㉞，覽民德焉錯輔㉟。夫維聖哲以茂行兮㊱，苟得用此下土㊲。瞻前而顧後兮㊳，相觀民之計極㊴。夫孰非義而可用兮，孰非善而可服㊵？阽余身而危死兮㊶，覽余初其猶未悔㊷。不量鑿而正枘兮㊸，固前脩以菹醢㊹。曾歔欷余鬱邑兮㊺，哀朕時之不當㊻。攬茹蕙以掩涕兮㊼，霑余襟之浪浪㊽。

①女嬃，屈原姊也。嬋媛，猶牽引也，一作「撣援」。【補曰】說文云：「嬃，女字也。音須。賈侍中說：楚人謂女[一五]曰嬃。」前漢有呂須，取此爲名。嬋媛音蟬爰。水經引袁崧云：「屈原有賢姊，聞原放逐，亦來歸，喻令自寬全。鄉人冀其見從，因名曰秭歸。縣北有原故宅，宅之東北，有女須廟，擣衣石猶存。」「秭」與「姊」同。觀女嬃之意，蓋欲原爲寧武子之愚，不欲爲史魚之直耳，非責其不能爲上官、椒、蘭也。而王逸謂女嬃罵原以不與衆合，不承君意，誤矣。

②申申，重也。言女嬃見己施行不與衆合，以見放流，故來牽引數怒，重詈我也。詈，一作「罵」。予，

一作「余」。五臣云：「牽引古事，而駡詈我。」【補曰】論語曰：「申申如也。」申申，和舒之貌。女嬃詈原有親親之意焉。九歌云「女嬋媛兮爲余太息」是也。予音與，叶韻。

③曰，女嬃詞也。鮌，堯臣也。帝繫曰：「顓頊後五世而生鮌。」婞，狠也。鮌，亦作「鯀」，一作「骸」。文選「亡」作「方」。【補曰】婞，下頂切。東坡曰：「史記『殛鮌於羽山，以變東夷』，楚詞『鮌婞直以亡身』，則鮌蓋剛而犯上者耳。若小人也，安能以變四夷之俗哉？如左氏之言，皆後世流傳之過。」九章亦云：「行婞直而不豫兮，鮌功用而不就。」

④蚤死曰殀。言堯使鮌治洪水，婞很自用，不順堯命，乃殛之羽山，死於中野。女嬃比屈原於鮌，不順君意，亦將遇害也。殀，一作「夭」。一云「羽山之野」。【補曰】羽山，東裔，在海中。殀，殁也，於矯切。鮌遷羽山，三年然後死，事見天問。左傳曰：「其神化爲黄能，入於羽淵。」

⑤女嬃數諫屈原言：汝何爲獨博采往古，好脩謇謇，有此姱異之節，不與衆同，而見憎惡於世也。文選作「蹇」。五臣云：「汝何博采古道於蹇難之世，好脩直節，獨爲姱大之行。」【補曰】博謇，當如逸説。紛，盛貌。姱，苦瓜切，好也。

⑥薋，蒺藜也。菉，王芻也。葹，枲耳也。詩曰：「楚楚者薋。」又曰：「終朝采菉。」三者皆惡草，以喻讒佞盈滿于側者也。【補曰】今詩「薋」作「茨」，「菉」作「緑」。薋音瓷，爾雅亦作「茨」，布地蔓生，細葉，子有三角刺人。易「據于蒺藜」，言其凶傷。詩「牆有茨」，以刺梗穢。菉音録，爾雅云：「菉，王芻。」菉，蓐也。本草云：「藎草，葉似竹而細薄，莖亦圓小，生平澤溪澗之側，俗名

菉蓐草。」葹，商支切，形似鼠耳，詩人謂之「卷耳」，爾雅謂之「苓耳」，廣雅謂之「枲耳」，皆以實得名。本草：「枲耳，一名葹。」

⑦判，别也。女嬃言衆人皆佩資、菉、枲耳，爲讒佞之行，滿于朝廷，而獲富貴，汝獨服蘭蕙，守忠直，判然離别，不與衆同，故斥棄也。

⑧屈原外困羣佞，内被姊詈，知世莫識，言己之心志所執，不可户説人告，誰當察我中情之善否也？【補曰】管子曰：「聖人之治於世，不人告也，不户説也。」淮南子曰：「口辨而户説之。」

⑨朋，黨也。【補曰】説文：「朋，古鳳字。鳳飛，羣鳥從以萬數，故以爲朋黨字。」

⑩煢，孤也。詩曰：「哀此煢獨。」言世俗之人，皆行佞僞，相與朋黨，並相薦舉。忠直之士，孤煢特獨，何肯聽用我言而納受之也。煢，一作「㷀」。予，一作「余」。【補曰】煢，渠營切，今詩作「惸」。聽，平聲。

⑪節，度。文選「以」作「之」。

⑫喟，歎也。歷，數也。言己所言皆依前世聖人之法，節其中和，喟然舒憤懣之心，歷數前世成敗之道而爲此詞也。憑，一作「憑」，一作「馮」。五臣云：「中，得也。歷，行也。憑，滿也。言我依前代聖賢節度，而不得用，故歎息憤懣，而行澤畔矣。」【補曰】喟，丘愧切。方言云：「憑，怒也。楚曰憑。」注云：「恚盛貌。」引楚詞「康回憑怒」。皮冰切。列子曰：「帝馮怒。」莊子曰：「侅溺於馮氣。」説文云：「馮，懣也。」並音憤。「喟憑心而歷茲」者，歎逢時之不幸也。歷，猶逢也。下文云

「委厥美而歷茲」，意與此同。

⑬濟，渡也。沅、湘，水名。征，行也。【補曰】沅音元。山海經云：「湘水出帝舜葬東，入洞庭下。沅水出象郡鐔城西，東注江，合洞庭中。」後漢志：武陵郡有臨沅縣，「南臨沅水，水源出牂牁且蘭縣，至郡界分爲五谿」。又：「零陵郡陽朔山，湘水出。」水經云：「沅水下注洞庭，方會於江。」湘中記云：「湘水之出於陽朔，則觴爲之舟，至洞庭，則日月若出入於其中。」

⑭重華，舜名也。帝繫曰：「瞽叟生重華，是爲帝舜，葬於九疑山，在沅、湘之南。」言己依聖王法而行，不容於世，故欲渡沅、湘之水，南行就舜，陳詞自説，稽疑聖帝，冀聞祕要，以自開悟也。一作「陳辭」。【補曰】陳，列也。先儒以重華爲舜名。按：書云「有鰥在下曰虞舜」，與帝之咨禹一也，則舜非謚也，名也。又「曰若稽古帝舜，曰重華」，與堯爲放勳一也，則重華非名也，號也。羣臣稱帝不稱堯，則堯爲名；帝稱禹不稱文命，則文命爲號；伊尹稱「尹躬暨湯」，則湯，號也。湯自稱「予小子履」，則履，名也。楚詞屢言堯、舜、禹、湯，今辨于此。天下明德，皆自虞帝始，其於君臣之際詳矣，故原欲就之而陳詞也。

⑮啓，禹子也。九辯、九歌，禹樂也。言禹平治水土，以有天下，啓能承先志，纘敘其業，育養品類，故九州之物，皆可辯數，九功之德，皆有次序，而可歌也。左氏傳曰：「六府三事，謂之九功。九功之德，皆可歌也，謂之九歌。水、火、金、木、土、穀，謂之六府；正德、利用、厚生，謂之三事。」【補曰】山海經云：「夏后上三嬪於天，得九辯與九歌以下。」注云：「皆天帝樂名，啓登天而竊以

下，用之。」天問亦云：「啓棘賓商，九辯九歌。」王逸不見山海經，故以爲禹樂。五臣又云：「啓，開也。言禹開樹此樂。」謬矣。騷經、天問多用山海經。而劉勰辨騷以「康回傾地」、「夷羿彃日」爲「譎怪之談，異乎經典」。如高宗夢得説、姜嫄履帝敏之類，皆見於詩、書，豈誣也哉！

⑯夏康，啓子太康也。娱，樂也。縱，放也。

⑰圖，謀也。言太康不遵禹、啓之樂而更作淫聲，放縱情慾，以自娱樂，不顧患難，不謀後世，卒以失國。兄弟五人，家居閭巷，失尊位也。尚書序曰：「太康失國，昆弟五人，須于洛汭，作五子之歌。」此佚篇也。巷，一作「居」。【補曰】書云：「太康尸位，以逸豫，滅厥德，黎民咸貳。乃盤游無度，畋于有洛之表，十旬弗反。有窮后羿因民弗忍，距于河。厥弟五人，御其母以從，徯于洛之汭。五子咸怨，述大禹之戒以作歌。」逸不見全書，故以爲佚篇，它皆放此。難，乃旦切。巷，里中道也。此言太康娱樂放縱，以至失邦耳。逸云「不遵啓樂，更作淫聲」，未知所據。且太康不反，國人立其弟仲康。仲康死，子相立。則五子豈有家居閭巷之理？蓋仲康以來，羿勢日盛，王者備位而已。「五子之失乎家巷」，太康實使之。

⑱羿，諸侯也。畋，獵也，一作「田」。【補曰】羿，五計切。説文云：「帝嚳射官也。夏少康滅之。」賈逵云：「羿之先祖也，爲先王射官，帝嚳時有羿，堯時亦有羿，羿是善射之號。」此羿，夏[一六]時諸侯，有窮后也。

⑲封狐，大狐也。言羿爲諸侯，荒淫遊戲，以佚畋獵，又射殺大狐，犯天之孽，以亡其國也。【補曰】

射，食亦切，弓弩發也。天問云：「帝降夷羿，革孽夏民。馮珧利決，封豨是射。」

⑳鮮，少也。固，一誤作「國」。鮮，一作「尠」。

㉑浞，寒浞，羿相也。婦謂之家。言羿因夏衰亂，代之爲政，娛樂畋獵，不恤民事，信任寒浞，使爲國相。浞行媚於內，施賂於外，樹之詐慝，而專其權勢。羿畋將歸，使家臣逢蒙射而殺之，貪取其家，以爲己妻。羿以亂得政，身即滅亡，故言「鮮終」。【補曰】浞，食角切。傳曰：「以德和民，不聞以亂。」以亂易亂，其流鮮終，浞、澆之事是也。

㉒澆，寒浞子也。強圉，多力也。澆，一作「奡」。一云「被於彊圉」。【補曰】澆，五弔切。論語曰：「羿善射，奡盪舟，俱不得其死然。」奡，即澆也，五耗切，聲轉字異。詩曰：「曾是彊禦。」彊禦，彊梁也。

㉓縱，放也。言浞取羿妻而生澆，彊梁多力，縱放其情，不忍其慾，以殺夏后相也。一本「欲」下有「殺」字。【補曰】左傳云：「昔有過澆殺斟灌以伐斟尋，滅夏后相。」杜預曰：「相失國，依於二斟，爲澆所滅。」

㉔康，安也。而，一作「以」。

㉕首，頭也。自上下曰顛。隕，墜也。言澆既滅殺夏后相，安居無憂，日作淫樂，忘其過惡，卒爲相子少康所誅，其頭顛隕而墜地。自此以上羿、澆、寒浞之事，皆見於左氏傳。夫，一作「以」。一無「夫」字。【補曰】顛，倒也。釋文作「巔」。隕，從高下也。左傳云：「昔有夏之方衰，后羿自鉏遷

於窮石，因夏民以代夏政。恃其射也，不脩民事，而淫于原獸。寒浞，伯明氏之讒子弟也，信而使之，以爲己相。浞行媚于內，施賂于外，愚弄其民，而虞羿于田，樹之詐慝，以取其國家，內外咸服。羿猶不悛，將歸自田，家衆殺而亨之，靡奔有鬲氏。浞因羿室，生澆及豷，恃其讒慝詐僞，而不德于民，使澆用師，滅斟灌及斟尋氏。靡自有鬲氏收二國之燼，以滅浞而立少康。少康滅澆于過，后杼滅豷于戈，有窮由是遂亡。」論語兼義云：「羿逐后相自立，相依二斟，夏祚猶尚未滅。及寒浞殺羿，因羿室而生澆。澆長大，自能用師，始滅后相。相死之後，始生少康。少康生杼，杼又年長，始堪誘豷，方始滅浞，而立少康。計太康失邦及少康紹國，向有百載乃滅有窮。而夏本紀云『仲康崩，子相立。相崩，子少康立』，都不言羿、浞之事，是馬遷之疎也。」

㉖桀，夏之亡王也。五臣云：「言常背天違道。」

㉗殃，咎也。言夏桀上偝於天道，下逆於人理，乃遂以逢殃咎，終爲殷湯所誅滅。

㉘后，君也。辛，殷之亡王紂名也。藏菜曰菹，肉醬曰醢。菹，一作「葅」。五臣云：「葅醢，肉醬也。」【補曰】菹，臻魚切。說文：「酢菜也。」一曰：麋鹿爲菹。虀菹之稱，菜肉通。醢音海。爾雅曰：「肉謂之醢。」

㉙言紂爲無道，殺比干，醢梅伯。武王杖黃鉞，行天罰，殷宗遂絕，不得長久也。而，一作「之」。【補曰】禮記云：「昔殷紂亂天下，脯鬼侯以饗諸侯。」史記曰：「紂醢九侯，脯鄂侯。」淮南子云：「醢鬼侯之女，葅梅伯之骸。」

㉚儼，畏也。祗，敬也。儼，一作「嚴」。【補曰】禮記曰：「儼若思。」儼，亦作「嚴」，並魚檢切。

㉛周，周家也。差，過也。言殷湯、夏禹、周之文王，受命之君，皆畏天敬賢，論議道德，無有過差，故能獲夫神人之助，子孫蒙其福祐也。五臣云：「湯、禹、周文，皆儼肅祗敬，論議道德，無有差殊，故得永年。」【補曰】道，治道也。言周則包文、武矣。差，舊讀作蹉。五臣以爲差殊，非是。

㉜一云「舉賢才」。

㉝頗，傾也。言三王選士，不遺幽陋，舉賢用能，不顧左右，行用先聖法度，無有傾失。故能綏萬國，安天下也。易曰「無平不頗」也。五臣云：「無有頗僻。」循，一作「脩」。頗，一作「陂」。【補曰】思玄賦注引楚詞：「遵繩墨而不頗。」遵，亦循也，作「脩」，非是。易泰卦云：「無平不陂。」陂，一音頗，滂禾切。

㉞竊愛爲私，所私爲阿。一云「所祐爲阿」。

㉟錯，置也。輔，佐也。言皇天神明，無所私阿，觀萬民之中有道德者，因置以爲君，使賢能輔佐，以成其志。故桀爲無道，傳與湯；紂爲淫虐，傳與文王。德，一作「悳」。文選「民」作「人」。【補曰】焉，語助。錯，七故切。上天佑之，爲生賢佐，故曰「錯輔」。

㊱哲，智也。茂，盛也。【補曰】行，下孟切。

㊲苟，誠也。下土，謂天下也。言天下之所立者，獨有聖明之智，盛德之行，故得用事天下，而爲萬民之主。【補曰】睿作聖，明作哲。聖哲之人，以有甚盛之行，故能使下土爲我用。詩曰：「奄有下

士。」

㊳瞻，觀也。顧，視也。前，謂禹、湯；後，謂桀、紂。【補曰】説文：「瞻，臨視也。」「顧，還視也。」

㊴相，視也。計，謀也。極，窮也。言前觀湯、武之所以興，顧視桀、紂之所以亡，足以觀察萬民忠佞之謀，窮其真僞也。民，一作「人」。【補曰】相，息亮切。言觀民之策，此爲至矣。計，策也。極，至也。相觀，重言之也。下文亦曰「覽相觀於四極」，與左傳「尚猶有臭」、書「弗遑暇食」語同。

㊵服，服事也。言世之人臣，誰有不行仁義而可任用？誰有不行信善而可服事者乎？言人非義則德不立，非善則行不成也。五臣云：「服，用也。」

㊶阽，猶危也。或云：阽，近也。言己盡忠近於危殆。一本「死」下有「節」字。【補曰】阽音簷，臨危也。小爾雅曰：「疾甚謂之阽。」前漢注云：「阽，近邊欲墮之意。」

㊷言己正言危行，身將死亡，上觀初世伏節之賢士，我志所樂，終不悔恨也。五臣云：「今觀我之初志，終竟行，猶未爲悔。」

㊸量，度也。正，方也。枘，所以充鑿。【補曰】量，力香切。鑿音漕，穿孔也。枘，而鋭切，刻木端所以入鑿。淮南子云：「良工漸乎矩鑿之中。」

㊹言工不量度其鑿，而方正其枘，則物不固而木破矣。臣不度君賢愚，竭其忠信，則被罪過而身殆也。自前世脩名之人，以獲葅醢，龍逢、梅伯是也。葅，一作「菹」。五臣云：「邪佞在前，忠賢何由能

進。」【補曰】九辯云：「圜鑿而方枘兮，吾固知其鉏鋙而難入。」夫邪佞在前，而己以正直當之，其君不察，得罪必矣。

㊺曾，累也。歔欷，懼貌。或曰：哀泣之聲也。鬱邑，憂也。曾，一作「增」。邑，一作「悒」。【補曰】歔，許居切。欷，香衣、許毅二切。

㊻言我累息而懼、鬱邑而憂者，自哀生不當舉賢之時，而值菹醢之世也。【補曰】當，平聲。

㊼茹，柔耎也。攬，一作「擥」，文選作「掔」。五臣云：「茹，臭也。蕙，香草。以喻忠正之心。」【補曰】茹，文選音：汝。玉篇云：「茹，柔也。」一曰菜茹。五臣以茹爲香，誤矣。吕氏春秋曰：「以茹魚驅蠅，蠅愈至而不可禁。」則茹又爲臭敗之名，非香也。

㊽霑，濡也。衣眥謂之襟。浪浪，流貌也。言己自傷放在草澤，心悲泣下，霑濡我衣，浪浪而流，猶引取柔耎香草，以自掩拭，不以悲放，失仁義之則也。【補曰】爾雅：「衣眥謂之襟。」襟，交領也。浪音郎。

跪敷衽以陳辭兮①，耿吾既得此中正②。駟玉虬以椉鷖兮③，溘埃風余上征④。朝發軔於蒼梧兮⑤，夕余至乎縣圃⑥。欲少留此靈瑣兮⑦，日忽忽其將暮⑧。吾令羲和弭節兮⑨，望崦嵫而勿迫⑩。路曼曼其脩遠兮⑪，吾將上下而求索⑫。飲余馬於咸池兮⑬，總余轡乎扶桑⑭。折若木以拂日兮⑮，聊逍遥以相羊⑯。前望舒使先驅兮⑰，後飛廉使奔屬⑱。鸞皇爲余先戒兮⑲，雷師告余以未具⑳。吾令鳳鳥飛騰兮，繼之以日夜㉑。飄風屯其相離兮㉒，帥雲霓而來御㉓。紛總總其離合兮㉔，斑陸離其上下㉕。吾令帝閽開關兮㉖，倚閶闔而望予㉗。時曖曖其將罷兮㉘，結幽蘭而延佇㉙。世溷濁而不分兮㉚，好蔽美而嫉妬㉛。朝吾將濟於白水兮㉜，登閬風而緤馬㉝。忽反顧以流涕兮，哀高丘之無女㉞。溘吾遊此春宮兮㉟，折瓊枝以繼佩㊱。及榮華之未落兮㊲，相下女之可詒㊳。吾令豐隆椉雲兮㊴，求宓妃之所在㊵。解佩纕以結言兮㊶，吾令蹇脩以爲理㊷。紛總總其離合兮，忽緯繣其難遷㊸。夕歸次於窮石兮㊹，朝濯髮乎洧盤㊺。保厥美以驕傲兮㊻，日康娱以淫遊㊼。雖信美而無禮兮，來違棄而改求㊽。覽相觀於四極兮㊾，周流乎天余乃下㊿。望瑶臺之偃蹇兮(51)，見有娀之佚女(52)。吾令鴆爲媒兮(53)，鴆告余以不好(54)。雄鳩之鳴逝兮(55)，余猶惡其佻巧(56)。心猶豫而狐疑兮(57)，欲自適而不可(58)。鳳皇既受詒兮(59)，恐高辛之先我(60)。欲遠集而無所止兮(61)，聊浮遊以逍遥(62)。及少康之未家兮，留有虞之二姚(63)。理弱而媒拙兮(64)，恐導言之不固(65)。世溷濁而嫉賢兮(66)，好蔽美而稱惡(67)。閨中既以邃遠兮(68)，哲王又不寤(69)。懷朕情而不發兮，余焉能忍與此終古(70)。

①敷，布也。衽，衣前也。陳辭於重華，道羿、澆以下也。故下句云「發軔於蒼梧」也。辭，一作「詞」。【補曰】跪，巨委切。爾雅疏云：「衽，裳際也。」

②耿，明也。言己上覩禹、湯、文王脩德以興，下見羿、澆、桀、紂行惡以亡，中知龍逢、比干執履忠

直，身以菹醢。乃長跪布衽，俛首自念，仰訴於天，則中心曉明，得此中正之道，精合真人，神與化游，故設乘雲駕龍，周歷天下，以慰己情，緩幽思也。五臣云：「明我得此中正之道。」【補曰】言己所以陳詞於重華者，以吾得中正之道，耿然甚明故也。反離騷云：「吾馳江潭之汎溢兮，將折衷乎重華。舒中情之煩或兮，恐重華之不累與。」余恐重華與沈江而死，不與投閣而生也。

③有角曰龍，無角曰虯。鷖，鳳皇別名也。山海經云：鷖身有五采，而文如鳳。鳳類也，以爲車飾。虯，一作「虬」。椉，一作「乘」。鷖，一作「翳」。【補曰】言以鷖爲車，而駕以玉虯也。駟，一乘四馬也。虯，龍類也，渠幽切。説文云：「龍子有角者。」相如賦云：「六玉虯。」謂駕六馬，以玉飾其鑣勒，有似玉虯也。鷖，於計、烏雞二切。山海經云：「九疑山有五彩之鳥，飛蔽一鄉。」五彩之鳥，翳鳥也。又云：「蛇山有鳥，五色，飛蔽日，名鷖鳥。」

④溘，猶掩也。埃，塵也。言我設往行游，將乘玉虯，駕鳳車，掩塵埃而上征，去離世俗，遠羣小也。【補曰】遠遊云：「掩浮雲而上征。」故逸云：「溘，猶掩也。」按：溘，奄忽也，渴合切。征，行也。言忽然風起，而余上征，猶所謂「忽乎吾將行」耳。

⑤軔，搘輪木也。蒼梧，舜所葬也。搘，一作「支」。【補曰】軔音刃。戰國策云：「陛下嘗軔車於趙矣。」軔，止車之木，將行則發之。五臣以軔爲車輪，誤矣。山海經云：「蒼梧山，舜葬於陽，帝丹朱葬於陰。」禮記曰：「舜葬于蒼梧之野。」注云：「舜征有苗而死，因葬焉。」蒼梧於周，南越之地，今爲郡。」如淳曰：「舜葬九疑。九疑在蒼梧馮乘縣，故或曰『舜葬蒼梧』也。」

⑥縣圃，神山，在崑崙之上。淮南子曰：崑崙縣圃，維絶，乃通天。言己朝發帝舜之居，夕至縣圃之上，受道聖王，而登神明之山。縣，一作「懸」。一無「絶」字。一本「乃」作「絶」。【補曰】縣音玄。山海經云：「槐江之山，上多琅玕金玉，其陽多丹粟，陰多金銀，實惟帝之平圃。南望崑崙，其光熊熊，其氣魂魂。西望大澤，后稷所潛。」平圃，即懸圃也。穆天子傳云：「舂山之澤，清水出泉，温和無風，飛鳥百獸之所飲食，先王之所謂縣圃。」水經云：崑崙説曰：「崑崙之山三級：下曰樊桐，一名板松；二曰玄圃，一名閬風；上曰層城，一名天庭。」層音增。淮南子言：「傾宫旋室，懸圃、閬風、樊桐，在崑崙閶闔之中。」樊音飯。又曰：「崑崙之丘，或上倍之，是謂涼風之山，登之而不死；或上倍之，是謂懸圃之山，登之乃靈，能使風雨；或上倍之，乃維上天，登之乃神，是謂太帝之居。」東方朔十洲記曰：「崑崙山有三角：一角正北，上干北辰星之燿，名閬風巔；其一角正西，名曰玄圃臺；其一角正東，名曰崑崙宫。」「玄」與「縣」古字通。天問曰：「崑崙縣圃，其居安在？」

⑦靈以喻君。瑣，門鏤也，文如連瑣，楚王之省閤也。一云：靈，神之所在也。瑣，門有青瑣也。言未得入門，故欲小住門外。瑣，一作「璅」。五臣云：「瑣，門閣也。」【補曰】瑣，先果切。上文言「夕余至乎縣圃」，則靈瑣，神之所在也。神之所在，以喻君也。漢舊儀云：「黄門令日暮入對青瑣、丹墀拜。」音義云：「青瑣，以青畫户邊鏤也。」

⑧言己誠欲少留於君之省閤，以須政教，日又忽去，時將欲暮，年歲且盡，言己衰老也。

⑨羲和，日御也。弭，按也，按節徐步也。【補曰】山海經：「東南海外有羲和之國，有女子名曰羲和，

是生十日，常浴日於甘淵。」注云：「羲和，天地始生，主日月者也。故堯因是立羲和之官，以主四時。」虞世南引淮南子云：「爰止羲和，爰息六螭，是謂懸車。」注云：「日乘車，駕以六龍，羲和御之，日至此而薄於虞淵，羲和至此而迴。」弭，止也，彌耳切。

⑩崦嵫，日所入山也。下有蒙水，水中有虞淵。迫，附也。言我恐日暮年老，道德不施，欲令日御按節徐行，望日所入之山，且勿附近，冀及盛時遇賢君也。勿，一作「未」。【補曰】崦音淹。嵫音兹。山海經曰：「鳥鼠同穴山西南曰崦嵫。」又云：「西曰崦嵫之山。」淮南子云：「日入崦嵫，經細柳，入虞淵之汜。」

⑪脩，長也。釋文「曼」作「漫」。五臣云：「漫漫，遠貌。」【補曰】曼、漫，並莫半切。集韻：「曼曼，長也。」謨官切。

⑫言天地廣大，其路曼曼，遠而且長，不可卒至，吾方上下左右，以求索賢人，與己合志者也。【補曰】索，所格切。

⑬咸池，日浴處也。【補曰】飲，於禁切。九歌云：「與女沐兮咸池。」逸云：「咸池，星名，蓋天池也。」天文大象賦云：「咸池浮津而淼漫。」注云：「咸池三星，天潢南，魚鳥之所託也。」又七諫云：「屬天命而委之咸池。」注云：「咸池，天神。」按下文言扶桑，則咸池乃日所浴者也。

⑭總，結也。扶桑，日所拂木也。淮南子曰：「日出湯谷，浴乎咸池，拂于扶桑，是謂晨明。登于扶桑，爰始將行，是謂朏明。」言我乃往至東極之野，飲馬於咸池，與日俱浴。以潔己身。結我車轡

于扶桑，以留日行，幸得不老，延年壽也。【補曰】山海經云：「黑齒之北曰湯谷，有扶木，九日居下枝，一日居上枝，皆戴烏。」郭璞云：「扶木，扶桑也。天有十日，迭出運照。」東方朔十洲記曰：「扶桑在碧海中，葉似桑樹，長數千丈，大二千圍，兩兩同根，更相依倚，是名扶桑。」淮南子云：「扶木在陽州，日之所曊。」曊，猶照也。說文云：「榑桑，神木，日所出。」榑音扶。湯，與「暘」同。

⑮若木，在崑崙西極，其華照下地。拂，擊也，一云：蔽也。【補曰】山海經：「南海之內，黑水之間，有木名曰若木，若水出焉。」又曰：「灰野之山，有樹青葉赤華，名曰若木，日所入處，生崑崙西，附西極也。」然則若木有二，而此乃灰野之若木歟？淮南子曰：「若木在建木西，末有十日，其華照下地。」注云：「若木端有十日，狀如連珠。華，光也，光照其下也。」一云「狀如蓮華」。天問云：「羲和之未揚，若華何光？」

⑯聊，且也。逍遥、相羊，皆遊也。言己總結日轡，恐不能制，年時卒過，故復轉之西極，折取若木，以拂擊日，使之還去，且相羊而遊，以俟君命也。或謂：拂，蔽也。以若木鄣蔽日，使不得過也。逍遥，一作「須臾」。羊，一作「佯」。【補曰】逍遥，猶翺翔也。相羊，猶徘徊也。

⑰望舒，月御也。月體光明，以喻臣清白也。【補曰】淮南子曰：「月御曰望舒，亦曰纖阿。」史記周本紀云：「百夫荷罕旗以先驅。」顏師古云：「先驅，導路也。」李善云：「先驅，前驅也。」周禮：「王出入，則辟左右而前驅。」

⑱飛廉，風伯也。風爲號令，以喻君命。言己使清白之臣如望舒，先驅求賢，使風伯奉君命於後，以告百姓。或曰：駕乘龍雲，必假疾風之力，使奔屬於後。【補曰】屬音注，連也。吕氏春秋曰：「風師曰飛廉。」應劭曰：「飛廉，神禽，能致風氣。」晉灼曰：「飛廉，鹿身，頭如雀，有角，而蛇尾豹文。」河圖曰：「風者，天地之使，乃告號令。」

⑲鸞，俊鳥也。皇，雌鳳也。以喻仁智之士。先，一作「前」。五臣云：「鸞皇，靈鳥。」【補曰】山海經：「女牀山有鳥，狀如翟，而五采畢備，聲似雉而尾長，名曰鸞。見則天下安寧。」瑞應圖曰：「鸞者，赤神之精，鳳皇之佐也。」爾雅曰：「鶠，鳳，其雌皇。」皇，或作「凰」。爲，去聲。

⑳雷爲諸侯，以興於君。言己使仁智之士如鸞皇，先戒百官，將往適道，而君怠墮，告我嚴裝未具。余，一作「我」。【補曰】春秋合誠圖云：「軒轅主雷雨之神。」一曰：雷師，豐隆也。

㉑言我使鳳鳥明智之士，飛行天下，以求同志，續以日夜，冀相逢遇也。文選云：「吾令鳳皇飛騰兮，又繼之以日夜。」【補曰】山海經云：「丹穴之山有鳥焉，其狀如雞，五彩而文，曰鳳鳥。是鳥也，飲食則自歌自舞，見則天下大康寧。」上言「鸞皇」，鸞，鳳皇之佐；而皇，雌鳳也。以喻賢人之同類者，故爲命先戒百官。此云「鳳鳥」，以喻賢人之全德者，故令飛騰以求同志也。

㉒回風爲飄。飄風，無常之風，以興邪惡之衆。屯其相離，言不與己和合也。【補曰】爾雅注云：「飄風，旋風。」屯，徒昆切，聚也。

㉓雲霓，惡氣，以喻佞人。御，迎也。言己使鳳鳥往求同志之士，欲與俱共事君，反見邪惡之人，相與

屯聚，謀欲離己，又遇佞人相帥來迎，欲使我變節以隨之也。帥，一作「率」。【補曰】御，讀若迓。霓，五稽、五歷、五結三切，通作「蜺」。文選云：「雲旗拂霓。」又云：「俯而觀乎雲霓。」沈約郊居賦云：「雌霓連蜷。」並讀作側聲。司馬溫公云：「約賦但取聲律便美，非『霓』不可讀爲平聲也。」爾雅：「蜺爲挈貳。」説文：「霓，屈虹，青赤，或白色，陰氣也。」郭氏云：「雄曰虹，謂明盛者。雌曰蜺，謂暗微者。」虹者，陰陽交會之氣，雲薄漏日，日照雨滴，則虹生也。

㉔紛，盛多貌。總總，猶僔僔，聚貌。五臣云：「紛，亂也。」

㉕斑，亂貌。陸離，分散也。言己游觀天下，但見俗人競爲讒佞，僔僔相聚，乍離乍合，上下之義，斑然散亂而不可知也。斑，一作「班」。【補曰】斑，駮文也。下音户。

㉖帝，謂天帝。閽，主門者也。【補曰】説文云：「閽，常以昏閉，門隸也。」

㉗閶闔，天門也。言己求賢不得，疾讒惡佞，將上訴天帝，使閽人開關，又倚天門望而距我，使我不得入也。【補曰】天文大象賦曰：「儼閶闔以洞開。」注云：「宫牆兩藩，正南開如門象者，名閶闔門。」淮南子曰：「排閶闔，淪天門。」注云：「閶闔，始升天之門也。天門，上帝所居紫微宫門也。」説文云：「閶，天門也。」「闔，門扇也。」「楚人名門曰閶闔。」文選注云：「閶闔，天門也。王者因以爲門。」屈原亦以閶闔喻君門也。予音與，叶韻。

㉘曖曖，昏昧貌。罷，極也。罷，一作「疲」。【補曰】曖，日不明也，音愛。罷音皮。

㉙言時世昏昧，無有明君，周行罷極，不遇賢士，故結芳草長立，有還意也。而，一作「以」。五臣云：

「結芳草自潔，長立而無趣向。」【補曰】劉次莊云：「蘭喻君子，言其處於深林幽澗之中，而芬芳郁烈之不可掩，故楚辭云云。」

㉚溷，亂也。濁，貪也。【補曰】溷，胡困切。

㉛言時世君亂臣貪，不别善惡，好蔽美德，而嫉妬忠信也。五臣云：「蔽，隱也。」

㉜濟，渡也。淮南子言：「白水出崑崙之山，飲之不死。」於，一作「乎」。【補曰】河圖曰：「崑山出五色流水，其白水入中國，名爲河也。」五臣云：「白水，神泉。」

㉝閬風，山名，在崑崙之上。緤，繫也。言己見中國溷濁，則欲渡白水，登神山，屯車繫馬而留止也。白水潔淨，閬風清明，言己脩清白之行，不懈怠也。緤，一作「絏」。【補曰】閬音郎，又音浪。道書云：「閬野者，閬風之府是也。崑崙上有九府，是爲九宫。」餘説已見「縣圃」下。緤音薛。左傳曰：「臣負羈紲。」紲，馬韁也。馬，滿補切。

㉞楚有高丘之山。女以喻臣。言己雖去，意不能已，猶復顧念楚國無有賢臣，心爲之悲而流涕也。或云：高丘，閬風山上也。無女，喻無與己同心也。舊説：高丘，楚地名也。五臣云：「女，神女，喻忠臣。」【補曰】離騷多以女喻臣，不必指神女。

㉟溘，奄也。春宫，東方青帝舍也。溘，一作「壒」。【補曰】壒，塵也，無「奄忽」義。

㊱繼，續也。言己行游，奄然至於青帝之舍，觀萬物始生，皆出於仁義，復折瓊枝以續佩，守仁行義，志彌固也。【補曰】瓊，玉之美者。傳曰：「南方有鳥，其名爲鳳，天爲生樹，名曰瓊枝，高百二十

切，大三十圍，以琳琅爲實。」後漢注云：「瓊枝，玉樹，以喻堅貞。」下文云：「折瓊枝以爲羞。」

㊲榮華，喻顏色。落，墮也。【補曰】遊春宮，折瓊枝，欲及榮華之未落也。

㊳相，視也。詒，遺也。言己既脩行仁義，冀得同志，願及年德盛時，顏貌未老，視天下賢人，將持玉帛而聘遺之，與俱事君也。詒，一作「貽」。【補曰】相，息亮切。下女，喻賢人之在下者。詒音怡，通作「貽」。

㊴豐隆，雲師，一曰雷師。下注同。椉，一作「乘」。【補曰】九歌雲中君注云：「雲神，豐隆。」五臣曰：「雲神，屏翳。」按：豐隆，或曰雲師，或曰雷師。屏翳，或曰雲師，或曰雨師，或曰風師。歸藏云：「豐隆筮雲氣而告之。」則雲師也。穆天子傳云：「天子升崑崙，封豐隆之葬。」郭璞云：「豐隆筮師，御雲得大壯卦，遂爲雷師。」淮南子曰：「季春三月，豐隆乃出，以將其雨。」張衡思玄賦云：「豐隆軯其震霆，雲師䨴以交集。」則豐隆，雷師[一七]也；雲師，屏翳也。天問曰：「蓱號起雨。」則屏翳，雨師也。洛神賦云：「屏翳收風。」則風師也。又，周官有飌師、雨師。淮南子云：「雨師灑道，風伯掃塵。」說者以爲箕、畢二星。列仙傳云：「赤松子，神農時爲雨師。」風俗通云：「玄冥爲雨師。」其說不同。據楚詞，則以豐隆爲雲師，飛廉爲風伯，屏翳爲雨師耳。

㊵宓妃，神女，以喻隱士。言我令雲師豐隆乘雲，周行求隱士，清潔若宓妃者，欲與并心力也。宓，一作「虙」。五臣云：「虙妃以喻賢臣。」【補曰】漢書古今人表有宓羲氏。宓音伏，字本作「虙」。顏氏家訓云：「虙字从虍，宓字从宀，下俱爲必。孔子弟子宓子賤，即虙羲之後。俗字以

爲『宓』，或復加山。子賤碑云：『濟南伏生，即子賤之後。』是知『虙』之與『伏』，古來通用。誤以爲『密』，較可知矣。」洛神賦注云：「宓妃，伏犧氏女，溺洛水而死，遂爲河神。」

㊶纕，佩帶也。【補曰】洛神賦云：「願誠素之先達兮，解玉珮而要之。」亦此意。

㊷蹇脩，伏羲氏之臣也。理，分理也，述禮意也。言己既見宓妃，則解我佩帶之玉，以結言語，使古賢蹇脩而爲媒理也。伏羲時敦朴，故使其臣也。五臣云：「令蹇脩爲媒，以通辭理。」【補曰】宓妃，伏犧氏之女，故使其臣以爲理也。

㊸緯繣，乖戾也。遷，徙也。言蹇脩既持其佩帶通言，而讒人復相聚毀敗，令其意一合一離，遂以乖戾，而見距絶，言所居深僻，難遷徙也。【補曰】緯音徽。繣，呼麥切，又音畫。博雅作「敳㦎」，廣韻作「徽繣」。此言隱士忽與我乖剌，其意難移也。

㊹次，舍也。再宿爲信，過信爲次。淮南子言「弱水出於窮石，入於流沙」也。【補曰】郭璞注山海經云：「弱水出自窮石。窮石，今之西郡𠜱丹，蓋其別流之原。」淮南子注云：「窮石，山名，在張掖也。」左傳曰：「后羿自鉏遷于窮石。」

㊺洧盤，水名。禹大傳曰：「洧盤之水出崦嵫之山。」言宓妃體好清潔，暮即歸舍窮石之室，朝沐洧盤之水，遁世隱居，而不肯仕也。盤，一作「槃」。【補曰】洧，于軌切。

㊻倨簡曰驕，侮慢曰傲。傲，一作「敖」。

㊼康，安也。言宓妃用志高遠，保守美德，驕傲侮慢，日自娱樂，以遊戲自恣，無有事君之意也。五臣

云：「淫，久也。言隱居之人，日日安樂久遊，無意以匡君。」【補曰】說文云：「淫，私逸也。」爾雅：「久雨謂之淫。」故淫亦訓久。

㊽違，去也。改，更也。言宓妃雖信有美德，驕傲無禮，不可與共事君，來復棄去，而更求賢也。棄，一作「弃」。【補曰】此孔子所謂「隱者」，子路所謂「潔身亂倫」。

㊾覽相，一作「求覽」。【補曰】相，去聲。

㊿言我乃復往觀視四極，周流求賢，然後乃來下也。一云「周流天乎」。一無「乎」字。【補曰】爾雅：「東至於泰遠，西至於邠國，南至於濮鈆，北至於祝栗，謂之四極。」邠，說文作「汃」，「汃，西極之水也。」又，淮南子云：「東方東極之山曰開明之門，南方南極之山曰暑門，西方西極之山曰閶闔之門，北方北極之山曰寒門。」下音戶。

(51)石次玉曰瑤。詩曰：「報之以瓊瑤。」偃蹇，高貌。【補曰】說文云：「瑤，玉之美者。」

(52)有娀，國名。佚，美也。謂帝嚳之妃，契母簡狄也。配聖帝，生賢子，以喻貞賢也。詩曰：「有娀方將，帝立子生商。」呂氏春秋曰：「有娀氏有美女，爲之高臺而飲食之。」言己望見瑤臺高峻，睹有娀氏美女，思得與共事君也。佚，釋文作「妷」。【補曰】娀音嵩。李善引呂氏春秋曰：「有娀氏有二佚女，爲九成之臺。」淮南子曰：「有娀在不周之北，長女簡翟，少女建疵。」注云：「姊妹二人在瑤臺也。」佚音逸。

(53)鴆，運日也。羽有毒，可殺人。以喻讒佞賊害人也。【補曰】鴆，直禁切。廣志云：「其鳥大如鶚，紫綠色，有毒，食蛇蝮。雄名運日，雌名陰諧。以其毛歷飲卮，則殺人。」

㊹言我使鴆鳥爲媒，以求簡狄，其性讒賊，不可信用，還詐告我，言不好也。五臣云：「忠賢，讒佞所疾，故云不好。」【補曰】好，讀如「好人提提」之「好」。夫鴆之不可爲媒審矣，屈原何爲使之乎？淮南言：「暉日知晏，陰諧知雨。」蓋類小人之有智者，君子不逆詐，不億不信，待其不可用，然後弃之耳，堯之用鯀是也。「暉」與「運」同。

㊺逝，往也。釋文「雄」作「鴆」[一八]。【補曰】説文云：「鳩，鶻鵃也。」爾雅云：「鶌鳩，鶻鵃。」注云：「似山鵲而小，短尾，青黑色，多聲。」月令「鳴鳩拂其羽」，即此也。

㊻佻，輕也。巧，利也。言又使雄鳩銜命而往，其性輕佻巧利，多語言而無要實，復不可信用也。五臣云：「雄鳩多聲。言使辯捷之士，往聘忠賢，我又惡其輕巧而不信。」【補曰】佻，吐彫切，又土了切。爾雅云：「佻，偷也。」

㊼【補曰】猶，由、柚二音。顔氏家訓曰：「尸子云：『五尺犬爲猶。』説文：『隴西謂犬子爲猶。』吾以爲人將犬行，犬好豫在人前，待人不得，又來迎候，此乃豫之所以爲未定也。故謂不決曰猶豫。或以爾雅曰：『猶，如麂，善登木。』猶，獸名也。既聞人聲，乃豫緣木，如此上下，故稱猶豫。」水經引郭緣生述征記云：河津「冰始合，車馬不敢過，要須狐行，云此物善聽，冰下無水，乃過，人見狐行，方渡」。「按風俗通云：里語稱：『狐欲渡河，無如尾何。』且狐性多疑，故俗有狐疑之説，未必一如緣生之言也。」然禮記曰：「決嫌疑，定猶豫。」疏云：「猶是玃屬，豫是虎屬。」説文云：

「豫，象之大者。」又老子曰：「豫兮若冬涉川，猶兮若畏四鄰。」則猶與豫，皆未定之辭。

㊿⑧適，往也。言己令鴆爲媒，其心讒賊，以善爲惡，又使雄鳩銜命而往，多言無實，故中心狐疑猶豫。意欲自往，禮又不可，女當須媒，士必待介也。

⑤⑨詒，一作「詔」。五臣云：「詒，遺也。言我得賢人如鳳皇者，受遺玉帛，將行就聘。」

⑥⓪高辛，帝嚳有天下號也。帝繫曰：「高辛氏爲帝嚳，帝嚳次妃有娀氏女生契。」言己既得賢智之士若鳳皇，受禮遺將行，恐帝嚳已先我得娀簡狄也。遺，一作「遺」。五臣云：「帝嚳，喻諸國賢君。」【補曰】皇甫謐云：「高辛都亳，今河南偃師是。」張晏云：「高辛，所興之地名也。」

⑥①集，一作「進」。

⑥②言己既求簡狄，復後高辛，欲遠集它方，又無所之，故且遊戲觀望以忘憂，用以自適也。

⑥③少康，夏后相之子也。有虞，國名，姚姓，舜後也。昔寒浞使澆殺夏后相，少康逃奔有虞。虞因妻以二女，而邑於綸。有田一成，有衆一旅，能布其德，以收夏衆。遂誅滅澆，復禹之舊績。屈原設至遠方之外，博求衆賢，索宓妃則不肯見，求簡狄又後高辛，幸若少康留止有虞，而得二妃，以成顯功。是不欲遠去之意也。【補曰】二姚事，見左傳。杜預云：「梁國有虞縣。」皇甫謐云：「今河東大陽西山上有虞城。」姚音遥。説文云：「虞舜居姚虚，因以爲姓。」

⑥④弱，劣也。拙，鈍也。五臣云：「我欲留聘二姚，又恐道理弱於少康，而媒無巧辭。」

⑥⑤言己欲效少康留而不去，又恐媒人弱鈍，達言於君，不能堅固，復使回移也。

⑥⑥世，一作「時」。

⑥⑦稱，舉也。再言「世溷濁」者，懷、襄二世不明，故羣下好蔽忠正之士，而舉邪惡之人。美，一作「善」。【補曰】再言「世溷濁」者，甚之也。屈原作此，在懷王之世耳。惡，去聲。言可美者蔽之，可惡者稱之。

⑥⑧小門謂之閨。邃，深也。一無「以」字。【補曰】爾雅：「宮中之門謂之闈，其小者謂之閨。」邃，雖遂切。

⑥⑨哲，智也。寤，覺也。言君處宮殿之中，其閨深遠，忠言難通，指語不達，自明智之王尚不能覺悟善惡之情，高宗殺孝己是也。何況不智之君，而多闇蔽，固其宜也。【補曰】說文：「寐覺而有信曰寤。」「閨中既以邃遠」者，言不通羣下之情；「哲王又不寤」者，言不知忠臣之分。懷王不明而曰「哲王」者，以明望之也。太史公所謂「冀幸君之一悟，俗之一改也」。韓愈琴操云：「臣罪當誅兮，天王聖明。」亦此意。

⑦⓪言我懷忠信之情，不得發用，安能久與此闇亂之君，終古而居乎？意欲復去也。一本「忍」下有「而」字。釋文：古音故。【補曰】此言當世之人蔽美稱惡，不能與之久居也。九歌曰：「長無絕兮終古。」九章曰：「去終古之所居。」終古，猶永古也。考工記注曰：「齊人之言終古，猶言常也。」集韻：「古音估」者，故也；「音故」者，始也。

索藑茅以筳篿兮①，命靈氛爲余占之②。曰：「兩美其必合兮，孰信脩而慕之③？恖九州之博大兮，豈唯是其有女④。」曰：「勉遠逝而無狐疑兮⑤，孰求美而釋女⑥？何所獨無芳草兮⑦，爾何懷乎故宇⑧？」世幽昧以眩曜兮⑨，孰云察余之善惡⑩。民好惡其不同兮⑪，惟此黨人其獨異⑫。户服艾以盈要兮⑬，謂幽蘭其不可佩⑭。覽察草木其猶未得兮⑮，豈珵美之能當⑯？蘇糞壤以充幃兮⑰，謂申椒其不芳⑱。欲從靈氛之吉占兮，心猶豫而狐疑⑲。巫咸將夕降兮⑳，懷椒糈而要之㉑。百神翳其備降兮，九疑繽其並迎㉒。皇剡剡其揚靈兮㉓，告余以吉故㉔。曰：「勉陞降以上下兮㉕，求榘矱之所同㉖。湯禹嚴而求合兮㉗，摯咎繇而能調㉘。苟中情其好脩兮，又何必用夫行媒㉙。説操築於傅巖兮㉚，武丁用而不疑㉛。吕望之鼓刀兮㉜，遭周文而得舉㉝。甯戚之謳歌兮㉞，齊桓聞以該輔㉟。及年歲之未晏兮㊱，時亦猶其未央㊲。恐鵜鴂之先鳴兮㊳，使夫百草爲之不芳㊴。」何瓊佩之偃蹇兮㊵，衆薆然而蔽之㊶。惟此黨人之不諒兮㊷，恐嫉妬而折之㊸。時繽紛其變易兮㊹，又何可以淹留㊺？蘭芷變而不芳兮，荃蕙化而爲茅㊻。何昔日之芳草兮㊼，今直爲此蕭艾也㊽。豈其有他故兮，莫好脩之害也㊾。余以蘭爲可恃兮㊿，羌無實而容長(51)。委厥美以從俗兮(52)，苟得列乎衆芳(53)。椒專佞以慢慆兮(54)，樧又欲充夫佩幃(55)。既干進而務入兮(56)，又何芳之能祗(57)？固時俗之流從兮(58)，又孰能無變化(59)？覽椒蘭其若茲兮，又況揭車與江離(60)？惟茲佩之可貴兮(61)，委厥美而歷茲(62)。芳菲菲而難虧兮(63)，芬至今猶未沫[64]。和調度以自娱兮，聊浮游而求女[65]。及余飾之方壯兮，周流觀乎上下[66]。

①索，取也。藑茅，靈草也。筳，小折竹也。楚人名結草折竹以卜曰篿。文選「藑」作「瓊」。五臣云：「筳，竹筭也。」【補曰】索，所革切。藑音瓊。爾雅云：「葍，藑茅。」注云：「藑、葍，一種，花有赤者爲藑。」筳音廷。篿音專。後漢方術傳云：「挺專折竹。」注云：「挺，八段竹也。」音同。

②靈氛，古明占吉凶者。言己欲去則無所集，欲止又不見用，憂懣不知所從，乃取神草竹筳，結而折之，以卜去留，使明智靈氛占其吉凶也。

③靈氛言：以忠臣而就明君，兩美必合，楚國誰能信明善惡，脩行忠直，欲相慕及者乎？已宜以時去也。

④言我思念天下博大，豈獨楚國有臣而可止乎？恖，古文「思」，亦作「思」。唯，一作「惟」。【補曰】女，細呂切。

⑤一無「狐」字。

⑥五臣云：「靈氛曰：但勤力遠去，誰有求忠臣而不擇取汝者也？」【補曰】再舉靈氛之言者，甚言其可去也。

⑦草，一作「艸」，舊作「卉」。【補曰】爾雅云：「卉，草。」疏云：「别二名也。」文選注云：「卉，百草總名，楚人語也。」

⑧懷，思也。宇，居也。言何所獨無賢芳之君，何必思故居而不去也。此皆靈氛之詞。爾，一作「尒」。宇，一作「宅」。注同。【補曰】若作「宅」，則與下韻叶。

⑨昡曜，惑亂貌。世，一作「時」。昡，一作「眩」。【補曰】昡，日光也，其字從日。眩，目無常主也，其字從目。並熒絹切。淮南云：「嫌疑肖象者，衆人之所眩耀。」

⑩屈原答靈氛曰：當世之君皆闇昧惑亂，不分善惡，誰當察我之善情而用己乎？是難去之意也。善惡，一作「中情」。文選「善」作「美」。

⑪民，一作「人」。

⑫黨，鄉黨，謂楚國也。言天下萬民之所好惡，其性不同，此楚國尤獨異也。五臣云：「好，愛。惡，憎也。」【補曰】好、惡，並去聲。黨，朋黨，謂椒、蘭之徒也。

⑬艾，白蒿也。盈，滿也。或言：艾，非芳草也，一名冰臺。【補曰】「要」與「腰」同。爾雅：「艾，冰臺。」注云：「今艾蒿。」

⑭言楚國户服白蒿，滿其要帶，以爲芬芳，反謂幽蘭臭惡，爲不可佩也。以言君親愛讒佞，憎遠忠直，而不肯近也。其，一作「兮」，一作「之」。五臣云：「言楚國皆好讒佞，謂忠正不可行於身也。」

⑮察，視也。草，一作「艸」，一作「卉」。猶，一作「獨」。

⑯珵，美玉也。相玉書言：「珵大六寸，其耀自照。」言時人無能知臧否，觀衆草尚不能別其香臭，豈當知玉之美惡乎？以爲草木易別於禽獸，禽獸易別於珠玉，珠玉易別於忠佞，知人最爲難也。五臣

云：「豈能辨玉之臧否而當之乎？玉喻忠直。」【補曰】珵美，猶九章言「蓀美」也。珵音呈。一曰：珮玗也。

⑰蘇，取也。充，猶滿也。壤，土也。幃謂之幐。幐，香囊也。㠯，一作「以」。【補曰】史記：「樵蘇後爨。」蘇，取草也。又，淮南子曰：「蘇援世事。」蘇，猶索也。幃，許歸切，下同。爾雅云：「婦人之褘謂之縭[一九]。」注云：「即今之香纓也。褘，邪交落帶繫於體，因名爲褘。」幐音騰。

⑱言蘇糞土以滿香囊，佩而帶之，反謂申椒臭而不香。言近小人，遠君子也。

⑲言己欲從靈氛勸去之吉占，則心中狐疑，念楚國也。【補曰】靈氛之占，於異姓則吉矣。在屈原則不可，故猶豫而狐疑也。

⑳巫咸，古神巫也。當殷中宗之世。降，下也。【補曰】書序云：「伊陟贊於巫咸。」前漢郊祀志云[二〇]：「巫咸之興自此始。」說者曰：巫咸，殷賢臣。一云：名咸，殷之巫也。說文曰：「巫，祝也。古者巫咸初作巫。」山海經曰：「巫咸國在女丑北。」又曰：「大荒之中，有靈山，巫咸、巫即、巫盼、巫彭、巫姑、巫真、巫孔、巫抵、巫謝、巫羅十巫從此升降。」淮南子曰：「軒轅丘在西方，巫咸在其北。」注云：「巫咸知天道，明吉凶。」據此則巫咸之興尚矣。商時又有巫咸也。莊子曰：「鄭有神巫，曰季咸。」又有「巫咸袑」，皆取此名。言「夕降」者，神降多以夜，陳寶之類是也。

㉑椒，香物，所以降神。糈，精米，所以享神。言巫咸將夕從天上來下，願懷椒糈要之，使占茲吉凶也。糈，俗作「糈」。【補曰】糈音所，祭神米也。孟康曰：「椒糈，以椒香米饌也。」要，伊消切。

㉒翳，蔽也。繽，盛也。九疑，舜所葬也。言巫咸得己椒糈，則將百神蔽日來下。舜又使九疑之神紛然來迎，知己之志也。疑，一作「嶷」。【補曰】翳，於計切。「嶷」與「疑」同。迎，魚慶切，迓也。漢紀曰：「望祀虞舜於九嶷。」張揖［二一］曰：「九嶷在零陵營道縣。」文穎［二二］曰：「九嶷半在蒼梧，半在零陵。」顏師古云：「疑，似也。山有九峯，其形相似。」水經云：「峯秀數郡之間，異嶺同勢，遊者疑焉。」

㉓皇，皇天也。剡剡，光貌。【補曰】剡，以冉切。九歌曰：「横大江兮揚靈。」

㉔言皇天揚其光靈，使百神告我，當去就吉善也。五臣云：「告我去當吉。」【補曰】靈氛之占，筳篿折竹而已。至百神備降，九嶷並迎，告我使去，則可以去矣。

㉕勉，強也。上謂君，下謂臣。陞，一作「升」。【補曰】升降上下，猶所謂「經營四荒、周流六漠」耳，不必指君臣。

㉖榘，法也。矱，度也。言當自勉強，上求明君，下索賢臣，與己合法度者，因與同志共爲治也。榘，一作「矩」。矱，一作「彠」。五臣云：「此巫咸之言。」【補曰】榘，俱雨切。矱，紆縛、烏郭二切。淮南子曰：「知榘彠之所周。」注云：「榘，方也。彠，度法也。」

㉗嚴，敬也。合，匹也。嚴，一作「儼」。【補曰】自此以下皆屈原語。

㉘摯，伊尹名，湯臣也。咎繇，禹臣也。調，和也。言湯、禹至聖，猶敬承天道，求其匹合，得伊尹、咎繇，乃能調和陰陽，而安天下也。一作「皋陶」。【補曰】天問曰：「帝乃降觀，下逢伊摯。」即伊尹

也。

㉙行媒，喻左右之臣也。言誠能中心常好善，則精感神明，賢君自舉用之，不必須左右薦達也。一無「又」字。五臣云：「苟，且也。」

㉚説，傅説也。傅巖，地名。【補曰】説音悦。操，七刀切。築，擣也。

㉛武丁，殷之高宗也。言傅説抱道懷德，而遭遇刑罰，操築作於傅巖。武丁思想賢者，夢得聖人，以其形像求之，因得傅説。登以爲公，道用大興，爲殷高宗也。書序曰：「高宗夢得説，使百工營求諸野，得諸傅巖，作説命。」是佚篇也。【補曰】孟子曰：「傅説舉於版築之間。」史記云：「説爲胥靡，築於傅險，見於武丁。武丁曰：『是也。』遂以傅險姓之，號曰傅説。」「險」與「巖」同。徐廣曰：「尸子云：『傅巖在北海之洲。』」孔安國曰：「傅氏之巖在虞、虢之界，通道所經，有澗水壞道，常使胥靡刑人築護此道。説賢而隱，代胥靡築之，以供食也。」

㉜呂，太公之氏姓也。鼓，鳴也。或言呂望太公，姜姓也，未遇之時，鼓刀屠於朝歌也。【補曰】史記云：「太公望呂尚者，東海上人，本姓姜氏，從其封姓，故曰呂尚。」戰國策云：「太公望，老婦之逐夫，朝歌之廢屠，文王用之而王。」注云：「呂尚爲老婦之所逐，賣肉於朝歌，肉上生臭不售，故曰廢屠。」淮南子曰：「太公之鼓刀。」注云：「太公，河内汲人，有屠釣之困。」

㉝言太公避紂，居東海之濱，聞文王作興，盍往歸之。至於朝歌，道窮困，自鼓刀而屠。遂西，釣於渭濱。文王夢得聖人，於是出獵而遇之，遂載以歸，用以爲師，言：「吾先公望子久矣。」因號爲「太

公望」。或言：周文王夢天帝立令狐之津，太公立其後。帝曰：「昌，賜汝名師。」文王再拜，太公亦再拜。太公夢亦如此。文王出田，見識所夢，載與俱歸，以爲太師也。【補曰】天問云：「師望在肆昌何識？鼓刀揚聲后何喜？」注云：「呂望鼓刀在列肆，文王親往問之，對曰：『下屠屠牛，上屠屠國。』」

㉞甯戚，衛人。

㉟該，備也。甯戚修德不用，退而商賈，宿齊東門外。桓公夜出，甯戚方飯牛，叩角而商歌。桓公聞之，知其賢，舉用爲客卿，備輔佐也。【補曰】淮南子云：「甯戚欲干齊桓公，困窮無以自達。於是爲商旅，將任車以商於齊。暮宿於郭門之外，飯牛車下，望見桓公，乃擊牛角而商歌。桓公聞之曰：『異哉，歌者非常人也。』命後車載之。」三齊記載其歌曰：「南山矸，白石爛，生不遭堯與舜禪，短布單衣適至骭，從昏飯牛薄夜半，長夜漫漫何時旦。」桓公召與語，悦之，以爲大夫。「矸」與「岸」同。一作「南山粲」。屈原舉呂望、傅說、甯戚之事，傷今之不然也。

㊱晏，晚。

㊲央，盡也。言己所以汲汲欲輔佐君者，冀及年未晏晚，以成德化也。然年時亦尚未盡，冀若三賢之遭遇也。其，一作「而」。【補曰】說文：「央，久也。」詩曰：「夜未央。」

㊳鵜鴂，一名買鵤，常以春分鳴也。鵜，一作「鷤」。五臣云：「鷤鴂，秋分前鳴，則草木彫落。」【補曰】鵜音提。鴂音決。一音弟桂，一音殄絹。反離騷云：「徒恐鷤鴂之將鳴兮，顧先百草爲不芳。」

顏師古云：「鷤鴂，一名買䳄，一名子規，一名杜鵑，常以立夏鳴，鳴則衆芳皆歇。」「鴂」與「鳺」同，䳄音詭。思玄賦云：「恃知己〔三〕而華予兮，鶗鴂鳴而不芳。」注云：「以秋分鳴。」李善云：「臨海異物志：『鶗鴂，一名杜鵑。至三月鳴，晝夜不止。』服虔曰：『鶗鴂，一名鵙，伯勞也。順陰陽氣而生。』」按禽經云：「巂周，子規也。江介曰子規，蜀右曰杜宇。」又曰：「鶗鴂鳴而草衰。」注云：「鶗鴂，爾雅謂之鵙，左傳謂之伯趙。」然則子規、鶗鴂二物也。月令：「仲夏鵙始鳴。」說者云：「五月陰氣生於下，伯勞夏至，應陰而鳴。」詩曰：「七月鳴鵙。」箋云：「伯勞鳴，將寒之候也，五月則鳴，豳地晚寒。」左傳：「伯趙氏，司至也。」注云：「伯勞以夏至鳴，冬至止。」陸佃埤雅云：「陰氣至而鵙鳴，故百草爲之芳歇。」廣韻曰：「鶗鴂，關西曰巧婦，關東曰鸋鴂，春分鳴則衆芳生，秋分鳴則衆芳歇。」未詳。

㊴言我恐鵜鴂以先春分鳴，使百草華英摧落，芬芳不得成也。以喻讒言先至，使忠直之士蒙罪過也。草，一作「艸」，一作「卉」。一無「夫」字。一無「爲」字。【補曰】爾雅疏云：「百卉，猶百草也。」詩云：「百卉具腓。」

㊵偃蹇，衆盛貌。佩，一作「珮」。

㊶言我佩瓊玉，懷美德，偃蹇而盛，衆人薆然而蔽之，傷不得施用也。五臣云：「薆，亦盛也。」【補曰】薆音愛。方言云：「掩、翳，薆也。」注云：「謂薆蔽也。」

㊷諒，信。一作「亮」。

㊸言楚國之人，不尚忠信之行，共嫉妬我正直，必欲折挫而敗毀之也。

㊹其，一作「以」。五臣云：「繽紛，亂也。」

㊺言時世溷濁，善惡變易，不可以久留，宜速去也。

㊻言蘭芷之草，變易其體而不復香，荃蕙化而爲菅茅，失其本性也。以言君子更爲小人，忠信更爲佞僞也。五臣云：「茅，惡草，以喻讒臣。」【補曰】上云「謂幽蘭其不可佩」，以幽蘭之别於艾也。「謂申椒其不芳」，以申椒之别於糞壤也。今曰蘭芷不芳，荃蕙爲茅，則更與之俱化矣。當是時，守死而不變者，楚國一人而已，屈子是也。

㊼草，一作「艸」，一作「卉」。

㊽言往昔芬芳之草，今皆直爲蕭艾而已。以言往日明智之士，今皆佯愚，狂惑不顧。一無「蕭」字，一無「也」字。【補曰】顔師古云：「齊書：太祖云：『詩人采蕭。蕭，即艾也。』蕭自是香蒿，古祭祀所用，合脂爇之，以享神者。艾，即今之灸病者。名既不同，本非一物。詩云『彼采蕭兮』、『彼采艾兮』是也。」淮南曰：「膏夏、紫芝與蕭艾俱死。」蕭艾，賤草，以喻不肖。

㊾言士民所以變曲爲直者，以上不好用忠正之人，害其善志之故。一無「也」字。五臣云：「明智之士佯愚者，爲君不好修絜之士，而自損害。」【補曰】時人莫有好自脩潔者，故其害至於荃蕙爲茅，芳草爲艾也。

㊿蘭，懷王少弟，司馬子蘭也。恃，怙也。【補曰】史記：「秦昭王欲與懷王會，屈平曰：『秦，虎狼之

國，不可信，不如無行。』懷王稚子子蘭勸王行：『奈何絕秦歡？』懷王卒行，入武關，秦伏兵絕其後，因留懷王。子頃襄王立，以其弟子蘭爲令尹。」然則子蘭乃懷王少子，頃襄之弟也。

(51)實，誠也。言我以司馬子蘭、懷王之弟，應薦賢達能，可怙而進，不意內無誠信之實，但有長大之貌，浮華而已。五臣云：「無實，無實材。」【補曰】長，平聲。

(52)委，弃。

(53)言子蘭棄其美質正直之性，隨從諂佞，苟欲列於衆賢之位，無進賢之心也。【補曰】子蘭有蘭之名，無蘭之實，雖與衆芳同列，而無芬芳也。

(54)椒，楚大夫子椒也。慆，淫也。慢，一作「謾」，釋文作「嫚」。慆，一作「諂」。【補曰】古今人表有令尹子椒。慆，它刀切。書曰：「無即慆淫。」注云：「慆，慢也。」

(55)榝，茱萸也，似椒而非，以喻子椒似賢而非賢也。幃，盛香之囊，以喻親近。言子椒爲楚大夫，處蘭芷之位，而行淫慢佞諛之志，又欲援引面從不賢之類，使居親近，無有憂國之心。責之也。夫，一作「其」。五臣云：「子椒列大夫位，在君左右，如茱萸之在香囊，妄充佩帶，而無芬芳。」【補曰】榝音殺。爾雅曰：「椒、榝醜，莍。」注云：「榝，似茱萸而小，赤色。」子椒佞而似義，猶榝之似椒也。子蘭既已無蘭之實，而列乎衆芳矣；子椒又欲以似椒之質，充夫佩幃也。

(56)干，求。而，一作「以」。

(57)祇，敬也。言子椒苟欲自進，求入於君，身得爵祿而已，復何能敬愛賢人，而舉用之也？

⑸⑻一作「從流」。一本「從」誤作「徙」。

⑸⑼言時世俗人隨從上化，若水之流。二子復以諂諛之行，衆人誰有不變節而從之者乎？疾之甚也。五臣曰：「固此諂佞之俗，流行相從，誰能不變節，隨時以容身乎？」

⑥⓪言觀子椒、子蘭變志若此，況朝廷衆臣，而不爲佞媚以容其身邪？揭，一作「藒」。離，一作「蘺」。【補曰】子椒、子蘭宜有椒蘭之芬芳，而猶若是，況衆臣若揭車、江離者乎？揭車、江離，皆香草，不若椒、蘭之盛也。列子曰：「臭過椒蘭。」荀子曰：「椒蘭苾芬。」

⑥①之，一作「其」。

⑥②歷，逢也。言己內行忠直，外佩衆香，此誠可貴重，不意明君弃其至美，而逢此咎也。【補曰】上云「委厥美以從俗」，言子蘭之自弃也。此云「委厥美而歷茲」，言懷王之見弃也。

⑥③虧，歇。而，一作「其」。虧，一作「虧」。

⑥④沫，已也。言己所行純美，芬芳勃勃，誠難虧歇，久而彌盛，至今尚未已也。芬，一作「芬芬」。勃，一作「浡」。【補曰】説文云：「芬，艸初生，其香分布。」沫音昧，微晦也。易曰：「日中見沫。」招魂曰：「身服義而未沫。」

⑥⑤言我雖不見用，猶和調己之行度，執守忠貞，以自娛樂，且徐徐浮游，以求同志也。五臣云：「汝，同志人也。度，法度也。」【補曰】和調，重言之也。女，紐呂切。

⑥⑥上謂君，下謂臣也。言我願及年德方盛壯之時，周流四方，觀君臣之賢，欲往就之也。【補曰】「高

余冠之岌岌兮，長余佩之陸離」，所謂「余飾之方壯」也。「周流觀乎上下」，猶言「周流乎天余乃下」也。下音户。

靈氛既告余以吉占兮①，歷吉日乎吾將行②。折瓊枝以爲羞兮③，精瓊爢以爲粻④。爲余駕飛龍兮，雜瑶象以爲車⑤。何離心之可同兮，吾將遠逝以自疏⑥。邅吾道夫崑崙兮⑦，路脩遠以周流⑧。揚雲霓之晻藹兮⑨，鳴玉鸞之啾啾⑩。朝發軔於天津兮⑪，夕余至乎西極⑫。鳳皇翼其承旂兮⑬，高翱翔之翼翼⑭。忽吾行此流沙兮⑮，遵赤水而容與⑯。麾蛟龍使梁津兮⑰，詔西皇使涉予⑱。路脩遠以多艱兮⑲，騰衆車使徑待⑳。路不周以左轉兮㉑，指西海以爲期㉒。屯余車其千乘兮㉓，齊玉軑而並馳㉔。駕八龍之婉婉兮㉕，載雲旗之委蛇㉖。抑志而弭節兮，神高馳之邈邈㉗。奏九歌而舞韶兮㉘，聊假日以媮樂㉙。陟陞皇之赫戲兮㉚，忽臨睨夫舊鄉㉛。僕夫悲余馬懷兮㉜，蜷局顧而不行㉝。

①【補曰】靈氛告以吉占，百神告以吉故，而此獨曰「靈氛」者，初疑靈氛之言，復要巫咸。巫咸與百神無異詞，則靈氛之占誠吉矣。然原固未嘗去也，設詞以自寬耳。

②言靈氛既告我以吉占，歷善日，吾將去君而遠行也。五臣云：「歷，選也。」【補曰】上林賦云：「歷吉日以齊戒。」張揖曰：「歷，筭也。」行，胡郎切，叶韻。

③羞，脯。【補曰】張揖云：「瓊樹生崑崙西，流沙濱，大三百圍，高萬仞，其華食之長生。」羞、脩，二物也，見周禮，羞致滋味，脩則脯也。王逸、五臣以羞爲脩，誤矣。

④精，鑿也。靡，屑也。粻，糧也。詩云：「乃裹餱糧。」言我將行，乃折取瓊枝，以爲脯腊，精鑿玉屑，以爲儲糧，飲食香潔，冀以延年也。五臣云：「精，擣也。取其清潔而延壽。」【補曰】靡音糜。文選音：靡。反離騷云：「精瓊靡與秋菊芳[二四]，將以延夫天年。」應劭云：「精，細也。瓊，玉之華也。」周禮有「食玉」，注云：「玉，陽精之純者，食之以禦水氣。」鄭司農云：「王齊當食玉屑。」粻音張，食米也。鑿音作，精細米也。左傳：「粢食不鑿。」

⑤象，象牙也。言我駕飛龍，乘明智之獸，象玉之車，文章雜錯，以言己德似龍玉，而世莫之識也。五臣云：「飛龍喻道，瑤象以比君子之德。言我遠游，但駕此道德以爲車。」【補曰】易曰：「飛龍在天。」許慎云：「飛龍有翼。」瑤，美玉也。言以瑤象爲車，而駕以飛龍也。上「爲」，去聲。

⑥言賢愚異心，何可合同？知君與己殊志，故將遠去自疏，而流遁於世也。五臣云：「忠佞兩心，不可同，吾將遠去自疏遠也。」【補曰】疏，所葅切。

⑦邅，轉也。楚人名轉曰邅。河圖括地象言：「崑崙在西北，其高萬一千里，上有瓊玉之樹也。」【補曰】邅，池戰切。禹本紀言：「崑崙山高二千五百餘里，日月所相避隱爲光明也。其上有醴泉、華池。」河圖云：「崑崙，天中柱也，氣上通天。」水經云：「崑崙虛在西北，去嵩高五萬里，地之中也，其高萬一千里，河水出其東北陬。」爾雅曰：「西北之美者，有崑崙虛之璆琳琅玕焉。」又曰：

「三成爲崑崙丘。」注云：「崑崙山三重，故以名云。」昔人引山海經：「西海之南，流沙之濱，赤水之後，黑水之前，有大山，名崑崙之丘，其下有弱水之淵環之。」又曰：「鐘山西六百里，有崑崙山，所出五水。」今按：山海經：「內[二五]崑崙虛在西北，帝之下都，方八百里，高萬仞。山有木禾，面有九井，以玉爲檻，面有五[二六]門，門有開明獸守之，百神之所在。」郭璞曰：「此自別有小崑崙也。」淮南子云：「崑崙虛中有增城九重，上有木禾，珠樹、玉樹、琁樹、不死樹在其西，沙棠、琅玕在其東，絳樹在其南，碧樹、瑤樹在其北。」東方朔十洲記：「昆陵即崑崙，中狹上廣，故曰崑崙。山有三角，其一角正東，名曰崑崙宮，其處有積金爲墉城，面方千里，城上安金臺五所，玉樓十二。」神異經云：「崑崙有銅柱焉，其高入天，所謂天柱也。圍三千里，圓周如削，下有回屋，仙人九府所治。」又一說云：「大五嶽者，中嶽崑崙，在九海中，爲天地心，神仙所居，五帝所理。」凡此諸説誕，實未聞也。

⑧言己設去楚國遠行，乃轉至崑崙神明之山，其路遥遠，周流天下，以求同志也。

⑨揚，披也。晻藹，猶蓊鬱，蔭貌也。一本「揚」下有「志」字。藹，釋文作「濭」，一作「靄」。五臣云：「揚，舉也。雲霓，虹也，畫之於旌旗。晻藹，旌旗蔽日貌。」【補曰】晻藹，暗也，冥也。晻，烏感切。藹、靄、濭，並於蓋切。

⑩鸞，鸞鳥也，以玉爲之，著於衡。和，著於軾。啾啾，鳴聲也。言己從崑崙將遂陞天，披雲霓之蓊鬱，排讒佞之黨羣，鳴玉鸞之啾啾，而有節度也。五臣云：「玉，馬佩也。鸞，車鈴也。言我去國，

亦守節度而行。」【補曰】許慎云：「鑾以象鳥之聲。」詩云：「和鑾雝雝。」注云：「在軾曰和，在鑣曰鑾。」禮記曰：「君子在車，則聞鑾和之音[二七]。」注云：「鑾在衡，和在式。」正義云：「鑾在衡，和在式，謂常所乘之車。若田獵之車，則鑾在馬鑣。」韓詩外傳[二八]曰：「升車則馬動，馬動則鑾鳴，鑾鳴則和應。」啾音揫。埤倉云：「衆聲也。」

⑪天津，東極箕、斗之閒，漢津也。【補曰】爾雅：「析木謂之津。箕、斗之閒，漢津也。」注云：「箕，龍尾。斗，南斗。天漢之津梁。」疏云：「天河在箕、斗二星之閒。隔河須津梁以渡，故謂此次爲析木之津。」天文大象賦云：「天津橫漢以摛光。」注云：「天津九星，在虛危北，橫河中，津梁所渡。」

⑫言己朝發天之東津，萬物所生，夕至地之西極，萬物所成，動順陰陽之道，且亟疾也。【補曰】上林賦云：「左蒼梧，右西極。」注引爾雅：「西至于豳國，爲西極。」又淮南曰：「西方西極之山，曰閶闔之門」。

⑬翼，敬也。旂，旗也。畫龍虎爲旂也。文選「翼」作「紛」。【補曰】周禮：「交龍爲旂，熊虎爲旗。」左傳曰：「三辰旂旗。」爾雅：「有鈴曰旂。」旂，渠希切。旗，渠之切。

⑭翼翼，和貌。言己動順天道，則鳳皇來隨我車，敬承旂旗，高飛翱翔，翼翼而和，嘉忠正、懷有德也。之，一作「而」。五臣云：「鳳皇承旂，引路飛翔，翼翼然扶衛於己。」【補曰】古者旌旗皆載於車上，故逸以承旂爲來隨我車。遠遊注云「俊鳥夾轂而扶輪」是也。五臣以爲引路，誤矣。淮南曰：

「鳳皇曾逝萬仞之上，翺翔四海之外。」注云：「鳥之高飛，翼一上一下曰翺，直刺不動曰翔。」

⑮流沙，沙流如水也。尚書曰：「餘波入于流沙。」五臣云：「流沙，西極也。」【補曰】山海經：「流沙出鍾山西行。」注云：「今西海居延澤，尚書所謂『流沙』者，形如月，生五日。」張揖云：「流沙，沙與水流行也。」顏師古曰：「流沙，但有沙流，本無水也。」

⑯遵，循也。赤水，出崑崙山。容與，遊戲貌。言吾行忽然過此流沙，遂循赤水而游戲，雖行遠方，動以潔清自洒飾也。【補曰】博雅云：「崑崙虛，赤水出其東南陬，河水出其東北陬，洋水出其西北陬，弱水出其西南陬。河水入東海，三水入南海。」穆天子傳曰：「遂宿于崑崙之阿、赤水之陽。」莊子曰：「黄帝游乎赤水之北，登乎崑崙之丘。」

⑰舉手曰麾。小曰蛟，大曰龍。或言以手教曰麾。津，西海也。蛟龍，水虫也。以蛟龍爲橋，乘之以渡，似周穆王之越海，比黿鼉以爲梁也。使，一作「吕」。五臣曰：「麾，招也。」【補曰】麾，許爲切。廣雅曰：「有鱗曰蛟龍，有翼曰應龍，有角曰虬龍，無角曰螭龍。」郭璞曰：「蛟似蛇，四足，小頭，細頸，卵生，子如三斛瓮，能吞人，龍屬也。」説文曰：「津，水渡也。」

⑱詔，告也。西皇，帝少皞也。涉，渡也。言我乃麾蛟龍以橋西海，使少皞來渡我，動與神獸聖帝相接，言能渡萬民之厄也。予，一作「余」。【補曰】少皞以金德王，白精之君，故曰西皇。遠遊注云：「西皇所居，在西海之津。」予，我也，上聲。

⑲艱，難也。

⑳騰，過也。言崑崙之路險阻艱難，非人所能由，故令衆車先過，使從邪徑以相待也。以言己所行高遠，莫能及也。待，一作「侍」。

㉑不周，山名，在崑崙西北。轉，行也。五臣云：「左轉者，君子尚左。」【補曰】山海經：「西北海之外，大荒之隅，有山而不合，名曰不周。」注云：「此山形有缺，不周匝，因名之。西北不周風自此出也。」淮南子云：「西北方不周之山曰幽都之門。」又曰：「崑崙之山，北門開，以納不周之風。」大人賦曰：「回車朅來兮，絶道不周。」張揖曰：「不周山在崑崙東南二千三百里。」以山海經、淮南子考之，不周當在崑崙西北。逸説是也。遠遊曰「歷太皓以右轉」，太皓在東方，自左而之右，故下云「遇蓐收乎西皇」也。此云「路不周以左轉」，不周在西北海之外，自右而之左，故曰「指西海以爲期」也。五臣説非是。

㉒指，語也。期，會也。言己使語衆車，我所行之道，當過不周山而左行，俱會西海之上也。過不周者，言道不合於世也。左轉者，言君行左乖，不與己同志也。【補曰】博物志云：「七戎、六蠻、九夷、八狄，謂之四海。言皆近海。」漢張騫渡西海，至大秦，大秦之西鳥遲國，鳥遲國之西復言有海。西海之濱有小崑崙，高萬仞，方八百里。

㉓屯，陳也。五臣云：「屯，聚也。車所以載己。言君子以德自載，亦如車焉。聚千乘者，言道德之多，並運於己，所在可馳走。」【補曰】屯，徒渾切。乘，實證切。

㉔軑，錮也。一云車轄也。言乃屯陳我車，前後千乘，齊以玉爲車轄，並馳左右。言從己者衆，皆有玉

德，宜輔千乘之君也，即道千乘之國也。【補曰】軑音大。方言云：「輪，韓、楚之間謂之軑。」齊，同也。言齊驅並進。

㉕婉婉，龍貌。五臣云：「八龍，八節之氣也。」婉，於阮切；釋文作「蜿」，於元切。

㉖言己乘八龍神智之獸，其狀婉婉，又載雲旗，委蛇而長也。駕八龍者，言己德如龍，可制御八方也。載雲旗者，言己德如雲，能潤施萬物也。蛇，一作「移」。一作「逶迤」。五臣云：「言我所往，皆與神游，故可御氣爲駕，載雲爲旗也。」【補曰】文選注云：「其高至雲，故曰雲旗。」委，於爲切。蛇，弋支切。

㉗邈邈，遠貌。言己雖乘雲龍，猶自抑案，弭節徐行，高抗志行，邈邈而遠，莫能追及。一云「邁高馳」。五臣云：「抑志，按節徐行，以候世人，其邈遠莫能逮及也。」

㉘九歌，九德之歌，禹樂也。韶，九韶，舜樂也，尚書「簫韶九成」是也。【補曰】周禮有「九德之歌，九磬之舞」。啓樂有九辯、九歌。又山海經：「夏后開始歌九招。」開，即啓也。竹書云：「夏后啓舞九韶。」

㉙言己德高智明，宜輔舜、禹，以致太平，奏九德之歌、九韶之舞，而不遇其時，故假日遊戲，媮樂而已。假，一作「暇」。【補曰】顔師古云：「此言遭遇幽厄，中心愁悶，假延日月，苟爲娛樂耳。今俗猶言借日度時，故王仲宣登樓賦云：『登兹樓以四望兮，聊假日以消憂。』今之讀者改『假』爲『暇』，失其意矣。」李善注仲宣賦，引荀子「多暇日」，亦承誤也。媮，樂也。音俞。

㉚皇，皇天也。赫戲，光明貌。一無「陟」字。陞，一作「升」。【補曰】西京賦云：「叛赫戲以煇煌。」赫戲，炎盛也。「戲」與「曦」同。

㉛睨，視也。舊鄉，楚國也。言己雖升崑崙，過不周，渡西海，舞九韶，陞天庭，據光曜，不足以解憂。猶顧視楚國，愁且思也。【補曰】睨，五計切。

㉜僕，御也。懷，思也。

㉝蜷局，詰屈，不行貌。屈原設去世離俗，周天帀地，意不忘舊鄉，忽望見楚國，僕御悲感，我馬思歸，蜷局詰屈而不肯行。此終志不去，以詞自見，以義自明也。五臣云：「蜷局，回顧而不肯行。」【補曰】蜷音拳，蟲形詰屈也。行，胡郎切，叶韻。

亂曰①：已矣哉，國無人莫我知兮②，又何懷乎故都③？既莫足與爲美政兮，吾將從彭咸之所居④。

①亂，理也。所以發理詞指，總撮其要也。屈原舒肆憤懣，極意陳詞，或去或留，文采紛華，然後結括一言，以明所趣之意也。【補曰】國語云：「其輯之亂。」輯，成也。凡作篇章既成，撮其大要，以爲亂辭也。離騷有「亂」、有「重」：亂者，總理一賦之終；重者，情志未申，更作賦也。

②已矣，絶望之詞。無人，謂無賢人也。易曰：「闚其户，閴其無人。」屈原言「已矣」，我獨懷德不見

用者，以楚國無有賢人知我忠信之故。自傷之詞。一無「哉」字。【補曰】論語曰：「已矣乎，吾未見好德如好色者也。」孔安國曰：「已矣，發端歎辭。」

③言衆人無有知己，已復何爲思故鄉、念楚國也。

④言時世之君無道，不足與共行美德、施善政者，故我將自沈汨淵，從彭咸而居處也。

敘曰：昔者孔子睿聖明喆①，天生不羣②，定經術，删詩、書③，正禮樂，制作春秋，以爲後王法。門人三千，罔不昭達。臨終之日，則大義乖而微言絶。其後周室衰微，戰國並争，道德陵遲，譎詐萌生。於是楊、墨、鄒、孟、孫、韓之徒，各以所知，著造傳記，或以述古，或以明世④。而屈原履忠被譖，憂悲愁思⑤，獨依詩人之義而作離騷。上以諷諫，下以自慰，遭時闇亂，不見省納，不勝憤懣，遂復作九歌以下，凡二十五篇。楚人高其行義，瑋其文采，以相教傳⑥。至於孝武帝，恢廓道訓，使淮南王安作離騷經章句，則大義粲然。後世雄俊，莫不瞻慕⑦，舒肆妙慮⑧，纘述其詞。逮至劉向⑨，典校經書，分爲十六卷。孝章即位，深弘道藝，而班固、賈逵復以所見，改易前疑，各作離騷經章句。其餘十五卷⑩，闕而不説。又以「壯」爲「狀」⑪，義多乖異，事不要括⑫。今臣復以所識所知，稽之舊章，合之經傳⑬，作十六卷章句。雖未能究其微妙，然大指之趣，略可見矣。且人臣之義，以忠正爲高，以伏節爲賢，故有危言以存國，殺身以成仁。是以伍子胥不恨於浮江，比干不悔於剖心，然後忠立而行成⑭，榮顯而名著⑮。若夫懷道以迷國，詳愚而不言⑯，顛則不能扶，危則不能安，婉娩以順上⑰，逡巡以避患，雖保黄耇，終壽百年，蓋志士之所耻，愚夫之所賤也。今若屈原，膺忠貞之質，體清潔之性，直若砥矢，言若丹青，進不隱其謀，退不顧其命。此誠絶世之行，俊彦之英也。而班固謂之「露才揚己」⑱，競於羣小之中，怨恨懷王，譏刺椒、蘭，苟欲求進，强⑲非其人。不見容納，忿恚自沈，是虧其高明，而損其清潔者也。昔伯夷、叔齊讓國，守分⑳不食周粟，遂餓而死。豈可復謂有求於世而怨望哉㉑？且詩人怨主刺㉒上曰：「嗚呼小子，未知臧否。匪面命之，言提其耳！」風諫之語，於斯爲切。然仲尼論之，以爲大雅。引此比彼，屈原之詞，優游婉順，寧以其君㉓不智之故，欲提攜其耳乎？而論者以爲「露才揚己」、「怨刺其上」、「强非其人」，殆失厥中矣。夫離騷之文，依託五經以立義焉。「帝高陽之苗裔」，則「厥初生民，時惟姜嫄」也；「紉秋蘭以爲佩」，則「將翺將翔，佩玉瓊琚」也；「夕攬洲之宿莽」，則易「潛龍勿用」也；「駟玉虬而乘鷖」，則「時乘六龍以御天」也；「就重華而敶詞」，則尚書咎繇之謀謨也；「登崑崙而涉流沙」，則禹貢之敷土也。故智彌盛者其言博，才益多者其識遠㉔。屈原之詞，誠博遠矣。自㉕終没以來，名儒博達之士，著造詞賦，莫不擬則其儀表，祖式其模範，取其要妙，竊其華藻，所謂「金相玉質，百世無匹㉖，名垂罔極，永不刊滅」者矣。

班孟堅序云：「昔在孝武，博覽古文。淮南王安敘離騷傳，以『國風好色而不淫，小雅怨誹而不亂，若離騷者，可謂兼之。蟬蜕濁穢之中，浮游塵埃之外，皭然泥而不滓。推此志，雖與日月爭光可也』。斯論似過其真。又説『五子以失家巷』，謂五子胥也。及至羿、澆、少康、貳姚、有娀佚女，皆各以所識，有所增損。然猶未得其正也，故博采經書傳記本文以爲之解。且君子道窮，命矣。故潛龍不見，是而無悶，關雎哀周道而不傷。蘧瑗持可懷之智，甯武保如愚之性，咸以全命避害，不受世患。故大雅曰：『既明且哲，以保其身。』斯爲貴矣。今若屈原露才揚己，競乎危國羣小之閒，以離讒賊。然責數懷王，怨惡椒、蘭，愁神苦思，強非其人，忿懟不容，沈江而死，亦貶絜狂狷景行之士。多稱崑崙，冥婚宓妃，虚無之語，皆非法度之政，經義所載。謂之兼詩風雅而與日月爭光，過矣。然其文弘博麗雅，爲辭賦宗。後世莫不斟酌其英華，則象其從容。自宋玉、唐勒、景差之徒，漢興，枚乘、司馬相如、劉向、楊雄騁極文辭，好而悲之，自謂不能及也。雖非明智之器，可謂妙才者也。」「政」與「正」同。

【補曰】顔之推云：「自古文人常陷輕薄，屈原露才揚己，顯暴君過。」劉子玄云：「懷、襄不道，其惡存於楚賦，讀者不以爲過，蓋不隱惡故也。」愚嘗折衷其説，而論之曰：或問：古人有言，殺其身有益於君則爲之。屈原雖死，何益於懷、襄？曰：忠臣之用心，自盡其愛君之誠耳。死生、毁譽，所不顧也。故比干以諫見戮，屈原以放自沈。比干，紂諸父也；屈原，楚同姓也。爲人臣者，三諫不從則去之，同姓無可去之義，有死而已。離騷曰：「阽余身而危死兮，覽余初其猶未悔。」則原之自處審矣。或曰：原用智於無道之邦，虧明哲保身之義，可乎？曰：愚如武子，全身遠害，可也。有官守言責，斯用智矣。山甫明哲，固保身之道，然不曰「夙夜匪解，以事一人」乎？士見危致命，況同姓兼恩與義而可以不死乎？且比干之死，微子之去，皆是也。屈原其不可去乎？有比干以任責，微子去之，可也。楚無人焉，原去則國從而亡，故雖身被放逐，猶徘徊而不忍去。生不得力爭而強諫，死猶冀其感發而改行，使百世之下聞其風者，雖流放廢斥，猶知愛其君，眷眷而不忘，臣子之義盡矣。非死爲難，處死爲難。屈原雖死，猶不死也。後之讀其文，知其人，如賈生者亦鮮矣。然爲賦以弔之，不過哀其不遇而已。余觀自古忠臣義士，慨然發憤，不顧其死，特立獨行，自信而不回者，其英烈之氣，豈與身俱亡哉？「仍羽人於丹丘，留不死之舊鄉」，「超無爲以至清，與太初而爲鄰」。此遠遊之所以作，而難爲淺見寡聞者道也。仲尼曰：「樂天知命，故不憂。」又曰：「樂天知命，有憂之大者。」屈原之憂，憂國也；其樂，樂天也。離騷二十五篇多憂世之語，獨遠遊曰：「道可受兮，不可傳。其小無内兮，其大無垠。無淈滑而魂兮，彼將自然。壹氣孔神兮，於中夜存。虛以待之兮，無爲之先。」此老、莊、孟子所以大過人者，而原獨知之。司馬相如作大人賦，宏放高妙，讀者有凌雲之意，然其語多出於此。至其妙處，相如莫能識也。太史公作傳，以爲「其文約，其辭微，其志絜，其行廉。其稱文小而其指極大，舉類邇而見義遠。其志絜，故其稱物芳；其行廉，故死而不容自疏。濯淖污泥之中，以浮游塵埃之外，推此志也，雖與日月爭光可也」。斯可謂深知己者。楊子雲作反離騷，「以爲君子得時則大行，不得時則龍蛇。遇不遇，命也，何必沈身哉！」屈子之事，蓋聖賢之變者，使遇孔子，當與三仁同稱。雄未足以與此。班孟堅、顏之推所云，無異妾婦兒童之見，余故具論之。

①音哲。
②羣，一作「王」。
③一云「俾定經術，乃删詩書」。
④八字一作「咸以名世」。
⑤一云「憂愁思憒」。
⑥或作「傳教」。
⑦一作「仰」。
⑧一云「攄舒妙思」。
⑨顏師古讀如本字。
⑩一作「篇」。
⑪一作「扶」。
⑫一作「撮」。
⑬八字一云「稽之經傳」。

⑭忠，一作「德」。
⑮著，一作「稱」。
⑯「詳」與「佯」同，詐也。
⑰婉娩，一作「娩娩」，一作「僶俛」。
⑱一作「班賈」。
⑲巨姜切。
⑳一作「志」。
㉑一作「恨怨」。
㉒一作「諫」。
㉓一有「爲」字。
㉔多，一作「劭」。
㉕一有「孔丘」字。
㉖世，一作「歲」。

離騷贊序

班孟堅

離騷者，屈原之所作也。屈原初事懷王，甚見信任。同列上官大夫妬害其寵，讒之王，王怒而疏屈原。屈原以忠信見疑，憂愁幽思而作離騷。離，猶遭也。騷，憂也。明己遭憂作辭也。是時周室已滅，七國竝爭。屈原痛君不明，信用羣小，國將危亡，忠誠之情，懷不能已，故作離騷。上陳堯、舜、禹、湯、文王之法，下言羿、澆、桀、紂之失，以風懷王。終不覺寤，信反閒之説，西朝於秦。秦人拘之，客死不還。至于襄王，復用讒言，逐屈原在野。又作九章，賦以風諫，卒不見納。不忍濁世，自投汨羅。原死之後，秦果滅楚。其辭爲衆賢所悼悲，故傳於後。

辨騷

劉勰

自風雅寢聲，莫或抽緒。奇文蔚起，其離騷哉！故以軒翥詩人之後，奮飛辭家之前。豈去聖之未遠，而楚人之多才乎！昔漢武愛騷，而淮南作傳，以爲「國風好色而不淫，小雅怨誹而不亂，若離騷者，可謂兼之。蟬蜕穢濁之中，浮游塵埃之外，皭①然涅而不緇，雖與日月爭光可也」。班固以爲露才揚己，忿懟沈江，羿、澆、二姚，與左氏不合②。崑崙懸圃，非經義所載。然而文辭麗雅，爲詞賦之宗，雖非明哲，可謂妙才。王逸以爲詩人之提耳。屈原婉順。離騷之文，依經立義。駟虬乘鷖，則「時乘六龍」；崑崙流沙，則禹貢敷土。名儒詞賦，莫不擬其儀表，所謂「金相玉振，百世無匹」者也。及漢宣嗟歎，以爲皆合經術；楊雄諷味，亦言體同詩雅。四家舉以方經，而孟堅謂不合傳體，褒貶任聲，抑揚過實。可謂鑒而弗精，翫而未覈者也。將覈其論，必徵言焉。故其陳堯、舜之耿介，稱禹、湯之祗敬，典誥之體也。譏桀、紂之猖狂，傷羿、澆之顛隕，規諷之旨也。虬龍以諭君子，雲霓以譬讒邪，比興之義也。每一顧而掩涕，歎君門之九重，忠怨之辭也。觀兹四事，同於風雅者也。至於託雲龍，説迂怪，豐隆求宓妃，鴆鳥媒娀女，詭異之辭也。康回傾地，夷羿彃日，木夫九首，土伯三目，譎怪之談也。依彭咸之遺則，從子胥以自適，狷狹之志也。士女雜坐，亂而不分，指以爲樂，娱酒不廢，沈湎日夜，舉以爲歡。荒淫之意也③。摘此四事，異乎經典者也。故論其典誥則以彼，語其夸誕則如此。固知楚辭者，體慢於三代，而風雅於戰國，乃雅頌之博徒，而詞賦之英傑也④。觀其骨鯁所樹，肌膚所附，雖取鎔經意，亦自鑄偉辭。故騷經、九章朗麗以哀志，九歌、九辯綺靡以傷情，遠遊、天問瓌詭而惠巧，招魂、大招[二九]耀豔而深華，卜居標放言之致，漁父寄獨任之才⑤。故能氣往轢古，辭來切今，驚采絶焰，難與竝能矣。自九懷已下，遽躡其跡，而屈、宋逸步，莫之能追。故其敘情怨，則鬱伊而易感；述離居，則愴怏而難懷；論山水，則循聲而得貌；言節候，則披文而見時。枚、賈追風以入麗，馬、揚沿波而得奇。其衣被詞人，非一代也。故才高者苑其鴻裁，中巧者獵其豔辭，吟諷者銜其山川，童蒙者拾其香草。若能憑軾以倚雅頌，懸轡以馭楚篇，酌奇而不失其貞，玩華而不墜其實，則顧眄可以驅辭力，欬唾可以窮文致，亦不復乞靈於長卿，假寵於子淵矣。

贊曰：不有屈原，豈見離騷？驚才風逸，壯志煙高⑥。山川無極，情理實勞。金相玉式，豔溢錙毫。

①一作「曖」。

②離騷用羿、澆等事，正與左氏合。孟堅所云，謂劉安説耳。

③此皆宋玉之詞，非屈原意。自漢以來，靡麗之賦，勸百而諷一，其流至於齊梁而極矣，皆自宋玉倡之。

④此語施於宋玉可也。

⑤一云：「獨任」當作「獨往」。

⑥煙，一作「雲」。

【校勘記】

[一]記曰，原脱，據禮記內則補。

[二]赤，原作「亦」，據皇都本改。

[三]予，原作「子」，據皇都本改。

[四]州，原作「川」，據太平御覽引任昉述異記改。

[五]雜，景宋本、惜陰本作「維」。

[六]羣，原作「朋」，據章句本改。

[七]澗，原作「間」，據毛校改。

[八]土，原作「上」，據爾雅改。

[九]俟，原作「俊」，據惜陰本改。文選注作「俟」。

[一〇]華，左傳僖公十五年作「材」。

[一一]頷，原作「頜」，據惜陰本、同治本改。

[一二]昔，説文解字作「蘇」。

[一三]退，原作「復」，據楚辭集校改。案：退，古作「𢓊」，與「復」形似相訛。參見前言。

[一四]瞝，原作「瞝」，據毛校改。

[一五]女，说文解字作「姊」。

〔一六〕夏，原作「商」，據毛校改。

〔一七〕師，原脱，據毛校補。

〔一八〕鴆，原作「鳩」，據集注改。

〔一九〕禼，爾雅作「繑」。

〔二〇〕按：下所引當出史記封禪書。

〔二一〕張揖，據漢書武帝紀注，當作「應劭」。

〔二二〕潁，原作「穎」，據漢書武帝紀注改。

〔二三〕知己，文選张衡思玄赋作「己知」。

〔二四〕芳，漢書揚雄傳等俱作「兮」，唯藝文類聚卷五十六引作「芳」。

〔二五〕內，山海經海內西經作「海內」。

〔二六〕五，山海經海內西經作「九」。

〔二七〕音，禮記玉藻作「聲」。

〔二八〕外，禮記正義卷五〇作「內」。

〔二九〕大招，楚辭章句單行本作「招隱」。

楚辭卷第二

校書郎臣王　逸上

九歌章句第二　離騷

東皇太一①　雲中君　湘君　湘夫人　大司命
少司命　東君　河伯　山鬼　國殤　禮魂

①一本自「東皇太一」至「國殤」上皆有「祠」字。

九歌者，屈原之所作也。昔楚國南郢之邑，沅、湘之間，其俗信鬼而好祠①。其祠〔一〕必作歌樂鼓舞以樂諸神②。屈原放逐，竄伏其域，懷憂苦毒，愁思沸鬱。出見俗人祭祀之禮，歌舞之樂，其詞鄙陋，因爲作九歌之曲③，上陳事神之敬，下見己之冤結，託之以風諫，故其文意不同，章句雜錯，而廣異義焉④。

①祠，一作「祀」。漢書曰：「楚地信巫鬼，重淫祀。」隋志曰：「荆州尤重祠祀。屈原制九歌，蓋由此也。」

②一無「歌」字。

③王逸注九辯云：「九者，陽之數，道之綱紀也。」五臣云：「九者，陽數之極。自謂否極，取爲歌名矣。」按：九歌十一首，九章九首，皆以「九」爲名者，取「簫韶九成」、「啓九辯、九歌」之義。騷經曰「奏九歌而舞韶兮，聊假日以婾樂」，即其義也。宋玉九辯以下皆出於此。

④一云：「故其文詞意，周章雜錯。」

吉日兮辰良①，穆將愉兮上皇②。撫長劒兮玉珥③，璆鏘鳴兮琳琅④。瑤席兮玉瑱⑤，盍將把兮瓊芳⑥。蕙肴蒸兮蘭藉⑦，奠桂酒兮椒漿⑧。揚枹兮拊鼓⑨，疏緩節兮安歌⑩，陳竽瑟兮浩倡⑪。靈偃蹇兮姣服⑫，芳菲菲兮滿堂⑬。五音紛兮繁會⑭，君欣欣兮樂康⑮。

東皇太一⑯

①日謂甲、乙，辰謂寅、卯。【補曰】沈括存中云：「『吉日兮辰良』，蓋相錯成文，則語勢矯健。如杜

子美詩云：『紅豆啄餘鸚鵡粒，碧梧棲老鳳凰枝。』韓退之云：『春與猿吟兮，秋鶴與飛。』皆用此體也。」

②穆，敬也。愉，樂也。上皇，謂東皇太一也。言己將修祭祀，必擇吉良之日，齋戒恭敬，以宴樂天神也。【補曰】愉音俞。

③撫，持也。玉珥，謂劍鐔也。劍者，所以威不軌，衛有德，故撫持之也。【補曰】撫，循也，以手循其珥也。博雅曰：「劍珥謂之鐔。」鐔，劍鼻，一曰劍口，一曰劍環。珥，耳飾也。鐔所以飾劍，故取以名焉。珥音餌。鐔，覃、淫二音。

④璆、琳、琅，皆美玉名也。爾雅曰：「有璆琳琅玕焉。」鏘，佩聲也。詩曰：「佩玉鏘鏘。」言己供神有道，乃使靈巫常持好劍以辟邪，要垂衆佩，周旋而舞，動鳴五玉，鏘鏘而和，且有節度也。或曰：「糾鏘鳴兮琳琅。」糾，錯也。琳琅，聲也。謂帶劍佩衆多，糾錯而鳴，其聲琳琅也。鏘，釋文作「鎗」。【補曰】璆，渠幽切。鏘，七羊切。禮記曰：「古之君子必佩玉，進則揖之，退則揚之，然後玉鏘鳴也。」琳音林。琅音郎，俗作「瑯」。爾雅曰：「西北之美者，有崑崙虛之璆琳琅玕焉。」「璆琳，美玉名。琅玕，狀似珠也。」本草云：「琅玕，是石之美者，明瑩若珠之色。」此言帶劍佩玉，以禮事神也。

⑤瑶，石之次玉者。詩云：「報之以瓊瑶。」瑱，一作「鎮」。【補曰】瑶音遥，一曰：美玉也。瑱，壓也，音鎮。下文云「白玉兮爲鎮」是也。周禮「玉鎮、大寶器」，故書作「瑱」。鄭司農云：「瑱，讀

爲鎮。」

⑥盍，何不也。把，持也。瓊，玉枝也。言己修飾清潔，以瑶玉爲席，美玉爲瑱。靈巫何持乎？乃復把玉枝以爲香也。五臣云：「靈巫何不持瓊枝以爲芳香，取美潔也。」【補曰】盍音合。

⑦蕙肴，以蕙草蒸肉也。藉，所以藉飯食也。易曰「藉用白茅」也。蒸，一作「⿱艹丞」，一作「烝」。【補曰】肴，骨體也。蒸，進也。⿱艹丞、烝並同。國語曰：「親戚宴饗，則有殽烝。」注云：「升體解節折之俎。」藉，薦也，慈夜切。

⑧桂酒，切桂置酒中也。椒漿，以椒置漿中也。言己供待彌敬，乃以蕙草蒸肴，芳蘭爲藉，進桂酒椒漿，以備五味也。五臣云：「蕙、蘭、椒、桂，皆取芬芳。」【補曰】説文：「奠，置祭也。」漢樂歌曰：「奠桂酒，勺椒漿。」周禮：四飲之物，三曰漿。

⑨揚，舉也。拊，擊也。枹，一作「桴」。【補曰】枹，房尤切，擊鼓槌也。

⑩疏，希也。言肴膳酒醴既具，不敢寧處，親舉枹擊鼓，使靈巫緩節而舞，徐歌相和，以樂神也。五臣云：「使曲節希緩，而安音清歌。」【補曰】「疏」與「疎」同。

⑪陳，列也。浩，大也。言己又陳列竽瑟，大倡作樂，以自竭盡也。【補曰】禮記：「鍾、磬、竽、瑟以和之。」竽，笙類，三十六簧。瑟，琴類，二十五絃。

⑫靈，謂巫也。偃蹇，舞貌。姣，好也。服，飾也。姣，一作「妖」。服，一作「𦨈」。【補曰】古者巫以降神。「靈偃蹇兮姣服」，言神降而託於巫也，下文亦曰：「靈連蜷兮既留。」偃蹇，委曲貌。一曰衆

盛貌。方言曰：「好，或謂之姣。」注云：「言姣，潔也。」姣與妖並音狡。「服」與「服」同。

⑬菲菲，芳貌也。言乃使姣好之巫，被服盛飾，舉足奮袂，偃蹇而舞。芬芳菲菲，盈滿堂室也。

⑭五音：宮、商、角、徵、羽也。紛，盛貌。繁，衆也。五臣云：「繁會，錯雜也。」

⑮欣欣，喜貌。康，安也。言己動作衆樂，合會五音，紛然盛美，神以歡欣，猒飽喜樂，則身蒙慶祐，家受多福也。屈原以爲神無形聲，難事易失。然人竭心盡禮，則歆其祀，而惠以祉。自傷履行忠誠，以事於君，不見信用，而身放棄，遂以危殆也。五臣云：「君，謂東皇也。欣欣，和悦貌。」【補曰】此章以東皇喻君，言人臣陳德義禮樂以事上，則其君樂康無憂患也。

⑯五臣云：「每篇之目皆楚之神名，所以列於篇後者，亦猶毛詩題章之趣。太一，星名，天之尊神，祠在楚東，以配東帝，故云東皇。」【補曰】漢書郊祀志云：「天神貴者太一，太一佐曰五帝。古者天子以春秋祭太一東南郊。」天文志曰：「中宮天極星，其一明者，太一常居也。」淮南子曰：「太微者，太一之庭；紫宮者，太一之居。」説者曰：太一，天之尊神，曜魄寶也。天文大象賦注云：「天皇大帝，一星，在紫微宮内，勾陳口中。其神曰曜魄寶，主御羣靈，秉萬機神圖也。其星隱而不見。其占以見則爲災也。」又曰：「太一，一星，次天一南，天帝之臣也。主使十六龍，知風雨、水旱、兵革、飢饉、疾疫。占不明，反移爲災。」

浴蘭湯兮沐芳①，華采衣兮若英②。靈連蜷兮既留③，爛昭昭兮未央④。蹇將憺兮壽宮⑤，與日月兮齊光⑥。龍駕兮帝服⑦，聊翺遊兮周章⑧。靈皇皇兮既降⑨，猋遠舉兮雲中⑩。覽冀州兮有餘⑪，橫四海兮焉窮⑫。思夫君兮太息⑬，極勞心兮忡忡⑭。

雲中君⑮

①蘭，香草也。【補曰】本草：「白芷，一名芳香。」樂府有沐浴子。劉次莊云：「楚詞曰：『新沐者必彈冠，新浴者必振衣。』又曰：『與汝沐兮咸池，晞汝髮兮陽之阿。』皆潔濯之謂也。李白亦有此作，其詞曰：『沐芳莫彈冠，浴蘭莫振衣。處世忌太潔，至人貴藏暉。』與屈原意異。」

②華采，五色采也。若，杜若也。言己將修饗祭，以事雲神，乃使靈巫先浴蘭湯，沐香芷，衣五采華衣，飾以杜若之英，以自潔清也。【補曰】華，户花切。荀卿雲賦云：「五采備而成文。」衣華采之衣，以其類也。本草：「杜若，一名杜衡，葉似薑而有文理，味辛香。今復別有杜衡，不相似。」按：杜衡，爾雅所謂「杜土鹵」者也。杜若，廣雅所謂「楚衡」者也。其類自別。古人多雜引用。爾雅曰：「榮而不實者謂之英。」

③靈，巫也。楚人名巫爲靈子。連蜷，巫迎神導引貌也。既，已也。留，止也。一本「靈」下有「子」字。【補曰】蜷音拳。南都賦云：「蛾眉連卷。」連卷，長曲貌。

④爛，光貌也。昭昭，明也。央，已也。言巫執事肅敬，奉迎導引，顔貌矜莊，形體連蜷，神則歡喜，必

留而止。見其光容爛然，昭明無極已也。

⑤蹇，詞也。憺，安也。壽宮，供神之處也。祠祀皆欲得壽，故名爲壽宮也。言雲神既至於壽宮，歆饗酒食，憺然安樂，無有去意也。【補曰】憺，徒濫切。漢：武帝置壽宮神君。臣瓚曰：「壽宮，奉神之宮。」

⑥齊，同也。光，明也。言雲神豐隆爵位尊高，乃與日月同光明也。夫雲興而日月昏，雲藏而日月明，故言「齊光」也。齊，一作「爭」。

⑦龍駕，言雲神駕龍也。故易曰：「雲從龍。」帝，謂五方之帝也。言天尊雲神，使之乘龍，兼衣青黄五采之色，與五帝同服也。五臣云：「言神駕雲龍之車。」

⑧聊，且也。周章，猶周流也。言雲神居無常處，動則翺翔，周流往來，且遊戲也。五臣云：「翺遊、周章，往來迅疾貌。」

⑨靈，謂雲神也。皇皇，美貌。降，下也。言雲神來下，其貌皇皇而美，有光明也。

⑩猋，去疾貌也。雲中，雲神所居也。言雲神往來急疾，飲食既飽，猋然遠舉，復還其處也。【補曰】猋，卑遥切，羣犬走貌。大人賦曰：「猋風湧而雲浮。」李善引此作「焱」，其字从火，非也。

⑪覽，望也。兩河之間曰冀州。餘，猶他也。言雲神所在高邈，乃望於冀州，尚復見他方也。五臣云：「言神所居高絶，下覽冀州，横望四海，皆有餘而無極。冀州，堯所都。思有道之君，故覽之。」【補曰】淮南子曰：「正中冀州曰中土。」注云：「冀，大也。四方之主。」又曰：「殺黑龍以濟冀

州。」注云：「冀，九州中。謂今四海之内。」

⑫窮，極也。言雲神出入，奄忽須臾之間，横行四海，安有窮極也。【補曰】禮記云：「以横於天下。」注云：「横，充也。」

⑬君，謂雲神。五臣曰：「夫君，謂雲神，以喻君也。言夫君所居高遠，下制有國，我之思君，終不可見，故歎息而憂心也。」【補曰】記曰：「夫夫也，爲習於禮者。」上夫音扶。

⑭㤓㤓，憂心貌。屈原見雲一動千里，周徧四海，想得隨從，觀望四方，以忘己憂，思而念之，終不可得，故太息而歎，心中煩勞而㤓㤓也。或曰：君，謂懷王也。屈原陳序雲神，文義略訖，愁思復至，哀念懷王暗昧不明，則太息增歎，心每㤓㤓而不能已也。㤓，一作「忡」。【補曰】㤓，敕中切。説文：「忡，憂也。」引詩「憂心忡忡」。楚詞作「㤓」。此章以雲神喻君，言君德與日月同明，故能周覽天下，横被六合，而懷王不能如此，故心憂也。

⑮雲神，豐隆也，一曰屏翳。已見騷經。漢書郊祀志有雲中君。

君不行兮夷猶①，蹇誰留兮中洲②？美要眇兮宜修③，沛吾乘兮桂舟④。令沅湘兮無波⑤，使江水兮安流⑥！望夫君兮未來⑦，吹參差兮誰思⑧？駕飛龍兮北征⑨，邅吾道兮洞庭⑩。薜荔柏兮蕙綢⑪，蓀橈兮蘭旌⑫。望涔陽兮極浦⑬，横大江兮揚靈⑭。揚靈兮未極⑮，女嬋媛兮爲余太息⑯。橫流涕兮潺湲⑰，隱思君兮陫側⑱。桂櫂兮蘭枻⑲，斲冰兮積雪⑳。采薜荔兮水中㉑，搴芙蓉兮木末㉒。心不同兮媒勞㉓，恩不甚兮輕絶㉔。石瀨兮淺淺㉕，飛龍兮翩翩㉖。交不忠兮怨長㉗，期不信兮告余以不閒㉘。鼂騁騖兮江皋㉙，夕弭節兮北渚㉚。鳥次兮屋上㉛，水周兮堂下㉜。捐余玦兮江中㉝，遺余佩兮醴浦㉞。采芳洲兮杜若㉟，將以遺兮下女㊱。旹不可兮再得㊲，聊逍遥兮容與㊳。

湘君㊴

①君，謂湘君也。夷猶，猶豫也。言湘君所在，左沅、湘，右大江，苞洞庭之波，方數百里，羣鳥所集，魚鼈所聚，土地肥饒，又有險阻，故其神常安，不肯遊蕩，既設祭祀，使巫請呼之，尚復猶豫也。

②蹇，詞也。留，待也。中洲，洲中也。水中可居者曰洲。言湘君蹇然難行，誰留待於水中之洲乎？以爲堯用二女妻舜，有苗不服，舜往征之，二女從而不反，道死於沅、湘之中，因爲湘夫人也。所留，蓋謂此堯之二女也。五臣云：「誰將留待於中洲乎？欲神之速至也。」【補曰】逸以湘君爲湘水神，而謂留湘君於中洲者，二女也。韓退之則以湘君爲娥皇，湘夫人爲女英。留，止也。

③要眇，好貌。修，飾也。言二女之貌，要眇而好，又宜修飾也。眇，一作「妙」。一本「宜」上有「又」字。【補曰】要，於笑切。眇，與「妙」同。前漢傳曰「幼眇之聲」，亦音要妙。此言娥皇容德之美，以喻賢臣。

④沛，行貌。舟，船也。吾，屈原自謂也。言己雖在湖澤之中，猶乘桂木之船，沛然而行，常香淨也。五臣云：「我復乘桂舟以迎神。舟用桂者，取香潔之異。」乘，一作「椉」。【補曰】孟子曰：如水之就下，沛然誰能禦之。沛，普賴切。桂舟，迎神之舟。屈原因以自喻。

⑤沅、湘，水名。

⑥言己乘船，常恐危殆。願湘君令沅、湘無波湧，使江水順徑徐流，則得安也。【補曰】沅、湘已見騷經。水經及荆州記云：「江出岷山，其源若甕口，可以濫觴。潛行地底數里，至楚都遂廣十里，名爲南江。初在犍爲，與青衣水、汶水合。東北至巴郡，與涪水、漢水、白水合。至長沙，與澧水、沅水、湘水合。至江夏，與沔水合。至潯陽，分爲九道，東會於彭澤，經蕪湖，名爲中江。東北至南徐州，名爲北江，而入海也。」

⑦君，謂湘君。未，一作「歸」。

⑧參差，洞簫也。言己供修祭祀，瞻望於君，而未肯來，則吹簫作樂，誠欲樂君，當復誰思念也。五臣云：「謂神肯來斯，而我作樂，吹聲參差，當復思誰？言思神之甚。」一作「篸差」。【補曰】風俗通云：「舜作簫，其形參差，象鳳翼。」參差，不齊之貌。初簪、叉宜二切。此言因吹簫而思舜也。洞簫賦云：「吹參差而入道德。」洞簫，簫之無底者。篸差，竹貌。

⑨征，行也。屈原思神略畢，意念楚國，願駕飛龍北行，亟還歸故居也。

⑩邅，轉也。洞庭，太湖也。言己欲乘龍而歸，不敢隨從大道，願轉江湖之側，委曲之徑，欲急至也。

五臣云：「轉道於洞庭湖上而直歸。」【補曰】邅，池戰切。文選音：陟連切。原欲歸而轉道於洞庭者，以湘君在焉故也。山海經曰：「洞庭之山，帝之二女居之。是常游于江淵，澧、沅之風，交瀟、湘之淵，出入多飄風暴雨。」注云：「言二女遊戲江之淵府，則能鼓動三江，令風波之氣共相交通。」又曰：「湘水出帝舜葬東，入洞庭下。」注云：「洞庭地穴，在長沙巴陵也。」水經云：「四水同注洞庭，北會大江，名之五渚。戰國策『秦與荆戰，大破之，取洞庭五渚』是也。湖水廣員五百餘里，日月若出没於其中。湖中有君山，潛通吳之苞山。郭景純江賦云『苞山洞庭，巴陵地道，潛陸旁通，幽岫窈窕』者也。」按吳中太湖，一名洞庭。而巴陵之洞庭，亦謂之太湖。逸云太湖，蓋指巴陵洞庭耳。

⑪薜荔，香草。柏，榑壁也。綢，縛束也。詩曰「綢繆束楚」是也。柏，一作「拍」。榑，一作「搏」。

【補曰】柏、拍並音博。綢，儔、叨二音。

⑫蓀，香草也。橈，船小楫也。屈原言己居家則以薜荔榑飾四壁，蕙草縛屋，乘船則以蓀爲楫櫂，蘭爲旌旗，動以香潔自修飾也。蓀，一作「荃」。旌，一作「旍」。【補曰】蓀、荃，見騷經。橈，而遥切。方言云：「楫謂之橈，或謂之櫂。」周禮云：「析羽爲旌。」爾雅云：「注旄首曰旌。」「旍」與「旌」同。諸本或云「乘荃橈」。乘，一作「承」。或云「采荃橈兮蘭旗」，皆後人增改，或傳寫之誤耳。

⑬涔陽，江碕名，近附郢。極，遠也。浦，水涯也。【補曰】涔音岑，碕音祈，曲岸也。今澧州有涔陽

浦。水經云：「涔水出漢中南鄭縣〔二〕東南旱山，北至沔陽縣南入於沔。」涔水即黄水也。集韻：「涔，郎丁切，水名。」其字从令，引楚辭「望涔陽兮極浦」，未詳。説文云：「浦，濱也。」風土記：「大水有小口別通曰浦。」

⑭靈，精誠也。屈原思念楚國，願乘輕舟，上望江之遠浦，下附郢之碕，以渫憂患，横度大江，揚己精誠，冀能感悟懷王使還己也。五臣曰：「言我遠遊此浦，將横絶大江，揚其精誠於君側。」【補曰】横大江兮揚靈，以湘君在焉故也。

⑮極，已也。

⑯女謂女嬃，屈原姊也。嬋媛，猶牽引也。言己遠揚精誠，雖欲自竭盡，終無從達，故女嬃牽引而責數之，爲己太息悲毒，欲使屈原改性易行，隨風俗也。五臣云：「言我揚精誠未已，女嬃牽引時事，以爲不變節從俗，終不可爲，而爲我歎息也。」【補曰】嬋媛，已見騷經。

⑰潺湲，流貌。屈原感女嬃之言，外欲變節，而意不能改，内自悲傷，涕泣横流也。【補曰】潺，仕連、鉏山二切。湲音爰。

⑱君，謂懷王也。陫，陋也。言己雖見放弃，隱伏山野，猶從側陋之中思念君也。【補曰】隱，痛也。孟子曰：「惻隱之心。」陫，符沸切。説文：「隱也。」

⑲櫂，楫也。枻，船旁板也。一作「栧」。五臣云：「桂、蘭，取其香也。」【補曰】櫂，直教切。枻音曳。楫謂之枻，一曰：柂也。

⑳𩁹，斫也。言己乘舲，遭天盛寒，舉其櫂楫，𩁹斫冰凍，紛然如積雪。言己勤苦也。一云「𩁹曾冰」。五臣云：「言志不通，猶乘舟，值天盛寒，𩁹斫冰凍，徒爲勤苦，而不得前也。」

㉑薜荔之草，緣木而生。

㉒搴，手〔三〕取也。芙蓉，荷華也，生水中。屈原言己執忠信之行以事於君，其志不合，猶入池涉水，而求薜荔，登山緣木，而采芙蓉，固不可得也。【補曰】搴音蹇。

㉓言婚姻所好，心意不同，則媒人疲勞而無功也。屈原自喻行與君異，終不可合，亦疲勞而已也。

㉔言人交接初淺，恩不甚篤，則輕相與離絶。言己與君同姓共祖，無離絶之義也。五臣曰：「事君之道，亦類此焉。」

㉕瀨，湍也。淺淺，流疾貌。【補曰】瀨，落蓋切。説文曰：「水流沙上也。」文選注云：「石瀨，水激石間，則怒成湍。」淺音牋。

㉖屈原憂愁，晲視川水，見石瀨淺淺，疾流而下，將有所至；仰見飛龍，翩翩而上，將有所登。自傷棄在草野，終無所登至也。五臣云：「下視水石淺淺而流，仰觀飛龍翩翩而舉。物皆遂性，我獨不然也。」【補曰】説文云：「翩，疾飛也。」

㉗交，友也。忠，厚也。言朋友相與不厚，則長相怨恨。言己執履忠信，雖獲罪過，不敢怨恨於衆人也。

㉘閒，暇也。言君嘗與己期，欲共爲治，後以讒言之故，更告我以不閒暇，遂以疏遠己也。余，一作

「我」。五臣云：「言君與臣下爲友，而臣爲不忠，則怨而責之，己爲不信，則以爲閒爾。疾其君初欲與己爲治，後遂相背焉。」【補曰】此言朋友之交，忠則見信，不忠則生怨。臣忠於君，則君宜見信，而反告我以不閒，所謂「羌中道而回畔兮，反既有此它志」也。此原陳己之志於湘君也。閒音閑。

㉙鼂，以喻盛明也。澤曲曰皋。言己願及鼂明，己年盛時，任重馳驅，以行道德也。鼂，一作「朝」。【補曰】鼂，陟遥切，早也。騁音逞。騖音務。説文曰：「騁，直馳也。」「騖，亂馳也。」

㉚弭，安也。渚，水涯也。夕以喻衰。言日夕將暮，己已衰老，弭情安意，終志草壄也。五臣云：「喻己盛少之時，願驅馳於君前，及衰謝之日，反安意於草野。自歎之詞。」【補曰】騁騖、弭節，不出江皋、北渚之間，自傷不得居朝廷也。渚，沚也。爾雅：「小洲曰陼。」韓詩章句：「水一溢而爲渚。」

㉛次，舍也。再宿曰信，過信曰次。

㉜周，旋也。言己所居在湖澤之中，衆鳥舍止我之屋上，流水周旋己之堂下，自傷與鳥獸魚鱉同爲伍也。【補曰】下音户。

㉝玦，玉佩也。先王所以命臣之瑞，故與環即還，與玦即去也。【補曰】捐音沿。玦，古穴切，如環而有缺。左傳曰：「佩以金玦，棄其衷也。」荀子曰：「絶人以玦。」皆取弃絶之義。莊子曰：「緩佩玦者，事至而斷。」史記曰：「舉佩玦以示之。」皆取決斷之義。

㉞遺，離也。佩，瓊琚之屬也。言己雖見放逐，常思念君，設欲遠去，猶捐玦佩置於水涯，冀君求己，

示有還意。佩，一作「珮」。醴，一作「澧」。五臣云：「捐、遺，皆置也。玦、珮，朝服之飾。置於江、澧二水之涯者，冀君命己，猶可以用也。」【補曰】捐玦遺佩，以詒湘君。與騷經「解佩纕以結言」同意，喻求賢也。遺，平聲。方言注云：「澧水，今在長沙。」水經云：「澧水，出武陵充縣，注於洞庭。」按禹貢曰：「又東至於澧。」史記作「醴」。孔安國、馬融、王肅皆以「醴」爲水名。鄭玄曰：「醴，陵名也。長沙有醴陵縣。」澧、醴，古書通用。今澧州有佩浦，因楚詞爲名也。

㉟芳洲，香草藂生水中之處。【補曰】藂音叢。

㊱遺，與也。女，陰也，以喻臣，謂己之儔匹。言己願往芬芳絶異之洲，采取杜若，以與貞正之人，思與同志，終不變更也。五臣云：「欲將己之美投於賢臣者，思與同志，復爲治道。」【補曰】遺，去聲。既詒湘君以佩玦，又遺下女以杜若，好賢不已也。騷經曰：「相下女之可詒。」

㊲言日不再中，年不再盛也。旹，一作「時」。

㊳逍遥，遊戲也。詩曰：「狐裘逍遥。」言天時不再至，人年不再盛，己年既老矣，不遇於時，聊且逍遥而遊，容與而戲，以待天命之至也。五臣云：「自言憂愁，欲以決死，死不再生，何由復遇？逍遥容與，待君之命，冀得盡其誠心焉。」

㊴劉向列女傳：「舜陟方，死於蒼梧，二妃死於江、湘之間，俗謂之湘君。」禮記：「舜葬於蒼梧之野，蓋二妃未之從也。」注云：「離騷所歌湘夫人，舜妃也。」韓退之黄陵廟碑云：「湘旁有廟曰黄陵。自前古立以祠堯之二女、舜二妃者。秦博士對始皇帝云：『湘君者，堯之二女，舜妃者也。』劉

向、鄭玄亦皆以二妃爲湘君。而離騷、九歌既有湘君，又有湘夫人。王逸以爲湘君者，自其水神，而謂湘夫人，乃二妃也。從舜南征三苗，不及，道死沅、湘之間。山海經曰：『洞庭之山，帝之二女居之。』郭璞疑二女者，帝舜之后，不當降小水爲其夫人，因以二女爲天帝之女。以余考之，璞與王逸俱失也。堯之長女娥皇，爲舜正妃，故曰君，其二女女英自宜降曰夫人也。故九歌詞謂娥皇爲『君』，謂女英『帝子』，各以其盛者推言之也。禮有小君、君母，明其正，自得稱『君』也。」

帝子降兮北渚[1]，目眇眇兮愁予[2]。嫋嫋兮秋風[3]，洞庭波兮木葉下[4]。白薠兮騁望[5]，與佳期兮夕張[6]。鳥萃兮蘋中[7]，罾何爲兮木上[8]。沅有茝兮醴有蘭[9]，思公子兮未敢言[10]。荒忽兮遠望，觀流水兮潺湲[11]。麋何食兮庭中[12]，蛟何爲兮水裔[13]？朝馳余馬兮江皋[14]，夕濟兮西澨[15]。聞佳人兮召予[16]，將騰駕兮偕逝[17]。築室兮水中，葺之兮荷蓋[18]。蓀壁兮紫壇[19]，匊芳椒兮成堂[20]。桂棟兮[21]蘭橑[22]，辛夷楣兮[23]葯房[24]。罔薜荔兮爲帷[25]，擗蕙櫋兮既張[26]。白玉兮爲鎮[27]，疏石蘭兮爲芳[28]。芷葺兮荷屋[29]，繚之兮杜衡[30]。合百草兮實庭[31]，建芳馨兮廡門[32]。九嶷繽兮並迎[33]，靈之來兮如雲[34]。捐余袂兮江中[35]，遺余褋兮醴浦[36]。搴汀洲兮杜若，將以遺兮遠者[37]。時不可兮驟得[38]，聊逍遥兮容與[39]。

湘夫人

①帝子，謂堯女也。降，下也。言堯二女娥皇、女英隨舜不反，没於湘水之渚，因爲湘夫人。【補曰】此言帝子之神，降於北渚，來享其祀也。帝子，以喻賢臣。

②眇眇，好貌。予，屈原自謂也。言堯二女儀德美好，眇然絶異，又配帝舜，而乃没命水中。屈原自傷不遭值堯、舜，而遇闇君，亦將沈身湘流，故曰愁我也。予，一作「余」。五臣云：「其神儀德美好，愁我失志焉。」【補曰】眇眇，微貌。言神之降，望而不見，使我愁也。以況思賢而不得見也。予音與。

③嫋嫋，秋風摇木貌。【補曰】嫋，長弱貌，奴鳥切。

④言秋風疾則草木摇，湘水波而樹葉落矣。以言君政急，則衆民愁，而賢者傷矣。或曰，屈原見秋風起而木葉墮，悲歲徂盡，年衰老也。五臣云：「喻小人用事，則君子棄逐。」【補曰】淮南云：「見一葉落而知歲之將暮。」又曰：「桑葉落而長年悲。」下音户。

⑤薠草秋生，今南方湖澤皆有之。騁，平也。薠，或作「蘋」，一本此句上有「登」字，皆非也。【補曰】薠音煩。淮南子云：「路無莎薠。」注云：「薠，狀如葴。」葴音針，見爾雅。又説文云：「青薠似莎者。」司馬相如賦注云：「似莎而大，生江湖，鴈所食。」

⑥佳，謂湘夫人也。不敢指斥尊者，故言「佳」也。張，施也。言己願以始秋薠草初生平望之時，修設祭具，夕早灑掃，張施帷帳，與夫人期，歆饗之也。一本「佳」下有「人」字。一云「與佳人兮期夕張」。五臣云：「佳期，謂湘夫人。言己願以此夕設祭祀，張帷帳，冀夫人之神來此歆饗。以喻張設忠信以待君命。」【補曰】説文云：「佳，善也。」廣雅云：「佳，好也。」張音帳，陳設也。周禮

曰：「凡邦之張事。」漢書曰：「供張東都門外。」言夕張者，猶「黄昏以爲期」之意。

⑦萃，集。一本「萃」上有「何」字。五臣云：「蘋，水草。」【補曰】萃音遂。

⑧罾，魚網也。夫鳥當集木巔，而言草中；罾當在水中，而言木上。以喻所願不得，失其所也。【補曰】罾音增。

⑨言沅水之中有盛茂之茝，澧水之内有芬芳之蘭，異於衆草，以興湘夫人美好亦異於衆人也。茝，一作「芷」。醴，一作「澧」。五臣云：「蘭、芷，喻己之善。」【補曰】水經云：「澧水，又東南注於沅水曰澧口，蓋其枝瀆耳。」引「沅有芷兮澧有蘭」。或曰：澧州有蘭，江因此爲名。

⑩公子，謂湘夫人也。重以卑説尊，故變言「公子」也。言己想若舜之遇二女，二女雖死，猶思其神，所以不敢達言者，士當須介，女當須媒也。五臣云：「公子，謂夫人，喻君也。未敢言者，欲待賢主。」【補曰】諸侯之子稱公子，謂子椒、子蘭也。思椒、蘭，宜有蘭茝之芬芳。未敢言者，恐逢彼之怒耳。此原陳已之志於湘夫人也。山鬼云：「思公子兮徒離憂。」

⑪言鬼神荒忽，往來無形，近而視之，彷彿若存，遠而望之，但見水流而潺湲也。荒，一作「慌」。忽，一作「惚」。【補曰】慌，釋文、文選並音荒。此言遠望楚國，若有若無，但見流水之潺湲耳。荒忽，不分明之貌。

⑫麋，獸名，似鹿也。食，一作「爲」。【補曰】麋音眉。月令曰：「麋角解。」疏云：「麋陰獸，情淫而遊澤。」

⑬蛟，龍類也。麋當在山林而在庭中，蛟當在深淵而在水涯。以言小人宜在山野而升朝廷，賢者當居尊官而爲僕隸也。裔，一作「裛」。【補曰】裔，邊也，末也。蛟在水裔，猶所謂「神龍失水而陸居」也。

⑭一云「朝馳騁兮江皋」。

⑮濟，渡也。澨，水涯也。自傷驅馳不出湘、潭之間。【補曰】澨音逝。説文曰：「澨，埤增水邊土，人所居〔四〕者。」

⑯予，屈原自謂也。

⑰偕，俱也。逝，往也。屈原幽居草澤，思神念鬼，冀湘夫人有命召呼，則願命駕騰馳而往，不待侶偶也。五臣云：「冀聞夫人召我，將騰馳車馬，與使者俱往。喻有君命，亦將然矣。」【補曰】佳人，以喻賢人與己同志者。

⑱屈原困於世，願築室水中，託附神明而居處也。一本云「以荷蓋」。五臣云：「願築室結茨於水底，用荷葉蓋之，務清潔也。」【補曰】築，版築也。葺，七入切，説文：「茨也。」

⑲以蓀草飾室壁，累紫貝爲室壇。蓀，一作「荃」。【補曰】荀子曰：「東海則有紫紶魚鹽焉。」紫，紫貝也。相貝經曰：「赤電黑雲謂之紫貝。」郭璞曰：「今之紫貝，以紫爲質，黑爲文點。」陸機云：「紫貝，其白質如玉，紫點爲文。」本草云：「貝類極多，而紫貝尤爲世所貴重。」淮南子曰：「腐鼠在壇。」注云：「楚人謂中庭爲壇。」七諫曰：「雞鶩滿堂壇兮。」注云：「高殿敞陽爲堂，平場廣

地爲壇。」音善。

⑳布香椒於堂上。一云：「播芳椒兮盈堂。」【補曰】匊，古「播」字，本作「𠬶」。漢官儀曰：「椒房，以椒塗壁，取其温也。」

㉑以桂木爲屋棟。【補曰】爾雅：「棟謂之桴。」注：「屋檼也。」

㉒以木蘭爲榱也。【補曰】橑音老。説文：「椽也。」一曰：「星橑，簷前木。」爾雅曰：「桷謂之榱。」

㉓辛夷，香草，以作户楣。【補曰】本草云：「辛夷，樹大連合抱，高數仞。此花初發如筆，北人呼爲木筆。其花最早，南人呼爲迎春。」逸云「香草」，非也。楣音眉。説文云：「秦名屋櫋聯也。」爾雅：「楣謂之梁。」注云：「門户上横梁。」

㉔葯，白芷也。房，室也。五臣云：「以馨香爲房之飾。」【補曰】本草：「白芷，楚人謂之葯。」博雅曰：「芷，其葉謂之葯。」渥、約二音。

㉕罔，結也。言結薜荔爲帷帳。【補曰】罔，讀若網。在旁曰帷。

㉖擗，柎也。以柎蕙覆櫋屋。擗，一從木，一作「檗」。柎，一作「析」。櫋，一作「槾」。五臣云：「罔結以爲帷帳，擗析以爲屋聯，盡張設於中也。」【補曰】擗，普覓切，一音覓。櫋音綿，又彌堅切。

㉗以白玉鎮坐席也。鎮，一作「瑱」。一本「爲」上有「以」字。

㉘石蘭，香草。疏，布陳也。一本「兮」下有「以」字。一云「疏石蘭以爲芳」。五臣云：「疏布其芳

氣。」

㉙葺，蓋屋也。一本「葺」下有「之」字。五臣云：「以芷草及荷葉，葺以蓋屋也。」

㉚繚，縛束也。杜衡，香草。一本「兮」下有「以」字。衡，一作「蘅」。【補曰】繚音了，纏也。謂以荷爲屋，以芷覆之，又以杜衡繚之也。五臣云：「束縛杜衡，置於水中。」非是。

㉛合百草之華，以實庭中。五臣云：「百草，香草。實，滿也」。

㉜馨，香之遠聞者。積之以爲門廡也。屈原生遭濁世，憂愁困極，意欲隨從鬼神，築室水中，與湘夫人比鄰而處。然猶積聚衆芳以爲殿堂，修飾彌盛，行善彌高也。【補曰】廡音武，説文曰：「堂下周屋也。」廡門，謂廡與門也。

㉝九嶷，山名，舜所葬也。嶷，一作「疑」。【補曰】迎，去聲。

㉞言舜使九嶷之山神繽然來迎二女，則百神侍送，衆多如雲也。如，一作「若」。【補曰】詩云：「有女如雲。」言衆多也。

㉟袂，衣袖也。【補曰】袂，彌蔽切。

㊱褋，襜襦也。屈原託與湘夫人共鄰而處，舜復迎之而去，窮困無所依，故欲捐棄衣物，裸身而行，將適九夷也。醴，一作「澧」。五臣云：「褋，禮襜袖襦也。袂、褋，皆事神所用。今夫人既去，君復背己，無所用也，故棄遺之。」【補曰】遺，平聲。褋音牒。方言曰：「褌衣，江、淮、南楚之閒謂之褋。」捐袂、遺褋，與捐玦、遺佩同意。玦、珮，貴之也。袂、褋，親之也。

㊲汀，平也。遠者，謂高賢隱士也。言己雖欲之九夷絶域之外，猶求高賢之士，平洲香草以遺之，與共修道德也。者，一作「渚」。五臣云：「搴，取也。杜若，以喻誠信。遠者，神及君也。」【補曰】汀，它丁切，水際平地。遺，去聲。既詒湘夫人以袂褋，又遺遠者以杜若，好賢不已也。舊本者音渚。集韻「者」有覩音。

㊳驟，數。

㊴言富貴有命，天時難值，不可數得，聊且遊戲，以盡年壽也。與，一作「冶」。【補曰】不可再得，則已矣，不可驟得，猶冀其一遇焉。

廣開兮天門①，紛吾乘兮玄雲②。令飄風兮先驅③，使涷雨兮灑塵④。君迴翔兮以下⑤，逾空桑兮從女⑥。紛總總兮九州⑦，何壽夭兮在予⑧？高飛兮安翔⑨，乘清氣兮御陰陽⑩。吾與君兮齋速⑪，導帝之兮九坑⑫。靈衣兮被被⑬，玉佩兮陸離⑭。壹陰兮壹陽⑮，衆莫知兮余所爲⑯。折疏麻兮瑶華⑰，將以遺兮離居⑱。老冉冉兮既極⑲，不寖近兮愈疏⑳。乘龍兮轔轔㉑，高駝兮沖天㉒。結桂枝兮延竚㉓，羌愈思兮愁人㉔。愁人兮柰何，願若今兮無虧㉕。固人命兮有當，孰離合兮可爲㉖？

大司命㉗

①【補曰】漢樂歌云：「天門開，詄蕩蕩。」淮南子注云：「天門，上帝所居紫微宫門也。」

②吾，謂大司命也。言天尊重司命，將出遊戲，則爲大開禁門，使乘玄雲而行。【補曰】漢樂歌云：「靈之車，結玄雲。」

③回風爲飄。

④暴雨爲涷雨。言司命爵位尊高，出則風伯、雨師先驅，爲軾路也。灑，一作「洒」。軾，一作「戒」。【補曰】涷音東。爾雅注云：「今江東呼夏月暴雨爲涷雨。」灑，所買切。淮南子曰：「令雨師灑道，風伯掃塵。」自此已上，皆喻君也。

⑤迴，運也。言司命行有節度，雖乘風雨，然徐迴運而來下也。迴，一作「回」。以，一作「來」。【補曰】迴翔，猶翺翔也。下音户。

⑥空桑，山名，司命所經。屈原修履忠貞之行，而身放棄，將愬神明，陳己之冤結，故欲踰空桑之山，而要司命也。【補曰】山海經云：「東曰空桑之山。」注云：「此山出琴瑟材。」周禮「空桑之琴瑟」是也。淮南曰：「舜之時，共工振滔洪水，以薄空桑。」注云：「空桑，地名，在魯也。」女，讀作汝，親之之辭，喻欲從君也。

⑦總總，衆貌。【補曰】堯時九州，見禹貢。商九州，見爾雅。周九州，見周禮。鄒衍云：「赤縣神州内自有九州。中國外如赤縣神州者九，乃所謂九州也。」淮南曰：「天地之間九州，東南神州曰農土，正南次州曰沃土，西南戎州曰滔土，正西弇州曰并土，正中冀州曰中土，西北台州曰肥土，正北濟州

曰成土，東北薄州曰隱土，正東陽州曰申土。」弇音奄。

⑧予，謂司命。言普天之下，九州之民，誠甚衆多，其壽考夭折，皆自施行所致。天誅加之，不在於我也。【補曰】此言九州之大，生民之衆，或壽或夭，何以皆在於我？以我爲司命故也。言人君制生殺與奪之命也。予音與。

⑨言司命執持天政，不以人言易其則度，復徐飛高翔而行。

⑩陰主殺，陽主生。言司命常乘天清明之氣，御持萬民死生之命也。清，一作「精」。【補曰】易云：「時乘六龍以御天。」莊子曰：「乘天地之正，御六氣之辨。」乘，猶乘車。御，猶御馬也。

⑪吾，屈原自謂也。齋，戒也。速，疾也。【補曰】齋速者，齋戒以自敕也。

⑫言己願修飾，急疾齋戒，侍從於君，導迎天帝，出入九州之山，冀得陳己情也。導，一作「道」。坑，一作「阬」。文苑作「岡」。【補曰】之，適也。坑音岡，山脊也。周禮職方氏：「九州山鎮，曰會稽、衡山、華山、沂山、岱山、嶽山、醫無閭、霍山、恒山也。」淮南曰：「天地之間，九州八極，土有九山，山有九塞。何謂九山？會稽、泰山、王屋、首山、太華、岐山、太行、羊腸、孟門也。」原言司命代天操生殺之柄，人君亦代天制一國之命，故欲與司命導帝適九州之山，以觀四方之風俗，天下之治亂。

⑬被被，長貌，一作「披」。【補曰】被，與「披」同。

⑭言己得依隨司命，被服神衣，被被而長，玉佩衆多，陸離而美也。

⑮陰，晦也。陽，明也。

⑯屈原言己得配神俱行，出陰入陽。一晦一明，衆人無緣知我所爲作也。【補曰】此言司命開闔變化，能制萬民之命，人君亦當如此也。

⑰疏麻，神麻也。瑶華，玉華也。【補曰】謝靈運詩云：「折麻心莫展。」又云：「瑶華未敢折。」説者云：瑶華，麻花也。其色白，故比於瑶。此花香，服食可致長壽，故以爲美，將以贈遠。江淹雜擬詩云：「雜珮雖可贈，疏華竟無陳。」李善云：「疏華，瑶華也。」

⑱離居，謂隱者也。言己雖出陰入陽，涉歷殊方，猶思離居隱士，將折神麻，采玉華，以遺與之。明己行度如玉，不以苦樂易其志也。【補曰】遺，去聲。離居，猶遠者也。自此以下屈原陳己之志於司命也。

⑲極，窮也。極，一作「終」。

⑳濅，稍也；疏，遠也。言履行忠信，從小至老，命將窮矣，而君猶疑之，不稍親近，而日以疏遠也。濅，一作「侵」，一作「浸」。兮，一作「而」。愈，一作「踰」。

㉑轔轔，車聲，詩云「有車轔轔」也。釋文作「軨」，音轔。【補曰】今詩作「鄰」。

㉒言己雖見疏遠，執志彌堅，想乘神龍，轔轔然而有節度，抗志高行，沖天而驅，不以貧困有枉橈也。駝，一作「馳」。【補曰】史記云：「一飛沖天。」沖，持弓切，直上飛也。集韻作「翀」，與「沖」通。此言司命高馳而去，不復留也。

㉓延，長也。竚，立也。詩曰：「竚立以泣。」釋文「延」作「㢟」。【補曰】竚，久立也。直吕切。

㉔言己乘龍沖天，非心所樂，猶結木爲誓，長立而望，想念楚國，愁且思也。【補曰】此言司命既去，猶結桂枝以延望。喻君舍己不顧，益憂思也。

㉕虧，歇也。言己愁思，安可柰何乎？願身行善，常若於今，無有歇也。

㉖言人受命而生，有當貴賤貧富者，是天祿也。己獨放逐離別，不復會合，不可爲思也。【補曰】君子之仕也，去就有義，用舍有命。屈子於同姓事君之義盡矣，其不見用，則有命焉。或離或合，神實司之，非人所能爲也。一云：「孰離合兮不可爲。」

㉗周禮大宗伯：「以槱燎祀司中、司命。」疏引星傳云：「三台，上台司命，爲太尉。」又：「文昌宮第四曰司命。」按史記天官書：「文昌六星，四曰司命。」晉書天文志：「三台六星，兩兩而居，西近文昌二星，曰上台，爲司命，主壽。」然則有兩司命也。祭法：「王立七祀，諸侯立五祀，皆有司命。」疏云：「司命，宫中小神。」而漢書郊祀志：荆巫有司命，説者曰：「文昌第四星也。」五臣云：「司命，星名。主知生死，輔天行化，誅惡護善也。」大司命云：「乘清氣兮御陰陽。」少司命云：「登九天兮撫彗星。」其非宫中小神明矣。

秋蘭兮麋蕪，羅生兮堂下①。綠葉兮素枝，芳菲菲兮襲予②。夫人自有兮美子③，蓀何目兮愁苦④！秋蘭兮青青，綠葉兮紫莖⑤。滿堂兮美人，忽獨與余兮目成⑥。入不言兮出不辭⑦，乘回風兮載雲旗⑧。悲莫悲兮生別離⑨，樂莫樂兮新相知⑩。荷衣兮蕙帶，儵而來兮忽而逝⑪。夕宿兮帝郊⑫，君誰須兮雲之際⑬。與女遊兮九河，衝風至兮水揚波⑭。與女沐兮咸池⑮，晞女髮兮陽之阿⑯。望美人兮未來⑰，臨風怳兮浩歌⑱。孔蓋兮翠旍⑲，登九天兮撫彗星⑳。竦長劍兮擁幼艾㉑，蓀獨宜兮爲民正㉒。

少司命

①言己供神之室，空閑清淨，衆香之草又環其堂下，羅列而生，誠司命君所宜幸集也。秋，一作「穐」，下同。麋，一作「蘪」。【補曰】爾雅曰：「蘄茝，蘪蕪。」郭璞云：「香草，葉小如萎狀。」山海經云：「臭如蘪蕪。」本草云：「芎藭，其葉名蘼蕪，似蛇牀而香，騷人借以爲譬。其苗四五月間生，葉作叢而莖細，其葉倍香。或蒔於園庭，則芬香滿徑。七八月開白花。」管子曰：「五沃之土生蘼蕪。」相如賦云：「穹窮昌蒲，江離蘪蕪。」師古云：「蘪蕪，即穹窮苗也。」下音户。

②襲，及也。予，我也。言芳草茂盛，吐葉垂華，芳香菲菲，上及我也。枝，一作「華」。五臣云：「四句皆喻懷忠潔也。」【補曰】襲音習。予，上聲。

③夫人，謂萬民也。一云：「夫人兮自有美子。」【補曰】夫音扶。考工記曰：「夫人而能爲鎛也。」夫人，猶言凡人也。

④蓀，謂司命也。言天下萬民，人人自有子孫，司命何爲主握其年命，而用思愁苦也。以，一作「爲」。五臣云：「蓀，香草，喻司命。言凡人各自有美愛臣子，司命何爲愁苦而司主之？蓋自傷也。」【補曰】此言愛其子者，人之常情，非司命所憂，猶恐不得其所。原於君有同姓之恩，而懷王曾莫之恤也。蓀，亦喻君，騷經曰「荃不察余之中情」是也。

⑤言己事神崇敬，重種芳草，莖葉五色，芳香益暢也。一本「蘭」下有「生」字。【補曰】詩云：「綠竹青青。」青青，茂盛也，音菁。

⑥言萬民衆多，美人並會，盈滿於堂，而司命獨與我睨而相視，成爲親親也。五臣云：「滿堂，喻天下也。謂天下亦有善人，而司命獨與我相目結成親親者，爲我修道德爾，謂初與己善時也。」

⑦言神往來奄忽，入不語言，出不訣辭，其志難知。辭，一作「詞」。□□□□□□［五］

⑧言司命之去，乘風載雲，其形貌不可得見。五臣云：「司命初與己善，後乃往來飄忽，出入不言不辭，乘風載雲，以離於我，喻君之心與我相背也。」

⑨屈原思神略畢，憂愁復出，乃長歎曰：人居世間，悲哀莫痛與妻子生別離，傷己當之也。【補曰】樂府有生別離，出於此。

⑩言天下之樂，莫大於男女始相知之時也。屈原言己無新相知之樂，而有生別離之憂也。五臣云：「喻己初近君而樂，後去君而悲也。」

⑪言司命被服香淨，往來奄忽，難當值也。儵，一作「倏」。來，一作「倈」。五臣云：「言神倏忽往來，終不可逢，以喻君。」【補曰】莊子疏曰：「儵爲有，忽爲無。」

⑫帝，謂天帝。

⑬言司命之去，暮宿於天帝之郊，誰待於雲之際乎？幸其有意而顧己。五臣云：「須，待也。冀君猶待己而命之。」

⑭王逸無注。古本無此二句。文選「遊」作「游」，「女」作「汝」，「風至」作「飈起」。五臣云：「汝，謂司命。九河，天河也。衝飈，暴風也。」【補曰】此二句，河伯章中語也。

⑮咸池，星名，蓋天池也。一作「咸之淹」。【補曰】咸池，見騷經。

⑯晞，乾也。詩曰：「匪陽不晞。」阿，曲隅，日所行也。言己願託司命，俱沐咸池，乾髮陽阿，齋戒潔己，冀蒙天祐也。五臣云：「願與司命共爲清潔，喻己與君俱行政教，以治於國。」【補曰】晞音希。淮南曰：「日出湯谷，浴於咸池，拂於扶桑，是謂晨明。登於扶桑，是謂朏明。至於曲阿，是謂旦明。」遠遊曰：「朝濯髮於湯谷兮，夕晞余身兮九陽。」

⑰美人，謂司命。

⑱怳，失意貌。言己思望司命，而未肯來。臨疾風而大歌，冀神聞之而來至也。五臣云：「以喻望君之使未至，臨風怳然而大歌也。浩，大也。」【補曰】怳，憮怳也，許往切。

⑲言司命以孔雀之翅爲車蓋，翡翠之羽爲旗旍，言殊飾也。旍，一作「旌」。一本此句上有「揚」字。

【補曰】相如賦云：「宛雛孔鸞。」孔，孔雀也。顏師古曰：「鳥赤羽者曰翡，青羽者曰翠。」周禮曰：「蓋之圜也以象天。」漢樂歌曰：「庶旄翠旌。」

⑳九天，八方中央也。言司命乃陞九天之上，撫持彗星，欲掃除邪惡，輔仁賢也。五臣云：「飛登於天，撫掃彗星，言願將忠正美行還於君前，翦讒賊矣。」【補曰】左傳曰：「天之有彗，以除穢也。」爾雅：「彗星爲欃槍。」彗，祥歲切。偏指曰彗。自此以下，皆喻君也。

㉑竦，執也。幼，少也。艾，長也。言司命執持長劍，以誅絶凶惡，擁護萬民，長少使各得其命也。釋文「竦」作「慫」。【補曰】竦、慫，並息拱切。竦，立也。國語曰：「竦善抑惡。」慫，驚也。孟子曰：「知好色，則慕少艾。」説者曰：艾，美好也。戰國策云：「今爲天下之工或非也，乃與幼艾。」又：「齊王有七孺子。」注云：「孺子，謂幼艾，美女也。」離騷以美女喻賢臣。此言人君當遏惡揚善，佑賢輔德也。或曰：麗姬，艾封人之子也。故美女謂之艾。猶姬貴姓，因謂美妾爲姬耳。

㉒言司命執心公方，無所阿私，善者佑之，惡者誅之，故宜爲萬民之平正也。蓀，一作「荃」。五臣云：「蓀，香草，謂神也，以喻君。」【補曰】正音征，叶韻。

暾將出兮東方①，照吾檻兮扶桑②。撫余馬兮安驅③，夜皎皎兮既明④。駕龍輈兮乘雷⑤，載雲旗兮委蛇⑥。長太息兮將上，心低佪兮顧懷⑦。羌聲色兮娱人⑧，觀者憺兮忘歸⑨。緪瑟兮交鼓⑩，簫鍾兮瑤簴⑪，鳴篪兮吹竽⑫，思靈保兮賢姱⑬。翾飛兮翠曾⑭，展詩兮會舞⑮。應律兮合節⑯，靈之來兮蔽日⑰。青雲衣兮白霓裳⑱，舉長矢兮射天狼⑲。操余弧兮反淪降⑳，援北斗兮酌桂漿㉑。撰余轡兮高駝翔㉒，杳冥冥兮以東行㉓。

東君㉔

①謂日始出東方，其容暾暾而盛大也。【補曰】暾，他昆切。

②吾，謂日也。檻，楯也。言東方有扶桑之木，其高萬仞，日出，下浴於湯谷，上拂其扶桑，爰始而登，照曜四方，日以扶桑爲舍檻，故曰「照吾檻兮扶桑」也。【補曰】檻，闌也，户黤切。楯音盾。

③余，謂日也。【補曰】淮南曰：「日至悲泉，爰止其女，爰息其馬，是謂懸車。」車，日所乘也。馬，駕車者也。御之者，羲和也。女，即羲和。馬，即六龍。見騷經注。

④言日既陞天，運轉而西，將過太陰，徐撫其馬，安驅而行。雖幽昧之夜，猶晈晈而自明也。晈，一作「皎」。【補曰】「晈」字从日，與「皎」同。此言日之將出，羲和御之，安驅徐行，使幽昧之夜，晈晈而復明也。舊本明音亡。

⑤輈，車轅也。【補曰】震，東方也，爲雷，爲龍。日出東方，故曰「駕龍乘雷」也。春秋命曆序曰：「皇伯登扶桑，日之陽，駕六龍以上下。」淮南曰：「雷以爲車輪。」注云：「雷，轉氣也。」輈，張留切。方言曰：「轅，楚、韓之間謂之輈。」

⑥言日以龍爲車轅，乘雷而行，以雲爲旌旗，委蛇而長。委，一作「逶」。蛇，一作「虵」。

⑦言日將去扶桑，上而升天，則徘徊太息，顧念其居也。低，一作「俳」，一作「儃」。【補曰】低佪，疑不即進貌。出不忘本，行則思歸，物之情也。以諷其君迷不知復也。上，上聲，升也。

⑧娱，樂也。一作「色聲」。

⑨憺，安也。言日色光明，旦燿四方，人觀見之，莫不娱樂，憺然意安，而忘歸也。【補曰】東方既明，萬類皆作，有聲者以聲聞，有色者以色見，耳目之娱，各自適焉。以喻人君有明德，則百姓皆注其耳目也。

⑩緪，急張絃也。交鼓，對擊鼓也。緪，一作「絙」。【補曰】緪，古登切。長笛賦曰：「絙瑟促柱。」

⑪王逸無注。簫，一作「蕭」。【補曰】儀禮有「笙磬」、「笙鍾」。周禮笙師「共其鍾笙之樂」，注云：「鍾笙，與鍾聲相應之笙。」然則簫鍾，與簫聲相應之鍾歟？簴，其吕切。爾雅：「木謂之虡。」縣鍾磬之木也。瑶簴，以美玉爲飾也。

⑫箎、竽，樂器名也。言己願供修香美，張施琴瑟，吹鳴箎竽，列備衆樂，以樂大神。箎，一作「篪」。【補曰】篪，與「箎」同，並音池。爾雅注云：「篪以竹爲之，長尺四寸，圍三寸，一孔上出，一寸三分，名翹，横吹之。小者尺二寸。」廣雅云：「八孔。」竽，已見上。

⑬靈，謂巫也。姱，好貌。言己思得賢好之巫，使與日神相保樂也。【補曰】古人云：「詔靈保，召方相。」説者曰：靈保，神巫也。姱音户，叶韻。舊苦胡切，未詳。

⑭曾，舉也。言巫舞工巧，身體翾然若飛，似翠鳥之舉也。【補曰】翾，小飛也，許緣切。曾，作滕切。博雅曰：「翾、翥，飛也。」

⑮展，舒。【補曰】展詩，猶陳詩也。會舞，猶合舞也。

⑯言乃復舒展詩曲，作爲雅頌之樂，合會六律，以應舞節。【補曰】應，於證切。漢樂歌曰：「展詩應律鋗玉鳴。」

⑰言日神悦喜，於是來下，從其官屬，蔽日而至也。

⑱言日神來下，青雲爲上衣，白蜺爲下裳也。日出東方，入西方，故用其方色以爲飾也。【補曰】霓見騷經。

⑲天狼，星名，以喻貪殘。日爲王者。王者受命，必誅貪殘，故曰「舉長矢射天狼」。言君當誅惡也。射，一作「䠶」。【補曰】射，食亦切。晉書天文志云：「狼一星，在東井南[六]，爲野將，主侵掠。」

⑳言日誅惡以後，復循道而退下，入太陰之中，不伐其功也。【補曰】操，持也，七刀切。弧音胡。説文曰：「木弓也。一曰：往體寡、來體多曰弧。」淪，没也。降，下也，户江切，叶韻。晉志曰：「弧九星，在狼東南，天弓也，主備盜賊。」天文大象賦注云：「弧矢九星，常屬矢而向狼，直狼多盜賊，引滿則天下兵起。」河東賦云：「攫[七]天狼之威弧。」思玄賦云：「彎威弧之拔刺兮，射嶓冢之封狼。」

㉑斗，謂玉爵。言誅惡既畢，故引玉斗酌酒漿，以爵命賢能，進有德也。【補曰】援音爰，引也。詩云：

「酌以大斗。」斗，酒器也。又曰：「維北有斗，不可以挹酒漿。」此以北斗喻酒器者，大之也。斗，舊音主。射天狼、酌桂漿，以諷其君不能遏惡揚善也。

㉒駝，一作「馳」，一無此字。【補曰】撰，雛免切，定[八]也，持也。遠遊曰：「撰余轡而正策。」反淪降者，喻人君退託，不自有其功。高馳翔者，喻制世馭民於萬物之上。

㉓言日過太陰，不見其光，出杳杳，入冥冥，直東行而復出。或曰：日月五星，皆東行也。一云「翔杳冥兮」。一無「以」字。【補曰】杳，深也。冥，幽也。日出東方，猶帝出乎震也。行，胡岡切，叶韻。

㉔博雅曰：「朱明、耀靈、東君，日也。」漢書郊祀志有東君。

與女遊兮九河①，衝風起兮橫波②。乘水車兮荷蓋，駕兩龍兮驂螭③。登崑崙兮四望④，心飛揚兮浩蕩⑤。日將暮兮悵忘歸⑥，惟極浦兮寤懷⑦。魚鱗屋兮龍堂，紫貝闕兮朱宮⑧。靈何爲兮水中⑨，乘白黿兮逐文魚⑩。與女遊兮河之渚，流澌紛兮將來下⑪。子交手兮東行⑫，送美人兮南浦⑬。波滔滔兮來迎，魚隣隣兮媵予⑭。

河伯⑮

①河爲四瀆長，其位視大夫。屈原亦楚大夫，欲以官相友，故言「女」也。九河：徒駭、太史、馬頰、

覆鬴、胡蘇、簡、絜、鉤磬、鬲津也。【補曰】女，讀作汝，下同。九河名，見爾雅。書曰：「九河既道。」注云：「河水分爲九道，在兖州界。」又曰：「又北播爲九河，同爲逆河，入於海。」注云：「分爲九河，以殺其溢。」漢許商上書云：「古記九河之名，有徒駭、胡蘇、鬲津，今見在成平、東光、鬲縣界中。自鬲津以北至徒駭，其間相去二百餘里。是知九河所在，徒駭最北，鬲津最南。蓋徒駭是河之本道，東出分爲八枝也。」

②衝，隧也。屈原設意與河伯爲友，俱遊九河之中，想蒙神祐，反遇隧風，大波湧起，所託無所也。一本「横」上有「水」字。五臣云：「衝風，暴風也。」【補曰】詩云：「大風有隧。」

③言河伯以水爲車，驂駕螭龍，而戲遊也。一本「螭」上有「白」字。【補曰】括地圖云：「馮夷常乘雲車，駕二龍。」史記曰：「水神不可見，以大魚蛟龍爲候。」博物志曰：「水神乘魚龍。」驂，蒼含切，在旁曰驂。驂，兩騑也。螭，丑知切。說文云：「如龍而黃，北方謂之地螻。一說：無角曰螭。」一音离。集韻：「螹螭，龍無角。」

④崑崙山，河源所從出。【補曰】援神契云：「河者，水之伯，上應天河。」山海經云：「崑崙山有青河、白河、赤河、黑河環其墟。其白水出其東北陬，屈向東南流，爲中國河。」爾雅曰：「河出崑崙虛，色白，所渠并千七百一川。色黃，百里一小曲，千里一曲直。」淮南曰：「河出崑崙，貫渤海，入禹所導積石山也。」

⑤浩蕩，志[九]放貌。言己設與河伯俱遊西北，登崑崙萬里之山，周望四方，心意飛揚，志欲陞天，思

念浩蕩，而無所據也。

⑥言崑崙之中，多奇怪珠玉之樹，觀而視之，不知日暮。言己心樂志説，忽忘還歸也。【補曰】此言登崑崙以望四方，無所適從，惆悵歎息，而忘歸也。悵，失志也。

⑦寤，覺也。懷，思也。言己復徐惟念河之極浦、江之遠碕，則中心覺寤，而復愁思也。【補曰】惟，思也。極浦，所謂「望涔陽兮極浦」是也。

⑧言河伯所居，以魚鱗蓋屋，堂畫蛟龍之文，紫貝作闕，朱丹其宮，形容異制，甚鮮好也。文苑作「珠宮」。【補曰】河伯，水神也。故託魚龍之類，以爲宮室闕門觀也。

⑨言河伯之屋，殊好如是，何爲居水中而沈没也。【補曰】此喻賢人處非其所也。

⑩大鼈爲黿，魚屬也。逐，從也。言河伯遊戲，遠出乘龍，近出乘黿，又從鯉魚也。一無「文」字。【補曰】黿音元。紀年曰：「穆王三十七年，征伐起師，至九江，叱黿鼉以爲梁。」陶隱居云：「鯉魚形既可愛，又能神變，乃至飛越山湖，所以琴高乘之。」按山海經：「睢水東注江，其中多文魚。」注云：「有斑采也。」又，文選云：「騰文魚以警乘。」注云：「文魚，有翅，能飛。」逸以文魚爲鯉，豈亦有所據乎？

⑪流澌，解冰也。言屈原願與河伯遊河之渚，而流澌紛然相隨來下，水爲汙濁，故欲去也。或曰：流澌，解散。屈原自比流澌者，欲與河伯離別也。【補曰】渚，洲也。澌音斯。從仌者，流冰也。從水者，水盡也。此當從仌。下音户。

⑫子，謂河伯也。言屈原與河伯別，子宜東行，還於九河之居，我亦欲歸也。一本「子」上有「與」字。
【補曰】莊子曰：「河伯順流而東行。」

⑬美人，屈原自謂也。願河伯送己南至江之涯，歸楚國也。【補曰】江淹別賦云：「送君南浦，傷如之何？」蓋用此語。

⑭媵，送也。言江神聞己將歸，亦使波流滔滔來迎，河伯遣魚隣隣侍從而送我也，隣，一作「鱗」。【補曰】滔，土刀切，水流貌。詩曰：「滔滔江漢。」媵，以證切。予音與。屈原託江海之神送迎己者，言時人遇己之不然也。杜子美詩云：「岸花飛送客，檣燕語留人。」亦此意。

⑮山海經曰：「中極之淵，深三百仞，唯冰夷都焉。冰夷，人面而乘龍。」穆天子傳云：「天子西征，至於陽紆之山，河伯無夷之所都居。」冰夷、無夷，即馮夷也。淮南又作「馮遲」。抱樸子釋鬼篇曰：「馮夷以八月上庚日渡河溺死，天帝署爲河伯。」清泠傳曰：「馮夷，華陰潼鄉隄首人也。服八石，得水仙，是爲河伯。」博物志云：「昔夏禹觀河，見長人魚身出，曰：『吾河精。』豈河伯也？馮夷得道成仙，化爲河伯，道豈同哉？」

若有人兮山之阿①，被薜荔兮帶女羅②。既含睇兮又宜笑③，子慕予兮善窈窕④。乘赤豹兮從文狸⑤，辛夷車兮結桂旗⑥。被石蘭兮帶杜衡⑦，折芳馨兮遺所思⑧。余處幽篁兮終不見天⑨，路險難兮獨後來⑩。表獨立兮山之上⑪，雲容容兮而在下。杳冥冥兮羌晝晦⑫，東風飄兮神靈雨⑬。留靈脩兮憺忘歸⑭，歲既晏兮孰華予⑮。采三秀兮於山間⑯，石磊磊兮葛蔓蔓⑰。怨公子兮悵忘歸⑱，君思我兮不得閒⑲。山中人兮芳杜若⑳，飲石泉兮蔭松柏㉑。君思我兮然疑作㉒。靁填填兮雨冥冥㉓，猨啾啾兮又夜鳴㉔。風颯颯兮木蕭蕭㉕，思公子兮徒離憂㉖。

山鬼㉗

①若有人，謂山鬼也。阿，曲隅也。

②女羅，兔絲也。言山鬼仿佛若人見於山之阿，被薜荔之衣，以兔絲爲帶也。薜荔、兔絲，皆無根，緣物而生，山鬼亦晻忽無形，故衣之以爲飾也。羅，一作「蘿」。【補曰】爾雅云：「唐蒙，女蘿。女蘿，兔絲。」詩云：「蔦與女蘿，施于松上。」呂氏春秋云：「或謂菟絲無根也，其根不屬地，茯苓是也。」抱朴子云：「菟絲之草，下有伏菟之根，無此菟，則絲不生於上，然實不屬也。」

③睇，微眄貌也。言山鬼之狀，體含妙容，美目盼然，又好口齒，而宜笑也。五臣云：「山鬼美貌，既宜含視，又宜發笑。」【補曰】睇音弟，傾視也。一曰：目小視也。說文云：「南楚謂眄曰睇。」眄，眠見切。詩曰：「巧笑倩兮，美目盼兮。」大招曰：「靨輔奇牙，宜笑嘕只。」山鬼無形，其情狀難知，故含睇宜笑，以喻姱美。乘豹從狸，以譬猛烈。辛夷杜衡，以況芬芳。不一而足也。

④子，謂山鬼也。窈窕，好貌。詩曰：「窈窕淑女。」言山鬼之貌，既以姱麗，亦復慕我有善行好姿，故來見其容也。善，一作「譱」。五臣云：「喻君初與己誠而用之矣。」【補曰】窈音杳。窕，徒了切。方言云：「美狀爲窕，美心爲窈。」注云：「窈，幽靜。窕，閑都也。」

⑤狸，一作「貍」。五臣云：「赤豹、文貍，皆奇獸也。將以乘騎侍從者，明異於衆也。」乘，一作「棄」。【補曰】從，隨行也，才用切。豹有數種，有赤豹，有玄豹，有白豹。詩曰：「赤豹黃羆。」陸機云：「毛赤而文黑，謂之赤豹。」貍有虎斑文者，有貓斑者。河伯云：「乘白黿兮逐文魚。」山鬼云：「乘赤豹兮從文貍。」各以其類也。

⑥辛夷，香草也。言山鬼出入，乘赤豹，從文貍，結桂與辛夷以爲車旗，言其香潔也。文選「桂」誤作「旌」。【補曰】以辛夷香木爲車，結桂枝以爲旌旗也。

⑦石蘭、杜衡，皆香草。衡，一作「蘅」。

⑧所思，謂清潔之士，若屈原者也。言山鬼修飾衆香，以崇其善，屈原履行清潔，以厲其身。神人同好，故折芳馨相遺，以同其志也。五臣云：「所思，謂君也。喻己被帶忠信，又以嘉言，而納於君也。」【補曰】遺，去聲。

⑨言山鬼所處，乃在幽篁之內，終不見天地，所以來出，歸有德也。或曰：幽篁，竹林也。五臣云：「幽，深也。篁，竹叢也。」【補曰】篁音皇。漢書云：「篁竹之中。」注云：「竹田曰篁。」西都賦云：「篠簜敷衍，編町成篁。」注云：「篁，竹墟名也。」

⑩言所處既深，其路險阻又難，故來晚暮，後諸神也。五臣云：「言己處江山竹叢之間，上不見天，道路險阻，欲與神游，獨在諸神之後。喻己不得見君，讒邪填塞，難以前進，所以索居於此。」【補曰】來音釐。

⑪表，特也。言山鬼後到，特立於山之上而自異也。

⑫言山鬼所在至高邈，雲出其下，雖白晝猶暝晦也。五臣云：「表，明也。雖明然自異，立於山上，終被雲鄣蔽其下，使不通也。容容，雲出貌。杳，深也。晦，暗也。羌，語詞也。言雲氣深厚冥冥，使晝日昏暗。」一云「日窈冥兮羌晝晦」。【補曰】此喻小人之蔽賢也。下音户。

⑬飄，風貌。詩曰：「匪風飄兮。」言東風飄然而起，則神靈應之而雨。以言陰陽通感，風雨相和。屈原自傷獨無和也。飄，一作「飄飄」。五臣云：「自傷誠信不能感君也。」

⑭靈脩，謂懷王也。

⑮晏，晚也。孰，誰也。言己宿留懷王，冀其還己，心中憺然，安而忘歸。年歲晚暮，將欲罷老，誰復當令我榮華也。五臣云：「言君若能除去讒邪，我則可進，留止於君所，不然則歲晏衰老，孰能榮華我乎？」【補曰】留，止也。不必讀爲「宿留」之留。此言當及年德盛壯之時，留於君所。日月逝矣，孰能使衰老之人復榮華乎？自此以下，屈原陳己之志於山鬼也。予音與。

⑯三秀，謂芝草也。【補曰】爾雅：「苬，芝。」注云：「一歲三華，瑞草也。」苬音囚。思玄賦云：「冀一年之三秀。」近時王令逢原作藏芝賦，序云：「離騷、九歌，自詩人所紀之外，地所常産、目所

同識之草盡矣，而芝復獨遺。説者遂以九歌之『三秀』爲芝，予以其不明。又其辭曰：『適山而采之。』芝非獨山草，蓋未足據信也。」余按本草引五芝經云：「皆以五色生於五岳。」又，淮南云：「紫芝生於山，而不能生於盤石之上。」則芝正生於山間耳。逢原之説，豈其然乎？

⑰言己欲服芝草以延年命，周旋山間，采而求之，終不能得，但見山石磊磊，葛草蔓蔓。或曰：三秀，秀材之士隱處者也。言石、葛者，喻所在深也。五臣云：「芝草仙藥，采不可得，但見葛石爾。亦猶賢哲難逢，諂諛者衆也。」【補曰】磊，衆石貌，魯猥切。詩曰：「葛之覃兮，施於中谷。」又曰：「南有樛木，葛藟纍之。」蔓，莫干切，俗作「蔓」。

⑱公子，謂公子椒也。言己所以怨公子椒者，以其知己忠信，而不肯達，故我悵然失志，而忘歸也。【補曰】怨椒蘭蔽賢，如葛石之於三秀，故悵然忘歸也。

⑲言懷王時思念我，顧不肯以閒暇之日，召己謀議也。五臣云：「君縱相思，爲小人在側，亦無暇召我也。」【補曰】閒音閑。

⑳山中人，屈原自謂也。

㉑言己雖在山中無人之處，猶取杜若以爲芬芳，飲石泉之水，蔭松柏之木，飲食居處，動以香潔自修飾也。五臣云：「飲清潔之水，蔭貞實之木。」

㉒言懷王有思我時，然讒言妄作，故令狐疑也。五臣云：「讒邪在旁，起其疑惑。作，起也。」【補曰】然，不疑也。疑，未然也。君雖思我，而爲讒者所惑，是非交作，莫知所決也。

㉓靁，一作「雷」。【補曰】填音田。

㉔又，一作「狖」。五臣云：「填填，雷聲。冥冥，雨貌。啾啾，猨聲。皆喻讒言也。」【補曰】啾，小聲也。狖似猨，余救切。

㉕言己在深山之中，遭雷電暴雨，猨狖號呼，風木摇動，以言恐懼失其所也。或曰：雷爲諸侯，以興於君。雲雨冥昧，以興佞臣。猨猴善鳴，以興讒言。風以喻政，木以喻民。雷填填者，君妄怒也。雨冥冥者，羣佞聚也。猨啾啾者，讒夫弄口也。風颯颯者，政煩擾也。木蕭蕭者，民驚駭也。蕭蕭，文苑作「搜搜」。【補曰】颯，蘇合切。搜搜，動貌，與「蕭」同。

㉖言己怨子椒不見達，故遂去而憂愁也。五臣云：「思子椒不能用賢，使國若此，但使我罹其憂愁。離，罹也。」

㉗莊子曰：「山有夔。」淮南曰：「山出嘄陽。」楚人所祠，豈此類乎？

操吳戈兮被犀甲①，車錯轂兮短兵接②。旌蔽日兮敵若雲③，矢交墜兮士爭先④。凌余陣兮躐余行⑤，左驂殪兮右刃傷⑥。霾兩輪兮縶四馬⑦，援玉枹兮擊鳴鼓⑧。天時墜兮威靈怒⑨，嚴殺盡兮棄原壄⑩。出不入兮往不反⑪，平原忽兮路超遠⑫。帶長劍兮挾秦弓⑬，首身離兮心不懲⑭。誠既勇兮又以武，終剛強兮不可凌⑮。身既死兮神以靈，子魂魄兮爲鬼雄⑯。

國殤⑰

①戈，戟也。甲，鎧也。言國殤始從軍之時，手持吳戟，身被犀鎧而行也。或曰「操吾科」，吾科，楯之名也。【補曰】操，持也。説文云：「戈，平頭戟也。」考工記曰：「吳粵之劒。」又曰：「吳粵之金錫。」爾雅曰：「南方之美者，有梁山之犀象焉。」考工記曰：「犀甲壽百年。」荀子曰：「楚人鮫革犀兕以爲甲，鞈如金石。」鞈，堅貌，音夾。

②錯，交也。短兵，刀劍也。言戎車相迫，輪轂交錯，長兵不施，故用刀劒，以相接擊也。【補曰】錯，倉各切。詩傳云：「東西爲交，邪行爲錯。」司馬法曰：「弓、矢，圍；殳、矛，守；戈、戟，助。凡五兵，長以衛短，短以救長。」

③言兵士竟路趣敵，旌旗蔽天，敵多人衆，來若雲也。

④墜，墮也。言兩軍相射，流矢交墮，壯夫奮怒，爭先在前也。墜，一作「隧」。【補曰】「隧」與「墜」同。

⑤凌，犯也。躐，踐也。言敵家來，侵凌我屯陣，踐躐我行伍也。「躐」一作「躖」。【補曰】顔之推云：「六韜有天陳、地陳、人陳、雲鳥之陳。左傳有魚麗之陳。行陳之義，取於陳列耳。俗作阜傍車，非也。」躐、躖，並音獵。行，胡岡切。

⑥殪，死也。言己所乘，左驂馬死，右騑馬被刃創也。【補曰】殪，壹計切。驂，見遠遊。創，初良切。

⑦縶，絆也。詩曰：「縶之維之。」言己馬雖死傷，更霾車兩輪，絆四馬，終不反顧，示必死也。霾，一作「埋」。【補曰】霾，讀若埋。縶，陟立切。

⑧言己愈自厲怒，勢氣益盛。援，一作「搖」。枹，一作「桴」。【補曰】援音爰，引也。左傳：「郤克傷於矢，左并轡，右援枹而鼓。」

⑨墜，落也。言己戰鬭，適遭天時，命當墮落，雖身死亡，而威神怒健，不畏憚也。墜，一作「隧」。文苑作「懟」。

⑩嚴，壯也。殺，死也。言壯士盡其死命，則骸骨棄於原壄，而不土葬也。【補曰】壄，古「野」字，又叶韻。

⑪言壯士出鬭，不復顧入，一往必死，不復還反也。

⑫言身棄平原山壄之中，去家，道甚遠也。一云「平原路兮忽超遠」。

⑬言身雖死，猶帶劍持弓，示不舍武也。【補曰】漢書地理志云：「秦地迫近戎狄，以射獵爲先。」又「秦有南山檀柘」，可爲弓幹。

⑭懲，㤅也。言己雖死，頭足分離，而心終不懲㤅。身，一作「雖」。【補曰】懲音澄。㤅音乂。

⑮言國殤之性，誠以勇猛，剛強之氣，不可淩犯也。

⑯言國殤既死之後，精神強壯，魂魄武毅，長爲百鬼之雄傑也。一云「䰟鬼毅」，一云「子鬼毅」。【補曰】左傳曰：「人生始化曰魄，既生魄，陽曰魂，用物精多則魂魄強。」疏云：「人稟五常以生，感陰

陽以靈。有身體之質，名之曰形。有噓吸之動，謂之爲氣。氣之靈者曰魄。既生魄矣，其内自有陽氣也。氣之神者曰魂。魂魄，神靈之名，本從形氣而有。附形之靈爲魄，附氣之神爲魂。附形之靈者，謂初生之時，耳目心識，手足運動，啼呼爲聲，此則魄之靈也。附氣之神者，謂精神性識，漸有所知，此則附氣之神也。魄在於前，魂在於後，魄識少而魂識多。人之生也，魄盛魂強。及其死也，形銷氣滅。聖人緣生以事死，改生之魂曰神，改生之魄曰鬼。合鬼與神，教之至也。魂附於氣，氣又附形。形強則氣強，形弱則氣弱。魂以氣強，魄以形強。」淮南子曰：「天氣爲魂，地氣爲魄。」注云：「魂，人陽神。魄，人陰神也。」

⑰謂死於國事者。小爾雅曰：「無主之鬼謂之殤。」

成禮兮會鼓①，傳芭兮代舞②，姱女倡兮容與③。春蘭兮秋菊④，長無絶兮終古⑤。

禮魂⑥

①言祠祀九神，皆先齋戒，成其禮敬，乃傳歌作樂，急疾擊鼓，以稱神意也。成，一作「盛」。

②芭，巫所持香草名也。代，更也。言祠祀作樂而歌，巫持芭而舞訖，以復傳與他人，更用之。芭，一作「巴」。【補曰】芭，卜加切。司馬相如賦云：「諸柘巴且。」注云：「巴且草，一名巴焦。」

③姱，好貌。謂使童稚好女，先倡而舞，則進退容與，而有節度也。與，一作「治」。【補曰】姱音夸。倡，讀作唱。

④菊，一作「鞠」。【補曰】古語云：「春蘭秋菊，各一時之秀也。」

⑤言春祠以蘭、秋祠以菊爲芬芳，長相繼承，無絶於終古之道也。

⑥禮，一作「祀」。魂，一作「䰟」。或曰：禮魂，謂以禮善終者。

【校勘記】

[一]其祠，太平御覽卷五七二樂部一〇歌三引作「於夜」。

[二]南鄭縣，原作「南縣」，據水經注改。

[三]手，景宋本作「采」。

[四]居，說文解字作「止」。

[五]「時也」下，原有六空格缺字，景宋本無此空格，亦無剜改痕跡，蓋本無缺字，因宋本誤衍也。

[六]南，晉書天文志上作「東南」。

[七]攫，景宋本、惜陰本作「玃」。漢書揚雄傳作「彏」。攫、玃當皆爲「彏」之訛。

[八]定，原闕，據景宋本、皇都本、惜陰本、同治本補。

[九]志，原作「忠」，據景宋本、惜陰本、同治本改。

楚辭卷第三

校書郎臣王逸上

天問章句第三 離騷

天問者，屈原之所作也。何不言「問天」？天尊不可問，故曰「天問」也。屈原放逐，憂心愁悴，①彷徨山澤②，經歷陵陸。嗟號昊旻，仰天歎息。見楚有先王之廟及公卿祠堂，圖畫天地山川神靈，琦③瑋僪佹④，及古賢聖怪物行事，周流罷倦⑤，休息其下。仰見圖畫，因書其壁，何而問之⑥，以渫憤懣，舒瀉愁思。楚人哀惜屈原，因共論述，故其文義不次序云爾。⑦

①一作「瘁」。
②一作「川澤」。
③一作「瑰」。

④一作「譎詭」。

⑤罷音皮。

⑥何，一作「呵」。

⑦天問之作，其旨遠矣。蓋曰遂古以來，天地事物之變〔一〕，不可勝窮。欲付之無言乎？而耳目所接，有感於吾心者，不可以不發也。欲具道其所以然乎？而天地變化，豈思慮智識之所能究哉？天固不可問，聊以寄吾之意耳。楚之興衰，天邪？人邪？吾之用舍，天邪？人邪？國無人，莫我知也。知我者，其天乎？此天問所爲作也。太史公「讀天問悲其志」者以此。柳宗元作天對，失其旨矣。王逸以爲「文義不次序」，夫天地之間，千變萬化，豈可以次序陳哉？序，一作「敘」。

曰：遂古之初，誰傳道之①？上下未形，何由考之②？冥昭瞢闇，誰能極之③？馮翼惟像，何以識之④？明明闇闇，惟時何爲⑤？陰陽三合，何本何化⑥？圜則九重，孰營度之⑦？惟茲何功？孰初作之⑧？斡〔二〕維焉繫？天極焉加⑨？八柱何當？東南何虧⑩？九天之際，安放安屬⑪？隅隈多有，誰知其數⑫？天何所沓？十二焉分⑬？日月安屬？列星安陳⑭？出自湯谷，次於蒙汜⑮。自明及晦，所行幾里⑯？夜光何德，死則又育⑰？厥利維何，而顧菟在腹⑱？女岐〔三〕無合，夫焉取九子⑲？伯強何處？惠氣安在⑳？何闔而晦？何開而明㉑？角宿未旦，曜靈安藏㉒？

①遂，往也。初，始也。言往古太始之元，虚廓無形，神物未生，誰傳道此事也。【補曰】列子：「殷湯問於夏革曰：『古初有物乎？』夏革曰：『古初無物，今惡得物？自物之外，自事之先，朕所不知也。』」周禮訓方氏：「誦四方之傳道。」道，猶言也。傳道，世世所傳説往古之事也。

②言天地未分，溷沌無垠，誰考定而知之也。考，一作「知」。定，一作「述」。【補曰】列子曰：「有形者生於無形，則天地安從生？故曰有太易，有太初，有太始，有太素。氣形質具而未相離，故曰渾淪。」又曰：「一者，形變之始也。清輕者上爲天，濁重者下爲地，沖和氣者爲人。」

③言日月晝夜，清濁晦明，誰能極知之？【補曰】冥，幽也，所謂窈冥之門也。昭，明也，所謂大明之上也。瞢，母登〔四〕切，目不明也。闇音暗，閉門也。此言幽明之理，瞢暗難知，誰能窮極其本原乎？

④言天地既分，陰陽運轉，馮馮翼翼，何以識知其形像乎？【補曰】淮南言：「天墜未形，馮馮翼翼，洞洞灟灟，故曰大昭。」注云：「馮翼，無形之貌。」又曰：「古未有天地之時，惟像無形，窈窈冥冥，芒芠漠閔，澒蒙鴻洞，莫知其門。」

⑤言純陰純陽，一晦一明，誰造爲之乎？【補曰】此言日月相推，晝夜相代，時運不停，果何爲乎？

⑥謂天、地、人三合成德，其本始何化所生乎？【補曰】天對云：「合焉者三，一以統同。吁炎吹冷，交錯而功。」引穀梁子云：「獨陰不生，獨陽不生，獨天不生，三合然後生。」逸以爲「天地人」，非

也。穀梁注云：「古人稱萬物負陰而抱陽，沖氣以爲和。然則傳所謂『天』，蓋[五]名其沖和之功，而神理所由也。會二氣之和，極發揮之美者，不可以柔剛滯其用，不得以陰陽分其名，故歸於冥極而謂之天。凡生類稟靈知於天，資形於二氣，故又曰『獨天不生』，必三合而形神生理具矣。」

⑦言天圜而九重，誰營度而知之乎？【補曰】圜，與「圓」同。說文曰：「天體也。」易曰：「乾元用九，乃見天則。」淮南曰：「天有九重，人亦有九竅。」天對曰：「無營以成，沓陽而九。運輠渾淪，蒙以圜號。」積陽爲天。九，老陽數也。營，經營也。度，量度也。

⑧言此天有九重，誰功力始作之邪？

⑨斡，轉也。維，綱也。言天晝夜轉旋，寧有維綱繫綴，其際極安所加乎？斡，一作「筦」。【補曰】說文云：「斡，轂端沓也。」楊雄、杜林云：「軺車輪，斡也。」顏師古匡謬正俗云：「聲類、字林並音管。賈誼服鳥賦云：『斡流而遷。』張華勵志詩云：『大儀斡運。』皆爲轉也。楚辭云：『筦維焉繫？』此義與『斡』同，字即爲筦。故知斡、管二音不殊。近代流俗音烏活切，非也。」淮南曰：「帝張四維，運之以斗，東北爲報德之維，西南爲背陽之維，東南爲常羊之維，西北爲蹏通之維。」注云：「四角爲維也。」先儒說云：「天是太虛，本無形體，但指諸星運轉以爲天耳。天如彈丸，圍圜三百六十五度四分度之一。旁行四表之中，冬南夏北，春西秋東，皆薄四表而止。」張衡靈憲云：「八極之維，徑二億三萬二千三百里。」維謂四維，極謂八極也。一說云：北極，天之中也。天官書曰：「中宮天極星，其一明者，太一常居也。」太玄經曰：「天圜地方，極植中央。」

⑩言天有八山爲柱，皆何當值？東南不足，誰虧缺之也？虧，一作「虧」。【補曰】河圖言：「崑崙者，地之中也。地下有八柱，柱廣十萬里，有三千六百軸，互相牽制。名山大川，孔穴相通。」淮南云：「天有九部八紀，地有九州八柱。」神異經云：「崑崙有銅柱焉，其高入天，所謂天柱也。」素問曰：「天不足西北，故西北方陰也，而人右耳目不如左明也。地不滿東南，故東南方陽也，而人左手足不如右強也。」又曰：「天不足西北，左寒而右涼；地不滿東南，右熱而左溫。」注云：「中原地形，西北高，東南下。今百川滿湊東之滄海，則東西南北高下可知。」

⑪九天，東方皞天，東南方陽天，南方赤天，西南方朱天，西方成天，西北方幽天，北方玄天，東北方變天，中央鈞天。其際會何分，安所繫屬乎？皞，亦作「昊」。變，一作「欒」，一作「鸞」。【補曰】際，邊也。傳曰：「九天之際曰九垠，九天之外曰九陔。」放，上聲。孟子曰：「遵海而南，放于琅邪。」放，至也。屬，附也，音注。

⑫言天地廣大，隅隈衆多，寧有知其數乎？【補曰】隅，角也。爾雅：「厓內爲隩，外爲隈。」淮南曰：「天有九野，九千九百九十九隅，去地五億萬里。」注云：「九野，九天之野。一野千一百一十一隅。」

⑬沓，合也。言天與地合會何所？十二辰誰所分別乎？【補曰】沓，徒合切。靈憲云：「天體於陽，故圓以動。地體於陰，故平以靜。動以行施，靜以合化，堙鬱構精，時育庶類，斯謂天元。」天何所沓，言與地合也。左傳曰：「日月所會是謂辰，故以配日。」注云：「一歲日月十二會，所會爲辰。十一月辰在星紀、十二月辰在玄枵之類是也。若歲在鶉火，我周之分野，實沈之虛，晉人是居，則十二

辰所次也。」

⑭言日月衆星，安所繫屬，誰陳列也？【補曰】列子曰：「天，積氣耳。日月星宿，亦積氣中之有光曜者。」靈憲曰：「星也者，體生於地，精成于天，列居錯跱，各有攸屬。」

⑮次，舍也。汜，水涯也。言日出東方湯谷之中，暮入西極蒙水之涯也。【補曰】書云：「宅嵎夷，曰暘谷。」即湯谷也。爾雅云：「西至日所入，爲太蒙。」即蒙汜也。説文云：「暘，日出也。」或作「湯」，通作「陽」。汜音似。淮南曰：「日出于暘谷，浴于咸池，拂于扶桑，是謂晨明。登于扶桑，爰始將行，是謂朏明。至于曲阿，是謂旦明。至于曾泉，是謂早食。至于桑野，是謂晏食。至于衡陽，是謂隅中。至于昆吾，是謂正中。至于鳥次，是謂小還。至于悲谷，是謂餔時。至于女紀，是謂大還。至于淵隅，是謂高舂。至于連石，是謂下舂。至于悲泉，爰止其女，爰息其馬，是謂懸車。薄于虞淵，是謂黄昏。淪于蒙谷，是謂定昏。日入于虞淵之汜，曙于蒙谷之浦，行九州七舍，有五億萬七千三百九里。」注云：「自暘谷至虞淵，凡十六所，爲九州七舍。」

⑯言日平旦而出，至暮而止，所行凡幾何里乎？【補曰】論衡云：「日晝行千里，夜行千里。行太陰則無光，行大陽則能照。」物理論云：「極南爲太陽，極北爲太陰。」

⑰夜光，月也。育，生也。言月何德於天，死而復生也。一云：言月何德，居於天地，死而復生。【補曰】博雅云：「夜光謂之月。」皇甫謐曰：「月以宵曜，名曰夜光。」書有「旁死魄」、「哉生明」、「既生魄」。死魄，朔也。生魄，望也。先儒云：「月光生於日所照，魄生於日所蔽，當日則光盈，就

日則光盡。」

⑱言月中有菟，何所貪利，居月之腹，而顧望乎？菟，一作「兔」。【補曰】菟，與「兔」同。靈憲曰：「月者，陰精之宗，積而成獸，象兔，陰之類，其數偶。」蘇鶚演義云：「兔十二屬，配卯位，處望日，月最圓，而出於卯上。卯，兔也。其形入於月中，遂有是形。」古今注云：「兔口有缺。」博物志云：「兔望月而孕，自吐其子。」故天對云：「玄陰多缺，爰感厥兔。不形之形，惟神是類。」

⑲女岐，神女，無夫而生九子也。天對云：「陽健陰淫，降施蒸摩，岐靈而子，焉以夫爲？」

⑳伯強，大厲疫鬼也，所至傷人。惠氣，和氣也。言陰陽調和則惠氣行，不和調則厲鬼興，二者當何所在乎？【補曰】強，巨良切。惠，順也。

㉑言天何所闔閉而晦冥，何所開發而明曉乎？【補曰】闔，閉户也。開，闢户也。陰闔而晦，陽開而明。

㉒角、亢，東方星。曜靈，日也。言東方未明旦之時，日安所藏其精光乎？釋文「藏」作「臧」。【補曰】宿音秀。臧，與「藏」同。爾雅曰：「壽星，角、亢也。」注云：「數起角、亢，列宿之長。」國語曰：「辰角見而雨畢。」注云：「辰角，大辰蒼龍之角。見者，朝見東方，建戌之初，寒露節也。」此言角宿未旦者，指東方蒼龍之位耳。天對云：「孰旦孰幽，繆躔于經，蒼龍之寓，而迋彼角亢。」迋，欺也，具往切。亢音剛。

不任汩鴻，師何以尚之①？僉曰何憂？何不課而行之②？鴟龜曳銜，鮌何聽焉③？順欲成功，帝何刑焉④？永遏在羽山，夫何三年不施⑤？伯禹愎鮌，夫何以變化⑥？纂就前緒，遂成考功⑦。何續初繼業，而厥謀不同⑧？洪泉極深，何以寘之⑨？地方九則，何以墳之⑩？河海應龍，何盡何歷⑪？鮌何所營？禹何所成⑫？康回馮怒，墬何故以東南傾⑬？九州安錯？川谷何洿⑭？東流不溢，孰知其故⑮？東西南北，其修孰多⑯？南北順墮，其衍幾何⑰？崑崙縣圃，其尻安在⑱？增城九重，其高幾里⑲？四方之門，其誰從焉⑳？西北辟啓，何氣通焉㉑？

①汩，治也。鴻，大水也。師，衆也。尚，舉也。言鮌才不任治鴻水，衆人何以舉之乎？師，一作「鮌」。【補曰】汩音骨。國語曰：「禹決汩九川。」汩，通也。荀子曰：「禹有功，抑下鴻。」鴻，即洪水也。堯典曰：「湯湯洪水方割，蕩蕩懷山襄陵。下民其咨，有能俾乂。僉曰：『於，鮌哉。』帝曰：『吁，咈哉。方命圮族。』岳曰：『异哉，試可乃已。』帝曰：『往欽哉。』九載績用弗成。」异，舉也。

②僉，衆也。課，試也。言衆人舉鮌治水，堯知其不能，衆人曰：「何憂哉？何不先試之也？」曰，一作「答」。

③言鮌治水，績用不成，堯乃放殺之羽山，飛鳥水蟲曳銜而食之，鮌何能復不聽乎？【補曰】鴟，處脂切，一名鳶也。曳，牽也，引也。聽，從也。此言鮌違帝命而不聽，何爲聽鴟龜之曳銜也？天對云：

「方陟元子，以胤功定地。胡離厥考，而鴟龜肆喙。」

④帝，謂堯也。言鯀設能順衆人之欲，而成其功，堯當何爲刑戮之乎？【補曰】書云：「方命圮族。」國語云：「鯀違帝命。」則所謂順欲者，順帝之欲也。天對云：「盜堙息壤，招帝震怒。賦刑在下，投棄於羽。」山海經云：「鯀竊帝之息壤以堙洪水，帝令祝融殺鯀于羽郊。」

⑤永，長也。遏，絶也。施，舍也。言堯長放鯀於羽山，絶在不毛之地，三年不舍其罪也。一無「山」字。施，一作「弛」。【補曰】遏，猶遏絶苗民之遏。施，捨也，通作「弛」，音豕。

⑥禹，鯀子也。言鯀愚很愎而生禹，禹小見其所爲，何以能變化而有聖德也。愎，一作「腹」。注同。一本「何」下有「故」字。【補曰】愎，弼力切，戾也。詩云：「出入腹我」。腹，懷抱也。天對云：「氣孽宜害，而嗣續得聖。汙塗而蕖，夫固不可以類。」

⑦父死稱考。緒，業也。言禹能纂代鯀之遺業，而成考父之功也。【補曰】纂，作管切，集也。緒音敘，絲耑也。記曰：「禹能修鯀之功。」

⑧言禹何能繼續鯀業，而謀慮不同也。【補曰】洪範言：「鯀堙洪水，汩陳其五行。帝乃震怒，不畀洪範九疇，彝倫攸斁，鯀則殛死。禹乃嗣興，天乃錫禹洪範九疇，彝倫攸敘。」孟子曰：「禹之治水，水之道也。」鯀堙洪水，而禹行其所無事，雖承父業，其謀不同也。

⑨言洪水淵泉極深，大禹何用寘塞而平之乎？【補曰】「寘」與「填」同。淮南曰：「凡鴻水淵藪，自三百仞以上，二億三萬三千五百五十里，有九淵，禹乃以息土填洪水，以爲名山。」注云：「息土不

耗減，掘之益多，故以填洪水也。」天對云：「行鴻下隤，厥丘乃降。焉填絶淵，然後夷於土。」

⑩墳，分也。謂九州之地，凡有九品，禹何以能分别之乎？墳，一作「憤」。【補曰】班孟堅云：「坤作地勢，高下九則。」劉德云：「九則，九州土田上中下九等也。」天對云：「從民之宜，乃九於野，墳厥貢藝，而有上中下。」

⑪有鱗曰蛟龍，有翼曰應龍。歷，過也。言河海所出至遠，應龍過歷遊之，而無所不窮也。或曰：禹治洪水，時有神龍以尾畫地，導水所注，當決者因而治之也。一云「應龍何畫，河海何歷」。【補曰】山海經云：「應龍處南極，殺蚩尤與夸父，不得復上。故下數旱，旱而爲應龍之狀，乃得大雨。」山海經圖云：「犂丘山有應龍者，龍之有翼也。昔蚩尤禦黄帝，令應龍攻於冀州之野。女媧之時，乘雷車服駕應龍。夏禹治水，有應龍以尾畫地，即水泉流通。」天對云：「胡聖爲不足，反謀龍知，畚鍤究勤，而欺畫厥尾。」畫音獲。

⑫言鮌治鴻水，何所營度，禹何所成就乎？【補曰】汨陳其五行，此鮌所營也。六府三事允治，此禹所成也。

⑬康回，共工名也。淮南子言：「共工與顓頊爭爲帝，不得，怒而觸不周之山，天維絶，地柱折，故東南傾也。」墬，一作「地」。一無「以」字。【補曰】馮，皮膺切。列子曰：「帝憑怒。」注云：「憑，大也。」春秋傳曰：「震電馮怒。」注云：「馮，盛也。」方言云：「憑，怒也，楚曰憑。」注云：「恚盛貌。」引「康回憑怒」。然則馮、憑一也。列子曰：「共工氏與顓頊爭爲帝，怒而觸不周之山，折天

柱，絶地維。故天傾西北，日月星辰就焉；地不滿東南，百川水潦歸焉。」注云：「共工氏興霸於伏羲、神農之間，其後苗裔恃其強，與顓頊爭爲帝。」又，淮南言：「共工之力觸不周之山，使地東南傾。」注云：「非堯時共工。傾，猶下也。」

⑭錯，廁也。洿，深也。言九州錯廁，禹何所分別之？川谷於地，何以獨洿深乎？安，一作「何」。【補曰】錯，七故切，置也。天對云：「州錯富媼，爰定於趾。」國語曰：「疏爲川谷，以導其氣。」蔡邕月令章句曰：「衆流注海曰川。」爾雅云：「水注川曰谿，注谿曰谷。」集韻：洿音户，「水深謂之洿」。舊音烏，無深義，亦不叶韻。

⑮言百川東流，不知滿溢，誰有知其故也。【補曰】列子云：「渤海之東，不知幾億萬里，有大壑焉，實惟無底之谷，名曰歸墟，八紘[六]九野之水，天漢之流，莫不注之，而無增無減焉。」莊子曰：「天下之水，莫大於海，萬川歸之，不知何時止而不盈；尾閭泄之，不知何時已而不虛。」天對云：「東窮歸墟，又環西盈。脈穴土區，而濁濁清清。墳壚燥疏，滲渴而升。充融有餘，泄漏復行。器運浟浟，又何溢爲。」

⑯修，長也。言天地東西南北，誰爲長乎？

⑰衍，廣大也。言南北楕長，其廣差幾何乎？楕，釋文作「隋」。一作「墯」。【補曰】爾雅云：「蟦小而橢。」橢音妥，又徒禾切，狹而長也。疏引「南北順橢，其修幾何」。「楕」與「橢」同，通作「隋」。淮南子云：「闔四海之內，東西二萬八千里，南北二萬六千里。」注云：「子午爲經，卯酉爲

緯，言經短緯長也。」又曰：「禹乃使大章步自東極至於西極，二億三萬三千五百里七十五步。使豎亥步自北極至於南極，二億三萬三千五百里七十五步。」注云：「海內有長短，極內等也。」軒轅本紀云：「帝令豎亥步自東極至於西極，得五億十選九千八百八步，南北二億三萬一千三百里。豎亥左手把算，右手指青丘北，東盡泰遠，西窮邠國，東西得二萬八千里，南北得二萬六千里。」靈憲曰：「八極之維，徑二億三萬二千三百里，南北則短減千里，東西則廣增千里。自地至天，半於八極，則地之深亦如之。」博物志曰：「河圖：天地南北三億三萬五千五百里，東西二億三萬三千里。」其說不同，今並存之。

⑱崑崙，山名也，在西北，元氣所出。其巔曰縣圃，乃上通於天也。尻，一作「居」。天對云：「積高於乾，崑崙攸居。蓬首虎齒，爰穴爰都。」【補曰】縣音玄。尻，與「居」同。

⑲淮南言：崑崙之山九重，其高萬二千里也。一，或作「五」。【補曰】淮南云：「崑崙虛中，有增城九重，其高萬一千里百一十四步二尺六寸。」注云：「增，重也。有五城十二樓。見括地象。」此蓋誕，實未聞也。

⑳言天四方各有一門，其誰從之上下？一云「誰其從焉」。【補曰】淮南言：崑崙虛「旁有四百四十門，門間四里，里間九純，純丈五尺」。此云「四方之門」，蓋謂崑崙也。又云：「東北方方土之山曰蒼門，東方東極之山曰開明之門，東南方波母之山曰陽門，南方南極之山曰暑門，西南方編駒之山曰白門，西方西極之山曰閶闔之門，西北方不周之山曰幽都之門，北方北極之山曰寒門。凡八極之雲，

是雨天下。八門之風，是節寒暑。」逸説蓋出於此。然與上下文不屬，恐非也。

㉑言天西北之門，每常開啓，豈元氣之所通？辟，一作「闢」，一作「開」。【補曰】辟，與「闢」同。淮南云：崑崙虛「玉〔七〕横維其西北隅，北門開以納不周之風。」按不周山在崑崙西北，不周風自此出也。

日安不到，燭龍何照①？羲和之未揚，若華何光②？何所冬暖，何所夏寒③？焉有石林，何獸能言④？焉有虬龍，負熊以遊⑤？雄虺九首，儵忽焉在⑥？何所不死，長人何守⑦？靡蓱九衢，枲華安居⑧？一蛇吞象，厥大何如⑨？黑水玄趾，三危安在⑩？延年不死，壽何所止⑪？鯪魚何所，鬿堆焉處⑫？羿焉彃日，烏焉解羽⑬？

①言天之西北，有幽冥無日之國，有龍銜燭而照之也。【補曰】山海經云：「鍾山之神，名曰燭陰，視爲晝，瞑爲夜，吹爲冬，呼爲夏，不飲不食，不喘不息，身長千里，人面蛇身，赤色。」注曰：「即燭龍也。」淮南云：「燭龍在雁門北，蔽於委羽之山，不見日，其神人面龍身而無足。」雪賦云：「爛兮若燭龍銜曜照崑山。」李善引山海經云：「西北海之外，赤水之北，有章尾山，有神人面蛇身而赤，其瞑乃晦，其視乃明，是燭九陰，是謂燭龍。」詩含神霧曰：「天不足西北，無陰陽消息，故有龍銜火精，以照天門中者也。」

②羲和，日御也。言日未出之時，若木何能有明赤之光華乎？和，釋文作「龢」。揚，一作「陽」。天對云：「惟若之華，稟羲以耀。」【補曰】羲和、若木，已見騷經。

③暖，温也。言天地之氣，何所有冬温而夏寒者乎？【補曰】素問：「天不足西北，左寒而右涼。地不滿東南，右熱而左温。其故何也？岐伯曰：『陰陽之氣，高下之理，太少之異也。』」注云：「高下，謂地形，太少，謂陰陽之氣，盛衰之異。西方涼，北方寒，東方温，南方熱，氣化猶然矣。」又曰：「東南方，陽也，陽者其精降於下，故右熱而左温。西北方，陰也，陰者其精奉於上，故左寒而右涼。是以地有高下，氣有温涼，高者氣寒，下者氣熱。」注云：「以氣候驗之，中原地形所居者，悉以居高則寒，處下則熱。中華之地，凡有高下之大者，東西南北各三分也。其一者，自漢、蜀、江南至海也。二者，自漢江北至平遥縣也。三者，自平遥北山北至蕃界北海也。故南分大熱，中分寒熱兼半，北分大寒。南北分外，寒熱尤極，大熱之分其寒微，大寒之分其熱微。又東西高下之别亦三矣。其一者，自汧源縣西至沙州。二者，自開封縣西至汧源縣。三者，自開封縣東至滄海也。故東分大温，中分温涼兼半，西分大涼。大温之分，其寒五分之二。大涼之分，其熱五分之二。温涼分外，温涼尤極，變爲大暄大寒也，約其大凡如此。然九分之地，寒極於東北，熱極於西南。中原地形，西北高，東南下，一爲地形高下，故寒熱不同；二則陰陽之氣有少有多，故表温涼之異爾。」又曰：「至高之地，冬氣常在；至下之地，春氣常在。」注云：「高山之巔，盛夏冰雪；污下川澤，嚴冬草生。常在之義足明矣。」淮南云：「南至委火炎風之野，北方之極，有凍寒積冰，雪雹霜霰，漂潤羣水之

野。」又曰：「南方有不死之草，北方有不釋之冰。」

④言天下何所有石木之林，林中有獸能言語者乎？禮記曰：「猩猩能言，不離禽獸也。」【補曰】石林與能言之獸，各指一物，非必林中有此獸也。吳都賦云：「雖有石林之岝崿，請攘臂而靡之。雖有雄虺之九首，將抗足而跐之。」注引天問云：「焉有石林。」「此本南方楚圖畫，而屈原難問之，於義則石林當在南也。」按天問所言，不獨南方之物，但吳都賦以石林與雄虺同稱，則當在南耳。天對云：「石胡不林，往視西極。」按淮南云：「西方之極，石城金室。」未見石林所出也。爾雅曰：「猩猩小而好啼。」山海經：「鵲山有獸，狀如禺，捷類獮猴，被髮垂地，名曰猩猩。」又曰：「猩猩知人名，其爲獸如豕而人面。」

⑤有角曰龍，無角曰虯。言寧有無角之龍，負熊獸以遊戲者乎？【補曰】虯，見騷經。熊，形類大豕，而性輕捷，好攀緣，上高木，見人則顛倒自投地而下。天對云：「有虯螻蛇，不角不鱗。嬉夫〔八〕玄熊，相待以神。」

⑥虺，蛇別名也。儵忽，電光也。言有雄虺，一身九頭，速及電光，皆何所在乎？一無「速」字。【補曰】虺，許偉切。國語云：「爲虺弗摧，爲蛇將若何？」虺，小蛇也。然爾雅云：「蝮，虺，博三寸，首大如擘。」則虺亦有大者，其類不一。招魂南方曰：「雄虺九首，往來儵忽。」儵忽，疾急貌。天對曰：「儵忽之居，帝南北海。」注云：「儵忽，在莊子甚明，王逸以爲電，非也。」按莊子云：「南海之帝爲儵，北海之帝爲忽。」乃寓言耳，不當引以爲證。

⑦括地象曰：「有不死之國。」長人，長狄。春秋云：「防風氏也。禹會諸侯，防風氏後至，于是使守封嵎之山也。」一云「何所不老」。【補曰】山海經：「不死民在交脛國東，其人黑色，壽不死。」注云：「圓丘上有不死樹，食之乃壽，有赤水，飲之不老。」又：「大荒之山，日月所入，有人三面，一臂奇右，其人不死。」淮南曰：「西方之極，石城金室，飲氣之民，不死之野。」國語：「仲尼曰：『昔禹致羣神於會稽之山，防風氏後至，禹殺而戮之，其骨節專車。』又曰：『山川之守，足以綱紀天下者，其守爲神。』客曰：『防風氏何守也？』仲尼曰：『汪芒氏之君守封嵎之山者也。爲漆姓，在虞、夏、商爲汪芒氏，於周爲長狄，今爲大人。』客曰：『人長之極幾何？』仲尼曰：『長者不過十之，數之極也。』」注云：「十之，三丈，則防風氏也。」今湖州武康縣東有防風山，山東二百步有禹山，防風廟在封、禺二山之間。穀梁文公十一年：「叔孫得臣敗狄于鹹，長狄也。射其目，身橫九畝。」

⑧九交道曰衢。言寧有蓱草生於水上，無根，乃蔓衍於九交之道，又有枲麻垂草華榮，何所有此物乎？蓱，一作「苹」。【補曰】此謂靡蓱與枲華皆安在也。爾雅「萍蓱」注云：「水中浮蓱也。」山海經曰：「宣山上有桑焉，其枝四[九]衢。」注云：「枝交互四出。」又：「少室之山有木名帝休，其枝五衢。」注云：「言樹枝交錯，相重五出，有象路衢。」天對云：「有蓱九歧，厥圖以詭。」注云：「衢，歧也。逸以爲生九衢中，恐謬。」魏都賦云：「尋靡蓱於中逵。」蓋用逸説也。李善云：「靡，蔓也。」枲，相里切。爾雅有「枲麻」，麻有子曰枲。天對云：「浮山孰産？赤華伊枲。」引山海經

「浮山有草焉，其葉如麻，赤華」，即枲華也。

⑨山海經云：南方有靈蛇，呑象，三年然後出其骨。「一」或作「靈」。「大」或作「骨」。【補曰】山海經海内南〔一〇〕有「巴蛇，身長百尋，其色青黄赤黑，食象，三歲而出其骨，君子服之，無心腹疾，在犀牛西也」。注云：「今南方蚺蛇，亦呑鹿，消盡，乃自絞於樹，腹中骨皆穿鱗甲間出，亦此類也。」楊大年云：逸注楚詞，多不原所出，或引淮南子，而劉安所引，亦本山海經。其注「巴蛇」事，文句頗謬戾，乃知逸憑它書，不親見山海經也。吳都賦云：「屠巴蛇，出象骼。」

⑩玄趾、三危，皆山名也，在西方。黑水，出崑崙山也。趾，一作「沚」。【補曰】言黑水、玄趾、三危，皆安在也。書曰：「道黑水，至於三危，入于南海。」張揖云：「三危山在鳥鼠之西，黑水出其南。」天對云：「黑水淫淫，窮于不姜。玄趾則北，三危則南。」西京賦云：「昆明靈沼，黑水玄阯。」言昆明靈沼，取象於黑水、玄阯也。李善云：「黑水、玄阯，謂昆明靈沼之水沚。」非是。

⑪言仙人稟命不死，其壽獨何所窮止也？【補曰】素問云：「上古有真人，壽敝天地，無有終時。中古之時，有至人者，益其壽命而強者也，亦歸於真人。其次有聖人者，形體不敝，精神不散，亦可以百數。」

⑫鯪魚，鯉也。一云：鯪魚，鯪鯉也，有四足，出南方。鬿堆，奇獸也。鯪，一作「陵」。所，一作「居」。鬿，一作「魁」。【補曰】鯪音陵。山海經：「西海中近列姑射山，有陵魚，人面人手，魚身，見則風濤起。」天對云「鯪魚人貌，邇列姑射」是也。陶隱居云：「鯪鯉形似鼉而短小，又似鯉魚，

有四足。」吳都賦云：「陵鯉若獸。」注引「陵魚曷止」，與逸説同。鬿音祈。堆，多回切。山海經云：「北號山有鳥，狀如雞，而白首鼠足，名曰鬿雀，食人。」天對云：「鬿雀峙北號，惟人是食。」注云：「堆，當爲雀，王逸注誤。」按字書，鴭音堆，雀屬也，則「鬿堆」即「鬿雀」也。

⑬淮南言：堯時十日並出，草木焦枯，堯命羿仰射十日，中其九日，日中九烏皆死，墮其羽翼，故留其一日也。彈，一作「彈」，一作「斃」。【補曰】山海經：「黑齒之北，曰湯谷，居水中，有扶木，九日居下枝，一日居上枝，皆戴烏。」注云：「羿射十日，中其九，離騷所謂『羿焉射日，烏焉解羽』，傳曰：天有十日，日之數，十也。此言九日居下枝，一日居上枝者，大荒經曰：『一日方至，一日方出。』明天地雖有十日，自使以次迭出運照，而今俱見，爲天下妖，故羿稟天命，洞其靈誠，仰天控弦，而九日潛退也。」歸藏易云：「羿彈十日。」説文云：「彈，射也，音畢。」引「弜焉彈日」，「弜」與「羿」同。然則「彈」或作「彈」，蓋字之誤耳。淮南又云：「羿除天下之害，死而爲宗布。」注云：「羿，古之諸侯，此堯時羿，非有窮后羿。」又云：「日中有踆烏。」「踆，猶蹲也。」春秋元命苞云：「陽成於三，故日中有三足烏者，陽精也。」天對云：「大澤千里，羣鳥是解。」注云：「『烏』當爲『鳥』。後人不知，因配上句，改爲『烏』也。」山海經云：「大澤方千里，羣鳥之所生及所解。」又，穆天子傳曰：「比至曠原之野，飛鳥之所解其羽。」然以文意考之，「烏」當如字。宗元改從「鳥」，雖有所據，近乎鑿矣。

禹之力獻功①，降省下土四方②，焉得彼嵞山女，而通之於台桑③？閔妃匹合，厥身是繼④，胡維嗜不同味，而快鼂飽⑤？啓代益作后，卒然離蠥⑥。何啓惟憂，而能拘是達⑦？皆歸䠶𥷑，而無害厥躬⑧。何后益作革，而禹播降⑨？啓棘賓商，九辯九歌⑩。何勤子屠母，而死分竟地⑪？帝降夷羿，革孽夏民⑫。胡䠶夫河伯，而妻彼雒嬪⑬？馮珧利決，封狶是䠶⑭。何獻蒸肉之膏，而后帝不若⑮？浞娶純狐，眩妻爰謀⑯。何羿之䠶革，而交吞揆之⑰？阻窮西征，巖何越焉⑱？化爲黃熊，巫何活焉⑲？咸播秬黍，莆雚是營⑳。何由并投，而鮌疾脩盈㉑？白蜺嬰茀，胡爲此堂㉒？安得夫良藥，不能固臧㉓？天式從橫，陽離爰死㉔。大鳥何鳴，夫焉喪厥體㉕？蓱號起雨，何以興之㉖？撰體協脅，鹿何膺之㉗？鼇戴山抃，何以安之㉘？釋舟陵行，何以遷之㉙？惟澆在户，何求于嫂㉚？何少康逐犬，而顛隕厥首㉛？女歧縫裳，而館同爰止㉜，何顛易厥首，而親以逢殆㉝？湯謀易旅，何以厚之㉞？覆舟斟尋，何道取之㉟？桀伐蒙山，何所得焉㊱？妹嬉何肆，湯何殛焉㊲？

①句絶。

②言禹以勤力，獻進其功，堯因使省迨下土四方也。一無「四方」二字。【補曰】降，下也。省，察也。書曰：「惟荒度土功。」

③言禹治水，道娶塗山氏之女，而通夫婦之道於台桑之地。焉，一作「安」。一云「焉得彼塗山之女，

而通於台桑」。塗，釋文作「涂」。【補曰】嵞音塗。說文云：「會稽山也。一曰：九江當嵞也。」書曰：「娶於塗山，辛壬癸甲。」疏引左傳「禹會諸侯於塗山」，杜預云：「塗山，在壽春東北。」蘇鶚演義云：「塗山有四：一者會稽，二者渝州，三者濠州，四者文字音義云，嵞山，古國名，夏禹娶之，今宣州當塗縣也。」塗山氏女，即女嬌也。史記曰：「辛壬娶塗山，癸甲生啓。」呂氏春秋曰：「禹娶塗山氏女，不以私害公，自辛至甲四日，復往治水。故江、淮之俗，以辛壬癸甲爲嫁娶日也。」淮南曰：「禹治鴻水，通轘轅山，化爲熊，謂塗山氏曰：『欲餉，聞鼓聲乃來。』禹跳石，誤中鼓，塗山氏往，見禹方作熊，慙而去。至嵩高山下，化爲石，方生啓。禹曰：『歸我子。』石破北方而啓生。」

④閔，憂也。言禹所以憂無妃匹者，欲爲身立繼嗣也。【補曰】左傳云：「嘉偶曰妃。」爾雅云：「妃，匹也，對也。」

⑤言禹治水道娶者，憂無繼嗣耳。何特與衆人同嗜欲，苟欲飽快一朝之情乎？故以辛酉日娶，甲子日去，而有啓也。一本「嗜」下有「欲」字。一本「快」下有「一」字。一云「胡維嗜欲同味」。維，一作「爲」。鼂，一作「晁」，一作「朝」。【補曰】鼂、晁，並音「朝莫」之「朝」。此言禹之所嗜，與衆人異味。衆人所嗜，以厭足其情欲；禹所嗜者，拯民之溺爾。

⑥益，禹賢臣也。作，爲也。后，君也。離，遭也。蠥，憂也。言禹以天下禪與益，益避啓於箕山之陽。天下皆去益而歸啓以爲君。益卒不得立，故曰「遭憂」也。蠥，一作「孽」，一作「孼」。【補曰】蠥，

魚列切。孟子曰：「禹薦益於天，益避禹之子於箕山之陰。朝覲訟獄者，不之益而之啓，曰：『吾君之子也。』謳歌者不謳歌益而謳歌啓，曰：『吾君之子也。』」書曰：「啓與有扈戰于甘之野。」説者曰：有扈氏與夏同姓，啓繼世以有天下，有扈不服，大戰于甘，故曰「卒然離蠥」也。汲塚書云「益爲啓所殺」，非也。天對云：「彼呱克臧，俾姒作夏。獻后益于帝，諄諄以不命。復爲叟者，曷戚曷孽。」

⑦言天下所以去益就啓者，以其能憂思道德，而通其拘隔。拘隔者，謂有扈氏叛啓，啓率六師以伐之也。【補曰】惟，思也。拘，執也。禹嘗薦益於天矣，啓賢能敬承繼禹之道，憂思天下，因民心之歸，代益作后；因民心之不予，以伐有扈，是能變通而不拘執也。

⑧䠶，行也。𥷚，窮也。言有扈氏所行，皆歸於窮惡，故啓誅之，長無害於其身也。䠶，一作「射」。𥷚，一作「鞠」。【補曰】凡能取中皆曰射。𥷚，窮也，音菊。此言啓之所爲，皆歸於中理而窮情，夫孰能害之者。

⑨后，君也。革，更也。播，種也。降，下也。言啓所以能變更益，而代益爲君者，以禹平治水土，百姓得下種百穀，故思歸啓也。【補曰】據上所言，則啓固賢矣。然禹之播降，待益作革，然後能成功。特天與子則與子，故益不有天下耳。焚山澤，奏鮮食，所謂「作革」也。稷降播種而曰「禹播降」者，水土平然後嘉穀可殖故也。降，乎攻切，見騷經。天對云：「益革民艱，咸粲厥粒。惟禹授以土，爰稼萬億。」

⑩棘，陳也。賓，列也。九辯、九歌，啓所作樂也。言啓能修明禹業，陳列宮商之音，備其禮樂也。【補曰】史記：「契佐禹治水有功，封於商，興於唐、虞、大禹之際。」此言賓商者，疑謂待商以賓客之禮。棘，急也。言急於賓商也。九辯、九歌，享賓之樂也。

⑪勤，勞也。屠，裂剝也。言禹𤗈剝母背而生，其母之身，分散竟地，何以能有聖德，憂勞天下乎？地，一作「墜」。【補曰】𤗈，判也，音䛔。史記楚世家：「陸終生子六人，坼剖而産焉。」干寶曰：「前志所傳，修己背坼而生禹，簡狄胸剖而生契，歷代久遠，莫足相證。魏黄初五年，汝南屈雍妻生男，從右胳下小［一二］腹上出，而平和自若，母子無恙。詩云：『不坼不副，無災無害。』原詩人之旨，明古之婦人，常有坼剖而産者矣。又有因産而遇災害者，故美其無害也。」禹母事出帝王世紀。禹以勤勞修鯀之功，故曰「勤子」也。上云「九辯九歌」，言啓以禹故，得享備樂。何以修己生禹而反遇災害邪？言坼剖而産，則有之，死分竟地，未必然也。竟地，猶言竟天也。唐段成式云「迸分竟地」，蓋用此語。

⑫帝，天帝也。夷羿，諸侯，弑夏后相者也。革，更也。孽，憂也。言羿弑夏家，居天子之位，荒淫田獵，變更夏道，爲萬民憂患。天對云：「夷羿滔淫，割夏后相［一三］。夫孰作厥孽，而誣帝以降。」【補曰】左氏云：「在帝夷羿，冒于原獸，忘其國恤，而思其麀牡，武不可重，用不恢于夏家。」

⑬胡，何也。雒嬪，水神，謂宓妃也。傳曰：「河伯化爲白龍，遊于水旁，羿見，䠶之，眇其左目。河伯上訴天帝，曰：『爲我殺羿。』天帝曰：『爾何故得見䠶？』河伯曰：『我時化爲白龍出遊。』天

帝曰：『使汝深守神靈，羿何從得犯？汝今爲虫獸，當爲人所䠶，固其宜也。羿何罪歟？』」深，一作「保」。羿又夢與雒水神宓妃交接也。一本「胡」下有「羿」字。䠶，一作「射」。【補曰】䠶，食亦切，下同。妻，心計切。此言䠶河伯、妻雒嬪者何人乎？乃堯時羿，非有窮羿也。革孽夏民，封豨是射，乃有窮羿耳。淮南云：「河伯溺殺人，羿射其左目。」注云：「堯時羿射十日，繳大風，殺窫窳，斬九嬰，射河伯。」

⑭馮，挾也。珧，弓名也。決，䠶韝也。封豨，神獸也。言羿不修道德，而挾弓䠶韝，獵捕神獸，以快其情也。䠶，一作「射」。【補曰】馮音憑。珧音遥。爾雅：「弓以蜃者謂之珧。」注云：「用蜃飾弓兩頭，因取其類以爲名。」又曰：「蜃小者珧。」注云：「玉珧，即小蚌也。」說文云：「珧，蜃甲也，所以飾物。」儀禮有「決遂」。注云：「決，猶闓也。以象骨爲之，著右大擘指以鉤弦。闓，體也。遂，射韝也。以韋爲之，所以遂弦也。」說文云：「韝，射臂決也。」封，大也。豨，虚豈切。方言云：「豬，南楚謂之豨。」淮南云：「堯時封豨、長蛇，皆爲民害，堯使羿斷修蛇，禽封豨。」此言有窮羿亦封豨是射，而反爲民害也。左傳曰：「樂正后夔生伯封，實有豕心，貪惏無厭，忿纇無期，謂之封豕，有窮后羿滅之。」此則窮奇、饕餮之類，以惡得名者。

⑮蒸，祭也。后帝，天帝也。若，順也。言羿獵䠶封豨，以其肉膏祭天帝，天帝猶不順羿之所爲也。蒸，一作「烝」。【補曰】冬祭曰蒸。膏，脂也。詩曰：「皇皇后帝。」謂天帝也。天對云：「夸夫快殺，鼎豨以慮飽。馨膏腴帝，叛德恣力。胡肥台舌喉，而濫厥福。」

⑯浞，羿相也。爰，於也。眩，惑也。言浞娶於純狐氏女，眩惑愛之，遂與浞謀殺羿也。【補曰】寒浞，見騷經。

⑰吞，滅也。揆，度也。言羿好躲獵，不恤政事法度，浞交接國中，布恩施德，而吞滅之也。一無「革」字。【補曰】禮云：「貫革之射。」左傳云：「蹲甲而射之，徹七札焉。」言有力也。羿之射藝如此，唯不恤國事，故其衆交合而吞滅之，且揆度其必可取也。

⑱阻，險也。窮，窘也。征，行也。越，度也。言堯放鮌羽山，西行度越岑巖之險，因墮死也。【補曰】羽山東裔。此云「西征」者，自西徂東也。上文言「永遏在羽山，夫何三年不施」，則鮌非死於道路，此但言何以越巖險而至羽山耳。

⑲活，生也。言鮌死後化爲黃熊，入於羽淵，豈巫醫所能復生活也。一本「化」下有「而」字。【補曰】左傳曰：「昔堯殛鮌于羽山，其神化爲黃熊，以入于羽淵，實爲夏郊，三代祀之。」國語作「黃能」。按能，獸名。能，奴來切，三足鼈也。説者曰：獸非入水之物，故是鼈也。一云：既爲神，何妨是獸。説文云：「能，熊屬，足似鹿。」然則能既熊屬，又爲鼈類。東海人祭禹廟，不用熊肉及鼈爲膳，斯豈鮌化爲二物乎？抑亦以左傳、國語不同，兼存之也。

⑳咸，皆也。秬黍，黑黍也。雚，草名也。營，耕也。言禹平治水土，萬民皆得耕種黑黍於雚蒲之地，盡爲良田也。一作「黃雚」，一作「莆雚」。【補曰】詩云：「維秬維秠。」爾雅曰：「秬，黑黍。秠，一稃二米。」秠亦黑黍，但中米異爾。秬音巨。説文：「黍，禾屬而黏也。」莆，疑即「蒲」字。蒲，

水草，可以作席。李商隱詩云：「直是滅萑莆。」與「圖」同韻。萑，薍也，音丸，與「雈」同。左氏云「雈苻之澤」是也。以「莆」爲「黄」，以「萑」爲「藿」，皆字之誤耳。天對云：「維莞維蒲，維菰維蘆。」

㉑疾，惡也。脩，長也。盈，滿也。由，用也。言堯不惡鮌而戮殺之，則禹不得嗣興，民何得投種五穀乎？乃知鮌惡長滿天下也。【補曰】并，並也。言禹平水土，民得並種五穀矣，何由鮌惡長滿天下乎？所謂「葢前人之愆」。

㉒蜺，雲之有色似龍者也。茀，白雲逶移若蛇者也。言此有蜺茀氣逶移相嬰，何爲此堂乎？葢屈原所見祠堂也。【補曰】蜺，雌虹也。茀音拂。説文云：「⿱雨弗，雲貌。」疑即此「茀」字。天對云：「王子怪駭，蜺形茀裳。」

㉓臧，善也。言崔文子學仙於王子僑，子僑化爲白蜺而嬰茀，持藥與崔文子，崔文子驚怪，引戈擊蜺，中之，因墮其藥，俯而視之，王子僑之尸也。故言得藥不善也。一本「夫」上有「失」字。【補曰】崔文子事，見列仙傳。

㉔式，法也。爰，於也。言天法有善陰陽從横之道，人失陽氣則死也。【補曰】從，即容切。

㉕言崔文子取王子僑之尸，置之室中，覆之以弊篚，須臾則化爲大鳥而鳴，開而視之，飜飛而去，文子焉能亡子僑之身乎？言仙人不可殺也。喪，一作「⿱⿱十吅亡」。

㉖蓱，蓱翳，雨師名也。號，呼也。興，起也。言雨師號呼，則雲起而雨下，獨何以興之乎？蓱，一作

「荓」，一作「萍」。【補曰】蓱音瓶。號，乎刀切。山海經：「屏翳在海東，時人謂之雨師。」天象賦云：「太白降神於屏翳。」注云：「其精降爲雨師之神。」博雅作「荓翳」。張景陽詩云：「豐隆迎號屏。」顔師古云：「屏翳，一曰蓱號。」大人賦云：「召屏翳，誅風伯，刑雨師。」注云：「屏翳，天神使也。」

㉗膺，受也。言天撰十二神鹿，一身八足兩頭，獨何膺受此形體乎？一云「撰體脅鹿，何以膺之」。【補曰】撰，具也，雛綰切。協，合也。脅，虚業切。説文云：「兩膀也。」膺，於陵切。書曰：「永膺多福。」膺，當也，受也。天對云：「氣怪以神，爰有奇軀，脅屬支偶，尸帝之隅。」

㉘鼇，大龜也。擊手曰抃。列仙傳曰「有巨靈之鼇，背負蓬萊之山而抃舞，戲滄海之中」，獨何以安之乎？戴，一作「載」。抃，釋文作「拚」。【補曰】鼇音敖。抃音卞。列子云：「五山之根，無所連箸，帝命禺強使巨鼇十五，舉首而戴之，迭爲三番，六萬歲一交焉，五山始峙而不動。」張衡賦云：「登蓬萊而容與兮，鼇雖抃而不傾。」玄中記云：即巨龜也。一云：海中大鼇。

㉙釋，置也。舟，船也。遷，徙也。舟釋水而陵行，則何能遷徙也？言龜所以能負山若舟船者，以其在水中也。使龜釋水而陵行，則何以能遷徙山乎？【補曰】列子云：「龍伯之國有大人，舉足不盈數步，而暨五山之所，一釣而連六鼇，合負而趣歸其國，灼其骨以數焉。」此言鼇在海中，其負山若舟之負物，今釋水而陸，反爲人所負，何罪而見徙也。天對云：「惡釋而陵，殆或謫之。龍伯負骨，帝尚窄之。」

㉚澆，古多力者也。論曰：「澆蕩舟。」言澆無義，淫佚其嫂，往至其户，佯有所求，因與行淫亂也。【補曰】澆，堯弔切，見騷經。

㉛言夏少康因田獵放犬逐獸，遂襲殺澆而斷其頭。【補曰】説文：「顛，倒〔三〕也。」俗作「顚」，下同。「隕，從高下也。」

㉜女歧，澆嫂也。館，舍也。爰，於也。言女歧與澆淫佚，爲之縫裳，於是共舍而宿止也。

㉝逢，遇也。殆，危也。言少康夜襲得女歧頭，以爲澆，因斷之，故言「易首」，遇危殆也。一本「顛」下有「隕」字。「殆」上有「天」字。

㉞湯，殷王也。旅，衆也。言殷湯欲變易夏衆，使之從己，獨何以厚待之乎？【補曰】書云：「攸徂之民，室家相慶，曰：『傒予后，后來其蘇。』」湯之厚其衆，以德而已。

㉟覆，反也。舟，船也。斟尋，國名也。言少康滅斟尋氏，奄若覆舟，獨以何道取之乎？【補曰】斟，職深切。左傳云：「有過澆殺斟灌，以伐斟尋，滅夏后相。」注云：「二斟，夏同姓諸侯，相失國，依於二斟，爲澆所滅。」然則取斟尋者，乃有過澆，非少康也。天對云：「康復舊物，尋焉保之？覆舟喻易，尚或艱之。」承逸之誤也。取，此苟切。

㊱桀，夏亡王也。蒙山，國名也。言夏桀征伐蒙山之國，而得妹嬉也。【補曰】國語云：「昔夏桀伐有施，有施人以妹嬉女焉。」注云：「有施，嬉姓之國；妹嬉，其女也。」

㊲言桀得妹嬉，肆其情意，故湯放之南巢也。妹，一作「末」。殛，一作「拯」。【補曰】妹音末。嬉音

喜。說文云：「殛，誅〔一四〕也。」引書「殛鮌于羽山」。或作「拯」，音義同。

舜閔在家，父何以鰥①？堯不姚告，二女何親②？厥萌在初，何所億焉③？璜臺十成，誰所極焉④？登立爲帝，孰道尚之⑤？女媧有體，孰制匠之⑥？舜服厥弟，終然爲害⑦。何肆犬體，而厥身不危敗⑧？吳獲迄古，南嶽是止⑨。孰期去斯，得兩男子⑩？緣鵠飾玉，后帝是饗⑪。何承謀夏桀，終以滅喪⑫？帝乃降觀，下逢伊摯⑬。何條放致罰，而黎服大說⑭？簡狄在臺嚳何宜？玄鳥致貽，女何喜⑮？該秉季德，厥父是臧⑯。胡終弊于有扈，牧夫牛羊⑰？干協時舞，何以懷之⑱？平脅曼膚，何以肥之⑲？有扈牧豎，云何而逢⑳？擊牀先出，其命何從㉑？恒秉季德，焉得夫朴牛㉒？何往營班祿，不但還來㉓？昏微遵跡，有狄不寧㉔。何繁鳥萃棘，負子肆情㉕？眩弟竝淫，危害厥兄㉖。何變化以作詐，後嗣而逢長㉗？成湯東巡，有莘爰極㉘。何乞彼小臣，而吉妃是得㉙？水濱之木，得彼小子。夫何惡之媵，有莘之婦㉚？湯出重泉，夫何辠尤㉛？不勝心伐帝，夫誰使挑之㉜？

①舜，帝舜也。閔，憂也。無妻曰鰥。言舜爲布衣，憂閔其家。其父頑母嚚，不爲娶婦，乃至于鰥也。

【補曰】鰥，古頑切，經傳多作「鱞」。書曰：「有鱞在下，曰虞舜。」此言舜孝如此，父何以不爲娶乎？

②姚，舜姓也。言堯不告舜父母而妻之，如令告之，則不聽堯，女當何所親附乎？一云「女何所親」。【補曰】書云：「女于時觀厥刑于二女，釐降二女於嬀汭，嬪于虞。」二女，娥皇、女英也。孟子曰：「舜不告而娶，爲無後也，君子以爲猶告也。」又，萬章曰：「舜之不告而娶，則吾既得聞命矣。帝之妻舜而不告，何也？」曰：帝亦知告焉，則不得妻也。」伊川程頤曰：「舜不告而娶，固不可。堯命瞽使舜娶，舜雖不告，堯固告之爾。堯之告也，以君治之而已。」

③言賢者預見施行萌牙之端，而知其存亡善惡所終，非虛億也。億，一作「意」。【補曰】億，度也。論語曰：「億則屢中。」「意」與「億」音義同。

④璜，石次玉者也。言紂作象箸，而箕子歎，預知象箸必有玉杯，玉杯必盛熊蹯豹胎，如此，必崇廣宮室。紂果作玉臺十重，糟丘酒池，以至于亡也。【補曰】左傳曰：「夏后氏之璜。」璜，美玉也。郭璞注爾雅云：「成，猶重也。」淮南云：「桀、紂爲琁室、瑶臺、象廊、玉牀。」

⑤言伏羲始畫八卦，脩行道德，萬民登以爲帝，誰開導而尊尚之也？【補曰】登立爲帝，謂疋夫而有天下者，舜、禹是也。史記：夏、商之君皆稱帝。天對云：「惟德登帝，帥[一五]以首之。」逸以爲伏羲，未知何據。

⑥傳言女媧人頭蛇身，一日七十化。其體如此，誰所制匠而圖之乎？【補曰】媧，古華切。古天子，風姓也。山海經云：「女媧之腸化爲神，處栗廣之野。」注云：「女媧，古神女帝，人面蛇身，一日中七十變，其腸化爲此神。」列子曰：「女媧氏蛇身人面，牛首虎鼻，此有非人之狀，而有大聖之德。」

注云：「人形貌自有偶與禽獸相似者，亦如相書龜背、鵠步、鳶肩、鷹喙耳。」淮南云：「黃帝生陰陽，上駢生耳目，桑林生臂手，此女媧所以七十化也。」

⑦服，事也。言舜弟象，施行無道，舜猶服而事之，然象終欲害舜也。【補曰】此言舜德足以服象，而象終爲害也。書云：「父頑母嚚象傲，克諧以孝。」史記云：「舜父瞽叟盲，而舜母死，瞽叟更娶妻而生象，愛後妻子，常欲殺舜。舜順事父及後母與弟，日以篤謹。」

⑧言象無道，肆其犬豕之心，燒廩寘井，欲以殺舜，然終不能危敗舜身也。一云「何得肆其犬豕」，一云「何肆犬豕」。【補曰】列女傳云：「瞽叟與象謀殺舜，使塗廩，舜告二女。二女曰：『時唯其戕汝，時唯其焚汝，鵲如汝裳衣，鳥工往。』舜既治廩，戕旋階。瞽叟焚廩，舜往飛。復使浚井，舜告二女。二女曰：『時亦唯其戕汝，時其掩汝。汝去裳衣，龍工往。』舜往浚井，格其入出，從掩，舜潛出。」

⑨獲，得也。迄，至也。古，謂古公亶父也。言吳國得賢君，至古公亶父之時，而遇太伯，陰讓避王季，辭之南嶽之下，采藥於是，遂止而不還也。【補曰】迄，許訖切。史記：「古公亶父有長子曰太伯，次曰虞仲，少子季歷。古公曰：『我世當興者，其在昌乎？』長子太伯、虞仲，知古公欲立季歷以傳昌，乃二人亡，如荆蠻。文身斷髮，以讓季歷。太伯之犇荆蠻，自號句吳。荆蠻義之，從而歸之千餘家，立爲吳太伯。太伯卒，弟仲雍立。」仲雍，即虞仲也。

⑩期，會也。昔古公有少子曰王季，而生聖子文王。古公欲立王季，令天命及文王。長子太伯及弟仲雍

去而之吳，吳立以爲君。誰與期會而得兩男子，兩男子，謂太伯、仲雍也。去，一作「夫」。

⑪后帝，謂殷湯也。言伊尹始仕，因緣烹鵠鳥之羹，脩玉鼎，以事於湯。湯賢之，遂以爲相也。【補曰】史記：「阿衡欲干湯而無由，乃爲有莘氏媵臣，負鼎俎，以滋味説湯，致於王道。」淮南云：「伊尹憂天下之不治，調和五味，負鼎俎而行。」注云：「負鼎俎，調五味，欲其調陰陽，行其道。」孟子云：「吾聞以堯、舜之道要湯，未聞割烹也。」伊尹負鼎干湯，猶太公屠釣之類，於傳有之。孟子不以爲然者，慮後世貪鄙之徒，託此以自進耳。若謂初無負鼎之説，則古書皆不可信乎？

⑫言湯遂承用伊尹之謀而伐夏桀，終以滅亡也。一無「夏」字。喪，一作「𠷎」。【補曰】此言伊尹承事湯以謀夏桀也。喪，去聲。

⑬帝，謂湯也。摯，伊尹名也。言湯出觀風俗，乃憂下民，博選於衆，而逢伊尹，舉以爲相也。乃，一作「力」，注同。

⑭條，鳴條也。黎，衆也。説，喜也。言湯行天之罰，以誅於桀，放之鳴條之野，天下衆民大喜悦也。服，一作「伏」。【補曰】書云：「伊尹相湯伐桀，遂與桀戰於鳴條之野。」又曰：「造攻自鳴條，朕載自亳。」注云：「鳴條在安邑之西。」史記：「桀敗於有娀之虛，犇於鳴條。」此言「條放」者，自鳴條放之也。「致罰」者，湯誥所謂「致天之罰」也。黎，謂羣黎百姓也。湯以臣放君，而黎民説服者，代虐以寬故也。天對云：「條伐巢放，民用濆[一六]厥疣，以夷於膚，夫曷不謠？」

⑮簡狄，帝嚳之妃也。玄鳥，燕也。貽，遺也。言簡狄侍帝嚳於臺上，有飛燕墮遺其卵，喜而吞之，

因生契也。一云「帝嚳何宜」。貽，一作「詒」。喜，一作「嘉」。【補曰】詩云：「天命玄鳥，降而生商。」玄鳥，鳦也。湯之先祖，有娀氏女簡狄，配高辛氏。天使鳦下而生商者，謂鳦遺卵，簡狄吞之而生契，爲堯司徒而有功，封之於商也。嚳，苦篤切。天對云：「嚳狄禱禖，契形于胞，胡乙轂之食，而怪焉以嘉。」以詩考之，非史氏之妄也。

⑯該，苞也。秉，持也。父，謂契也。季，末也。臧，善也。言湯能包持先人之末德，修其祖父之善業，故天祐之，以爲民主也。【補曰】天對云：「該德胤考，蓐收于西，爪虎手鉞，尸刑以司慝。」左氏傳：「少皞氏有四叔：曰重、曰該、曰修、曰熙。使該爲蓐收，世不失職，遂濟窮桑。」宗元所云謂此也。按此當與下文相屬，下云「弊于有扈」，則秉季德者，謂夏啓也。該，兼也。言能兼秉大禹之末德，猶曰「恒秉季德」耳，「恒」，豈亦人名乎？「厥父是臧」，言爲父所善，以有天下也。

⑰有扈，澆國名也。澆滅夏后相，相之遺腹子，曰少康，後爲有仍牧正，典主牛羊，遂攻殺澆，滅有扈，復禹舊跡，祀夏配天也。【補曰】書序云：「啓與有扈戰于甘之野。」淮南曰：「有扈氏爲義而亡。」注云：「有扈，夏啓之庶兄，以堯、舜與賢，禹[一七]獨與子，故伐啓，啓亡之。」左傳：「少康滅澆于過。」非有扈也。逸說非是。地理志云：「扶風鄠縣是扈國。」此言禹得天下以揖讓，而啓用兵以滅有扈氏，有扈遂爲牧豎也。天對云：「牧正矜矜，澆扈爰踣。」承逸之誤也。

⑱干，求也。舞，務也。協，和也。懷，來也。言夏后相既失天下，少康幼小，復能求得時務，調和百姓，使之歸己，何以懷來之也？【補曰】書云：「三旬，苗民逆命，帝乃誕敷文德，舞干羽于兩階。」

七句，有苗格。」協，合也。言舜以時合舞于兩階，而有苗格也。莊子曰：「執干而舞。」干，盾也。天對云：「階干以娛，苗革而格。不迫以死，夫胡狃厥賊？」

⑲言紂爲無道，諸侯背畔，天下乖離，當懷憂癯瘦，而反形體曼澤，獨何以能平脅肥盛乎？一本「平」上有「受」字。【補曰】受，即紂也。曼音萬。李善云：「曼，輕細也。」天對云：「辛后騃狂，無憂以肥。肆蕩弛厥體，而充膏于肌。」

⑳言有扈氏本牧豎之人耳，因何逢遇而得爲諸侯乎？一曰「其爰何逢」，一曰「其云何逢」。【補曰】此言啓滅有扈之國，其後子孫遂爲民庶，牧夫牛羊，其初以何道而得爲諸侯也。豎，童僕之未冠者，臣[一八]庾切。

㉑言啓攻有扈之時，親於其牀上，擊而殺之。其先人失國之原，何所從出乎？一云「其何所從」。

㉒恒，常也。季，末也。朴，大也。言湯常能秉持契之末德，脩而弘之，天嘉其志，出田獵，得大牛之瑞也。【補曰】説文云「特牛，牛父也」，言其朴特。朴，匹角切。一云：平豆切，無樸音。

㉓營，得也。班，偏也。言湯往田獵，不但驅馳往來也，還輒以所獲得禽獸，偏施祿惠於百姓也。【補曰】詩云：「經之營之。」營，度也。記曰：「請班諸兄弟之貧者。」班，分也。言湯田獵禽獸，往營所以施祿惠於百姓者，不但還來而已，必有所分也。

㉔昏，闇也，遵，循也。跡，道也。言人有循闇微之道，爲婬泆夷狄之行者，不可以安其身也。謂晉大夫解居父也。遵，一作「循」。有，一作「佚」。

㉕言解居父聘吳，過陳之墓門，見婦人負其子，欲與之淫泆，肆其情欲。婦人則引詩刺之曰：「墓門有棘，有鴞萃止。」故曰「繁鳥萃棘」也。言墓門有棘，雖無人，棘上猶有鴞，汝獨不愧也？【補曰】列女傳：「陳辯女者，陳國采桑之女也。晉大夫解居甫使於宋，道過陳，遇采桑之女，止而戲之曰：『女爲我歌，吾將舍女。』乃爲歌曰：『墓門有棘，斧以斯之。夫也不良，國人知之。知而不已，誰昔然矣。』又曰：『爲我歌其二。』女曰：『墓門有楳，有鴞萃止。夫也不良，歌以訊止。訊予不顧，顛倒思予。』大夫曰：『其棘則是，其鴞安在？』女曰：『陳，小國也，攝乎大國之間，因之以饑饉，加之以師旅，其人且亡，而況鴞乎？』大夫乃服而釋之。」

㉖眩，惑也。厥，其也。言象爲舜弟，眩惑其父母，並爲淫泆之惡，欲共危害舜也。害，一作「虞」。【補曰】眩弟，猶惑婦也。言舜有惑亂之弟也。

㉗言象欲殺舜，變化其態，內作姦詐，使舜治廩，從下焚之，又命穿井，從上窴之，終不能害舜。舜爲天子，封象於有庳，而後嗣子孫，長爲諸侯也。一云「而後嗣逢長」。天對云：「象不兄龔，而奮以謀蓋。聖孰凶怒，嗣用紹厥愛。」【補曰】孟子云：「仁人之於弟，不藏怒，不宿怨。封之有庳，富貴之也。」

㉘有莘，國名。爰，於也。極，至也。言湯東巡狩，至有莘國，以爲婚姻也。【補曰】莘，所申切。

㉙小臣，謂伊尹也。言湯東巡狩，從有莘氏乞匄伊尹，因得吉善之妃，以爲內輔也。【補曰】孟子曰：「伊尹耕於有莘之野，湯三使往聘之。」史記曰：「阿衡欲干湯而無由，乃爲有莘氏媵臣。」列女傳

云：「湯妃，有莘氏之女，明而有序。」左傳以后稷之妃爲「吉人」，與此「吉妃」同意。

㉚小子，謂伊尹。媵，送也。言伊尹母姙身，夢神女告之曰：「臼竈生鼃，亟去無顧。」居無幾何，臼竈中生鼃，母去，東走，顧視其邑，盡爲大水，母因溺死，化爲空桑之木。水乾之後，有小兒啼水涯，人取養之。既長大，有殊才。有莘惡伊尹從木中出，因以送女也。一無「彼」字。【補曰】濱，水際也。送女從嫁曰媵。列子曰：「伊尹生乎空桑。」注云：「伊尹母居伊水之上，既孕，夢有神告之曰：『臼水出而東走，無顧。』明日，視臼水出，告其鄰，東走十里，而顧視其邑，盡爲水，身因化爲空桑。有莘氏女子采桑，得嬰兒於空桑之中，故命之曰伊尹。而獻其君，令庖人養之。長而賢，爲殷湯相。」與注說小異，故并錄之。

㉛重泉，地名也。言桀拘湯於重泉，而復出之，夫何用罪法之不審也？【補曰】辠，古「罪」字。尤，過也。前漢志：左馮翊有重泉。史記曰：「夏桀不務德，百姓弗堪，乃召湯而囚之夏臺，已而釋之。」

㉜帝，謂桀也。言湯不勝衆人之心，而以伐桀，誰使桀先挑之也？挑，一作「祧」。【補曰】帝，謂帝履癸，即桀也。挑，徒了切。倉頡篇云：「挑，招呼也。」書曰：「造攻自鳴條，朕載自亳。」天對云：「湯行不類，重泉是囚。違虐立辟，實罪德之由。師馮怒以割，癸祧而讎。」

會鼂爭盟，何踐吾期①？蒼鳥羣飛，孰使萃之②？到擊紂躬，叔旦不嘉③。何親揆發足，周之命以咨嗟④？授殷天下，其位安施⑤？反成乃亡，其罪伊何⑥？爭遣伐器，何以行之⑦？竝驅擊翼，何以將之⑧？昭后成遊，南土爰底[一九]⑨。厥利惟何，逢彼白雉⑩？穆王巧梅，夫何爲周流⑪？環理天下，夫何索求⑫？妖夫曳衒，何號于市⑬？周幽誰誅，焉得夫褒姒⑭？天命反側，何罰何佑⑮？齊桓九會，卒然身殺⑯。彼王紂之躬，孰使亂惑⑰？何惡輔弼，讒諂是服⑱？比干何逆，而抑沈之⑲？雷開阿順，而賜封之⑳？何聖人之一德，卒其異方㉑？梅伯受醢，箕子詳狂㉒。稷維元子，帝何竺之㉓？投之於冰上，鳥何燠之㉔？何馮弓挾矢，殊能將之㉕？既驚帝切激，何逢長之㉖？伯昌号衰，秉鞭作牧㉗。何令徹彼岐社，命有殷國㉘？遷藏就岐何能依㉙？殷有惑婦何所譏㉚？受賜茲醢，西伯上告㉛。何親就上帝罰，殷之命以不救㉜？師望在肆昌何識㉝？鼓刀揚聲后何喜㉞？武發殺殷，何所悒㉟？載尸集戰何所急㊱？伯林雉經，維其何故㊲？何感天抑墜，夫誰畏懼㊳？皇天集命，惟何戒之㊴？受禮天下，又使至代之㊵？初湯臣摯，後茲承輔㊶。何卒官湯，尊食宗緒㊷？勳闔夢生，少離散亡㊸。何壯武厲，能流厥嚴㊹？彭鏗斟雉帝何饗㊺？受壽永多，夫何久長㊻？中央共牧后何怒㊼？蠭蛾微命力何固㊽？驚女采薇鹿何祐㊾？北至回水萃何喜㊿？兄有噬犬弟何欲(51)？易之以百兩卒無祿(52)。

①言武王將伐紂，紂使膠鬲視武王師。膠鬲問曰：「欲以何日至殷？」武王曰：「以甲子日。」膠鬲還報紂。會天大雨，道難行，武王晝夜行。或諫曰：「雨甚，軍士苦之，請且休息。」武王曰：「吾許

膠鬲以甲子日至殷，今報紂矣。吾甲子日不到，紂必殺之。吾故不敢休息，欲救賢者之死也。」遂以甲子日朝誅紂，不失期也。一作「會晁請盟」。【補曰】鼂、晁，並「朝夕」之「朝」。詩云：「肆伐大商，會朝清明。」注云：「會甲也。」箋云：「會，合也。天期已至，兵甲之強，師率之武，故今伐殷，合兵以清明。」書牧誓曰：「時甲子昧爽，武王朝至於商郊牧野，乃誓。」

②蒼鳥，鷹也。萃，集也。言武王伐紂，將帥勇猛，如鷹鳥羣飛。誰使武王集聚之者乎？詩曰「惟師尚父，時惟鷹揚」也。蒼，一作「倉」。【補曰】詩注：「鷹，鷙鳥也，如鷹之飛揚。」按詩「鷹揚」指尚父，此云「羣飛」者，士以類從也。

③旦，周公名也。嘉，善也。言武王始至孟津，八百諸侯不期而到，皆曰「紂可伐也」。白魚入于王舟，羣臣咸曰：「休哉！」周公曰：「雖休勿休。」故曰「叔旦不嘉」也。到，一作「列」。【補曰】六韜云：「武王東伐，至於河上，雨甚雷疾。周公旦進曰：『天不祐周矣！意者，吾君德行未備，百姓疾怨邪？故天降吾災，請還師。』太公曰：『不可。』武王與周公旦望紂之陣，引軍止之。太公曰：『君何不馳也？』周公曰：『天時不順，龜燋不兆，占筮不吉，妖而不祥，星變又凶，固旦待之，何可驅也？』」天對云：「頸紂黃鉞，旦孰喜之？」余謂武王之事，太公佐之，伯夷諫之。佐之者，以救天下之溺；諫之者，以懲萬世之亂。武未盡善，叔旦不嘉，其意一也。爾雅疏曰：「到者，自遠而至也。」周公，武王弟，故曰叔旦。

④揆，度也。言周公於孟津揆度天命，發足還師而歸，當此之時，周之命令已行天下，百姓咨嗟，嘆而

美之也。一無「何」字，一云「周命咨嗟」。

⑤言天始授殷家以天下，其王位安所施用乎？善施若湯也。位，一作「德」。天對曰：「位庸芘民，仁克莅之。」

⑥言殷王位已成，反覆亡之，其罪惟何乎？罪若紂也。乃，一作「及」。

⑦伐器，攻伐之器也。言武王伐紂，發遣干戈，攻伐之器，爭先在前，獨何以行之乎？【補曰】爭遣伐器，謂羣后以師畢會也。

⑧言武王三軍人人樂戰，竝載驅載馳，赴敵爭先，前歌後舞，鳧藻讙呼，奮擊其翼，獨何以將率之也？鳧藻讙呼，一云「如鳥枭呼」。【補曰】六韜云：「翼其兩旁，疾擊其後。」擊翼，蓋兵法也。

⑨爰，於也。底，至也。言昭王背成王之制而出遊，南至於楚。楚人沈之，而遂不還也。【補曰】左傳：「齊侯伐楚，曰：『昭王南征而不復，寡人是問。』對曰：『昭王之不復，君其問諸水濱。』」注云：「昭王，成王孫，南巡狩，涉漢，船壞而溺。」史記：「昭王之時，王道微缺，南巡狩不返，卒於江上。其卒不赴告，諱之也。」成遊，謂成南征之遊，猶所謂「斯遊遂成」也。底音旨。

⑩厥，其也。逢，迎也。言昭王南遊，何以利于楚乎？以爲越裳氏獻白雉，昭王德不能致，欲親往逢迎之。【補曰】後漢書曰：「交阯之南有越裳國，周公居攝，越裳重譯而獻白雉。」

⑪梅，貪也。言穆王巧於辭令，貪好攻伐，遠征犬戎，得四白狼、四白鹿，自是後，夷狄不至，諸侯不朝。穆王乃更巧詞，周流而往説之，欲以懷來也。一云「夫何周流」。梅，一作「坶」。【補曰】方言

云：「挴，貪也。」亡改切，其字從手。賈生云「品庶每生」是也，集韻云：「梅，母罪切，慙也。」「挴，母亥切，貪也。」諸本作「梅」。釋文：每磊切。其字從木，傳寫誤耳。瑇，玉名，音媒。亦非也。左傳云：「穆王欲肆其心，周行天下，將必有車轍馬迹焉。祭公謀父作祈招之詩，以止王心。王是以獲没於祗宮。」史記云：「周穆王得驥、温驪、驊騮、騄耳之駟，西巡狩，樂而忘歸。徐偃王作亂，造父爲穆王御，長驅歸周，以救亂。」巧挴，言巧於貪求也。

⑫環，旋也。言王者當脩道德以來四方，何爲乃周旋天下，而求索之也？天對曰：「穆懵祈招，猖洋以游，輪行九野，惟怪之謀。」【補曰】穆王事見竹書、穆天子傳。後世如秦皇、漢武，託巡狩以求神僊，皆穆王啓之也。志足氣滿，貪求無猒，適以召亂。

⑬妖，怪也。號，呼也。昔周幽王前世有童謡曰：「檿弧箕服，實亡周國。」後有夫婦賣是器，以爲妖怪，執而曳戮之於市也。【補曰】曳，牽也，引也。衒，熒絹切，行且賣也。曳衒，言夫婦相引，行賣於市也。褒姒事見國語。

⑭褒姒，周幽王后也。昔夏后氏之衰也，有二神龍止於夏庭而言曰：「余，褒之二君也。」夏后布幣糈而告之，龍亡而漦在，櫝而藏之。夏亡傳殷，殷亡傳周，比三代莫敢發也。至厲王之末，發而觀之。漦流于庭，化爲玄黿，入王後宮。後宮處妾遇之而孕，無夫而生子，懼而弃之。時被戮夫婦夜亡，道聞後宮處妾所弃女啼聲，哀而收之，遂奔褒。褒人後有罪，幽王欲誅之，褒人乃入此女以贖罪，是爲褒姒，立以爲后，惑而愛之，遂爲犬戎所殺也。【補曰】藏，一作「弆」。「弆」即「藏」也。

⑮言天道神明，降與人之命，反側無常，善者佑之，惡者罰之。

⑯言齊桓公任管仲，九合諸侯，一匡天下。任竪刁、易牙，子孫相殺，虫流出户。一人之身，一善一惡，天命無常，罰佑之不恒也。會，一作「合」。【補曰】卒，終也。論語曰：「桓公九合諸侯，不以兵車，管仲之力也。」國語曰：「兵車之屬六，乘車之會三。」孫明復尊王發微曰：「桓公之會十有五：十三年會北杏，十四、十五年會鄄，十六、二十七年會幽，僖元年會檉，二年會貫，三年會陽穀，五年會首止，七年會甯母，八年會洮，九年會葵丘，十三年會鹹，十五年會牡丘，十六年會淮是也。孔子止言其九者，蓋十三年會北杏，桓始圖伯，其功未見。十四年會鄄，又是伐宋諸侯。僖八年會洮，十三年會鹹，十五年會牡丘，十六年會淮，皆有兵車，故止言其會之盛者九焉。」史記曰：「管仲病，桓公問曰：『易牙何如？』對曰：『殺子以適君，非人情，不可。』『開方何如？』曰：『倍親以適君，非人情，難近。』『竪刁何如？』曰：『自宫以適君，非人情，難親。』管仲死，桓公卒近用三子，三子專權。桓公卒，易牙與竪刁殺羣吏而立公子無詭爲君。桓公病，五公子各樹黨爭立。及桓公卒，遂相攻，以故宫中莫敢棺。桓公尸在牀上六十七日，尸蟲出於户。無詭立，乃棺赴。」按：小白之死，諸子相攻，身不得斂，與見殺無異，故曰「卒然身殺」，甚之也。

⑰惑，妲己也。

⑱服，事也。言紂憎輔弼，不用忠直之言，而事用諂讒之人也。諂，一作「讇」。【補曰】服，行也，用也。武王數紂曰：「賊虐諫輔，崇信奸回。」莊子曰：「好言人之惡謂之讒，希意導言謂之諂。」

⑲比干，聖人，紂諸父也。諫紂，紂怒，乃殺之，剖其心也。【補曰】抑沈，猶九章云「情沈抑而不達」也。

⑳雷開，佞人也。阿順於紂，乃賜之金玉而封之也。一云「雷開何順，而賜封金」。

㉑聖人，謂文王也。卒，終也。言文王仁聖，能純一其德，則天下異方，終皆歸之也。【補曰】文王順紂而不敢逆，武王逆紂而不肯順，故曰「異方」。或曰：下文云「梅伯受醢，箕子佯狂」。此異方也。

㉒梅伯，紂諸侯也。言梅伯忠直，而數諫紂，紂怒，乃殺之，菹醢其身。箕子見之，則被髮詳狂也。詳，一作「佯」。【補曰】梅音浼，紂諸侯號。淮南子曰：「醢鬼侯之女，菹梅伯之骸。」史記曰：「箕子，紂親戚也。紂爲淫泆，箕子諫不聽。或曰：『可以去矣。』箕子曰：『爲人臣，諫不聽而去，是彰君之惡，而自說於民，吾不忍爲也。』乃被髮詳狂而爲奴，遂隱而鼓琴以自悲。故傳之曰箕子操。」詳，詐也，與「佯」同。

㉓元，大也。帝，謂天帝也。竺，厚也。言后稷之母姜嫄，出見大人之迹，怪而履之，遂有娠而生后稷。后稷生而仁賢，天帝獨何以厚之乎？竺，一作「篤」。一云「帝何竺」、「鳥何燠」，竝無「之」字。【補曰】爾雅云：「竺，厚也。」與「篤」同。詩曰：「厥初生民，時維姜嫄。生民如何，克禋克祀，以弗無子。履帝武敏歆。攸介攸止。載震載夙。載生載育，時維后稷。」注云：「姜嫄之生后稷，乃禋祀上帝於郊禖，而得其福。」史記曰：「周后稷名弃，其母有邰氏女，曰姜原，爲帝嚳元妃。姜原出野，見巨人迹，心忻然悅，欲踐之。踐之而身動如孕者，居期而生子。」左氏曰：「微

子啓，帝乙之元子。」説者曰：元子，首子也。姜嫄爲帝嚳元妃，生后稷。簡狄爲次妃，生契。故曰「稷維元子」也。

㉔投，弃也。燠，温也。言姜嫄以后稷無父而生，弃之於冰上，有鳥以翼覆薦温之，以爲神，乃取而養之。詩曰：「誕寘之寒冰，鳥覆翼之。」燠，一作「懊」。【補曰】燠音郁，熱也，其字從火。懊，貪也，無熱義。詩曰：「不康禋祀，居然生子。誕寘之隘巷，牛羊腓字之。誕寘之平林，會伐平林。誕寘之寒冰，鳥覆翼之。鳥乃去矣，后稷呱矣。」注云：「大鳥來，一翼覆之，一翼藉之。」史記曰：「初欲弃之，因名曰弃。及爲成人，遂好耕農，帝堯聞之，舉爲農師。」逸云「后稷無父而生」，按稷以帝嚳爲父，特姜嫄感巨迹而生，有神靈之徵耳。「天命玄鳥，降而生商」，亦猶是也。

㉕馮，大也。挾，持也。言后稷長大，持大強弓，挾箭矢，桀然有殊異將相之才。馮，一作「憑」。【補曰】此與下文相屬，馮，如「馮珧」之「馮」。武王多才多藝，言馮弓挾矢，而將之以殊能者，武王也。天對曰：「既歧既嶷，宜庸將焉。」用逸説也。

㉖帝，謂紂也。言武王能奉承后稷之業，致天罰，加誅於紂，切激而數其過，何逢後世繼嗣之長也。驚，一作「敬」。切，一作「功」。【補曰】此言武王伐紂，震驚而切責之，不顧君臣之義。惟紂無道，故武王能逢天命，以永其祚也。

㉗伯昌，謂文王也。秉，執也。鞭以喻政。言紂號令既衰，文王執鞭持政，爲雍州之牧也。【補曰】「号」與「號」同。孔叢子：「羊客問於子思曰：『古之帝王，中分天下而二，公治之，謂之二伯。周

自后稷封爲王者，之後子孫據國，至太王、王季，皆爲諸侯矣，焉得爲西伯乎？』子思曰：『吾聞殷王帝乙之時，王季以九命作伯，受圭瓚秬鬯之賜，故文王因之，得專征伐。此以諸侯爲伯，猶周、召之君爲伯也。』」西伯戡黎注云：「文王爲雍州之伯。」史記：「紂以西伯爲三公，賜弓矢斧鉞，使得專征伐。」周官曰：「牧以地得民。」

㉘徹，壞也。社，土地之主也。言武王既誅紂，令壞邠岐之社，言己受天命而有殷國，因徙以爲天下之太社也。一云「命有殷之國」。【補曰】此言文王秉鞭作牧以事紂，而武王伐殷以有天下也。論語曰：「三分天下有其二，以服事殷，周之德可謂至德也已矣。」謂文王也。詩曰：「迺立冢土，戎醜攸行。」「冢土，大社，美太王之社，遂爲大社也。」記曰：「王爲羣姓立社，曰大社。」岐在右扶風美陽中水鄉，因岐山以名，太王自豳徙焉。

㉙言太王始與百姓徙其寶藏，來就岐下，何能使其民依倚而隨之也？太王，一作「文王」。【補曰】按詩云：「度其鮮原，居岐之陽。」注云：「文王謀居善原廣平之地，亦在岐山之南。」説文云：「岐，周文王所封也。」然太王居邠，狄人侵之，始邑於岐山之下，則遷藏就岐，蓋指太王也。天對曰：「踰梁橐囊，羶仁蟻萃。」

㉚惑婦，謂妲己也。譏，諫也。言妲己惑誤于紂，不可復譏諫也。【補曰】國語曰：「殷辛伐有蘇，有蘇氏以妲己女焉。」

㉛兹，此也。西伯，文王也。言紂醢梅伯以賜諸侯，文王受之以祭，告語於上天也。【補曰】史記：「紂

醢九侯，脯鄂侯，西伯聞之竊歎，紂囚西伯羑里。」

㉜上帝，謂天也。言天帝親致紂之罪罰，故殷之命不可復救也。一云「上帝之罰」。【補曰】此言紂爲無道，自致天討，故不可救也。天對云：「孰盈癸惡，兵躬殄祀。」

㉝師望，謂太公也。昌，文王名也。言太公在市肆而屠，文王何以識知之乎？識，一作「志」。【補曰】「識」與「志」同。

㉞后，謂文王也。言吕望鼓刀在列肆，文王親往問之，吕望對曰：「下屠屠牛，上屠屠國。」文王喜，載與俱歸也。天對云：「奮力屠國，以髀髖厥商。」

㉟言武王發欲誅殷紂，何所悁悒而不能久忍也？【補曰】悒音邑，憂也，不安也。天對云：「發殺曷逞，寒民于烹。」

㊱尸，主也。集，會也。言武王伐紂，載文王木主，稱太子發，急欲奉行天誅，爲民除害也。【補曰】史記：「武王東觀兵，至于盟津，爲文王木主，載以車，中軍。武王自稱太子發，言『奉文王以伐』，不敢自專。」記云：「祭祀之有尸也，宗廟之有主也，示民有事也。」主有虞主、練主。尸，神象也，以人爲之。然書序云「康王既尸天子」，則尸亦主也。

㊲伯，長也。林，君也。謂晉太子申生爲後母驪姬所譖，遂雉經而自殺。一無「何」字。【補曰】左傳：「晉獻公伐驪戎，驪戎男女以驪姬。歸，生奚齊。驪姬嬖，欲立其子。使太子居曲沃。」「姬謂太子曰：『君夢齊姜，必速祭之。』太子祭于曲沃，歸胙於公。姬毒而獻之，泣曰：『賊由太子。』太子奔

新城。十二月戊申，縊于新城。」國語云：「雉經于新城之廟。」注云：「雉經，頭搶而懸死也。」

㊳言驪姬譖殺申生，其冤感天，又譖逐羣公子，當復誰畏懼也？墜，一作「墬」，一作「隧」。【補曰】「墬」即「地」字。左傳云：「狐突適下國，遇太子曰：『夷吾無禮，余得請於帝矣。』又曰：『帝許我罰有罪矣，敝於韓。』」此言申生之冤感天抑地，而誰畏懼之乎？

㊴言皇天集祿命而與王者，王者何不常畏慎而戒懼也？【補曰】詩云：「天鑒在下，有命既集。」此言何所戒慎，而致天命之集也。

㊵言王者既已修行禮義，受天命而有天下矣，又何爲至使異姓代之乎？一無「又」字。代，一作「伐」。【補曰】受禮天下，言受王者之禮於天下也。有德則興，無德則亡，三代之王，是不一姓，可不慎乎？

㊶言湯初舉伊尹，以爲凡臣耳。後知其賢，乃以備輔翼承疑，用其謀也。承，一作「丞」。【補曰】孟子曰：「湯之於伊尹，學焉而後臣之。」於此異者，此言伊尹初爲媵臣，後乃以爲相耳。孟子言湯尊德樂道，不以臣禮待之也。

㊷卒，終也。緒，業也。言伊尹佐湯命，終爲天子，尊其先祖，以王者禮樂祭祀，緒業流於子孫。天對云：「湯摯之合，祚以久食。」【補曰】官湯，猶言相湯也。尊食，廟食也。

㊸勳，功也。闔，吳王闔廬也。夢，闔廬祖父壽夢也。壽夢卒，太子諸樊立。諸樊卒，傳弟餘祭。餘祭卒，傳弟夷末。夷末卒，太子王僚立。闔廬，諸樊之長子也。次不得爲王，少離散亡，放在外，乃使

專設諸刺王僚，代爲吳王。子孫世盛，以伍子胥爲將，大有功勳也。【補曰】史記：「吳壽夢卒，有子四人：長諸樊，次餘祭，次餘昧，次季札。公子光者，諸樊之子也。以爲吾父兄弟四人，當傳至季子，季子即不受國，光父先立，即不傳季子，光當立。遂弑王僚，代立爲王，是謂吳王闔廬。」天對云：「光徵夢祖，憾離以厲。傍偟激覆，而勇益德邁。」

㊹壯，大也。言闔廬少小散亡，何能壯大厲其勇武，流其威嚴也。【補曰】闔廬用伍子胥、孫武，破楚入郢。

㊺彭鏗，彭祖也。好和滋味，善斟雉羹，能事帝堯，堯美而饗食之。【補曰】斟，勺也，諸深切。鏗，可衡切。饗有香音。神仙傳云：「彭祖姓籛，名鏗，帝顓頊之玄孫，善養性，能調鼎，進雉羹於堯，堯封於彭城。歷夏經殷至周，年七百六十七歲而不衰。」籛音翦。

㊻言彭祖進雉羹於堯，堯饗食之以壽考，彭祖至八百歲，猶自悔不壽，恨枕高而唾遠也。【補曰】莊子曰：「彭祖得之，上及有虞，下及五伯。」又曰：「吹呴呼吸，吐故納新，熊經鳥伸，爲壽而已矣。此導引之士，養形之人，彭祖壽考者之所好也。」天對云：「鏗羹於帝，聖孰嗜味？夫死自暮，而誰饗以俾壽。」

㊼牧，草名也，有實。后，君也。言中央之州，有歧首之蛇，爭共食牧草之實，自相啄嚙。以喻夷狄相與忿爭，君上何故當怒之乎？牧，唐本作「牧」，注同，一作「枚」。【補曰】爾雅曰：「中有枳首蛇焉。」枳首，歧頭蛇也。韓非子曰：「虫有螝者，一身兩口，爭食相齕，遂相殺也。」古今字詁云：

「螝，古虺字。」天對云：「螝齧已毒，不以外肆。」

㊽言蠭蛾有蠚毒之蟲，受天命，負力堅固。屈原以喻蠻夷自相毒蠚，固其常也。獨當憂秦吳耳。一作「蠭蟻」。【補曰】蠭音峯。傳曰：「蠭蠆有毒，而況國乎？」蛾，古「蟻」字。記曰「蛾子時術之」是也。蠚音若，痛也。天對云：「細腰羣螫，夫何足病。」

㊾祐，福也。言昔者有女子采薇菜，有所驚而走，因獲得鹿，其家遂昌熾，乃天祐之。祐，一作「佑」。

㊿萃，止也。言女子驚而北走，至於回水之上，止而得鹿，遂有禧喜也。

(51)兄，謂秦伯也。噬犬，齧犬也。弟，秦伯弟鍼也。言秦伯有齧犬，弟鍼欲請之。【補曰】噬音筮。

(52)言秦伯不肯與弟鍼犬，鍼以百兩金易之，又不聽，因逐鍼而奪其爵祿也。【補曰】春秋昭元年：「夏，秦伯之弟鍼出奔晉。」傳曰：「罪秦伯也。」晉語曰：「秦后子來仕，其車千乘。」后子，即鍼也。天對注云：「百兩，蓋謂車也。逸以爲百兩金，誤矣。」兩音亮，車數也。

薄暮雷電歸何憂①？厥嚴不奉帝何求②？伏匿穴處爰何云③？荆勳作師夫何長④？悟過改更，我又何言⑤？吳光爭國，久余是勝⑥。何環穿自閭社丘陵，爰出子文⑦？吾告堵敖以不長⑧，何試上自予，忠名彌彰⑨？

①言屈原書壁所問略訖，日暮欲去，時天大雨雷電，思念復至。自解曰：歸何憂乎？【補曰】薄暮，日

欲晚，喻年將老也。雷電，喻君暴怒也。歸何憂者，自寬之詞。

②言楚王惑信讒佞，其威嚴當日墮，不可復奉成，雖從天帝求福，神無如之何。

③爰，於也。吾將退於江濱，伏匿穴處耳，當復何言乎？天對云：「合行違匿同〔二〇〕若所，呷嗄忿毒竟〔二一〕誰與？」

④荆，楚也。師，衆也。勳，功也。初，楚邊邑之處女與吳邊邑處女爭采桑於境上，相傷，二家怒而相攻，於是楚爲此興師，攻滅吳之邊邑，而怒始有功。時屈原又諫言，我先爲不直，恐不可久長也。一云「夫何長先」。【補曰】史記：「吳王僚九年，公子光伐楚，拔居巢、鍾離。初，楚邊邑卑梁氏之處女與吳邊邑之女爭桑，二女家怒相滅，兩國邊邑長聞之，怒而相攻，滅吳之邊邑。吳王怒，故遂伐楚，取兩都而去。」「荆勳作師夫何長」，言楚雖有功，吳復伐楚，非長久之策也。此楚平王時事，屈原徵往事以諷耳。

⑤欲使楚王覺悟，引過自與，以謝於吳，不從其言，遂相攻伐。言禍起於細微也。悟，一作「寤」。【補曰】更音庚〔二二〕。太史公曰：「屈平雖放流，睠顧楚國，繫心懷王，不忘欲反，冀幸君之一悟，俗之一改也。其存君興國，而欲反覆之，一篇之中，三致志焉。然終無可奈何，故不可以反，卒以此見懷王之終不悟也。」

⑥光，闔廬名也。言吳與楚相伐，至於闔廬之時，吳兵入郢都，昭王出奔，故曰「吳光爭國，久余是勝」，言大勝我也。【補曰】楚昭王十年，吳王闔廬伐楚，楚大敗，吳兵遂入郢。懷王與秦戰，爲秦

所敗，亡其六郡，入秦不返。故屈原徵荆動作師、吳光爭國之事諷之。

⑦子文，楚令尹也。子文之母，鄖公之女，旋穿閭社，通於丘陵以淫，而生子文，弃之夢中，有虎乳之，以爲神異，乃取收養焉。楚人謂乳爲穀，謂虎爲於菟，故名鬬穀於菟，字子文，長而有賢仁之才也。一云「何環閭穿社以及丘陵？是淫是蕩，爰出子文」。【補曰】左傳：「初，若敖娶於䢵，生鬬伯比。若敖卒，從其母畜於䢵，淫於䢵子之女，生子文焉。以其女妻伯比，實爲令尹子文。」天對注曰：「爰出子文。哀今無此人，但任子蘭也。」

⑧堵敖，楚賢人也。屈原放時，語堵敖曰：「楚國將衰，不復能久長也。」一本「以」下有「楚子」。【補曰】左傳：「楚子滅息，以息嬀[二三]歸，生堵敖及成王焉。」楚子，文王也。莊公十九年，杜敖生。二十三年，成王立。杜敖，即堵敖也。天對注云：「楚人謂未成君而死曰堵敖。堵敖，楚文王兄也。今哀懷王將如堵敖，不長而死，以此告之。逸注以堵敖爲楚賢人，大謬。」然宗元以堵敖爲成王兄，亦誤矣。

⑨屈原言：我何敢嘗試君上，自干忠直之名，以顯彰後世乎？誠以同姓之故，中心懇惻，義不能已也。試，一作「誠」。予，一作「與」。彰，一作「章」。天對云：「誠若名不尚，曷極而辭？」【補曰】予音與。

敘曰：昔屈原所作，凡二十五篇，世相教傳，而莫能説。天問以其文義不次，又多奇怪之事。自太史公口論道之，多所不逮。至於劉向、楊雄，援引傳記①以解説之，亦不能詳悉。所闕者衆，日無聞焉。既有解②詞③，乃復多連蹇其文④，蒙澒其説⑤，故厥義不昭，微指不晳，自游覽者，靡不苦之，而不能照也。今則稽之舊章，合之經傳，以相發明，爲之符驗。章決句斷，事事可曉，俾後學者永無疑焉。

①一作「經傳」。
②□□□[二四]。
③一作「説」。
④一云「乃復支連其文」。
⑤上莫孔、下乎孔切。蒙澒，大水也。澒，一作「鴻」，音同。

【校勘記】

[一]變，原作「憂」，據毛校改。
[二]斡，原作「幹」，據景宋本、惜陰本、同治本改，注文同。
[三]岐，原作「歧」，據注文及同治本改。

［四］登，原作「豆」，據廣韻改。集注作「莫鄧切」。
［五］蓋，原作「盡」，據穀梁傳注改。
［六］紘，原作「絃」，據集注本改。
［七］玉，原作「五」，淮南子墬形訓改。
［八］夫，原作「大」，據景宋本改。
［九］四，原作「曰」，據山海經中山經改。
［一〇］海内南，原作「南海内」，據山海經海内南經改。
［一一］小，原作「水」，據本草綱目卷五二「人傀」條注引改。
［一二］夏，原作「更」，據毛校改。
［一三］倒，説文解字作「頂」。
［一四］誅，説文解字作「殊」。
［一五］帥，柳宗元天對作「師」。
［一六］瀆，柳宗元天對作「潰」。
［一七］禹，原作「啓」，據毛校改。
［一八］臣，原作「巨」，據景宋本改。
［一九］底，景宋本作「厎」。注文同。

〔二〇〕同，柳宗元天對作「固」。
〔二一〕竟，柳宗元天對作「意」。
〔二二〕庚，原作「庾」，據皇都本、毛校本、惜陰本改。
〔二三〕姮，左傳莊公十四年作「嬀」。
〔二四〕原本及同治本「解」字下注文即爲「□□□」，景宋本「解」字爲墨丁，其下注文爲「一作解」。惜陰本則將「□□□」剜去。

楚辭卷第四

校書郎臣王　逸上

九章章句第四　離騷

惜誦①　涉江　哀郢　抽思　懷沙

思美人　惜往日　橘頌　悲回風

①一作「惜論」。

九章者，屈原之所作也。屈原放於江南之壄，思君念國，憂心罔極，故復作九章①。章者，著也，明也。言己所陳忠信之道甚著明也。卒不見納，委命自沈。楚人惜而哀之，世論其詞，以相傳焉②。

①史記云：「上官大夫短屈原於頃襄王，王怒而遷之，乃作懷沙之賦。」則九章之作，在頃襄時也。
②卒，釋文作「踤」。騷經之詞緩，九章之詞切，淺深之序也。五臣云：「『九』義與九歌同。」

惜誦以致愍兮①，發憤以杼情②。所作忠而言之兮③，指蒼天以爲正④。令五帝以枏中兮⑤，戒六神與嚮服⑥。俾山川以備御兮⑦，命咎繇使聽直⑧。竭忠誠以事君兮⑨，反離羣而贅肬⑩。忘儇媚以背衆兮⑪，待明君其知之⑫。言與行其可迹兮⑬，情與貌其不變⑭。故相臣莫若君兮⑮，所以證之不遠⑯。吾誼先君而後身兮⑰，羌衆人之所仇⑱。專惟君而無他兮⑲，又衆兆之所讎⑳。壹心而不豫兮㉑，羌不可保也㉒。疾親君而無他兮㉓，有招禍之道也㉔。

①惜，貪也。誦，論也。致，至也。愍，病也。言己貪忠信之道，可以安君。論之於心，誦之於口，至於身以疲病，而不能忘。愍，一作「慜」。【補曰】愍音敏。惜誦者，惜其君而誦之也。
②憤，懣也。杼，渫也。言己身雖疲病，猶發憤懣，作此辭賦，陳列利害，渫己情思，以風諫君也。杼，一作「舒」。【補曰】杼，渫水槽也，音署。杜預云：「申杼舊意。」然文選云「抒情素」，又曰「抒下情而通諷諭」，其字竝从手。上與、丈呂二切。
③言己所陳忠信之道，先慮於心，合於仁義，乃敢爲君言之也。作，一作「非」。一本「忠」下有「心」

字。【補曰】作，爲也。下文云：「作忠以造怨。」

④春曰蒼天。正，平也。設君謂己作言非邪，願上指蒼天，使正平之也。夫天明察，無所阿私，惟德是輔，惟惡是去，故指之以爲誓也。【補曰】正音征，叶韻。

⑤五帝，謂五方神也。東方爲太皞，南方爲炎帝，西方爲少昊，北方爲顓頊，中央爲黄帝。枏，猶分也。言己復命五方之帝，分明言是與非也。一本作「折中」。【補曰】枏，與「析」同。按史記索隱解「折中於夫子」，引此爲證，云：「折中，正也。宋均〔一〕云：『折，斷也。中，當也。言欲折斷其物而用之，與度相中當，故言折中也。』」中，陟仲切。

⑥六神，謂六宗之神也。尚書：「禋於六宗。」嚮，對也。服，事也。言己願復令六宗之神，對聽己言事可行與否也。一云「以鄉服」。【補曰】孔叢子曰：「宰我問禋於六宗，孔子曰：『所宗者六：埋少牢於太昭，祭時也；祖迎於坎壇，祭寒暑也；主於郊宫，祭日也；夜明，祭月也；幽禜〔二〕，祭星也；雩禜，祭水旱也。禋於六宗，此之謂也。』」孔安國、王肅用此説。又一説云：六宗，星、辰、風伯、雨師、司中、司命。一云：乾坤六子。顔師古用此説。一云：天、地、四時。一云：天宗三，日、月、星辰；地宗三，太山、河、海。一云：六爲地數，祭地也。一云：天地間游神也。一云：三昭、三穆。王介甫用此説。一云：六氣之宗，謂太極沖和之氣。蘇子由云：「捨祭法不用，而以意立説，未可信也。」

⑦俾，使也。御，侍也。

⑧咎繇，聖人也。言己願復令山川之神備列而處，使御知己志，又使聖人咎繇聽我之言忠直與否也。夫神明照人心，聖人達人情，故屈原動以神聖自證明也。命，一作「會」。使，一作「以」。【補曰】舜舉咎繇，不仁者遠，惟茲臣庶，罔或干予正，故使之聽直。

⑨竭，盡。一本「君」下有「子」字。

⑩羣，衆也。贅肬，過也。言己竭盡忠信，以事于君，若人有贅肬之病，與衆别異，以得罪謫也。【補曰】贅，之芮切。肬音尤，瘤腫也。莊子曰：「附贅懸肬。」

⑪儇，佞也。媚，愛也。背，違也。言己修行正直，忘爲佞媚之行，違偝衆人，言見憎惡也。【補曰】儇，隳緣切。説文：「慧也。」一曰：利也。言己忘佞人之害己，爲忠直以背衆。背音佩。

⑫須賢明之君，則知己之忠也。書曰：「知人則哲。」秦繆公舉由余，齊桓任管仲，知人之君也。一本無「明」字。

⑬出口爲言，所履爲迹。

⑭志願爲情，顔色爲貌。變，易也。言己吐口陳辭，言與行合，誠可循迹。情貌相副，内外若一，終不變易也。

⑮言相視臣下忠之與佞，在君知之明也。【補曰】相，視也。息亮切。傳曰：「知臣莫若君。」

⑯證，驗也。言君相臣，動作應對，察言觀行，則知其善惡，所證驗之迹，近取諸身而不遠也。一本「之」下有「而」字。

⑰言我所以修執忠信仁義者，誠欲先安君父，然後乃及於身也。夫君安則己安，君危則己危也。【補曰】誼，與「義」同。人臣之義，當先君而後己。

⑱羌，然辭也。怨耦曰仇。言在位之臣，營私爲家，己獨先君後身，其義相反，故爲衆人所仇怨。一本「羌」下有「然」字。一本「仇」下有「也」字。

⑲惟，一作「思」，一作「爲」。

⑳兆，衆也。百萬爲兆。父怨曰讎。言己專心思欲竭忠情以安於君，無有他志，不與衆同趨，故爲衆所怨讎，欲殺己也。兆，一作「人」。一本「讎」下有「也」字。

㉑豫，猶豫也。

㉒保，知也。言己專壹忠信以事於君，雖爲衆人所惡，志不猶豫，顧君心不可保知，易傾移也。一本此句與下文皆無「也」字。

㉓疾，惡。

㉔招，召也。言己疾惡讒佞，欲親近君側，衆人悉欲來害己，有招禍之道，將遇咎也。

思君其莫我忠兮①，忽忘身之賤貧②。事君而不貳兮③，迷不知寵之門④。忠何罪以遇罰兮⑤，亦非余心之所志⑥。行不羣以巔越兮⑦，又衆兆之所咍⑧。紛逢尤以離謗兮⑨，謇不可釋⑩。情沈抑而不達兮⑪，又蔽而莫之白⑫。心鬱邑余侘傺兮⑬，又莫察余之中情⑭。固煩言不可結詒兮⑮，願陳志而無路⑯。退靜默而莫余知兮，進號呼又莫吾聞⑰。申侘傺之煩惑兮⑱，中悶瞀之忳忳⑲。

①言衆人思君皆欲自利，無若己欲盡忠信之節。忠，一作「知」。【補曰】此言君不以我爲忠也。

②言己憂國念君，忽忘身之賤貧，猶願自竭。

③貳，二也。而，一作「其」。

④迷，惑也。言己事君，竭盡信誠，無有二心，而不見用，意中迷惑，不知得遇寵之門户，當何由之也。【補曰】老子云：寵爲不寵，非君子之所貴也。屈原惟不知出此，故以信見疑，以忠被謗。

⑤罰，刑。

⑥言己履行忠直，無有罪過，而遇放逐，亦非我本心宿志所望於君也。一本此句末與下文皆有「也」字。

⑦巔，殞。越，墜。

⑧咍，笑也。楚人謂相啁笑曰咍。言己行度不合於俗，身以巔墮，又爲人之所笑也。或曰「衆兆之所異」。言己被放而巔越者，行與衆殊異也。【補曰】咍，呼來切。説文云：「蚩笑也。」

⑨紛，亂貌也。尤，過也。【補曰】紛，衆貌。言尤謗之多也。離，遭也。

⑩謇，辭也。釋，解也。言己逢遇亂君，而被罪過，終不可復解釋而説也。一本句末有「也」字。

⑪沈，没也。抑，按也。

⑫言己懷忠貞之情，沈没胷臆，不得白達，左右壅蔽，無肯白達己心也。一本句末有「也」字。【補曰】「情沈抑而不達」，人君不知其用心也。「又蔽而莫之白」，羣臣莫肯明己所存也。

⑬鬱邑，愁貌也。侘，猶堂堂，立貌也。傺，住也。楚人謂失志悵然住立爲侘傺也。心，一作「忳」。

⑭言己懷忠不達，心中鬱邑，悵悵住立，失我本志，曾無有察我之中情也。

⑮詒，遺也。詩曰「詒我德音」也。固，一作「故」。一本「結」下有「而」字。【補曰】詒音怡，贈言也。

⑯願，思也。路，道也。言己積思累日，其言煩多，不可結續以遺於君，欲見君陳己志，又無道路也。

【補曰】思美人曰：「媒絶路阻兮，言不可結而詒。」

⑰言己放棄，所在幽遠，衆無知己之情也。【補曰】號，大呼也，音豪。

⑱申，重也。言衆人無知己之情，思念惑亂，故重侘傺，悵然失意也。

⑲悶，煩也。瞀，亂也。忳忳，憂貌也。言己憂心煩悶，忳忳然無所舒也。中，一作「心」。【補曰】瞀音茂。忳，徒昆切，悶也。

昔余夢登天兮，魂中道而無杭①。吾使厲神占之兮②，曰有志極而無旁③。終危獨以離異兮④，曰君可思而不可恃⑤。故衆口其鑠金兮⑥，初若是而逢殆⑦。懲於羹者而吹虀兮⑧，何不變此志也⑨？欲釋階而登天兮⑩，猶有曩之態也⑪。衆駭遽以離心兮，又何以爲此伴也⑫？同極而異路兮⑬，又何以爲此援也⑭？晉申生之孝子兮⑮，父信讒而不好⑯。行婞直而不豫兮⑰，鮌功用而不就⑱。

①杭，度也。詩曰：「一葦杭之。」魂，一作「䰟」。杭，一作「航」。【補曰】「杭」與「航」同。許慎曰：「方，兩小船竝。」與共濟爲航。

②厲神，蓋殤鬼也。左傳曰「晉侯夢大厲，搏膺而踊」也。【補曰】禮記：「王立七祀有泰厲，諸侯有公厲，大夫有族厲。」注云：「厲，主殺罰。」

③旁，輔也。言厲神爲屈原占之曰：人夢登天無以渡，猶欲事君而無其路也。但有勞極心志，終無輔佐。

④言己行忠直，身終危殆，與衆人異行之故也。

⑤恃，怙也。言君誠可思念，爲竭忠謀，顧不可怙恃，能實任己與不也。

⑥鑠，銷也。言衆口所論，萬人所言，金性堅剛，尚爲銷鑠，以喻讒言多，使君亂惑也。【補曰】鑠，書藥切。鄒陽曰：「衆口鑠金，積毀銷骨。」顏師古曰：「美金見毀，衆共疑之，數被燒煉，以至銷鑠。」

⑦殆，危也。言己志行忠信正直，性若金石，故爲讒人所危殆。

⑧言人有歡羹而中熱，心中懲忿，見虀則恐而吹之，言易改移也。獨己執守忠直，終不可移也。一無

「者」字。一云「懲於熱羹者」。一云「懲熱於羹」。齏，一作「虀」，一作「韲」。【補曰】懲，戒也。齏音賫。鄭康成云：「凡醯醬所和，細切爲齏。」一曰：擣薑蒜辛物爲之，故曰「齏臼〔三〕受辛」也。

⑨何不改忠直之節，隨從吹齏之志也。一云「何不變此之志」。一本自此句至「又何以爲此援」竝無「也」字。

⑩釋，置也。登，上也。人欲上天而釋其階，知其無由登也。以言我欲事君，而釋忠信，亦知終無以自通也。【補曰】釋名云：「階，梯也。」孟子所謂「完廩捐階」是也。易曰：「天險不可升。」語曰：「猶天之不可階而升。」欲釋階而登天，甚言其不可也。

⑪曩，鄉也。言欲使己變節而從俗，猶鄉者欲釋階登天之態也，言己所不能履行也。猶有，一作「又猶」。【補曰】謂懲羹吹齏之態。

⑫伴，侶也。言己見衆人易移，意中驚駭，遂離己心，獨行忠直，身無伴侶，特立于世也。一無「衆」字。【補曰】言衆人見己所爲如此，皆驚駭違遠，離心而異志也。

⑬路，道也。言衆人同欲極志事君，顧忠佞之行，異道而殊趨也。

⑭援，引也。言忠佞之志，不相援引而同也。【補曰】援，于願切。接援，救助也。

⑮一無「晉」字。

⑯好，愛也。申生，晉獻公太子也。體性慈孝。獻公娶後妻驪姬，生子奚齊，立爲太子。因誤申生使祭其母於曲沃，歸胙於獻公。驪姬於酒肉置鴆其中，因言曰：「胙從外來，不可信。」乃以酒賜小臣，

以肉食犬，皆斃。姬乃泣曰：「賊由太子。」於是申生遂自殺。故曰「父信讒而不愛」也。【補曰】禮記曰：「晉獻公將殺其世子申生，公子重耳謂之曰：『子盍言子之志於公乎？』世子曰：『不可。君安驪姬，是我傷公之心也。』『然則盍行乎？』曰：『不可。君謂我欲弒君也，天下豈有無父之國哉？吾何行如之？』使人辭於狐突曰：『申生有罪，不念伯氏之言也，以至於死，申生不敢愛其死。雖然，吾君老矣，子少，國家多難。伯氏不出而圖吾君，伯氏苟出而圖吾君，申生受賜而死。』再拜稽首，乃卒。是以爲恭世子也。」

⑰婞，很也。豫，厭也。豫，一作「斁」。

⑱鮌，堯臣也。言鮌行婞很勁直，恣心自用，不知厭足，故殛之羽山。治水之功以不成也。屈原履行忠直，終不回曲，猶鮌婞很，終獲罪罰。【補曰】申生之孝，未免陷父於不義。鮌績用不成，殛於羽山。屈原舉以自比者，申生之用心善矣，而不見知於君父，其事有相似者。鮌以婞直忘身，知剛而不知義，亦君子之所戒也。

吾聞作忠以造怨兮，忽謂之過言①。九折臂而成醫兮，吾至今而知其信然②。矰弋機而在上兮③，罻羅張而在下④。設張辟以娛君兮⑤，願側身而無所⑥。欲儃佪以干傺兮⑦，恐重患而離尤⑧。欲高飛而遠集兮，君罔謂汝何之⑨？欲横奔而失路兮，堅志而不忍⑩。背膺牉以交痛兮⑪，心鬱結而紆軫⑫。檮木蘭以矯蕙兮⑬，糳申椒以爲糧⑭。播江離與滋菊兮⑮，願春日以爲糗芳⑯。恐情質之不信兮⑰，故重著以自明⑱。矯茲媚以私處兮⑲，願曾思而遠身⑳。

惜誦㉑

①始吾聞爲君建立忠策，必爲群佞所怨，忽過之耳，以爲不然，今而後信。

②言人九折臂，更歷方藥，則成良醫，乃自知其病。吾被放棄，乃信知讒佞爲忠直之害也。一云「九折臂而爲良醫」。一云「吾至今而知其然」。一云「吾今而知其然」。【補曰】左氏云：「三折肱知爲良醫。」孔叢子云：「宰我問曰：『梁丘據遇虺毒，三旬而後瘳。大夫衆賓復獻攻療之方，何也？』夫子曰：『三折肱爲良醫。梁丘子遇虺毒而獲療，猶[四]有與之同疾者必問所以已之之方焉。衆人爲此，故各言其方，欲售之，以已人之疾也。』」

③矰，繳射，矢也。弋，亦射也。論語曰：「弋不射宿。」弋，一作「隿」。【補曰】矰音增。淮南云：「矰繳機而在上，罔罟張而在下，雖欲翺翔，其勢焉得。」注云：「矰，弋，射鳥短矢也。機，發也。」

④罻、羅，捕鳥網也。言上有罥繳弋射之機，下有張施罻羅之網，飛鳥走獸，動而遇害。喻君法繁多，百姓動觸刑罰也。【補曰】罻音尉。記曰：「鳩化爲鷹，然後設罻羅。」下音户。

⑤辟，法也。娛，樂也。【補曰】辟，毗亦切。説文云：「法也，節制其罪也。」

⑥言君法繁多，讒人復更設張峻法，以娛樂君，己欲側身竄首，無所藏匿也。

⑦儃佪，猶低佪也。干，求也。傺，住也。言己意欲低佪留待於君，求其善意，恐終不用，悵然立住。【補曰】儃，知然切。儃佪，不進貌。干傺，謂求住而不去也。

⑧尤，過也。言己欲求君之善意，恐重得患禍，逢罪過也。【補曰】恐，去聲。重，儲用切，增益也。離，遭也。

⑨罔，無也。言己欲遠集它國，君又誣罔我言：汝遠去何之乎？【補曰】言欲高飛遠集，去君而不仕，得無謂我遠去欲何所適也。

⑩言己意欲變節易操，横行失道，而從佞僞，心堅於石，而不忍爲也。一云「葢志堅而不忍」。

⑪膺，胷也。胖，分也。一本「胖」下有「合」字。一云「背膺敷胖其交痛」。【補曰】胖音判。傳曰：「夫妻，胖合也。」字林云：「胖，半也。」

⑫紆，曲也。軫，隱也。言己不忍變心易行，則憂思鬱結，胷背分裂，心中交引而隱痛也。結，一作「約」。【補曰】紆，縈也。軫，痛也。

⑬矯，猶糅也。檮，一作「擣」。矯，一作「撟」。糅，一作「揉」。【補曰】檮音擣，斷木也。撟，舉手也。釋文：古昂切。

⑭申，重也。言己雖被放逐，而棄居於山澤，猶重糳蘭蕙，和糅衆芳以爲糧。食飲有節，修善不倦也。糳，一作「鑿」。【補曰】左傳曰：「粢食不鑿。」鑿，精細米。説文曰：「糲米一斛，舂九斗曰糳。」

並音作。

⑮播，種也。詩曰：「播厥百穀。」滋，蒔也。

⑯糗，糒也。言己乃種江離，蒔香菊，采之爲糧，以供春日之食也。【補曰】糗，去久切，乾飯屑也。孟子曰：「飯糗茹草。」江離與菊以爲糗糒，取其芳香也。糒音備。

⑰情，志也。質，性也。質，一作「志」。

⑱言我修善不懈，恐君不深照己之情，故復重深陳，飲食清潔，以自著明也。【補曰】重，直用切。

⑲矯，舉也。茲，此也。釋文作「撟」，居表切。【補曰】撟，本從手，舉手也。

⑳曾，重也。言己舉此衆善，可以事君，則願私居遠處，唯重思而察之。【補曰】曾音增。

㉑此章言己以忠信事君，可質於明神，而爲讒邪所蔽，進退不可，惟博采衆善以自處而已。

余幼好此奇服兮①，年既老而不衰②。帶長鋏之陸離兮③，冠切雲之崔嵬④。被明月兮珮寶璐⑤。世溷濁而莫余知兮⑥，吾方高馳而不顧⑦。駕青虬兮驂白螭⑧，吾與重華遊兮瑶之圃⑨。登崑崙兮食玉英⑩，與天地兮同壽，與日月兮同光⑪。哀南夷之莫吾知兮⑫，旦余濟乎江湘⑬。

①奇，異也。或曰：奇服，好服也。

②衺，懈也。言己少好奇偉之服，履忠直之行，至老不懈。五臣云：「衺，退也。雖年老而此心不退。」

③長鋏，劍名也。其所握長劍，楚人名曰長鋏也。五臣云：「陸離，劍低昂貌。」【補曰】鋏，古挾切。莊子曰：「韓、魏爲鋏。」注云：「鋏，把也。」史記曰：「彈劍而歌曰：長鋏歸來乎！」文選注云：「鋏，刀身劍鋒也。有長鋏、短鋏。」

④崔嵬，高貌也。言己內修忠信之志，外帶長利之劍，戴崔嵬之冠，其高切青雲也。嵬，一作「巍」。五臣云：「切雲，冠名。」【補曰】崔音摧。嵬、巍，並五回切。

⑤在背曰被。寶璐，美玉也。言己背被明月之珠，要佩美玉，德寶兼備，行度清白也。珮，一作「佩」。五臣云：「被，猶服也。明月，珠名。」【補曰】淮南曰：「明月之珠，不能無纇。」注云：「夜光之珠，有似月光，故曰明月。」璐音路。説文云：「玉名。」

⑥溷，亂也。濁，貪也。一無「兮」字。

⑦言時世貪亂，遭君蔽闇，無有知我之賢，然猶高行抗志，終不回曲也。一本句末有「兮」字。五臣云：「言我冠帶佩服，莫不盛美，加之忠信貞潔，而遭世溷濁，無相知者。顧世上如此，故高馳不顧，願駕虬螭而遠去也。」

⑧虬、螭，神獸，宜於駕乘。以喻賢人清白，宜可信任也。五臣云：「虬、螭皆龍類。」【補曰】虬，見騷經。螭，見九歌。

⑨重華，舜名。瑶，玉也。圃，園也。言己想侍虞舜，遊玉園，猶言遇聖帝，升清朝也。遊，一作「游」。一云：瑶，石次玉也。【補曰】山海經云：「槐江之山，上多琅玕金玉，實惟帝之平圃。」

⑩猶言坐明堂，受爵位。崑崙，一作「崐崘」。食，一作「飡」。五臣云：「瑶圃、玉英，皆美言之。」【補曰】爾雅：「西北之美者，有崐崘虛之璆琳琅玕焉。」援神契曰：「玉英，玉有英華之色。」

⑪言己年與天地相敝，名與日月同耀。一云「同壽」、「齊光」。一云「比壽」、「齊光」。五臣云：「言若得值於此時，而我年德冀如是也。」【補曰】莊子曰：「吾與日月參光，吾與天地爲常。」

⑫屈原怨毒楚俗嫉害忠貞，乃曰：哀哉，南夷之人無知我賢也。【補曰】國語云：「楚爲荆蠻。」

⑬旦，明也。濟，渡也。言己放弃，以明旦之時始去，遂渡江湘之水。言明旦者，紀時明，刺君不明也。乎，一作「於」。

乘鄂渚而反顧兮①，欸秋冬之緒風②。步余馬兮山皋，邸余車兮方林③。乘舲船余上沅兮④，齊吳榜以擊汰⑤。船容與而不進兮，淹回水而疑滯⑥。朝發枉陼兮⑦，夕宿辰陽⑧。苟余心其端直兮⑨，雖僻遠之何傷⑩。

①乘，登也。鄂渚，地名。【補曰】楚子熊渠封中子紅於鄂。鄂州，武昌縣地是也。隋以鄂渚爲名。

②欸，歎也。緒，餘也。言己登鄂渚高岸，還望楚國，嚮秋冬北風，愁而長歎，心中憂思也。五臣云：

「秋冬之風，搖落萬物，比之讒佞，是以歎焉。」【補曰】欸音哀。方言云：「欸，然也。南楚凡言然者曰欸。」

③邸，舍也。方林，地名。言我馬強壯，行於山皋，無所驅馳；我車堅牢，舍於方林，無所載任也。以言己才德方壯，誠可任用，弃在山野，亦無所施也。邸，一作「低」。【補曰】邸，典禮切。低，無舍義。風賦云：「邸蕚葉而振氣。」注云：「邸，觸也。」

④舲船，船有牕牖者。【補曰】舲音靈。淮南云：「越舲蜀艇。」注云：「舲，小船也。」釋文作「柃」。【補曰】上，謂遡流而上也。上，上聲。

⑤吳榜，船櫂也。汰，水波也。言己始去乘牕舲之船，西上沅、湘之水，士卒齊舉大櫂而擊水波，自傷去朝堂之上，而入湖澤之中也。或曰「齊悲歌」，言愁思也。【補曰】字書：「䑶，船也。」「吳」疑借用。榜，北孟切，又音謗，進船也。汰音泰。

⑥疑，惑也。滯，留也。言士衆雖同力引櫂，船猶不進，隨水回流，使己疑惑，有還意也。疑，一作「凝」。五臣云：「容與，徐動貌。淹，留也。疑滯者，戀楚國也。」【補曰】江淹賦云：「舟凝滯於水濱。」杜子美詩云：「舊客舟凝滯。」皆用此語。其作「凝」者，傳寫之誤耳。

⑦枉陼，地名。陼，一作「渚」。

⑧辰陽，亦地名也。言己乃從枉陼，宿辰陽，自傷去國，日已遠也。或曰：枉，曲也。陼，沚也。辰，時也。陽，明也。言己將去枉曲之俗，而趨時明之鄉也。【補曰】前漢：武陵郡有辰陽。注云：「三山

谷，辰水所出，南入沅七百五十里。」水經云：「沅水東逕辰陽縣南，東[五]合辰水。舊治在辰水之陽，故取名焉。楚詞所謂『夕宿辰陽』也。沅水又東，歷小灣，謂之枉渚。」

⑨苟，誠也。其，一作「之」。五臣云：「苟，且也。」

⑩僻，左也。言我惟行正直之心，雖在遠僻之域，猶有善稱，無害疾也。故論語曰「子欲居九夷」也。僻，一作「辟」。五臣云：「原自解之詞。」

入漵浦余儃佪兮①，迷不知吾所如②。深林杳以冥冥兮③，猨狖之所居④。山峻高以蔽日兮⑤，下幽晦以多雨⑥。霰雪紛其無垠兮⑦，雲霏霏而承宇⑧。哀吾生之無樂兮⑨，幽獨處乎山中⑩。吾不能變心而從俗兮⑪，固將愁苦而終窮⑫。

①漵浦，水名。儃佪，一作「邅迴」。五臣云：「漵，亦浦類。邅，轉。迴，旋也。」【補曰】漵，徐呂切。

②迷，惑也。如，之也。言己思念楚國，雖循江水涯，意猶迷惑，不知所之也。一本「吾」下有「之」字。

③山林草木茂盛。一云「杳杳以冥冥」。杳，一作「晦」。冥冥，一作「冥寞」。五臣云：「冥冥，暗貌。」

④非賢士之道徑。一本此句上有「乃」字。五臣云：「猨狖，輕捷之獸。喻國之昏亂，邪巧生焉，非賢智所能處也。」【補曰】猨狖，見九歌。

⑤言險阻危傾也。以，一作「而」。

⑥言暑濕泥濘也。【補曰】此言陰氣盛而多雨也。

⑦涉冰凍之盛寒。【補曰】詩云：「如彼雨雪，先集維霰。」霰，霙也。一曰：雨雪雜。垠音銀，畔岸也。

⑧室屋沈没，與天連也。或曰，日以喻君，山以喻臣，霰雪以興殘賊，雲以象佞人。「山峻高以蔽日」者，謂臣蔽君明也。「下幽晦以多雨」者，羣下專擅施恩惠也。「霰雪紛其無垠」者，殘賊之政害仁賢也。「雲霏霏而承宇」者，佞人並進，滿朝廷也。【補曰】霏，芳微切。詩：「雨雪霏霏。」

⑨遭遇讒佞，失官爵也。

⑩遠離親戚，而斥逐也。

⑪終不易志，隨枉曲也。

⑫愁思無聊，身困窮也。

接輿髡首兮，桑扈臝行①。忠不必用兮，賢不必以②。伍子逢殃兮③，比干菹醢④。與前世而皆然兮⑤，吾又何怨乎今之人⑥。余將董道而不豫兮⑦，固將重昏而終身⑧。

①接輿，楚狂接輿也。髡，剔也。首，頭也，自刑身體，避世不仕也。桑扈，隱士也。去衣裸裎，效夷狄也。言屈原自傷不容於世，引此隱者以自慰也。羸，一作「裸」。【補曰】論語曰：「楚狂接輿，歌而過孔子。」揚子曰：「狂接輿之被其髮也。」莊子曰：「嗟來，桑户乎。」髡音坤，去髮也。羸，力果切，赤體也。

②以，亦用也。【補曰】語曰：「不使大臣怨乎不以。」左氏曰：「師能左右之曰以。」

③伍子，伍子胥也。爲吳王夫差臣，諫令伐越，夫差不聽，遂賜劍而自殺。後越竟滅吳，故言「逢殃」。【補曰】子胥，伍員也。史記：「越王句踐率其衆以朝吳，吳王喜。惟子胥懼，曰：『是棄吳也。』諫不聽，賜子胥屬鏤之劍以死。將死，曰：『抉吾眼，置吳東門之上，以觀越之滅吳也。』」莊子曰：「伍員流于江。」鄒陽曰：「子胥鴟夷。」

④比干，紂之諸父也。紂惑妲己，作糟丘酒池，長夜之飲，斷斮朝涉，刳剔孕婦。比干正諫，紂怒曰：「吾聞聖人心有七孔。」於是乃殺比干，剖其心而觀之，故言「菹醢」也。一云：比干，紂之庶兄。菹，一作「葅」。

⑤謂行忠直，而遇患害，如比干、子胥者多也。

⑥自古有迷亂之君，若紂、夫差，不用忠信，滅國亡身，當何爲復怨今之君乎？五臣云：「此自抑之詞。」

⑦董，正也。豫，猶豫也。言己雖見先賢執忠被害，猶正身直行，不猶豫而狐疑也。

⑧昏，亂也。言己不逢明君，思慮交錯，心將重亂，以終年命。

亂曰：鸞鳥鳳皇，日以遠兮①。燕雀烏鵲，巢堂壇兮②。露申辛夷，死林薄兮③。腥臊並御，芳不得薄兮④。陰陽易位，時不當兮⑤。懷信侘傺，忽乎吾將行兮⑥。

涉江⑦

①鸞、鳳，俊鳥也。有聖君則來，無德則去。以興賢臣難進易退也。

②燕雀、烏鵲，多口妄鳴，以喻讒佞。言楚王愚闇，不親仁賢，而近讒佞也。【補曰】壇音善，見九歌。

③露，暴也。申，重也。叢木曰林。草木交錯曰薄。言重積辛夷，露而暴之，使死於林薄之中，猶言取賢明君子，弃之山野，使之顛墜也。

④腥臊，臭惡也。御，用也。薄，附也。言不識味者，並甘臭惡。不知人者，信任讒佞。故忠信之士，不得附近而放逐也。【補曰】臊音騷。周禮曰：「豕盲視而交睫，腥。犬赤股而躁，臊。」左傳曰：「薄而觀之。」薄，迫也，逼近之意，如字。一音博。下文「忽翱翔之焉薄」、「瞭杳杳而薄天」並同。

⑤陰，臣也。陽，君也。言楚王惑蔽羣佞，權臣將代君，與之易位。自傷不遇明時，而當暗世。【補曰】陰陽易位，言君弱而臣強也。當，平聲。

⑥言己懷忠信，不合於衆，故悵然住立，忽忘居止，將遂遠行，之它方也。一無「忽」字。

⑦此章言己佩服殊異，抗志高遠，國無人知之者，徘徊江之上，歎小人在位，而君子遇害也。

皇天之不純命兮①，何百姓之震愆②。民離散而相失兮，方仲春而東遷③。去故鄉而就遠兮，遵江夏以流亡④。出國門而軫懷兮⑤，甲之鼂吾以行⑥。發郢都而去閭兮，荒忽其焉極⑦。楫齊揚以容與兮⑧，哀見君而不再得⑨。望長楸而太息兮⑩，涕淫淫其若霰⑪。過夏首而西浮兮⑫，顧龍門而不見⑬。心嬋媛而傷懷兮⑭，眇不知其所蹠⑮。順風波以從流兮，焉洋洋而爲客⑯。淩陽侯之氾濫兮⑰，忽翺翔之焉薄⑱。心絓結而不解兮⑲，思蹇産而不釋⑳。將運舟而下浮兮㉑，上洞庭而下江㉒。去終古之所居兮㉓，今逍遥而來東㉔。

①德美大稱皇天，以興君也。

②震，動也。愆，過也。言皇天不純一其施，則萬物夭傷；人君不純一其政，則百姓震動以觸罪也。

③仲春，二月也。刑德合會嫁娶之時。言懷王不明，信用讒言，而放逐己，正以仲春陰陽會時，徙我東行，遂與室家相失也。一無「方」字。

④遵，循也。江夏，水名也。言己東行，循江夏之水而遂流亡，無還鄉之期也。【補曰】前漢有江夏郡，應劭曰：「沔水自江别，至南郡華容爲夏水，過郡入江，故曰江夏。」水經云：「夏水出江

津［六］，於江陵縣東南。」注云：「江津，豫章口，東會中夏口，是夏水之首［七］，江之氾也。所謂『過夏首而西浮，顧龍門而不見』也。」又云：「又東至江夏雲杜縣，入于沔。」注云：「應劭曰：江別入沔，爲夏水源。夫『夏』之爲名，始於分江，冬竭夏流，故納厥稱。既有中夏之目，亦苞大夏之名矣。當其決入之所土［八］，謂之賭口焉。鄭玄注尚書『滄浪之水』言：『今謂之夏水。』劉澄之著永初山川記云：『夏水古文以爲滄浪，漁父所歌也。』因此言之，水應由沔。今按：夏水是江流沔，非沔入夏。假使沔注夏，其勢西南，非尚書『又東』文。余亦以爲非也。自賭口下沔水，兼通夏首［九］，而會於江，謂之夏汭。故春秋傳：『吳伐楚，沈尹戌奔命於夏汭也。』杜預曰：『漢水曲入江，即夏口矣。』」

⑤軫，痛也。懷，思也。

⑥甲，日也。鼂，旦也。屈原放出郢門，心痛而思，始去正以甲日之旦而行。紀時日清明者，刺君不聰明也。鼂，一作「晁」。【補曰】鼂、晁，並讀爲「朝暮」之「朝」。馮衍賦云：「甲子之朝兮，汨吾西征。」注云：「君子舉事尚早，故以朝言也。」

⑦言己始發郢，去我閭里，愁思荒忽，安有窮極之時。一無「都」字。一本「荒」上有「怊」字。其，一作「之」。【補曰】前漢：南郡江陵縣，故楚郢都。「楚文王自丹陽徙此。後九世平王城之。後十世秦拔我郢，徙東郢［一〇］。」閭，里門也。荒忽，見九歌。

⑧楫，船櫂也。齊，同也。揚，舉也。【補曰】楫音接。

⑨言己去乘船，士卒齊舉楫櫂，低佪容與，咸有還意。自傷卒去，而不得再事於君也。

⑩長楸，大梓。太，一作「歎」。【補曰】楸音秋。

⑪淫淫，流貌也。言己顧望楚都，見其大道長樹，悲而太息，涕下淫淫，如雨霰也。

⑫夏首，夏水口也。船獨流爲浮也。【補曰】荀子曰：「夏首之南有人焉。」

⑬龍門，楚東門也。言己從西浮而東行，過夏水之口，望楚東門，蔽而不見，自傷日以遠也。【補曰】水經云：「龍門，即郢城之東門。」又，伍端休江陵記云：「南關三門，其一名龍門，一名修門。」修門，見招魂。

⑭嬋媛，猶牽引也。

⑮眇，猶遠也。蹠，踐也。言己顧視龍門不見，則心中牽引而痛，遠視眇然，足不知當所踐蹠也。其，一作「余」。一無「其」字。文苑作「所它」。【補曰】蹠音隻。

⑯洋洋，無所歸貌也。言己憂不知所踐，則聽船順風，遂洋洋遠客，而無所歸也。【補曰】洋洋，水盛貌。焉，讀如「且焉止息」之「焉」。

⑰淩，乘也。陽侯，大波之神。濫，一作「灠」。【補曰】戰國策云：「塞漏舟而輕陽侯之波，則舟覆矣。」淮南云：「武王伐紂，渡于孟津，陽侯之波，逆流而擊。」注云：「陽侯，陵陽國侯也。其國近水，溺死於水，其神龍〔二〕爲大波，有所傷害，因謂之陽侯之波也。」應劭曰：「陽侯，古之諸侯。有罪，自投江，其神爲大波。」氾，孚梵切。

⑱薄，止也。言己遂復乘大波而遊，忽然無所止薄也。之，一作「而」，一作「兮」。

⑲絓，懸。【補曰】絓，礙也，音畫。

⑳蹇産，詰屈也。言己乘船蹈波，愁而恐懼，則心肝懸結，思念詰屈，而不可解釋也。【補曰】山曲曰⿰山蹇嵼。義與此同。

㉑運，回也。

㉒言己憂愁，身不能安處也。

㉓遠離先祖之宅舍也。

㉔遂行遊戲，涉江湖也。

羌靈䰟之欲歸兮①，何須臾而忘反②。背夏浦而西思兮③，哀故都之日遠④。登大墳以遠望兮⑤，聊以舒吾憂心⑥。哀州土之平樂兮⑦，悲江介之遺風⑧。當陵陽之焉至兮⑨，淼南渡之焉如⑩。曾不知夏之爲丘兮⑪，孰兩東門之可蕪⑫？心不怡之長久兮⑬，憂與愁其相接⑭。惟郢路之遼遠兮⑮，江與夏之不可涉⑯。忽若不信兮⑰，至今九年而不復⑱。慘鬱鬱而不通兮⑲，蹇侘傺而含感⑳。

①精神夢遊，還故居也。羌，一作「唴」。【補曰】羌，發聲也。唴，丘亮切。於義不通。

②倚住顧望，常欲去也。

③背水鄕家，念親屬也。

④遠離郢都，何遼遼也。

⑤想見宮闕與廊廟也。水中高者爲墳，詩曰：「遵彼汝墳。」

⑥且展我情，渫憂思也。

⑦閔惜鄕邑之饒富也。【補曰】樂音洛。

⑧遠涉大川，民俗異也。介，一作「界」。【補曰】薛君韓詩章句曰：「介，界也。」曹子建詩云：「江介多悲風。」注云：「介，閒也。」

⑨意欲騰馳，道安極也。陵，一作「淩」。【補曰】前漢：丹陽郡有陵陽，仙人陵陽子明所居也。大人賦云：「反大壹而從陵陽。」

⑩淼淏彌望，無際極也。渡，一作「度」。一云：淼瀁彌望，無棲集也。

⑪夏，大殿也。丘，墟也。詩云：「於我乎夏屋渠渠。」懷王信用讒佞，國將危亡，曾不知其所居宮殿當爲墟也。【補曰】夏，大屋。楊子曰：「震風淩雨，然後知夏屋之爲帡幪也。」

⑫孰，誰也。蕪，逋也。言郢城兩東門，非先王所作邪？何可使逋廢而無路。【補曰】説文曰：「蕪，薉也。」

⑬怡，樂貌也。

⑭接，續也。言己念楚國將墟，心常含戚，憂愁相續，無有解也。其，一作「之」。

⑮楚道逶迤，山谷隘也。

⑯分隔兩水，無以渡也。

⑰始從細微，遂見疑也。一本「若」下有「去」字。

⑱放且九歲，君不覺也。【補曰】卜居言：「屈原既放三年，不得復見。」此云「至今九年而不復」。按：楚世家、屈原傳、六國世表、劉向新序云：「秦欲吞滅諸侯，屈原爲楚東使於齊，以結強黨。秦國患之，使張儀之楚，賂貴臣上官大夫、靳尚之屬及令尹子蘭、司馬子椒，內賂夫人鄭袖，共譖屈原。屈原遂放於外，乃作離騷。」當懷王之十六年，張儀相楚。十八年，楚囚張儀，復釋去之。是時，屈平既疏，不復在位。懷王悔不用屈原之策，於是復用屈原。屈原諫懷王曰：「何不殺張儀？」懷王使人追之不及。三十年，秦昭王欲與懷王會，屈平曰：「不如無行。」懷王卒行。當頃襄王之三年，懷王卒於秦。頃襄聽讒，復放屈原。以此考之，屈平在懷王之世被絀復用，至頃襄即位，遂放於江南耳。其云「既放三年」，謂被放之初。又云「九年而不復」，蓋作此時，放已九年也。

⑲中心憂滿，慮閉塞也。通，一作「開」。

⑳悵然住立，內結毒也。

外承歡之汋約兮①，諶荏弱而難持②。忠湛湛而願進兮③，妬被離而鄣之④。堯舜之抗行兮⑤，瞭杳杳而薄天⑥。衆讒人之嫉妒兮，被以不慈之僞名⑦。憎愠惀之脩美兮⑧，好夫人之忼慨⑨。衆踥蹀而日進兮⑩，美超遠而逾邁⑪。

①汋約，好貌。【補曰】汋音綽。

②諶，誠也。言佞人承君歡顔，好其諂言，令之汋約，然小人誠難扶持之也。【補曰】諶音忱，信也。荏音稔。語曰：「色厲而内荏。」

③湛湛，重厚貌。【補曰】詩曰：「湛湛露斯。」注云：「湛湛，茂盛貌。」丈減切。相如賦云：「紛湛湛其差錯。」注云：「湛湛，積厚之貌。」徒感切。

④言己體性重厚，而欲願進，讒人妬害，加被離析，鄣而蔽之。被，一作「披」。【補曰】被，讀曰披。反離騷曰：「亡春風之被離。」鄣音章，壅也。記曰：「鮌鄣洪水。」

⑤行，下孟切。

⑥一無「瞭」字。一云「杳冥冥而薄天」。【補曰】瞭音了，目明也。杳杳，遠貌。

⑦【補曰】堯、舜與賢而不與子，故有「不慈」之名。莊子曰：「堯不慈，舜不孝。」言此者，以明堯、舜大聖，猶不免讒謗，況餘人乎？

⑧脩，一作「修」。【補曰】愠，紆粉切，心所愠積也。惀，力允切，思求曉知謂之惀。

⑨釋文作「礚」，苦蓋切。【補曰】忼，苦朗切，忼慨，憤意。君子之愠惀，若可鄙者；小人之忼慨，若

可喜者，惟明者能察之。
⑩踥，一作「躞」，一作「踕」，一作「⿰忄疌惵」。【補曰】踥，思葉切。蹀音牒。踥蹀，行貌。
⑪此皆解於九辯之中。

亂曰：曼余目以流觀兮①，冀壹反之何時②。鳥飛反故鄉兮③，狐死必首丘④。信非吾罪而棄逐兮⑤，何日夜而忘之⑥？

哀郢⑦

①曼，猶曼曼，遠貌。【補曰】説文：「曼，引也。」音萬。
②言己放遠，日以曼曼，周流觀視，意欲一還，知當何時也。
③思故巢也。【補曰】淮南云：「鳥飛反鄉，狐死首丘，各哀其所生。」
④念舊居也。【補曰】記曰：「樂，樂其所自生，禮不忘其本。古人有言曰：『狐死正丘首，仁也。』」廣志曰：「狐死首丘，豹死首山。」
⑤我以忠信而獲過也。
⑥晝夜念君，不遠離也。
⑦此章言己雖被放，心在楚國，徘徊而不忍去，蔽於讒諂，思見君而不得。故太史公讀哀郢而悲其

志也。

心鬱鬱之憂思兮①，獨永歎乎增傷②。思蹇產之不釋兮③，曼遭夜之方長④。悲秋風之動容兮⑤，何回極之浮浮⑥。數惟蓀之多怒兮⑦，傷余心之懮懮⑧。願搖起而橫奔兮⑨，覽民尤以自鎮⑩。結微情以陳詞兮⑪，矯以遺夫美人⑫。昔君與我誠言兮⑬，曰黃昏以爲期⑭。羌中道而回畔兮⑮，反既有此他志⑯。憍吾以其美好兮⑰，覽余以其脩姱⑱。與余言而不信兮⑲，蓋爲余而造怒⑳。

①哀憤結緭，慮煩冤也。一無「心」字。

②哀悲太息，損肺肝也。

③心中詰屈，如連環也。

④憂不能眠，時難曉也。

⑤風爲政令。動，搖也。言風起而草木之類搖動，君令下而百姓之化行也。一本云「悲夫」。【補曰】九辯曰：「悲哉秋之爲氣也，蕭瑟兮草木搖落而變衰。」意與此同。

⑥回，邪也。極，中也。浮浮，行貌。懷王爲回邪之政，不合道中，則其化流行，羣下皆效也。【補曰】

極，至也。詩曰：「江漢浮浮。」浮浮，水流貌。此言回邪盛行，猶秋風之摇落萬物也。

⑦數，紀也。蓀，香草也，以喻君。蓀，一作「荃」。【補曰】數，所矩切，計也。惟，思也。言計思其君多妄怒，無罪而受罰也。

⑧懮，痛貌也。言己惟思君行，紀數其過，又多忿怒，無罪受罰，故我心懮懮而傷痛也。【補曰】懮音憂。説文云：「愁也。」

⑨言己見君妄怒，無辜而受罰，則欲摇動而奔走。

⑩尤，過也。鎮，止也。言己覽觀衆民，多無過惡而被刑罰，非獨己身，自鎮止而慰己也。【補曰】鎮音珍。

⑪結續妙思，作辭賦也。

⑫舉與懷王，使覽照也。【補曰】遺，去聲。

⑬始君與己謀政務也。誠，一作「成」。

⑭且待日没閒靜時也。【補曰】淮南曰：「薄于虞淵，是謂黄昏。」黄昏，喻晚節也。戰國策云：「行百里者，半於九十。」此言末路之難。

⑮信用讒人，更狐疑也。

⑯謂己不忠，遂外疏也。【補曰】志音之，叶韻。

⑰握持寶玩，以侮余也。一無「其」字。【補曰】此言懷王自矜伐也。憍，矜也。莊子曰：「虚憍而恃

氣。」讀若驕。

⑱陳列好色，以示我也。覽，一作「鑒」。脩，一作「修」。【補曰】姱，好也，亦有户音。

⑲外若親己，内懷詐也。一作「途言」。

⑳責其非職，語横暴也。蓋，一作「盍」。【補曰】爲，去聲。

願承閒而自察兮①，心震悼而不敢②。悲夷猶而冀進兮③，心怛傷之憺憺④。兹歷情以陳辭兮⑤，蓀詳聾而不聞⑥。固切人之不媚兮⑦，衆果以我爲患⑧。初吾所陳之耿著兮⑨，豈至今其庸亡⑩。何毒藥之謇謇兮⑪，願蓀美之可完⑫。望三五以爲像兮⑬，指彭咸以爲儀⑭。夫何極而不至兮⑮，故遠聞而難虧⑯。善不由外來兮⑰，名不可以虚作⑱。孰無施而有報兮⑲，孰不實而有穫⑳？

①思待清宴，自解説也。【補曰】閒音閑。莊子曰：「今日宴閒。」察，明也。

②志恐動悸，心中怛也。

③意懷猶豫，幸擢拔也。

④肝膽剖破，血凝滯也。【補曰】怛，當割切，悲慘也。憺，談敢切，安静也。

⑤發此憤思，列謀謨也。一作「歷兹情」。

⑥君耳不聽，若風過也。蓀，一作「荃」。詳，一作「佯」。【補曰】詳，詐也，與「佯」同。

⑦琢瑳羣佞，見憎惡也。

⑧諂諛比己于劔戟也。【補曰】患音還。

⑨論説政治，道明白也。【補曰】耿，古迥切。

⑩文辭尚在，可求索也。一云「豈不至今其庸止」。

⑪忠信不美，如毒藥也。一云「何獨樂斯之謇謇兮」。【補曰】書曰：「若藥不瞑眩，厥疾不瘳。」傳曰：「美疢不如惡石。」

⑫想君德化，可興復也。蓀，一作「荃」。完，一作「光」。

⑬三王五伯，可修法也。

⑭先賢清白，我式之也。

⑮盡心修善，獲官爵也。【補曰】此言以聖賢爲法，盡心行之，何遠而不至也。

⑯功名布流，長不滅也。

⑰才德仁義，從己出也。

⑱愚欲強智，不能及也。【補曰】此言有實而後名從之。

⑲誰不自施德而蒙福。【補曰】施，矢豉切。

⑳空穗滿田，無所得也。以言上不施惠，則下不竭其力；君不履信誠，則臣下僞惑也。穫，一作「獲」。

少歌曰①：與美人抽怨兮②，并日夜而無正③。憍吾以其美好兮④，敖朕辭而不聽⑤。

①小唫謳謡以樂志也。少，一作「小」。【補曰】少，矢照切。荀子曰：「其小歌也。」注云：「此下一章，即其反辭，總論前意，反復説之也。」此章有少歌，有倡，有亂。少歌之不足，則又發其意而爲倡。獨倡而無與和也，則總理一賦之終，以爲亂辭云爾。

②爲君陳道，拔恨意也。

③君性不端，晝夜謬也。并，一作「弃」。一云「并慽日夜無正」。【補曰】并，並也。馮衍賦云：「并日夜而憂思。」

④示我爵位及財賄也。憍，一作「驕」。

⑤慢我之言而不采聽也。敖，一作「謷」。【補曰】敖，倨也，與「傲」同。

倡曰①：有鳥自南兮②，來集漢北③。好姱佳麗兮④，牉獨處此異域⑤。既惸獨而不羣兮⑥，又無良媒在其側⑦。道卓遠而日忘兮⑧，願自申而不得。望丘〔三〕山而流涕兮⑨，臨流水而太息⑩。望孟夏之短夜兮⑪，何晦明之若歲⑫。惟郢路之遼遠兮⑬，䰟一夕而九逝⑭。曾不知路之曲直兮⑮，南指月與列星⑯。願徑逝而未得兮⑰，䰟識路之營營⑱。何靈䰟之信直兮⑲，人之心不與吾心同⑳。理弱而媒不通兮㉑，尚不知余之從容㉒。

①起倡發聲，造新曲也。【補曰】倡，與「唱」同。

②屈原自喻，生楚國也。【補曰】孔子曰：「鳥則擇木，木豈能擇鳥？」子思曰：「君子猶鳥也，疑之則舉矣。」「色斯舉矣，翔而後集」，故古人以自喻。

③雖易水土，志不革也。【補曰】禹貢：「嶓冢導漾，東流爲漢。」周禮：「荆州，其川江、漢。」漢，楚水也。水經及山海經注云：「漢水出隴西坻道縣嶓塚山。初名漾水，東流至武都沮縣，始爲漢水。東南至葭萌，與羌水合。至江夏安陸縣，名沔水。故有漢沔之名。又東至竟陵，合滄浪之水，又東過三澨，水觸大別山，南入於江也。」

④容貌説美，有俊德也。

⑤背離鄉黨，居他邑也。牉，一作「叛」，一作「枋」。【補曰】牉音泮，舊音伴。

⑥行與衆異，身孤特也。【補曰】惸，渠榮切，無弟兄也。

⑦左右嫉妬，莫衒鬻也。

⑧卓，一作「逴」。

⑨瞻仰高景，愁悲泣也。丘山，一作「南山」。

⑩顧念舊故，思親戚也。流水，一作「深水」。

⑪四月之末，陰盡極也。【補曰】上云「曼遭夜之方長」，此云「望孟夏之短夜」者，秋夜方長，而夏夜最短，憂不能寐，冀夜短而易曉也。

⑫憂不能寐，常倚立也。
⑬隔以江湖，幽僻側也。
⑭精䰟夜歸，幾滿十也。
⑮忽往忽來，行亟疾也。一本云「曾不知路之曲直兮，魂識路之營營。何靈魂之信直兮，南指月與列星。願徑逝而未得兮，人之心不與吾心同」。
⑯參差轉運，相遞代也。
⑰意欲直還，君不納也。未，一作「不」。
⑱精靈主行，往來數也。或曰，識路，知道路也。營，一作「煢」。【補曰】詩注云：「營營，往來貌。」
煢煢，憂也，音瓊。
⑲質性忠正，不枉曲也。
⑳我志清白，衆泥濁也。
㉑知友劣弱，又鄙朴也。
㉒未照我志之所欲也。【補曰】言尚不知己志，況能召我也？

亂曰：長瀨湍流，泝江潭兮①。狂顧南行，聊以娛心兮②。軫石崴嵬，蹇吾願兮③。超回志度，行隱進兮④。低佪夷猶，宿北姑兮⑤。煩寃瞀容，實沛徂兮⑥。愁歎苦神，靈遥思兮⑦。路遠處幽，又無行媒兮⑧。道思作頌，聊以自救兮⑨。憂心不遂，斯言誰告兮⑩。

抽思⑪

①湍，亦瀨也。逆流而上曰泝。潭，淵也。楚人名淵曰潭。言己思得君命，緣湍瀨之流，上泝江淵而歸郢也。【補曰】瀨，見九歌。説文：「逆流而上曰泝洄。泝，向也。水欲下，違之而上也。」潭水出武陵。一説：楚人名深曰潭。徒含切，又音淫。

②狂，猶遽也。娱，樂也。君不肯還己，則復遽走南行，幽藏山谷，以娱己之本志也。一無「聊」字。

③軫，方也，故曰軫之方也以象地。崴嵬，崔巍，高貌也。言雖放弃，執履忠信，志如方石，終不可轉，行度益高，我常願之也。嵬，一作「褭」。【補曰】軫石，謂石之方者，如車軫耳。集韻：崴音隈。嵬，吾回切。又，崴，烏皆切。嵬音懷。崴嵬，不平也。一曰：山形。崴，舊音委誰切。褭音淮。

④超，越也。言己動履正直，超越回邪，志其法度，隱行忠信，日以進也。【補曰】説文：「隱，安也。」

⑤夷猶，猶豫也。北姑，地名。言己所以低佪猶豫、宿北姑者，冀君覺寤而還己也。低，一作「俳」。

⑥瞀，亂也。實，是也。徂，去也。言己憂愁，思念煩冤，容貌憒亂，誠欲隨水沛然而流去也。【補曰】瞀音茂。

⑦「愁歎苦神」者，思舊鄉而神勞也。「靈遥思」者，神遠思也。

⑧「路遠處幽」者，道遠處僻也。「無行媒」者，無紹介也。
⑨「道思」者，中道作頌以舒怫鬱之念，救傷懷之思也。一無「以」字。
⑩「憂心不遂」，不達也。「誰告」者，無所告愬也。
⑪此章言己所以多憂者，以君信諛而自聖，眩於名實，昧於施報，己雖忠直，無所赴愬，故反復其詞，以泄憂思也。

滔滔孟夏兮①，草木莽莽②。傷懷永哀兮③，汩徂南土④。眴兮杳杳⑤，孔靜幽默⑥。鬱結紆軫兮⑦，離慜而長鞠⑧。撫情效志兮⑨，冤屈而自抑⑩。

①滔滔，盛陽貌也。史記作「陶陶」。【補曰】說文：「滔，水漫漫大貌。」他刀切。又，滔，聚也，音陶。前云「方仲春而東遷」，此云「滔滔孟夏」者，屈原以仲春去國，以孟夏徂南土也。
②言孟夏四月，純陽用事，煦成萬物。草木之類莫不莽莽盛茂。自傷不蒙君惠，而獨放弃，曾不若草木也。【補曰】莽，莫補切。
③懷，思也。永，長也。
④汩，行貌。徂，往也。言己見草木盛長，而己獨汩然放流，往居江南之土、僻遠之處，故心傷而長悲

思也。土，一作「去」。【補曰】汨，越筆切，見騷經。

⑤眴，視貌也。杳杳，深冥貌也。史記作「窈窈」。【補曰】眴，與「瞬」同。説文云：「開闔目數搖也。」

⑥孔，甚也。詩曰：「亦孔之將。」默默，無聲也。言江南山高澤深，視之冥冥，野甚清淨，漠無人聲。一云「孔靜兮」。史記「默」作「墨」。

⑦紆，屈也。軫，痛也。史記「紆」作「冤」。

⑧慜，痛也。鞠，窮也。言己愁思，心中鬱結，紆屈而痛，身遭疾病，長窮困苦，恐不能自全也。史記「慜」作「愍」，「而」作「之」。【補曰】離，遭也。慜，與「愍」同。

⑨撫，循也。効，猶覈也。

⑩抑，按也。言己身多病長窮，恐遂顛沛，撫己情意，而考覈心志，無有過失，則屈志自抑，而不懼也。史記云：「俛詘以自抑。」

刓方以爲圜兮①，常度未替②。易初佅[一三]迪兮③，君子所鄙④。章畫志墨兮⑤，前圖未改⑥。內厚質正兮⑦，大人所盛⑧。巧倕不斲兮⑨，孰察其撥正⑩。

①刓，削。【補曰】刓，吾官切，圓削也。

②度，法也。替，廢也。言人刓削方木，欲以爲圜，其常法度尚未廢也。以言讒人譖逐放己，欲使改行，亦終守正而不易也。

③史記「迪」作「由」。一無「初」字。

④鄙，耻也。言人遭世遇，變易初行，遠[一四]離常道，賢人君子之所耻，不忍爲也。

⑤章，明也。志，念也。史記「志」作「職」。【補曰】畫音獲。

⑥圖，法也。改，易也。言工明於所畫，念其繩墨，修前人之法，不易其道，則曲木直而惡木好也。以言人遵先聖之法度，修其仁義，不易其行，則德譽興而榮名立也。史記「圖」作「度」。

⑦史記作「內直質重兮」。

⑧言人質性敦厚，心志正直，行無過失，則大人君子所盛美也。

⑨倕，堯巧工也。斲，斫也。史記作「巧匠」。斲，一作「劉」，一作「斷」。【補曰】倕音垂。書曰：「垂，汝共工。」莊子曰：「工倕旋而蓋規矩。」淮南曰：「周鼎著倕，使銜其指。」說文云：「斲，斫也。」「劉，殺也。」作「斲」者是。

⑩察，知也。撥，治也。言倕不以斤斧斲斫，則曲木不治，誰知其工巧者乎？以言君子不居爵位，衆亦莫知其賢能也。史記作「揆正」。【補曰】說文曰：「撥，治也。比[一五]末切。」「揆，度也。」

玄文處幽兮①，矇瞍謂之不章②。離婁微睇兮③，瞽以爲無明④。變白以爲黑兮⑤，倒上以爲下⑥。鳳皇在笯兮⑦，雞鶩翔舞⑧。同糅玉石兮⑨，一槩而相量⑩。夫惟黨人鄙固兮⑪，羌不知余之所臧⑫。任重載盛兮⑬，陷滯而不濟⑭。懷瑾握瑜兮⑮，窮不知所示⑯。邑犬之羣吠兮，吠所怪也⑰。非俊疑傑兮⑱，固庸態也⑲。文質疏内兮⑳，衆不知余之異采㉑。材朴委積兮㉒，莫知余之所有㉓。

①玄，墨也。幽，冥也。史記作「幽處」。

②矇，盲者也。詩云：「矇瞍奏公[一六]。」章，明也。言持玄墨之文，居於幽冥之處，則矇瞍之徒以爲不明也。言持賢知之士，居於山谷，則衆愚以爲不賢也。瞍，一作「瞍」。史記無「瞍」字。【補曰】有眸子而無見曰矇，無眸子曰瞍。

③離婁，古明目者也。孟子曰：「離婁之明。」睇，眄之也。【補曰】淮南曰：「離朱之明。」即離婁也。黄帝時人，明目能見百步之外，秋豪之末。睇音弟。説文曰：「目小視也。南楚謂眄曰睇。」

④瞽，盲者也。詩云：「有瞽有瞽。」言離婁明目，無所不見，微有所眄，盲人輕之，以爲無明也。言賢者遭困厄，俗人侮之，以爲癡也。【補曰】説文：「瞽，目但有眹[一七]也。」

⑤世以濁爲清也。史記「以」作「而」。

⑥俗人以愚爲賢也。【補曰】下，音户。

⑦笯，籠落也。徐廣曰：「笯，一作『郊』。」【補曰】笯音暮，釋文音奴，又女家切。説文曰：「籠也，

南楚謂之篍。」

⑧言聖人困厄，小人得志也。史記「鶩」作「雉」。【補曰】鶩，梟屬，音木。

⑨賢愚雜廁。【補曰】糅，雜也，女救切。

⑩忠佞不異。【補曰】槩，平斗斛木，古代切。

⑪楚俗狹陋。鄙，一作「交」。史記云：「夫黨人之鄙妬兮。」

⑫莫照我之善意也。史記云：「羌不知吾所臧。」

⑬【補曰】盛，多也。言所任者重，所載者多也。重，直用切。

⑭陷，没也。濟，成也。言己才力盛壯，可任重載，而身放弃，陷没沉滯，不得成其本志。

⑮在衣爲懷，在手爲握。瑾、瑜，美玉也。【補曰】傳云：鍾山之玉，瑾、瑜爲良。瑾音僅。瑜音逾。

⑯示，語也。言己懷持美玉之德，遭世闇惑，不別善惡，抱寶窮困，而無所語也。史記云：「窮不得余所示。」

⑰言邑里之犬羣而吠者，怪非常之人而噪之也。以言俗人羣聚毀賢智者，亦以其行度異，故羣而謗之也。一云「邑犬羣兮，吠所怪也」。史記無「之」字。一本此句與下文無「也」字。

⑱千人才爲俊，一國高爲傑也。史記云：「誹駿疑桀。」【補曰】淮南云：「知過萬人謂之英，千人謂之俊，百人謂之豪，十人謂之傑。」

⑲庸，廝賤之人也。言衆人所謗非傑異之士，斯庸夫惡態之人也。何者？德高者不合於衆，行異者不

合於俗，故爲犬之所吠、衆人之所詘也。

⑳史記「疏」作「疎」。【補曰】內，舊音訥。疏，疏通也。訥，木訥也。釋文：「內，如字。」

㉑采，文采也。言己能文能質，內以疏達，衆人不知我有異藝之文采也。史記「余」作「吾」。徐廣曰：「異，一作『奧』。」

㉒條直爲材，壯大爲朴。壯，一作「庬」。史記「朴」作「樸」。積，一作「質」。【補曰】說文云：「朴，木皮也。」「樸，木素也。」

㉓言材木委積，非魯班則不能別其好醜。國民衆多，非明君則不知我之能也。

重仁襲義兮①，謹厚以爲豐②。重華不可逻兮③，孰知余之從容④？古固有不並兮⑤，豈知其何故⑥。湯禹久遠兮，邈而不可慕⑦。懲連改忿兮⑧，抑心而自強⑨。離慜而不遷兮⑩，願志之有像⑪。進路北次兮⑫，日昧昧其將暮⑬。舒憂娛哀兮⑭，限之以大故⑮。

①重，累也。襲，及也。【補曰】淮南云：「聖人重仁襲恩。」注云：「襲，亦重累。」

②謹，善也。豐，大也。言衆人雖不知己，猶復重累仁德，及興禮義，修行謹善，以自廣大也。

③逻，逢，一作「遌」。史記作「悟」。【補曰】逻、遌，當作「遻」，音忤，與「迕」同。列子「遻物而不懾」是也。釋文：「遌，五各切。心不欲見而見曰遌。」於義頗迂。

④從容，舉動也。言聖辟重華，不可逢遇，誰得知我舉動欲行忠信也。

⑤並，俱。【補曰】此言聖賢有不並時而生者，故重華不可遻，湯、禹不可慕也。

⑥言往古之世，忠佞之臣不可俱並事君，必相尅害，故曰「豈知其何故」。一本此與下句末皆有「也」字。史記云：「豈知其故也。」

⑦慕，思也。言殷湯、夏禹聖德之君明於知人，然去久遠，不可思慕而得事之也。史記云：「邈不可慕也。」

⑧懲，止也。忿，恨也。史記「連」作「違」。

⑨抑，按也。言己知禹、湯不可得，則止己留連之心，改其忿恨，按慰己心，以自強勉也。強，史記作「彊」。【補曰】強，巨兩切。

⑩慜，病也。遷，徙也。慜，史記作「湣」，一作「閔」。

⑪像，法也。言己自勉修善，身雖遭病，心終不徙，願志行流於後世，爲人法也。史記「像」作「象」。

⑫路，道也。次，舍也。

⑬昧，冥也。言己思念楚國，願得君命，進道北行，以次舍止，冀遂還歸，日又將暮，不可去也。

⑭娛，樂。史記云：「含憂虞哀。」

⑮限，度也。大故，死亡也。言己自知不遇，聊作詞賦，以舒展憂思，樂己悲愁，自度以死亡而已，終無它志也。【補曰】孟子云：「今也不幸，至於大故。」

亂曰：浩浩沅湘①，分流汩兮②。修路幽蔽，道遠忽兮③。懷質抱情④，獨無匹兮⑤。伯樂既没，驥焉程兮⑥。萬民之生，各有所錯兮⑦。定心廣志，余何畏懼兮⑧。曾傷爰哀，永歎喟兮⑨。世溷濁莫吾知，人心不可謂兮⑩。知死不可讓，願勿愛兮⑪。明告君子，吾將以爲類兮⑫。

懷沙⑬

①史記此句末至「明告君子」，竝有「兮」字。

②浩浩，廣大貌也。汩，流也。言浩浩廣大乎沅、湘之水，分汩而流，將歸乎海。傷己放棄，獨無所歸也。分，一作「汾」。【補曰】汩音骨者，水聲也；音鶻者，涌波也。莊子曰：「與汩俱出。」郭象云：「洄伏而涌出者，汩也。」

③修，長也。言己雖在湖澤之中，幽深蔽闇，道路甚遠，且久長也。史記「蔽」作「拂」。自「道遠忽兮」以下，有「曾唫恒悲兮，永歎慨兮，世既莫吾知兮，人心不可謂兮」四句。

④史記云：「懷情抱質。」

⑤匹，雙也。言己懷敦篤之質，抱忠信之情，不與衆同，故孤煢獨行，無有雙匹也。匹，俗作「疋」。

⑥伯樂，善相馬也。程，量也。言騏驥不遇伯樂，則無所程量其才力也。以言賢臣不遇明君，則無所施其智能也。史記「没」作「歿」。「焉」上有「將」字。【補曰】戰國策云：「昔騏驥駕鹽車，上

吳阪，遷延負轅，而不能進。遭伯樂，仰而鳴之，知伯樂之知己也。」淮南子曰：「造父不能爲伯樂。」注云：「伯樂善相馬，事秦繆公。」又，王逸云：「孫陽，伯樂姓名。」而張晏云：「王良，字伯樂。」非也。王良善馭，事趙簡子。

⑦錯，安也。言萬民稟受天命而生[一八]，各有所錯安，其志或安于忠信，或安于詐僞，其性不同也。一云「民生有命」。史記「民」作「人」。一云「民生稟命」。

⑧言己既安於忠信，廣我志意，當復何懼乎？威不能動，法不能恐也。

⑨爰，於也。喟，息也。言己所以心中重傷，於是歎息，自恨懷道不得施用也。曾，一作「增」。【補曰】曾音增。喟，丘愧切。

⑩謂，猶說也。言己遭遇亂世，衆人不知我賢，亦不可户告人說。一云「念不可謂兮」。史記云：「世溷不吾知，心不可謂兮。」一云「世溷莫知，不可謂兮」。

⑪讓，辭也。言人知命將終，可以建忠，仗節死義，願勿辭讓，而自愛惜之也。【補曰】屈子以爲知死之不可讓，則舍生而取義可也。所惡有甚於死者，豈復愛七尺之軀哉？

⑫告，語也。類，法也。詩云：「永錫爾類。」言己將執忠死節，故以此明白告諸君子，宜以我爲法度。一本「明」下有「以」字。

⑬此章言己雖放逐，不以窮困易其行。小人蔽賢，羣起而攻之。舉世之人無知我者。思古人而不得見，仗節死義而已。太史公曰：「乃作懷沙之賦，遂自投汨羅以死。」原所以死，見於此賦，故太史公獨

載之。

思美人兮①，擥涕而竚眙②。媒絶路阻兮③，言不可結而詒④。蹇蹇之煩冤兮⑤，陷滯而不發⑥。申旦以舒中情兮⑦，志沈菀而莫達⑧。願寄言於浮雲兮⑨，遇豐隆而不將⑩。因歸鳥而致辭兮⑪，羌宿高而難當⑫。高辛之靈盛兮⑬，遭玄鳥而致詒⑭。欲變節以從俗兮⑮，媿易初而屈志⑯。獨歷年而離愍兮⑰，羌馮心猶未化⑱。寧隱閔而壽考兮⑲，何變易之可爲⑳。

①言己憂思，念懷王也。

②竚立悲哀，涕交横也。【補曰】擥，猶拔也。竚，直吕切，久立也。眙，直視也，丑吏切。文選注云：「佇眙，立視也。今市聚人謂之立眙。」

③良友隔絶，道壞崩也。一云「媒絶而道路阻」。文苑作「路絶而媒阻」。

④秘密之語，難傳誦也。一無「而」字。

⑤忠謀盤紆，氣盈胷也。冤，一作「惋」。【補曰】易曰：「王臣蹇蹇。」

⑥含辭鬱結，不得揚也。陷，一作「滔」。【補曰】懷沙云：「陷滯而不濟。」

⑦誠欲日日陳己心也。以，一作「不」。【補曰】九辯云：「申旦而不寐。」五臣云：「申，至也。」

⑧思念沈積，不得通也。一無「志」字。【補曰】菀音鬱，積也。
⑨思託要謀於神靈也。
⑩雲師徑遊，不我聽也。
⑪思附鴻雁，達中情也。
⑫飛集山林，道徑異也。一云「羌迅高而難寓」。【補曰】當，值也。
⑬帝嚳之德，茂神靈也。盛，一作「晟」，一作「威」。【補曰】史記：「帝嚳高辛者，黄帝之曾孫。生而神靈，自言其名。」張晏曰：「高辛，所興之地名也。」
⑭嚳妃吞燕卵以生契也。言殷契合神靈之祥知而生，於是性有賢仁，爲堯三公。屈原亦得天地正氣而生，自傷不遭聖主，而遇亂世也。
⑮念改忠直，隨讒佞也。
⑯慙耻本行，中回傾也。【補曰】媿，與「愧」同。志音之，叶韻。
⑰脩德累歲，身疲病也。
⑱憤懣守節，不易性也。【補曰】「馮」與「憑」同。
⑲懷智佯愚，終年命也。
⑳心不改更，死忠正也。一云「何變初而可爲」。

知前轍之不遂兮①，未改此度②。車既覆而馬顛兮③，蹇獨懷此異路④。勒騏驥而更駕兮⑤，造父爲我操之⑥。遷逡次而勿驅兮⑦，聊假日以須旹⑧。指嶓冢之西隈兮⑨，與纁黃以爲期⑩。

①比干、子胥，蒙禍患也。轍，一作「道」。

②執心不回，志彌固也。

③君國傾側，任小人也。車以喻君，馬以喻臣。言車覆者，君國危也。馬顛仆者，所任非人。

④遭逢艱難，思忠臣也。

⑤舉用才德，任俊賢也。

⑥御民以道，須明君也。【補曰】史記：「秦之先造父，以善御幸於周繆王，得驥、温驪、驊騮、騄耳之駟，西巡狩。」父音甫。操，七刀切。

⑦使臣以禮，得中和也。【補曰】遷逡，猶逡巡，行不進貌。再宿爲信，過信爲次。説文曰：「次，不前也。」逡，七旬切。

⑧期月考功，知德化也。【補曰】假日，見騷經。須，待也。旹，古「時」字。

⑨澤流山野，被流沙也。嶓冢，山名。尚書：「嶓冢導漾。」隈，一作「隅」。【補曰】嶓音波。禹貢：「導嶓冢至於荆山。」注云：「嶓冢，在梁州。」「指嶓冢之西隈」，言日薄於西山也。

⑩待閒靜時，與賢謀也。纁黃，蓋黃昏時也。纁，一作「曛」。【補曰】纁，淺絳也。其爲色黃而兼赤。曛，日入餘光。並音薰。

開春發歲兮①，白日出之悠悠②。吾將蕩志而愉樂兮③，遵江夏以娛憂④。擥大薄之芳茝兮⑤，搴長洲之宿莽⑥。惜吾不及古人兮⑦，吾誰與玩此芳草⑧？解萹薄與雜菜兮⑨，備以爲交佩⑩。佩繽紛以繚轉兮⑪，遂萎絶而離異⑫。吾且儃佪以娛憂兮⑬，觀南人之變態⑭。竊快在中心兮⑮，揚厥憑而不竢⑯。

①承陽施惠，養百姓也。

②君政溫仁，體光明也。

③滌我憂愁，弘佚豫也。將，一作「且」。【補曰】愉音逾。

④循兩水涯，以娛志也。

⑤欲援芳茝以爲佩也。擥，一作「攬」。茝，一作「芷」。【補曰】薄，叢薄也。

⑥采取香草，用飾己也。楚人名冬生草曰宿莽。

⑦生後殷湯、周文王也。惜，一作「然」。一云「古之人」。

⑧誰與竭節，盡忠厚也。此，一作「斯」。【補曰】玩，五換切。説文：「弄也。」

⑨萹，萹畜也。雜菜，雜香之菜。【補曰】萹音匾。爾雅曰：「竹，萹蓄。」注云：「似小藜，赤莖節，好生道旁。」本草云：「亦呼爲萹竹。萹薄，謂萹蓄之成叢者。」按萹蓄、雜菜，皆非芳草。此言解去萹菜，而備芳茝、宿莽以爲交佩也。

⑩交，合也。言己解折萹蓄，雜以香菜，合而佩之，言修飾彌盛也。備，一作「脩」。

⑪德行純美，能絶異也。以，一作「其」。【補曰】繽，匹賓切。繚音了，繚繞也。

⑫終以放斥而見疑也。【補曰】萎，於危切。

⑬聊且遊戲，樂所志也。儃佪，一作「徘徊」。

⑭覽察楚俗，化改易也。

⑮私懷僥倖，而欣喜也。一無「在」字。一云「吾竊快在其中心兮」。一無「吾」字。

⑯思舒憤懣，無所待也。

芳與澤其雜糅兮①，羌芳華自中出②。紛郁郁其遠承兮③，滿內而外揚④。情與質信可保兮⑤，羌居蔽而聞章⑥。令薜荔以爲理兮⑦，憚舉趾而緣木⑧。因芙蓉而爲媒兮⑨，憚褰裳而濡足⑩。登高吾不說兮⑪，入下吾不能⑫。固朕形之不服兮⑬，然容與而狐疑⑭。廣遂前畫兮⑮，未改此度也⑯。命則處幽，吾將罷兮⑰，願及白日之未暮⑱。獨煢煢而南行兮，思彭咸之故也。

思美人⑲

①正直温仁，德茂盛也。
②生含天姿。不外受也。【補曰】出，尺類切，自中而外也。
③法度文辭，行四海也。一云「行度文辭，流四海也」。承，一作「蒸」。【補曰】説文：「郁，有章也。」「承，奉也。」
④修善於身，名譽起也。
⑤言行相副，無表裏也。
⑥雖在山澤，名宣布也。居，一作「重」。一云「居重蔽而聞章」。
⑦意欲升高，事貴戚也。以，一作「而」。
⑧憚，難也。誠難抗足，屈蹉蹋也。
⑨意欲下求，從風俗也。因，一作「用」。
⑩又恐汙泥，被垢濁也。【補曰】莊子曰：「蹇裳躩步。」蹇，起虔切。蓋讀若褰，謂摳衣也。足，一作「之」。
⑪事上得位，我不好也。
⑫隨俗顯榮，非所樂也。

⑬我性婞直，不曲撓也。

⑭徘徊進退，觀衆意也。

⑮恢廓仁義，弘聖道也。【補曰】畫音獲，計策也。

⑯心終不變，內自守也。一無「也」字。【補曰】度，徒故切。

⑰受祿當窮，身勞苦也。一無「則」字。【補曰】罷，讀若疲。

⑱思得進用，先年老也。一本句末有「也」字。

⑲此章言己思念其君，不能自達，然反觀初志，不可變易，益自修飭，死而後已也。

惜往日之曾信兮①，受命詔以昭詩②。奉先功以照下兮③，明法度之嫌疑④。國富強而法立兮⑤，屬貞臣而日娭⑥。秘密事之載心兮⑦，雖過失猶弗治⑧。心純庬而不泄兮⑨，遭讒人而嫉之⑩。君含怒而待臣兮⑪，不清澈其然否⑫。蔽晦君之聰明兮⑬，虛惑誤又以欺⑭。弗參驗以考實兮⑮，遠遷臣而弗思⑯。信讒諛之溷濁兮⑰，盛氣志而過之⑱。何貞臣之無辠兮⑲，被離謗而見尤⑳。慙光景之誠信兮㉑，身幽隱而備之㉒。臨沅湘之玄淵兮㉓，遂自忍而沈流㉔。卒没身而絶名兮㉕，惜壅君之不昭㉖。君無度而弗察兮㉗，使芳草爲藪幽㉘。焉舒情而抽信兮㉙，恬死亡而不聊㉚。獨鄣壅而蔽隱兮㉛，使貞臣爲無由㉜。

①先時見任，身親近也。【補曰】史記云：「原博聞強志，明於治亂，嫻於辭令。入則與王圖議國事，以出號令；出則接遇賓客，應對諸侯。王甚任之。」

②君告屈原，明典文也。詩，一作「時」。【補曰】國語曰：「莊王使士亹傅太子箴，問於申叔時，叔時曰：『教之詩，而爲之導廣顯德，以耀明其志。』」

③承宣祖業，以示民也。

④草創憲度，定衆難也。【補曰】史記云：「懷王使屈原造爲憲令，屬草藁未定。上官大夫見而欲奪之，屈平不與。因讒之曰：『王使屈平爲令，衆莫不知，每一令出，平伐其功，曰：「非我莫能爲也。」』王怒而疏屈平。」

⑤楚以熾盛，無盜姦也。

⑥委政忠良而遊息也。【補曰】屬音燭，付也。娭音嬉，戲也。一作「娛」，非是。

⑦天災地變，乃存念也。秘，一作「移」。

⑧臣有過差，赦貰寬也。弗，一作「不」。【補曰】治音持。

⑨素性敦厚，慎語言也。泄，一作「貰」。【補曰】厖，厚也，莫江切。泄，漏也，音薛。

⑩遭遇靳尚及上官也。嫉之，一作「佞嫉」。

⑪上懷忿恚，欲刑殘也。

⑫內弗省察，其侵冤也。澈，一作「澂」〔一九〕。【補曰】澈音轍。澂音澄。

⑬專擅威恩，握主權也。

⑭欺罔戲弄，若轉丸也。一云「惑虛言又以欺」。

⑮不審窮覈其端原也。

⑯放逐徙我，不肯還也。

⑰聽用邪僞，自亂惑也。溷濁，一作「浮説」。

⑱呵罵遷怒，妄誅戮也。盛，古作「晠」。【補曰】漢書曰：「聞將軍有意督過之。」

⑲忠正之行，少愆忒也。辠，一作「罪」。

⑳虛蒙誹訕，獲過愆也。離，一作「讟」。

㉑質性謹厚，貌純愨也。【補曰】説文云：「景，光也。」此言己誠信甚著，小人所慙也。

㉒雖處草野，行彌篤也。【補曰】此言身被放棄，多讒謗也。

㉓觀視流水，心悲惻也。沅，一作「江」。

㉔遂赴深水，自害賊也。遂，一作「不」。

㉕姓字斷絶，形體没也。一云：名字斷絶，形朽腐也。没身，一作「沈身」。

㉖懷王壅蔽，不覺悟也。古本「壅」皆作「廱」。

㉗上無撿押以知下也。【補曰】撿押，隱括也。押音狎。

㉘賢人放竄，弃草野也。【補曰】説文：「藪，大澤也。」

㉙安所展思，拔愁苦也。

㉚忍不貪生而顧老也。【補曰】恬，安也。言安於死亡，不苟生也。

㉛遠放隔塞，在裔土也。鄣，一作「彰」，音如鄣。壅，一作「雍」。

㉜欲竭忠節，靡其道也。爲，一作「而」。

聞百里之爲虜兮①，伊尹烹於庖厨。呂望屠於朝歌兮②，甯戚歌而飯牛③。不逢湯武與桓繆兮，世孰云而知之？吳信讒而弗味兮④，子胥死而後憂⑤。介子忠而立枯兮⑥，文君寤而追求⑦。封介山而爲之禁兮⑧，報大德之優游⑨。思久故之親身兮，因縞素而哭之⑩。或忠信而死節兮⑪，或訑謾而不疑⑫。弗省察而按實兮⑬，聽讒人之虛辭⑭。芳與澤其雜糅兮⑮，孰申旦而别之⑯？何芳草之早殀兮⑰，微霜降而下戒⑱。諒聰不明而蔽壅兮⑲，使讒諛而日得⑳。自前世之嫉賢兮㉑，謂蕙若其不可佩㉒。妒佳冶之芬芳兮㉓，嫫母姣而自好㉔。雖有西施之美容兮㉕，讒妒入以自代㉖。願陳情以白行兮㉗，得罪過之不意㉘。情冤見之日明兮㉙，如列宿之錯置㉚。乘騏驥而馳騁兮㉛，無轡銜而自載㉜。乘氾泭以下流兮㉝，無舟楫而自備㉞。背法度而心治兮㉟，辟與此其無異㊱。寧溘死而流亡兮㊲，恐禍殃之有再㊳。不畢辭而赴淵兮㊴，惜壅君之不識㊵。

惜往日㊶

①【補曰】晉獻公虜虞君與其大夫百里傒，以百里傒爲秦繆公夫人媵。百里傒亡秦走宛，楚鄙人執之。繆公聞百里傒賢，以五羖羊皮贖之。釋其囚，與語國事，繆公大説，授之國政，號曰「五羖大夫」。孟子曰：「百里奚自鬻於秦養牲者五羊之皮，食牛以要秦繆公。」莊子曰：「秦穆公以五羊之皮籠百里奚。」

②朝，知苗切。

③見騷經天問。

④宰嚭阿諛，甘如蜜也。弗，一作「不」。【補曰】淮南云：「古人味而不貪，今人貪而不味。」此言貪嗜讒諛，不知忠直之味也。

⑤竟爲越國所誅滅也。

⑥介子，介子推也。

⑦文君，晉文公也。寤，覺也。昔文公被孋姬之譖，出奔齊、楚，介子推從行，道乏糧，割股肉以食文公。文公得國，賞諸從行者，失忘子推。子推遂逃介山隱。文公覺寤，追而求之，子推遂不肯出。文公因燒其山，子推抱樹燒而死，故言「立枯」也。七諫中「推自割而食君」，亦解此也。

⑧一無「而」字。

⑨言文公遂以介山之民封子推，使祭祀之。又禁民不得有言「燒死」，以報其德，優游其靈䰟也。【補曰】史記：「晉初定，賞從亡，未至隱者介子推。推亦不言祿，祿亦不及。介子推從者乃懸書

宮門，文公出，見其書，曰：『此介子推也。吾方憂王室，未圖其功。』使人召之，則亡。遂求其所在，聞其入綿上山中。於是文公環綿上山中而封之，以爲介推田，號曰介山。以記吾過，且旌善人。」莊子曰：「介子推至忠也，自割其股，以食文公。公後背之，子推怒而去，抱木而燔死。」淮南曰：「介子歌龍蛇，而文君垂泣也。」封介山而爲之禁者，以爲介推田也，逸説非是。優游，大德之貌。

⑩言文公思子推親自割其身，恩義尤篤，因爲變服，悲而哭之也。【補曰】親身，言不離左右也。縞音杲。説文云：「縞〔二〇〕素，白緻繒也。」

⑪仇牧、荀息與梅伯也。

⑫張儀詐欺，不能誅也。訑，一作「詑」。【補曰】訑、謾，皆欺也。上音移，下謨官切。

⑬君不參錯而思慮也。【補曰】省，息井切。

⑭諂諛毀訾，而加誣也。

⑮質性香潤，德之厚也。

⑯世無明智，惑賢愚也。

⑰賢臣被讒，命不久也。殀，一作「夭」。

⑱嚴刑卒至，死有時也。下，一作「不」。

⑲君知淺短，無所照也。一云「不聰明」。【補曰】易噬嗑、夬卦皆曰：「聰不明也。」

⑳佞人位高，家富饒也。家，一作「蒙」。

㉑憎惡忠直，若仇怨也。

㉒賤弃仁智，言難用也。【補曰】若，杜若也。

㉓嫉害美善之婉容也。佳，一作「娃」。【補曰】娃，於佳切。吴楚之閒謂好曰娃。冶，妖冶，女態。易曰：「冶容誨淫。」

㉔醜嫗自飾以粉黛也。【補曰】嫫音謨。説文云：「嫫母，都醜也。」一曰：黄帝妻，貌甚醜。姣，妖媚也，音絞。好音耗。

㉕世有好女之異貌也。【補曰】西施，越之美女。越絶書曰：「越王句踐得采薪二女西施、鄭旦，以獻吴王。」

㉖衆惡推遠，不附近也。

㉗列己忠心，所趨務也。

㉘讒怒横異，無宿戒也。

㉙行度清白，皎如素也。寃，一作「宛」。

㉚皇天羅宿，有度數也。【補曰】宿音秀。錯，倉各切。

㉛如駕駑馬而長驅也。【補曰】騏驥，駿馬也。

㉜不能制御，乘車將仆。【補曰】詩云：「六轡如琴。」説文：「銜，馬勒口中，行馬者也。」

㉝乘舟氾船而涉渡也。編竹木曰泭。楚人曰柎，秦人曰撥也。乘，一作「椉」。泭，一作「柎」。【補曰】氾音泛。泭音敷。説文云：「編木以度。」「柎」與「泭」同。

㉞身將沈没而危殆也。楫，一作「檝」。【補曰】説文云：「楫，舟櫂也。」

㉟背弃聖制，用愚意也。治，一作「殆」。

㊱若乘船車，無轡櫂也。辟，一作「譬」。【補曰】辟，喻也，與「譬」同。

㊲意欲淹没，隨水去也。

㊳罪及父母與親屬也。

㊴陳言未終，遂自投也。

㊵哀上愚蔽，心不照也。識，一作「明」。【補曰】識音試，亦音志。馮衍賦云：「韓盧抑而不縱兮，騏驥絆而不試。獨慷慨而遠覽兮，非庸庸之所識。」亦叶韻也。

㊶此章言己初見信任，楚國幾於治矣。而懷王不知君子小人之情狀，以忠爲邪，以僭爲信，卒見放逐，無以自明也。

后皇嘉樹，橘徠服兮①。受命不遷，生南國兮②。深固難徙，更壹志兮③。緑葉素榮，紛其可喜兮④。曾枝剡棘，圓果摶兮⑤。青黄雜糅⑥，文章爛兮⑦。精色內白，類可任兮⑧。

紛緼宜脩⑨，姱而不醜兮⑩。

①后，后土也。皇，皇天也。服，習也。言皇天后土生美橘樹，異於衆木，來服習南土，便其風氣。屈原自喻才德如橘樹，亦異於衆也。便其風氣，一云「便且遂也」，一云「便其性也」。【補曰】禹貢：「淮海惟揚州，厥包橘柚錫貢。」漢書：「江陵千樹橘與千户侯等。」異物志云：「橘爲樹，白華赤實。皮既馨香，又有善味。」「徠」與「來」同。説文云：「周所受瑞麥來麰，天所來也，故爲行來之來。」

②南國，謂江南也。遷，徙也。言橘受天命，生於江南，不可移徙。種於北地，則化而爲枳也。屈原自比志節如橘，亦不可移徙。

③屈原見橘根深堅固，終不可徙，則專一己志，守忠信也。

④緑，猶青也。素，白也。言橘青葉白華，紛然盛茂，誠可喜也。以言己行清白，可信任也。榮，一作「華」。【補曰】爾雅：「草謂之榮，木謂之華。」此言素榮，則亦通稱也。曹植賦曰：「朱實不萌，焉得素榮。」李尤七歎曰：「白華緑葉，扶疏冬榮。金衣素裏，班理内充。」皆謂橘也。

⑤剡，利也。棘，橘枝刺若棘也。摶，圜也。楚人名圜爲摶。言橘枝重累，又有利棘，以象武也。其實圓摶，又象文也。以喻己有文武，能方圓也。圓果，一作「圜實」。摶，一作「槫」。【補曰】曾音增，重也。剡音琰。方言曰：「凡草木刺人，江湘之間謂之棘。」注引「曾枝剡棘」。説文云：「摶，圜

也。」其字從手。榑，柩車也，其字從木。音同義異。

⑥一作「揉」。

⑦言橘葉青，其實黄，雜糅俱盛，爛然而明。以言己敏達道德，亦爛然有文章也。【補曰】橘實初青，既熟則黄，若以青爲葉，則上文已言「緑葉」矣。

⑧精，明也。類，猶貌也。言橘實赤黄，其色精明，内懷潔白。以言賢者亦然，外有精明之貌，内有潔白之志，故可任以道而事用之也。一云「類任道兮」。【補曰】「青黄雜糅」，言其外之文；「精色内白」，言其中之質也。

⑨一作「修」。

⑩紛緼，盛貌。醜，惡也。言橘類紛緼而盛，如人宜修飾，形容盡好，無有醜惡也。【補曰】紛音墳。緼音氳。集韻：「紛蘊，積也。」「姱，好也。」

嗟爾幼志，有以異兮①。獨立不遷，豈不可喜兮②。深固難徙，廓其無求兮③。蘇世獨立，横而不流兮④。閉心自慎，不終失過兮⑤。秉德無私，參天地兮⑥。願歲并謝，與長友兮⑦。淑離不淫，梗其有理兮⑧。年歲雖少，可師長兮⑨。行比伯夷，置以爲像兮⑩。

橘頌⑪

①爾，汝也。幼，小也。言嗟乎衆臣，女少小之人，其志易徙，有異於橘也。
②屈原言己之行度，獨立堅固，不可遷徙，誠可喜也。【補曰】自此以下，申前義以明己志。
③【補曰】凡與世遷徙者，皆有求也。吾之志，舉世莫得而傾之者，無求於彼故也。
④蘇，寤也。言屈原自知爲讒佞所害，心中覺寤，然不可變節，猶行忠直，横立自持，不隨俗人也。
【補曰】死而更生曰蘇。魏都賦曰：「非蘇世而居正。」
⑤言己閉心捐欲，敕慎自守，終不敢有過失也。一云「終不過兮」。一云「終不失過兮」。【補曰】閉，必結切，闔也。俗作「閇」，非是。
⑥秉，執也。言己執履忠正，行無私阿，故參配天地，通之神明，使知之也。【補曰】天無私覆，地無私載，秉德無私，則與天地參矣。
⑦謝，去也。言己願與橘同心并志，歲月雖去，年且衰老，長爲朋友，不相遠離也。【補曰】説文云：「謝，辭去也。」此言己年雖與歲月俱逝，願長與橘爲友也。
⑧淑，善也。梗，強也。言己雖設與橘離別，猶善持己行，梗然堅強，終不淫惑而失義也。
⑨言己年雖幼少，言有法則，行有節度，誠可師用長老而事之。【補曰】言可爲人師長。
⑩像，法也。伯夷，孤竹君之子也。父欲立伯夷，伯夷讓弟叔齊，叔齊不肯受，兄弟弃國俱去，之首陽山下。周武王伐紂，伯夷、叔齊扣馬諫之，曰：「父死不葬，謀及干戈，可謂孝乎？以臣弑君，可謂忠乎？」左右欲殺之。太公曰：「不可。」引而去之。遂不食周粟而餓死。屈原亦自以脩飾潔白之

行，不容於世，將餓餒而終。故曰：以伯夷爲法也。【補曰】行，下孟切。比，音庳，近也。韓愈曰：「伯夷者，特立獨行，亘萬世而不顧者也。」屈原獨立不遷，宜與伯夷無異。乃自謂近於伯夷，而置以爲像，尊賢之詞也。

⑪美橘之有是德，故曰「頌」。管子篇名有國頌。説者云：頌，容也。陳爲國之形容。

悲回風之搖蕙兮①，心寃結而内傷②。物有微而隕性兮③，聲有隱而先倡④。夫何彭咸之造思兮，暨志介而不忘⑤。萬變其情豈可蓋兮⑥，孰虚僞之可長⑦。鳥獸鳴以號群兮⑧，草苴比而不芳⑨。魚葺鱗以自別兮⑩，蛟龍隱其文章⑪。故荼薺不同畝兮⑫，蘭茝幽而獨芳⑬。惟佳人之永都兮⑭，更統世而自貺⑮。眇遠志之所及兮⑯，憐浮雲之相羊⑰。介眇志之所惑兮⑱，竊賦詩之所明⑲。

①回風爲飄，飄風回邪，以興讒人。

②言飄風動摇芳草，使不得安。以言讒人亦别離忠直，使得罪過也。故己見之，中心寃結而傷痛也。寃，一作「宛」。

③隕，落也。言芳草爲物，其性微眇，易以隕落。以言賢者用志精微，亦易傷害也。

④倡，始也。言讒人之言，隱匿其聲，先倡導君，使亂惑也。

⑤暨，與也。尚書曰：「讓于稷契，暨臯陶。」介，節也。言己見讒人倡君爲惡，則思念古世彭咸，欲與齊志節而不能忘也。【補曰】暨，其冀切。此言「物有微而隕性」者，己獨不忘彭咸之志節。

⑥蓋，覆也。言讒人長於巧詐，情意萬變，轉易其辭，前後反覆，如明君察之，則知其態也。一云「萬變情豈其可蓋兮」。【補曰】蓋，古太切，掩也。

⑦言讒人虛造人過，其行邪僞，不可久長，必遇禍也。【補曰】此言「聲有隱而先倡」者，然明者察之，則虛僞安可久長乎？

⑧號，呼也，音豪。

⑨生曰草，枯曰苴。比，合也。言飛鳥走獸，羣鳴相呼，則芳草合其莖葉，芬芳以不暢也。以言讒口衆多，盈君之耳，亦可令忠直之士失其本志也。【補曰】苴，釋文：「七古切，茅藉祭也。」鮑欽止本云：「七閭、子旅二切。」林德祖本云：「丈[二]賈、士加二切。」比音卑。

⑩葺，累也。【補曰】別，彼列切。

⑪言衆魚張其鬐尾，葺累其鱗，則蛟龍隱其文章而避之也。言俗人朋黨，恣其口舌，則賢者亦伏匿而深藏也。

⑫二百四十步爲畝。言枯草荼薺不同畝而俱生，以言忠佞亦不同朝而俱用也。薺，一作「若」。若，一作「苦」。【補曰】荼音徒。爾雅：「荼，苦菜。」疏引易緯云：「苦菜，生於寒秋，經冬歷春，得

夏乃成。月令『孟夏苦菜秀』是也。葉似苦苣而細，花黄似菊，堪食，但苦耳。」又爾雅云：「蒫，薺實。」疏引本草云：「薺，味甘，人取其菜作菹及羹。詩云：『誰謂荼苦，其甘如薺。』」又曰：「堇[三二]荼如飴。」此言荼苦而薺甘，不同畝而生也。若，杜若也。

⑬以言賢人雖居深山，不失其忠正之行。茝，一作「芷」。

⑭佳人，謂懷、襄王也。邑有先君之廟曰都也。

⑮更，代也。貺，與也。言己念懷王長居郢都，世統其位，父子相舉，今不任賢，亦將危殆也。【補曰】更，平聲。貺，虚王切。叶韻。

⑯言己常眇然高志，執行忠直，冀上及先賢也。

⑰相羊，無所據依之貌也。言己放弃，若浮雲之氣，東西無所據依也。羊，一作「徉」。

⑱介，節也。言己能守耿介之眇節，以自惑誤，不用於世也。

⑲賦，鋪也。詩，志也。言己守高眇之節，不用於世，則鋪陳其志，以自證明也。【補曰】古詩之所明者，與今所遇同，故屈原賦之。

惟佳人之獨懷兮①，折若椒以自處②。曾歔欷之嗟嗟兮③，獨隱伏而思慮④。涕泣交而淒淒兮⑤，思不眠以至曙⑥。終長夜之曼曼兮⑦，掩此哀而不去⑧。寤從容以周流兮⑨，聊逍遥以自恃⑩。傷太息之愍憐兮⑪，氣於邑而不可止⑫。糺思心以爲纕兮⑬，編愁苦以爲膺⑭。

折若木以蔽光兮⑮，隨飄風之所仍⑯。存髣髴而不見兮⑰，心踊躍其若湯⑱。撫珮衽以案志兮⑲，超惘惘而遂行⑳。歲曶曶其若頹兮㉑，旹亦冉冉而將至㉒。薠蘅槁而節離兮㉓，芳以歇而不比㉔。憐思心之不可懲兮㉕，證此言之不可聊㉖。寧逝死而流亡兮㉗，不忍爲此之常愁㉘。孤子唫而抆淚兮㉙，放子出而不還㉚。孰能思而不隱兮㉛，照彭咸之所聞㉜。

①懷，思。

②處，居也。言己獨念懷王，雖見放逐，猶折香草，以自修飾，行善終不怠也。若，一作「芳」。

③歔欷，啼貌。曾，一作「增」。

④言己思念懷王，悲啼歔欷，雖獨隱伏，猶思道德，欲輔助之也。伏，一作「居」。

⑤凄凄，流貌。一云「交下而凄凄」。下，一作「流」。【補曰】凄，寒涼也，音妻。

⑥曙，明也。以，一作「而」。至，一作「極」。

⑦曼曼，長貌。【補曰】曼，莫半切。

⑧心常悲慕。【補曰】掩，撫也，止也。

⑨覺立徙倚而行步也。以，一作「而」。

⑩且徐遊戲，内自娱也。

⑪憂悴重歎，心辛苦也。一作「慇歎」。

⑫氣逆憤懣，結不下也。【補曰】顔師古云：「於邑，短氣，上音烏，下烏合切。一讀皆如本字。」
⑬糺，戾也。纕，佩帶也。一作「瓖」。【補曰】糺，繩三合也。瓖，玉名，一曰：馬帶玦。
⑭編，結也。膺，胷也。結胷者，言動以憂愁自係結也。一注云：「膺，絡胷者也。」【補曰】編音邊。
⑮光，謂日光。
⑯仍，因也。言己願折若木以蔽日，使之稽留，因隨羣小而遊戲也。【補曰】騷經云「飄風屯其相離」亦此意。
⑰髣髴，謂形貌也。一云「不得見」。【補曰】髣髴，形似也。髴，沸、拂二音。
⑱言己設欲隨從羣小，存其形貌，察其情志，不可得知，故中心沸熱若湯也。踊躍，一作「沸熱」。
⑲整飭衣裳，自寬慰也。【補曰】衽，衣衿也，音稔。案，抑也，與「按」同。
⑳失志偟遽而直逝也。【補曰】惘音罔。
㉑年歲轉去而流没也。【補曰】曶音忽。頽，徒回切，下墜也。
㉒春秋更到，與老會也。
㉓喻己年衰，齒隨落也。一云「蘋蘅」，一云「蘋蘩」。【補曰】槁音考。
㉔志意已盡，知慮闕也。以，一作「已」。【補曰】比，合也，音皐。
㉕履信被害，志不乂也。【補曰】乂音乂。
㉖明己之謀不空設也。

㉗意欲終命，心乃怏也。逝，一作「澨」。

㉘心情悁悁，常如愁也。一云「此心之常愁」。

㉙自哀煢獨，心悲愁也。抆，一作「收」。【補曰】唫，古「吟」字，歎也。抆音吻，拭也。

㉚遠離父母，無依歸也。屈原傷己無安樂之志，而有孤放之悲也。

㉛誰有悲哀而不憂也。隱，憂也。詩曰：「如有隱憂。」

㉜覩見先賢之法則也。照，一作「昭」。

登石巒以遠望兮①，路眇眇之默默②。入景嚮之無應兮③，聞省想而不可得④。愁鬱鬱之無快兮⑤，處〔二三〕戚戚而不可解⑥。心鞿羈而不形兮⑦，氣繚轉而自締⑧。穆眇眇之無垠兮⑨，莽芒芒之無儀⑩。聲有隱而相感兮⑪，物有純而不可爲⑫。藐蔓蔓之不可量兮⑬，縹綿綿之不可紆⑭。愁悄悄之常悲兮⑮，翩冥冥之不可娛⑯。淩大波而流風兮⑰，託彭咸之所居⑱。

①昇彼高山，瞰楚國也。【補曰】山小〔二四〕而銳曰巒，落官切。

②郢道遼遠，居僻陋也。【補曰】眇眇，遠也。默默，寂無人聲也。

③竄在山野，無人域也。【補曰】景，於境切，物之陰影也。葛洪始作「影」。嚮，或作「響」，古字

借用。

④目視耳聽，歎寂默也。【補曰】省，息井切，察也，審也。

⑤中心煩冤，常懷忿也。之，一作「而」。快，一作「決」。

⑥思念憔悴，相連接也。一無「可」字。【補曰】解，除也，居隘切。

⑦肝膽係結，難解釋也。形，一作「開」。【補曰】鞿羈，見騷經。不形，謂中心係結，不見於外也。

⑧思念緊卷而成結也。緊卷，一作「繾綣」。【補曰】繚音了，纏也。締，丈[二五]爾切，又音啼，結不解也。集韻引此。

⑨天與地合，無垠形也。【補曰】賈誼賦云：「沕穆無閒。」沕穆，深微貌。垠音銀。

⑩草木彌望，容貌盛也。【補曰】芒，莫郎切。芒芒，廣大貌。詩曰：「宅殷土芒芒。」儀，匹也。見爾雅。

⑪鶴鳴九皋，聞於天也。

⑫松柏冬生，稟氣純也。【補曰】此言天地之大，眇眇芒芒然。「聲有隱而相感」者，己獨不能感君，何哉？「物有純而不可爲」者，己之志節亦非勉強而爲之也。

⑬八極道理，難筭計也。一作「邈漫漫」。【補曰】藐音邈，遠也。

⑭細微之思，難斷絶也。【補曰】縹，匹妙切。紆音迂，縈也。

⑮憂心慘慘，常涕泣也。【補曰】悄，親小切。詩云：「憂心悄悄。」

⑯身處幽冥，心不樂也。【補曰】翩，疾飛也。楊子曰：「鴻飛冥冥。」此言己欲疾飛而去，無可以解憂者也。

⑰意欲隨水而自退也。【補曰】言乘風波而流行也。

⑱從古賢俊，自沈没也。

上高巖之峭岸兮①，處雌蜺之標顛②。據青冥而攄虹兮③，遂儵忽而捫天④。吸湛露之浮源兮⑤，漱凝霜之雰雰⑥。依風穴以自息兮⑦，忽傾寤以嬋媛⑧。馮崑崙以瞰霧兮⑨，隱岷山以清江⑩。憚涌湍之礚礚兮⑪，聽波聲之洶洶⑫。紛容容之無經兮⑬，罔芒芒之無紀⑭。軋洋洋之無從兮⑮，馳委移之焉止⑯。漂翻翻其上下兮⑰，翼遥遥其左右⑱。氾潏潏其前後兮⑲，伴張弛之信期⑳。觀炎氣之相仍兮，窺煙液之所積㉑。悲霜雪之俱下兮，聽潮水之相擊㉒。借光景以往來兮，施黄棘之枉策㉓。求介子之所存兮㉔，見伯夷之放迹㉕。心調度而弗去兮㉖，刻著志之無適㉗。

①升彼山石之峻峭也。峭，一作「陗」。【補曰】並七笑切。

②託乘風氣，遊天際也。【補曰】標，杪也。其字從木。顛，頂也。蜺，見騷經。

③上至玄冥，舒光耀也。【補曰】攄，舒也。

④所至高眇，不可逮也。【補曰】儵音叔。捫音門，撫也。

⑤湛，厚也。詩曰：「湛湛露斯。」源，一作「涼」。

⑥雰雰，霜貌也。言己雖昇青冥，猶能食霜露之精，以自潔也。【補曰】漱，縮又切。說文曰：「蕩口也。」雰音芬。詩傳：「雰雰，雪貌。」

⑦伏聽天命之緩急也。【補曰】歸藏曰：「乾者，積石風穴之翏翏。」淮南曰：鳳皇羽翼弱水，暮宿風穴。注云：「風穴，北方寒風從地出也。」宋玉賦云：「空穴來風。」

⑧心覺自傷，又痛惻也。嬋媛，一作「撣援」，一作「儃佪」。

⑨遂處神山，觀濁亂之氣也。一云「瞰霧露」，一云「瀲霧露」。【補曰】馮，登也。瞰，視也，苦濫切。

⑩隱，伏也。岐山，江所出也。尚書曰：「岐山導江。」言己雖遠遊戲，猶依神山而止，欲清澄邪惡者也。岐，一作「崏」，一作「汶」。【補曰】岐、崏、汶，並與「岷」同。書曰：「岷山導江。」岷山，在蜀郡氐道縣，大江所出。史記作「汶山」。列子音義引楚詞：「隱汶山之清江。」隱，依據也。

⑪憚，難也。涌湍，危阻也。以興讒賊，危害賢人也。礚，一作「磕」。【補曰】礚，苦蓋切，石聲。

⑫水得風而波，以喻俗人言也。己欲澄清邪惡，復爲讒人所危、俗人所謗訕也。【補曰】洶音凶，水勢。

⑬言己欲隨衆容容，則無經緯於世人也。【補曰】此言楚國變亂舊常，無定法也。容容，變動之貌。

⑭又欲罔然芒芒，與衆同志，則無以立紀綱，垂號謚也。【補曰】此言楚國上下昏亂，無綱紀也。

⑮言欲軋沕己心，仿佯立功，則其道無從至也。軋，一作「軋」。注云：軋惕己心。【補曰】釋文：軋，於八切。此言懷亂之勢，如水洋洋，雖欲軋絶之而無由也。沕，潛藏也。

⑯雖欲長驅，無所及也。一作「馳逶蛇之焉至」。【補曰】委音逶。焉，於乹切。

⑰登山入水，周六合也。漂，一作「飄」。翻，一作「幡」，一作「潘」。【補曰】漂，浮也，音飄。

⑱雖遠念君在旁側也。【補曰】翼，疾趨也。語曰：「趨進，翼如也。」

⑲思如流水，遊楚國也。【補曰】氾，濫也，音泛。潏，涌出也，音決。

⑳伴，俱也。弛，毁也。言己思君念國，而衆人俱共毁己，言内無誠信，不可與期也。【補曰】伴，讀若「背畔」之「畔」。言己嘗以弛張之道期於君，而君背之也。

㉑炎氣，南方火也。火氣煙上天爲雲，雲出湊液而爲雨也。相仍者，相從也。煙液所積者，所聚也。【補曰】液音亦。神異經曰：「南方有火山，晝夜火然。」抱朴子曰：「南海蕭丘之中有自生之火，常以春起而秋滅。」

㉒言己上觀炎陽煙液之氣，下視霜雪江潮之流，憂思在心，而無所告也。【補曰】七發云：「江水逆流，海水上潮。」

㉓黄棘，棘刺也。枉，曲也。言己願借神光電景，飛注往來，施黄棘之刺，以爲馬策。言其利用急疾也。【補曰】言己所以假延日月，往來天地之閒，無以自處者，以其君施黄棘之枉策故也。初，懷王二十五年，入與秦昭王盟約於黄棘，其後爲秦所欺，卒客死於秦。今頃襄信任姦回，將至七國，是

復施行黃棘之枉策也。黃棘，地名。

㉔介子推也。

㉕伯夷，叔齊兄也。放，遠也。迹，行也。一云：放，放逐也。

㉖弗，一作「不」。【補曰】調度，見騷經。

㉗無適，言己思慕子推、伯夷清白之行，剋心遵樂，志無所復適也。【補曰】刻，勵也。著，立也。

曰：吾怨往昔之所冀兮①，悼來者之悐悐②。浮江淮而入海兮，從子胥而自適③。望大河之洲渚兮，悲申徒之抗迹④。驟諫君而不聽兮⑤，重任石之何益⑥。心絓結而不解兮⑦，思蹇產而不釋⑧。

悲囘風⑨

①冀，幸也。言己怨往古以邪事君，而幸蒙富貴也。一無「昔」字。

②悐悐，欲利貌也。言傷今世人見利，悐悐然欲競之也。悐，一作「逖」。【補曰】悐，它的切，勞也。

③適，之。【補曰】越絶書曰：「子胥死，王使捐於大江。乃發憤馳騰，氣若奔馬，乃歸神大海。」自適，謂順適己志也。

④申徒狄也。遇闇君，遁世離俗，自擁石赴河，故言「抗迹」也。【補曰】莊子云：「申徒狄諫而不聽，

負石自投於河。」淮南注云：「申徒狄，殷末人也。不忍見紂亂，自沈於淵。」

⑤驟，數也。一本作「而君」。

⑥任，負也。百二十斤爲石。言己數諫君，而不見聽。雖欲自任以重石，終無益於萬分也。一云「任重石」。石，一作「秙」。【補曰】秙，當作「䄷」，音石，百二十斤也。稻一䄷，爲粟二十升。禾黍一䄷，爲粟十六升大升半，又三十斤爲鈞，四鈞爲石。秙音庫，禾不實也。義與此異。文選江賦云：「悲靈鈞之任石。」注引「重任石之何益」，「懷沙礫而自沈」。懷沙，即任石也。與逸說不同。

⑦絓，懸。一作「結絓」。

⑧蹇産，猶詰屈也。言己乘水蹈波，乃愁而恐懼，則心懸結詰屈而不可解。一本無此二句。

⑨此章言小人之盛，君子所憂，故託遊天地之閒，以泄憤懣，終沈汨羅，從子胥、申徒，以畢其志也。

【校勘記】

[一]宋均，原做「安均」，據史記索隱改。

[二]禜，原作「滎」，據惜阴本改。下「雩禜」同。

[三]臼，原作「曰」，據世說新語改。

[四]猶，原作「諸」，據孔叢子改。

[五]「南東」二字，原作「東南」，據水經注乙。

〔六〕津，原作「流」，據水經注改。四庫本水經注卷三十二有案語，云：「津，近刻訛作『流』。」

〔七〕首，原作「苔」，據水經注改。

〔八〕土，水經注一本作「出」。四庫本水經注卷三十二有案語，云：「近刻……此句之下衍『出』字。」

〔九〕首，原作「目」，據毛校改。

〔一〇〕東鄍，漢書地理志上作「東」，無「鄍」字。中華書局校點本漢書校改爲「陳」，校記云：「齊召南説『東』當作『陳』，各本俱誤。」

〔一一〕龍，淮南子覽冥訓高誘注作「能」。

〔一二〕丘，原作「北」，據黄靈庚楚辭集校改。案：丘，古作「北」，與「北」字形似相訛。下注同。

〔一三〕伓，原作「本」，據黄靈庚楚辭集校改。案：伓，古「倍」字，與「本」字形似相訛。

〔一四〕遠，史記正義作「違」。

〔一五〕比，説文解字作「北」。

〔一六〕公，原作「工」，據同治本改，詩大雅靈臺作「公」。

〔一七〕眹，原作「狀」，據説文解字改。

〔一八〕而生，原作「生而」，據毛校乙。

〔一九〕瀓，原作「徵」，據景宋本改。

〔二〇〕縞，説文解字無，當是衍訛。

［二一］丈，原作「反」，據音切改。
［二二］堇，原作「堇」，據毛校改。
［二三］處，原作「居」，據黄靈庚楚辭集校改。案：處，楚簡作「凥」，與「居」古文同，因以相訛。
處，憂思也。
［二四］小，原作「少」，據清毛祥麟楚辭校文改。
［二五］丈，原作「文」，據景宋本改。

楚辭卷第五

校書郎臣王　逸上

遠遊章句第五　離騷

遠遊者，屈原之所作也。屈原履方直之行，不容於世。上爲讒佞所譖毁，下爲俗人所困極，章皇山澤①，無所告訴。乃深惟元一，修執恬漠。思欲濟世，則意中憤然，文采鋪②發，遂叙妙思，託配仙人，與俱遊戲，周歷天地，無所不到。然猶懷念楚國，思慕舊故，忠信之篤，仁義之厚也。是以君子珍重其志，而瑋其辭焉③。

①一作「徫徨山野」。

②一作「繡」，一作「秀」。

③古樂府有遠遊篇，出於此。

悲時俗之迫阨兮①，願輕舉而遠遊②。質菲薄而無因兮③，焉託乘而上浮④。遭沈濁而汙穢兮⑤，獨鬱結其誰語⑥！夜耿耿而不寐兮⑦，魂煢煢而至曙⑧。

①哀衆嫉妬，迫脅賢也。阨，一作「隘」。【補曰】阨音厄，或讀作隘。

②高翔避世，求道真也。

③質性鄙陋，無所因也。因，一作「由」。

④將何引援而升雲也。【補曰】乘，時證切。

⑤逢遇闇主，觸讒佞也。而，一作「之」。

⑥思慮煩寃，無告陳也。

⑦憂以愁戚，目不眠也。耿耿，猶儆儆，不寐貌也。詩云：「耿耿不寐。」耿，一作「炯」。【補曰】耿、炯，並古茗切。一云：耿耿，不安也。

⑧精冤怔忪不寐，故至曙也。煢，一作「營」。

惟天地之無窮兮①，哀人生之長勤②。往者余弗及兮③，來者吾不聞④。步徙倚而遥思兮⑤，怊惝怳而乖懷⑥。意荒忽而流蕩兮⑦，心愁悽而增悲⑧。神儵忽而不反兮⑨，形枯槁而獨留⑩。內惟省以端操兮⑪，求正氣之所由⑫。漠虛靜以恬愉兮⑬，澹無爲而自得⑭。

①乾坤體固，居常寧也。
②傷己命祿，多憂患也。【補曰】此原憂世之詞。唐李翺用其語，作拜禹言。
③三皇五帝，不可逮也。
④後雖有聖，我身不見也。一云「吾不可聞」，一云「余弗聞」。
⑤彷徨東西，意愁憤也。
⑥惆悵失望，志乖錯也。【補曰】怊音超，悵恨也。惝，昌兩切。怳，詡往切，驚貌。
⑦情思罔兩，無據依也。【補曰】荒，呼廣切。
⑧愴然感結，涕沾懷也。悽，一作「淒」。【補曰】悽，痛也。
⑨䰟靈遠逝，遊四維也。儵，一作「倏」。反，一作「返」。
⑩身體寥廓，無識知也。
⑪捐棄我情，慮專一也。一云「朴〔二〕素我情」。【補曰】操，七到切。
⑫棲神藏情，治心術也。由，一作「繇」。
⑬恬然自守，內樂佚也。
⑭滌除嗜欲，獲道實也。

聞赤松之清塵兮①，願承風乎遺則②。貴真人之休德兮③，美往世之登仙④。與化去而不見兮⑤，名聲著而日延⑥。奇傅説之託辰星兮⑦，羨韓衆之得一⑧，形穆穆以浸遠兮⑨，離人羣而遁逸⑩。因氣變而遂曾舉兮⑪，忽神奔而鬼怪⑫。時髣髴以遥見兮⑬，精晈晈以往來⑭。絶氛埃而淑尤兮⑮，終不反其故都⑯。免衆患而不懼兮⑰，世莫知其所如⑱。

①想聽真人之徽美也。塵，一作「虛」。【補曰】列仙傳：「赤松子，神農時爲雨師，服水玉，教神農，能入火自燒。至崑山上，常止西王母石室，隨風雨上下。炎帝少女追之，亦得仙俱去。」張良欲從赤松子遊，即此也。

②思奉長生之法式也。

③珍瑋道士，壽無窮極。真，一作「至」。【補曰】休，美也。

④羨門子喬，古登真也。美，一作「羨」。仙，一作「僊」。子喬，一作「子高」。

⑤變易形容，遠藏匿也。

⑥姓字彌章，流千億也。著，一作「彰」。

⑦賢聖雖終，精著天也。傅説，武丁之相。辰星，房星，東方之宿，蒼龍之體也。傅説死後，其精著於房、尾也。【補曰】大火謂之大辰。大辰，房、心、尾也。莊子曰：「傅説得之，以相武丁，奄有天下。乘東維，騎箕尾，而比於列星。」音義云：「傅説死，其精神乘東維，託龍尾。今尾上有傅説星。其生無父母，登假三年而形遯。」淮南云「傅説之所以騎辰尾」是也。

⑧喻古先聖，獲道純也。羨，一作「美」。衆，一作「終」。【補曰】羨，似面切，貪慕也。列仙傳：「齊人韓終，爲王採藥，王不肯服，終自服之，遂得仙也。」

⑨卓絶鄉黨，無等倫也。

⑩遁去風俗，獨隱存也。

⑪乘風蹈霧，升皇庭也。【補曰】曾音增，高舉也。

⑫往來奄忽，出杳冥也。怪，一作「恠」。【補曰】淮南云：「鬼出電入。」又曰：「電奔而鬼騰。」皆神速之意。

⑬託貌雲飛，象其形也。【補曰】説文云：「髣髴，見不諟也。」

⑭神靈照曜，晈如星也。晈，一作「皎」，釋文作「皦」。以，一作「而」。

⑮超越垢穢，過先祖也。淑，善也。尤，過也。言行道修善，所以過先祖也。絶，一作「超」。尤，一作「郵」。【補曰】氛，妖氣。左傳曰：「楚氛惡。」淑尤，言其善有以過物也。

⑯去背舊都，遂登仙也。其，一作「乎」。

⑰得離羣小，脱艱難也。

⑱奮翼高舉，昇天衢也。自此以上，皆美仙人超世離俗，免脱患難。屈原想慕其道，以自慰緩，愁思復至，志意悵然，自傷放逐，恐命不延。顧念年時，因復吟歎也。

恐天時之代序兮①，耀靈曄而西征②。微霜降而下淪兮③，悼芳草之先零④。聊仿佯而逍遥兮⑤，永歷年而無成⑥。誰可與玩斯遺芳兮⑦，晨向風而舒情⑧。高陽邈以遠兮⑨，余將焉所程⑩。

①春秋迭更，年老暮也。

②託乘雷電，以馳騖也。靈曄，電貌。詩云：「曄曄震電。」西方少陰，其神蓐收，主刑罰。屈原欲急西行者，將命於神，務寛大也。【補曰】博雅云：「朱明、耀靈、東君，日也。」張平子云：「耀靈忽其西藏。」潘安仁云：「曜靈曄而遄邁。」皆用此語。曄音饁，光也。征，行也。逸説非是。

③淪者，論上用法之刻深也。【補曰】淪，沈也，音倫。

④不誅邪僞，害仁賢也。古本「零」作「蘦」。【補曰】零，落也。

⑤聊且戲蕩，而觀聽也。【補曰】仿佯，旁羊二音。

⑥身以過老，無功名也。

⑦世莫足與議忠貞也。斯遺芳，一作「此芳草」。

⑧想承君命，竭誠信也。晨，一作「長」。向，一作「鄉」。

⑨顓頊久矣，在其前也。以，一作「已」。【補曰】屈原，高陽氏之苗裔也。馮衍賦云：「高陽邈其超遠兮，世孰可與論兹。」注引史記：「高陽氏沈深而有謀，疏通而知事。故欲與之論事。」

⑩安取法度，修我身也。焉，一作「安」。【補曰】説文：「程，品也。十髮爲程，十〔二〕程爲分。」

重曰①：春秋忽其不淹兮②，奚久留此故居③？軒轅不可攀援兮④，吾將從王喬而娛戲⑤。餐六氣而飲沆瀣兮⑥，漱正陽而含朝霞⑦。保神明之清澄兮⑧，精氣入而麤穢除⑨。順凱風以從遊兮⑩，至南巢而壹息⑪。見王子而宿之兮⑫，審壹氣之和德⑬。

①憤懣未盡，復陳辭也。【補曰】重，直用切。見騷經。

②四時運轉，往若流也。

③何必舊鄉，可浮遊也。

④黄帝以往，難引攀也。軒轅，黄帝號也。始作車服，天下號之爲軒轅氏也。【補曰】史記：「黄帝，姓公孫，名曰軒轅。」援音爰。

⑤上從真人，與戲娛也。娛，一作「遊」。【補曰】列仙傳：「王子喬，周靈王太子晉也，好吹笙作鳳鳴，遊伊、洛間，道士浮丘公接上嵩高山。三十餘年後，來於山上，見桓良曰：『告我家，七月七日，待我緱氏山頭。』果乘白鵠住山顛，望之不得到，舉手謝時人，數日去。」淮南云：「王喬、赤松去塵埃之間，離羣慝之紛，吸陰陽之和，食天地之精，呼而出故，吸而求新，蹀虛輕舉，乘雲游霧，可謂養性矣。」戲音嬉。

⑥遠棄五穀，吸道滋也。【補曰】餐，呑也，七安切。飲，歠也，音蔭。沆，胡朗切。瀣音械。

⑦餐呑日精，食元符也。陵陽子明經言：「春食朝霞。朝霞者，日始欲出赤黃氣也。秋食淪陰。淪陰者，日没以後赤黃氣也。冬飲沆瀣。沆瀣者，北方夜半氣也。夏食正陽。正陽者，南方日中氣也。并天地玄黃之氣，是爲六氣也。」含，一作「食」。【補曰】莊子云：「御六氣之辨。」李云：「平旦爲朝霞，日中爲正陽，日入爲飛泉，夜半爲沆瀣，天玄，地黃，爲六也。」大人賦云：「呼吸沆瀣兮餐朝霞。」琴賦云：「餐沆瀣兮帶朝霞。」五臣注云：「沆瀣，清露。朝霞，赤雲。」

⑧常呑天地之英華也。

⑨納新吐故，垢濁清也。【補曰】麤，聰徂切，物不清也。

⑩乘風戲蕩，觀八區也。南風曰凱風。詩曰：「凱風自南。」

⑪觀視朱雀之所居也。【補曰】山海經：「丹穴之山有鳥焉，五彩而文，曰鳳鳥。」南巢，豈南方鳳鳥之所巢乎？成湯放桀於南巢，乃盧江居巢，非此南巢也。

⑫屯車留止，遇子喬也。

⑬究問元精之秘要也。

曰：「道可受兮①，不可傳②。其小無内兮③，其大無垠④；無滑而魂兮⑤，彼將自然⑥；壹氣孔神兮⑦，於中夜存⑧。虛以待之兮⑨，無爲之先⑩。庶類以成兮⑪，此德之門⑫。」

①言易者也。一曰：云無言也。

②誠難論也。一云「而不可傳」。【補曰】曰者，王子之言也。謂可受以心，不可傳以言語也。莊子曰：「道可傳而不可受。」謂可傳以心，不可受以量數也。

③靡兆形也。

④覆天地也。【補曰】淮南云：「深閎廣大，不可爲外；析毫剖芒，不可爲內。」垠音銀。

⑤亂爾精也。無，一作「毋」。滑，一作「淈」。一云「無淈滑而魂」。【補曰】淈、滑，並音骨。淈，濁也。滑，亂也。

⑥應氣臻也。

⑦專己心也。【補曰】列子曰：「心合於氣，氣合於神。」壹，專也。孔，甚也。

⑧恒在身也。【補曰】孟子曰：「梏之反覆，則其夜氣不足以存。夜氣不足以存，則其違禽獸不遠矣。」

⑨執清靜也。【補曰】莊子曰：「氣者，虛而待物者也。」

⑩閑情欲也。【補曰】此所謂感而後應，迫而後動，不得已而後起。

⑪衆法陳也。

⑫仙路徑也。【補曰】老子曰：「玄之又玄，衆妙之門。」

聞至貴而遂徂兮①，忽乎吾將行②。仍羽人於丹丘兮③，留不死之舊鄉④。朝濯髮於湯谷兮⑤，夕晞余身兮九陽⑥。吸飛泉之微液兮⑦，懷琬琰之華英⑧。玉色頩以脕顔兮⑨，精醇粹而始壯⑩。質銷鑠以汋約兮⑪，神要眇以淫放⑫。嘉南州之炎德兮⑬，麗桂樹之冬榮⑭。山蕭條而無獸兮⑮，野寂漠其無人⑯。載營魄而登霞兮⑰，掩浮雲而上征⑱。命天閽其開關兮⑲，排閶闔而望予⑳。召豐隆使先導兮㉑，問大微之所居㉒。集重陽入帝宫兮㉓，造旬始而觀清都㉔。

①見彼王侯而奔鶩也。【補曰】莊子曰：「獨有之人，是之謂至貴。」屈子聞其風而往焉。

②周視萬宇，涉四遠也。【補曰】天台賦云：「覿靈驗而遂徂，忽乎吾之將行。仍羽人於丹丘，尋不死之福庭。」

③因就衆仙於明光也。丹丘，晝夜常明也。九懷曰：「夕宿乎明光。」明光，即丹丘也。山海經言有羽人之國，不死之民。或曰：人得道，身生毛羽也。【補曰】羽人，飛仙也。爾雅曰：「距齊州以南，戴日爲丹穴。」

④遂居蓬萊，處崑崙也。【補曰】「忽臨睨夫舊鄉」，謂楚國也。「留不死之舊鄉」，其仙聖之所宅乎？

⑤朝沐浴於温泉。湯谷，在東方少陽之位。淮南言：日出湯谷，入虞淵也。【補曰】湯音暘。

⑥晞我形體於天垠也。九陽，謂天地之涯。兮，一作「乎」。垠，一作「根」。【補曰】晞，日氣乾也。仲長統云：「沆瀣當餐，九陽代燭。」注云：「九陽，日也。陽谷上有扶木，九日居下枝，一日居上枝。」九歌曰：「晞汝髮兮陽之阿。」張衡賦曰：「晞余髮於朝陽。」

⑦含吮玄澤之肥潤也。【補曰】六氣，日入爲飛泉。又，張揖云：「飛泉，飛谷也，在崑崙西南。」

⑧咀嚼玉英以養神也。【補曰】琬音宛。琰音剡。皆玉名。黄庭經曰：「含漱金醴吞玉英。」

⑨面目光澤以鮮好也。脕，一作「豔」，一作「曼」。【補曰】頩，美貌。一曰斂容。普茗、普經二切。脕，澤也，音萬。豔，美色也。曼，色理曼澤也。黄庭曰：「顔色生光金玉澤。」

⑩我靈強健而茂盛也。【補曰】班固云：「不變曰醇，不雜曰粹。」又，醇，厚也，美也。

⑪身體癯瘦，柔媚善也。【補曰】汋音綽。汋約，柔弱貌。莊子曰：「肌膚若冰雪，綽約若處子。」質銷鑠，謂凡質盡也。司馬相如曰：「列仙之儒，形容甚臞。」

⑫䰟魄漂然而遠征也。漂，一作「飄」。【補曰】「眇」與「妙」同。要眇，精微貌。廣雅曰：「淫，遊也。」

⑬奇美太陽，氣和正也。

⑭元氣温暖，不殞零也。【補曰】桂淩冬不凋。山海經：「桂林八樹在賁禺東。」注云：「番禺也。」

⑮溪谷寂寥而少禽也。

⑯林澤空虛，罕有民也。寂，一作「家」[三]。漠，一作「寞」。其，一作「乎」。

⑰抱我靈魂而上升也。霞，謂朝霞，赤黄氣也。魄，一作「魂」。【補曰】老子曰：「載營魄。」説者曰：陽氣充魄則爲魂，魂能運動，則生金矣。

⑱攀緣蹈氣而飄騰也。征，一作「升」。

⑲告帝衛臣，啓禁門也。其，一作「而」。

⑳立排天門而須我也。閶闔，一作「闔閶」。【補曰】排，推也。大人賦曰：「排閶闔而入帝宫。」

㉑呼語雲師，使清路也。

㉒博訪天庭在何處也。大，一作「太」。【補曰】大象賦云：「矚太微之崢嶸，啓端門之赫奕。何宫庭之宏敞，類乾坤之翕闢。」注云：「太微宫垣，十星，在翼、軫北。天子之宫庭，五帝之坐，十二諸侯府也。其外蕃，九卿也。」

㉓得升五帝之寺舍也。一本「入」上有「以」字。【補曰】文選云：「重陽集清氣。」又云：「集重陽之清徵。」注云：「言上止於天陽之宇。上爲陽，清又爲陽，故曰重陽。」余謂積陽爲天，天有九重，故曰重陽。

㉔遂至天皇之所居也。旬始，皇天名也。一云：旬始，星名。春秋考異郵曰：「太白，名旬始，如雄雞也。」【補曰】造，至也。大象賦注云：「鎮星之精爲旬始，其怒青黑，象狀如鼈，見則天下兵起。」李奇曰：「旬始，氣如雄雞，見北斗旁。」列子曰：「清都、紫微、鈞天、廣樂，帝之所居。」

朝發軔於太儀兮①，夕始臨乎於微閭②。屯余車之萬乘兮③，紛溶與而並馳④。駕八龍之婉婉兮⑤，載雲旗之逶蛇⑥。建雄虹之采旄兮⑦，五色雜而炫燿⑧。服偃蹇以低昂兮⑨，驂連蜷以驕驁⑩。騎膠葛以雜亂兮⑪，斑漫衍而方行⑫。撰余轡而正策兮⑬，吾將過乎句芒⑭。歷太皓以右轉兮⑮，前飛廉以啓路⑯。陽杲杲其未光兮⑰，淩天地㠯徑度⑱。風伯爲余先驅兮⑲，氛埃辟而清涼⑳。鳳皇翼其承旂兮㉑，遇蓐收乎西皇㉒。擥彗星㠯爲旍兮㉓，舉斗柄㠯爲麾㉔。叛陸離其上下兮㉕，遊驚霧之流波㉖。旹曖曃其曭莽兮㉗，召玄武而奔屬㉘。後文昌使掌行兮㉙，選署衆神以並轂㉚。路曼曼其修遠兮㉛，徐弭節而高厲㉜。左雨師使徑侍兮㉝，右雷公以爲衛㉞。欲度世以忘歸兮㉟，意恣睢㠯担撟㊱。内欣欣而自美兮㊲，聊媮娛㠯自樂㊳。涉青雲㠯汎濫游兮㊴，忽臨睨夫舊鄉㊵。僕夫懷余心悲兮㊶，邊馬顧而不行㊷。思舊故㠯想像兮㊸，長太息而掩涕㊹。氾容與而遐舉兮㊺，聊抑志而自弭㊻。指炎神而直馳兮㊼，吾將往乎南疑㊽。

①旦早趨駕於天庭也。太儀，天帝之庭，習威儀之處也。

②暮至東方之玉山也。爾雅曰：「東方之美者，有醫無閭之珣玗琪焉。」釋文：「於，於其切。」一云「微母閭」。【補曰】周禮：「東北曰幽州，其山鎮曰醫無閭。」爾雅疏云：「地理志遼東郡無慮縣。應劭曰：『慮音閭。』顏師古曰：『即所謂醫巫閭，是縣因山爲名。』」

③百神侍從，無不有也。

④車騎籠茸而競驅也。【補曰】溶音容，水盛也。大人賦曰：「紛鴻溶而上厲。」溶音甬。

⑤虬螭沛艾，屈偃蹇也。婉，釋文作「蜿」，音菀。

⑥旄旐竟天，皆霓霄也。此二句見騷經。

⑦係綴蝃蝀，文紛錯也。

⑧衆采雜厠，而明朗也。【補曰】炫音縣，明也。燿音曜，照也。

⑨駟馬駊騀而鳴驤也。

⑩驂騑驕驁，怒顛狂也。【補曰】説文云：「騑，驂，旁馬。」則騑、驂一也。初駕馬者，以二馬夾轅，謂之服。又駕一馬，與兩服爲驂，故謂之驂。又駕一馬，乃謂之駟。故説文云：「驂，駕三馬也。」「駟，一乘也。」兩服爲主，驂之兩旁二馬，遂名爲驂，總舉一乘，則謂之駟。指其騑馬，則謂之驂。詩曰：「兩驂如舞。」是二馬皆稱驂也。服馬夾轅，其頸負軛，兩驂在衡外，挽靷助之。服，兩首齊，驂首差退也。連蜷，句蹄也。蜷，巨圓切。驕驁，馬行縱恣也。上居召、下五到切。

⑪參差駢錯而縱横也。一作「轇轕」。以，一作「其」。【補曰】騎，奇寄切。轇音膠。轕音葛。車馬喧雜貌。一云：猶交加也。一曰：長遠貌。一曰：驅馳貌。

⑫繽紛容裔，以並升也。漫，一作「曼」。【補曰】斑，駮文也。漫，莫半切。衍，弋戰切。漫衍，無極貌。前漢書云：「漫衍之戲。」

⑬我欲遠馳，路何從也。【補曰】撰，見九歌。

⑭就少陽神於東方也。句，一作「鉤」。【補曰】山海經：「東方句芒，鳥身人面，乘兩龍。」注云：「木神也。昔秦穆公有明德，上帝使句芒賜書，壽九十年。」左傳曰：「木正爲句芒。」月令曰：「其帝太皞，其神句芒。」注云：「此木帝之君，木官之佐，自古以來著德立功者也。」太公金匱曰：「東海之神曰句芒。」墨子云：「鄭繆公晝日處廟，有神人面鳥身，素服，面狀正方。神曰：『帝厚汝明德，使錫汝壽十年，使若國昌。』公問神名，曰：『予爲句芒也。』」

⑮遂過庖犧而咨訪也。東方甲乙，其帝太皓，其神句芒。太皓始結罔罟，以畋以漁，制立庖廚，天下號之爲庖犧氏。皓，一作「皞」。

⑯風伯先導，以開徑也。啓，一作「燭」。

⑰日耀旭曙，旦欲明也。其，一作「亦」。【補曰】詩云：「杲杲出日。」

⑱超越乾坤之形體也。徑，一作「俓」。【補曰】徑，直也，與「俓」同。

⑲飛廉奔馳而在前也。先，一作「前」。【補曰】爲，去聲。詩曰：「爲王前驅。」淮南曰：「令雨師灑道，風伯掃塵。」

⑳掃除霧霾與塵埃也。一曰「辟氛埃」。【補曰】辟，除也，必亦切。

㉑俊鳥夾轂而扶輪也。

㉒遲少陰神于海津也。西方庚辛，其帝少皓，其神蓐收。西皇，即少昊也。離騷經曰：「召西皇使涉

予。」知西皇所居，在于西海之津也。乎，一作「於」。【補曰】山海經：「西方神蓐收，左耳有蛇，乘兩龍，人面，白色有毛，虎爪，執鉞，金神也。」太公金匱曰：「西海之神曰蓐收。」國語云：「虢公夢在廟，有神，人面白毛，虎爪，執鉞，立於西阿。召史嚚占之，對曰：如君之言，則蓐收也。」左傳云：「金正爲蓐收。」

㉓引援孛光以翳身也。擥，一作「攬」。旍，一作「旗」。【補曰】旍，即「旌」字。

㉔握持招摇，東西指也。【補曰】天文志：「北斗七星，杓攜龍角。」杓，斗柄也。麾，旗屬，吁爲切。

㉕繚隸叛散，以别分也。【補曰】叛音判。

㉖蹈履雲氣，浮游清波也。一曰「浮澂清也」。

㉗日月晻黮而無光也。曖曃，一作「晻曀」，一作「黤黮」。【補曰】曖音愛。曃音逮，暗也。曭音儻，日不明也。莽，莫朗切。晻，烏感切，日無光也。曀，於計切，陰而風爲曀。黤音晻，深黑色。黮，徒感切，黑也。

㉘呼太陰神使承衛也。【補曰】禮記曰：「行前朱鳥而後玄武。」二十八宿，北方爲玄武。説者曰：玄武，謂龜蛇。位在北方，故曰玄；身有鱗甲，故曰武。蔡邕曰：「北方玄武，介蟲之長。」文選注云：「龜與蛇交曰玄武。」屬音燭。

㉙顧命中宫，勑百官也。天有三宫，謂紫宫、太微、文昌也。故言中宫。紫宫，一作「紫微」。【補曰】大象賦云：「文昌制戴匡之位。」注云：「文昌六星如匡形。故史遷天官書云：斗魁戴匡六星曰文昌

宮，其中六星司錄。此天之六府，計集所會也。」晉天文志：「文昌六星，在北斗魁前。一曰上將，二曰次將，三曰貴相，四曰司錄，五曰司命，六曰司寇。」掌行，謂掌領從行者。故下文云。

㉚召使群靈皆侍從也。【補曰】署，常恕切，置也。大人賦曰：「悉徵靈圉而選之兮，部署衆神於搖光。」

㉛天道蕩蕩，長無窮也。修，一作「悠」。【補曰】曼曼，見騷經。

㉜按心抑意，徐從容也。徐，一作「颯」。【補曰】厲，渡也。大人賦：「紛鴻溶而上厲。」

㉝告使屏翳，備下虞也。

㉞進近猛將，任威武也。

㉟遂濟于世，追先祖也。一本「欲」上有「遂」字。一云「欲遠度世」。一云「遂遠度世」。【補曰】度世，謂僊去也。

㊱縱心肆志，所願高也。撟，一作「矯」。【補曰】恣，千咨切。睢，許鼻切。恣睢，自得貌。恣，一音資二切。大人賦云：「掉指橋以偃蹇。」史記索隱云：「指，居桀切。橋音矯。」張揖云：「指橋，隨風指靡也。」担，釋文云：音丘列切，舉也。橋，居廟切。史記作「撟」，其字從手。

㊲忠心悅喜，德純深也。而，一作「以」。一云「德絕殊也」。

㊳且戲觀望，以忘憂也。自，一作「淫」。【補曰】媮，樂也，音俞。

㊴隨從豐隆而相佯也。一無「以」字，一無「游」字。

㊵觀見楚國之堂殿也。

㊶思我祖宗，哀懷王也。

㊷馳騖徘徊，睨故鄉也。【補曰】邊，旁也。

㊸戀慕朋友，念兄弟也。以，一作「而」。像，一作「象」。

㊹喟然增歎，泣沾裳也。屈原謂修身念道，得遇仙人，託與俱遊，周歷萬方，升天乘雲，役使百神，而非所樂，猶思楚國，念故舊，欲竭忠信，以寧國家。精誠之至，德義之厚也。

㊺進退俛仰，復欲去也。【補曰】氾音泛。

㊻且自厭按而踟躕也。

㊼將候祝融，與諮謀也。南方丙丁，其帝炎帝，其神祝融。炎神，一作「炎帝」。

㊽過衡山而觀九疑也。疑，一作「娭」。

覽方外之荒忽兮①，沛罔象而自浮②。祝融戒而還衡兮③，騰告鸞鳥迎宓妃④。張咸池奏承雲兮⑤，二女御九韶歌⑥。使湘靈鼓瑟兮⑦，令海若舞馮夷⑧。玄螭蟲象並出進兮⑨，形蟉虯而逶蛇⑩。雌蜺便娟㠯增撓兮⑪，鸞鳥軒翥而翔飛⑫。音樂博衍無終極兮⑬，焉乃逝㠯徘徊⑭。舒并節㠯馳騖兮⑮，逴絕垠乎寒門⑯。軼迅風於清源兮⑰，從顓頊乎增冰⑱。歷玄冥㠯邪徑兮⑲，乘間維㠯反顧⑳。召黔嬴而見之兮㉑，爲余先乎平路㉒。經營四荒兮㉓，周流六漠㉔。上至列缺兮㉕，降望大壑㉖。下崢嶸而無地兮㉗，上寥廓而無天㉘。視儵忽而無見兮㉙，聽惝怳而無聞㉚。超無爲㠯至清兮㉛，與泰初而爲鄰㉜。

①遂究率土，窮海嵎也。

②水與天合，物漂流也。罔象，釋文作「泂瀁」，上摩朗、下以養切。【補曰】沛，流貌。文選云：「䑢汩飄淚，沛以罔象兮。」注云：「罔象，即仿像也。」又云：「罔象相求。」注云：「虛無罔象然也。」

③南神止我，令北征也。還衡，一作「蹕御」。一云「戒其趩禦」。【補曰】山海經：「南方祝融，獸身人面，乘兩龍，火神也。」國語曰：「夏之興也，祝融降於崇山。」太公金匱曰：「南海之神曰祝融。」楊雄賦云：「迴軫還衡。」衡，轅前橫木。大人賦云：「祝融警而蹕御。」注云：「蹕，止行人也。御，禦也。」

④馳呼洛神，使侍予也。

⑤思樂黃帝與唐堯也。咸池，堯樂也。承雲即雲門，黃帝樂也。屈原得祝融止己，即時還車，將即中土，乃使仁賢若鸞鳳之人，因迎貞女如洛水之神，使達己於聖君，德若黃帝、帝堯者，欲與建德成化，制禮樂以安黎庶也。一云「張樂咸池」。【補曰】周禮有大咸，堯樂也。樂記云：「咸池備矣。」注云：「黃帝所作樂名，堯增修而用之。咸，皆也。池之爲言施也。言德無不施也。」又，呂氏春

秋云：「帝顓頊令飛龍作樂，效八風之音，命之曰承雲。」淮南云：「有虞氏其樂咸池、承雲、九韶。」注云：「舜兼用黄帝樂。」

⑥美堯二女，助成化也。韶，舜樂名也。九成，九奏也。屈原美舜遭值於堯，妻以二女，以治天下。内之大麓，任之以職，則百僚師師，百工惟時，於是遂禪以位，升爲天子。乃作韶樂，鐘鼓鏗鏘，九奏乃成。屈原自傷不值於堯，而遭濁世，見斥逐也。【補曰】御，侍也。孟子所謂「二女婐」也。書曰：「簫韶九成，鳳皇來儀。」周禮曰：「九德之歌，九磬之舞。」

⑦百川之神，皆謡歌也。【補曰】上言二女，則此湘靈乃湘水之神，非湘夫人也。

⑧河海之神，咸相和也。海若，海神名也。馮夷，水仙人。淮南言「馮夷得道，以潛於大川」也。令，一作「命」。【補曰】海若，莊子所稱「北海若」也。馮夷，河伯也。

⑨鬼魅神獸，喜樂逸豫也。螭，龍類也。象，罔象也。皆水中神物。一云「列螭象而並進兮」。【補曰】螭，丑知切。國語曰：「水之怪：龍、罔象。」

⑩形體蜿蟺，相銜受也。蛇，一作「迆」。【補曰】上於九、下巨九切。蟉虬，盤曲貌。

⑪神女周旋，侍左右也。娟，一作「蜎」。【補曰】蜺，見騷經。便，讀作㛹，毗連切。娟，於緣切。便娟，輕麗貌。爾雅疏引「雌蜺㛹嬛」。嬛，與娟同。釋文：嬛，虚捐切。撓，而照切。釋文從手。集韻：「撓，纏也。」

⑫鷾鵬玄鶴，奮翼舞也。軒，一作「騫」。【補曰】方言：「翥，舉也。楚謂之翥。」章庶切。

⑬五音安舒，靡有窮也。【補曰】衍，廣也，達也。

⑭遂往周流，究九野也。以，一作「而」。【補曰】焉，辭也，尤虔切。

⑮縱舍轡銜而長驅也。【補曰】淮南云：「縱志舒節以馳大區。」大人賦云：「舒節出乎北垠。」注云：「舒，緩也。」

⑯經過后土，出北區也。寒門，北極之門也。逴，釋文作「踔」，勑孝切。乎，一作「兮」。【補曰】逴，遠也，敕角切。淮南曰：「出於無垠鄂之門。」注云：「垠鍔，端崖也。」李善曰：「絕垠，天邊之際也。」淮南曰：「北方北極之山曰寒門。」大人賦曰：「軼先驅於寒門。」

⑰遂入八風之藏府也。源，一作「涼」。【補曰】軼音逸。三蒼曰：「從後出前也。」迅，疾也。思玄賦云：「且余沐於清原。」

⑱過觀黑帝之邑宇也。【補曰】北方壬癸，其帝顓頊，其神玄冥。太公金匱曰：「北海之神曰顓頊。」淮南云：「北方有凍寒積冰雪雹雺水之野。」

⑲道絕幽都，路窮塞也。【補曰】左傳：「水正爲玄冥。」

⑳攀持天紘以休息也。【補曰】孝經緯云：「天有七衡而六間，相去合十一萬九千里。」淮南云：「兩維之間九十一度。」注云：「自東北至東南，爲兩維，帀四維三百六十五度，一度二千九百三十二里。」

㉑問造化之神以得失。【補曰】大人賦云：「左玄冥而右黔雷。」注云：「黔嬴也，天上造化神名。或曰水神。」史記作「含靁」。黔，其炎切。

㉒開軌導我，入道域也。一本「先」下有「道」字。

㉓周遍八極。

㉔旋天一帀。天，一作「地」。【補曰】漢樂歌作「六幕」，謂六合也。

㉕窺天間隙。【補曰】⿰甚夬，與「缺」同。陵陽子明經云：「列缺，去地二千四百里。」大人賦云：「貫列缺之倒影。」注云：「列缺，天閃也。」文選云：「列缺曄其照夜。」應劭曰：「列缺，天隙，電照也。」

㉖視海廣狹。【補曰】列子曰：「渤海之東有大壑焉，實惟無底之谷，名曰歸墟。」注引山海經：「東海之外有大壑。」

㉗淪幽虛也。嶸，一作「嵤」。【補曰】顏師古云：「崢嶸，深遠貌也。」上仕耕切，下音宏。

㉘空無形也。寥，一作「嵺」。【補曰】師古云：「寥廓，廣遠也。」

㉙目瞑眩也。

㉚窈無聲也。【補曰】師古云：「惝怳，耳不諦也。」淮南云：「若士曰：我遊乎罔㝗之野，北息乎沈墨之鄉，西窮冥冥之黨，東開鴻濛之光，此其下無地而上無天，聽焉無聞，視焉無眴。」

㉛登天庭也。【補曰】淮南云：「契大渾之樸，而立至清之中。」

㉜與道并也。【補曰】列子曰：「太初者，氣之始也。」莊子曰：「泰初有无，无有无名。」按騷經、九章皆託遊天地之間，以泄憤懣，卒從彭咸之所居，以畢其志。至此章獨不然，初曰「長太息而掩

涕」，思故國也。終曰「與泰初而爲鄰」，則世莫知其所如矣。

【校勘記】

［一］朴，原作「林」，據毛校改。

［二］十，原作「一」，據説文解字改。

［三］家，原作「家」，據惜陰本、同治本改。

楚辭卷第六

校書郎臣王　逸上

卜居章句第六　離騷

卜居者，屈原之所作也。屈原體忠貞之性①，而見嫉妬。念讒佞之臣，承君順非，而蒙富貴。己執②忠直而身放弃，心迷意惑，不知所爲。乃往至太卜之家，稽問神明，決之蓍龜，卜己居世，何所宜行，冀聞異策③，以定嫌疑。故曰卜居也④。

①體，一作「履」。性，一作「節」。
②一作「獨」。
③聞，一作「審」。異，一作「要」。
④五臣云：「卜己宜何所居。」

屈原既放三年①，不得復見②，竭知盡忠③，而蔽鄣於讒④。心煩慮亂⑤，不知所從⑥。往見太卜⑦。鄭詹尹⑧曰：「余有所疑⑨，願因先生決之。」⑩詹尹乃端策拂龜⑪，曰：「君將何以教之？」⑫屈原曰⑬：「吾寧悃悃欵欵⑭朴以忠乎⑮？將送往勞來⑯斯無窮乎⑰？寧誅鋤草茅⑱以力耕乎⑲？將游大人⑳以成名乎㉑？寧正言不諱㉒以危身乎㉓？將從俗富貴㉔以媮生乎㉕？寧超然高舉㉖㠯保真乎㉗？將哫訾粟斯㉘，喔咿儒兒㉙以事婦人乎㉚？寧廉潔正直㉛以自清乎㉜？將突梯滑稽㉝，如脂如韋㉞以潔楹乎㉟？寧昂昂㊱若千里之駒乎㊲？將氾氾㊳若水中之鳧乎㊴，與波上下㊵，偷以全吾軀乎㊶？寧與騏驥亢軛乎㊷？將隨駑馬之迹乎㊸？寧與黃鵠比翼乎㊹？將與雞鶩爭食乎㊺？此孰吉孰凶㊻？何去何從㊼？世溷濁而不清㊽，蟬翼爲重㊾，千鈞爲輕㊿；黃鐘毁棄(51)，瓦釜雷鳴(52)；讒人高張(53)，賢士無名(54)。吁嗟默默兮(55)，誰知吾之廉貞！」(56)詹尹乃釋策而謝(57)，曰：「夫尺有所短(58)，寸有所長(59)，物有所不足(60)，智有所不明(61)，數有所不逮(62)，神有所不通(63)。用君之心(64)，行君之意(65)，龜策誠不能知事。」(66)

①遠出郢都，處山林也。

②道路僻遠，所在險也。

③建立策謀，披心胷也。知，一作「智」。

④遇諂佞也。一無「而」字。

⑤慮憤悶也。慮，一作「意」。

⑥迷所著也。一云「迷瞀眩也」。

⑦稽神明也。一此句上有「乃」字。

⑧工姓名也。

⑨意遑惑也。

⑩斷吉凶也。

⑪整容儀也。五臣云：「策，蓍也。立蓍拂龜，以展敬也。」【補曰】龜策傳曰：「揲策定數，灼龜觀兆。」

⑫願聞其要。一無「將」字。

⑬吐詞情也。

⑭志純一也。欵，一作「款」。五臣云：「悃欵，懃苦貌。」【補曰】悃，苦本切。款，苦管切，誠也，俗作「欵」。

⑮竭誠信也。五臣云：「朴，質也。」

⑯追俗人也。【補曰】勞，去聲。來，如字。

⑰不困貧也。五臣云：「以此二事，問其所宜。以下類此。」【補曰】上句皆原所從也，下句皆原所去也。卜以決疑，不疑何卜？而以問詹尹何哉？時之人去其所當從，從其所當去，其所謂吉，乃吾所

謂凶也。此卜居所以作也。

⑱刈蒿菅也。鋤，一作「鉏」。【補曰】鋤，士魚切。釋名云：「去穢助苗也。」

⑲種稼穡也。

⑳事貴戚也。五臣云：「大人，謂君之貴幸者。」

㉑榮譽立也。

㉒諫君惡也。

㉓被刑戮也。

㉔食重禄也。

㉕身安樂也。【補曰】媮，樂也，音俞。

㉖讓官爵也。

㉗守玄默也。

㉘承顏色也。栗，一作「慄」。斯，一作「嘶」。一作「促訾粟斯」。【補曰】哫、促，並音足。唐本子禄切。訾音貲。哫訾，以言求媚也。慄音栗，謹敬也。粟讀若慄，音粟，詭隨也。斯讀若㒋，音斯，慄也。並見集韻。

㉙強笑噱也。一作「嚅唲」。【補曰】喔音握。咿音伊。嚅音儒。唲音兒。皆強笑之貌。一云：喔咿，強顏貌。唲，曲從貌。

㉚詘蜷局也。五臣云：「以事婦人，諂君之所寵者。」

㉛志如玉也。潔，一作「絜」。

㉜修潔白也。

㉝轉隨俗也。【補曰】文選注云：「突，吐忽切，滑也。滑音骨。稽音雞。」五臣云：「委曲順俗也。」楊雄以東方朔爲滑稽之雄。又曰：「鴟夷滑稽。」顏師古曰：「滑稽，圜轉縱舍無窮之狀。」一云：「酒器也。轉注吐酒，終日不已。出口成章，詞[二]不窮竭，若滑稽之吐酒。」

㉞柔弱曲也。五臣云：「能滑柔也。」【補曰】韋，柔皮也。

㉟順滑澤也。文選作「絜」。五臣云：「絜楹，謂同諂諛也。」絜，苦結切。

㊱志行高也。昂，一作「卬」。【補曰】昂、卬音同。

㊲才絕殊也。五臣云：「千里，駒展才力也。昂昂，馬行貌。」【補曰】漢：武帝謂劉德爲「千里駒」。顏師古云：「言若駿馬可致千里也。」

㊳普愛衆也。氾，一作「泛」。五臣云：「氾氾，鳥浮貌。」

㊴羣戲遊也。一無「乎」字。【補曰】鳧，野鴨也。

㊵隨衆卑高。

㊶身免憂患。偷，一作「愉」。【補曰】「愉」與「偷」同，苟且也。

㊷沖天區也。亢，一作「抗」。五臣云：「騏驥抗軛，謂與賢才齊列也。」抗，舉也。【補曰】軛，於革

切，車轅前也。

㊸安步徐也。五臣云：「駑馬，喻不才之臣。」

㊹飛雲鶴也。五臣云：「黄鵠，喻逸士也。比翼，猶比肩也。」【補曰】漢：始元中，黄鵠下建章宫太液池中。師古云：「黄鵠，大鳥，一舉千里。」

㊺啄糠糟也。五臣云：「雞鶩，喻讒夫。爭食，爭食禄也。鶩，鴨也。」

㊻誰喜憂也。

㊼安所由也。

㊽貨賂行也。五臣注文選改「世」爲「俗」以避諱。

㊾近佞讒也。【補曰】李善云：「蟬翼，言薄也。」

㊿遠忠良也。五臣云：「隨俗顛倒，重小人、輕君子也。」

51賢者匿也。五臣云：「黄鐘，樂器，喻禮樂之士。」【補曰】國語云：「黄鐘所以宣養六氣九德也。」

52羣言獲進。一云「愚讙訟也」。五臣云：「瓦釜，喻庸下之人。雷鳴者，驚衆也。」

53居朝堂也。【補曰】張音帳，自侈大也。左傳：「隨張必弃小國。」

54身窮困也。

55世莫論也。吁，一作「于」。默，一作「嘿」。五臣云：「嘿嘿，不言貌。」

56不别賢也。

⑤⑦愚不能明也。五臣云：「釋，舍也。謝，辭也。」

⑤⑧騏驥不騄中庭。

⑤⑨雞鶴知時而鳴。【補曰】莊子云：「梁麗可以充[二]城，而不可以窒穴。」尺有所短也。「騏驥、驊騮，一日而馳千里，捕鼠不如狸狌。」寸有所長也。

⑥⓪地毀東南。【補曰】列子曰：「物有不足，天傾西北，地不滿東南。」

⑥①孔子厄於陳也。【補曰】校人曰：「孰謂子産智？予既烹而食之。」智有所不明也。

⑥②天不可計量也。【補曰】史記曰：「人雖賢，不能左畫圓，右畫方。」

⑥③日不能夜光也。【補曰】神龜能見夢於元君，不能避余且之網。智有所困，神有所不及也。

⑥④所念慮也。

⑥⑤遂本操也。

⑥⑥不能決君之志也。一云「知此事」。

【校勘記】

[一]詞，原脱，據史記索隱補。

[二]充，原作「克」，據景宋本、毛校本改。

楚辭卷第七

校書郎臣王　逸上

漁父章句第七　離騷

漁父者，屈原之所作也。屈原放逐，在江、湘之間，憂愁歎吟，儀容變易。而漁父避世隱身，釣魚江濱，欣然自樂。時遇屈原川澤之域，怪而問之，遂相應答。楚人思念屈原，因敘其辭以相傳焉①。

①卜居、漁父，皆假設問答以寄意耳。而太史公屈原傳、劉向新序、嵇康高士傳或採楚詞、莊子漁父之言以爲實錄，非也。

屈原既放①，游於江潭②，行吟澤畔③，顔色憔悴④，形容枯槁⑤。漁父見而問之⑥曰：

「子非三閭大夫與⑦？何故至於斯？」⑧屈原曰：「舉世皆濁⑨我獨清⑩，衆人皆醉⑪我獨醒⑫，是以見放。」⑬漁父曰⑭：「聖人不凝滯於物⑮，而能與世推移⑯。世人皆濁[一]，何不淈其泥⑰而揚其波⑱？衆人皆醉⑲，何不餔其糟⑳而歠其釃㉑？何故深思高舉㉒，自令放爲？」㉓屈原曰：「吾聞之㉔，新沐者必彈冠㉕，新浴者必振衣㉖。安能以身之察察㉗，受物之汶汶者乎㉘？寧赴湘流㉙，葬於江魚之腹中㉚。安能以皓皓之白㉛，而蒙世俗之塵埃乎？」㉜漁父莞爾而笑㉝，鼓枻而去㉞。

①身斥逐也。

②戲水側也。

③履荊棘也。

④皯黴黑也。【補曰】皯，古旱切。黴，力遲切。

⑤癯瘦瘠也。【補曰】槁音考。

⑥怪屈原也。

⑦謂其故官。史記作「歟」。

⑧曷爲遭此患也。史記云：「何故而至此。」

⑨衆貪鄙也。一作「世人皆濁」。史記作「舉世混濁而我獨清，衆人皆醉而我獨醒」。

⑩志潔己也。
⑪惑財賄也。一云「巧佞曲也」。
⑫廉自守也。
⑬弃草野也。一本此句末有「爾」字。
⑭隱士言也。
⑮不困辱其身也。史記云：「夫聖人者。」一本「物」上有「萬」字。
⑯隨俗方圓。
⑰同其風也。史記作「隨其流」。【補曰】淈，古没切。又，乎没切，濁也。
⑱與沈浮也。五臣云：「淈泥揚波，稍隨其流也。」
⑲巧佞曲也。
⑳從其俗也。【補曰】餔，布乎切。
㉑食其祿也。文選「釃」作「歠」。五臣云：「餔糟歠釃，微同其事也。餔，食也。歠，飲也。糟、釃，皆酒滓。」【補曰】釃，力支切，以水𦉼糟也。釃，薄酒也。
㉒獨行忠直。五臣云：「深思，謂憂君與民也。」
㉓遠在他域。史記云：「何故懷瑾握瑜，而自令見放爲？」
㉔受聖人之制也。

㉕拂土坌也。【補曰】荀子云：「新浴者振其衣，新沐者彈其冠，人之情也。其誰能以己之僬僬，受人之掝掝者哉？」

㉖去塵穢也。

㉗己清潔也。五臣云：「察察，潔白也。」史記云：「又誰能以身之察察。」

㉘蒙垢塵也。【補曰】汶音門。汶，蒙沾辱也。一音昏。荀子注引此作「惛惛」。惛惛，不明也。惛，門、昏二音。

㉙自沈淵也。史記作「常流」。常音長。

㉚身消爛也。一無「之」字。史記云：「而葬乎江魚腹中耳。」

㉛皓皓，猶皎皎也。皓，一作「皎」。五臣云：「皓、白，喻貞潔。」

㉜被點污也。一無「而」字。塵埃，史記作「温蠖」。説者曰：温蠖，猶惛憒也。

㉝笑離齗也。莞，一作「莧」。【補曰】莞爾，微笑，胡板切。

㉞叩船舷也。枻，一作「栧」[二]。【補曰】枻音曳。舷，船邊也。

歌曰①：「滄浪之水清兮②，可以濯吾纓③；滄浪之水濁兮④，可以濯吾足。」⑤遂去，不復與言⑥。

①一本「歌」上有「乃」字。

②喻世昭明。【補曰】浪音郎。禹貢：「嶓冢導漾，東流爲漢，又東爲滄浪之水。」注云：「漾水至武都爲漢，至江夏謂之夏水，又東爲滄浪之水，在荆州。」孟軻云：「有孺子歌，曰：『滄浪之水清兮，可以濯我纓；滄浪之水濁兮，可以濯我足。』清斯濯纓，濁斯濯足矣，自取之也。」水經云：「武當縣西北，漢水中有洲，名滄浪洲。地説曰：『水出荆山，東南流爲滄浪之水。』是近楚都，故漁父歌云云。」余案：尚書禹貢言「導漾水東流爲漢，又東爲滄浪之水」。不言「過」而言「爲」者，明非它水。蓋漢、沔水自下有滄浪通稱耳。漁父歌之，不違〔三〕水地，宜以尚書爲正。

③沐浴升朝廷也。吾，一作「我」。五臣云：「清喻明時，可以修飾冠纓而仕也。」

④喻世昏闇。

⑤宜隱遁也。吾，一作「我」。五臣云：「濁喻亂世，可以抗足遠去。」

⑥合道真也。【補曰】藝文志云：「屈原賦二十五篇。」然則自騷經至漁父，皆賦也。後之作者，苟得其一體，可以名家矣。而梁蕭統作文選，自騷經、卜居、漁父之外，九歌去其五，九章去其八。然司馬相如大人賦率用遠遊之語。史記屈原傳獨載懷沙之賦，楊雄作伴牢愁〔四〕，亦旁惜誦至懷沙。統所去取，未必當也。自漢以來，靡麗之賦，勸百而諷一，無復「惻隱古詩」之義。故子雲有「曲終奏雅」之譏，而統乃以屈子與後世詞人同日而論，其識如此，則其文可知矣。

【校勘記】

［一］「世人皆濁」句：正文下原無注，景宋本注云：「一作『舉世皆濁』。史記云：『舉世混濁。』」惜陰本、同治本作：「人貪婪也。一作『舉世皆濁』。史記云：『舉世混濁。』」

［二］槐，原作「䙡」，據毛校、惜陰本改。

［三］違，原作「達」，據水經注改。

［四］伴，史記作「畔」。

楚辭卷第八

校書郎臣王　逸上

九辯章句第八　楚辭

九辯者，楚大夫宋玉之所作也。辯者，變也，謂陳道德以變說君也①。九者，陽之數，道之綱紀也②。故天有九星，以正機衡；地有九州，以成萬邦；人有九竅，以通精明。屈原懷忠貞之性，而被讒邪，傷君闇蔽③，國將危亡，乃援天地之數，列人形之要，而作九歌、九章之頌，以諷諫懷王。明己所言，與天地合度，可履而行也。宋玉者，屈原弟子也。閔惜其師，忠而放逐，故作九辯以述其志。至於漢興，劉向、王褒之徒咸悲其文，依而作詞，故號爲「楚詞」。亦采其「九」，以立義焉④。

①史記曰：「原死之後，楚有宋玉、唐勒、景差之徒，皆好辭而以賦見稱。皆祖屈原之從容辭令，終莫敢直諫。」辯，一作「辨」。辯，治也。辨，別也。說音稅。

②五臣云：「宋玉惜其師忠信見放，故作此辭以辯之，皆代原之意。『九』義亦與九歌同。」

③一作「昧」。

④采，一作「承」。

悲哉秋之爲氣也①！蕭瑟兮②，草木搖落③而變衰④。憭慄兮⑤若在遠行⑥，登山臨水兮⑦送將歸⑧。泬寥兮⑨天高而氣清⑩，宋廖兮⑪收潦而水清⑫。憯悽增欷兮⑬，薄寒之中人⑭，愴怳懭悢兮⑮，去故而就新⑯，坎廩兮⑰，貧士失職⑱而志不平⑲。廓落兮⑳，羇旅而無友生㉑，惆悵兮㉒而私自憐㉓。燕翩翩其辭歸兮㉔，蟬宋漠而無聲㉕。鴈廱廱而南遊兮㉖，鵾雞啁哳而悲鳴㉗。獨申旦而不寐兮㉘，哀蟋蟀之宵征㉙。時亹亹而過中兮㉚，蹇淹留而無成㉛。

①寒氣聊戾，歲將暮也。哉，一作「夫」。

②陰氣促急，風疾暴也。五臣云：「蕭瑟，秋風貌。言屈原枉見放逐，其情如秋節之悲，故託言秋之爲狀而盛述之。」

③華葉隕零，肥潤去也。一本句末有「兮」字。

④形體易色，枝葉枯槁也。自傷不遇，將與草木俱衰老也。

⑤思念卷〔一〕戾，心自傷也。五臣云：「憭慄，猶悽愴也。」【補曰】憭，舊音流，又音了。

⑥遠客出去，之他方也。

⑦陞高遠望，視河江〔二〕也。

⑧族親別逝，還故鄉也。

⑨泬寥，曠蕩，空虛也。或曰：泬寥猶蕭條。蕭條，無雲貌。寥，釋文作「嵺」。【補曰】泬音血。嵺，高貌。

⑩秋天高朗，體清明也。言天高朗，照見無形。傷君昏亂，不聰明也。氣清，一作「氣平」。【補曰】清，疾正切。說文云：「無垢薉也。」古本作「瀞」。

⑪源瀆順流，漠無聲也。宋，一作「寂」。廫，一作「寥」，一作「漻」。五臣云：「寂漻，虛靜貌。」【補曰】說文云：「宋，無人聲。」與「寂」同。「廫，空虛也。」與「寥」同。「漻，深清也。」並音聊。一云：廫，崖虛也。

⑫溝無溢濫，百川淨也。言川水夏濁而秋清，傷人君無有清明之時也。五臣云：「潦，雨水，音老。」

⑬愴痛感動，歎累息也。五臣云：「憯悽，悲痛貌。欷，泣歎。」【補曰】憯，七感切。欷，虛毅切，歔欷也。

⑭傷我肌膚，變顏色也。五臣云：「薄，迫也。有似迫寒之傷人。」【補曰】中，去聲。

⑮中情悵惘，意不得也。五臣云：「愴怳、懭悢，皆悲傷也。」【補曰】愴怳，失意貌。上初兩、下許昉切。懭悢，不得志。上口廣切，下音朗，又音亮。

⑯初會鉏鋙，志未合也。五臣云：「去故就新，別離也。」

⑰數遭患禍，身困極也。廩，一作「壈」。五臣云：「坎壈，困窮也。」【補曰】廩，力敢切。坎廩，失志。一曰：不平。

⑱亡財遺物，逢寇賊也。貧，一作「窮」。

⑲心常憤懣，意未服也。

⑳喪妃失耦，塊獨立也。五臣云：「廓落，空寂也。」

㉑遠客寄居，孤單特也。羇，一作「羈」。一無「生」字。【補曰】羇，旅寓也。

㉒後黨失輩，惆愁毒也。五臣云：「惆悵，悲哀也。」

㉓竊內念己，自憫傷也。

㉔將入大海，飛回翔也。五臣云：「言秋深也。翩翩，飛貌。」

㉕螗蜩斂翅，而伏藏也。宋漠，一作「寂寞」。

㉖雄雌和樂，羣戲行也。廱，一作「噰」，一作「癰」。【補曰】「廱」與「噰」同。詩曰：「噰噰鳴鴈。」鴈陰起則南，陽起則北，避寒就燠也。

㉗奮翼鳴呼，而低昂也。夫燕、蟬遇秋寒，將入水穴處，而懷憂懼，候鴈、鵾鷄喜樂而逸豫，言已

無有候鴈、鶡鷄之喜樂，而有蟬燕之憂懼也。【補曰】鶡雞似鶴，黄白色。啁哳，聲繁細貌。上竹交，下陟轄。

㉘夜坐視瞻而達明也。坐，一作「起」。五臣云：「申，至也。」

㉙見蟪蛁之夜行，自傷放棄，與昆蟲爲雙也。或曰：宵征，謂「七月在野，八月在宇，九月在户，十月蟋蟀入我牀下」，是其宵征。征，行也。五臣云：「宵，夜也。」

㉚時已過半，日進往也。亹亹，進貌。詩云：「亹亹文王。」五臣云：「亹亹，行貌。過中，謂漸衰暮也。」【補曰】亹音尾。

㉛雖久壽考，無成功也。五臣云：「蹇，語詞也。念己將老，淹留草澤，無所成也。」

悲憂窮戚兮①獨處廓②，有美一人兮③心不繹④。去鄉離家兮⑤徠遠客⑥，超逍遥兮⑦今焉薄⑧？專思君兮⑨不可化⑩，君不知兮⑪可奈何⑫！蓄怨兮積思⑬，心煩憺兮忘食事⑭。願一見兮道余意⑮，君之心兮與余異⑯。車既駕兮朅而歸⑰，不得見兮心傷悲⑱。倚結軨兮長太息⑲，涕潺湲兮下霑軾⑳。忼慨絶兮不得㉑，中瞀亂兮迷惑㉒。私自憐兮何極㉓，心怦怦兮諒直㉔。

①修德見過，愁懼惶也。戚，一作「慼」。文選作「蹙」。【補曰】戚、慼、蹙，竝倉歷、子六二切，迫

也，促也，憂也。

②孤立特止，居一方也。五臣云：「廓，空也。謂己窮蹙，處於空澤。」【補曰】處，昌舉切。

③位尊服好，謂懷王也。

④常念弗解，內結藏也。五臣云：「繹，解也。言思君之心常不解也。」【補曰】繹，抽絲也，陳也，理也。

⑤偕違邑里，之他邦也。【補曰】離，去聲。

⑥去郢南征，濟沅、湘也。徠，一作「來」。

⑦遠去浮遊，離州域也。五臣云：「無所依。」

⑧欲止無賢，皆讒賊也。五臣云：「焉，何也。薄，止也。」

⑨執心壹意，在胷臆也。思，一作「恖」。

⑩同姓親聯，恩義篤也。五臣云：「化，變也。」【補曰】化，舊音花。

⑪聰明淺短，志迷惑也。

⑫頑嚚難啓，長歎息也。

⑬結恨在心，慮憤鬱也。

⑭思君念主，忘〔三〕不食也。【補曰】憯，徒濫切，憂也。食事，謂食與事也。

⑮舒寫忠誠，自陳列也。余，一作「我」。

⑯方圓殊性，猶白黑也。五臣云：「願一見君，道忠信之意。君心以是爲非，故與余異矣。」

⑰回逝言邁，欲反國也。一無「既」字。【補曰】朅，丘傑切，去也。

⑱自傷流離，路隔塞也。一本「心」下無「傷」字。五臣云：「將去歸國，而君不見察，故心悲也。」

⑲伏車重軾，而涕泣也。一無「長」字。【補曰】軨音零，車轖間横木。

⑳泣下交流，濡茵席也。一本「霑」上無「下」字。五臣云：「潺湲，流涕貌。軾，車上所憑者。」

㉑中情恚恨，心剝切〔四〕也。忼，一作「慷」。【補曰】忼慨，壯士不得志。忼，口朗切。

㉒思念煩惑，忘南北也。五臣云：「歎與相絶而不見，使中昏亂迷惑也。瞀，昏也。」【補曰】瞀音茂。

㉓哀祿命薄，常含慼也。私，一作「思」。五臣云：「自憐，失志也。極，窮也。」

㉔志行中正，無所告也。五臣云：「心存諒直，終日不足。怦怦，心不足貌。」【補曰】怦，披繃切，心急。一曰：忠謹貌。

皇天平分四時兮①，竊獨悲此廩秋②。白露既下百草兮③，奄離披此梧楸④。去白日之昭昭兮⑤，襲長夜之悠悠⑥。離芳藹之方壯兮⑦，余萎約而悲愁⑧。秋既先戒以白露兮⑨，冬又申之以嚴霜⑩。收恢台之孟夏兮⑪，然欿傺而沈藏⑫。葉菸邑而無色兮⑬，枝煩挐而交横⑭；顔淫溢而將罷兮⑮，柯彷彿而萎黄；⑯萷櫹槮之可哀兮⑰，形銷鑠而瘀傷⑱。惟其紛糅而將落兮⑲，恨其失時而無當⑳。擥騑轡而下節兮㉑，聊逍遥以相佯㉒。歲忽忽而遒盡兮㉓，恐余壽之弗將㉔。悼余生之不時兮㉕，逢此世之俇攘㉖。澹容與而獨倚兮㉗，蟋蟀鳴此西堂㉘。心怵惕而震盪兮㉙，何所憂之多方㉚！卬明月而太息兮㉛，步列星而極明㉜。

①何直春生，而秋殺也。

②微霜凄愴，寒栗洌也。廩，一作「凜」。五臣云：「秋氣凜然而萬物摇落。喻己爲讒邪所害，是以播遷，故竊悲此也。」【補曰】廩，與「凜」同，寒也。

③萬物羣生，將被害也。下，一作「降」，一云「下降」。

④痛傷茂木，又芟刈也。披，一作「被」。五臣云：「言秋氣傷物之甚也。奄同離，羅也。既凋百草，而梧楸同罹此患。百草喻百姓，林木喻賢人。」【補曰】奄，忽也，遽也。離披，分散貌。「被」與「披」同。梧桐、楸梓，皆早凋。

⑤違離天明，而湮没也。五臣云：「白日喻君，言放逐去君。」

⑥永處冥冥，而覆蔽也。五臣云：「襲長夜，謂因受覆蔽也。悠悠，無窮也。」【補曰】襲，因也，入也。

⑦去己盛美之光容也。【補曰】藹，繁茂也，於蓋切。

⑧身體疲病，而憂貧也。萎，文選作「委」。五臣云：「言離去芳盛之德，方壯之任，使余委弃而悲愁也。約，弃也。」【補曰】萎，於爲切，草木枯也。約，窮也。

⑨君不弘德，而嚴令也。一本「戒」下有「之」字。

⑩刑罰刻峻，而重深也。五臣云：「喻暴虐相濟爲害也。申，重也。」

⑪上無仁恩以養民也。夫天制四時，春生夏長，人君則之，以養萬物。秋殺冬藏，亦順其宜，而行刑罰。故君賢臣忠，政合大中，則品庶安寧，萬物豐茂。上闇下僞，用法殘虐，則貞良被害，草木枯落。故宋玉援引天時，托譬草木。以茂美之樹興於仁賢，早遇霜露，懷德君子忠而被害也。台，一作「炱」，一作「怠」。五臣云：「恢台，長養也。」釋文：台，他來切。【補曰】舞賦云「舒恢炱之廣度」，注云：「恢炱，廣大貌。」「炱」與「台」古字通。黄魯直云：「恢，大也。台，即胎也。言夏氣大而育物。爾雅曰『夏爲長嬴』是也。」集韻：「炱，煤塵也。」臺、胎二音。

⑫民無駐足，竄巖穴也。楚人謂住曰傺也。欿，本多作「坎」。釋文「藏」作「臧」，音藏。五臣云：「坎，陷。傺，止也。言收斂長養之氣，使陷止沈藏，但以秋氣殺物矣。皆喻楚之君臣也。」【補曰】欿，與「坎」同。

⑬顏容變易，而蒼黑也。邑，一作「萒」。五臣云：「言草木殘瘁也。菸萒，傷壞也。」【補曰】菸音於，臭草也。萒，草傷壞也。

⑭柯條糾錯，而崱嶷也。五臣云：「煩挐，擾亂也。」【補曰】挐，女除切，牽引也，煩也。

⑮形貌羸瘦，無潤澤也。五臣云：「顏，容也。淫溢，積漸也。罷，毀也。」【補曰】罷，乏也，音疲。

⑯肌肉空虛，皮乾腊也。萎，一作「委」，一作「痿」。五臣云：「柯，枝也。痿黄，葉凋。」【補曰】佛音費。痿，枯死也。

⑰華葉已落，莖獨立也。萷，一作「梢」。【補曰】萷音梢。萷蔘，木枝竦也。釋文、文選竝音朔。萷，櫂木無枝柯，長而殺者。櫹音蕭。槮音森。櫹槮，樹長貌。文選[五]云「櫹爽櫹槮」是也。「梢」與「萷」同。

⑱身體燋枯，被病久也。五臣云：「瘀，病，皆喻己離愁苦。」【補曰】瘀，於去切，血瘀也。

⑲蓬茸顛仆，根蠹朽也。糅，一作「楺」。而，一作「之」。五臣云：「惟，思也。紛糅，衆雜也。言思姦邪衆雜，將或毀落。」【補曰】糅，女救切。蓬，蒲孔切。茸，仁勇切。

⑳不值聖王，而年老也。五臣云：「又悵失其明時，不與賢君相當。」

㉑安步徐行，而勿驅也。擥，一作「掔」，音啓妍切。五臣云：「爲此擥轡按節徐行，游涉草澤也。下節，按節也。」【補曰】擥，力敢切，持也。掔，啓妍切，亦持也。其字從臤。作「擥」，誤矣。騑音菲。

㉒且徐徘徊，以遊戲也。一作「徜徉」，一作「相羊」。【補曰】相佯，徙倚也。

㉓年歲逝往，若流水也。遒，一作「逝」。五臣云：「忽忽，運行貌。」【補曰】遒，即由、即秋二切，迫也，盡也。

㉔懼我性命之不長也。弗，一作「不」。五臣云：「將，長也。」【補曰】將，有漸之詞。

㉕傷己幼少，後三王也。

㉖卒遇譖讒，而遽惶也。五臣云：「俇攘，憂懼貌。」一作「恇勷」，一作「𧺆躟」。【補曰】俇音匡。

攘，而羊切，㧾也，遽也。

㉗煢煢獨立，無朋黨也。五臣云：「澹，徒敢切。澹容與，徐步也。倚，立也。」

㉘自傷閔己，與蟲並也。

㉙思慮惕動，沸若湯也。盪，一作「蕩」。五臣云：「怵惕，震蕩自驚動也。」【補曰】怵音黜。盪音蕩，摇動貌。

㉚內念君父及兄弟也。五臣云：「方，猶端也。」

㉛上告昊旻，愬神靈也。卬，一作「仰」。太，一作「大」。【補曰】卬，望也，音仰。

㉜周覽九天，仰觀星宿，不能臥寐，乃至明也。【補曰】明，舊音亡。

竊悲夫蕙華之曾敷兮①，紛旖旎乎都房②。何曾華之無實兮③，從風雨而飛颺④。以爲君獨服此蕙兮⑤，羌無以異於衆芳⑥。閔奇思之不通兮⑦，將去君而高翔⑧。心閔憐之慘悽兮⑨，願一見而有明⑩。重無怨而生離兮⑪，中結軫而增傷⑫。豈不鬱陶而思君兮⑬？君之門以九重⑭。猛犬狺狺而迎吠兮⑮，關梁閉而不通⑯。皇天淫溢而秋霖兮⑰，后土何時而得漧⑱！塊獨守此無澤兮⑲，仰浮雲而永歎⑳。

①蕙草芬芳，以興在位之貴臣也。五臣云：「曾，重也。敷，布也。」

②被服盛飾於宮殿也。旖旎，盛貌。詩云：「旖旎其華。」文選作「旖柅」。上音倚，下女綺切。五臣云：「都，大也。房，花房也。喻君初好善布德，有如此也。」旖，一作「旑」，於可切。旎，乃可切。【補曰】集韻：「旑，倚可切。」其字從可。旑旎，旌旗貌。旖音猗。其字從奇。旖旎，旌旗從風貌。天子所宮曰都。

③外貌若忠，而心佞也。

④隨君嗜欲，而回傾也。夫風爲號令，雨爲德惠，故風動而草木摇，雨降而萬物殖，故以風雨喻君。言政令德惠，所由出也。五臣云：「喻其後隨佞人之言。」

⑤體受正氣，而高明也。

⑥乃與佞臣之同情也。五臣云：「我謂君獨好美行，乃無異於衆人之心，而受其佞也。」

⑦傷己忠策，無由入也。思，一作「恖」。五臣云：「閔，自傷也。奇思，謂忠信也。」

⑧適彼樂土，之他域也。五臣云：「高翔，遠去也。」

⑨內自哀念，心隱惻也。

⑩分別貞正與僞惑也。五臣云：「心之憂傷，願見君而自明。」

⑪身無罪過，而放逐也。五臣云：「重，念也。自念無怨咎於君，而生離隔。」【補曰】重，去聲。九歌云：「悲莫悲兮生別離。」

⑫肝膽破裂，心剖腷也。傷，一作「愓」。五臣云：「心中結怨軫憂，而增悲傷。」【補曰】愓，痛也，憂

也。揊，普逼切。

⑬憤念蓄積，盈匈臆也。思，一作「恖」。【補曰】書云：「鬱陶乎予心。」

⑭閨閫扃閉，道路塞也。一云「閨闥」。五臣云：「雖思見君，而君門深邃，不可至也。」【補曰】月令云：「九門磔攘。」天子有九門，謂關門、遠郊門、近郊門、城門、皋門、庫門、雉門、應門、路門也。

⑮讒佞讙呼而在側也。五臣云：「狺狺，開口貌。迎吠，拒賢人，使不得進也。」【補曰】狺音垠，犬爭。一云：吠聲。

⑯閽人承指，呵問急也。五臣云：「閉關，喻塞賢路也。」

⑰久雨連日，澤深厚也。

⑱山阜濡澤，草木茂也。而，一作「兮」。漧，一作「乾」。五臣云：「后土，地也。」【補曰】漧，與「乾」同。

⑲不蒙恩施，獨枯槁也。

⑳愬天語神，我何咎也。古本「仰」作「卬」。五臣云：「衆人皆蒙君澤，而我獨不霑，故仰望而長歎也。」【補曰】歎，平聲。

何時俗之工巧兮①，背繩墨而改錯②！却騏驥而不乘兮③，策駑駘而取路④。當世豈無騏驥兮⑤，誠莫之能善御⑥。見執轡者非其人兮⑦，故駶跳而遠去⑧。鳧鴈皆唼夫粱藻兮⑨，鳳愈飄翔而高舉⑩。圜鑿而方枘兮⑪，吾固知其鉏鋙而難入⑫。衆鳥皆有所登棲兮⑬，鳳獨遑遑而無所集⑭。願銜枚而無言兮⑮，嘗被君之渥洽⑯。太公九十乃顯榮兮⑰，誠未遇其匹合⑱。謂騏驥兮安歸⑲？謂鳳皇兮安棲⑳？變古易俗兮世衰㉑，今之相者兮舉肥㉒。騏驥伏匿而不見兮㉓，鳳皇高飛而不下㉔。鳥獸猶知懷德兮㉕，何云賢士之不處㉖？驥不驟進而求服兮㉗，鳳亦不貪餧而妄食㉘。君弃遠而不察兮㉙，雖願忠其焉得㉚？欲寂漠而絶端兮㉛，竊不敢忘初之厚德㉜。獨悲愁其傷人兮㉝，馮鬱鬱其何極㉞！

①世人辯慧，造詐僞也。

②違廢聖典，背仁義也。夫繩墨者，工之法度也。仁義者，民之正路也。繩墨用，則曲木截；仁義進，則讒佞滅。二者殊義，不可不察也。五臣云：「喻信詐僞，弃忠正，易置禮法也。」【補曰】錯，置也，七故切。

③斥逐子胥與比干也。不，一作「弗」。乘，一作「椉」。五臣云：「騏驥，良馬，喻賢才也。」

④信任豎貂與椒、蘭也。五臣云：「喻疏賢才，而親不肖也。駑駘，喻不肖。」

⑤家有稷、契與管、晏也。

⑥世無堯、舜及桓、文也。五臣云：「言豈無賢才，但君不能用也。御，謂御馬者。」【補曰】古者，車

駕四馬，御之爲難。故爲六藝之一也。

⑦遭值桀、紂之亂昏也。一無「者」字。

⑧被髮爲奴，走横奔也。一作「駒跳」，一作「駶駣」。五臣云：「言見君非好善之主，故賢才皆避而遠去。駒，即騏驥也。跳，走貌。」【補曰】馬立不常謂之駶，音局。一本「駒」，亦音衢六切。釋文：「跳，徒聊切，躍也。駣，徒浩切，馬三歲名。」

⑨羣小在位，食重祿也。鴈，釋文作「鵞」。一無「夫」字。五臣云：「粱，米。藻，水草。」【補曰】唼喋，鳧鴈食貌。上音翣，下音雪。

⑩賢者遯世，竄山谷也。愈，一作「俞」。飄翔，一作「飄飄」。【補曰】「俞」與「愈」同。荀子曰「其身俞危」是也。舉音倨。

⑪正直邪枉，行殊則也。五臣云：「若鑿圓穴，斫方木内之，而必參差不可入。喻邪佞在前，忠賢何由能進。」【補曰】鑿音造，鏨也。枘音汭，柄也。

⑫所務不同，若粉墨也。一無「其」字。五臣云：「鉏鋙，相距貌。」【補曰】鉏，牀所、牀舉二切。鋙音語，不相當也。

⑬羣佞並進，處官爵也。

⑭孔子棲棲，而困厄也。一無「獨」字。一作「惶惶」。五臣云：「賢才竄逐，獨無所託。遑遑，不得所貌。」

⑮意欲括囊，而靜默也。願，一作「顧」。五臣云：「銜枚，所以止言者也。」【補曰】周禮有銜枚氏，「枚狀如箸，橫銜之」。

⑯前蒙寵遇，錫祉福也。五臣云：「我亦欲不言而自弃，爲昔者嘗受君之厚澤，故復不能已。渥，厚也。洽，澤也。」

⑰呂尚耆老，然後貴也。

⑱遭值文王，功冠世也。五臣云：「太公呂尚年九十而窮困，遭西伯而用之。當未遇之時，故無匹偶而與相合也。言己所以弃逐者，其行亦不與君意同也。」

⑲躊躇吳坂，遇伯樂也。

⑳集棲梧桐，食竹實也。五臣云：「騏驥安歸？在於良樂；鳳皇安棲[六]？在於聖明。自喻時無知己也。」

㉑以賢爲愚，時闇惑也。五臣云：「代衰之時，則必變古之法，易常之道。」

㉒不量才能，視顔色也。五臣云：「將相士而用舉肥美者，不言其才行，此疾時之深。」【補曰】相，視也，去聲。

㉓仁賢幽處，而隱藏也。五臣云：「『騏驥伏匿而不見』至『雖願忠其焉得』，皆喻己也。」

㉔智者遠逝，之四方也。【補曰】下音户。

㉕慕歸堯、舜之聖明也。釋文「懷」作「褢」。

㉖上老太公，歸文王也。

㉗干木闔門，而辭相也。五臣云：「服，御也。」
㉘顔闔鑿坏，而逃亡也。坏，一作「培」。【補曰】餧，於僞切。楊子曰：「食其不妄。」説者曰：非義不妄食，引此爲證。
㉙介推割股，而自放也。弃，一作「棄」。
㉚申生至孝，而被謗也。
㉛甯武佯愚，而不言也。漠，一作「嘆」，一作「寞」。五臣云：「寂寞，止息貌。」【補曰】廣雅：「嘆音莫，安也。」説文：「啾嘆，無聲。」
㉜嘗受祿惠，識舊德也。五臣云：「言我將心不思於君，不能忘君昔之厚德耳。」
㉝思念纏結，摧肝肺也。
㉞憤懣盈胷，終年歲也。馮，一作「憑」。其，一作「之」。何，一作「安」。五臣云：「憑鬱鬱，愁心滿結也。極，窮也。」

霜露慘淒而交下兮①，心尚𡴘其弗濟②。霰雪雰糅其增加兮③，乃知遭命之將至④。願徼幸而有待兮⑤，泊莽莽與壄草同死⑥。願自往而徑遊兮⑦，路壅絶而不通⑧。欲循道而平驅兮⑨，又未知其所從⑩。然中路而迷惑兮⑪，自壓桉而學誦⑫。性愚陋以褊淺兮⑬，信未達乎從容⑭。

①君政嚴急，刑罰峻也。慘，一作「憯」。

②冀過不成，得免脫也。㚔，一作「幸」。尚㚔，一云「徜徉」。【補曰】幸，說文作「㚔」，當以「幸」爲正。

③威怒益盛，刑酷烈也。其，一作「而」。【補曰】雰雰，雪貌。

④卒遇誅戮，身顛沛也。

⑤冀蒙貰赦，宥罪法也。宥，一作「止」。【補曰】徼，古堯切。

⑥將與百卉俱徂落也。一云「泊莽莽兮與埜草同死」。一作「林[七]草」。泊，一作「汩」。【補曰】泊，止也。莽莽，莫古切，草盛。壄、埜，並「野」字。

⑦不待左右之紹介也。一云「願自直而徑往」。

⑧讒臣嫉妬，無由達也。

⑨遵放衆人，所履爲也。欲，一作「願」。

⑩不識趣舍，何所宜也。

⑪舉足猶豫，心回疑也。

⑫弭情定志，吟詩禮也。壓，一作「厭」。桉，一作「按」。一作「壓塞」。【補曰】集韻：「壓，益涉切，按也。」「桉」與「按」同，抑也，止也。釋文：厭，於鹽切，安也。誦，疾恭切。

⑬姿質鄙鈍，寡所知也。【補曰】褊，畢善切，急也，狹也。

⑭君不照察其真僞也。乎，一作「兮」，一作「於」。一本云「然中路而迷惑兮，悲躑躅而無歸。性愚陋以褊淺兮，自壓桉而學詩。蘭蒸雜於蕭艾兮，信未達其從容」。

竊美申包胥之氣盛兮①，恐時世之不固②。何時俗之工巧兮③？滅規榘而改鑿④。獨耿介而不隨兮⑤，願慕先聖之遺教⑥。處濁世而顯榮兮⑦，非余心之所樂⑧。與其無義而有名兮⑨，寧窮處而守高⑩。食不媮而爲飽兮⑪，衣不苟而爲温⑫。竊慕詩人之遺風兮⑬，願託志乎素餐⑭。蹇充倔而無端兮⑮，泊莽莽而無垠⑯。無衣裘以御冬兮⑰，恐溘死不得見乎陽春⑱。

①申包胥，楚大夫也。昔伍子胥得罪於楚，將適於吴，見申包胥，謂曰：「我必亡郢。」申包胥答曰：「子能亡之，我能存之。」遂出奔吴，爲吴王闔閭臣。興兵而伐楚，破郢。昭王出奔。於是申包胥乃之秦，請救兵，鶴立於秦庭，啼呼悲泣，七日七夜不絶聲，勺飲不入於口。秦伯哀之，爲發兵救楚。昭王復國，故言「氣盛」也。古本「盛」皆作「晟」。

②俗人執誓，多不堅也。

③靜言諓諓，而無信也。

④弃捐仁義，信讒佞也。【補曰】鑿音造。

⑤執節守度，不枉傾也。

⑥循行道德，遵典經也。

⑦謂仕亂君，爲公卿也。

⑧彼雖富貴，我不願也。【補曰】樂，五孝切。

⑨宰嚭專吳，握君權也。

⑩思從夷、齊於首陽也。【補曰】高，孤到切，一苦浩切。即「枯槁」之「槁」。

⑪何必秔粱與芻豢也。一無「而」字。【補曰】婾，他鈎切，巧也。

⑫非貴錦繡及綾紈也。一無「而」字。

⑬勤身修德，樂伐檀也。

⑭不空食祿，而曠官也。詩云：「彼君子兮，不素餐兮。」謂居位食祿，無有功德，名曰「素餐」也。釋文作「飧」〔八〕，音孫。

⑮媒理斷絶，無因緣也。【補曰】倔，倶物、巨物二切。儒行云：「不充詘於富貴。」充詘，喜失節貌。

⑯幽處山野，而無鄰也。泊，一作「汨」。【補曰】垠，岸也，音銀。

⑰言己飢寒，家困貧也。御，一作「禦」。【補曰】御，魚據切。詩云：「我有旨蓄，亦以御冬。」注云：「御，禦也。以禦冬月乏無時也。」

⑱懼命奄忽，不踰年也。一本自「霜露慘悽而交下」至此爲一章。

靚杪秋之遥夜兮①，心繚悷而有哀②。春秋逴逴而日高兮③，然惆悵而自悲④。四時遞來而卒歲兮⑤，陰陽不可與儷偕⑥。白日晼晚其將入兮⑦，明月銷鑠而減毁⑧。歲忽忽而遒盡兮⑨，老冉冉而愈弛⑩。心摇悦而日幸兮⑪，然怊悵而無冀⑫。中憯惻之悽愴兮⑬，長太息而增欷⑭。年洋洋以日往兮⑮，老嵺廓而無處⑯。事亹亹而覬進兮⑰，蹇淹留而躊躇⑱。

①盛陰脩夜，何難曉也。【補曰】靚音靜。杪，末也。

②思念糾戾，腸折摧也。悷，一作「悡」。【補曰】繚音了，繚繞。悷，盧帝切，又音列。懰悷，悲吟。悡音列，憂也。

③年齒已老，將晚暮也。【補曰】逴，竹角切，遠也。

④功名不立，自矜哀也。

⑤冬夏更運，去若頽也。遞，一作「迭」。【補曰】遞，更易也。本作「遰」。

⑥寒往暑來，難追逐也。釋文「陰」作「霒」。【補曰】儷，偶也，音戾。

⑦年時欲暮，才力衰也。【補曰】晼音宛，景昳也。

⑧形容減少，顔貌虧也。【補曰】日出於東方，入於西極，故言入。月三五而盈，三五而缺，故言減毁。

⑨時去晻晻，若鶩馳也。忽，一作「曶」。

⑩年命逝往，促急危也。老，一作「壽」。愈，一作「俞」。釋文「弛」作「施」。【補曰】「俞」與

「愈」同。「施」與「弛」同。

⑪意中私喜，想用施也。摇，一作「遥」，一作「愮」。㚔，一作「幸」。【補曰】摇，動也。愮，憂也。無喜悦義。「㚔」與「幸」同。

⑫内無所恃，失本義也。【補曰】怊音超。

⑬志願不得，心肝沸也。之，一作「而」。一注云：「心傷慘也。」

⑭憂懷感結，重歎悲也。【補曰】欷，虚毅切。

⑮歲月已盡，去奄忽也。以，一作「而」。

⑯亡官失禄，去家室也。嵺，一作「廫」。【補曰】玉篇云：「廫廓，空也。力幺切。」

⑰思想君命，幸復位也。【補曰】覬音冀。

⑱久處無成，卒放弃也。【補曰】躊躇，進退貌。躇，丈呂切。舊本自「霜露慘悽而交下兮」至此爲一章。

何氾濫之浮雲兮①，猋壅蔽此明月②！忠昭昭而願見兮③，然霒曀而莫達④。願皓日之顯行兮⑤，雲蒙蒙而蔽之⑥。竊不自聊而願忠兮⑦，或黕點而汙之⑧。堯舜之抗行兮⑨，瞭冥冥而薄天⑩。何險巇之嫉妒兮⑪，被以不慈之僞名⑫？彼日月之照明兮⑬，尚黯黮而有瑕⑭。何況一國之事兮⑮，亦多端而膠加⑯。

①浮雲晻翳，興讒佞也。【補曰】「氾」與「泛」同。

②妨遮忠良，害仁賢也。夫浮雲行則蔽月之光，讒佞進則忠良壅也。【補曰】猋，卑遥切，犬走貌。

③思竭蹇蹇，而陳誠也。

④邪僞推排，而隱蔽也。然，一作「蔽」。霒[九]，一作「雺」。【補曰】霒音陰，雲覆日也。曀，陰風也。

⑤思望聖君之聘請也。日以喻君。詩云：「杲杲出日。」【補曰】皓，光也，明也，日出貌也。

⑥羣小專恣，掩君明也。蒙，一作「濛」。

⑦意欲竭死，不顧生也。聊，一作「料」。【補曰】料，量也，音聊。

⑧讒人誣謗，被以惡名也。【補曰】黕，説文：「都感切，滓垢也。」又，陟甚切，污也。汙，烏故切。

⑨聖迹顯著，高無顛也。

⑩茂德煥炳，配乾坤也。瞭，一作「杳」。【補曰】瞭音了，明也。一音杳。薄，附也。

⑪亂惑之主，嫉其榮也。

⑫言堯有不慈之過，以其不傳丹朱也；舜有卑父之謗，以其不立瞽瞍也。

⑬三光照察，鏡幽冥也。

⑭雲霓之氣，蔽其精也。【補曰】黯，鄔感切。黮，徒感切，雲黑。

⑮衆職叢務，君異政也。

⑯賢愚反戾，人異形也。【補曰】集韻：「膠加，戾也。膠音豪。加，丘加切。王逸説。」

被荷裯之晏晏兮①，然潢洋而不可帶②。既驕美而伐武兮③，負左右之耿介④。憎慍惀之脩美兮⑤，好夫人之慷慨⑥。衆踥蹀而日進兮⑦，美超遠而逾邁⑧。農夫輟耕而容與兮⑨，恐田野之蕪穢⑩。事緜緜而多私兮⑪，竊悼後之危敗⑫。世雷同而炫曜兮⑬，何毀譽之昧昧⑭！今脩飾而窺鏡兮⑮，後尚可以竄藏⑯。願寄言夫流星兮⑰，羌儵忽而難當⑱。卒壅蔽此浮雲兮⑲，下暗漠而無光⑳。堯舜皆有所舉任兮㉑，故高枕而自適㉒。諒無怨於天下兮㉓，心焉取此怵惕㉔？乘騏驥之瀏瀏兮㉕，馭安用夫強策㉖？諒城郭之不足恃兮㉗，雖重介之何益㉘？遭翼翼而無終兮㉙，忳惛惛而愁約㉚。生天地之若過兮㉛，功不成而無効㉜。願沈滯而不見兮㉝，尚欲布名乎天下㉞。然潢洋而不遇兮㉟，直怐愗而自苦㊱。莽洋洋而無極兮㊲，忽翱翔之焉薄㊳？國有驥而不知乘兮㊴，焉皇皇而更索㊵？甯戚謳於車下兮㊶，桓公聞而知之㊷。無伯樂之善相兮㊸，今誰使乎譽之㊹。罔流涕以聊慮兮㊺，惟著意而得之㊻。紛純純之願忠兮㊼，妬被離而鄣之㊽。

①荷，芙蕖也。裯，袛裯也，若襜褕矣。晏晏，盛貌也。藝文類聚作「披荷裯之旻旻」。【補曰】被音披，又如字。裯音刀。説文：「袛裯，短衣。」方言：「汗襦，自關而西謂之袛裯。」爾雅：「晏晏，柔也。」

②潢洋，猶浩蕩。不著人貌也。言人以荷葉爲衣，貌雖香好，然浩浩蕩蕩，而不可帶，又易敗也。以喻懷王自以爲有賢明之德，猶以荷葉爲衣，必壞敗也。【補曰】潢音晃，户廣切，水深廣貌。洋音養。滉瀁，水貌。

③懷王自謂有懿德，又勇猛也。驕，一作「憍」。

④恃怙衆士，被甲兵也。懷王内無文德，不納忠言，外好武備，而無名將。所以爲秦所誘，客死不還。【補曰】耿，古幸切，明也。逸以「介」爲「介胄」。

⑤惡孫叔敖與子文也。【補曰】慍，紆粉切。惀，力允切。

⑥愛重囊瓦與莊蹻也。釋文「慨」作「礚」。莊蹻，一作「椒蘭」。

⑦無極之徒，在帷幄也。踥，一作「蹓」。釋文作「啑諜」。【補曰】踥，思協切。蹀音牒。

⑧接輿避世，辭金玉也。逾，一作「愈」。

⑨愁苦賦斂之重數也。

⑩失不耨鋤，亡五穀也。

⑪政由細微以亂國也。繇，一作「綿」。

⑫子孫絶嗣，失社稷也。

⑬俗人羣黨，相稱舉也。【補曰】曲禮云：「毋雷同。」注云：「雷之發聲，物無不同時應者。」

⑭論善與惡，不分㭊也。

⑮言與行副，面不慙也。今，一作「余」。窺，一作「視」。

⑯身雖隱匿，名顯彰也。【補曰】竄，逃也，匿也。

⑰欲託忠策於賢良也。

⑱行疾去亟，路不值也。【補曰】儵音倏。

⑲終爲讒佞所覆冒也。卒，一作「上」。

⑳忠臣喪精，不識謀也。

㉑稷、契、禹、益與咎繇也。舉，一作「專」。

㉒安臥垂拱，萬國治也。

㉓己之行度，信無尤也。

㉔內省審己，無畏懼也。焉，一作「安」。

㉕衆賢並進，職事脩也。棄，一作「乘」。【補曰】「棄」與「乘」同。瀏，流、栁二音，水清也。

㉖百姓成化，刑不用也。策，一作「筞」。【補曰】強，巨良切。策，馬箠，所以驅策。

㉗信哉險阻何足恃也？

㉘身被甲鎧，猶爲虜也。【補曰】介，甲也。

㉙竭身恭敬，何有極也。【補曰】邅，行不進。

㉚憂心悶瞀，自約束也。【補曰】忳，徒渾切。惛音昏。說文：「怓也。」愁約，謂窮約而悲愁也。語

曰：「不可以久處約。」

㉛忽若雲馳，驅過隙也。

㉜道德不施，志不遂也。

㉝思欲潛匿，自屏弃也。不，一作「無」。

㉞敷名四海，垂號謚也。【補曰】下音户。

㉟佷倡後時，無所逮也。

㊱守死忠信，以自畢也。釋文作「㧾愗」。苦，一作「若」，一作「善」。【補曰】㧾，遘、寇二音。愗音茂。

㊲周行曠野，將何之也。

㊳浮遊四海，無所集也。

㊴推遠周邵與伊摯也。【補曰】曹子建以此爲屈子語。

㊵不識賢愚，尚暗昧也。【補曰】更，平聲。

㊶飯牛而歌，厮賤役也。一本「謳」下有「歌」字。

㊷言合聖道，應經術也。

㊸驥與駑鈍，幾不別也。

㊹後世歎譽，稱其德也。譽，一作「訾」。【補曰】訾音貲，思也。亦通。

㊺愴然深思，而悲泣也。

㊻知天生賢，不虛出也。【補曰】著，明也，立也，定也。

㊼思碎首腦，而伏節也。一作「紛忳忳而願忠」。

㊽讒邪妬害，而壅遏也。被，一作「披」。鄣，一作「彰」。【補曰】被音披。反離騷云：「亡春風之被離。」鄣音章。舊本自「何氾濫之浮雲兮」至此爲一章。

願賜不肖之軀而別離兮①，放遊志乎雲中②。乘精氣之摶摶兮③，騖諸神之湛湛④。驂白霓之習習兮⑤，歷羣靈之豐豐⑥。左朱雀之茇茇兮⑦，右蒼龍之躣躣⑧。屬雷師之闐闐兮⑨，通飛廉之衙衙⑩。前輊輬之鏘鏘兮⑪，後輜乘之從從⑫。載雲旗之委蛇兮⑬，扈屯騎之容容⑭。計專專之不可化兮⑮，願遂推而爲臧⑯。賴皇天之厚德兮⑰，還及君之無恙⑱。

①乞丐骸骨，而自退也。

②上從豐隆而觀望也。志，一作「意」。

③託載日月之光耀也。楚人名圓曰摶也。摶，一作「槫」。【補曰】摶，度官切。

④追逐羣靈之遺風也。【補曰】湛，舊音羊戎切。

⑤驂駕素虹而東西也。言己雖去舊土，猶脩潔白以厲身也。驂，一作「參」，一作「乘」。

⑥周過列宿，存六宗也。靈，一作「神」。

⑦朱雀奉送，飛翩翻也。茇，釋文作「芺」，於表切。一作「茷」，音蒲艾切。一云「左朱雀之拔拔」。

【補曰】集韻拔、茷、茇皆有「旆」音。

⑧青虬負轂而扶轅也。躣，釋文作「躩」，音同。【補曰】躣躣，行貌。其俱切。廣韻引此。

⑨整理車駕而鼓嚴也。【補曰】屬，朱欲切，連也。闐音田，鼓聲。

⑩風伯次且而掃塵也。通，一作「道」。【補曰】衙衙，行貌，舊五乎切，又牛呂切。集韻音魚。

⑪軒車先導，聲轉轔也。輊，一作「輕」。【補曰】輊音致。詩曰：「如輊如軒。」說文云：「輬，臥車。」音涼。招魂云：「軒輬既低。」注云：「軒、輬，皆輕車名。」則作「輕輬」，亦通。

⑫輜軿侍從，響雷震也。【補曰】說文：「軿，車前衣。車後爲輜。」〔一〇〕從，楚江切。

⑬旍旗盤紆，背雲霄也。委，一作「逶」。

⑭羣馬分布，列前後也。【補曰】屯，徒渾切。

⑮我心匪石，不可轉也。【補曰】化，舊音花。

⑯執履忠信，不離善也。

⑰靈神覆佑，無疾病也。

⑱願楚無憂，君康寧也。言己雖升雲遠遊，隨從百神，志猶念君，而不能忘也。【補曰】恙，舊音羊。說文：「恙，憂也。」一曰：虫入腹食人心。古者艸居多被此毒，故相問：「無恙乎？」蘇鶚演義引神

異經云：北方大荒中，有獸食人，吩人則病[一一]，羅人則疾，名曰獇。獇者，恙也。黄帝上章奏天，從之。於是北方人得無憂無疾，謂之「無恙」。

【校勘記】

[一]卷，原作「暴」，據文選六臣注秀州本改。

[二]江河，當作「河江」。案，江與方、鄉叶韻。

[三]忘，原作「忽」，據文選六臣注秀州本改。

[四]剝切，當作「切剝」。參見本書前言。

[五]文選，原脱「文」字，據文瀾閣本補。

[六]棲，原作「歸」，據文選六臣注秀州本改。

[七]林，原作「材」，據景宋本改。

[八]飧，原作「食」，據毛校引文瀾閣本改。

[九]霧，原作「露」，據惜陰本、皇都本改。

[一〇]軿車前衣車後爲輜，原作「輜軿車前衣車後也」，據清段玉裁說文解字注改。

[一一]吩人則病，諸書引神異經皆作「咋人則病」，是。咋，嚙，啃咬。

楚辭卷第九

校書郎臣王　逸上

招䰟章句第九①　楚辭

招䰟者，宋玉之所作也②。招者，召也。以手曰招，以言曰召。䰟者，身之精也。宋玉憐哀屈原，忠而斥棄，愁懣③山澤，䰟魄④放佚，厥命將落。故作招䰟，欲以復其精神，延其年壽，外陳四方之惡，内崇楚國之美，以諷諫懷王，冀其覺悟而還之也。⑤

①䰟，一作「魂」。下同。
②李善以招䰟爲小招，以有大招故也。
③一作「憂愁」。
④一作「魄」。
⑤太史公讀招䰟，「悲其志」。

朕幼清以廉潔兮①，身服義而未沬②。主此盛德兮，牽於俗而蕪穢③。上無所考此盛德兮④，長離殃而愁苦⑤。帝告巫陽⑥曰：「有人在下⑦，我欲輔之⑧。魂魄離散，汝筮予之。」⑨巫陽對曰：「掌夢⑩。」上帝其難從⑪。「若必筮予之，恐後之謝⑫，不能復用巫陽焉。」⑬

①朕，我也。不求曰清，不受曰廉，不汙曰潔。潔，一作「絜」。五臣云：「皆代原爲辭。」

②沬，已也。言我少小修清潔之行，身服仁義，未曾有懈已之時也。【補曰】沬，莫貝切。易曰：「日中見沬。」注云：「沬，微昧之明也。」一云：日中而昏也。

③牽，引也。不治曰蕪，多草曰穢。言己施行，常以道德爲主，以忠事君，以信結交，而爲俗人所推引，德能蕪穢，無所用之也。五臣云：「主，守也。言己主執仁義忠信之德，爲讒佞所牽迫，使荒蕪穢污而不得進。」

④考，校。五臣云：「上，君也。考，察也。」

⑤殃，禍也。言己履行忠信，而遇暗主。上則無所考校己之盛德，長遭殃禍，愁苦而已也。離，一作「罹」。五臣云：「罹，羅也。」

⑥帝，謂天帝也。女曰巫，陽，其名也。巫，一作「巠」。五臣云：「玉假立天帝及巫陽以爲辭端。」【補曰】山海經云：「開明東有巫彭、巫抵、巫陽、巫几、巫相、巫履。」注云：「皆神醫也。」

⑦在，一作「於」。

⑧人，謂賢人，則屈原也。宋玉上設天意，祐助貞良，故曰帝告巫陽，有賢人屈原在於下方，我欲輔成其志，以厲黎民也。

⑨䰟者，身之精也。魄者，性之決也。所以經緯五藏，保守形體也。筮，卜問也。蓍曰筮。尚書曰：「決之蓍龜。」言天帝哀閔屈原䰟魄離散，身將顛沛，故使巫陽筮問求索，得而與之，使反其身也。予，一作「與」。【補曰】予，去聲。下同。

⑩巫陽對天帝言，招䰟者，本掌㝱之官所主職也。㝱，一作「夢」。

⑪言天帝難從掌㝱之官，欲使巫陽招之也。一云「其命難從」。一云「命其難從」。【補曰】難，文選讀作去聲。

⑫一云「謝之」。一無「之」字。

⑬謝，去也。巫陽言：如必欲先筮問求䰟魄所在，然後與之，恐後世怠懈，必去卜筮之法，不能復修用，但招之可也。五臣云：「若必筮而招之，恐後代懈怠，去卜筮之法，但以招䰟爲事。陽意不欲以筮與招相次而行，以爲不筮而招，亦足可也。」

乃下招曰①：䰟兮歸來②，去君之恒幹③，何爲四方些④？舍君之樂處，而離彼不祥些⑤。䰟兮歸來，東方不可㠯託些⑥。長人千仞，惟䰟是索些⑦。十日代出⑧，流金鑠石些⑨。彼皆習之，䰟往必釋些⑩。歸來兮，不可㠯託些⑪。䰟兮歸來，南方不可以止些⑫。雕題黑齒⑬，得人肉以祀，以其骨爲醢些⑭。蝮蛇蓁蓁⑮，封狐千里些⑯。雄虺九首⑰，往來倏忽，吞人以益其心些⑱。歸來兮，不可㠯久淫些⑲。䰟兮歸來，西方之害，流沙千里些⑳。旋入雷淵㉑，爢散而不可止些㉒。幸而得脫，其外曠宇些㉓。赤蟻若象㉔，玄蠭若壺些㉕。五穀不生，藂菅是食些㉖。其土爛人，求水無所得些㉗。彷徉無所倚，廣大無所極些㉘。歸來兮，恐自遺賊些㉙。䰟兮歸來，北方不可㠯止些。增冰峨峨，飛雪千里些㉚。歸來兮，不可以久些㉛。䰟兮歸來，君無上天些㉜。虎豹九關㉝，啄害下人些㉞。一夫九首，拔木九千些㉟。豺狼從目，往來侁侁些㊱。懸人㠯娭㊲，投之深淵些㊳。致命於帝，然後得瞑些㊴。歸來，往恐危身些㊵。䰟兮歸來，君無下此幽都些㊶。土伯九約，其角觺觺些㊷。敦脄血拇㊸，逐人駓駓些㊹。參目虎首，其身若牛些㊺。此皆甘人，歸來，恐自遺災些㊻。䰟兮歸來，入修門些㊼。工祝招君，背行先些㊽。秦篝齊縷㊾，鄭綿絡些㊿。招具該備，永嘯呼些(51)。䰟兮歸來，反故居些(52)。

①巫陽受天帝之命，因下招屈原之䰟。乃，一作「因」。

②還歸屈原之身。一作「徠歸」。

③恒，常也。幹，體也。易曰：「貞者事之幹。」五臣曰：「君，謂原也。」

④言䰟靈當扶人養命，何爲去君之常體而遠之四方乎？夫人須䰟而生，䰟待人而榮，二者別離，命則

賈零也。或曰：「去君之恒閈。」閈，里也。楚人名里曰閈也。一云「何爲乎四方」。乎，一作「兮」。一注云：鬼待人而榮。【補曰】些，蘇賀切。説文云：「語詞也。」沈存中云：「今夔、峽、湖、湘及南北江獠人，凡禁呪句尾皆稱『些』，乃楚人舊俗。」

⑤舍，置也。祥，善也。言何爲舍君楚國饒樂之處，而陸離走不善之鄉，以犯觸衆惡也。舍，一作「捨」。離，一作「罹」。五臣云：「捨，去也。罹，羅也。」

⑥託，寄也。論語曰：「可以託六尺之孤。」言東方之俗，其人無義，不可託命而寄身也。

⑦七尺曰仞。索，求也。言東方有長人之國，其高千仞，主求人魂而食之也。惟，一作「唯」。五臣云：「皆假立其惡，而甚言之。」【補曰】山海經云：「東海之外，大荒之中，有大人之國。」

⑧代，更。

⑨鑠，銷也。言東方有扶桑之木，十日竝在其上，以次更行，其熱酷烈，金石堅剛，皆爲銷釋也。【補曰】莊子曰：「昔者十日竝出，萬物皆照。」十日，見天問。代出，言一日至，一日出，交會相代也。

⑩釋，解也。言彼十日之處，自習其熱。魂行往到，身必解爛也。皆，一作「自」。

⑪言魂魄宜急來歸，此誠不可以託附而居之也。一無「兮」字。一云「歸來歸來」。

⑫言南方之俗，其人甚無信，不可久留也。

⑬雕，畫也。題，額也。黑，一作「墨」。五臣云：「雕，鏤也。」【補曰】禮記：「南方曰蠻，雕題交趾。」注云：「雕題，刻其肌，以丹青涅之。」

⑭醢，醬也。言南極之人，雕畫其額，齒牙盡黑，常食羸蜯，得人之肉，用祭祀先祖，復以其骨爲醢醬也。一云「而祀」。一云「得人以祀」。無「肉」字。五臣云：「醢，肉醬也。」

⑮蝮，大蛇也。蓁蓁，積聚之貌。【補曰】山海經：「蝮蛇，色如綬文，大者百餘斤。一名反鼻蛇。」爾雅：「蝮，虺，博三寸，首大如擘。」本草引張文仲云：「蝮蛇，形乃不長，頭扁口尖，人犯之，頭足貼著。」蝮音覆。蓁音臻。

⑯封狐，大狐也。言炎土之氣，多蝮虺惡蛇，積聚蓁蓁，爭欲齧人。又有大狐，健走，千里求食，不可逢遇也。五臣云：「大狐其長千里。」

⑰首，頭也。五臣云：「虺，亦蛇名。」【補曰】天問已見。虺，許鬼切。

⑱儵忽，疾急貌也。言復有雄虺，一身九頭，往來奄忽，常喜吞人䰟魄，以益其心，賊害之甚也。儵，一作「倏」。五臣云：「益其心，助其毒也。」

⑲淫，遊也。言其惡如此，不可久遊，必被害也。一云「魂兮歸來」。一云「歸來歸來，不可久淫」，無「以」字。五臣云：「淫，淹也。」

⑳流沙，沙流而行也。尚書曰：「餘波入於流沙。」言西方之地，厥土不毛，流沙滑滑，晝夜流行，從廣千里，又無舟航也。從廣，一作「縱橫」。

㉑旋，轉也。淵，室也。淵，文選作「泉」。【補曰】旋，泉絹切。唐避諱，以「淵」爲「泉」。山海經云：「雷澤中有雷神，龍身而人頭。」

㉒靡，碎也。言欲涉流沙少止，則回入雷公之室，轉還而行，身雖靡碎，尚不得休息也。靡，一作「靡」，釋文作「糜」。一作「麋」，非是。【補曰】靡，靡爲切，爛也，壞也。

㉓曠，大也。宇，野也。言從雷淵雖得免脱，其外復有曠遠之野，無人之土也。㚔，一作「幸」。

㉔螘，蚍蜉也。小者爲螘，大者謂之蚍蜉也。螘，一作「蟻」。【補曰】山海經：「大蜂其狀如螽，朱蛾狀如蟻。」

㉕壺，乾瓠也。言曠野之中，有赤蟻，其狀如象。又有飛螽，腹大如壺。皆有蠚毒，能殺人也。螽，一作「蜂」。釋文作「螽」。五臣云：「壺，器名。」【補曰】螽音峯。方言云：「螽大而蜜謂之壺螽。」蠚音壑。

㉖柴棘爲藂。菅，茅也。言西極之地，不生五穀，其人但食柴草，若羣牛也。藂，一作「叢」。菅，一作「菱」。【補曰】藂，草叢生也。菅、菱，竝音姦。説文：「菱草，出吳林山。」

㉗言西方之土温暑而熱，燋爛人肉，渴欲求水，無有源泉，不可得之也。【補曰】前漢西域傳：「烏弋地暑熱莽平。」又，天竺「卑濕暑熱」。

㉘倚，依也。言欲彷徉東西，無民可依。其野廣大，行不可極也。一云：言西方之土，廣大遥遠，無所臻極。雖欲彷徉，求所依止，不可得也。一作「仿佯」。五臣云：「仿佯，遊行貌。極，窮也。」【補曰】廣雅云：「彷徉，徙倚也。」彷，蒲忙切。

㉙賊，害也。言寃魂欲往者，自予賊害也。一云「歸來歸來」。【補曰】遺，已季切。

㉚言北方常寒，其冰重累，峨峨如山。涼風急時，疾雪隨之。飛行千里，乃至地也。五臣云：「增，積也。峨峨，高貌。」【補曰】神異經：「北方有曾冰萬里，厚百丈。」尸子曰：「朔方之寒，地凍厚六尺。北極左右，有不釋之冰。」

㉛言其寒殺人，不可久留也。一云「歸來歸來」。一云「不可以久止」。

㉜天不可得上也。

㉝五臣云：「關，鑰。」

㉞啄，齧也。言天門凡有九重，使神虎豹執其關閉，主啄齧天下欲上之人，而殺之也。

㉟言有丈夫一身九頭，強梁多力，從朝至暮，拔大木九千枚也。

㊱侁侁，往來聲也。詩曰：「侁侁征夫。」言天上有豺狼之獸，其目皆從，奔走往來，其聲侁侁，爭欲啗人也。侁，一作「莘」。五臣云：「從，豎也。侁侁，衆貌。」【補曰】南北曰從，即容切。釋文：足用切。與注意不合。侁，所臻切。

㊲懸，釋文作「縣」。娭，一作「嬉」，一作「娱」。【補曰】娭，許其切。

㊳投，擿也。言豺狼得人，不即啗食，先懸其頭，用之娭戲。疲倦已後，乃擿於深淵之底而棄之也。

㊴瞑，臥也。言投人已訖，上致命於天帝，然後乃得眠臥也。瞑，一作「眠」。五臣云：「致，送也。送人之命於天帝。」【補曰】瞑音眠，又音銘。

㊵往即逢害，身危殆也。一云「歸來歸來」。一云「魂兮歸來」。

㊶幽都，地下，后土所治也。地下幽冥，故稱幽都。一無「此」字。

㊷土伯，后土之侯伯也。約，屈也。觺觺，猶狺狺，角利貌也。言地有土伯，執衛門户，其身九屈，有角觺觺，主觸害人也。觺，一作「𩯣」。五臣云：「觺觺，銛利貌。」【補曰】觺音疑，又牛力切。

㊸敦，厚也。脄，背也。拇，手母指也。脄，一作「脢」。【補曰】脄、脢音梅，又音妹，脊側之肉。説文云：「背肉也。」易：「咸其脢。」一曰：心上口下。拇，莫垢切。

㊹駓駓，走貌也。言土伯之狀，廣肩厚背，逐人駓駓，其走捷疾，以手中血漫污人也。【補曰】駓音丕。

㊺言土伯之頭，其貌如虎，而有三目，身又肥大，狀如牛也。參，一作「三」。【補曰】參，蘇甘切。博雅云：「參，三也。」

㊻甘，美也。災，害也。言此物食人以爲甘美，徑必自與害，不旋踵也。歸來，一云「歸來歸來」。一作「歸來兮」。災，釋文作「菑」。【補曰】遺，與也，去聲。「菑」與「災」同。

㊼修門，郢城門也。宋玉設呼屈原之䰟歸楚都，入郢門。欲以感激懷王，使還之也。【補曰】修門，已見九章「龍門」注中。

㊽工，巧也。男巫曰祝。背，倍也。言選擇名工巧辯之巫，使招呼君，倍道先行，導以在前，宜隨之也。五臣云：「工祝，良巫也。君，謂原。言良巫背行在先，君宜隨後。」【補曰】背音倍。

㊾篝，絡。縷，綫也。篝，釋文作「篝」。【補曰】篝，古侯切。籠也，笿也。笿音落。可熏衣。

㊿綿，纏也。絡，縛也。言爲君魂作衣，乃使秦人織其篝絡，齊人作彩縷，鄭國之工纏而縛之，堅而且好也。綿，一作「緜」。【補曰】説文：「緜，聯微也。」

(51)該，亦備也。言撰設甘美，招魂之具，靡不畢備。故長嘯大呼，以招君也。夫嘯者，陰也。呼者，陽也。陽主魂，陰主鬼。故必嘯呼以感之也。

(52)反，還也。故，古也。言宜急來歸還古昔之處也。

天地四方，多賊姦些①。像設君室②，靜閒安些③。高堂邃宇④，檻層軒些⑤。層臺累榭⑥，臨高山些⑦。網戶朱綴⑧，刻方連些⑨。冬有突廈⑩，夏室寒些⑪。川谷徑復⑫，流潺湲些⑬。光風轉蕙⑭，氾崇蘭些⑮。經堂入奧⑯，朱塵筵些⑰。砥室翠翹⑱，挂曲瓊些⑲。翡翠珠被⑳，爛齊光些㉑。蒻阿拂壁㉒，羅幬張些㉓。纂組綺縞㉔，結琦璜些㉕。室中之觀，多珍怪些㉖。蘭膏明燭㉗，華容備些㉘。二八侍宿㉙，射遞代些㉚。九侯淑女㉛，多迅衆些㉜。盛鬋不同制㉝，實滿宮些㉞。容態好比㉟，順彌代些㊱。弱顏固植㊲，謇其有意些㊳。姱容修態㊴，絙洞房些㊵。蛾眉曼睩㊶，目騰光些㊷。靡顏膩理㊸，遺視矊些㊹。離榭修幕㊺，侍君之閒些㊻。翡帷翠帳，飾高堂些㊼。紅壁沙版㊽，玄玉梁些㊾。仰觀刻桷㊿，畫龍蛇些(51)。坐堂伏檻(52)，臨曲池些(53)。芙蓉始發(54)，雜芰荷些(55)。紫莖屏風(56)，文緣波些(57)。文異豹飾(58)，侍陂陁些(59)。軒輬既低(60)，步騎羅些(61)。蘭薄戶樹(62)，瓊木籬些(63)。魂兮歸來！何遠爲些(64)？

①賊，害也。姦，惡也。言天有虎豹，地有土伯，東有長人，西有赤蟻，南有雄虺，北有增冰，皆爲姦惡，以賊害人也。地，一作「墬」，一作「墜」。

②像，法也。君，一作「居」。

③無聲曰靜，空寬曰閒。言乃爲君造設第室，法像舊廬，所在之處，清靜寬閒而安樂也。【補曰】閒音閑。

④邃，深也。宇，屋也。

⑤檻，楯也。從曰檻，横曰楯。軒，樓版也。言所造之室，其堂高顯，屋甚深邃。下有檻楯，上有樓板，形容異制，且鮮明也。五臣云：「檻，欄。層，重也。軒，檻樓上板。」【補曰】一云：檐宇之末曰軒。

⑥層、累，皆重也。無木謂之臺，有木謂之榭。【補曰】説文：「臺，觀四方而高者。」「榭，臺有屋也。」一曰：凡屋無室曰榭。

⑦言復作重層之臺，累石之榭，其顛眇眇，上乃臨於高山也。或曰：臨高山而作臺榭也。

⑧網户，綺文鏤也。朱，丹也。綴，緣也。網，一作「罔」。五臣云：「織網于户上，以朱色綴之。」

⑨刻，鏤也。横木關柱爲連。言門户之楣，皆刻鏤綺文，朱丹其緣，雕鏤連木，使之方好也。五臣云：「又刻鏤横木爲文章，連於上，使之方好。」【補曰】連，集韻作「槤」，「門持關」。

⑩突，複室也。厦，大屋也。詩云：「於我乎夏屋渠渠。」厦，一作「夏」。五臣云：「突厦，重

屋。」【補曰】宎，深也，隱暗處。爾雅：「東南隅謂之宎。」厦，胡雅切。宎、窔，並於叫〔二〕切。

⑪言隆冬凍寒，則有大屋，複宎溫室。盛夏暑熱，則有洞達陰堂，其內寒涼也。室，一作「屋」。【補曰】夏，胡駕切。

⑫流源爲川，注谿爲谷。徑，過也。復，反也。川，一作「谿」。徑，一作「徑」。五臣云：「徑，往也。」【補曰】爾雅：「水注谿爲谷。」說文：「泉出通川爲谷。」

⑬言所居之舍，激導川水，徑過園庭，回通反復，其流急疾，又潔淨也。

⑭光風，謂雨已日出而風草木有光也。轉，搖也。五臣云：「日光風氣轉汎，薄於蘭蕙之叢。」

⑮氾，猶汎汎，搖動貌也。崇，充也。言天雨霽日明，微風奮發，動搖草木，皆令有光，充實蘭蕙，使之芬芳，而益暢茂也。五臣云：「崇，高也。」【補曰】氾音泛。

⑯西南隅謂之奧。經，一作「徑」。古本作「陘」。奧，釋文作「隩」。五臣云：「言自蘭蕙經入於此矣。」【補曰】奧，烏到切。

⑰朱，丹也。塵，承塵也。筵，席也。詩云：「肆筵設席〔三〕。」言升殿過堂，入房至室奧處，上則有朱畫承塵，下則有簟筵好席，可以休息也。或曰：朱塵筵，謂承塵搏壁，曼延相連接也。搏，一作「薄」。【補曰】鋪陳曰筵，藉之曰席。說文：「筵，竹席也。」

⑱砥，石名也。詩曰：「其平如砥。」翠，鳥名也。翹，羽也。五臣云：「以砥石爲室，取其平也。又以

翠羽相飾之。」【補曰】砥音咫，礪石也。書傳云：「砥細於礪，皆磨石也。」穀梁云：「天子之桷，斲之礱之，加密石焉。」注云：「以細石磨之。」翹，祈堯切，鳥尾長毛也。

⑲挂，懸也。曲瓊，玉鉤也。言内臥之室，以砥石爲壁，平而滑澤。以翠鳥之羽，雕飾玉鉤，以懸衣物也。或曰：僮室，謂僮佪曲房也。挂，一作「絓」。五臣云：「玉鉤挂於室中。」【補曰】絓，罥也，古賣切。

⑳雄曰翡，雌曰翠。被，衾也。【補曰】翡，赤羽雀。翠，青羽雀。異物志云：「翠鳥形如燕，赤而雄曰翡，青而雌曰翠。翡大於翠，其羽可以飾幃帳。」顔師古曰：「鳥各别異，非雌雄異名也。」

㉑齊，同也。言牀上之被，則飾以翡翠羽及珠璣，刻畫衆華。其文爛然，而同光明也。五臣云：「以珠翠飾被，光色爛然相齊。」

㉒蒻，蒻席也。阿，曲隅也。拂，薄也。五臣云：「以蒻席替壁之曲。」【補曰】蒻音弱，蒲也，可以爲席。

㉓羅，綺屬也。張，施也。言房内則以蒻席薄牀，四壁及與曲隅，復施羅幬，輕且涼也。【補曰】幬，襌帳也，音儔。爾雅：「幬謂之帳。」

㉔纂、組，綬類也。一作「綦」，一作「綦」。五臣云：「縞，練也。」【補曰】纂，作管切，似組而赤。組音祖。綺，文繒也。縞音杲，素也。一曰：細繒。綦，蒼白色。一曰：青黑文。禮記有「綦組綬」。

㉕璜，玉名也。言幬帳之細，皆用綺縞，又以纂組結束玉璜，爲帷帳之飾也。綺，一作「奇」。【補曰】

琦，玉名。璜，半璧也。

㉖金玉爲珍，詭異爲怪。言縱觀房室之中，四方珍奇，玩好怪物，無不畢具也。珍，一作「珎」。怪，一作「恠」。【補曰】珎、恠，皆俗字。

㉗蘭膏，以蘭香煉膏也。燭，一作「爥」。

㉘容，貌也。言日暮遊宴，燃香蘭之膏，張施明燭。觀其鐙錠，雕鏤百獸，華奇好備也。五臣云：「華容，謂美人也。」【補曰】錠，都定切。

㉙二八，二列也。言大夫有二列之樂，故晉悼公賜魏絳女樂二八、歌鍾二肆也。

㉚射，猒也。詩云：「服之無射。」遞，更也。言使好女十六人，侍君宴宿，意有厭倦，則使更相代也。或曰：夕遞代。夕，暮也。遞，一作「遰」。五臣云：「君或猒之，則遞代進矣。」【補曰】射音亦。

㉛淑，善。【補曰】九侯，謂九服之諸侯也。

㉜迅，疾也。言復有九國諸侯，好善之女，多才長意，用心齊疾，勝於衆人也。五臣云：「其來迅疾衆多於此。」

㉝鬋，鬢也。制，法也。五臣云：「盛飾理鬢，其制不同。」【補曰】鬋音翦，女鬢垂貌。

㉞宮，猶室也。爾雅曰：「宮謂之室。」言九侯之女，工巧妍雅，裝飾兩結，垂鬢鬌下髮，形貌奇異，不與衆同，皆來實滿，充後宮也。一云「垂髮鬢下鬋」。一云「垂鬌下鬋」。【補曰】鬌，髮美也。鬋，首飾也。

㉟態，姿也。比，親也。五臣云：「比，密也。」【補曰】好，王逸作「美好」之「好」，五臣作「好愛」之「好」。

㊱彌，久也。言美女衆多，其貌齊同，姿態好美，自相親比，承順上意，久則相代也。代，一作「世」。五臣云：「彌，猶次也。好相親密和順，次以相代也。」【補曰】作「世」者非。

㊲固，堅也。植，志也。植，一作「立」。

㊳謇，正言貌也。言美女內多廉耻，弱顏易媿，心志堅固，不可侵犯，則謇然發言，中禮意也。謇，一作「蹇」。五臣云：「謇，正直貌。有意，禮則之意。」

㊴姱，好貌。修，長也。【補曰】姱，苦瓜切。

㊵絙，竟也。房，室也。言復有美好之女，其貌姱好，多意長智，羣聚羅列，竟識洞達，滿於房室也。絙，一作「緪」。五臣云：「洞，深也。」【補曰】絙，與「亘」同。文選云：「洞房叫窱而幽邃。」

㊶曼，澤也。睩，視貌。蛾，一作「娥」。睩，一作「睇」。五臣云：「曼，長也。」【補曰】李善云：「曼，輕細也。音萬。」睩音祿。説文云：「目睞謹也。」

㊷騰，馳也。言美女之貌，蛾眉玉白[三]，好目曼澤，時睩睩然視，精光騰馳，驚惑人心也。五臣云：「騰，發也。」

㊸靡，緻也。膩，滑也。五臣云：「靡，好也。」【補曰】呂氏春秋：「靡曼皓齒。」注云：「靡曼，細理弱肌，美色也。」膩，女吏切。

㊹遺，竊視也。矈，脉也。言諸美女顏容脂細，身體夷滑，心中矈脉，時時竊視，安詳審諦，志不可動也。矈，一作「矊」，一作「縉」。五臣云：「矈，目中瞳子。言目清澈，烱然見其瞳子。」【補曰】方言：「黸瞳之子謂之矈。」注云：「矈邈也。」音綿。廣韻：「瞳子黑也。」又：「矈眇，遠視。」

㊺離，別也。修，長也。幕，大帳也。

㊻閒，靜也。言願令美女於離宮別觀帳幕之中侍君，閒靜而宴遊也。【補曰】閒音閑。

㊼言復以翡翠之羽，雕餝幬帳，張之高堂，以樂君也。帳，一作「幬」。飾，一作「餝」。【補曰】在旁曰帷。「餝」與「飾」同。

㊽紅，赤白色也。沙，丹沙也。

㊾玄，黑也。言堂上四壁皆堊色，令之紅白，又以丹沙畫飾軒版，承以黑玉之梁，五采分別也。一云「玄玉之梁」。五臣云：「黑玉飾于屋梁。」

㊿【補曰】左傳「丹楹」、「刻桷」。文選云：「龍角雕鏤。」說文：「椽方曰桷。」音角。

(51)言仰觀視屋之榱橑，皆刻畫龍蛇，而有文章也。

(52)檻，楯也。

(53)言坐於堂上，前伏檻楯，下臨曲水清池，可漁釣也。

(54)芙蓉，蓮華也。

(55)芰，菱也。秦人謂之薢茩。言池水之中有芙蓉，始發其華，芰菱雜錯，羅列而生，俱盛茂也。或曰：

倚荷，謂荷立生水中，持倚之也。五臣云：「芰，水草。荷，芙蓉之莖。」

56屏風，水葵也。【補曰】本草：「鳧葵即莕菜，生水中，俗名水葵。」又：「防風，一名屏風。」

57言復有水葵，生於池中，其莖紫色，風起水動，波緣其葉上而生文也。或曰：紫莖，言荷莖紫色也。屏風，謂荷葉鄣風也。緣，文選作「綠」。五臣云：「風起吹之，生文於綠波中也。」

58豹，猶虎豹。【補曰】詩云：「羔裘豹飾。」

59陂陁，長陛也。言侍從之人，皆衣虎豹之文、異采之飾，侍君堂隅，衛階陛也。或曰：侍陂池，謂侍從於君遊陂池之中，赫然光華也。陁，一作「陀」。【補曰】陂音頗。陀音駞，不平也。文選：陂音波。

60軒、輬，皆輕車名也。低，屯也。一曰：低，俛也。【補曰】軒，曲輈藩車也。輬音涼，臥車也。

61徒行爲步，乘馬爲騎。羅，列也。言官屬之車，既已屯止，步騎士衆，羅列而陳，竢須君命也。

62薄，附也。樹，種也。五臣云：「木叢生曰薄。」

63柴落爲籬。言所造舍，種樹蘭蕙，附於門户，外以玉木爲其籬落，守禦堅重，又芬香也。五臣云：「言夾户種叢蘭，又栽木爲藩籬以自蔽。瓊者，美言也。」

64遠爲四方而久不歸也。五臣云：「此足可安居，何用遠去爲也。」

室家遂宗①，食多方些②。稻粢穱麥③，挐黄粱些④。大苦鹹酸⑤，辛甘行些⑥。肥牛之腱⑦，臑若芳些⑧。和酸若苦，陳吳羹些⑨。胹鼈炮羔⑩，有柘漿些⑪。鵠酸臇鳧⑫，煎鴻鶬些⑬。露雞臛蠵⑭，厲而不爽些⑮。粔籹蜜餌，有餦餭些⑯。瑤漿蜜勺⑰，實羽觴些⑱。挫糟凍飲⑲，酎清涼些⑳。華酌既陳㉑，有瓊漿些㉒。歸來反故室，敬而無妨些㉓。肴羞未通㉔，女樂羅些㉕。敶鐘按鼓㉖，造新歌些㉗。涉江采菱，發揚荷些㉘。美人既醉，朱顏酡些㉙。娭光眇視㉚，目曾波些㉛。被文服纖㉜，麗而不奇些㉝。長髮曼鬋㉞，豔陸離些㉟。二八齊容㊱，起鄭舞些㊲。衽若交竿㊳，撫案下些㊴。竽瑟狂會㊵，搷鳴鼓些㊶。宮庭震驚㊷，發激楚些㊸。吳歈蔡謳㊹，奏大呂些㊺。士女雜坐，亂而不分些㊻。放敶組纓㊼，班其相紛些㊽。鄭衛妖玩㊾，來雜陳些㊿。激楚之結(51)，獨秀先些(52)。菎蔽象棊(53)，有六簙些(54)。分曹竝進(55)，遒相迫些(56)。成梟而牟(57)，呼五白些(58)。晉制犀比(59)，費白日些(60)。鏗鍾搖簴(61)，揳梓瑟些(62)。娱酒不廢(63)，沈日夜些(64)。蘭膏明燭(65)，華鐙錯些(66)。結撰至思(67)，蘭芳假些(68)。人有所極，同心賦些(69)。酎飲盡歡，樂先故些(70)。䰟兮歸來！反故居些(71)。

①宗，衆也。【補曰】宗，尊也。

②方，道也。言君九族室家，遂以衆盛，人人曉味，故飲食之和，多方道也。五臣云：「營造飲食，亦多方畧。」

③稻，稌。粢，稷。穱，擇也。擇麥中先熟者也。【補曰】顏師古云：「本草所謂『稻米』者，今之秔米耳。說文云：『稻，稌也。』又，急就篇云：『稻黍秫稷。』左太沖蜀都賦云：『粳稻漠〔四〕漠。』」

益知稻即稉，共粳竝出矣。」楶，子夷切。本草云：稷，即穄也。今楚人謂之稷。穛，音捉，稻處種麥也。

④挐，糅也。言飯則以秔稻糅稷，擇新麥糅以黄粱，和而柔嬬，且香滑也。【補曰】挐，女居切。記云：「飯：黍，稷，稻，粱，白黍，黄粱。」本草：「黄粱出蜀、漢，商、淅閒亦種之，香美逾於諸粱，號爲竹根黄。」

⑤大苦，豉也。醎，一作「鹹」。五臣云：「鹹，鹽也。酸，酢也。大苦鹹酸辛甘，皆和之，使其味行。」【補曰】本草：「豉味苦。」故逸以大苦爲豉。然説左氏者曰「醓醢鹽梅」，不及豉。古人未有豉也，内則及招䰟備論飲食，言不及豉。史遊急就篇曰，及有無夷鹽豉。蓋秦、漢以來始爲之耳。據此，則逸説非也。又，爾雅云：「蘦，大苦。」郭氏以爲甘草。又詩云：「隰有苓。」陸機草木蟲魚疏云：「苓，大苦也，可爲乾菜。」此所謂大苦，蓋苦味之甚者爾。

⑥辛，謂椒、薑也。甘，謂飴蜜也。言取豉汁和以椒、薑，醎酢和以飴蜜，則辛甘之味，皆發而行也。

⑦腱，筋頭也。五臣云：「腱，筋肉。」【補曰】腱，居言切，脅腱肉也。一曰：筋之大者。

⑧臑若，熟爛也。言取肥牛之腱，爛熟之，則肥濡𦠆美也。若，一作「弱」。臑，一作「臑」，一作「胹」。臑，仁珠切。臑音耎。胹音而。釋文作「洏」，而兖切。【補曰】集韻：腝、㶵、胹、臑，皆有而音。説文云：「爛也。」一曰：臑，嫩耎貌。𦠆，蘇本切。

⑨言吳人工作羹，和調甘酸，其味若苦而復甘也。五臣云：「酸苦皆得中。」【補曰】若，猶及也。羹音

郎，膗也。集韻云：「魯頌、楚辭、急就篇羹與房、漿爲韻。」淮南曰：「荆吳芬馨，以嚂其口。」嚂音藍。又云：「煎熬焚炙，調齊和之適，以窮荆吳甘酸之變。」注云：「二國善醎酸之和。」

⑩羔，羊子也。胹，一作「臑」。釋文作「濡」，而朱切。五臣云：「濡，煮也。」【補曰】濡，集韻音而，「亨肉和涪」也。炮，蒲交切，合毛炙物。一曰：裹物燒。

⑪柘，藷蔗也。言復以飴蜜胹鼈炮羔，令之爛熟，取藷蔗之汁爲漿飲也。或曰：血鼈炮羔，和牛五藏爲羔臛，鶩爲羹[五]者也。柘，一作「蔗」。一注云：胹鼈炮羔，和牛五藏臛爲羹者也。【補曰】相如賦云：「諸柘巴苴。」注云：「柘，甘柘也。」

⑫臇，小臛也。【補曰】鵠，鴻鵠也。臇，子兖切。臛，少汁也。鳧，野鴨也。

⑬鴻，鴻鴈也。鶬，鶬鶴也。言復以酸酢烹鵠爲羹，小臇臛鳧煎熬鴻鶬，令之肥美也。【補曰】鶬音倉，麋鴰也。此言以酢漿烹鵠鳧爲羹，用膏煎鴻鶬也。

⑭露鷄，露棲之鷄也。有菜曰羹，無菜曰臛。蠵，大龜之屬也。蠵，一作「蠵」。【補曰】鹽鐵論曰：「煎魚切肝，羊淹雞寒。」臛，字書作「膗」，呼各切。又音霍，肉羹也。集韻：「涪陵郡出大龜，一名靈蠵。」音攜。又，以規切。

⑮厲，烈也。爽，敗也。楚人名羹敗曰爽。言乃復烹露棲之肥雞，臛蠵龜之肉，則其味清烈不敗也。【補曰】爽音霜，協韻。老子曰：「五味令人口爽。」

⑯餦餭，餳也。言以蜜和米麪，熬煎作粔籹，擣黍作餌，又有美餳，衆味甘美也。擣黍，一作「擣麥」，

一作「揉米」。【補曰】粔音巨。籹音女，又音汝。粔籹，蜜餌也，吳謂之膏環。餌，粉餅也。方言曰：「餌謂之餻，餳謂之餦餭。」注云：「即乾飴也。」音張皇。一曰：餅也。一曰：餌也。

⑰瑤，玉也。勺，沾也。古本「蜜」作「蠠」。【補曰】勺音酌。一云：丁狄、時斫二切。沾音添。

⑱實，滿也。羽，翠羽也。觴，觚也。言食已復有玉漿，以蜜沾之，滿于羽觴，以漱口也。五臣云：「勺，和也。觴，酒器也。插羽于上。」【補曰】杯上綴羽，以速飲也。一云：作生爵形，實曰觴，虛曰觶。

⑲挫，捉也。凍，冰也。五臣云：「糟，酒滓也。可以凍飲。」李善云：「凍，冷也。」【補曰】挫，宗臥切。

⑳酎，醇酒也。言盛夏則爲覆蹙乾釀，提去其糟，但取清醇，居之冰上，然後飲之，酒寒涼，又長味好飲也。【補曰】酎，直又切。三重釀酒。月令：孟夏「天子飲酎」，注云：「春酒至此始成。」

㉑酌，酒斗也。陳，一作「陳」。五臣云：「華酌，謂置華於酒中。」【補曰】華，采也。説文云：「酌，盛酒行觴也。」

㉒言酒罇在前，華酌陳列，復有玉漿，恣意所用也。

㉓妨，害也。言君寃急來歸，還反所居故室，子孫承事恭敬，長無禍害也。一云「歸來歸來」。一云「歸反故室」，無「來」字。

㉔魚肉爲肴。羞，進也。【補曰】肴，骨體。又，葅也。致滋味爲羞。

㉕言肴膳已具，進舉在前，賓主之禮，殷勤未通，則女樂倡蕩，羅列在堂下也。

㉖按，徐。噉，一作「陳」。按，一作「桉」。五臣云：「按，猶擊也。」

㉗言乃奏樂作音，而撞鐘徐鼓，造爲新曲之歌，與衆絶異也。

㉘楚人歌曲也。言己涉渡大江，南入湖池，采取菱芰，發揚荷葉。喻屈原背去朝堂，隱伏草澤，失其所也。菱，一作「蔆」。文選作「陽荷」，注云：「荷，當作『阿』。涉江、采菱、陽阿皆楚歌名。」【補曰】淮南云：「歌采菱，發揚阿。」又云：「足蹀陽阿之舞。」注云：「陽阿，古之名倡。」又云：「欲美和者，必先始於陽阿、采菱。」注云：「陽阿、采菱，樂曲之和聲。」

㉙朱，赤也。酡，著也。言美女飲啗醉飽，則面著赤色而鮮好也。酡，一作「酡」。一本云：當作「袉」，徒何切，著也，爲「酡」者非。【補曰】酡音駄，飲而赭色著面。

㉚娭，戲也。眇，眺也。娭，一作「嬉」，一作「娯」。

㉛波，華也。言美女酣樂，顧望娭戲，身有光文，眺視曲眄，目采盼然，白黑分明，若水波而重華也。五臣云：「言美人既爲戲樂，光彩横出，眇然遠視，目若水波。」【補曰】曾，重也。

㉜文，謂綺繡也。纖，謂羅縠也。【補曰】纖，細也。

㉝麗，美好也。不奇，奇也。猶詩云：「不顯文王。」不顯，顯也。言美女被服綺繡，曳羅縠，其容靡麗，誠足奇怪也。一云「被玆文服，纖麗不奇」。

㉞曼，澤。髮，一作「鬢」。【補曰】曼音萬。鬋音翦。

㉟豔，好貌也。左氏傳曰：「宋華督見孔父之妻，目逆而送之，曰：『美而豔。』」言美人長髮工結，鬋鬢滑澤，其狀豔美，儀貌陸離，而難具形也。

㊱齊，同。【補曰】二八已見。舞賦云：「鄭女出進，二八徐侍。」

㊲鄭舞，鄭國之舞也。言二八美女，其儀容齊一，被服同飾，奮袂俱起而鄭舞也。或曰：鄭舞，鄭重屈折而舞也。【補曰】相如賦云：「鄭女曼姬。」邊讓賦云：「齊倡列，鄭女羅。」戰國策云：「被鄭國之女，粉白黛黑，立於衢閒，非知而見之者，以爲神。」淮南子注云：「鄭袖，楚懷幸姬，善歌工舞，因名鄭舞。」鄭重，殷勤也。

㊳竿，竹竿也。衽，一作「袵」。【補曰】而甚切。

㊴撫，抑也。言舞者迴旋，衣衽掉搖，回轉相鈎，狀若交竹竿，以手抑案而徐來下也。一云：撫，抵也。以手抵案而徐下行也。五臣云：「衽，衣襟也。言舞人迴轉，衣襟相交如竿也。以手撫案其節而徐行也。」【補曰】下音户。唐段安節樂録曰：「舞者，樂之容。古有大垂手、小垂手。」

㊵狂，猶竝也。

㊶搷，擊也。言衆樂竝會，吹竽彈瑟。又搷擊鳴鼓，以進八音，爲之節也。搷，一作「嗔」，一作「填」。文選作「槙」，徒年切。【補曰】搷，田、殿二音。集韻：嗔音田，引詩「振旅嗔嗔」。

㊷震，動也。驚，駭也。

㊸激楚[六]，清聲也。言吹竽擊鼓，衆樂並會，宮庭之內，莫不震動驚駭，復作激楚之清聲，以發其音

也。【補曰】淮南曰：「揚鄭、衛之浩樂，結激楚之遺風。」注云：「結激清楚之聲也。」舞賦云：「激楚結風，陽阿之舞。」五臣云：「激，急也。楚，謂楚舞也。舞急，縈結其風。」李善云：「激楚，歌曲也。列女傳曰：『聽激楚之遺風。』上林賦云：『鄢郢繽紛，激楚結風。』文穎曰：『激，衝激急風也。』結風，迴風，亦急風也。楚地風既自漂疾，然歌樂者，猶復依激結之急風爲節，其樂促[七]迅哀切也。」

㊹吳、蔡，國名也。歈、謳，皆歌也。【補曰】歈音俞。古賦云：「巴俞宋蔡。」説文云：「歈，歌也。」徐鉉曰：「渝水之人善歌舞，漢高祖采其聲，後人因加此字。」按，楚詞已有此語，則歈蓋歌之別稱耳。徐説非是。

㊺大呂，六律名也。周官曰：「舞雲門，奏[八]大呂。」言乃復使吳人歌謠，蔡人謳吟，進雅樂，奏大呂。五音六律，聲和調也。文選「奏」作「秦」。五臣云：「吳、蔡、秦，皆國名。」【補曰】大呂，非秦聲，五臣説非是。

㊻言醉飽酣樂，合罇促席，男女雜坐，比肩齊膝，恣意調戲，亂而不分別也。

㊼組，綬。嗽，一作「陳」。【補曰】纓，冠系也。

㊽紛，亂也。言男女共坐，除去威嚴，放其冠纓，舒嗽印綬，班然相亂，不可整理也。班，一作「斑」。

㊾鄭、衛，國名也。妖玩，好女也。【補曰】許慎云：「鄭、衛，新聲所出國也。」

㊿雜，廁也。陳，列也。言鄭、衛二國復遣妖玩之好女，來雜廁俱坐而陳列也。陳，一作「嗽」。

㉛激，感也。結，頭髻也。【補曰】結，吉〔九〕詣切，束髮也。

㉜秀，異也。言鄭、衛妖女工於服飾，其結殊形，能感楚人，故異之，而使之先進也。五臣云：「秀異而先進於前。」

㉝箟，玉也。蔽，簙箸，以玉飾之也。或言：箟簬，今之箭囊也。箟，一作「琨」，一作「箟」。【補曰】箟音昆，香草也。琨，玉名。箟，竹名。蔽，集韻作「篺」，其字從竹。方言：「簙謂之蔽。秦、晉之閒謂之簙，吳、楚之閒謂之蔽。或謂之箭裏，或謂之棊。」博雅云：「博箸謂之箭。」

㉞投六箸，行六棊，故爲六簙也。言宴樂既畢，乃設六簙，以箟蔽作箸，象牙爲棊，麗而且好也。簙，一作「博」。【補曰】說文云：「局戲也，六箸十二棊也。」鮑宏博經云：「所擲頭謂之瓊。瓊有五采，刻爲一畫者謂之塞，刻爲兩畫者謂之白，刻爲三畫者謂之黑，一邊不刻者，五塞之間，謂之五塞。」列子曰：「擊博樓上。」注云：「擊，打也。如今雙陸碁也。」古博經云：博法，二人相對，坐向局，局分爲十二道，兩頭當中名爲水，用碁十二枚，六白六黑，又用魚二枚，置於水中。其擲采以瓊爲之。瓊畟方寸三分，長寸五分，鋭其頭，鑽刻瓊四面爲眼，亦名爲齒，二人互擲采行碁，碁行到處即豎之，名爲驍碁。即入水食魚，亦名牽魚。每牽一魚獲二籌，翻一魚獲三〔一〇〕籌。畟音側。」

㉟曹，偶。

㊱遒，亦迫。言分曹列偶，並進技巧，投箸行棊，轉相遒迫，使不得擇行也。或曰：「分曹竝進」者，謂並用射禮進也。五臣云：「遒，急也。言務以求勝。」

⑰倍勝爲牟。文選「梟」作「鳧」。【補曰】漢書「梟騎」注云：「梟，勇也，若六博之梟。」作「鳧」，非是。淮南曰：「善博者不欲牟，不恐不勝。」注云：「博其棊不傷爲牟。」梟，堅堯切。牟，過也，進也，大也。

⑱五白，簙齒也。言己棊已梟，當成牟勝，射張食棊，下兆於屈，故呼「五白」，以助投也。兆於屈，一作「逃於窟」。【補曰】列子云：「樓上博者射，明瓊張中。」説者曰：「凡戲爭能取中皆曰射。明瓊齒，五白也。」中，去聲。射，食亦切。

⑲晉，國名也。制，作也。比，集也。【補曰】比，頻二切。

⑳費，光貌也。言晉國工作簙棊箸，比集犀角，以爲雕飾，投之皜然如日光也。【補曰】費，耗也。昲，日光也，芳未切。

㉑鏗，撞也。摇，動也。鏗，釋文作「鎗」。簴，一作「虡」。五臣云：「虡，懸鍾格，言擊鍾則摇動其格。」【補曰】鏗、鎗，並苦耕切。虡，奇舉切。

㉒揳，鼓也。言衆賓既集，共簙以相娛樂，堂下復鳴大鍾，左右歌吟，鼓瑟琴也。五臣云：「揳，撫也。以梓木爲瑟。」【補曰】揳，古八〔二〕切，轢也。書亦作「戛」。

㉓娛，樂。

㉔言雖以酒相娛樂，不廢政事，晝夜沈湎，以忘憂也。或曰：「娛酒不發。」發，旦也。詩云：「明發不寐。」言日夜娛樂。又曰：「和樂且湛。」言晝夜以酒相樂也。夜，一作「夕」。

(65)一作「爥」。

(66)言鐙錠盡雕琢錯鏤，飾設以禽獸，有英華也。鐙，一作「雕」。五臣云：「似蘭漬膏，取其香也。華，謂有光華。」【補曰】鐙音登。説文曰：「錠也。」徐鉉曰：「錠中置燭，故謂之鐙。」又，説文曰：「錯，金涂也。」亦交〔二二〕錯。

(67)撰，猶博也。五臣云：「言我能撰深心以思賢人。」【補曰】撰，述也，定也，持也。

(68)假，至也。書曰：「假于上下。」蘭芳，以喻賢人也。言君能結撰博專至之心，以思賢人，賢人即自至也。【補曰】假音格。

(69)賦，誦也。言衆坐之人，各欲盡情，與己同心者，獨誦忠信與道德也。五臣云：「極，盡也。賦，聚也。賢人盡至，則同心相聚，君可選也。」【補曰】釋名曰：「敷布其義謂之賦。」漢書曰：「不歌而誦謂之賦。」五臣以「賦」爲「聚」，蓋取賦斂之義。

(70)故，舊也。言飲酒作樂，盡己歡欣者，誠欲樂我先祖及與故舊人也。酎，一作「酌」。一本「盡」上有「既」字。五臣云：「樂君先祖及故舊。」

(71)言䰟神宜急來歸，還反楚國，居舊故之處，安樂無憂也。

亂曰：獻歲發春兮①，汩吾南征②，菉蘋齊葉兮③，白芷生④。路貫廬江兮左長薄⑤，倚沼畦瀛兮⑥，遥望博⑦。青驪結駟兮⑧齊千乘⑨，懸火延起兮玄顏烝⑩。步及驟處兮⑪誘騁先⑫，抑騖若通兮⑬引車右還⑭。與王趨夢兮課後先⑮。君王親發兮⑯憚青兕⑰，朱明承夜兮⑱時不可以淹⑲。皋蘭被徑兮⑳斯路漸㉑。湛湛江水兮㉒上有楓㉓，目極千里兮傷春心㉔。䰟兮歸來哀江南㉕。

①獻，進。

②征，行也。言歲始來進，春氣奮揚，萬物皆感氣而生，自傷放逐，獨南行也。五臣云：「汩，疾也。亦代原爲詞。」【補曰】汩，于筆切。文選自此至「白芷生」，句末皆有「些」字。一本至「誘騁先」有「些」字。

③菉，王芻也。蘋，一作「薠」。【補曰】菉音緑，見騷經。

④言屈原放時，菉蘋之草，其葉適齊，白芷萌芽，方始欲生，據時所見，自傷哀也。猶詩云「昔我往矣，楊柳依依」也。

⑤貫，出也。廬江、長薄，地名也。言屈原行先出廬江，過歷長薄。長薄在江北，時東行，故言「左」也。五臣云：「在其左也。」【補曰】前漢地理志：「廬江出陵陽東南，北入江。」

⑥沼，池也。畦，猶區也。瀛，池中也，楚人名池澤中曰瀛。五臣云：「倚，立也。」

⑦遥，遠也。博，平也。言己循江而行，遂入池澤，其中區瀛，遠望平博，無人民也。

⑧純黑爲驪。結，連也。四馬爲駟。【補曰】驪，吕知切。

⑨齊，同也。言屈原嘗與君俱獵於此，官屬齊駕駟馬，或青或黑，連千乘，皆同服也。【補曰】自此以下，盛言畋獵之樂以招之也。

⑩懸火，懸鐙也。玄，天也。言己時從君夜獵，懸鐙林木之中，其火延及，燒于野澤，煙上烝天，使黑色也。烝，一作「蒸」。【補曰】顔，容也。説文：「烝，火氣上行也。」蒸，進也，衆也。

⑪驟，走也。處，止也。

⑫誘，導也。騁，馳也。言獵時有步行者，有乘馬走驟者，有處止者，分以圍獸，己獨馳騁，爲君先導也。

⑬抑，止也。騖，馳也。若，順也。五臣云：「止馳騖者，使順通獵事。」

⑭還，轉也。言抑止馳騖者，順通共獲，引車右轉，以遮獸也。還，一作「旋」。一云「引右運」，無「車」字。【補曰】還音旋。

⑮夢，澤中也。楚人名澤中爲夢中。左氏傳曰：「楚大夫鬬伯比與邧公[一三]之女婬而生子，弃諸夢中。」言己與懷王俱獵於夢澤之中，課第羣臣，先至後至也。一注云：「夢，草中也。」【補曰】夢音蒙，又去聲。楚謂草澤曰夢。爾雅曰：「楚有雲夢。」先儒云：左傳：楚子與鄭伯田于江南之夢。地理志：南郡華容縣南有雲夢澤。杜預云：「南郡枝江縣西有雲夢城。江夏安陸縣亦有雲夢。或曰：南郡華容縣東南有巴丘湖、江南之夢。」雲夢一澤，而每處有名者，司馬相如子虛賦云「雲夢者方八九百里」，則此澤跨江南北，每處名存焉。左傳：楚昭王寢𡪢於雲中，則此澤亦得單稱雲，單稱

夢也。沈存中云：「書曰：『雲土夢作乂。』孔安國注書云：『雲夢在江南。』不然也。據左傳，吴人入郢，楚子涉睢濟江，入於雲中。王寢，盜攻之，以戈擊王。王奔鄖。楚子自郢西走涉睢，則當出於江南。其後涉江入於雲中，遂奔鄖。鄖則今之安州。涉江而後至雲，入雲然後至鄖，則雲在江北也。左傳：鄭伯如楚，王以田江南之夢。曰江南之夢，則雲在江北明矣。江南則今之公安、石首、建寧等縣。江北則玉沙、監利、景陵等縣也。」

⑯發，射。

⑰憚，驚也。言懷王是時親自射獸，驚青兕牛而不能制也。以言嘗侍從君獵，今乃放逐，歎而自傷閔也。兕，一作「兕」。五臣云：「憚，懼也。時君王親射青兕，懼其不能制，我佐君殺之。」【補曰】憚，當割切。莊子云：「憚赫千里。」音義云：「千里皆懼。」爾雅：「兕似牛。」注云：「一角，青色，重千斤。」

⑱朱明，日也。承，續也。

⑲淹，久也。言歲月逝往，晝夜相續，年命將老，不可久處，當急來歸也。一云「時不淹」。一云「時不可淹」。一云「時不見淹」。五臣云：「日夜相承，四時不得淹止。」

⑳皋，澤也。被，覆也。徑，路也。

㉑漸，没也。言澤中香草茂盛，覆被徑路，人無采取者，水卒增溢，漸没其道，將至弃捐也。以言賢人久處山野，君不事用，亦將隕顛也。五臣云：「埋没周落。」【補曰】漸音尖，流入也。

㉒湛湛，水貌。

㉓楓，木名也。言湛湛江水，浸潤楓木，使之茂盛。傷己不蒙君惠，而身放弃，曾不若樹木得其所也。或曰：水旁林木中，鳥獸所聚，不可居之也。【補曰】楓音風。爾雅：「楓，欇欇。」注云：「似白楊，葉圓而歧，有脂而香。」本草云：「樹高大，商、洛間多有。説文云：『楓，木，厚葉弱枝，善搖。』漢宫殿中多植之。至霜後，葉丹可愛，故騷人多稱之。」

㉔言湖澤博平，春時草短，望見千里，令人愁思而傷心也。或曰：蕩春心。蕩，滌也。言春時澤平，望遠可以滌蕩愁思之心也。一作「傷心悲」。【補曰】心，舊音蘇含切。按詩「遠送于南」與「實勞我心」叶韻，正與此同。

㉕言魂魄當急來歸，江南土地僻遠，山林嶮阻，誠可哀傷，不足處也。五臣云：「欲使原復歸於郢，故言江南之地，可哀如此，皆諷君之詞。」【補曰】庾信哀江南賦取此爲名。

【校勘記】

［一］叫，原作「門」，據景宋本改。

［二］席，原作「机」，據惜陰本及毛詩注疏改。

［三］白，文選作「皃」。

［四］漠，原作「漢」，據景宋本改。

〔五〕孫詒讓札迻以「或曰」之「羔」爲「羹」，又以「鶩爲羹」爲衍文。其説可參。
〔六〕楚，原脱，據文選注補。
〔七〕促，原作「浞」，據景宋本改。
〔八〕奏，周禮注疏作「歌」。
〔九〕吉，原作「古」，據文選改。
〔一〇〕三，原作「二」，據景宋本改。
〔一一〕八，原作「入」，據景宋本改。
〔一二〕交，原作「支」，據廣韻改。
〔一三〕公，周禮注疏作「子」。

楚辭卷第十

校書郎臣王　逸上

大招章句第十　　楚辭

大招者，屈原之所作也。或曰景差，疑不能明也①。屈原放流九年，憂恖煩亂，精神越散，與形離別，恐命將終，所行不遂，故憤然大招其魂，盛稱楚國之樂，崇懷、襄之德，以比三王，能任用賢，公卿明察，能薦舉②人，宜輔佐之，以興至治。因以風諫，達己之志也。

①屈原賦二十五篇，漁父以上是也。大招恐非屈原作。

②一無「明」字。

青春受謝①，白日昭只②。春氣奮發③，萬物遽只④。冥淩浹行⑤，魂無逃只⑥。魂魄歸徠，無遠遥只⑦。魂乎歸徠，無東無西，無南無北只⑧。東有大海，溺水浟浟只⑨。螭龍竝流，上下悠悠只⑩。霧雨淫淫⑪，白皓膠只⑫。魂乎無東，湯谷宗只⑬。魂乎無南，南有炎火千里⑭，蝮蛇蜒只⑮。山林險隘⑯，虎豹蜿只⑰。鰅鱅短狐⑱，王虺騫只⑲。魂乎無南，蜮傷躬只⑳。魂乎無西，西方流沙，漭洋洋只㉑。豕首縱目㉒，被髮鬤只㉓。長爪踞牙，誒笑狂只㉔。魂乎無西，多害傷只㉕。魂乎無北，北有寒山，逴龍赩只㉖。代水不可涉，深不可測只㉗。天白顥顥㉘，寒凝凝只㉙。魂乎無往，盈北極只㉚。魂魄歸徠，閒以靜只㉛。

①青，東方春位，其色青也。謝，去也。謝，一作「謝」。【補曰】淮南曰：「扶桑受謝，日炤宇宙。炤炤之光，輝燭四海。」文選云：「陰謝陽施。」注引此語。

②昭，明也。言歲始春，青帝用事，盛陰已去，少陽受之，則日色黃白，昭然光明，草木之類，皆含氣，芽蘖而生。以言魂魄亦宜順陽氣而長養也。【補曰】只音止，語已詞。

③春，蠢也。發，洩也。

④遽，猶競也。言春陽氣奮起，上帝發洩，和氣溫燠，萬物蠢然，競起而生，各欲滋茂，以言精魂亦宜奮發精明，令已盛壯也。【補曰】遽，其據切。

⑤冥，玄冥，北方之神也。淩，猶馳也。浹，偏也。

⑥逃，竄也。言歲始春，陽氣上陞，陰氣下降，玄冥之神，偏行淩馳於天地之間，收其陰氣，閉而藏之。故魂不可以逃，將隨太陰下而沈没也。一作「伏陰」。

⑦遥，猶漂遥，放流貌也。魂者，陽之精也。魄者，陰之形也。言人體含陰陽之氣，失之則死，得之則生。屈原放在草野，憂心愁悴，精神散越，故自招其魂魄。言宜順陽氣始生而徠歸己，無遠漂遥，將遇害也。一作「嵬嵬」，一作「徠歸」。

⑧言我精魂可徠歸矣，無散東西南北，四方異俗，多賊害也。古本「乎」皆作「兮」。一作「徠歸」。一云「魂乎歸兮」。一云「無東西而南北只」。

⑨滶滶，流貌也。言東方有大海，廣遠無涯，其水淖溺，沈没萬物，不可度越。其流滶滶，又迅疾也。【補曰】滶音悠。

⑩悠悠，螭龍行貌也。言海水之中，復有螭龍神獸，隨流上下，並行遊戲，其狀悠悠，可畏懼也。悠，一作「攸」。古作「倐倐」。

⑪地氣發泄，天氣不應曰霧。淫淫，流貌也。

⑫皓膠，水凍貌也。言大海之涯，多霧惡氣，天常甚雨，如注壅水。冬則凝凍，皓然正白，回錯膠戾，與天相薄也。皓，一作「浩」。【補曰】膠，戾也，音豪。

⑬言嵬神不可東行，又有湯谷，日之所出，其地無人，視聽宋然，無所見聞。或曰：宋，水醮之貌。乎，一作「兮」。一本「宋」下有「寥」字。【補曰】醮，没也。

⑭炎，火盛貌也。尚書曰：「火曰炎上。」

⑮蜒，長貌也。言南方太陽，有積火千里，又有惡蛇，蜿蜒而長，有蠚毒也。【補曰】蜿音鴛。蜒音延。

⑯林，一作「陵」。

⑰蜿，虎行貌也。言南方有高山深林，其路險阨，又多虎豹，匍匐蜿蜒，以候伺人也。

⑱鰅鱅，短狐類也。短狐，鬼蜮也。【補曰】鰅，魚恭切。鱅，以恭切。鰅鱅，狀如犁牛。又，鰅，魚名，皮有文。鱅魚，音如彘鳴。

⑲王虺，大蛇也。爾雅曰：「蟒，王蛇也。」騫，舉頭貌也。言復有鰅鱅鬼蜮，射傷害人。大蛇群聚，舉頭而望，其狀騫然也。【補曰】騫，讀若騫[一]，音軒。

⑳蜮，短狐也。詩云：「爲鬼爲蜮。」言魂乎無敢南行，水中多蜮鬼，必傷害於爾躬也。乎，一作「兮」。【補曰】穀梁傳[二]曰：「蜮，射人者也。」前漢五行志云：「蜮生南越，亂氣所生，在水旁，能射人。甚者至死。」陸機云：「一名射影。人在岸上，影見水中，投人影則射之。或謂含沙射人。」孫真人云：「江東、江南有虫名短狐、谿毒，亦名射工。其虫無目而利耳，能聽，在山源谿水中，聞人聲，便以口中毒射人。」說文云：「蜮，似鱉，三足，以氣射害人。」音域[三]，又音或。

㉑洋洋，無涯貌也。言西方有流沙，漭然平正視之，洋洋廣大無涯，不可過也。【補曰】漭，母朗切，水大貌。

㉒豕，豬也。首，頭也。[四]縱，一作「從」。【補曰】南北曰縱，將容切。

㉓鬤，亂貌也。鬤，古作「長」。【補曰】鬤，而羊切。

㉔誒，猶強也。言西方有神，其狀豬頭從目，被髮鬤鬤，手足長爪，出齒倨牙，得人強笑，憙而狂獝

也。或曰：誒，笑樂也。謂得人憙樂也。此蓋蓐收神之狀也。一云「豕爪」。踞，一作「倨」。誒，一作「娭」。【補曰】踞音據，蹲也。誒音僖。説文云：「可惡之詞。」漢書「嘻笑」注云：「強笑也。」

㉕言西方金行，其神獸剛強，皆傷害人也。

㉖逴龍，山名也。赩，赤色，無草木貌也。言北方有常寒之山，陰不見日，名曰逴龍。其土赤色，不生草木，不可過之，必凍殺人也。或曰：逴龍，色逴越也。赩，懼也。言起越寒山，赩然而懼，恐不得過也。逴，一作「卓」。【補曰】逴音卓，遠也。山海經：「西北海之外有章尾山，有神，身長千里，人面蛇身而赤，是燭九陰，是謂燭龍。」疑此逴龍即燭龍也。赩，許力切，大赤也。

㉗言復有代水廣大，不可過度，其深無底，不可窮測，沈没人也。代，一作「伐」。

㉘顥顥，光貌。【補曰】顥音皓。説文：「白貌。」

㉙凝凝，水[五]凍貌也。言北方冬夏積雪，其光顥顥，天地皆白，冰凍重累，其狀凝凝，其寒酷烈，傷肌骨也。凝，一本及釋文並作「嶷」。魚力切。

㉚盈，滿也。北極，太陰之中，空虚之處也。言我魂歸乎北極，空虚不可盈滿，往必隕墜，不得出也。【補曰】淮南云：「北極之山曰寒門。」

㉛言己䰟魄宜急徠還，歸我之身，隨己遊戲，心既閑樂，居清静也。一作「徠歸」。

自恣荆楚，安以定只①。逞志究欲②，心意安只③。窮身永樂，年壽延只④。魂乎歸徠，樂不可言只⑤。五穀六仞⑥，設菰粱只⑦。鼎臑盈望，和致芳只⑧。內鶬鴿鵠⑨，味豺羹只⑩。魂乎歸徠，恣所嘗只⑪。鮮蠵甘鷄⑫，和楚酪只⑬。醢豚苦狗⑭，膾苴蓴只⑮。吳酸蒿蔞⑯，不沾薄只⑰。魂兮歸徠，恣所擇只⑱。炙鴰烝鳧⑲，煔鶉陳只⑳。煎鰿臛雀㉑，遽爽存只㉒。魂乎歸徠，麗以先只㉓。四酎并孰㉔，不歰嗌只㉕。清馨凍飮㉖，不歠役只㉗。吳醴白蘗㉘，和楚瀝只㉙。魂乎歸徠，不遽惕只㉚。

①言四方多害，不可以遊，獨荆楚饒樂，可以恣意，居之安定，無危殆也。

②逞，快也。究，窮也。欲，嗜欲也。

③言楚國珍奇所聚集，尤多姣女，可以快志意，窮情欲，心得安樂而無憂也。

④言居於楚國，窮身長樂，保延年壽，終無憂患也。永，一作「安」。

⑤言楚國饒樂，不可勝陳也。一作「徠歸」。

⑥五穀，稻、稷、麥、豆、麻也。七尺曰仞。【補曰】説文云：「仞，伸臂一尋，八尺也。」

⑦設，施也。苽粱，蔣實，謂雕胡也。言楚國土地肥美，堪用種植五穀，其穗長六仞，又有苽粱之飯，芬香且柔滑也。或曰：仞，因也。以五穀因苽粱廁爲飯也。菰，一作「苽」。【補曰】菰、苽，並音孤。此言積穀之多爾，非謂穗長六仞也。

⑧臑，熟也。致，致醎酸也。芳，謂椒、薑也。言乃以鼎鑊臑熟羹臛，調和醎酸，致其芬芳，望之滿案，

有行列也。臑，一作「胹」。釋文作「腩」，徒南切。【補曰】腩，臛也。

⑨鶬，鶬鶴也。鴿，似鳩而小，青白。鵠，黃鵠也。內，一作「肭」。【補曰】「內」與「納」同。肭，肥也。鶬音倉。爾雅：「鶬，麋鴰。」注云：「即鶬鴰也。」徐朝七喻云：「雲鶬水鵠，禽蹯豹胎。」鵠有白鵠，有黃鵠。

⑩豺似狗。言宰夫巧於調和，先定甘酸，乃內鶬鴿黃鵠，重以豺肉，故羹味尤美也。【補曰】豺，狼屬，狗聲。

⑪嘗，用也。言羹飯既美，魂宜急徠歸，恣意所用，快己之口也。一作「徠歸」。

⑫生潔爲鮮。蠵，大龜也。釋文作「鑴」。

⑬酪，酢截也。言取鮮潔大龜，烹之作羹，調以飴蜜，復用肥鶏之肉，和以酢酪，其味清烈也。【補曰】酪，乳漿也。截音載，漿也。

⑭醢，肉醬也。苦，以膽和醬也。世所謂「膽和」者也。豚，古作「豩」。【補曰】集韻作「𦢊」，音同。

⑮苴蒪，蘘荷也。言乃以肉醬啗烝豚，以膽和醬，啗狗肉，雜用膾炙，切蘘荷以爲香，備衆味也。蒪，一作「蓴」。【補曰】苴，即魚切。蒪，普各、匹沃二切。本草：「蘘荷，葉似初生甘蔗，根似薑牙。」博雅云：「蒪苴，蘘荷也。」[六]九歎「蘘荷」注云：「蒪菹也。」或作「蒪」，非是。

⑯蒿，蘩草也。蔞，香草也。詩曰「言采[七]其蔞」也。一作「芼蔞」，注云：芼，菜也。言吳人善爲羹，其菜若蔞，味無沾薄，言其調也。【補曰】爾雅云：「蘩，皤蒿。」即白蒿也，可以爲葅。陸機云：

「春生，秋乃香美可食。」又，蔞，蒿也，葉似艾，生水中，脆美可食。蔞，龍珠切。以菜和羹曰芼。

⑰沾，多汁也。薄，無味也。言吳人工調醎酸，爚蒿蔞以爲虀，其味不濃不薄，適甘美也。或曰「吳酸䤋䤍」。䤋䤍，楡醬也。一云「吳酢䤋䤍」。【補曰】沾音添，益也。䤋音模。䤍音途。

⑱言衆味盛多，恣魂志意擇用之也。一作「魂乎徠歸」。

⑲鴰，一作「鵠」。鳧，一作「梟」。【補曰】炙音柘，燔肉也。鴰，麋鴰也，古活切。

⑳煔，爚也。言復炙鶬鴰，烝鳧鴈，煔爚鶉鷃，陳列衆味，無所不具也。【補曰】煔音潛，沈肉於湯也。

㉑鰿，鮒。膗，一作「臛」。【補曰】鰿，舊音積。集韻：鰿、責二音，小魚也。

㉒遽，趣也。爽，差也。存，前也。言乃復煎鮒魚，臛黄雀，勑趣宰人，差次衆味，持之而前也。

㉓言先進靡麗美物，以快神心也。麗，一作「進」。

㉔醇酒爲酎。并，俱也。

㉕嗌，䭠也。言乃醞釀醇酒，四器俱熟，其味甘美，飲之醲滑，入口消釋，不苦澀，令人不䭠滿也。澀，一作「濇」。【補曰】澀，不滑也。嗌，於革切，又音益，咽喉也。䭠，飫也，於泫切。一作「饐」。

㉖馨，香之遠聞者也。凍，猶寒也。㱃，一作「飲」。【補曰】集韻作「㱃」。

㉗歠，飲也。役，賤也。言醇醲之酒，清而且香，宜於寒飲，不可以飲役賤之人。即以飲役賤之人，即易醉，顛仆失禮敬。

㉘再宿爲醴。櫱，米麴也。【補曰】說文云：「醴，酒一宿熟。」

㉙瀝，清酒也。言使吳人醲醴，和以白米之麴，以作楚瀝，其清酒尤醲美也。

㉚言飲食醲美，安意遨遊，長無惶遽怵惕之憂也。一作「徠歸」。

代秦鄭衛，鳴竽張只①。伏戲駕辯，楚勞商只②。謳和揚阿③，趙簫倡只④。魂乎歸徠，定空桑只⑤。二八接舞⑥，投詩賦只⑦。叩鍾調磬⑧，娛人亂只⑨。四上競氣⑩，極聲變只⑪。魂乎歸徠，聽歌譔只⑫。朱脣皓齒⑬，嫭以姱只⑭。比德好閒，習以都只⑮。豐肉微骨⑯，調以娛只⑰。魂乎歸徠，安以舒只⑱。嫮目宜笑⑲，娥眉曼只⑳。容則秀雅㉑，穉朱顏只㉒。魂乎歸徠，靜以安只㉓。姱脩滂浩㉔，麗以佳只㉕。曾頰倚耳㉖，曲眉規只㉗。滂心綽態㉘，姣麗施只㉙。小腰秀頸，若鮮卑只㉚。魂乎歸徠，思怨移只㉛。易中利心，以動作只㉜。粉白黛黑，施芳澤只㉝。長袂拂面㉞，善留客只㉟。魂乎歸徠，以娛昔只㊱。青色直眉，美目嫿只㊲。靨輔奇牙，宜笑嘕只㊳。豐肉微骨，體便娟只㊴。魂乎歸徠，恣所便只㊵。

①言代、秦、鄭、衛之國，工作妙音，使吹鳴竽篪，作爲衆樂，以樂君也。代，一作「岱」。

②伏戲，古王者也，始作瑟。駕辯、勞商，皆曲名也。言伏戲氏作瑟，造駕辯之曲，楚人因之作勞商之歌，皆要妙之音，可樂聽也。或曰：伏戲、駕辯，皆要妙歌曲也。勞，絞也。以楚聲絞商音，爲之清

激也。【補曰】文選云：「或超延露而駕辯。」

③徒歌曰謳。揚，舉也。阿，曲也。【補曰】揚阿，即陽阿。已見招魂。

④趙，國名也。簫，樂器也。先歌爲倡。言樂人將歌，徐且謳吟，揚舉善曲，乃俱相和，又使趙人吹簫先倡，五聲乃發也。或曰：謳和、揚阿，皆歌曲也。

⑤空桑，瑟名也。周官云：「古者絃空桑而爲瑟。」言魂急徠歸，定意楚國，聽瑟之樂也。或曰：空桑，楚地名。一作「徠歸」，下並同。

⑥接，聯也。舞，一作「武」。

⑦投，合也。詩賦，雅樂也。古者以琴瑟歌詩賦爲雅樂，關雎、鹿鳴是也。言有美女十六人，聯接而舞，發聲舉足，與詩雅相合，且有節度也。

⑧叩，擊也。金曰鍾，石曰磬也。

⑨娛，樂也。亂，理也。言美女起舞，叩鍾擊磬。得其節度，則諸樂人各得其理，有條序也。

⑩四上，謂上四國，代、秦、鄭、衛也。【補曰】四上，謂聲之上者有四，謂代、秦、鄭、衛之鳴竽也，伏戲之駕辯也，楚之勞商也，趙之簫也。

⑪言四國競發善氣，窮極音聲，變易其曲，無終已也。

⑫譔，具也。言觀聽衆樂，無不具也。

⑬皓，白。朱脣，一作「美人」。

⑭嫭、姱，好貌也。言美人朱脣白齒，嫭眄美姿，儀狀姱好，可近而親侍左右也。嫭，一作「嫮」。【補曰】嫭音護。姱，苦花切。

⑮言選擇美人，比其才德、容貌都閑，習於禮節，乃敢進也。【補曰】比，必寐切。間音閑。漢書曰：「間雅甚都。」

⑯豐，厚也。微，細也。

⑰言美人肥白潤澤，小骨厚肉，肌膚柔弱，心志和調，宜侍燕居，以自娛樂也。

⑱言美女鮮好，可以安意，舒緩憂思也。

⑲嫮，眄瞻貌。【補曰】「嫮」與「嫭」同。

⑳曼，澤也。言復有異女，工於嫮眄，好口宜笑，娥眉曼澤，異於衆人也。

㉑則，法也。秀，異也。

㉒穉，幼也。朱，赤也。言美女儀容間雅，動有法則，秀異於人，年又幼穉，顔色赤白，體香潔也。

㉓言美好之女，可以靜居安精神也。

㉔脩，長也。滂浩，廣大也。一作「脩廣婉心」。婉，一作「遠」。

㉕佳，善也。言美女身體脩長，用意廣大，多於所知，又性婉順，善心腸也。

㉖曾，重也。倚，辟也。

㉗規，圜也。言美女之面，丰容豐滿，頰肉若重，兩耳郭辟，曲眉正圜，貌絶殊也。郭，一作「却」。

㉘綽，猶多也。態，姿也。滂，一作「漫」。綽，一作「淖」。
㉙姣，好也。言美女心意廣大，寬能容衆，多姿綽態，調戲不窮，既好有智，無所不施也。
㉚鮮卑，衮帶頭也。言好女之狀，膂支細少，頸鋭秀長，靖然而特異，若以鮮卑之帶，約而束之也。【補曰】前漢匈奴傳：「黄金犀毗。」孟康曰：「要中大帶也。」張晏曰：「鮮卑郭洛帶，瑞獸名也。東胡好服之。」師古曰：「犀毗，胡帶之鉤。亦曰鮮卑。」魏書曰：「鮮卑，東胡之餘也。別保鮮卑山，因號焉。」
㉛移，去也。言美女可以忘憂，去怨思也。思，一作「恖」。古本作「怨思移只」。
㉜言復有美女，用志滑易，心意和利，動作合禮，能順人意，可以自侍也。【補曰】易，以豉切。
㉝言美女又工糚飾，傅著脂粉，面白如玉，黛畫眉鬢，黑而光淨，又施芳澤，其芳香鬱渥也。
㉞袂，袖也。拂，拭也。
㉟言美女工舞，揄其長袖，周旋屈折，拂拭人面，芬香流衍，衆客喜樂，留不能去也。
㊱昔，夜也。詩云：「樂酒今昔。」言可以終夜，自娱樂也。昔，一作「夕」。
㊲婳，黠也。言復有美女，體色青白，顔眉平直，美目竊眄，婳然黠慧，知人之意也。【補曰】青色，謂眉也。婳音綿，美目貌。
㊳嘕，笑貌也。言美女頰有靨輔，口有奇牙，嘕然而笑，尤媚好也。輔，一作「酺」。【補曰】靨，於牒切。「酺」與「輔」同，扶羽切，頰車也。左氏：「輔車相依。」淮南云：「奇牙出，（齒+猷）酺摇。」注

云：「將笑，故好齒出。䩉輔，頰邊文，婦人之媚也。」又云：「靨輔在頰前則好。」嗎，虛延切。

㊴便娟，好貌也。已解於上。【補曰】便，平聲。

㊵便，猶安也。言所選美女五人，儀貌各異，恣魂所安，以侍棲宿也。【補曰】便，平聲。

夏屋廣大，沙堂秀只①。南房小壇②，觀絶霤只③。曲屋步壛④，宜擾畜只⑤。騰駕步遊⑥，獵春囿只⑦。瓊轂錯衡⑧，英華假只⑨。茝蘭桂樹，鬱彌路只⑩。魂乎歸徠！恣志慮只⑪。孔雀盈園，畜鸞皇只⑫。鵾鴻群晨⑬，雜鶖鶬只⑭。鴻鵠代遊，曼鷫鷞只⑮。魂乎歸徠，鳳皇翔只⑯。曼澤怡面⑰，血氣盛只⑱。永宜厥身，保壽命只⑲。室家盈廷，爵祿盛只⑳。魂乎歸徠，居室定只㉑。接徑千里，出若雲只㉒。三圭重侯㉓，聽類神只㉔。察篤夭隱㉕，孤寡存只㉖。魂兮歸徠，正始昆只㉗。

①沙，丹沙也。言乃爲魂造作高殿峻屋，其中廣大，又以丹沙朱畫其堂，其形秀異，宜居處也。

②房，室也。壇，猶堂也。【補曰】壇音善。

③觀，猶樓也。霤，屋宇也。言復有南房別室，間靜小堂，樓觀特高，與大殿宇絶遠，宜遊宴也。【補曰】觀音貫。釋名曰：「觀者，於上觀望也。」霤音溜。説文曰：「霤，屋水流也。」禮記「中霤」注云：「古者複穴，是以名室爲霤云。」

④曲屋，周閣也。步壛，長砌也。壛，一作「櫩」。【補曰】上林賦：「步櫩周流。」李善云：「步櫩，長廊也。」集韻：「櫩」與「簷」同，「壛」與「閻」同。

⑤擾，謹也。言南堂之外，復有曲屋，周旋閣道，步壛長砌，其路險狹，宜乘擾謹之馬，周旋屈折，行遊觀也。畜，一作「嘼」，一作「獸」。【補曰】畜音嗅。師古云：「嘼者，人之所養，獸是山澤所育。故爾雅說牛、馬、羊、豕，即在釋畜；論麋、鹿、虎、豹，即在釋獸。」說文云：「嘼，犍也。」六畜之字，本自作「嘼」，後乃借「畜養」字爲之。

⑥騰，馳。

⑦春草始生，囿中平易也。言從曲閣之路，可駕馬騰馳，而臨平易，又可步行，遂往田獵於春囿之中，取禽獸也。

⑧金銀爲錯。瓊，一作「瑤」。【補曰】詩云：「約軝錯衡。」

⑨假，大也。言所乘之車，以玉飾轂，以金錯衡，英華照耀，大有光明也。假，一作「瑕」。【補曰】假，大也。瑕，亦大也。

⑩言所行之道，皆羅桂樹，茝蘭香草，鬱鬱然滿路，動履芳潔，德義[八]備也。茝，一作「芷」。

⑪言魂乎徠歸，居有大殿，宴有小堂，遊有園囿，恣君所志而處之也。處，一作「處」。

⑫畜，養也。言園中之禽，則有孔雀群聚，盈滿其中，又養鸞鳥、鳳皇，皆神智之鳥，可珍重也。畜，釋文作「慉」。【補曰】畜，許六切。

⑬鵾，鵾雞。鴻，鴻鶴也。

⑭鶖鶬，鶖鶖也。詩云：「有鶖在梁。」言鵾雞鴻鶴，群聚候時，鶴知夜半，鵾雞晨鳴，各知其職也。雜以鶖鶬之屬，鳴聲啾啾，各有節度也。【補曰】鶖音秋。

⑮曼，曼衍也。鷫鷞，俊鳥也。言復有鴻鵠，往來遊戲，與鷫鷞俱飛，翩翻曼衍，無絶已也。曼，一作「漫」。鷞，一作「鸘」。【補曰】鷞、鸘，並音霜。鷫鷞，長頸緑身，其形似鴈。一曰：鳳皇别名。馬融曰：「其羽如紈，高首而脩頸。」説文曰：「五[九]方神鳥也，東方發明，南方焦明，西方鷫鷞，北方幽昌，中央鳳皇。」

⑯言所居園圃，皆多俊大之鳥，咸有智謨，魂宜來歸，若鳳皇之翔，歸有德，就同志也。或曰：鸞、皇以下皆大鳥，以喻仁智之士。言楚國多賢，魂宜來歸也。

⑰怡，懌貌也。怡，一作「台」。注云：台，澤貌也。

⑱言魂來歸己，則心志説樂，肌膚曼緻，面貌怡懌，血氣充盛，身體強壯也。盛，一作「晠」。

⑲言䰟既還歸，則與己身相共俱生，長保壽命，終百年也。一云「長保命只」。

⑳言己既保年壽，室家宗族，盈滿朝廷，人有爵禄，豪強族盛也。

㉑言官爵既崇，宗族既盛，則居家之道，大安定也。

㉒言楚國境界，徑路交接，方千餘里，中有隱士，慕己徠出，集聚若雲也。

㉓三圭，謂公、侯、伯也。公執桓圭，侯執信圭，伯執躬圭，故言三圭也。重侯，謂子、男也，子、男共

一爵，故言「重侯」也。【補曰】公、侯、伯、子、男，同謂之諸侯。三圭比子、男爲重。

㉔言楚國所包，中有公、侯、伯、子、男執玉圭之君，明於知人，聽愚賢之類，別其善惡，昭然若神，能薦達賢人也。

㉕篤，病也。早死爲夭。隱，匿也。夭，一作「殀」。

㉖言三圭之君，不但知賢愚之類，乃察知萬民之中，被篤疾病早殀死及隱逸之士，存視孤寡，而振贍之也。【補曰】篤，厚也。

㉗昆，後也。言楚國公侯昭明，魂宜來歸，遂忠信之志，正終始之行，必顯用也。兮，一作「乎」。

田邑千畛①，人阜昌只②。美冒衆流③，德澤章只④。先威後文⑤，善美明只⑥。魂乎歸徠，賞罰當只⑦。名聲若日，照四海只⑧。德譽配天，萬民理只⑨。北至幽陵⑩，南交阯只⑪。西薄羊腸⑫，東窮海只⑬。魂乎歸徠，尚賢士只⑭。發政獻行⑮，禁苛暴只⑯。舉傑壓陛⑰，誅譏罷只⑱。直贏在位⑲，近禹麾只⑳。豪傑執政㉑，流澤施只㉒。魂乎徠歸，國家爲只㉓。雄雄赫赫，天德明只㉔。三公穆穆㉕，登降堂只㉖。諸侯畢極，立九卿只㉗。昭質既設㉘，大侯張只㉙。執弓挾矢㉚，揖辭讓只㉛。魂乎徠歸，尚三王只㉜。

①田，野也。畛，田上道也。邑，都邑也。詩云：「徂隰徂畛。」【補曰】畛，之忍切。

②阜，盛也。昌，熾也。言楚國田野廣大，道路千數，都邑衆多，人民熾盛，所有肥饒，樂於他國也。

③冒，覆。

④章，明也。言楚國有美善之化，覆冒群下，流於衆庶，德澤之惠，甚著明也。

⑤威，武。

⑥言楚國爲政，先以威武嚴民，後以文德撫之，用法誠善美，而君明臣直，魂宜還歸也。

⑦言君明臣正，賞善罰惡，各當其所也。一作「徠歸」。【補曰】當，平聲。

⑧言楚王方建道德名聲，光輝若日之明，照見四海，盡知賢愚。照，一作「昭」。

⑨言楚王脩德於內，榮譽外發，功德配天，能理萬民之寃結也。理，一作「治」。一本此二句次「善美明只」之後。

⑩幽陵，猶幽州也。

⑪交阯，地名。【補曰】記云：「南方曰蠻，雕題交趾。」注云：「交阯，足相鄉。」後漢書云：「其俗男女同川而浴，故曰交阯。」「阯」與「趾」同。輿地志云：「其夷足大指開析，兩足並立，指則相交。」

⑫羊腸，山名。【補曰】戰國策注云：「羊腸，趙險塞名，山形屈辟，狀如羊腸。今在太原晉陽之西北。」

⑬言榮譽流行，周遍四極，無遠不聞也。【補曰】書云：「東漸于海，西被于流沙，朔南暨聲教，訖于

四海。」史記曰：「北至于幽陵，南至于交阯，西至于流沙，東至于蟠木。」淮南曰：「南至交阯，北至幽都，東至陽谷，西至三危。」

⑭言魂急歸徠，楚方尚進賢士，必見進用也。一作「徠歸」。一云「尚進士只」，一云「進賢士只」。

⑮獻，進。

⑯言楚王發教施令，進用仁義之行，禁絶苛刻暴虐之人也。禁，一作「絶」。

⑰一國之高爲傑。壓，抑也。陛，階次也。壓，一作「厭」。陛，一作「階」。【補曰】厭，於甲切。

⑱譏，非也。罷，駑也。言楚國選舉，必先升用傑俊之士，壓抑無德不由階次之人，非惡罷駑，誅而去之。【補曰】罷音疲。

⑲贏，餘。【補曰】贏音盈。説文云：「有餘賈利也。」

⑳禹，聖王，明於知人。麾，舉手也。言忠直之人皆在顯位，復有贏餘賢俊以爲儲副，誠近夏禹指麾取士，一國之人悉進之也。一云：誠近夏禹所稱舉賢人之意也。

㉑千人才曰豪，萬人才曰傑。傑，一作「俊」。執，一作「理」。

㉒言豪傑賢士，執持國政，惠澤流行，無不被其施也。

㉓言魂乎急徠歸，爲國家作輔佐也。【補曰】據注，爲，去聲。

㉔雄雄赫赫，威勢盛也。言楚王有雄雄之威，赫赫之勇，德配天地，體性高明，宜爲盡節也。

㉕穆穆，和美貌。

㉖言楚有三公，其位尊高，穆穆而美，上下玉堂，與君議政，宜急徠歸，處履之也。降，一作「玉」。

㉗言楚選置三公，先用諸侯盡極，乃立九卿以續之，用士有道，不失其次序也。

㉘昭質，謂明旦也。【補曰】記云：「質明而始行事。」

㉙侯，謂所射布也。王者當制服諸侯，故名布爲侯而射之。古者選士必於鄉射。心端志[一〇]正，射則能中，所以別賢不肖也。言楚王選士，必於鄉射，明旦既設禮，張施大侯，使衆射之。中則舉進，不中退却，各以能陞，民無怨望也。【補曰】射侯，見周官考工記、禮記射義。

㉚挾，持也。矢，箭也。

㉛上手爲揖。言衆士將射，已持弓箭，必先舉手以相辭讓，進退有禮，不失威儀也。一云「揖讓辭只」。

㉜尚，上也。三王，禹、湯、文王也。言魂急徠歸，楚國舉士，上法夏、殷、周，衆賢並進，無有遺失也。

【校勘記】

[一]鶩，原作「鶩」，據毛校改。

[二]傳，西村校本作「子」。

[三]域，原作「蜮」，據毛校改。

［四］「豕豬也首頭也」，此條注，原在正文「被髮鬟只」句下，現依注文内容，移至「豕首縱目」句下。
［五］水，楚辭集注作「冰」。
［六］蓴苴蘘荷也，廣雅作「蘘荷蓴苴也」。
［七］采，毛詩注疏作「刈」。
［八］義，毛校本引文瀾閣本作「儀」。
［九］五，原作「西」，據説文解字改。
［一〇］志，原作「忠」，據同治本改。

楚辭卷第十一

校書郎臣王　逸上

惜誓章句第十一　楚辭

惜誓者，不知誰所作也。或曰賈誼，疑不能明也①。惜者，哀也。誓者，信也，約也。言哀惜懷王，與己信約，而復背之也。古者君臣將共爲治，必以信誓相約，然後言乃從②，而身目親也。蓋刺懷王有始而無終也。

①漢書：「賈誼，洛陽人。文帝召爲博士，議以誼任公卿。絳、灌之屬毁誼，天子亦疎之，以誼爲長沙王太傅。意不自得。及度湘水，爲賦以弔屈原。賦云：『所貴聖之神德兮，遠濁世而自藏。使麒麟可係而羈兮，豈云異夫犬羊。』又曰：『鳳皇翔于千仞兮，覽德輝而下之。見細德之險微兮，遥增擊而去之。彼尋常之汙瀆兮，豈容吞舟之魚。横江潭之鱣鯨兮，固將制於螻蟻。』」與此語意頗同。

②一作「從之」。

惜余年老而日衰兮，歲忽忽而不反①。登蒼天而高舉兮，歷衆山而日遠②。觀江河之紆曲兮，離四海之霑濡③。攀北極而一息兮，吸沆瀣以充虚④。飛朱鳥使先驅兮，駕太一之象輿⑤。蒼龍蚴虬於左驂兮，白虎騁而爲右騑⑥。建日月以爲蓋兮，載玉女於後車⑦。馳鶩於杳冥之中兮，休息虖崑崙之墟⑧。樂窮極而不猒兮，願從容虖神明⑨。涉丹水而駝騁兮⑩，右大夏之遺風⑪。黄鵠之一舉兮，知山川之紆曲；再舉兮，睹天地之圜方⑫。臨中國之衆人兮，託回飈乎尚羊⑬。乃至少原之壄[一]兮⑭，赤松王喬皆在旁⑮。二子擁瑟而調均兮⑯，余因稱乎清商⑰。澹然而自樂兮⑱，吸衆氣而翺翔⑲。念我長生而久僊兮，不如反余之故鄉⑳。黄鵠後時而寄處兮，鴟梟羣而制之㉑。神龍失水而陸居兮，爲螻蟻之所裁㉒。夫黄鵠神龍猶如此兮，況賢者之逢亂世哉㉓！壽冉冉而日衰兮，固儃回而不息㉔。俗流從而不止兮，衆枉聚而矯直㉕。或偷合而苟進兮，或隱居而深藏㉖。苦稱量之不審兮㉗，同權槩而就衡㉘。或推迻而苟容兮，或直言之諤諤㉙。傷誠是之不察兮，并紉茅絲以爲索㉚。方世俗之幽昏兮㉛，眩白黑之美惡㉜。放山淵之龜玉兮㉝，相與貴夫礫石㉞。梅伯數諫而至醢兮㉟，來革順志而用國㊱。悲仁人之盡節兮，反爲小人之所賊㊲。比干忠諫而剖心兮㊳，箕子被髮而佯狂㊴。水背流而源竭兮㊵，木去根而不長㊶。非重軀以慮難兮，惜傷身之無功㊷。已矣哉！獨不見夫鸞鳳之高翔兮，乃集大皇之壄㊸。循四極而回周兮，見盛德而後下㊹。彼聖人之神德兮，遠濁世而自藏㊺。使麒麟可得羈而係兮㊻，又何以異虖犬羊㊼？

①言哀己年歲已老，氣力衰微，歲月卒過，忽然不還，而功不成、德不立也。

②言己想得道真，上升蒼天，高抗志行，經歷衆山，去我鄉邑，日以遠也。

③言己遂見江河之紆曲，志爲盤結；遇四海之風波，衣爲濡濕。心愁身苦，憂悲且思也。遇，一作「過」。

④言己周流，行求道真，冀得上攀北極之星，且中休息，吸清和之氣，以充空虚，療飢渴也。以，一作「目」。【補曰】晉志云：「北極五星，天運無窮。三光迭耀，而極星不移。故曰居其所而衆星共之。」沆瀣，已見。

⑤言己吸天元氣，得其道真。即朱雀神鳥爲我先導，遂乘太一神象之轝而遊戲也。【補曰】淮南云：左青龍，右白虎，前朱鳥，後玄武。注云：「角、亢爲青龍，參、伐爲白虎，星、張爲朱鳥，斗、牛爲玄武。」沈存中云：「朱雀，莫知何物。但謂鳥而朱者，羽族赤而翔上，集必附木，此火之象也。或云：鳥即鳳也。然天文家朱鳥，乃取象於鶉。南方七宿，曰鶉首、鶉火、鶉尾是也。」

⑥言己德合神明，則駕蒼龍，驂白虎，其狀蚴虯，有威容也。【補曰】蚴，於糾切。虯，渠糾切。騑音妃。

⑦言己乃立日月之光，以爲車蓋。載玉女於後車，以侍棲宿也。【補曰】大人賦云：「載玉女而與之歸。」張揖曰：「玉女，青要、乘弋等也。」

⑧言己雖馳騖杳冥之中，脩善不倦，休息崑崙之山，以遊觀也。騖，一作「鶩」。虖，一作「乎」。【補

曰】說文：「虛，大丘也。」丘於切。「崐崘丘，或謂之崑崙虛。」或從土。
⑨言己周行觀望，樂無窮極，志猶不猒，願復與神明俱遊戲也。虖，一作「乎」。
⑩丹水，猶赤水也。淮南言：赤水出崑崙也。駝，一作「馳」。
⑪大夏，外國名也，在西南。言己復渡丹水而馳騁，顧見大夏之俗，思念楚國也。【補曰】淮南云：「九州之外有八殥，西北方曰大夏。」
⑫言黃鵠養其羽翼，一飛則見山川之屈曲，再舉則知天地之圜方。居身益高，所睹愈遠也。以言賢者亦宜高望遠慮，以知君之賢愚也。黃，一作「鴻」。一，或作「壹」。睹，一作「覩」，一作「知」。【補曰】始元中，黃鵠下建章宮太液池中。師古云：「黃鵠，大鳥。一舉千里，非白鵠也。」
⑬尚羊，遊戲也。言己臨見楚國之中，衆人貪佞，故託回風，遠行遊戲也。一云：「託回風乎倘佯。」【補曰】尚音常，與「倘」同。飈，集韻作「飆」，音標。
⑭少原之壄，仙人所居。壄，一作「野」。
⑮言遂至衆仙所居，而見赤松子與王喬也。喬，一作「僑」。【補曰】淮南云：王喬、赤松去塵埃之間，離羣慝之紛，吸陰陽之和，食天地之精，蹀虛輕舉，乘雲游霧。
⑯均，亦調也。【補曰】國語云：律者，所以立均出度也。
⑰清商，歌曲也。言赤松、王喬見已歡喜，持瑟調弦而歌，我因稱清商之曲最爲善也。
⑱澹，一作「淡」。

⑲衆氣，謂朝霞、正陽、淪陰、沆瀣之氣也。言己得與松、喬相對，心中澹然而自欣樂，俱吸衆氣而遊戲。

⑳言屈原設去世離俗，遭遇真人，雖得長生久僊，意不甘樂，猶思楚國，念故鄉。忠信之至，恩義之篤也。

㉑言黄鵠一飛千里，常集高山茂林之上，設後時而欲寄處，則鴟梟群聚，禁而制之，不得止也。言賢者失時後輩，亦爲讒佞所排逐。一作「鴻鵠」。【補曰】鴟，稱脂切。鴟鵂，怪鳥。梟，堅堯切，不孝鳥。

㉒螻，螻蛄也。蟻，蚍蜉也。裁，制也。言神龍常潛深水，設其失水，居於陵陸之地，則爲螻蟻、蚍蜉所裁制，而見啄齧也。以言賢者不居廟堂，則爲俗人所侵害也。蟻，一作「螘」。【補曰】螻音樓。管子曰：「蛟龍，水虫之神者也。乘於水則神立，失於水則神廢。」莊子曰：「吞舟之魚碭而失水，則蟻能苦之。」

㉓言黄鵠能飛翔，神龍能存能亡，奄然失所，爲鴟梟、螻蟻所制，其困如此。何況賢者身無爵禄，爲俗人所困侮，固其宜也。

㉔儃回，運轉也。言己年壽日以衰老，而楚國羣臣承順君非，隨之運轉，常不止息也。固，一作「國」。儃，一作「邅」。

㉕枉，邪也。矯，正也。言楚國俗人流從諂諛，不可禁止，衆邪羣聚，反欲正忠直之士，使隨之也。

㉖言士有偷合於世，苟欲進取以得爵位。或有修行德義，隱藏深山，而君不照知也。

㉗稱，所以知輕重；量，所以别多少。【補曰】稱、量，並平聲。

㉘槩，平也。權、衡，皆稱也。言患苦衆人，稱物量穀，不知審其多少，同其稱平，以失情實，則使衆人怨也。以言君不稱量士之賢愚，而同用之，則使智者恨也。【補曰】權，稱錘也。槩，平斛木也。衡，平也。

㉙言臣承順君非，可推可迻，苟自容入，以得高位。有直言諤諤，諫正君非，而反放弃之也。迻，一作「移」。諤，釋文作「讍」。

㉚單爲紉，合爲索。言已誠傷念君待遇苟合之人與忠直之士，曾無別異，猶并紉絲與茅，共爲索也。一云：「并繩絲以爲索。」注云：「單爲繩，合爲索。」【補曰】紉，女巾切。

㉛幽昏，不明也。

㉜眩，惑也。言方今之世，君臣不明，惑於貪濁，眩於白黑，不能知人善惡之情也。一本「眩」下有「於」字。

㉝黿，可以決吉凶，故人亦珤之。放，弃也。

㉞小石爲礫。言世人皆弃崑山之玉、大澤之黿，反相與貴重小石也。言闇君貴佞僞，賤忠直也。

㉟已解於離騷經。醢，一作「菹」。一云「至菹醢兮」。【補曰】梅音浼。

㊱來革，紂佞臣也。言來革佞諛，從順紂意，故得顯用，持國權也。

㊲言哀傷梅伯盡忠直之節，諫正於紂，反爲來革所譖，而被賊害也。

㊳剖，一作「割」。

㊴已解於九章。佯，一作「詳」。【補曰】詳，與「佯」同。

㊵竭，釋文作「渴」。【補曰】渴音竭，水盡也。

㊶言水横流，背其源泉則枯竭，木去其根株，則枝葉不長也。以言人背仁義，違忠信，亦將遇害也。

㊷言己非重愛我身，以慮難而不竭忠，誠傷生於世間，無功德於民也。軀，一作「體」。

㊸大皇之壄，大荒之藪。一無「夫」字。大，一作「太」。壄，一作「野」。一注云：「皇，美也。大美之藪。」

㊹言鸞鳥、鳳皇乃高飛於大荒之野，循於四極，回旋而戲，見仁聖之王，乃下來集，歸於有德也。以言賢者亦宜處山澤之中，周流觀望，見高明之君，乃當仕也。回，一作「佪」。而回周兮，一作「以周覽兮」。

㊺言彼神智之鳥，乃與聖人合德。見非其旹，則遠藏匿迹。言己亦宜效之也。

㊻一無「得」字。一本「係」下有「之」字。

㊼言麒麟仁智之獸，遠見避害，常藏隱不見，有聖德之君，乃肯來出。如使可得羈係而畜之，則與犬羊無異，不足貴也。言賢者亦以不可枉屈爲高，如可趨走，亦不足稱也。虖，一作「乎」，一作「夫」。

【校勘記】

［一］壄，原作「壄」，據同治本改，下注同。

楚辭卷第十二

校書郎臣王　逸上

招隱士章句第十二　楚辭

招隱士者，淮南小山之所作也。昔淮南王安博雅好古，招懷天下俊偉之士①。自八公之徒，咸慕其德，而歸其仁②，各竭才智③，著作篇章，分造辭賦，以類相從，故或稱小山，或稱大山。其義猶詩有小雅、大雅也④。小山之徒閔傷屈原，又怪其文升天乘雲，役使百神，似若仙者，雖身沈没，名德顯聞，與隱處山澤無異，故作招隱士之賦，以章其志也⑤。

①漢書：「淮南王安好書，招致賓客數千人，作爲内、外書甚衆。」
②神仙傳曰：「八公詣門，王執弟子之禮。後八公與安俱仙去。」
③竭，一作「擅」。
④漢藝文志有淮南王羣臣賦四十四篇。

⑤也，一作「云爾[二]」。

桂樹叢生兮①山之幽②，偃蹇連蜷兮③枝相繚④。山氣巃嵸兮⑤石嵯峨⑥。谿谷嶄巖兮⑦水曾波⑧。猨狖羣嘯兮⑨虎豹嗥⑩，攀援桂枝兮⑪聊淹留⑫。王孫遊兮⑬不歸⑭，春草生兮⑮萋萋⑯。歲暮兮⑰不自聊⑱，蟪蛄鳴兮⑲啾啾⑳。坱兮軋㉑，山曲岪㉒，心淹留兮㉓恫慌忽㉔。罔兮沕㉕，憭兮栗㉖，虎豹穴㉗，叢薄深林兮㉘人上慄㉙。嶔岑碕礒兮㉚碅磳磈硊㉛，樹輪相糾兮㉜林木茷骫㉝。青莎雜樹兮㉞薠草靃靡㉟，白鹿麏麚兮㊱或騰或倚㊲。狀皃崟崟兮峨峨㊳，淒淒兮漇漇㊴。獼猴兮熊羆㊵，慕類兮以悲㊶。攀援桂枝兮㊷聊淹留㊸，虎豹鬭兮㊹熊羆咆㊺。禽獸駭兮㊻亡其曹㊼，王孫兮歸來㊽，山中兮不可以久留㊾。

①桂樹芬香，以興屈原之忠貞也。【補曰】郭璞云：「桂，白華，叢生山峰，冬常青，間無雜木。」

②遠去朝廷，而隱藏也。

③容貌美好，德茂盛也。蜷，一作「卷」。【補曰】音權。

④仁義交錯，條理成也。以言才德高明，宜輔賢君爲貞幹也。五臣云：「皆樹之美貌，亦喻原之美行。」【補曰】繚，紐也，居休切。

⑤岑崟嵾嵯，雲滃鬱也。巃，一作「巄」。五臣云：「巃嵸，雲氣貌。」【補曰】巃，力孔切。嵸音摠，山孤貌。

⑥嵯峨巀嶭，峻蔽日也。五臣云：「嵯峨，高貌。」

⑦崎嶇閜寪，嶮阻傄也。五臣云：「嶄巖，險峻貌。」【補曰】嶄，鉏咸切。閜，呼雅反。寪，于軌反。傄，苦滑反。

⑧踴躍灃沛，流迅疾也。曾，一作「增」。

⑨禽獸所居，至樂佚也。猨，一作「蝯」。【補曰】狖，以狩切。

⑩猛獸爭食，欲相齧也。以言山谷之中，幽深險阻，非君子之所處，猿狖虎豹，非賢者之偶。使屈原急來也。【補曰】嘷，胡高切，咆也。

⑪登山引木，遠望愁也。一云：引持美木，喻美行也。五臣云：「援，持也。言原引持美行，淹留於此，以待明君。」

⑫周旋中野，立踟躕也。

⑬隱士避世，在山隅也。遊，一作「游」。五臣云：「原與楚同姓，故云王孫。」【補曰】樂府有王孫遊，出於此。

⑭違偝舊土，棄室家也。

⑮萬物蠢動，抽萌芽也。

⑯垂條吐葉，紛華榮也。五臣云：「萋萋，草色。」
⑰年齒已老，壽命衰也。
⑱中心煩亂，常含憂也。【補曰】聊音留。
⑲蜩蟬得夏，喜呼號也。五臣云：「蟪蛄，夏蟬。」【補曰】莊子云：「蟪蛄不知春秋。」説者云：寒蟬也，一名蝭蟧，春生夏死，夏生秋死。或曰：山蟬秋鳴者不及春，春鳴者不及秋。廣雅云：「蟪蛄，蛁蟧，即楚詞所云寒螿者也。」〔二〕方言云：「蛥蚗，齊謂之螇螰，楚謂之蟪蛄。」
⑳秋節將至，悲嘹噍也。以言物盛則衰，樂極則哀，不宜久隱，失盛時也。【補曰】啾啾，衆聲，音揫。
㉑霧氣昧也。【補曰】坱，烏朗切。軋，於黠切。賈誼賦云：「坱圠無垠。」注云：「其氣坱圠，非有限齊也。」集韻：「軮軋，遠相映貌。」
㉒盤詰屈也。【補曰】岪音佛，山曲也。一音皮筆切。
㉓志望絶也。
㉔亡妃匹也。一作「洞荒忽」。五臣云：「憂思深也。」【補曰】恫音通，痛也。慌，上聲。
㉕精氣失也。五臣云：「失志貌。」【補曰】沕，潛藏也，美筆切。文選音：勿。
㉖心剝切也。栗，一作「慄」。【補曰】憭音了，又音聊，一音留。
㉗嵺穿峴也。穴，一作「峴」。五臣云：「既危苦，又進虎豹之穴。」【補曰】淮南云：「虎豹襲穴而不敢咆。」襲，入也。咆，嗥也。嵺音料。峴音血。

㉘攢刺棘也。【補曰】深草曰薄。

㉙恐變色也。上，一作「之」。五臣云：「慄，戰也。」

㉚山阜嶇嵎。嶔，一作「嶔」。岑，一作「崟」。碕礒，一作「崎嶬」。【補曰】嶔音欽。岑音吟。碕音綺。礒音蟻，又音錡。嶔岑，山高險也。碕礒，石貌。崎嶬，山形。

㉛崔嵬嵯嵯。【補曰】硱，綺矜切。釋文苦本切，非也。硱從困，硱從囷。磳，七冰切。磈，於鬼切。硊，魚毁切。並石貌。

㉜交錯扶疏。糾，一作「糺」。扶疏，一作「糾紛」。五臣云：「輪，横枝也。」

㉝枝條盤紆。一無「林木」二字。茷，一作「茇」，一作「柭」，一作「茷」。【補曰】茇、柭、茷，並音跋。茷，木枝葉盤紆貌，通作「茇」。骫音委。骫骳，屈曲也。

㉞草木雜居。【補曰】本草云：「莎，古人爲詩多用之，此草根名香附子，荆、襄人謂之莎草。」

㉟隨風披敷。蘋，一作「蘋」。靃，一作「藿」，一作「藿」。【補曰】靃靡，弱貌。藿，草木花敷貌。

㊱衆獸並遊。麚，一作「麚」。【補曰】麏音君，麞也。麚音加，牡鹿。

㊲走住異趨。一云：走跱殊也。

㊳頭角甚殊。峨峨，一作「巇巇」，音蟻。五臣云：「頭角高貌。」

㊴衣毛若濡也。兮，一作「而」。漇，一作「縰」。【補曰】漇，疏綺切，潤也。

㊵百獸俱也。【補曰】羆音陂，如熊，黄白文。

㊶哀己不遇也。從此以上，皆陳山林傾危，草木茂盛，麋鹿所居，虎兕所聚，不宜育道德，養情性，欲使屈原還歸郢也。五臣云：「言山中之獸，猶慕儔類，而悲哀放弃獨處，實難爲心也。」

㊷配託香木，誓同志也。援，一作「折」。一無「援」字。

㊸跔躕低佪，待明時也。一云：倚立躊躅，待明時也。

㊹殘賊之獸，忿爭怒也。

㊺貪殺之獸，跳梁吼也。【補曰】咆，蒲交切，嗥也。

㊻雉兔之群，驚奔走也。

㊼違離黨輩，失群偶也。

㊽旋反舊邑，入故宇也。一作「來歸」。

㊾誠多患害，難隱處也。

【校勘記】

［一］爾，原作「邇」，據毛校引文瀾閣本改。

［二］引文出自埤雅，非廣雅。

楚辭卷第十三

校書郎臣王　逸上

七諫章句第十三　楚辭

初放　沈江　怨世①　怨思

自悲　哀命②　謬諫③

①世，一作「上」。

②一作「哀時命」。

③謬，一作「繆」。

七諫者，東方朔之所作也①。諫者，正也。謂陳法度以諫正君也。古者人臣三諫不從，退而待放。屈原與楚同姓，無相去之義，故加爲七諫。殷懃之意，忠厚之節也。或曰：七諫者，法天子有爭臣七人也。東方朔追憫屈原，故作此辭，以述其志②，所以昭忠信、矯曲朝也。

①昔枚乘作七發，傅毅作七激，張衡作七辯，崔駰作七依，曹植作七啓，張協作七命，皆七諫之類。李善云：「七發者，説七事以起發太子也，猶楚辭七諫之流。」五臣云：「七者，少陽之數，欲發陽明於君也。」前漢：「東方朔，字曼倩，爲太中大夫，免爲庶人。後常爲郎，上書自訟不得大官，欲求試用。」

②一作「意」。

平生於國兮①，長於原壄②。言語訥譅兮③，又無彊輔④。淺智褊能兮⑤，聞見又寡⑥。數言便事兮，見怨門下⑦。王不察其長利兮，卒見棄乎原壄⑧。伏念思過兮，無可改者⑨。羣衆成朋兮⑩，上浸以惑⑪。巧佞在前兮，賢者滅息⑫。堯舜聖已没兮⑬，孰爲忠直⑭？高山崔巍兮⑮，水流湯湯⑯。死日將至兮，與麋鹿同坑⑰。塊兮鞠⑱，當道宿⑲，舉世皆然兮⑳，余將誰告㉑？斥逐鴻鵠兮㉒，近習鴟梟㉓。斬伐橘柚兮㉔，列樹苦桃㉕。便娟之脩竹兮，寄生乎江潭㉖。上葳蕤而防露兮㉗，下泠泠而來風㉘。孰知其不合兮㉙，若竹柏之異心㉚。往者不可及兮㉛，來者不可待㉜。悠悠蒼天兮，莫我振理㉝。竊怨君之不寤兮，吾獨死而後已㉞。

初放

①平，屈原名也。一本國上有「中」字。

②高平曰原，坰外曰野。言屈原少生於楚國，與君同朝，長大見遠棄於山野，傷有始而無終也。埜，一作「野」。

③出口爲言，相答曰語。訥者，鈍也。謇者，難也。謇，一作「𧬈」，釋文作「謇」。【補曰】並所立切。集韻作「𠽬」，「口不能言也。通作𧬈。」

④言己質性忠信，不能巧利辭令，言語訥鈍，復無彊友黨輔，以保達己志也。彊，一作「強」。

⑤褊，狹也。【補曰】褊，必善切。說文：「衣小也。」

⑥寡，少也。屈原多才有智，博聞遠見，而言「淺狹」者，是其謙也。

⑦門下，喻親近之人也。言己數進忠言，陳便宜之事以助治，而見怨恨於左右，欲害己也。一作「數諫便事」。

⑧言懷王不察己忠謀可以安國利民，反信讒言，終棄我於原野而不還也。一無「見」字。埜，一作「野」。

⑨言己伏自思念，行無過失可改易也。

⑩羣，一作「群」。

⑪上，謂君也。浸，稍也。言佞人相與群聚，朋黨成衆，君稍以惑亂而不自知也。

⑫滅，消也。言佞臣巧好其言，順意承旨，旦夕在於君前，而使忠賢之士心懷恐懼，呑聲小語，消滅謇謇之氣，以避禍患也。

⑬一無「聖」字。

⑭言堯、舜聖明，今已没矣，誰爲盡忠直也？【補曰】爲，去聲。

⑮崔巍，高貌。【補曰】上徂回、下五回切。

⑯湯湯，流貌。言己仰視高山，其形崔巍，而不知頹弛。俛視水流，湯焉流行，而不知竭。自傷不如山川之性，身將顛沛也。【補曰】書云：「湯湯洪水方割。」湯音商。

⑰陂池曰坑。言己年歲衰老，死日將至，不得處國朝，輔政治，而與麋鹿同坑，鳥獸爲伍，將墜陷坑穽，不復久也。【補曰】坑，字書作「坑」[二]，丘庚切，俗作「坑」。

⑱塊，獨處貌。匔匔爲鞠。一作「塊鞠兮」。【補曰】塊，苦對切。

⑲夜止曰宿。言己孤獨無耦，塊然獨處，鞠然匔匔，當道而躓臥，無所棲宿也。

⑳舉，一作「與」。

㉑舉，與也。言舉當世之人皆行佞僞，當何所告我忠信之情也？一無「余」字。【補曰】告，姑沃切。

易：「初筮告。」

㉒鴻鵠，大鳥。

㉓鴟梟，惡鳥。一無「習」字。梟，一作「鴞」。【補曰】斥音赤。梟，不孝鳥。鴞，于驕切，惡聲之鳥也。

㉔橘、柚，美木。【補曰】尚書：「厥包橘柚。」「小曰橘，大曰柚。」柚似橙而實酢。呂氏春秋：「果之美者，有雲夢之柚。」

㉕苦桃，惡木。言君親近貪賊姦惡之人，而遠仁賢之士也。【補曰】桃自有苦者，如苦李之類。本草云：「羊桃味苦。陶隱居云：山野多有之。詩『隰有萇楚』是也。」

㉖便娟，好貌。屈原以竹自喻，言有便娟長好之竹，生於江水之潭，被蒙潤澤而茂盛，自恨放流而獨不蒙君之惠也。乎，一作「於」。【補曰】便，平聲。娟，烏玄切。

㉗葳蕤，盛貌。防，蔽也。【補曰】葳音威。蕤，儒佳切，草木垂貌。集韻作「蕤」。

㉘泠泠，清涼貌。言竹被潤澤，上則葳蕤而防蔽霧露，言能有所覆也。下則泠泠清涼，可休庇也。以言己德上能覆蓋於君，下能庇廕於民。【補曰】泠音靈。

㉙孰，一作「固」。

㉚竹心空，屈原自喻志通達也。柏心實，以喻君闇塞也。言己性達道德，而君閉塞，其志不合，若竹柏之異心也。

㉛謂聖明之王堯、舜、禹、湯、文、武也。
㉜欲須賢君，年齒已老，命不可待也。
㉝悠悠，憂貌。振，救也。言己憂愁思想，則呼蒼天。言己懷忠正，而君不知羣下，無有救理我之侵寃者。【補曰】太史公屈原傳云：「人窮則反本，故勞苦倦極，未嘗不呼天也。」
㉞言己私怨懷王用心闇惑，終不覺寤，令我獨抱忠信，死於山野之中而已。

惟往古之得失兮①，覽私微之所傷②。堯舜聖而慈仁兮，後世稱而弗忘③。齊桓失於專任兮，夷吾忠而名彰④。晉獻惑於孋姬兮，申生孝而被殃⑤。偃王行其仁義兮，荊文寤而徐亡⑥。紂暴虐以失位兮，周得佐乎呂望⑦。修往古以行恩兮，封比干之丘壟⑧。賢俊慕而自附兮，日浸淫而合同⑨。明法令而修理兮，蘭芷幽而有芳⑩。

①言己思念古者，人君得道則安，失道則危，禹、湯以王，桀、紂以亡。
②傷，害也。言己又觀人君私愛佞讒，受其微言，傷害賢臣者，國以危殆也。楚之無極、吳之宰嚭是也。
③言堯舜所以有聖明之德者，以任賢能，慈愛百姓，故民至今稱之也。弗，一作「不」。

④夷吾，管仲名也。管仲將死，戒桓公曰：「豎刁自割，易牙烹子，此二臣者不愛其身，不慈其子，不可任也。」桓公不從，使專國政。桓公卒，二子各欲立其所傳公子。諸公子並爭，國亂無主，而桓公尸不棺，積六十日，虫流出户，故曰「失於專任」，夷吾忠而名著也。

⑤已解於九章篇中。孋，一作「驪」。【補曰】並力支切。

⑥荆，楚也。徐，偃王國名也，周宣王之舅申伯所封也。詩曰：「申伯番番，既入于徐。」周衰，其後僭號稱王也。偃，謚也。言徐偃王修行仁義，諸侯朝之三十餘國，而無武備。楚文王見諸侯朝徐者衆，心中覺悟，恐爲所并，因興兵擊之而滅徐也。故司馬法曰：「國雖強大，忘戰必危。」蓋謂此也。【補曰】史記：「周穆王西巡狩，徐偃王作亂，造父爲穆王御，長驅歸周以救亂。」淮南子云：「徐偃王被服慈惠，身行仁義，然而身死國亡，子孫無類。」注云：「偃王於衰亂之世，脩行仁義，不設武備，楚文王滅之。」徐國，今下邳徐、僮是也。又曰：「徐偃王好行仁義，陸地而朝者三十二國。王孫厲謂楚莊王曰：『王不伐徐，必反朝徐。』乃舉兵伐徐，遂滅之。」後漢書曰：「徐夷僭號，率九夷以伐宗周，西至河上，穆王畏其方熾，乃分東方諸侯，命徐偃王主之。偃王行仁義，陸地而朝者三十六國。穆王後得驥騄之乘，乃使造父御以告楚，令伐徐，一日而至。於是楚文王大舉兵而滅之。」博物志云：「偃王既治其國，仁義著聞，江淮諸侯服從者三十六國。穆王聞之，遣使乘駟，一日至楚，使伐之。偃王仁，不忍鬬其民，爲楚所敗。」元和姓纂云：「伯益之子，夏時受封於徐，至偃王爲楚所滅。」按：徐偃王當周穆王時，楚文王乃春秋時，相去甚遠。豈春秋時自有一徐偃王邪？

然諸書稱偃王，多云穆王時人，唯博物志、姓纂但云爲楚敗滅，不指文王，其説近之。後漢書乃以穆王與楚文王同時，大謬。

⑦卒怒曰暴，賊善曰虐。言殷紂暴虐以失其位，周得呂望而有天下也。

⑧小曰丘，大曰壟。言武王修先古之法，敬愛賢能，克紂，封比干之墓以彰其德，宣示四方也。壟，一作「隴」。【補曰】集韻「壟」有「籠」音。

⑨才敵千人爲俊。浸淫，多貌也。言天下賢能英俊，慕周之德，日來親附，浸淫盛多，四海並合，皆同志也。浸，一作「侵」。【補曰】浸音侵。浸淫，漸漬。

⑩言周家選賢任士，官得其人，法令修理，故幽隱之士皆有嘉名也，一云「法令修而循理兮」。

苦衆人之妬予兮①，箕子寤而佯狂②。不顧地以貪名兮，心怫鬱而内傷③。聯蕙芷以爲佩兮，過鮑肆而失香④。正臣端其操行兮，反離謗而見攘⑤。世俗更而變化兮⑥，伯夷餓於首陽⑦。獨廉潔而不容兮，叔齊久而逾明⑧。浮雲陳而蔽晦兮，使日月乎無光⑨。忠臣貞而欲諫兮，讒諛毁而在旁⑩。秋草榮其將實兮⑪，微霜下而夜降⑫。商風肅而害生兮⑬，百草育而不長⑭。衆竝諧以妬賢兮⑮，孤聖特而易傷⑯。懷計謀而不見用兮，巖穴處而隱藏⑰。成功隳而不卒兮⑱，子胥死而不葬⑲。世從俗而變化兮，隨風靡而成行⑳。信直退而毁敗兮，虛僞進而得當㉑。追悔過之無及兮㉒，豈盡忠而有功㉓。廢制度而不用兮，務行私而去公㉔。終不變而死節兮，惜年齒之未央㉕。將方舟而下流兮，冀幸君之發矇㉖。痛忠言之逆耳兮，恨申子之沈江㉗。願悉心之所聞兮㉘，遭值君之不聰㉙。不開寤而難道兮㉚，不別横之與縱㉛。聽姧臣之浮説兮㉜，絶國家之久長㉝。滅規榘而不用兮，背繩墨之正方㉞。離憂患而乃寤兮㉟，若縱火於秋蓬㊱。業失之而不救兮，尚何論乎禍凶㊲？彼離畔而朋黨兮，獨行之士其何望㊳？日漸染而不自知兮㊴，秋毫微哉而變容㊵。衆輕積而折軸兮，原咎雜而累重㊶。赴湘沅之流澌兮，恐逐波而復東㊷。懷沙礫而自沈兮，不忍見君之蔽壅㊸。

沈江

①言己患苦楚國衆人妬我忠直，欲害己也。

②箕子，紂之庶兄，見比干諫而被誅，則被髮佯狂以脫其難也。佯，一作「詳」。【補曰】「詳」與「佯」同。

③言己欲效箕子佯狂而去，不顧楚國之地，貪忠直之名，念君闇昧，心爲傷痛而怫鬱也。【補曰】怫音佛。

④言仁人聯結蕙芷，服之於身，過鮑魚之肆，則失其性而不芬香也。以言己積絫忠信，爲讒人所毀，失其忠名也。芷，一作「若」。佩，一作「珮」。香，一作「芳」。【補曰】古人云，與不善人居，如入鮑

魚之肆。謂惡人之行，如鮑魚之臭也。

⑤謗，訕也。攘，排也。言正直之臣，端其心志，欲以輔君，反爲讒人所謗訕，身見排逐而遠放也。

【補曰】操，七到切。行，下孟切。攘，而羊切。

⑥而，一作「以」。

⑦言當世俗人皆改其清潔，化爲貪邪，當若伯夷餓於首陽，而身垂功名也。【補曰】馬融云：「首陽山在河東蒲坂華山之北，河曲之中。」蘇鶚演義云：「蒲坂有雷首山，伯夷、叔齊所居，故云首陽山。又隴西地名首陽，東有鳥鼠山，亦謂之首陽。又杜預云：洛陽之東，首陽山之南有小山，西瞻宮闕，北望夷、齊。」又，阮籍詩云：「步出上東門，遥望首陽岑。下有採薇士，上有嘉樹林。」據夷、齊所居，此山是矣。論語注以蒲坂爲是，恐誤。又後漢注亦云：首陽山在洛陽東北。

⑧叔齊，伯夷弟也。言己獨行廉潔，不容於世，雖飢餓而死，幸若叔齊久而有榮名也。逾，一作「愈」。

⑨言讒佞陳列在側，則使君不聰明也。乎，一作「兮」。

⑩言忠臣正其心，欲諫其君，讒毁在旁而不敢言也。

⑪其，一作「而」。

⑫微霜殺物，以喻讒諛。言秋時百草將實，微霜夜下而殺之，使不得成熟也。以言讒人晨夜毁己，亦將害己身，使其忠名不得成也。

⑬商風，西風。肅，急貌。一作「肅肅」。

⑭言秋氣起，則西風急疾而害生物，使百華不得盛長，以言君令急促，剗傷百姓，使不得保其性命也。育，一作「墮」。

⑮諧，同也。

⑯言衆佞相與並同，以妬賢者，雖有聖明之智，孤特無助，易傷害也。一云「聖孤特」。【補曰】易，以豉切。

⑰士曰隱，寶曰藏。言己懷忠信之計，不得列見，獨處巖穴之中，隱藏而已。

⑱隳，壞也。【補曰】翾規切。

⑲言子胥爲吳伐楚破郢，謀行功成，後用讒言，賜劍棄死，故言死而不葬也。【補曰】吳王取子胥尸，盛以鴟夷革，浮之江中，故曰死而不葬也。葬音藏，瘞也。顔師古音臧。

⑳言當世之人見子胥被害，則變心從俗，以承上意，若風靡草，群聚成行而羅列。

㉑言信直之臣，被蒙譖毀，而身敗弃。虛僞之人，進用在位，而當顯職也。

㉒之，一作「而」。無，一作「不」。

㉓言君進用虛僞之臣，則國傾危，追而自悔，亦無所及也。己欲盡忠直之節，終不能成其功也。豈，一作「覬」。

㉔言在位之臣，廢先王之制度，務從私邪，背去公正，爭欲求利也。

㉕言己執守清白而死忠直，終不變節，惜年齒尚少，壽命未盡，而將夭逝也。

㉖大夫方舟，士特舟。矇，僮矇也。言我將方舟隨江而浮，冀幸懷王開其矇惑之心而還己也。方，一作「舫」。矇，一作「蒙」。【補曰】「舫」與「方」同。說文云：「方，併舟也。」亦作「舫」。素問曰：「發蒙解惑，未足以論。」

㉗申子，伍子胥也。吳封之於申，故號爲申子也。哀痛忠直之言忤逆君耳，使之恚怒，若申胥諫，吳王殺而沈之江流也。

㉘悉，盡也。〔三〕心，一作「佘」。

㉙聽遠曰聰。言己欲盡忠竭其所聞，陳列政事，遭值懷王闇不聰明，而不見納也。

㉚道，一作「導」。

㉛緯曰横，經曰縱。言君心常惑而不可開寤，語以政道，尚不别繒布經緯横縱，不能知賢愚亦明矣。

【補曰】别，彼列切。

㉜姧，一作「姦」。

㉝言君好聽邪説之臣，虚言浮説，以自誤亂，將絶國家累世久長之禄也。

㉞言君爲政，滅先聖之法度而不施用，背棄忠直之臣，以自傾危。

㉟離，一作「罹」。

㊱蓬，蒿也，秋時枯槁。言君信任佞諛，不慮艱難，卒遭憂患，然後乃覺，若放火於秋蒿，不可救制也。

㊲言君施行，業以失道，身將危殆，尚復論國之禍凶，豈不晚哉？

㊳言彼讒佞相與朋黨，並食重祿，獨行忠直之士當復何望？宜窮困也。【補曰】望，平聲。

㊴稍積爲漸，汙變爲染。積，一作「漬」。【補曰】漸音尖。

㊵銳毛爲毫，夏落秋生。言君用讒邪，日以漸染，隨之變化，而不自知，若秋毫更生，其容微眇，而日長大也。毫，一作「豪」。一無「哉」字。哉，一作「裁」。【補曰】莊子：「秋豪雖小。」司馬云：「兔豪在秋而成。」一云：毛至秋而耎細，故以喻小。說文云：「豪，豕鬣如筆管者。」毫，長銳毛。

㊶咎，過也。言車載衆輕之物，以折其軸而不可乘，其過咎由重絫雜載衆多之故也。以言國君聽用羣小之言，則壞敗法度，而自傾危也。原，一作「厚」。【補曰】戰國策云：「積羽沈舟，羣輕折軸。」累，釋文：力瑞切。

㊷言己心清潔，不能久居濁世，故赴湘、沅之水，與流澌俱浮，恐遂乘波而東入大海也。【補曰】說文：「澌，水索也。」「澌，流冰也。」此當從仌。

㊸礫，小石也。言己所以懷沙負石，甘樂死亡，自沈于水者，不忍久見懷王壅蔽於讒佞也。壅，一作「雍」。【補曰】壅，塞也，音雍。

世沈淖而難論兮①，俗岒峨而嵾嵯②。清泠泠而殲滅兮③，溷湛湛而日多④。梟鴞既以成羣兮，玄鶴弭翼而屏移⑤。蓬艾親入御於床笫兮⑥，馬蘭踸踔而日加⑦。棄捐葯芷與杜衡兮，余奈世之不知芳何⑧。何周道之平易兮，然蕪穢而險戲⑨。高陽無故而委塵兮⑩，唐虞點灼而毁議⑪。誰使正其真是兮⑫，雖有八師而不可爲⑬。

①沈，没也。淖，溺也。難，一作「不」。【補曰】淖，泥也，女孝切。

②岒峨、嵾嵯，不齊貌。言時世之人沈没財利，用心淖溺，不論是非，不别忠佞，風俗毁譽，高下嵾嵯，賢愚合同，上不任賢，化使然也。岒，一作「岑」。【補曰】岒魚今切。嵾，楚岑切。嵯，叉宜切，一音倉何切。

③清泠泠，以喻潔白。殲，盡也。滅，消也。殲，一作「瀸」，一作「纖」。一云「而日瀸兮」。【補曰】殲，盡也。瀸，泉一見一否。並音尖。

④溷湛湛，喻貪濁也。言泠泠清潔之士盡棄銷滅，不見論用；貪濁之人進在顯位，日以盛多。

⑤言貪狼之人並進成羣，廉潔之士斂節而退也。以，一作「已」。【補曰】鶡，于驕切。釋文：何苗切。史記：「師曠鼓琴，有玄鶴二八，舞于廊門。」山海經：「雷山有玄鶴，粹黑如漆。其壽滿三百六十歲，則色純黑。昔黄帝習樂于崑崙山，有玄鶴飛翔。」

⑥笫，牀簀也。以喻親密。一無「入」字。【補曰】笫音姊，牀也。方言：「陳、楚謂之笫。」又，阻史切。説文：「牀簀也。」

⑦馬蘭，惡草也。踸踔，暴長貌也。加，盛也。言蓬蒿蕭艾入御房中，則馬蘭之草踸踔暴長而茂盛也。以言佞諂見親近，則邪僞之徒踊躍而欣喜也。【補曰】踸，勑錦切。踔，勑角切，又丑角切。説文云：「踸踔，行無常貌。」本草云：「馬蘭生澤旁，氣臭，花似菊而紫。楚詞以惡草喻惡人。」

⑧言棄捐芳草忠正之士，當奈世人不知賢何。葯，一作「蘭」。衡，一作「蘅」。一本「余」下有「今」字。一云「余奈夫世不知芳何」。一云「余奈夫不知芳何」。釋文：葯音約。

⑨險戲，猶言傾危也。言周家建立德化，其道平直公方，所履無失，而言蕪穢傾危者，心惑意異也。以平直爲傾危，則以忠正爲邪枉也。詩曰：「周道如砥，其直如矢。」【補曰】易，以豉切。戲音希。

⑩高陽，帝顓頊也。委塵，坋塵也。言帝顓頊聖明克讓，然無故被塵翳，言與帝共工爭天下也。淮南子曰：「顓頊與共工爭爲帝。」

⑪點，汙也。灼，灸也。猶身有病，人點灸之。言堯、舜至聖，道德擴被，尚點灸謗毀，言有不慈之過，卑父之累也。【補曰】集韻「議」有「儀」音。

⑫言佞人妄論，以善爲惡，乃非訕聖王，當誰使正其真僞乎？己以忠被罪，固其宜也。

⑬八師，謂禹、稷、卨、皋陶、伯夷、倕、益、夔也。言堯、舜有聖賢之臣八人，以爲師傅，不能除去虛僞之謗。平疾讒之辭也。

皇天保其高兮，后土持其久①。服清白以逍遥兮，偏與乎玄英異色②。西施媞媞而不得見兮③，蓂母勃屑而日侍④。桂蠹不知所淹留兮⑤，蓼蟲不知徙乎葵菜⑥。處涽涽之濁世兮，今安所達乎吾志⑦。意有所載而遠逝兮，固非衆人之所識⑧。驥躊躇於弊輂兮⑨，遇孫陽而得代⑩。吕望窮困而不聊生兮，遭周文而舒志。甯戚飯牛而商歌兮，桓公聞而弗置⑪。路室女之方桑兮⑫，孔子過之以自侍⑬。

①言皇天保其高明之姿，不可踰越也。后土持其久長，不可掘發也。賢人守其志分，亦不可傾奪也。一云「不可輕脱」。

②玄英，純黑也，以喻貪濁。言己被服芬香，履修清白，偏與貪濁者異行，不可同趣也。色，一作「采」。【補曰】爾雅：「冬爲玄英。」

③西施，美女也。媞媞，好貌也。詩曰「好人媞媞」也。【補曰】淮南云：「嫫母有所美，西施有所醜。」又曰：「曼頰皓齒，形夸骨佳，不待脂粉芳澤，而性可説者，西施、陽文也。」媞，大奚切。媞媞，安也。一曰：美好。

④蓂母，醜女也。勃屑，猶媻姍，膝行貌。言西施媞媞，儀容姣好，屏不得見。蓂母醜惡，反得媻姍而侍左右也。以言親近小人，斥逐君子也。日，一作「近」。【補曰】蓂音謨。屑，蘇骨切。勃屑，行貌。媻姍，一作「蹣跚」。

⑤桂蠹，以喻食禄之臣也。言桂蠹食芬香，居高顯，不知留止，妄欲移徙，則失甘美之木，亡其處也。

以言衆臣食君之祿，不建忠信，妄行佞諂，亦將失其位，喪其所也。【補曰】蠹音妬，木中蟲。

⑥言蓼虫處辛烈，食苦惡，不能知徙於葵菜，食甘美，終以困苦而癯瘦也。以喻己修潔白，不能變志易行，以求祿位，亦將終身貧賤而困窮也。知，一作「能」。【補曰】蓼，辛菜也，音了。魏都賦云：「習蓼蟲之忘辛。」李善引楚詞：「蓼蟲不知從乎葵藿。」

⑦言己居濁溷之世，無有達我清白之志也。湣，一作「涽」。一無「乎」字。一云「今安達乎吾志」。【補曰】愍音昬。

⑧識，知也。言己心載忠正之志，欲遠去以求賢人君子，固非衆人所能知也。【補曰】識音志。

⑨躊躇，不行貌。輂，一作「轝」，一作「䡞」。【補曰】輂[三]，拘玉切，大車駕馬。

⑩孫陽，伯樂姓名也。言衆人不識騏驥，以駕敗車，則不肯進，遇伯樂知其才力，以車代之，則至千里，流名德也。以言俗人不識己志，亦將遇明君，建道流化，垂功業也。

⑪皆解於離騷經。弗，一作「不」。【補曰】聊，賴也。

⑫路室，客舍也。

⑬言孔子出遊，過於客舍，其女方采桑，一心不視，喜其貞信，故以自侍。過，一作「遇」。

吾獨乖剌而無當兮①，心悼怵而耄思②。思比干之恲恲兮③，哀子胥之慎事④。悲楚人之和氏兮，獻寶玉以爲石。遇厲武之不察兮⑤，羌兩足以畢斮⑥。小人之居勢兮⑦，視忠正之何若⑧。改前聖之法度兮⑨，喜囁嚅而妄作⑩。親讒諛而疏賢聖兮，訟謂閭娵爲醜惡⑪。愉近習而蔽遠兮，孰知察其黑白⑫。卒不得效其心容兮⑬，安眇眇而無所歸薄⑭。專精爽以自明兮，晦冥冥而壅蔽⑮。年既已過太半兮，然埳軻而留滯⑯。欲高飛而遠集兮，恐離罔而滅敗⑰。獨冤抑而無極兮，傷精神而壽夭⑱。皇天既不純命兮，余生終無所依⑲。願自沈於江流兮，絶横流而徑逝⑳。寧爲江海之泥塗兮，安能久見此濁世㉑？

怨世

①乖，差也。剌，邪也。【補曰】剌，戾也，力達切。

②耄，亂也，九十曰耄。言古賢俊皆有遭遇，我獨乖差，與時邪剌，故心中自傷，怵惕而思，志爲耄亂。【補曰】思，去聲。

③怦怦，忠直之貌。【補曰】怦，披耕切，忼慨也。

④子胥臨死曰：「抉吾兩目，置吳東門，以觀越兵之入也。」死不忘國，故言愼事也。【補曰】子胥愼事吳王而見殺，故哀之。

⑤厲，厲王。武，武王。

⑥斮，斷也。昔卞和得寶玉之璞，而獻之楚厲王，或毁之以爲石。王怒，斷其左足。武王即位，和復獻之，武王不察視，又斷其右足。和乃抱寶泣於荆山之下，悲極血出，於是暨成王，乃使工人攻之，果

得美玉，世所謂和氏之璧也。或曰「兩足畢索」。索，盡也。以言玉石易別，於忠佞尚不能知，己之獲罪，是其常也。一本云「兩足以之畢斮」。【補曰】斮，仄略切。劉向新序云：「荆人卞和得玉璞，而獻之荆厲王，使玉尹[四]相之，曰：『石也。』王以和爲謾，而斷其左足。厲王薨，武王即位，和復奉玉璞而獻之武王，王使玉尹相之，曰：『石也。』又以爲謾，而斷其右足。武王薨，共王即位，和乃奉玉璞而哭於荆山中，三日三夜，泣盡而繼之以血。共王聞之，乃使人理其璞而得寶焉。」又，淮南子注云：「楚人卞和，得美玉璞於荆山之下，以獻武王，王以示玉人，玉人以爲石，刖其左足。文王即位，復獻之，以爲石，刖其右足。抱璞不釋而泣血。及成王即位，又獻之，成王曰：『先君輕刖而重剖石。』遂剖視之，果得美玉，以爲璧，蓋純白夜光，故曰和氏之璧。」又，琴操曰：「卞和得玉璞，以獻楚懷王，使樂正子占之，言非玉，以其欺謾，斬其一足。懷王死，子平王立，和復抱其璞而獻之。平王復以爲欺，斬其一足。平王死，和欲獻，恐復見斷，乃抱其玉而哭荆山之中。」諸説不同。按史記楚世家：武王卒，子文王立。文王卒，子熊囏立，是爲杜敖。其弟弑杜敖自立，是爲成王。則淮南子注爲是。新序之説與朔同，然與史記不合，今並存之。

⑦志狹智少，爲小人也。

⑧言小人智少慮狹，苟欲承順求媚，以居位勢，視忠正之人當何如乎？甚於草芥也。之，一作「其」。

⑨前，一作「先」。

⑩囁嚅，小語，謀私貌也。言小人在位，以其愚心，改更先聖法度，背違仁義，相與耳語謀利，而妄造

虛僞，以譖毀賢人也。囁嚅，或作「噂沓」。【補曰】囁，如葉切。嚅，如朱切。說文云：「噂，聚語也。」引詩：「噂沓背憎。」

⑪讙嘩爲訟。閭娵，好女也。言君親信讒諛之臣，斥逐忠正，背先聖法度，衆人讙嘩之訟，以好爲惡，心惑意迷而不自知也。一無「謂」字。娵，一作「娶」。【補曰】荀子曰：「閭姝子奢，莫知媒兮。」亦作「閭娵」。韋昭云：「梁王魏瞿[五]之美女。」娵音鄒。集韻：娶音須，人名，引荀子「閭娶子奢」。

⑫言君近諂諛，習而信之，蔽遠賢者，言不見用，誰當知己之清白、彼之貪濁也。愉，一作「俞」。【補曰】愉音愈。

⑬卒，一作「來」。

⑭薄，附也。言己放流，不得內竭忠誠，外盡形體，東西眇眇，無所歸附也。

⑮言己專壹忠情，竭盡耳目之精明，欲以助君，而爲佞人之所壅蔽，不得進也。

⑯輡軻，不遇也。言己年已過五十，而輡軻沈滯，卒無所逢遇也。埳，一作「轗」，一作「輡」。【補曰】埳，苦闇切。軻，苦个切。又音坎可。轗音坎。埳坷，不平也。輡軻，車行不平。一曰：不得志。

⑰罔以喻法。言己欲高飛遠止他方，恐遭罪法，以滅敗忠厚之志也。離，一作「罹」。

⑱壽命夭也。

⑲依，保也。一本無上四句。

⑳徑，一作「遠」。

㉑言己思委命於江流，沈爲泥塗，不忍久見貪濁之俗也。

賢士窮而隱處兮①，廉方正而不容②。子胥諫而靡軀兮，比干忠而剖心。子推自割而飤君兮，德日忘而怨深③。行明白而曰黑兮，荆棘聚而成林④。江離棄於窮巷兮，蒺藜蔓乎東廂⑤。賢者蔽而不見兮，讒諛進而相朋⑥。梟鴞並進而俱鳴兮，鳳皇飛而高翔⑦。願壹往而徑逝兮⑧，道壅絶而不通⑨。

怨思

①士，一作「者」。

②言時貪亂者衆，賢者隱蔽，廉正之士不能容於世也。

③已解於九章也。一云「推自割而食君兮」。【補曰】靡，美皮切。飤音寺，糧也。食音同。

④荆棘多刺，以喻讒賊。言己修行清白，皎然日明，而讒人聚而蔽之謂之暗，使不得進也。聚，一作「蘽」。

⑤廧序之東爲東廂。以言賢者棄捐閭巷，小人親近左右也。藜，一作「蔾」。【補曰】曼音萬。廂，廡也。

⑥相朋，一作「在位」。朋，一作「明」。

⑦言小人相舉而論議，賢智隱而深藏也。

⑧壹，或作「一」。

⑨言己思壹見君，盡忠言而遂徑去，障蔽於讒佞而不得至也。

居愁懃其誰告兮，獨永思而憂悲①。內自省而不慙兮，操愈堅而不衰②。隱三年而無決兮，歲忽忽其若頹③。憐余身不足以卒意兮④，冀一見而復歸⑤。哀人事之不幸兮⑥，屬天命而委之咸池⑦。身被疾而不閒兮⑧，心沸熱其若湯⑨。冰炭不可以相並兮⑩，吾固知乎命之不長⑪。哀獨苦死之無樂兮，惜予年之未央⑫。悲不反余之所居兮⑬，恨離予之故鄉⑭。鳥獸驚而失羣兮⑮，猶高飛而哀鳴⑯。狐死必首丘兮，夫人孰能不反其真情⑰？故人疏而日忘兮，新人近而俞好⑱。莫能行於杳冥兮，孰能施於無報⑲？

①言己放在山澤，心中愁苦，無所告愬，長憂悲而已。懃，一作「苦」。

②言己自念懷抱忠誠，履行清白，內不慙於身，外不愧於人，志愈堅固，不衰懈也。

③言己放在山野，滿三年矣。歲月迫促，去若〔六〕頹下，年且老也。古者人臣三諫不從，待放三年，君

命還則復，無則遂行也。

④憐，一作「伶」。卒，釋文作「猝」。

⑤言己自憐身老，不足以終志意。幸復一見君，陳忠言，還鄉邑也。

⑥幸，愛。

⑦咸池，天神也。言己自哀不能修人事以見愛於君，屬祿命於天，委之神明而已。【補曰】言己遭時之不幸，無可奈何，付之天命而已。逸説非是。屬音燭，付也。淮南云：「咸池者，水魚之囿也。」注云：「水魚，天神。」

⑧閒，差也。【補曰】閒，瘳也，音諫。差，楚懈切。

⑨言己修行仁義，身反被病而不閒差。憂道不立，心中怛然，而氣熱若湯之沸。沸，一作「怫」。【補曰】怫音費，忿貌。

⑩並，併也。

⑪言冰見炭則消，炭得冰則滅，以喻忠佞不可並處，則相傷害，固知我命之不得長久，將消滅也。一云「固知余命之不長」。一云「吾乎固知命之不長」。

⑫自哀惜死年尚少也。予，一作「余」。

⑬一本「不」下有「得」字。

⑭不得歸郢，見故居也。

⑮飛者爲鳥，走者爲獸。羣，一作「群」。【補曰】禮記云：「今是大鳥獸失喪其羣匹，越月踰時焉，則必反巡，過其故鄉，翔回焉，鳴號焉，蹢躅焉，踟躕焉，然後乃能去之。」

⑯言鳥獸失其羣偶，尚哀鳴相求，以刺同位之人，曾無相念之意也。

⑰真情，本心也。言狐貍之死猶嚮丘穴，人年老將死，誰有不思故鄉乎？言己尤甚也。

⑱言舊故忠臣，日以疏遠；讒諛新人，日近而見親也。俞，一作「愈」。一云「新人愈近而日好」。【補曰】俞，與「愈」同。

⑲言衆人誰能有執心正行於杳冥之中，施於無報之人乎？言皆苟且而行，以求利也。【補曰】傳曰：「行乎冥冥，施乎無報。」[七]

苦衆人之皆然兮，乘回風而遠遊①。淩恒山其若陋兮②，聊愉娛以忘憂③。悲虛言之無實兮④，苦衆口之鑠金⑤。過故鄉而一顧兮，泣歔欷而霑衿⑥。厭白玉以爲面兮⑦，懷琬琰以爲心⑧。邪氣入而感內兮，施玉色而外淫⑨。何青雲之流瀾兮⑩，微霜降之蒙蒙⑪。徐風至而徘徊兮⑫，疾風過之湯湯⑬。聞南藩樂而欲往兮⑭，至會稽而且止⑮。見韓衆而宿之兮，問天道之所在⑯。借浮雲以送予兮，載雌霓而爲旌⑰。駕青龍以馳騖兮，班衍衍之冥冥⑱。忽容容其安之兮，超慌忽其焉如⑲。苦衆人之難信兮，願離羣而遠舉⑳。登巒山而遠望兮㉑，好桂樹之冬榮㉒。觀天火之炎煬兮，聽大壑之波聲㉓。引八維以自道兮㉔，含沆瀣以長生㉕。居不樂以時思兮㉖，食草木之秋實㉗。飲菌若之朝露兮，構桂木而爲室㉘。雜橘柚以爲囿兮㉙，列新夷與椒楨㉚。鵾鶴孤而夜號兮，哀居者之誠貞㉛。

自悲

①言己患苦衆人皆行苟且，故乘風而遠去也。

②淩，乘也。恒山，北嶽也。陋，小也。【補曰】恒，胡登切。恒山在中山曲陽縣西北。

③言己乘騰高山，以爲庳〔八〕小，陟險猶易，聊且愉樂，以忘悲憂也。愉，一作「媮」。【補曰】並音俞。

④讒言無誠，君不察也。

⑤已解於九章中。

⑥言己遠行，猶思楚國，而悲泣也。

⑦厭，著也。【補曰】厭，於葉切，一音淹。

⑧言己施行清白，心面若玉，内外相副。

⑨淫，潤也。言讒邪之言，雖自内感，己志而猶不變，玉色外潤，而内愈明也。

⑩瀾，一作「爛」。

⑪蒙蒙，盛貌。詩云：「零雨其蒙。」言遭佞人羣聚，造作虚辭，君政用急，天早下霜，則害草木，傷其貞節也。之，一作「而」。蒙，一作「濛」。注同。

⑫而，一作「之」。一作「徘佪」。

⑬風爲號令。言君命寬則風舒，風舒則己徘徊而有還志也。令急風疾，則己惶遽，欲急去也。湯，一作「蕩」。一云「疾風舒之蕩蕩」。

⑭藩，蔽也。南國諸侯爲天子藩蔽，故稱「藩」也。唐本無「樂而」二字。【補曰】樂，五効切。注讀作入聲。

⑮會稽，山名也。言己聞南國饒樂，而欲往至會稽山，且休息也。

⑯韓衆，仙人也。天道，長生之道也。衆，一作「終」。

⑰旌，旗也。有鈴爲旌也。載，一作「戴」。一云「載虹霓而爲旍」。【補曰】梁書王筠傳：「沈約製郊居賦，要筠讀，至『雌霓連蜷』，約曰：『僕常恐人呼爲霓。』」上五激，下五雞切。

⑱言極疾也。

⑲不知所之也。焉，一作「安」。【補曰】如，去聲。

⑳舉，去也。言苦見俗人多言無信，不可據任，故願離衆而遠去也。【補曰】舉有據音。

㉑巒，小山也。一云「登巒」，無「山」字。

㉒南方有不死之草，北方有不釋之冰也。一云「好桂茂而冬榮」。

㉓大壑，海水也。言己仰觀天火，下覩海水，心愁思也。【補曰】煬，以讓切。炙，燥也。

㉔天有八維，以爲綱紀也。道，一作「導」。

㉕言己乃擥持八維，以自導引，含沆瀣之氣，以不死也。【補曰】沆，胡亢。瀣，胡介切，本作「瀣」。

㉖以，一作「而」。一云「思時」。

㉗秋實，謂棗栗之屬也。

㉘言飲食潔清，所處芬香也。【補曰】菌音窘。

㉙囿，一作「圃」。

㉚雜聚衆善，以自修飭也。【補曰】新夷，即辛夷也。楨，女貞也。

㉛言鶗雞、鶬鶴大鳥猶知賢良，哀惜己之履行正直，而不施用也。

哀時命之不合兮，傷楚國之多憂①。內懷情之潔白兮②，遭亂世而離尤③。惡耿介之直行兮，世溷濁而不知④。何君臣之相失兮，上沅湘而分離⑤。測汨羅之湘水兮⑥，知時固而不反⑦。傷離散之交亂兮，遂側身而既遠⑧。處玄舍之幽門兮，穴巖石而窟伏⑨。從水蛟而爲徒兮，與神龍乎休息⑩。何山石之嶄巖兮，靈魂屈而偃蹇⑪。含素水而蒙深兮，日眇眇而既遠⑫。哀形體之離解兮⑬，神罔兩而無舍⑭。惟椒蘭之不反兮⑮，魂迷惑而不知路⑯。願無過之設行兮⑰，雖滅没之自樂⑱。痛楚國之流亡兮，哀靈脩之過到⑲。固時俗之溷濁兮，志瞀迷而不知路⑳。念私門之正匠兮㉑，遥涉江而遠去㉒。念女嬃之嬋媛兮，涕泣流乎於悒㉓。我決死而不生兮，雖重追吾何及㉔。戲疾瀨之素水兮，望高山之蹇産㉕。哀高丘之赤岸兮，遂没身而不反㉖。

哀命

①言己自哀生時祿命，好行公正，不與君合，憐傷楚國無有忠臣，國家多憂也。

②潔，一作「質」。

③言己懷潔白之志，以得罪過於衆人也。而，一作「以」。

④言衆人惡明正之直士，以君闇昧，不知用之故也。

⑤言讒佞害己，使明君放逐忠臣，上下分離，失其所也。

⑥汨水在長沙羅縣，下注湘水中。【補曰】汨音覓。

⑦言己沈身汨水，終不還楚國也。

⑧遂去而流遷也。

⑨巖，穴也。言己修德不用，欲伏巖穴之中，以自隱藏也。

⑩自喻德如蛟龍而潛匿也。乎，一作「而」。

⑪言山石高巖，非己所居，靈䆗偃蹇難止，欲去之也。嶄，一作「巉」。【補曰】並士銜切。

⑫素水，白水也。言雖遠行，不失清白之節也。蒙深，一作「濛濛」。

⑬解，一作「懈」。【補曰】解音懈。

⑭罔兩，無所據依貌也。舍，止也。自哀身體陸離，遠行解倦，精神罔兩，無所據依而舍止也。罔，一作「罔」。【補曰】郭象曰：「罔兩，景外之微陰也。」

⑮椒，子椒也。蘭，子蘭也。不，一作「無」。

⑯言子椒、子蘭不肯反己，冥冥迷惑，不知道路當如何也。

⑰釋文：行，户更切。

⑱言願設陳己行，終無過惡，雖身没名滅，猶自樂不改易也。【補曰】樂，去聲。

⑲言懷王之過，已至於惡，楚國將危亡，失賢之故也。【補曰】到，至也。

⑳瞀，悶也。迷，惑也。言己遭遇亂世，心中煩惑，不知所行也。【補曰】瞀音茂。

㉑匠，教也。

㉒言己念衆臣皆營其私，相教以利，乃以其邪心，欲正國家之事，故己遠去也。

㉓於悒，增歎貌也。已解於離騷經。悒，一作「邑」。【補曰】於悒，音見九章。

㉔言亦無所復還也。一云「吾其何及」。

㉕言己履行[九]清白，其志如水，雖遇棄放，猶志仰高遠而不懈也。高山，一作「喬木」。

㉖言己哀楚有高丘之山，其岸峻嶮，赤而有光明，傷無賢君，將以阽危，故沈身於湘流而不還也。没，一作「歿」。

怨靈脩之浩蕩兮①，夫何執操之不固②？悲太山之爲隍兮③，孰江河之可涸④。願承閒而效志兮⑤，恐犯忌而干諱⑥。卒撫情以寂寞兮⑦，然怊悵而自悲⑧。玉與石其同匱兮⑨，貫魚眼與珠璣⑩。駑駿雜而不分兮⑪，服罷牛而驂驥⑫。年滔滔而自遠兮⑬，壽冉冉而愈衰⑭。心悇憛而煩冤兮⑮，蹇超搖而無冀⑯。

①已解於離騷經。

②操，志也。固，堅也。言己念懷王信用讒佞，志數變移而不堅固也。【補曰】操，七到切。

③隍，城下池也。易曰「城復于隍」也。隍，一作「湟」。【補曰】説文：「城池有水曰池，無水曰隍。」

④涸，塞也。言太山將穨爲池，以喻君且失其位，用心迷惑，過惡已成，若江河之決，不可涸塞也。【補曰】涸，乎固切，水竭也。

⑤志，一作「忠」。【補曰】閒音閑。

⑥所畏爲忌，所隱爲諱。干，觸也。言己願承君閒暇之時，竭效忠言，恐犯上忌，觸衆人諱，而見刑誅也。

⑦寞，一作「漠」。

⑧怊悵，恨貌也。言己終撫我情，寂寞不言，然怊悵自恨，心悲毒也。【補曰】怊音超。

⑨匱，匣也。其，一作「而」。

⑩圜澤爲珠，廉隅爲璣。以言君不知賢愚忠佞之士，猶同玉石，雜魚眼與珠璣，同貫而不别也。一云「麤嵎爲璣」。【補曰】「璣」字音「機」，珠不圓也。

⑪駑，頓馬也。良馬爲駿。【補曰】「頓」與「鈍」同。

⑫在轅爲服，外騑爲驂。言君選士用人，雜用駑駿，不異賢愚，若駕罷牛，驂以騏驥，才力不同也。【補曰】罷音皮。

⑬滔滔，行貌。遠，一作「往」。

⑭自傷不遇，年衰老也。愈，一作「俞」。【補曰】「俞」與「愈」同。衰，所淚切，一所戾切。

⑮悇憛，憂愁貌也。宛，一作「怨」，釋文作「宛」，於袁切。【補曰】悇，他胡切。憛，他闇切。一曰：禍福未定。屈艸自覆曰宛。

⑯蹇，辭也。超摇，不安也。言己自念年老，心中悇憛，超摇不安，終無所冀望也。

固時俗之工巧兮，滅規榘而改錯①。却騏驥而不乘兮，策駑駘而取路。當世豈無騏驥兮，誠無王良之善馭。見執轡者非其人兮，故駒跳而遠去②。不量鑿而正枘兮，恐榘矱之不同③。不論世而高舉兮，恐操行之不調④。弧弓弛而不張兮⑤，孰云知其所至⑥？無傾危之患難兮，焉知賢士之所死⑦。俗推佞而進富兮，節行張而不著⑧。賢良蔽而不群兮，朋曹比而黨譽⑨。邪説飾而多曲兮，正法弧而不公⑩。直士隱而避匿兮⑪，讒諛登乎明堂⑫。

棄彭咸之娛樂兮⑬，滅巧倕之繩墨⑭。菎蕗雜於廢蒸兮⑮，機蓬矢以射革⑯。駕蹇驢而無策兮⑰，又何路之能極⑱。以直鍼而爲釣兮⑲，又何魚之能得⑳？伯牙之絶弦兮㉑，無鍾子期而聽之㉒。和抱璞而泣血兮㉓，安得良工而剖之㉔？

①【補曰】錯，七故切。

②皆已解在九辯。【補曰】許慎云：「王良，晉大夫御無恤子良也。所謂御良也。一名孫無政，爲趙簡子御，死而託精於天駟星。天文有王良星是也。」

③已解於離騷經。同，一作「周」。【補曰】鑿，才到切。枘，而鋭切。榘，俱雨〔一〇〕切。矱，烏郭切。

④調，和也。言人不論世之貪濁，而高舉清白之行，恐不和於俗，而見憎於衆也。

⑤弛，解。弧，一作「故」。弛，一作「弛」。釋文作「弡」。【補曰】弧音胡。説文：「木弓也。一曰：往體多、來體寡〔一一〕曰弧。」弛、弡，並音矢。

⑥言弧弓雖強，弛而不張，誰知其力之所至乎？以言賢者不在職位，亦不知其才德也。

⑦言國無傾危之難，則不知賢士之伏節死義。【補曰】老子云：「國家昏亂有忠臣。」

⑧張，一作「明」。【補曰】著，張慮切。

⑨【補曰】比音鼻。

⑩弧，戾也。言世俗之人推佞以爲賢，進富以爲能，故君之正法膠戾不用，衆皆背公而鄉私也。一本

「邪」下有「枉」字。【補曰】膠音豪，戾也。

⑪避，一作「辟」。

⑫明堂，布政之宫也。言忠直之士隱身避世，讒諛之人反登明堂而爲政也。【補曰】左傳：「勇則害上，不登於明堂。」

⑬言棄彭咸清潔之行，娱樂風俗，則爲貪佞也。【補曰】彭咸以伏節死義爲樂，而時人棄之。

⑭言工滅巧倕之繩墨，則枉直失其制也。言君背先王之法，則自亂惑也。

⑮臬𦐒曰䕸，煏竹曰蒸。言持菎蕗香直之草，雜於䕸蒸，燒而燃之，則不識於物也。以言取忠直，棄之林野，亦不知賢也。一作「篦簬」。䕸，一作「菆」，一作「靡」，一作「蕺」，一作「蘘」，一作「叢」，一作「蘩」。一云「菎蔬雜於䕸笼」。【補曰】菎音昆。蕗音路。篦，與「箘」同。箘，簬也，音窘，亦音昆。䕸，麻藍也。菆，麻蒸也。並音鄒。蒸，折麻中幹也。蕉，竹炬也。並音烝。蕺、蘘、蘩，並與「叢」同，草叢生也。菆，亦音叢。靡音縻。

⑯矢，箭也。言張強弩之機，以蓬蒿之箭，以射犀革之盾，必摧折而無所能入也。言使愚巧任政，必致荒亂，無所能成。

⑰蹇，跛也。策，箠也。

⑱極，竟也。言君任駑頓之臣，使在顯職，如駕跛蹇之驢，又無鞭箠，終不竟道，將傾覆也。

⑲釣，一作「鈎」。【補曰】鍼音針。

⑳言君不能以禮敬聘請賢者，猶以直鍼釣魚，無所能得也。

㉑伯牙，工鼓琴也。【補曰】列子：「伯牙善鼓琴，鍾子期善聽。」

㉒鍾子期，識音者也。言鍾子期死，伯牙破琴絶弦，不肯復鼓，以世無知音也。言己不遇明君識忠直者，亦宜鉗口而不語言也。

㉓一云「和氏」。

㉔和，卞和也。剖，猶治也。已解於上篇也。安，一作「焉」。剖，一作「刋」，一作「刑」。

同音者相和兮①，同類者相似②。飛鳥號其羣兮，鹿鳴求其友③。故叩宫而宫應兮，彈角而角動④。虎嘯而谷風至兮⑤，龍舉而景雲往⑥。音聲之相和兮，言物類之相感也⑦。

①謂清濁也。

②謂好惡也。以言君清明則潔白之士進，君闇昧則貪濁之人用。易曰：「方以類聚，物以羣分。」似，一作「仇」。

③同志爲友。言飛鳥登高木，志意喜樂，則和鳴求其羣而呼其耦。鹿得美草，口甘其味，則求其友而號其侶也。以言在位之臣，不思賢念舊，曾不若鳥獸也。詩曰：「嚶其鳴矣，求其友聲。」又曰：「呦呦鹿鳴，食野之苹。」

④叩，擊也。彈，揳也。宮、角，五音也。言叩擊五音，各以其聲感而相應也。以言君求仁則仁至，修正則下直也。一云「叩宮而商應，彈角而徵動」。【補曰】莊子云：「鼓宮宮動，鼓角角動，音律同矣。」淮南云：「調絃者叩宮宮應，彈角角動，此同聲相和者也。」注：「叩大宮則少宮應，彈大角則少角動。」

⑤虎，陽物也。谷風，陽氣也。言虎悲嘯而吟，則谷風至而應其類也。以言君修德行正，則百姓隨而化也。

⑥龍，介虫，陰物也。景雲，大雲而有光者。雲亦陰也。言神龍將舉陞天，則景雲覆而扶之，輔其類也。言君好賢士，則英俊往而並集也。【補曰】詩云：「習習谷風。」易曰：「雲從龍，風從虎。」新序：「孔子曰：『虎嘯而谷風起，龍興而景雲見。』」淮南曰：「虎嘯而谷風至，龍舉而景雲屬。」注云：「虎，土物也。谷風，木風也。木生於土，故虎嘯而谷風至。龍，水也。雲生水，故龍舉而景雲屬。」管輅別傳云：「徐季龍與輅共論，龍動則景雲起，虎嘯則谷風至。以爲火星者龍，參星者虎，火出則雲應，參出則風到，此乃陰陽之感化，非龍虎之所致也。輅言：『若以參星爲虎，則谷風更爲寒霜之風，非東風之名。是以龍者陽精，以潛爲陰，幽靈上通，和氣感神，二物相扶，故能興雲。夫虎者，陰精而居于陽，依木長嘯，動於巽林，二數相感，故能運風。況龍有潛飛之化，虎有文明之變，招雲召風，何足爲疑？』季龍言：『龍之在淵，不過一井之底。虎之悲嘯，不過百步之中。形氣淺弱，所通者近，何能漂景雲而馳東風？』輅言：『君不見陰陽燧在掌握之中，形不出手，乃上引太

陽之火，下引太陰之水，嘘吸之閒，煙景以集，自然之道，無有遠近。』」

⑦言鳥獸相呼，雲龍相感，無不應其類而從其耦也。傷君獨無精誠之心以動賢也。一云「音擊而相和兮」。一無「言」及「也」字。

夫方圜之異形兮①，勢不可以相錯②。列子隱身而窮處兮③，世莫可以寄託④。衆鳥皆有行列兮，鳳獨翔翔而無所薄⑤。經濁世而不得志兮，願側身巖穴而自託⑥。欲闔口而無言兮，嘗被君之厚德⑦。獨便悁而懷毒兮，愁鬱鬱之焉極⑧。念三年之積思兮，願壹見而陳詞⑨。不及君而騁説兮⑩，世孰可爲明之⑪。身寢疾而日愁兮⑫，情沈抑而不揚⑬。衆人莫可與論道兮，悲精神之不通⑭。

謬諫⑮

①一云「若夫」。圜，一作「圓」。

②言君性所爲，不與己合，若方與圜，不可錯雜，勢不相安也。

③列子，古賢士也。【補曰】列子，名禦寇。其書曰：「子列子窮，容貌有飢色，居鄭圃四十年，人無識者。」

④言列子所以隱佚不仕而窮處者，以世多詐僞，無可以寄命託身也。以，一作「與」。

⑤已解於九辯也。翔翔，一作「翱翔」，一作「洋洋」。薄，一作「合」。【補曰】行，胡岡切。

⑥言己歷貪濁之世，終不得展其志意，但甘處巖穴之中而隱伏也。一無「側身」二字，有「依」字。

⑦闔，閉也。言己欲閉口結舌而不復言，以嘗被君之厚祿，故不能默也。

⑧言憂愁之無窮。便悁，一作「申旦」。愁，一作「憑」。【補曰】悁，忿也，音淵。

⑨思一見君而陳忠言也。壹，或作「一」。【補曰】糜信以爲屈原著辭，見放九年，今東方朔謬諫之章云：「三年積思願壹見。」愚謂此言朔自爲也。案漢書朔傳亦鬱邑於不登用，故因名此章爲謬諫。若云「謬語」，因託屈原以諷漢主也。諷，一作「誣」。糜信，魏樂平太守也。一作「庾信」。予按，卜居云：「屈原既放三年，不得復見。」則三年積思，正謂屈原也，唯以謬諫名篇，當如糜信之説爾。

⑩騁，馳也。

⑪言己不及賢君，而騁極忠説，則時世闇蔽無可爲明真僞也。【補曰】爲，去聲。

⑫寢，臥也。

⑬言己身被疾病，臥而愁思，自傷忠誠，沈抑而不得揚達也。

⑭言當世之人，無可與議事君之道者，哀我精神所志，而不得通於君也。

⑮鮑慎思云：篇目當在「亂曰」之後。按古本釋文，七諫之後，「亂曰」别爲一篇，九懷、九思皆同。

亂曰：鸞皇孔鳳日以遠兮①，畜鳧駕鵝②。雞鶩滿堂壇兮③，鼃黽遊乎華池④。要裹奔亡兮，騰駕橐駝⑤。鈆刀進御兮，遥棄太阿⑥。拔搴玄芝兮⑦，列樹芋荷。橘柚萎枯兮⑧，苦李旖旎⑨。甂甌登於明堂兮⑩，周鼎潛乎深淵⑪。自古而固然兮，吾又何怨乎今之人⑫！

①孔，孔雀也。一云「鸞孔鳳皇」。

②一云「畜梟駕鵞」。【補曰】駕音加。博雅：「鴚鵞，鴈也。」鴚音加。郭璞云：「駕鵝，野鵝也。」

③高殿敞揚爲堂，平場廣坦爲壇。揚，一作「陽」。【補曰】壇音善。

④鼁，蝦蟇也。華池，芳華之池也。言君推遠孔鳳，斥逐賢智，畜養鵞鶩，親近小人，滿於堂庭。鼁黽，諭讒諛弄口得志也。

⑤要褭，駿馬。要，一作「騕」。【補曰】並音杳。應劭曰：「騕褭，古之駿馬，赤喙玄身，日行五千里。」橐音託，又音駱。

⑥太阿，利劍也。言君放遠要褭英俊之士，而駕橐駝，任使罷駑頓朽之人，而棄明智之士也。【補曰】賈誼云：「莫邪爲鈍兮，鈆刀爲銛[二二]。」鈆音沿，青金也。

⑦玄芝，神草也。【補曰】搴音蹇。本草：「黑芝，一名玄芝。」

⑧橘、柚，美木也。

⑨旖旎，盛貌也。言君乃拔去芝草，賤棄橘柚，種殖芋荷，養育苦李，愛重小人，斥逐君子也。【補曰】旖，烏可切，當作「旑」。旎，儺可切。見九辯。

⑩甂甌，瓦器名也。【補曰】甂音邊。方言：「自關而西，盆盎小者曰甂也。」甌，小盆也。

⑪周鼎，夏禹所作鼎也。左氏傳曰：「昔夏禹之有德，遠方圖物，貢金九牧，鑄鼎象物。桀有昏德，鼎遷于商。商紂暴虐，鼎遷于周。」是爲周鼎。言甂甌之器登明堂，周鼎反藏於深淵之水。言小人任政，賢者隱匿也。乎，一作「於」。【補曰】漢郊祀志云：「宋太丘社亡，而鼎没於泗水彭城下。」

⑫言往古嫉妬忠直而不肯進用，我何爲獨怨今世之人乎？自慰之詞。

【校勘記】

[一]坑，原作「抗」，據景宋本改。

[二]「悉，盡也」，此注原在「遭值君之不聰」句下，現據正文移至「願悉心之所聞兮」句下。

[三]華，原作「韡」，據皇都本改。

[四]玉尹，原作「王尹」，據新序改。同治本作「工」，亦非。下「玉尹」同。

[五]魏瞿，荀子卷十八楊倞注引作「魏嬰」，漢書注亦引作「魏嬰」，戰國策吳師道注引作「魏罃」。

[六]若，原作「苦」，據景宋本改。

[七]「行乎」兩句，當出自荀子修身篇。

[八]庳，原作「痺」，據景宋本改。

[九]行，原脱，據毛校引文瀾閣本補。

［一〇］雨，原作「兩」，據離騷「矩矱」洪興祖補注改。

［一一］往體多來體寡，説文解字作「往體寡來體多」。

［一二］銛，原作「鋸」，據皇都本改。

楚辭卷第十四

校書郎臣王　逸上

哀時命章句第十四　楚辭

哀時命者，嚴夫子之所作也。夫子名忌①，與司馬相如俱好辭賦，客遊於梁，梁孝王甚奇重之。忌哀屈原受性忠貞②，不遭明君，而遇暗世，斐然作辭，歎而述之③，故曰哀時命也。

①忌，會稽吳人，本姓莊，當時尊尚，號曰夫子，避漢明帝諱曰嚴。一云：名忌，字夫子。

②一云「受命而生」。

③一云「追以述之」。

哀時命之不及古人兮，夫何予生之不遘時①。往者不可扳援兮，徠者不可與期②。志憾恨而不逞兮③，杼中情而屬詩④。夜炯炯而不寐兮，懷隱憂而歷茲⑤。心鬱鬱而無告兮，衆孰可與深謀⑥？欿愁悴而委惰兮⑦，老冉冉而逮之⑧。居處愁以隱約兮⑨，志沈抑而不揚⑩。道壅塞而不通兮⑪，江河廣而無梁⑫。願至崑崙之懸圃兮，采鍾山之玉英⑬。擥瑤木之橝枝兮⑭，望閬風之板桐⑮。弱水汩其爲難兮⑯，路中斷而不通⑰。勢不能淩波以徑度兮⑱，又無羽翼而高翔⑲。然隱憫而不達兮⑳，獨徙倚而彷徉㉑。悵惝罔以永思兮㉒，心紆軫而增傷㉓。倚躊躇以淹留兮㉔，日飢饉而絶糧㉕。廓抱景而獨倚兮，超永思乎故鄉㉖。廓落寂而無友兮，誰可與玩此遺芳㉗。白日晼晚其將入兮，哀余壽之弗將㉘。車既弊而馬罷兮，蹇邅徊而不能行㉙。身既不容於濁世兮，不知進退之宜當㉚。

①遘，遇也。詩云：「遘閔既多。」言己自哀生時年命，不及古賢聖之出遇清明之時，而當貪亂之世也。遘，一作「遭」。閔，一作「愍」。

②言往者聖帝不可扳引而及，後世明王亦不可須待與期，傷生不遇時，遭困戹也。扳，一作「攀」。徠，一作「來」。【補曰】「扳」與「攀」同，引也。

③憾，亦恨也。論語曰：「與朋友共，弊之而無憾。」逞，解也。【補曰】逞，丑郢切。説文：「逞，通也，楚謂疾行爲逞。」一曰：快也。

④屬，續也。言己上下無所遭遇，意中憾恨，憂而不解，則杼我中情，屬續詩文，以陳己志也。杼，一作「抒」。【補曰】杼，常與切。屬音燭。

⑤言己中心愁怛，目爲炯炯而不能眠，如遭大憂，常懷慼慼，經歷年歲，以至於此也。炯，一作「烱」。釋文作「炯」。隱，一作「殷」。【補曰】炯，古茗切，光也。炯，俱永切，炎蒸也。隱，痛也。殷，大也。注云「大憂」，疑作「殷」者是。

⑥言己心中憂毒，而無所告語，衆皆諂諛，無可與議忠信也。

⑦欿，愁貌也。委惰，懈倦也。惰，釋文作「憜」。【補曰】欿音坎，不自滿足意。

⑧言己欲行忠信，而不得進，欿然愁悴，意中懈倦，年復已過，爲老所及，而志不立也。

⑨居，一作「凥」。以，一作「目」。

⑩言己放於山澤，隱身守約，而志意沈抑，不得揚見於君，而永憂恨也。

⑪通，一作「達」。

⑫言己欲竭忠謀，讒邪壅塞而不得達，若臨江河，無橋梁以濟也。

⑬鍾山，在崑崙山西北。淮南言：鍾山之玉，燒之三日，其色不變。言己自知不用，願避世遠去，上崑崙山，遊於懸圃，采玉英咀而嚼之，以延壽也。【補曰】淮南云：「鍾山之玉，炊以鑪炭，三日三夜而色澤不變，則至德天地之精也。」許慎云：「鍾山，北陸無日之地，出美玉。」援神契曰：「玉英，玉有英華之色。」

⑭擥，一作「掔」。欂，一作「摶」。【補曰】欂，大男切，木名。

⑮板桐，山名也，在閬風之上。言己既登崑崙，復欲引玉樹之枝，上望閬風、板桐之山，遂陟天庭而遊戲也。板，一作「阪」。【補曰】博雅云：「崑崙虛有三山，閬風、板桐、玄圃。」水經云：「崑崙三級：下曰樊桐，一名板松；二曰玄圃，一名閬風；上曰層城，一名天庭。」淮南云：「懸圃、涼風、樊桐，在崑崙閶闔之中。」樊，讀如飯。

⑯尚書曰：道弱水至於合黎也。【補曰】汩音骨，一于筆切。應劭曰：「弱水出張掖刪丹，西至酒泉合黎，餘波入于流沙。」師古曰：「弱水，謂西域絕遠之水，乘毛車以渡者耳，非張掖弱水也。」

⑰言己想得登神山，顧以娛憂，迫弱水不得涉渡，路絕不通，所爲無可也。斷，一作「絕」。

⑱以，一作「而」。度，一作「渡」。

⑲言己勢不能爲舩乘波渡水，又無羽翼可以飛翔，當亦窮困也。

⑳憫，一作「閔」。

㉑徙倚，猶低佪也。言己隱身山澤，內自憫傷，志不得達，獨徘徊彷徉而遊戲也。一作「仿佯」。

㉒㠯，一作「而」。【補曰】惝，昌掌切，驚貌。

㉓言己含憂彷徉，意中悵然，惝罔長思，心屈纏痛，苦重傷也。【補曰】「軫」當作「軫」。

㉔以，一作「㠯」。

㉕蔬不熟曰饉。言己欲躊躇久留，恐百姓飢餓，糧食絕乏也。絕，古本作「𢇍」。糧，一作「粻」。【補

曰】𢇍，古「絶」字，反「𢇍」爲「繼」。或作「㡭」，非是。

㉖言己在於山澤，廓然無耦，獨抱形景而立，長念楚國，心不能已，惝惘長思故鄉也。乎，一作「兮」。一云「超永思乎此故鄉」。

㉗玩，習也。言己居處廓落，又無知友，當誰與講習忠信之謀也。

㉘將，猶長也。言日月西流，晼晚而殁，天時不可留，哀我年命不得長久也。弗，一作「不」。【補曰】晼音苑。

㉙言己周行四方，車以弊敗，馬又罷極，蹇然邅徊，不能復前，而不遇賢君也。徊，一作「迴」。【補曰】罷音疲。

㉚言己執貞潔之行，不能自入貪濁之世，愁不知進止之宜當，何所行者也。

冠崔嵬而切雲兮，劒淋離而從横①。衣攝葉以儲與兮②，左袪挂於榑桑③。右衽拂於不周兮，六合不足以肆行④。上同鑿枘於伏戲兮⑤，下合矩矱於虞唐⑥。願尊節而式高兮，志猶卑夫禹湯⑦。雖知困其不改操兮，終不以邪枉害方⑧。世並舉而好朋兮，壹斗斛而相量⑨。衆比周以肩迫兮⑩，賢者遠而隱藏⑪。爲鳳皇作鶉籠兮，雖翕翅其不容⑫。靈皇其不寤知兮⑬，焉陳詞而效忠⑭？俗嫉妬而蔽賢兮，孰知余之從容⑮？願舒志而抽馮兮⑯，庸詎知其吉凶⑰？璋珪雜於甑窐兮⑱，隴廉與孟娵同宮⑲。舉世以爲恒俗兮⑳，固將愁苦而終窮㉑。幽獨轉而不寐兮，惟煩懣而盈匈㉒。䰟眇眇而馳騁兮，心煩寃之忡忡㉓。

①淋離，長貌也。言己雖不見容，猶整飾衣服，冠則崔嵬，上摩於雲，劒則長好，文武並盛，與衆異也。【補曰】崔音摧。淋音林。

②攝葉、儲與，不舒展貌。【補曰】攝，之葉切，曲折也。儲音宁，又音佇。

③袪，袖也。詩云：「羔裘豹袪。」言己衣服長大，攝葉儲與，不得舒展，德能弘廣，不得施用，東行則左袖挂於榑桑，無所不覆也。挂，一作「絓」。榑，一作「扶」。桑，一作「桒」。【補曰】「榑」與「扶」同。

④六合，謂天地四方也。言己西行則右衽拂於不周之山，以六合爲小，不足肆行。言道德盛大，無所不包也。

⑤戲，一作「羲」。

⑥言己德能純美，宜上輔伏戲，與同制量，下佐佐堯、舜，與合法度，而共治也。合，一作「同」。矩，一作「規」。

⑦言己雖不見用，猶尊高節度，意卑禹、湯，不欲事也。

⑧言己雖自知貧賤困極，不能變志易操，終不能邪枉其身，以害公方之行也。

⑨言今世之人皆好朋黨，竝相薦舉，持其貪佞之心，以量清潔之士。壹，或作「一」。斗，一作「升」。

⑩比，親也。周，合也。以，一作「而」。
⑪言衆佞相與合同，並肩親比，故賢者遠逝而藏匿也。一云「隱而退藏」。
⑫爲鳳皇作棲以鶉鴳之籠，雖翕其翅翼，猶不能容其形體也。以言賢者遭世亂，雖屈其身，亦不能自容入。一本「作」上有「而」字。翅，一作「翼」。【補曰】翕，虚及切。
⑬一無「寤」字。
⑭言懷王闇蔽，心不覺寤，安所陳詞，效己之忠信乎？詞，一作「辭」。
⑮言楚國風俗嫉妬蔽賢，無有知我進退執守忠信也。
⑯馮，一作「憑」，一作「懣」，一作「愁」。【補曰】馮音憑，亦音憤。
⑰庸，用也。言己思舒志意，援引憤懣，盡極忠信，當何緣知其逢吉將被凶也？
⑱璋、珪，玉名也。窐，甑土[一]孔。一作「珪璋」。【補曰】甑，子孕切。窐音攜，又音鼃。淮南云：「弊箄甑瓾，在袇茵之上。」注云：「瓾，甑帶，音鼃[二]。」
⑲隴廉，醜婦也。孟娵，好女也。言世人不識善惡，乃以甑窐之土雜廁圭玉，又使醜婦與好女同室也。以言君闇惑，不別賢愚也。【補曰】娵，女名，音鄒。一音須。
⑳恒，常。
㉑言舉世不識賢愚，以爲常俗，我固當終身窮苦而已。
㉒懣，憤也。言己愁思展轉，而不能臥，心中煩憤，氣結滿匈也。

㉓言己精䰟眇眇獨馳，心中煩懣，㤝㤝而憂也。䰟，一作「魂」。之，一作「而」。【補曰】㤝，丑弓切。

志欲憾而不憺兮①，路幽昧而甚難②。塊獨守此曲隅兮，然欲切而永歎③。愁脩夜而宛轉兮④，氣涫濤其若波⑤。握剞劂而不用兮⑥，操規榘而無所施⑦。騁騏驥於中庭兮，焉能極夫遠道⑧？置猨狖於櫺檻兮，夫何以責其捷巧⑨？駟跛鼈而上山兮，吾固知其不能陞⑩。釋管晏而任臧獲兮⑪，何權衡之能稱⑫？箟簬雜於廢蒸兮，機蓬矢以䠶革⑬。負檐荷以丈尺兮，欲伸要而不可得⑭。外迫脅於機臂兮⑮，上牽聯於矰隿⑯。肩傾側而不容兮⑰，固陿腹而不得息⑱。務光自投於深淵兮⑲，不獲世之塵垢⑳。孰魁摧之可久兮，願退身而窮處㉑。鑿山楹而爲室兮㉒，下被衣於水渚㉓。霧露濛濛其晨降兮㉔，雲依斐而承宇㉕。虹霓紛其朝霞兮㉖，夕淫淫而淋雨㉗。怊茫茫而無歸兮㉘，悵遠望此曠野㉙。下垂釣於谿谷兮，上要求於僊者㉚。與赤松而結友兮㉛，比王僑而爲耦㉜。使梟楊先導兮㉝，白虎爲之前後。浮雲霧而入冥兮，騎白鹿而容與㉞。

①憺，安。【補曰】大暫切。

②言己心中欲恨，意識不安，欲復遠去，以道路深冥，難數移也。

③言己獨處山野，塊然守此山曲，心爲切痛，長歎而已。

④而，一作「之」。

⑤言己心憂宛轉而不能臥，愁夜之長，氣爲涫鬻，若水之波也。其，一作「而」。波，一作「湯」。【補曰】涫，沸也。釋文音館。集韻：官、貫二音。「鬻」與「沸」同。

⑥剞劂，刻鏤刀也。【補曰】剞，居綺切。劂，居衛切，又九月切。應劭曰：「剞，曲刀。劂，曲鑿。」説文云：「剞𠜾，曲刀也。」

⑦言己懷德不用，若工握剞劂而無所刻鏤，持方圜而無所錯也。一云「而無施」。

⑧言騏驥壹馳千里，乃騁之中庭促狹之處，不得展足以極遠道也。以言使賢者執洒掃之役，亦不得展志意也。

⑨言猨狖當居高木茂林，見其才力，而置之櫺檻之中、迫局之處，責其捷巧，非其理也。以言君子當在廟堂爲政，而弃之山林，責其智能，亦非其宜也。猨，一作「蝯」。狖，一作「貁」。捷，一作「揵」。【補曰】櫺音零，階際欄。

⑩言己念君信用衆愚，欲以致治，猶若駕跛鼈而欲上山，我固知其不能登也。【補曰】跛，波可切。

⑪臧，爲人所賤繫也。獲，爲人所係得也。賤繫，一作「殘擊」。【補曰】方言云：「臧、獲，奴婢賤稱也。罵奴曰臧，罵婢曰獲。男而聓婢曰臧，女而婦奴曰獲。亡奴謂之臧，亡婢謂之獲。」

⑫言君欲爲政，反置管仲、晏嬰，任用敗軍賤辱係獲之士，何能稱權、衡，興至治乎？或曰：臧，守藏者也。獲，生禽者也。皆卑賤無知之人。

⑬已解於七諫也。篦，竹也。一作「菎蕗」。屣，一作「蔽」，一作「叢」，一作「靡」。躾，一作「射」。

⑭背曰負，荷曰檐。言己居於衰亂之世，常低頭俛視，若以背肩負檐，丈尺而步，不敢伸要仰首，以遠罪過也。檐，一作「擔」。【補曰】檐、擔，並都濫切，負也。擔，又都甘切。釋名曰：「任也，任力所勝也。」「要」與「腰」同。

⑮迫脅，近附也。機臂，弩身也。於，一作「以」。臂，一作「辟」。【補曰】莊子云：「中於機辟。」辟，毗亦切。疏云：「辟，法也，機關之類。」

⑯言己居常怖懼，若附強弩機臂，畏其妄發，上恐牽聯於䧳躾，身被矰繳也。䧳，一作「弋」。【補曰】聯音連。矰音增。「䧳」與「弋」同。

⑰一云「不得容」。【補曰】孟子云：「脅肩諂笑。」

⑱言己欲傾側肩背，容頭自入，又不見納，故陿腹小息，畏懼患禍也。陿，一作「㥦」。腹，一作「腸」。【補曰】陿音狹，隘也。

⑲務光，古清白之士也。【補曰】務光，見莊子。

⑳言古有賢士務光，憎惡濁世，言不見從，自投深淵而死，不爲讒佞所塵汙。己慕其行也。垢，一作「埃」。【補曰】屈原傳：「不獲世之滋垢。」

㉑言己爲諛佞所譖，被過魁摧，不可久止，願退我身，處於貧窮而已。

㉒楹，柱。而，一作「以」。

㉓渚，水涯也。言己雖窮，猶鑿山石以爲室柱，下洗浴水涯，被己衣裳，不失清潔也。

㉔一作「朦朦」。

㉕言幽居山谷，霧露濛濛而晨來下，浮雲依斐承我屋霤，晝夜闇冥也。斐，一作「霏」。一云「雲衣斐斐而承宇」。【補曰】斐音非。

㉖霓，一作「蜺」。

㉗言天雲雜色，虹霓揚光，紛然炫燿，日未明旦，復有朝霞，則夕淋雨，愁且思也。【補曰】詩云：「朝隮于西，崇朝其雨。」

㉘茫，一作「芒」。

㉙言己幽居遇雨，愁思茫茫，無所依歸，但見曠野草木盛茂也。曠，一作「廣」。

㉚言己幽居無事，下則垂釣餌於谿谷，上則要結僊人，從之受道也。求，一作「結」。【補曰】要，平聲。

㉛一無「而」字。

㉜言己執守清潔，遂與二子爲羣黨也。

㉝梟楊，山神名，即狒狒也。導，一作「道」。【補曰】說文：「周成王時，州靡國獻狒，人身，反踵，自笑，笑則上脣掩其目，食人。」爾雅：「狒狒如人，被髮迅走，食人。」注云：「梟羊也。山海經曰：『其狀如人，面長脣黑，身有毛，反踵，見人則笑。』」狒，父費切。淮南云：「山出嘄陽。」注云：「山精也。」一說云：「梟羊，大口，其初得人，喜而笑。却脣上覆額，移時而後食之。」張衡玄

圖曰：「梟羊喜獲，先笑後愁。」謂人鑿其脣於額而得禽之也。

㉞言已與仙人俱出，則山神先道，乘雲霧、騎白鹿而游戲也。

冤眐眐以寄獨兮①，汩徂往而不歸②。處卓卓而日遠兮③，志浩蕩而傷懷④。鸞鳳翔於蒼雲兮，故矰繳而不能加⑤。蛟龍潛於旋淵兮，身不挂於罔羅⑥。知貪餌而近死兮，不如下游乎清波⑦。寧幽隱以遠禍兮，孰侵辱之可爲⑧？子胥死而成義兮，屈原沈於汨羅。雖體解其不變兮⑨，豈忠信之可化⑩？志怦怦而內直兮⑪，履繩墨而不頗⑫。執權衡而無私兮，稱輕重而不差⑬。摡塵垢之枉攘兮⑭，除穢累而反真⑮。形體白而質素兮，中皎潔而淑清⑯。時猒飫而不用兮，且隱伏而遠身⑰。聊竄端而匿迹兮，嘆寂默而無聲⑱。獨便悁而煩毒兮⑲，焉發憤而抒情⑳？時曖曖其將罷兮㉑，遂悶歎而無名㉒。伯夷死於首陽兮㉓，卒夭隱而不榮㉔。太公不遇文王兮，身至死而不得逞㉕。懷瑶象而佩瓊兮，願陳列而無正㉖。生天墬之若過兮，忽爛漫而無成㉗。邪氣襲余之形體兮㉘，疾憯怛而萌生㉙。願壹見陽春之白日兮，恐不終乎永年㉚。

①眐眐，獨行貌也。【補曰】眐音征，从目。眐眩[三]，獨視也。博雅云：「聑聑，行也。」其字从耳。

②言我冤神眐眐獨行，寄居而處，汩然遂往而不還也。【補曰】汩，于筆切。

③卓卓，高貌。卓，一作「逴」。遠，一作「高」。【補曰】逴音卓。

④言己隨從仙人上游，所居卓卓，日以高遠，中心浩蕩，罔然愁思，念楚國也。

⑤一無「而」字。【補曰】繳音酌。

⑥言鸞鳳飛於千仞，蛟龍藏於旋淵，故矰繳不能逮，羅罔不能加也。以言賢者亦宜高舉隱藏，法令不能拘也。旋，一作「深」。罔，一作「網」。【補曰】淮南云：「藏志乎九旋之淵。」注云：「九迴之淵，至深也。」

⑦清波，清潔之流，無人之處也。言蛟龍明於避害，知貪香餌必近於死，故下游於清波無人之處也。以言賢者亦不宜貪祿位，以危其身也。而，一作「之」。

⑧言己亦寧隱身幽藏，以遠患禍，不能久被侵辱，誠爲難也。

⑨其，一作「而」。

⑩【補曰】化音花。

⑪怦，一作「怲」。【補曰】披耕切。

⑫皆已解於離騷、九辯、七諫。

⑬差，過也。言己如得執持權衡，能無私阿，稱量賢愚，必不過差，各如其理也。【補曰】差，七何切。

⑭枉攘，亂貌。摡，一作「慨」。一作「狂攘」，一作「枉攘」。摡，滌也。

⑮言己又欲摡激濁亂之臣，使君除去穢累，而反於清明之德。真，一作「悳」。

⑯言己自念形體潔白，表裏如素，心中皎潔，內有善性，清明之質也。
⑰言時君不好忠直之士，猒倦其言而不肯用，故且隱伏山澤，斥遠己身也。【補曰】飫，於據切。
⑱言己竭忠而不見用，且逃頭匿足，竄伏自藏，執守寂寞，吞舌無聲也。嘆，一作「漠」，一作「歎」，一作「嘆」。一云「歎寂漠」。【補曰】嘆音莫。説文：「嗼，嘆也。」
⑲便悁，一作「悁悒」。
⑳言己懷忠直之志，獨悁悒煩毒，無所發我憤懣，泄己忠心也。
㉑曖，一作「薆」。【補曰】罷音皮。
㉒言己遭時不明，行善罷倦，心遂煩悶，傷無美名以流後世也。歎，一作「漠」，一作「嘆」。
㉓一作「首山」。一云「首陽之山」。
㉔言伯夷餓於首陽，夭命而死，不饗其爵祿，得其榮寵也。夭，一作「殀」。【補曰】夭，於表切。
㉕言太公不遇文王，至死不得解於廝賤。一無「得」字。【補曰】逞，丑京切，縱也。
㉖言己懷玉象，履忠信，願陳列己志，無有明正之君聽而受之也。
㉗爛漫，猶消散也。言己生於天地之閒，忽若風雨之過，晻然而消散，恨無成功也。爛，一作「瀾」。
㉘一無「體」字。
㉙襲，及也。言己常恐邪惡之氣及我形體，疾病憯痛，橫發而生，身僵仆也。【補曰】怛，多達切。
㉚言己被疾憂懼，恐隨草木徂落，不能至陽春見白日，不終年命，遂委弃也。

【校勘記】

［一］土，四庫章句本作「下」。

［二］鼃，淮南子高誘注作「黽」，是。

［三］眩，集韻作「眩」。

楚辭卷第十五　九懷章句

校書郎臣王　逸上

九懷章句第十五　楚辭

匡機①　通路　危俊②　昭世　尊嘉
蓄英　思忠③　陶壅④　株昭⑤

①匡，一作「主」。
②危，一作「苞」。
③思，一作「申」，一作「由」。一云「遊思」。
④壅，一作「廱」，音同。
⑤昭，一作「明」，一作「招」。一云「珠昭」，一云「林招」。

九懷者，諫議大夫王襃之所作也①。懷者，思也，言屈原雖見放逐②，猶思念其君，憂國傾危，而不能忘也。襃讀屈原之文，嘉其温雅，藻采敷衍，執握金玉，委之污瀆，遭世溷濁③，莫之能識。追而愍之④，故作九懷，以裨其詞⑤。史官錄第，遂列于篇⑥。

①襃，字子淵，蜀人也，爲諫大夫。

②一作「流放」。

③溷，一作「泥」。

④一作「諸」。

⑤釋文作「埤」，作「諲」。埤，頻彌切。

⑥一作「編」。

極運兮不中①，來將屈兮困窮②。余深悉兮慘怛③，願一列兮無從④。乘日月兮上征⑤，顧遊心兮鄗酆⑥。彌覽兮九隅⑦，彷徨兮蘭宫⑧。芷閭兮葯房⑨，奮摇兮衆芳⑩。菌閣兮蕙樓⑪，觀道兮從横⑫。寶金兮委積⑬，美玉兮盈堂⑭。桂水兮潺湲⑮，揚流兮洋洋⑯。蓍蔡兮踊躍⑰，孔鶴兮回翔⑱。撫檻兮遠望⑲，念君兮不忘⑳。怫鬱兮莫陳㉑，永懷兮内傷㉒。

匡機

①周轉求君，道不合也。

②還就農桑，修播植也。來，一作「求」，一作「永」。

③我内憤傷，心切剝也。恣，一作「愍」。慘，一作「憤」。

④欲陳忠謀，道隔塞也。

⑤想託神明，陞天庭也。

⑥回眄周京，念先聖也。文王都酆，武王都鄗。二聖有德，明於用賢，故顧其都，冀遭逢也。顧，一作「願」。【補曰】鄗，下老切，在長安西上林苑中。酆在京兆杜陵西南。

⑦歷觀九州，求英俊也。

⑧遊戲道室，誦五經也。一作「仿偟」。

⑨居仁履義，守忠貞也。閭，一作「室」。

⑩動作應禮，行馨香也。衆，一作「種」。

⑪節度彌高，德成就也。

⑫衆人瞻望，聞功名也。【補曰】横音黄，叶。

⑬志意堅固，策謀明也。

⑭懿譽光明，滿朝廷也。

⑮芳流衍溢，周四境也。

⑯潔白之化，動百姓也。

⑰蓍龜喜樂，慕清高也。蓍，筮也。蔡，大龜也。論語曰：「臧文仲居蔡。」【補曰】淮南云：「大蔡神龜。」注云：「大蔡，元龜所出地名，因名其龜爲『大蔡』。」家語云：「臧氏有守龜，其名曰蔡。」文選云：「搏耆龜。」注云：「耆，老也。龜之老者神。」引「耆蔡兮踊躍」。據此，則「蓍」當作「耆」。然注以爲「蓍龜」之「蓍」，蓍雖神草，安能踊躍乎？

⑱畏怖羅網，陞青雲也。鶴，一作「鵠」。

⑲登樓伏楯，觀楚郢也。

⑳思慕懷王，結中情也。不，一作「弗」。

㉑忠言蘊積，不列聽也。莫，一作「弗」。陳，一作「敶」。【補曰】佛音佛。

㉒長思切切，中心痛也。

天門兮墬户①，孰由兮賢者②？無正兮溷廁③，懷德兮何覩④？假寐兮愍斯⑤，誰可與兮寤語⑥？痛鳳兮遠逝⑦，畜鴳兮近處⑧。鯨鱏兮幽潛⑨，從蝦兮遊陼⑩。乘虯兮登陽⑪，載象兮上行⑫。朝發兮葱嶺⑬，夕至兮明光⑭。北飲兮飛泉⑮，南采兮芝英⑯。宣遊兮列宿⑰，順極兮彷徉⑱。紅采兮騂衣⑲，翠縹兮爲裳⑳。舒佩兮綝纚㉑，竦余劍兮干將㉒。騰蛇兮後從㉓，飛駏兮步旁㉔。微觀兮玄圃㉕，覽察兮瑶光㉖。啓匱兮探筴㉗，悲命兮相當㉘。紉蕙兮永詞㉙，將離兮所思㉚。浮雲兮容與㉛，道余兮何之㉜？遠望兮仟眠㉝，聞雷兮闐闐㉞。陰憂兮感余㉟，惆悵兮自怜㊱。

通路

①金闈玉闑，君之舍也。墬，一作「墜」，一作「地」。

②誰當涉履，英俊路也。

③邪佞雜亂，來並居也。

④忠信之士不見用也。

⑤衣冠而寢，自憐傷也。不脱冠帶而臥曰假寐。詩云：「假寐永歎。」愍，一作「慜」。

⑥衆人愚闇，誰與謀也？一無「與」字。

⑦仁智之士，遁世去也。

⑧畜養佞諛而親附也。鴳，釋文作「鷃」。【補曰】鴳音晏，雇也。

⑨大賢隱匿，竄林藪也。鱏，一作「鱓」。【補曰】鯨音勍，海大魚也。鱏音尋。鱓音善，皮可爲鼓。

⑩小人並進，在朝廷也。鯨鱏，大魚也。蝦，小魚也。陼，一作「渚」。【補曰】蝦，釋文音「遐」，説文云：「蝦蟇也。」一曰：蝦虫與水母游。

⑪意欲駕龍而陞雲也。

⑫遂騎神獸，用登天也。神象，白身赤頭，有翼能飛也。【補曰】行，胡岡切，叶。

⑬旦發西極之高山也。【補曰】後漢書云：「西至葱嶺。」注云：「葱嶺，山名，其山高大，生葱，故名。」

⑭暮宿東極之丹巒也。

⑮吮嗽天液之浮源也。【補曰】張揖云：「飛泉在崑崙西南。」

⑯咀嚼靈草，以延年也。

⑰遍歷六合，視衆星也。【補曰】文選云：「將北度而宣游。」宣，徧也。

⑱周繞北辰，觀天庭也。

⑲婆娑五采，芬華英也。古本：「虹采兮霓衣。」【補曰】騂，思營切，赤色。

⑳衣色瓌瑋，耀青葱也。【補曰】縹，疋沼切，帛青白色。

㉑綏帶徐步，五玉鳴也。一本「舒」下有「余」字。【補曰】綝，林、森二音。纚，力知、所宜二切。衣裳毛羽垂貌。

㉒握我寶劍，立延頸也。【補曰】張揖云：「干將，韓王劍師也。」博物志：「干將陽龜文，莫耶陰漫

理，此二劍吳王使干將作之。莫耶，干將妻也。夫婦善作劍。」

㉓神虵侍從，慕仁賢也。騰，一作「螣」。一云「從後」。【補曰】荀子云：「螣蛇無足而飛。」文子曰：「騰蛇無足而騰。」郭璞云：「螣，龍類，能興雲霧而游其中。」

㉔駏驉奮飛，承轂輪也。【補曰】駏音巨。淮南云：「北方有獸，其名曰蹷，常爲蛩蛩駏驉取甘草，蹷有患，蛩蛩駏驉必負而走。」郭璞曰：「邛邛似馬而青。」穆天子傳：「邛邛距虛，日走五百里。」

㉕上睨帝圃，見天園也。

㉖觀視斗柄與玉衡也。瑶，一作「摇」。【補曰】淮南云：「瑶光者，資糧萬物者也。」注云：「瑶光，北斗杓第七星也，居中而運，歷指十二辰，擿起陰陽，以殺生萬物者也。」

㉗發匪引籌，考祿相也。筴，釋文作「筯」。

㉘不獲富貴，値流放也。相，一作「所」。

㉙結草爲誓，長訣行也。【補曰】紉，女巾切。

㉚背去九族，遠懷王也。

㉛天氣滃溶，乍東西也。

㉜來迎導我，難隨從也。

㉝遥視楚國，闇未明也。一作「芊瞑」，一作「晦昏」。【補曰】集韻云：「盰瞑，遥視。」

㉞君好妄怒，威武盛也。【補曰】闐音田。

㉟內愁鬱伊，害我性也。憂，一作「愁」。

㊱悵然失志，嗟厥命也。

危俊

林不容兮鳴蜩①，余何留兮中州②？陶嘉月兮總駕③，搴玉英兮自脩④。結榮茝兮逶逝⑤，將去烝兮遠遊⑥。徑岱土兮魏闕⑦，歷九曲兮牽牛⑧。聊假日兮相佯⑨，遺光燿兮周流⑩。望太一兮淹息⑪，紆余轡兮自休⑫。晞白日兮皎皎⑬，彌遠路兮悠悠⑭。顧列孛兮縹縹⑮，觀幽雲兮陳浮⑯。鉅寶遷兮砏磤⑰，雉咸雊兮相求⑱。泱莽莽兮究志⑲，懼吾心兮懤懤⑳。步余馬兮飛柱㉑，覽可與兮匹儔㉒。卒莫有兮纖介㉓，永余思兮怞怞㉔。

①國不養民，賢宜退也。

②我去諸夏，將遠逝也。

③嘉及吉時，驅乘駟也。總，一作「摠」，一作「驅」。

④采取瓊華，自脩飾也。脩，一作「修」。

⑤東草陳信，遂奔邁也。逶，一作「遠」。

⑥違離於君，之四裔也。爾雅曰：「林、烝，君也。」或曰：烝，進也。言去日進而遠也。

⑦行出北荒，山高桀也。闕，一作「國」。【補曰】岱，泰山也。注云「北荒」，疑「岱」本「代」字。春秋傳曰：「魏，大名也。」一曰：象魏，闕名。許慎云：「巍巍高大，故曰魏闕。」

⑧過觀列宿，九天際也。【補曰】爾雅：「河鼓謂之牽牛。」

⑨且徐遊戲，頞年歲也。頞，一作「消」。相，一作「廂」。釋文作「廂」，音祥。

⑩敷揚榮華，垂顯烈也。

⑪觀天貴將止沈滯也。

⑫綏我馬勒，留寢寐也。

⑬天精光明而照察也。晞，一作「睎」。皎，一作「皎」。【補曰】晞，明之始升也。晞，望也。

⑭周望八極，究地外也。

⑮邪視彗星，光瞥瞥也。【補曰】孛，薄没切。縹，匹妙切。

⑯山氣滃鬱而羅列也。陳，一作「暕」。

⑰太歲轉移，聲磕磑也。【補曰】砏，普貧、披班二切。磤音殷，又於謹切，石聲。

⑱飛鳥驚鳴，雌雄合也。【補曰】雊音遘。前漢郊祀志云：「秦文公獲若石，云于陳倉北阪城祠之。其神或歲不至，或歲數。來也常以夜，光輝若流星。從東方來，集於祠城，若雄雉，其聲殷殷云，野雞夜鳴。以一牢祠之，名曰陳寶。」又曰：「漢興，世世常來，光色赤黄，長四五丈，直祠而息，音聲砰

隱，野雞皆雊。此陽氣舊祠也。」注云：「陳寶若來而有聲，則野雞皆鳴以應之。」又，楊雄校獵賦云：「追天寶，出一方。應駍聲，擊流光。壄盡山窮，囊括其雌雄。」注云：「天寶，陳寶也。陳寶神來下時，駍然有聲，又有光精也。下時窮極山川天地之閒，然後得其雌雄。雄在陳倉，雌在南陽，故云『野盡山窮』也。」

⑲周望率土，遠廣大也。【補曰】泱，於朗切。

⑳惟我憂思，意愁毒也。【補曰】懤，憂也，音儔。

㉑徘徊神山，且休息也。

㉒歷觀羣英，求妃合也。二人爲匹，四人爲儔。儔，一作「疇」。一云：一人爲匹。

㉓衆皆邪佞，無忠直也。

㉔愁心長慮，憂無極也。【補曰】怞，憂貌，音由。

世溷兮冥昏①，違君兮歸真②。乘龍兮偃蹇③，高回翔兮上臻④。襲英衣兮緹緖⑤，披華裳兮芳芬⑥。登羊角兮扶輿⑦，浮雲漠兮自娛⑧。握神精兮雍容⑨，與神人兮相胥⑩。流星墜兮成雨⑪，進瞵眄兮上丘墟⑫。覽舊邦兮滃鬱⑬，余安能兮久居⑭？志懷逝兮心懰慄⑮，紆余轡兮躊躇⑯。聞素女兮微歌⑰，聽王后兮吹竽⑱。魂悽愴兮感哀⑲，腸回回兮盤紆⑳。撫余佩兮繽紛㉑，高太息兮自憐㉒。使祝融兮先行㉓，令昭明兮開門㉔。馳六蛟兮上征㉕，竦余駕兮入冥㉖。歷九州兮索合㉗，誰可與兮終生㉘？忽反顧兮西囿㉙，覩軫丘兮崎傾㉚。横垂涕兮泫流㉛，悲余后兮失靈㉜。

昭世

①時君闇蔽，臣貪佞也。一云「世溷濁兮」。

②將去懷王，就仁賢也。一云「臣違君兮」。

③驂駕神獸，拏紛紜也。

④行戲遨遊，遂至天也。回，一作「迴」。

⑤重我絳袍，采色鮮也。襲，一作「龍」。【補曰】緹音提。褶音習。集韻：「緹，赤色。」「褶，緶衣也，七入切，又音妾。」

⑥徐曳文衣，動馨香也。詩曰：「婆娑其下。」

⑦陞彼高山，徐顧眄也。輿，一作「與」。【補曰】莊子：「摶扶摇羊角而上者九萬里。」疏云：「旋風曲戾，猶如羊角。」音義云：「風曲上行曰羊角。」相如賦云：「扶輿猗靡。」史記注云：「郭璞曰，淮南所謂『曾折摩地，扶輿猗委』也。」按：今淮南子云：「曾撓摩地，扶於[二]猗那。」

⑧乘雲歌吟而遊戲也。或曰「浮雲漢」。漢，天河也。

⑨握持神明，動容儀也。一云「握精明」，一云「接精神」，一云「按神明」，一云「按精明」。雍，一作「廱」。

⑩留待松、喬，與伴儷也。

⑪陰精並降，如墮雨也。【補曰】春秋：「夜中，星隕如雨。」公羊曰：「如雨者，狀似雨。」

⑫天旦欲明，至山溪也。進，一作「集」。古本無「上」字。【補曰】疄，力辰切，視貌。眄，普莧切。

⑬下見楚國之亂危也。覽，一作「臨」。【補曰】滃，鄔孔切，雲氣起也。

⑭將背舊鄉，之九夷也。

⑮心中欲去，內傷悲也。一無「懰」字。【補曰】懰音留。懰慄，憂貌。

⑯緩我馬勒，而低佪也。一云「情躊躇」。

⑰神仙謳吟，聲依違也。

⑱伏妃作樂，百虫至也。

⑲精神惆悵，而思歸也。

⑳意中毒悶，心紆屈也。回，一作「迴」。

㉑持我玉帶，相糾結也。

㉒長歎傷己，遠放弃也。

㉓俾南方神，開軌轍也。

㉔炎神前驅，關梁發也。

㉕乘龍直驅，陞閶闔也。

㉖遂馳我車，上寥廓也。

㉗周遍天下，求雙匹也。索，一作「寡」。

㉘莫足與友，爲親密也。

㉙見彼隴蜀，道阻阨也。

㉚山陵嶔岑，難涉歷也。軫丘，一作「丘陵」。【補曰】軫丘，猶九章言「軫石」也。崎音欹。

㉛悲思念國，泣雙下也。【補曰】泫，胡犬切，涕流貌。

㉜哀惜我后，違天法也。

季春兮陽陽①，列草兮成行②。余悲兮蘭生③，委積兮從橫④。江離兮遺捐⑤，辛夷兮擠臧⑥。伊思兮往古⑦，亦多兮遭殃⑧。伍胥兮浮江⑨，屈子兮沈湘⑩。運余兮念兹⑪，心内兮懷傷⑫。望淮兮沛沛⑬，濱流兮則逝⑭。榜舫兮下流⑮，東注兮礚礚⑯。蛟龍兮導引⑰，文魚兮上瀨⑱。抽蒲兮陳坐⑲，援芙蕖兮爲蓋⑳。水躍兮余旌㉑，繼以兮微蔡㉒。雲旗兮電騖㉓，儵忽兮容裔㉔。河伯兮開門㉕，迎余兮歡欣㉖。顧念兮舊都㉗，懷恨兮艱難㉘。竊哀兮浮萍㉙，汎淫兮無根㉚。

尊嘉

①三月溫和，氣清明也。

②百卉垂條，吐榮華也。

③哀彼香草，獨隕零也。生，一作「萃」，一作「悴」。

④枝條摧折，傷根莖也。

⑤忠正之士，弃山林也。

⑥仁智之士，抑沈没[二]也。臧，一作「將」。【補曰】擠，子雞切，排也。臧音藏，匿也。

⑦惟念前世諸賢俊也。

⑧仁義遇罰，禍及身也。遭，一作「逢」。

⑨吴王弃之於江濱也。

⑩懷沙負石，赴汨淵也。

⑪轉思念此，志煩冤也。

⑫腸中惻痛，摧肝肺[三]也。

⑬臨水恐慄，畏禍患也。一云「淵沛沛」。【補曰】沛，普貝切。

⑭意欲隨水而隱遁也。

⑮乘舟順水，游海濱也。榜舫，一作「榜艕」，一作「榜舡」，一作「摘艕」，一作「摘舫」。【補曰】榜音謗，進船也。舫音方，併船也。艕，補孟切，船也。東坡本作「榜舫」。釋文「榜」作「摘」。摘，取也。

⑯濤波踊躍，多險難也。礚，一作「礚」。釋文作「磕」。【補曰】並苦蓋切，石聲。

⑰虯螭水禽，馳在前也。又作「文蛇在前也」。一云「蛟龍沃兮」。

⑱臣鱗扶己，渡涌湍也。文，一作「大」。

⑲拔草爲席，處薄單也。

⑳引取荷華，以覆身也。一云「援英兮爲蓋」。一云「拔英」。

㉑風波動我，搖旗旛也。旌，一作「旍」。

㉒續以草芥，入己船也。以，一作「㠯」。【補曰】蔡，艸也。

㉓遂乘風雹，驅橫奔也。

㉔往來亟疾，若鬼神也。【補曰】儵音叔。

㉕水君竢望，開府寺也。

㉖喜笑迎己，愛我善也。

㉗還視楚國，思郢城也。

㉘抱念恚恨，常欲還也。

㉙自比如蘋，生水瀨也。萍，一作「蓱」。

㉚隨水浮游，乍東西也。一作「沉淫」，一作「汎摇」。【補曰】摇，當作「淫」，舊音羊瞻切。巴東有淫預石。通作「灧」。又，相如賦云：「汎淫泛濫。」汎音馮，浮也。一讀作「泛灩」，一讀作「馮淫」，皆通。汎，一作「沉」。淫，一作「摇」。皆非是。

秋風兮蕭蕭①，舒芳兮振條②。微霜兮眇眇③，病殀兮鳴蜩④。玄鳥兮辭歸⑤，飛翔兮靈丘⑥。望谿兮滃鬱⑦，熊羆兮呴嗥⑧。唐虞兮不存⑨，何故兮久留⑩？臨淵兮汪洋⑪，顧林兮忽荒⑫。修余兮袿衣⑬，騎霓兮南上⑭。乘雲兮回回⑮，亹亹兮自強⑯。將息兮蘭臯⑰，失志兮悠悠⑱。蒶藴兮黴黧⑲，思君兮無聊⑳。身去兮意存㉑，愴恨兮懷愁㉒。

蓄英

①陰氣用事，天政急也。

②動摇百草，使芳熟也。

③霜凝微薄，寒深酷也。

④飛蟬卷曲，而寂默也。
⑤燕將入海，化爲蛤也。
⑥悲鳴神山，奮羽翼也。
⑦川谷吐氣，雲闇昧也。
⑧猛獸應秋，將害賊也。呴，一作「呁」。【補曰】呴音吼，一音雊，一音烏角切。噑，胡刀切。
⑨堯、舜已過，難追逐也。
⑩宜更求君，之他國也。
⑪瞻望大川，廣無極也。【補曰】汪洋，晃養二音。
⑫回視喬木，與山薄也。【補曰】荒，火晃切。
⑬整我袗裳，自結束也。修，一作「脩」。【補曰】袿音圭。廣雅：「袿，長襦也。」釋名：「婦人上服曰袿，其下垂者上廣下狹，如刀圭。」
⑭託乘赤霄，登張、翼也。【補曰】上，一音常。
⑮載氣溶溶，意中惡也。棄，一作「乘」。
⑯稍稍陞進，遂自力也。強，一作「彊」。
⑰且欲中休，止方澤也。
⑱從高視下，目眩惑也。悠悠，一作「調調」。

⑲愁思蓄積，面垢黑也。葐，一作「紛」。【補曰】葐音墳。藴，於雲切。葐藴，藴積也。黴音眉，物中久雨青黑。一曰：敗也。黧，憐題切，黑黄。

⑳想念懷王，忘寢食也。【補曰】聊音留。

㉑體遠情近，在胷臆也。存，一作「在」。

㉒心中憂恨，内悽惻也。

登九靈兮遊神①，靜女歌兮微晨②。悲皇丘兮積葛③，衆體錯兮交紛④。貞枝抑兮枯槁⑤，枉車登兮慶雲⑥。感余志兮慘慄⑦，心愴愴兮自憐⑧。駕玄螭兮北征⑨，曏吾路兮葱嶺⑩。連五宿兮建旄⑪，揚氛氣兮爲旌⑫。歷廣漠兮馳騖⑬，覽中國兮冥冥⑭。玄武步兮水母⑮，與吾期兮南榮⑯。登華蓋兮乘陽⑰，聊逍遥兮播光⑱。抽庫婁兮酌醴⑲，援瓟瓜兮接糧⑳。畢休息兮遠逝㉑，發玉軔兮西行㉒。惟時俗兮疾正，弗可久兮此方㉓。寤辟摽兮永思㉔，心怫鬱兮内傷㉕。

思忠

①想登九天，放精神也。神，一作「精」。

②神女夜吟，聲激清也。

③皇，美。釋文「丘」作「北」。

④言己見美大之丘，葛草緣之而生，交錯茂盛，人不異而采取，則不成絺綌也。以言楚國士民衆多，君不異而舉用，則不知其有德也。

⑤貞，正。

⑥慶雲，喻尊顯也。言葛有正直之枝，抑弃枯槁而不見采。枉壤惡者，滿車陞進，反見珍重，御尊顯也。以言貞正之人弃於山野，佞曲之臣陞於顯朝。枉，一作「桂」。登，一作「升」。【補曰】漢天文志：「若煙非煙，若雲非雲，郁郁紛紛，蕭索輪囷，是謂慶雲。」

⑦動踴我心，如析割也。慘，一作「憀」。【補曰】憀，力周、力彫二切。

⑧意中切傷，憂悲楚也。一云「心悲兮」。

⑨將乘山神而奔走也。

⑩欲踰高山，度阻險也。路，一作「道」。葱，一作「蔥」。【補曰】曏，屬也，音向。

⑪係續列星，爲旗旐也。【補曰】宿音秀。

⑫舉布霾霧，作旗表也。氛，一作「雰」。旌，一作「旍」。

⑬徑過長沙，馳駟馬也。

⑭顧視諸夏，尚昧晦也。

⑮天黿水神，侍送余也。天，一作「大」。

⑯與己爲誓，會炎野也。南方冬温，草木常茂，故曰南榮。

⑰上攀北斗，躡房星也。乘，一作「棄」。【補曰】大象賦云：「華蓋於是乎臨映。」注云：「華蓋七星，其柢九星，合十六星，如蓋狀，在紫微宫中。臨勾陳，上以蔭帝坐。」

⑱且徐遊戲，布文采也。

⑲引持二星以斟酒也。【補曰】大象賦注云：「庫樓十星，五柱十五星，衡四星，合二十九星，在角南。」晉天文志云：「庫樓十星，六大星爲庫，南四星爲樓。」按：庫樓形似酌酒之器，故云。王逸誤以天庫及二十八宿之婁以爲庫婁耳。

⑳啗食神果，志猒飽也。瓟，一作「匏」。糧，一作「粮」。【補曰】大象賦云：「瓟瓜薦果於震闈。」注云：「五星在離珠北，天子之果園，占大光潤則歲豐，不爾則瓜果之實不登。」洛神賦云：「歎匏瓜之無匹。」注引史記曰：「四星在危南。」瓟瓜，天官星占曰：「瓟瓜，一名天鷄，在河鼓東。」

㉑周徧留止而復去也。

㉒引支車木，遂[四]驅馳也。【補曰】行，胡岡切。

㉓世憎忠信，愛諂諛也。此，一作「北」。

㉔心常長愁，拊心踊也。辟，拊心貌也。辟，一作「擗」。【補曰】詩云：「寤辟有摽。」注云：「辟，拊心也。」摽，婢小切，擊也。張景陽七命云：「甇嫠爲之擗摽。」擗，避辟切。摽，避櫂切，驚心也。

㉕憂思積結，肝腑爛也。【補曰】怫音佛。

陶壅

覽杳杳兮世惟①，余惆悵兮何歸②？傷時俗兮溷亂③，將奮翼兮高飛④。駕八龍兮連蜷⑤，建虹旌兮威夷⑥。觀中宇兮浩浩⑦，紛翼翼兮上躋⑧。浮溺水兮舒光⑨，淹低佪兮京沶⑩。屯余車兮索友⑪，覩皇公兮問師⑫。道莫貴兮歸真⑬，羨余術兮可夷⑭。吾乃逝兮南娭⑮，道幽路兮九疑⑯。越炎火兮萬里⑰，過萬首兮嶷嶷⑱。濟江海兮蟬蛻⑲，絶北梁兮永辭⑳。浮雲鬱兮晝昏㉑，霾土忽兮壓壓㉒。息陽城兮廣夏㉓，衰色罔兮中怠㉔。意曉陽兮燎寤㉕，乃自訴兮在茲㉖。思堯舜兮襲興㉗，幸咎繇兮獲謀㉘。悲九州兮靡君㉙，撫軾歎兮作詩㉚。

①觀楚泥濁，俗愚蔽也。惟，一作「維」。【補曰】惟，謀也。

②罔然失志，無依附也。

③哀愍當世，衆貪暴也。

④振翅翺翔，絶塵埃也。

⑤乘虯翱翔，見容貌也。蜷，一作「踡」。【補曰】並音權。

⑥樹蝃蝀旗，紛光耀也。旌，一作「旍」。

⑦大哉天下，難徧照也。

⑧盛氣振迅，陞天衢也。

⑨遂渡沈流，揚精華也。溺，與「弱」同。

⑩且留水側，息河洲也。水中可居爲洲，小洲爲渚，小渚爲沶。京沶，即高洲也。一作「低徊」。低，一作「徘」。京，一作「洲」。一注云：小渚爲洔，小洔曰沶。【補曰】京，人所爲絶高丘也。一曰：大也。沶，直尸切。「洔」與「沚」同。

⑪住我之駕，求松、喬也。【補曰】索，所革切。

⑫遂見天帝，諮祕要也。覩，一作「睹」。

⑬執守無爲，修朴素也。貴，一作「遺」。

⑭念己道藝，可悦樂也。詩云：「既見君子，我心則夷。」夷，喜也。

⑮往之太陽，遊九野也。逝，一作「遊」。【補曰】娭音熙。大人賦云：「吾欲往乎南娭。」

⑯涉歷深山，過舜墓也。疑，一作「嶷」。

⑰積熱彌天，不可處也。處，一作「渡」。

⑱見海中山，數萬頭也。海中山石，嶷嶷嶽嶽，萬首交跱也。萬首，一作「千首」。嶷嶷，一作「旌

旍」。一注云：萬首，海中山名。【補曰】嶷音擬，又魚力切。

⑲遂渡大水，解形體也。【補曰】淮南云：「蟬飲而不食，三十日而蜕。」

⑳超過海津，長訣去也。辭，一作「詞」。【補曰】江淹別賦用此語。

㉑楚國潰亂，氣未除也。

㉒風俗塵濁，不可居也。塺，一作「梅」。【補曰】霾音埋。塺音梅，塵也。

㉓遂止炎野大屋廬也。

㉔志欲懈倦，身罷勞也。色，一作「氣」。【補曰】怠有胎音。

㉕心中燎明，内自覺也。燎，一作「半」。釋文作「憭」。【補曰】憭音了。

㉖徐自省視，至此處也。訡，一作「睟」。在，一作「存」。自訡，一作「息軫」，恐非。【補曰】訡，視也，當作「診」。

㉗喜慕二聖，相繼代也。

㉘冀遇虞舜，與議道也。

㉙傷今天下無聖主也。

㉚伏車浩歎，作風雅也。

悲哉于嗟兮①，心内切磋②。款冬而生兮③，凋彼葉柯④。瓦礫進寶兮⑤，捐弃隨和⑥。鉛刀厲御兮⑦，頓弃太阿⑧。驥垂兩耳兮⑨，中坂蹉跎⑩。蹇驢服駕兮⑪，無用日多⑫。修潔處幽兮⑬，貴寵沙劘⑭。鳳皇不翔兮⑮，鶉鴳飛揚⑯。乘虹驂蜺兮⑰，載雲變化⑱。鷦鵬開路兮⑲，後屬青蛇⑳。步驟桂林兮㉑，超驤卷阿㉒。丘陵翔儛兮㉓，谿谷悲歌㉔。神章靈篇兮㉕，赴曲相和㉖。余私娛兹兮㉗，孰哉復加㉘。還顧世俗兮㉙，壞敗罔羅㉚。卷佩將逝兮㉛，涕流滂沲㉜。

株昭㉝

①愁思憤懣，長歎息也。

②意中激感，膓痛惻也。

③物叩盛陰，不滋育也。【補曰】款，叩也。

④傷害根莖，枝卷曲也。

⑤佞僞愚戇，侍帷幄也。

⑥貞良君子，弃山澤也。【補曰】隋侯之珠，和氏之璧。

⑦頑嚚之徒，任政職也。

⑧明智忠賢，放斥逐也。【補曰】頓音鈍，不利也。

⑨雄俊佯愚，閉口目也。【補曰】賈誼賦云：「驥垂兩耳，服鹽車兮。」

⑩衆無知己，不盡力也。【補曰】坂音反。説文：「坡者曰阪，一曰澤障，一曰山脅也。」蹉跎，失足。

⑪駑鈍之徒，爲輔翼也。服，一作「般」[五]。釋文作「舨」。【補曰】般、舨，竝與「服」同。

⑫僮蒙並進，填滿國也。

⑬執履清白，居陋側也。

⑭權右大夫，佯不識也。【補曰】沙，蘇何切，摩抄也。劘音磨，削也。

⑮賢智隱處，深藏匿也。

⑯小人得志，作威福也。

⑰託駕神氣而遠征也。

⑱陞高去俗，易形貌也。【補曰】化音花。曹子建橘賦「化」與「家」同韻。

⑲仁士智鳥，導在前也。一作「焦明」。【補曰】博雅：「鷦鵬，鳳也。」音明。楊子：「鷦明沖天，不在六翮乎？」

⑳介虫之長，衛惡姦也。屬，一作「厲」。

㉑馳逐正道，德香芬也。

㉒騰越曲阜，過阨難也。【補曰】卷，曲也，音拳。

㉓山丘踴躍，而歡喜也。僲，一作「舞」。【補曰】翔舞，亦丘陵之勢也。

㉔川瀆作樂，進五音也。【補曰】悲歌，亦謂水聲。

㉕河圖、洛書，緯讖文也。緯，一作「經」。

㉖宫商並會，應琴瑟也。

㉗我誠樂此，發中心也。娱，一作「樂」。

㉘天下歡悦，莫如今也。

㉙回視楚國及衆民也。

㉚廢弃仁義，修諂諛也。罔，一作「網」。

㉛袪衣束帶，將横奔也。

㉜思君念國，泣霑衿也。流，一作「泗」。

㉝一本篇目在「亂曰」之後。

亂曰：皇門開兮①照下土②，株穢除兮③蘭芷覩④。四佞放兮⑤後得禹⑥，聖舜攝兮⑦昭堯緒⑧，孰能若兮⑨願爲輔⑩。

①王門啓闢，路四通也。一云「皇開門兮」。

②鏡覽幽冥，見萬方也。

③邪惡已消，遠逃亡也。株，一作「珠」。
④俊乂英雄，在朝堂也。
⑤驩、共、苗、鮌，竄四荒也。
⑥乃獲文命，治江河也。
⑦重華秉政，執紀綱也。舜，一作「䑞」。
⑧著明唐業，致時雍也。
⑨誰能知人，如唐虞也。
⑩思竭忠信，備股肱也。

【校勘記】

〔一〕於，淮南子修務訓作「旋」。
〔二〕沈没，叶前韻當乙作「没沈」。
〔三〕肝肺，叶前韻當乙作「肺肝」。
〔四〕遂，同治本作「上」。
〔五〕般，惜陰本作「般」。下同。

楚辭卷第十六

校書郎臣王　逸上

九歎章句第十六　楚辭

逢紛　離世①　怨思②　遠逝③　惜賢
憂苦　愍命④　思古　遠遊⑤

①一作「靈懷」，與諸本異。又以「怨思」爲「離世」，「遠逝」爲「怨思」，移「遠遊」在第五。皆非是。
②思，一作「世」。
③逝，一作「遊」。
④愍，一作「閔」。命，一作「念」。
⑤遊，一作「逝」。

九歎者，護左都水使者光祿大夫劉向之所作也。向以博古敏達，典校經書，辯章舊文①，追念屈原忠信之節，故作九歎。歎者，傷也，息也。言屈原放在山澤，猶傷念君，歎息無已，所謂讚賢以輔志，騁詞以曜德者也②。

①辯，一作「辨」。
②讚，一作「贊」。輔，一作「鋪」。曜，一作「燿」。

伊伯庸之末冑兮①，諒皇直之屈原②。云余肇祖于高陽兮，惟楚懷之嬋連③。原生受命于貞節兮，鴻永路有嘉名④。齊名字於天地兮⑤，並光明於列星⑥。吸精粹而吐氛濁兮⑦，橫邪世而不取容⑧。行叩誠而不阿兮⑨，遂見排而逢讒⑩。后聽虛而黜實兮⑪，不吾理而順情⑫。腸憤悁而含怒兮⑬，志遷蹇而左傾⑭。心懭慌其不我與兮⑮，躬速速其不吾親⑯。辭靈脩而隕志兮⑰，吟澤畔之江濱⑱。椒桂羅已顛覆兮⑲，有竭信而歸誠⑳。讒夫藹藹而漫著兮㉑，曷其不舒予情㉒？

①冑，後也。左氏傳曰：「戎子駒支，四嶽之裔冑也。」

②諒，信也。論語曰：「君子貞而不諒。」言屈原承伯庸之後，信有忠直美德，甚於衆人也。直，一作「貞」。

③婵連，族親也。言屈原與懷王俱顓頊之孫，有婵連之族親，恩深而義篤也。婵，一作「嬋」。【補曰】婵連，猶牽連也。

④鴻，大也。永，長也。路，道也。言屈原受陰陽之正氣，體合大道，故長有美善之名也。有，一作「以」。

⑤謂名平、字原也。

⑥謂心達道要，又文采光耀，若天有列星也。【補曰】九章云：「與日月兮齊光。」

⑦氛，惡氣也。左氏傳曰：「楚氛甚惡。」言己吸天地清明之氣，而吐其塵濁，內潔淨也。

⑧言己體清潔之行，在橫邪貪枉之世，而不能自容入于衆也。一無「取」字。

⑨叩，擊也。阿，曲也。叩，一作「切」。

⑩言己心不容非，以好叩擊人之過，故遂爲讒佞所排逐也。

⑪黜，貶也。實，誠也。

⑫言君聽讒佞虛言，以貶忠誠之實，不理我言，而順邪僞之情，故見放流也。

⑬【補曰】悁，烏玄切，忿也。

⑭言己執忠誠而見貶黜，腸中憤懣，悁悒而怒，則志意遷移，左傾而去也。一云「志徙倚而左傾」。

⑮懭慌，無思慮貌。慌，一作「怳」。其，一作「而」。【補曰】懭慌，失意。上坦朗、下呼晃切。

⑯速速，不親附貌也。言君心懭慌而無思慮，不肯與我謀議，用志速速，不與己相親附也。其，一作「而」。

⑰隕，墮也。易曰「有隕自天」也。辭，一作「詞」。志，一作「意」。

⑱畔，界也。濱，涯也。言己與懷王辭訣，志意墮落，長吟江澤之涯而已。

⑲顛，頓也。覆，仆也。

⑳言己見先賢，若椒桂之人以被禍，其身顛仆，然猶竭信歸誠，而志不懼也。

㉑藹藹，盛多貌也。詩云：「藹藹王多吉士。」漫，污也。一無「夫」字。漫，一作「㬅」。注云：㬅，汙也。曼汙以自著。

㉒曷，何也。言讒人相聚，藹藹而盛，欲漫污人以自著明，君何不舒我忠情以詰責之乎？

始結言於廟堂兮①，信中塗而叛之②。懷蘭蕙與衡芷兮③，行中壄而散之④。聲哀哀而懷高丘兮，心愁愁而思舊邦⑤。願承閒而自恃兮，徑淫曀而道壅⑥。顏黴黧以沮敗兮⑦，精越裂而衰耄⑧。裳襜襜而含風兮⑨，衣納納而掩露⑩。赴江湘之湍流兮，順波湊而下降⑪。徐徘徊於山阿兮⑫，飄風來之洶洶⑬。馳余車兮玄石⑭，步余馬兮洞庭⑮。平明發兮蒼梧，夕投宿兮石城⑯。芙蓉蓋而蓤華車兮⑰，紫貝闕而玉堂⑱。薜荔飾而陸離薦兮⑲，魚鱗衣而白蜺裳⑳。登逢龍而下隕兮㉑，違故都之漫漫㉒。思南郢之舊俗兮，腸一夕而九運㉓。揚流波之潢潢兮㉔，體溶溶而東回㉕。心怊悵以永思兮，意晻晻而日頹㉖。白露紛㠯塗塗兮㉗，秋風瀏㠯蕭蕭㉘。身永流而不還兮，魂長逝而常愁㉙。

①結，猶聯也。廟者，先祖之所居也。言人君爲政舉事，必告於宗廟，議之於明堂也。

②塗，道也。叛，背也。言君始嘗與己結議連謀於明堂之上，今信用讒言，中道而更背叛[二]我也。塗，一作「涂」。

③衡，一作「蘅」。

④言己懷忠信之德，執芬香之志，遠行中野，散而棄之，傷不見用也。壄，一作「野」。

⑤言己放斥山野，發聲而唫，其音哀哀，心愁思者，念高丘之山，想歸故國也。

⑥淫噎，闇昧也。詩云：「不日有噎。」言己思承君閒暇，心中自恃，冀得竭忠，而徑路闇昧，遂以壅塞。【補曰】閒，一音諫，據注音閑。噎，於計切。壅音雍。

⑦黧，黑也。沮，壞也。黧，釋文作「藜」。【補曰】黴音眉。沮音咀。

⑧越，去也。裂，分也。耄，老也。言己欲進不得，中心憂愁，顔色黧黑，面目壞敗，精神越去，氣力衰老也。

⑨襜襜，摇貌。【補曰】襜，蚩占切，衣動貌。

⑩納納，濡濕貌也。上曰衣，下曰裳。言己放行山野，下裳襜襜而含疾風，上衣濡濕而掩霜露，單行獨處，身苦寒也。【補曰】説文云：「納，絲溼納納也。」

⑪湊，聚也。言己乘船赴江、湘之疾流，順聚波而下行，身危殆也。一云「赴江湘而横流」。【補曰】湊，千候切。降，下也，乎攻切。

⑫阿，曲隅也。徘，一作「俳」。

⑬洶洶，讙聲也。言己至於山之隈曲，且徐徘徊，冀想君命。飄風卒至，復聞讒佞洶洶，欲來害己也。洶，一作「匈」。【補曰】洶音凶，水勢。

⑭玄石，山名。

⑮洞庭，水名。【補曰】謂洞庭之山。

⑯石城，山名也。言己動履大水，宿止名山，用志清潔且堅固也。

⑰蓋，一作「葢」。【補曰】「蔆」與「陵」同，花黄白色。

⑱紫貝，水蟲名。援神契曰：「江水出大貝也。」一云「白玉堂」。

⑲陸離，美玉也。薦，臥席也。飾，一作「餝」。薦，古作「虆」。

⑳魚鱗衣，雜五綵爲衣，如鱗文也。言所居清潔，被服芬芳，德體如玉，文綵燿明也。

㉑逢龍，山名，逢，一作「逄」，古本作「蓬」。【補曰】逢，符容切。逄，皮江切。

㉒言己登逢龍之山，而遂下顧，去楚國之遼遠也。漫，一作「曼」。【補曰】漫，莫半切。

㉓言己思念郢都邑里故俗，腸中愁悴，一夕九轉，欲還歸也。

㉔潢潢，大貌。【補曰】潢音晃，水深廣貌。

㉕溶溶，波貌也。言己隨流而行，水盛廣大，波高溶溶，將東入於海也。

㉖言己將至於海，心中怊恨而長思，意晻晻而稍下，恐不復還也。日，一作「自」。頹，一作「隤」。【補曰】晻，烏感切。頹，下墜也，與「隤」同。

㉗塗塗，厚貌。一云「紛紛」。

㉘瀏，風疾貌也。言四時欲盡，白露已降，秋風急疾，年歲且老，愁憂思也。一云「瀏瀏」。【補曰】瀏音流。

㉙言己身隨水長流，不復旋反，則䰟䰟遂去，常愁念楚國也。䰟，一作「魂」。

逢紛

歎曰：譬彼流水，紛揚磕兮①。波逢洶涌，濆滂沛兮②。揄揚滌盪，漂流隕往，觸崟石兮③。龍邛脟圈，繚戾宛轉，阻相薄兮④。遭紛逢凶，蹇離尤兮⑤。垂文揚采，遺將來兮⑥。

①磕，一作「礚」。【補曰】並丘蓋切，石聲。

②水性清潔平正，順而不爭，故以喻屈原也。言水逢風紛亂，揚波滂沛，失其本性，以言屈原志行清

白，遭逢貪佞，被過放逐，亦失其本志也。潰，一作「紛」。【補曰】洶，詡拱切。洶涌，水聲。潰，扶刎、扶文二切，涌也。

③崟，鋭也。言風揄揚，水流隕往，觸鋭利之石，使之危殆，以言讒人亦揚己過，使得罪罰也。崟，一作「岑」。【補曰】岑，鉏簪切，山小而鋭。

④言水得風則龍邛繚戾，與險阻相薄，不得順其流性也。以言忠臣逢讒人，亦匡攘惶遽而竄伏也。朎，一作「綸」。【補曰】朎音巒。圈，懼免切。繚音了。戾，力結切，曲也。

⑤言己遭逢紛濁之世，而遇百凶，以蹇蹇之故，遂以得過也。尤，一作「郵」。

⑥言己雖不得施行道德，將垂典雅之文，揚美藻之采，以遺將來賢君，使知己志也。

靈懷其不吾知兮，靈懷其不吾聞①。就靈懷之皇祖兮，愬靈懷之鬼神②。靈懷曾不吾與兮③，即聽夫人之諛辭④。余辭上參於天墬兮，旁引之於四時⑤。指日月使延照兮⑥，撫招搖以質正⑦。立師曠俾端詞兮⑧，命咎繇使竝聽⑨。兆出名曰正則兮，卦發字曰靈均⑩。余幼既有此鴻節兮，長愈固而彌純⑪。不從俗而詖行兮⑫，直躬指而信志⑬。不枉繩以追曲兮，屈情素以從事⑭。端余行其如玉兮，述皇輿之踵跡⑮。羣阿容以晦光兮⑯，皇輿覆以幽辟⑰。輿中塗以回畔兮，駟馬驚而横奔⑱。執組者不能制兮⑲，必折軛而摧轅⑳。斷鑣銜以馳騖兮㉑，暮去次而敢止㉒。路蕩蕩其無人兮㉓，遂不禦乎千里㉔。

①言懷王闇惑，不知我之忠誠，不聞我之清白，反用讒言而放逐己也。

②言己所言，忠正而不見信，願就懷王先祖，告語其冤，使照己心也。鬼神明察，故欲愬之以自證明也。

③與，一作「知」。

④言懷王之心，曾不與我合，又聽用讒諛之言，以過怒己也。即，一作「惻」。夫，一作「讒」。一云「夫讒人」。【補曰】即，就也。

⑤言己所言，上參之於天，下合之於地，旁引四時之神，以爲符驗也。一無「辭」字。墜，一作「墬」。一無「之」字。

⑥延，長也。照，知也。

⑦招搖，北斗杓星也。斗，主建天時。言己上指語日月，使長視己之志，撫北斗之杓柄，使質正我之志，動告神明，以自徵驗也。旨，一作「使」。【補曰】禮記：「招搖在上。」注云：「在北斗杓間指時者。」隋志云：「招搖一星，在北斗杓間。」

⑧師曠，聖人也，字子壄，生無目而善聽，當晉平公時。端，正也。

⑨言己之言，信而有徵，誠可據行，願立師曠使正其詞，令咎繇並而聽之，二聖聰明，長於人情，知真僞之心也。

⑩言己生有形兆，伯庸名我爲正則以法天。筮而卜之，卦得坤，字我曰靈均以法地也。【補曰】兆，龜拆兆也。

⑪言己幼少有大節度以應天地，長大修行而彌純固也。鴻，一作「洪」。愈，一作「逾」，一作「俞」。【補曰】「俞」與「愈」同。

⑫詖，猶傾也。【補曰】詖，彼寄切。

⑬言己執履忠信，不能隨從俗人，傾易其行，直身而言，以信己之志，終不回移也。

⑭言己心正直，不能枉性以追曲俗，屈我素志以從衆人，而承事之也。

⑮言思正我行，令之如玉，不匿瑕惡，以承述先王正治之法，繼續其業而大之也。【補曰】行，户更切。

⑯晦，冥也。光，明也。羣，一作「群」。

⑰幽辟，闇昧也。言羣臣皆行枉曲，以蔽君之聰明，使楚國闇昧，將危覆也。【補曰】辟，匹亦切。

⑱馬以喻賢臣也。言君爲無道，國人中道倍畔而去之，賢臣驚怖奔亡，爭欲遠也。犇，一作「奔」。

⑲執組，猶織組也。織組者，動之於此，而成文於彼，善御者亦動之於手，而盡馬力也。詩云：「執轡如組。」一無「能」字。【補曰】組，綬屬。列女傳曰：詩云：「執轡如組，兩驂如舞。」孔子曰：「信若是詩，則可以治天下也。」言執之於此，而成文於彼。

⑳言駟馬驚奔，雖有執轡之御，猶不能制，必摧車軏而折其轅也。以言賢臣奔亡，使國荒亂而傾危也。【補曰】軏，轅前也，於革切。轅，輈也。

㉑鑣，勒也。銜，飾口鐵也。斷，一作「絶」。吕，一作「以」。【補曰】鑣，彼苗切。
㉒暮，夜也。次，舍也。止，制也。言車敗馬奔，鑣銜斷絶，猶自馳騖，至於暮夜乃舍，無有制止之者也。以言人臣一去君，亦不復得拘留也。去，一作「者」。
㉓蕩蕩，平易貌也。尚書曰：「王道蕩蕩。」
㉔禦，禁也。言君國之道路蕩蕩，空無賢人，以不待遇之故，遂行千里，遠之他方也。

身衡陷而下沈兮①，不可獲而復登②。不顧身之卑賤兮，惜皇輿之不興③。出國門而端指兮，冀壹寤而錫還④。哀僕夫之坎毒兮⑤，屢離憂而逢患⑥。九年之中不吾反兮，思彭咸之水遊⑦。惜師延之浮渚兮⑧，赴汨羅之長流⑨。遵江曲之逶移兮⑩，觸石碕而衡遊⑪。波灃灃而揚澆兮⑫，順長瀨之濁流⑬。淩黃沱而下低兮⑭，思還流而復反⑮。玄輿馳而竝集兮⑯，身容與而日遠⑰。櫂舟杭以横濿兮⑱，溢湘流而南極⑲。立江界而長吟兮，愁哀哀而累息⑳。情慌忽以忘歸兮，神浮遊以高厲㉑。心蛩蛩而懷顧兮㉒，魂眷眷而獨逝㉓。

①衡，横也。下沈，一作「不行」。
②言己遠去千里，身必横陷沈没，長不可復得登引而用之也。
③言己遠行千里，不敢顧念身之貧賤，欲慕高位也，惜君國失賢，道德不盛也。

④言己放出國門，正心直指，執履誠信，幸君覺寤，賜己以還命也。一本「冀」上有「方」字。錫，一作「賜」。

⑤坎，恨也。毒，恚也。坎，一作「歁」。【補曰】歁音坎，食不滿也。

⑥屢，數也。言己不自念惜身之放逐，誠哀僕御之夫，坎然恚恨，以數逢憂患，無已時也。【補曰】患，平聲。

⑦言己放出九年，君不肯反我，中心愁思，欲自沈於水，與彭咸俱遊戲也。

⑧師延，殷紂之臣也，爲紂作新聲北里之樂。紂失天下，師延抱其樂器，自投濮水而死也。【補曰】史記：「衛靈公至於濮水之上，夜半聞鼓琴聲，召師涓聽而寫之。乃之晉，見晉平公，令師涓援琴鼓之，師曠曰：『此亡國之聲，師延所作也，與紂爲靡靡之樂。武王伐紂，師延東走，自投濮水之中。』」

⑨言己復貪慕師延自投於水，身浮渚涯，冀免於刑誅，故遂赴汨水長流而去也。

⑩逶移，長貌。一云「遵曲江之逶虵」。

⑪言己願循江水逶移而行，反觸石碕而復橫流，所爲無可也。【補曰】碕，曲岸，音祈。

⑫灃灃，波聲也。回波爲澆也。灃，唐本作「灃」。【補曰】澆，女教切，湍也。一曰：水回波，見集韻。舊音叫。

⑬言己横流而行，水波灃灃，回而揚澆，邪引己船，則順長瀨之流，以避其難也。

⑭黃沱，江別名也，江別爲沱也。沱，釋文作「沲」。【補曰】沱，唐何切，江別流出崏山東，別爲沱。低，脂市切。

⑮言己淩乘黃沱，低船而下，將入於海，心思還水之流，冀幸復旋反也。還，一作「遠」。

⑯玄者，水也。

⑰言己以水爲車，與舩並馳而流，故身容與，日以遠也。

⑱濿，渡也。由帶以上爲濿。杭，一作「航」。以，一作「而」。濿，一作「厲」。一注云：由膝以上爲厲。【補曰】濿，履石渡水，通作「厲」。

⑲㴲，亦渡也。言己乃櫂舩横行，南渡湘水，極其源流也。㴲，一作「濟」。而，一作「於」。【補曰】㴲，集韻作「沄」。

⑳言己還入大江之界，遠望長吟，心中悲歎而太息，哀不遇也。界，一作「介」。累，一作「纍」。

㉑言己心愁，情志慌忽，思歸故鄉，則精神浮遊，高厲而遠行也。

㉒蛩蛩，懷憂貌。心，一作「志」。【補曰】蛩音邛。

㉓眷眷，顧貌。詩云：「眷眷懷顧。」言己心中蛩蛩，常懷大憂，内自顧哀，則䰟神眷眷獨行，無有還意也。眷，一作「睠」。【補曰】睠，古倦切，顧也。

歎曰：余思舊邦①，心依違兮。日暮黃昏，羌幽悲兮②。去郢東遷③，余誰慕兮？讒夫黨旅，其曰茲故兮④。河水淫淫，情所願兮⑤。顧瞻郢路，終不返兮⑥。

①思，一作「悤」。
②言我思念故國，心中依違，不能遠去。日暮黄昏，無所歸附，中心悲愁而憂思也。羌，一作「嗟」。
③去，一作「王」。
④旅，衆也。言己去郢東徙，我誰思慕而欲遠去乎？誠以讒夫朋黨衆多之故，而見放棄也。
⑤淫淫，流貌。
⑥言河水淫淫，流行日遠，誠我中心之所願慕也。觀視楚郢之道路，終不復還反，内自哀傷也。

離世

惟鬱鬱之憂毒兮，志坎壈而不違①。身憔悴而考旦兮②，日黄昏而長悲③。閔空宇之孤子兮④，哀枯楊之冤鶵⑤。孤雌吟於高墉兮⑥，鳴鳩棲於桑榆⑦。玄蝯失於潛林兮，獨偏弃而遠放⑧。征夫勞於周行兮⑨，處婦憤而長望⑩。申誠信而罔違兮，情素潔於紐帛⑪。光明齊於日月兮，文采燿於玉石⑫。傷壓次而不發兮⑬，思沈抑而不揚⑭。芳懿懿而終敗兮⑮，名靡散而不彰⑯。

①坎壈，不遇貌也。言己放逐，心中鬱鬱，憂而愁毒，雖坎壈不遇，志不離於忠信也。【補曰】壈，力感切。

②憔悴，憂貌也。考，猶終也。旦，明也。

③言己心憂憔悴，從夜終明，不能寢寐。日入黄昏，復涕泣而長悲也。

④宇，居也。無父曰孤。

⑤寃，煩寃也。生哺曰鷇，生啄曰鶵。言己既放，傷念坐於空室之中，孤子〔二〕煢煢，東西無所依歸，又悲哀飛鳥生鶵，其身煩寃而不得出，在於枯楊之樹，居危殆也。言己有孤子之憂，寃鶵之危也。【補曰】鶵，崇初切。生噣鶵，鳥子生而能自啄者。

⑥墉，牆也。易曰：「射隼于高墉之上。」言寃鶵之生，早失其雄，其母孤居，吟於高牆之上，將復遇害也。言己亦失其所居，在於林澤，居非其處，恐顛仆也。

⑦言鳩鳥輕佻巧利，乃棲於桑榆，居茂木之上，鼓翼而鳴，得其所也。以言讒佞弄口妄説，以居尊位，得志意也。

⑧言玄蝯材力捷敏，失於高深之林，則獨偏遇放弃，忘其能也。以言賢人弃在山澤，亦失其志也。

⑨行，道也。詩云：「茖茖公子，行彼周道。」

⑩言征行之夫，罷勞周道，行役過時而不得歸，則處婦憤懣，長望而思之也。以言己放在山澤之中，曾無思之也。

⑪申，重也。罔，無也。紉，結束也。易曰：「束帛戔戔。」言己放弃，雖無有思之者，然猶重行誠信，無有違離，情志潔淨，有如束帛也。一云「情結素」。釋文：紉，女九切。【補曰】紉，系也。一曰：結而可解。或作「紉」，非是。

⑫言己耳目聰明，如日月之光，無所不照。發文序詞，爛然成章，如玉石有文采也。

⑬壓，鎮壓也。次，失次也。壓，一作「厭」。釋文：「於甲切。」

⑭言己懷文、武之質，自傷壓鎮失次，不得發揚其美德，思慮沈抑，而不得揚見也。

⑮懿懿，芳貌。

⑯靡散，猶消滅也。言己有芬芳懿美之德，而放弃不用，身將終敗，名字消滅，不得彰明於後世也。靡，一作「縻」。【補曰】靡音眉。

背玉門以犇騖兮①，蹇離尤而干詬②。若龍逄之沈首兮③，王子比干之逢醢④。念社稷之幾危兮⑤，反爲讎而見怨⑥。思國家之離沮兮，躬獲愆而結難⑦。若青蠅之僞質兮⑧，晉驪姬之反情⑨。恐登階之逢殆兮⑩，故退伏於末庭⑪。孽臣之號咷兮⑫，本朝蕪而不治⑬。犯顏色而觸諫兮，反蒙辜而被疑⑭。菀蘼蕪與菌若兮⑮，漸藁本於洿瀆⑯。淹芳芷於腐井兮⑰，弃雞駭於筐簏⑱。執棠谿吕刜蓬兮⑲，秉干將以割肉⑳。筐澤瀉吕豹鞹兮㉑，破荊和吕繼築㉒。時溷濁猶未清兮㉓，世殽亂猶未察㉔。欲容與吕竢時兮㉕，懼年歲之既晏㉖。

顧屈節以從流兮，心鞏鞏而不夷㉗。寧浮沅而馳騁兮，下江湘吕邅迴㉘。

①玉門，君門。犇，一作「奔」。

②干，求也。言己背君門奔馳而去者，以己忠信之故，得過於衆，而自求辱也。詬，一作「訽」。【補曰】並音苟，辱也。又許候、胡遘、丘候三切。

③【補曰】逄音龐。

④聖賢忠諫而見誅也。

⑤㡬，一作「機」。

⑥言己念君信用讒佞，社稷㡬危，以故正言極諫，反爲衆臣所讎，而見怨惡也。

⑦言己思念國家綱紀將以離壞，而竭忠言，身以得過，結爲患難也。【補曰】沮，將緒切。難，乃旦切。

⑧僞，猶變也。青蠅變白使黑，變黑成白，以喻讒佞。詩云：「營營青蠅。」

⑨言讒人若青蠅變轉其語，以善爲惡，若晉驪姬以申生之孝，反爲悖逆也。

⑩之，一作「而」。

⑪末，遠也。言己思欲登君階陛，正言直諫，恐逢危殆，故復退身於遠庭而竄伏也。

⑫號咷，讙呼。臣，一作「子」。【補曰】號，乎高切。咷音逃。

⑬言佞臣妖孽，委曲其聲，相聚讙譁，君以迷惑，國將傾危，朝用蕪薉而不治也。【補曰】治，平聲。楊惲曰：「田彼南山，蕪穢不治。」

⑭言己以犯君之顏色，觸禁而諫，反蒙罪辜而被猜疑，不見信也。一無「色」字。諫，一作「諱」。

⑮菀，積。蘼，一作「靡」。【補曰】菀音鬱。

⑯汙瀆，小溝也。洿，一作「汙」。【補曰】漸，子廉切。荀子云：「蘭茝槀本，漸於蜜醴，一佩易之。」漸，浸也。管子云：「五沃之土，五臭疇生，蓮與蘪蕪，槀本白芷。」本草云：「槀本，莖葉根味與芎藭小別，以其根上苗下似禾槀，故名之。」

⑰淹，漬也。腐，臭也。

⑱雞駭，文犀也。筐簏，竹器也。言積漬衆芳於汙泥臭井之中，棄文犀之角，置於筐簏而不帶佩，蔽其美質，失其性也。以言弃賢智之士於山林之中，亦失其志也。一作「駭雞」。簏，釋文作「簶」，音錄。【補曰】集韻並音鹿，竹高篋也。戰國策：「楚獻雞駭之犀、夜光之璧於秦。」援神契云：「神靈滋液，則犀駭雞。」宋衷[三]曰：「角有光，雞見而駭也。」後漢傳：大秦國有駭雞犀。注引抱樸子云：「通天犀，有一理如綖者，以盛米，置羣雞中。雞欲往啄米，至輒驚却，故南人名爲駭雞。」

⑲棠谿，利劍也。刜，斫也。㠯，一作「以」。【補曰】刜，斷也，音拂。

⑳干將，亦利劍也。利劍宜以爲威，誅無狀以征不服，今乃用斫蓬蒿、割熟肉，非其宜也。以言使賢者爲僕隸之徒，非其宜也。論語曰：「割鷄焉用牛刀。」

㉑筐，滿也。澤瀉，惡草也。鞹，革也。論語曰：「虎豹之鞹。」言取澤瀉惡草，盛於革囊，滿而藏之，無益於用也。以言養育小人，置之高堂，亦無益於政治也。【補曰】鞹，去毛皮也。本草：「澤瀉葉狹長，叢生淺水中，多食，病人眼。」

㉒築，大杵也。言破和氏之璧，以繼築杵而舂，敗玉寶，失其好也。以言取賢人，刑傷使執廝役，亦害忠良，失其宜也。

㉓時，一作「旹」。

㉔察，明也。言時世貪濁，善惡殽亂，尚未清明也。【補曰】殽，一作「淆」，並乎交切，雜也。

㉕時，一作「旹」，一作「之」。

㉖晏，晚也。言己欲遊戲以待明君，恐年歲已晚，身衰老也。晏，一作「旰」。

㉗鞏鞏，拘攣貌也。夷，悦也。言思屈己忠直之節，隨俗流行，心中拘攣，仁義不舒，而志不悦樂。顧，一作「願」。鞏，一作「蛩」。【補曰】鞏音拱，以韋束也。

㉘邅迴，運轉也。言己不能隨俗，寧浮身於沅水，馳騁而去，遂下湘江，運轉而行也。目，一作「而」。

怨思

歎曰：山中檻檻，余傷懷兮①。征夫皇皇，其孰依兮②。經營原野，杳冥冥兮③。乘騏騁驥，舒吾情兮④。歸骸舊邦，莫誰語兮⑤。長辭遠逝，乘湘去兮⑥。

①檻檻，車聲也。詩云：「大車檻檻。」言己放去山中，車行檻檻，鳴有節度，自傷不遇，心愁思也。

②皇皇，惶遽貌。言己惜征行之夫，心常惶遽，一身獨處，無所依附也。征夫，一作「征征」。

【補曰】檻音艦，上聲。

③南北爲經，東西爲營。言己放行山野之中，但見草木杳冥，無有人民也。

④言己願欲乘騏驥，馳騁以求賢君，舒肆忠節，展我之情也。乘，一作「棄」。

⑤言己思念故鄉，雖死欲歸骸骨於楚國，無所告語，達己之心也。

⑥言己欲歸骸骨於楚國而衆不知，故復長訣，乘水而欲遠去也。辭，一作「詞」。

志隱隱而鬱怫兮①，愁獨哀而冤結②。腸紛紜以繚轉兮③，涕漸漸其若屑④。情慨慨而長懷兮⑤，信上皇而質正⑥。合五嶽與八靈兮⑦，訊九鬿與六神⑧。指列宿以白情兮，訴五帝以置詞⑨。北斗爲我折中兮⑩，太一爲余聽之⑪。云服陰陽之正道兮⑫，御后土之中和⑬。佩蒼龍之蚴虯兮⑭，帶隱虹之逶虵⑮。曳彗星之皓旰兮⑯，撫朱爵與鵕鸃⑰。遊清靈之颯戾兮⑱，服雲衣之披披⑲。杖玉華與朱旗兮⑳，垂明月之玄珠㉑。舉霓旌之墆翳兮㉒，建黄纁之總旄㉓。躬純粹而罔愆兮，承皇考之妙儀㉔。

①隱隱，憂也。詩云：「憂心殷殷。」一作「隱隱」。

②言己放流，心中隱隱而憂愁，思念怫鬱，獨自哀傷，執行忠信而被讒邪，寃結曾無解已也。一云「愁獨哀哀」。

③紛紜，亂貌也。繚，繞也。【補曰】繚音了。

④漸漸，泣流貌也。言己憂愁，腸中迴亂，繚繞而轉，涕泣交流，若磑肩之下，無絶時也。【補曰】漸，側銜切。

⑤慨慨，歎貌也。詩云：「慨我寤歎。」

⑥上皇，上帝也。言己中情憤懣，慨然長歎，欲自信理於上帝，使天正其意也。質，一作「貞」。【補曰】信音伸。正，平聲，叶。

⑦五嶽，五方之山也，王者巡狩考課政化之處也。東爲泰山，西爲華山，南爲衡山，北爲恒山，中央爲嵩山。八靈，八方之神也。

⑧訊，問也。詩云：「執訊獲醜。」九魖，謂北斗九星也。言己忠直而不見信用，願合五嶽與八方之神，察己之志，上問九魖、六宗之神，以照明之也。訊，一作「誶」。魖，一作「魁」。【補曰】訊音信。誶，息醉切。魖音祈，星名也。北斗七星，輔一星，在第六星旁。又，招摇一星，在北斗杓端。

⑨言己願復指語二十八宿，以列己清白之情，告訴五方之帝，令受我詞而聽之也。置，一作「宣」。

⑩折，一作「質」。【補曰】折中，平也。中音衆。

⑪折，正也。言己乃復使北斗爲我正其中和，太一之神聽其善惡也。

⑫陽爲仁也，陰爲義也。

⑬土色黄，其味甘，故言中和也。言羣神勸我承天奉地，服循仁義，處中和之行，無有違離也。

⑭蚴虯，龍貌。【補曰】於糾、渠糾二切。

⑮隱，大也。逶虵，長貌。【補曰】虵，唐何切。

⑯曳，引也。晧旰，光也。彗，一作「篲」。晧，一作「皓」。【補曰】晧，下老切。旰音汗。相如云：「采色澔汗。」

⑰朱爵、鵕鸃，皆神俊之鳥也。言己動以神物自喻，諸神勸我行當如蒼龍，能屈能申；志當如大虹，能揚文采；精當若彗星，能耀光明；舉當若鵕鸃，飛能沖天也。【補曰】鵕鸃，浚、儀二音。釋文：鵕音迅。師古云：「鷩也，似山雞而小。」

⑱颯戾，清涼貌。霻，一作「霧」。

⑲披披，長貌也。言積德不止，乃上遊清冥清涼之庭，被服雲氣而通神明也。服，一作「𦨈」。【補曰】黄庭經云：「恍惚之間至清霻。」「𦨈」與「服」同。

⑳華，一作「策」。

㉑朱，赤也。黑光曰玄也。

㉒墆翳，蔽隱貌。旌，一作「旍」。【補曰】墆音帝。博雅云：「障蔽也。」

㉓總，合也。黃纁，赤黃也。天氣玄黃，故曰「黃纁」也。言己修善彌固，手乃杖執美玉之華，帶明月之珠，揚赤霓以爲旌，雜五色以爲旗旄，志行清明，車服又殊也。纁，一作「昏」。注云：黃昏時天氣玄黃，故曰「黃昏」。

㉔儀，法也。言己行度純粹而無過失，上以承美先父高妙之法，不敢解也。一本「承」上有「永」字。妙，一作「眇」。注云：高遠之法。

惜往事之不合兮，橫汨羅而下濿①。棄隆波而南渡兮②，逐江湘之順流。赴陽侯之潢洋兮，下石瀨而登洲③。陵魁堆以蔽視兮④，雲冥冥而闇前。山峻高以無垠兮，遂曾閎而迫身⑤。雪雰雰而薄木兮⑥，雲霏霏而隕集⑦。阜隘狹而幽險兮⑧，石嵾嵯以翳日⑨。悲故鄉而發忿兮⑩，去余邦之彌久⑪。背龍門而入河兮⑫，登大墳而望夏首⑬。橫舟航而濟湘兮⑭，耳聊啾而戃慌⑮。波淫淫而周流兮，鴻溶溢而滔蕩⑯。路曼曼其無端兮，周容容而無識⑰。引日月以指極兮⑱，少須臾而釋思⑲。水波遠以冥冥兮，眇不睹其東西⑳。順風波以南北兮，霧宵晦以紛紛㉑。日杳杳以西頹兮㉒，路長遠而窘迫㉓。欲酌醴以娛憂兮㉔，蹇騷騷而不釋㉕。

①言己貪惜以忠事君，而志不合，故欲橫渡汨水，以自沈没也。濿，一作「厲」。

②隆，盛也。椉，一作「乘」。渡，一作「度」。

③言己願乘盛波，逐湘江之流，赴陽侯之大波，過石瀨之湍，登水中之洲，身歷危殆，不遑安處也。【補曰】潢，户廣切。洋，以掌切，水深貌。

④魁堆，高貌。陵，一作「陸」。魁，一作「嵬」。【補曰】陵，大阜。陸，高平地。

⑤垠，岸，涯也。曾，重也。閎，大也。言己所在之處，前有高陵，蔽不得視，後有峻大之山，迫附於己，幽藏山野，心中愁思也。

⑥雰雰，雪貌。木，一作「林」。

⑦隕，下也。集，會也。

⑧大陵曰阜。狹，陋也。

⑨翳，蔽也。言己居隘險之處，山石蔽日，霜雪並會，身既憂愁，又寒苦也。【補曰】嵾嵳，楚岑、又宜二切，山不齊。

⑩忿，恚也。

⑪言己不得還歸，中心發恚，自恨去我國邑之甚久也。

⑫龍門，郢東門也。

⑬言己虛被讒言，背郢城門而奔走，將入大河，登其高墳以望夏水之口，泄思念也。大，一作「高」。

⑭淦，一作「濟」。

⑮聊啾，耳鳴也。懭慌，憂愁也。言己願乘舟航，濟渡湘水，寂無人聲，耳中聊啾而自鳴，意中憂愁而懭慌，無所依歸也。一作「黨荒」。【補曰】聊音留。懭，他朗。慌，呼晃切。

⑯滔蕩，廣大貌也。言己愁思懭慌，又見水中流波，淫淫相隨，鴻溶廣大，悵然失志也。鴻，一作「澒」。【補曰】澒、鴻，並乎孔切。溶音勇，水盛也。大人賦云：「紛鴻溶而上厲。」

⑰言己所行，山澤廣遠，道路悠長，周流容容而無知識也。【補曰】識音志。

⑱極，中也，謂北辰星也。

⑲釋，解也。言己施行正直，願引日月使照我情，上指北辰，訴告於天，冀君覺寤，且解憂思須臾之間也。

⑳睹，一作「覩」。

㉑宵，夜也。詩云：「肅肅宵征。」言己渡廣水，心迷不知東西，霧氣晦冥，白晝若夜也。紛紛，一作「紛闇」。

㉒頹，一作「隤」。

㉓言日已西頹，年歲卒盡，道路長遠，不得復還，憂心迫窘，無所舒志也。

㉔醴，醴酒也。詩云：「爲酒爲醴。」憂，一作「意」。

㉕蹇，難也。言己欲酌醴酒以自娛樂，心中愁思不可解釋也。

歎曰：飄風蓬龍，埃坲坲兮①。中木摇落②，時槁悴兮③。遭傾遇禍，不可救兮。長吟永欷，涕究究兮④。舒情陳詩，冀以自免兮。頹流下隕，身日遠兮⑤。

遠逝

①蓬龍，猶蓬轉，風貌也。坲坲，塵埃貌。蓬，一作「逢」。坲，一作「浡」。【補曰】坲音佛，塵起也。浡音同。

②中，一作「草」。【補曰】「中」與「草」同。

③槁，枯也。悴，病也。言飄風轉運，揚起塵埃，摇動中木，使之迎時枯槁，莖葉被病，不得盛長也。以言讒人亦運轉其言，埃塵忠直，使之被病而傷形也。【補曰】悴音遂律切。

④究究，不止貌也。言己遭傾危之世而遇患禍，不可復救，故長歎歔欷而涕滂流，不可止也。究，一作「㳷」。古本作「究」。

⑤言己舒展中情，陳序志意，冀得脱免患禍，然身頹流日遠，不得還也。一云「頹流下逆，身日以遠兮」。一云「頹流下隕，身逝遠兮」。

覽屈氏之離騷兮，心哀哀而怫鬱①。聲噭噭以寂寥兮②，顧僕夫之憔悴③。撥諂諛而匡邪兮④，切淟涊之流俗⑤。盪渨涹之姦咎兮⑥，夷蠢蠢之溷濁⑦。懷芬香而挾蕙兮⑧，佩江蘺之斐斐⑨。握申椒與杜若兮，冠浮雲之峨峨⑩。登長陵而四望兮，覽芷圃之蠡蠡⑪。遊蘭皋與蕙林兮，睨玉石之嵾嵳⑫。揚精華以眩燿兮⑬，芳鬱渥而純美⑭。結桂樹之旖旎兮⑮，紉荃蕙與辛夷⑯。芳若茲而不御兮，捐林薄而菀死⑰。

①言己觀屈原所作離騷之經，博達温雅，忠信懇惻，而懷王不寤，心爲之悲而怫鬱也。

②嗷嗷，呼聲也。寂寥，空無人民之貌也。嗷，一作「噭」。釋文作「寂嘐」。上七到，下音老。一作「啾嘐」，音同。【補曰】嗷嗷，衆口愁也。噭，呼也，音叫。集韻：啾音寂。「啅嘐，寂靜也。」音草老。

③言己思爲屈原訟理寃結，嗷嗷而呼，山野寂寥，空無人民，顧視僕御，心皆憔悴而有憂色也。【補曰】悴，遂律切。

④撥，治也。匡，正也。諂，一作「讒」。

⑤切，猶槩也。淟涊，垢濁也。言己如得進用，則治讒諛之人，正其邪僞，槩貪濁之俗，使之清淨也。【補曰】淟，他典切。涊，乃典切。

⑥盪，滌也。渨涹，汙薉也。亂在內爲姦。咎，惡也。【補曰】渨，烏回切。涹，烏禾切。博雅：「渨，穢也。」「涹，濁也。」

⑦夷，滅也。蠢蠢，無禮義貌也。詩云：「蠢爾蠻荊。」言己欲盪滌讒佞汙穢之臣，以除姦惡，夷滅貪殘無禮義之人也。【補曰】蠢，出尹切。

⑧挾，持。芬，一作「芳」。

⑨一作「菲菲」。【補曰】斐音霏。説文：「往來斐斐貌。」

⑩峨峨，高貌也。言己獨懷持香草，執忠貞之行，志意高厲，冠切浮雲，不得而施用也。峨，一作「峩」。

⑪圃，野樹也。詩云：「東有圃草。」蠡蠡，猶歷歷，行列貌也。言己登高大之陵，周而四望，觀香芷之圃，歷歷而有行列，傷人不采而佩帶也。言己亦修德行義，動有節度，而不見進用也。一無「樹」字。【補曰】蠡，禮戈切。

⑫顧視爲睨。玉石，以喻君門也。嵾嵳，不妐貌也。言己放流，猶喜居蘭皋蕙林芬芳之處，脩行清白，動不離身，上睨君門，賢愚並進，嵾嵳不妐也。

⑬炫燿，光貌。一作「耀」。

⑭渥，厚。芳，一作「芬」。

⑮旖旎，盛貌。詩云：「旖旎其華。」一作「猗猊」。【補曰】於綺、乃綺二切。集韻：「猗猊，弱貌。」

⑯言己揚耳目之精，其明炫燿，姿質純美，猶復結桂枝，索蘭蕙，脩善益固，德行彌盛也。荃蕙，一作「蕙草」。

⑰菀，積也。言己修行衆善若此，而不見用，將弃林澤，菀積而死，恨功不立而志不成也。【補曰】菀音鬱。

驅子僑之犇走兮①，申徒狄之赴淵②。若由夷之純美兮③，介子推之隱山④。晉申生之離殃兮⑤，荆和氏之泣血。吳申胥之抉眼兮⑥，王子比干之横廢⑦。欲卑身而下體兮，心隱惻而不置⑧。方圜殊而不合兮，鉤繩用而異態⑨。欲竢時於須臾兮，日陰曀其將暮⑩。時遲遲其日進兮⑪，年忽忽而日度⑫。妄周容而入世兮，內距閉而不開⑬。竢時風之清激兮⑭，愈氛霧其如壓⑮。進雄鳩之耿耿兮⑯，讒介介而蔽之⑰。默順風以偃仰兮⑱，尚由由而進之⑲。心懭悢以寃結兮⑳，情舛錯以曼憂㉑。搴薜荔於山野兮，采撚支於中洲㉒。望高丘而歎涕兮，悲吸吸而長懷㉓。孰契契而委棟兮㉔，日晻晻而下頹㉕。

①驅，馳也。子僑，王子僑也。犇，一作「奔」。

②申徒狄，賢者，避世不仕，自沈赴河也。言己修善不見進用，意欲驅馳，待王子僑隨之奔走，以學道真。又見申徒狄避世赴河，意中紛亂，不知所行也。

③由，許由也。夷，伯夷也。一作「夷由」。

④言己又有清高之行如許由，堯讓以天下，辭而不肯受。伯夷、叔齊讓國而餓死。介子推逃晉文公之

賞，隱身深山，無爵位而有顯名也。

⑤「殃」一作「讒」。

⑥一作「子胥」。【補曰】抉，烏決切。

⑦皆已解於九章。

⑧言己欲卑身下體，以順風俗，心中惻然而痛，不能置中正而行佞諛也。

⑨言方與圜其性不同，鉤曲繩直，其態殊異而不可合也。以言忠佞異志，猶鉤繩也。

⑩日以喻君。陰曀，闇昧也。言己欲待盛世明時，君又闇昧，年歲已暮，身將老也。

⑪遲遲，行貌。詩云：「行道遲遲。」其，一作「而」。

⑫度，去也。言天時轉運，日進遲遲而行，己年忽去，日以衰老也。而，一作「以」。【補曰】辰去速而來遲。遲遲，來遲也。忽忽，去速也。

⑬言己欲妄行周比，苟容自入於君，心內距閉而意不開，敏於忠正，而愚於讒諛也。

⑭風以喻政。激，感也。

⑮塺，塵也。言己欲待明君之政，清潔之化，以感激風俗，而君愈貪濁，如氛霧之氣來塵塺人也。愈，一作「逾」。【補曰】塺音梅。

⑯耿耿，小節貌。

⑰言己欲如雄鳩，進其耿耿小節之誠信，讒人尚復介隔蔽而障之，況有鸞鳳之志，當獲譖毁，固其宜

也。介，一作「紛」。注云：分隔。

⑱默，寂。

⑲由由，猶豫也。言己欲寂默不語，以順風俗，隨衆俛仰，而不敢毀譽，然尚猶豫不肯進也。

⑳懭悢，失志貌也。心，一作「志」。懭，一作「憒」。【補曰】懭，苦晃切。悢音朗。憒，胡晃切。

㉑言己欲隨從風俗，尚不肯進，意中懭悢，心爲寃結，情意舛錯而長憂苦也。【補曰】舛，尺兗切。曼音萬。

㉒撚支，香草也。言己雖憂愁，猶采取香草，以自約束，修善不怠也。支，一作「枝」。洲，一作「州」。【補曰】撚音煙。相如賦云：「枇杷橪柿。」其字從木。郭璞云：「橪支，木也。」

㉓言己遥望楚國而不得歸，心爲悲歎，涕出長思也。下「而」一作「其」。

㉔契契，憂貌也。詩云：「契契寤歎。」契，一作「挈」。【補曰】爾雅：「佻佻、契契，逾〔四〕遐急也。」契，苦絜切。注云：賢人憂歎，遠益急也。

㉕言誰有契契憂國念君，欲委其梁棟之謀若己者乎？然日頽暮，傷不得行也。【補曰】晻音奄，日無光也。

歎曰：江湘油油，長流汩兮①。挑揄揚汰，盪迅疾兮②。憂心展轉，愁佛鬱兮③，寃結未舒，長隱忿兮④。丁時逢殃，可奈何兮⑤。勞心悁悁，涕滂沲兮⑥。

惜賢

①油油，流貌也。詩云：「河水油油。」言己見江、湘之水油油長流，將歸於海，自傷放流，獨無所歸也。一云「油油江湘」。【補曰】汩，于筆切。

②言水尚得順其經脈，揚蕩其波，使之迅疾，自傷不得順其天性，揚其志意，而常屈伏。汰，一作「波」。【補曰】挑，撓也，坦彫切。揄，動也。汰音太，一音大。

③展轉，不寐貌。詩云：「展轉反側。」言己放弃，不得竭其忠誠，心中愁悶，展轉怫鬱，不能寐也。一曰「愁鬱鬱兮」。【補曰】今詩作「輾」。臥而不周曰輾。

④言己抱守冤結，長隱山野，心中忿恨無已時也。

⑤丁，當也。言己之生當逢遇殃咎，安可柰何？自閔而已。一本「可」上有「孰」字。

⑥言己欲竭節盡忠，終不見省，但勞我心，令我悁悒悲涕而橫流也。【補曰】悁音絹。

悲余心之悁悁兮，哀故邦之逢殃①。辭九年而不復兮②，獨煢煢而南行③。思余俗之流風兮④，心紛錯而不受⑤。遵壄莽以呼風兮⑥，步從容於山廋⑦。巡陸夷之曲衍兮⑧，幽空虛以寂寞⑨。倚石巖以流涕兮，憂憔悴而無樂⑩。登巑岏以長企兮⑪，望南郢而闚之⑫。山脩遠其遼遼兮⑬，塗漫漫其無時⑭。聽玄鶴之晨鳴兮，于高岡之峨峨⑮。獨憤積而哀娛兮，翔江洲而安歌⑯。三鳥飛以自南兮⑰，覽其志而欲北⑱。願寄言於三鳥兮，去飄疾而不可得⑲。

①言己所以悲哀，心中悁悒者，哀念楚國信用讒佞，將逢殃咎也。悁悁，一作「悁邑」。

②辭，一作「詞」。

③煢煢，獨貌也。言己與君辭訣而出，至今九年，不肯反己，常獨煢煢南循江也。

④風，化。

⑤紛錯，憒亂也。言己念我楚國風俗餘化，好行讒佞，心爲憒亂，不能受其邪僞也。

⑥莽，草。

⑦庱，隈也。言己循山野之中，以呼風俗之人，欲語以忠正之道，故徐步山隈，遊戲以須之也。庱，一作「廋」，一作「藪」。

⑧大阜曰陸。夷，平也。衍，澤也。

⑨言己巡行陵陸，經歷曲澤之中，空虛杳冥，寂寞無人聲也。

⑩言己依倚巖石之山，悲而涕流，中心憔悴，無歡樂之時也。

⑪巑岏，鋭山也。企，立貌。詩云：「企予望之。」【補曰】巑，徂丸切。岏，吾官切。

⑫闚，視也。言己乃登高鋭之山，立而長望，顧視南郢楚邦，悲且思也。

⑬遼遼，遠貌。

⑭塗，道也。言己遥視楚國，山林長遠，遼遼難見，道路漫漫，誠無時至也。一作「曼曼」。

⑮玄鶴，俊鳥也。君有德則來，無德則去，若鸞鳳矣。故師曠鼓琴，天下玄鶴皆銜明月之珠以舞也。言己聽玄鶴振音晨鳴，乃於高岡之上，峨峨之顛，見有德之君，乃來下也。以言賢者亦宜自安處，以須明君禮敬己，然後仕也。一作「峩峩」。

⑯言己在山澤之中，思慮憤積，一哀一樂，故遊江水之中洲，安意歌吟，自寬慰也。

⑰一云「飛飛」。

⑱言己在於湖澤之中，見三鳥飛從南來，觀察其志，欲北渡江，縱恣自在也。自傷不得北歸，曾不若飛鳥也。【補曰】博物志：「王母來見武帝，有三青鳥如烏大，夾王母。」三鳥，王母使也，出山海經。韓愈詩云「浪憑三鳥通丁寧」，用此也。

⑲言己既不得北歸，願因三鳥寄善言以遺其君，去又急疾而不可得，心爲結恨也。

欲遷志而改操兮，心紛結其未離①。外彷徨而遊覽兮，內惻隱而含哀②。聊須臾以時忘兮③，心漸漸其煩錯④。願假簧以舒憂兮⑤，志紆鬱其難釋⑥。歎離騷以揚意兮，猶未殫於九章⑦。長噓吸以於悒兮⑧，涕橫集而成行⑨。傷明珠之赴泥兮，魚眼璣之堅藏⑩。同駑贏與乘駔兮⑪，雜班駮與闒茸⑫。葛藟虆於桂樹兮⑬，鴟鴞集於木蘭⑭。偓促談於廊廟兮⑮，律魁放乎山間⑯。惡虞氏之簫韶兮，好遺風之激楚⑰。潛周鼎於江淮兮，爨土鬵於中宇⑱。且人心之持舊兮⑲，而不可保長⑳。邅彼南道兮，征夫宵行㉑。思念郢路兮，還顧睠睠。涕流交集兮，泣下漣漣㉒。

①言己欲徙意改操，隨俗佞僞，中心亂結，未能離於忠信也。其，一作「而」。

②言己外雖彷徨於山野之中以遊戲，然心常惻隱，含悲而念君也。

③一作「忘時」。

④言己且欲須臾以忘憂思，中心漸漸錯亂，意不能已也。其，一作「而」。【補曰】漸，子廉切，流入也。

⑤笙中有舌曰簧。詩云：「吹笙鼓簧。」

⑥紆，屈也。鬱，愁也。言己欲假笙簧吹以舒憂，意中紆鬱，誠難解釋也。

⑦殫，盡也。言己憂愁不解，乃歎唫離騷之經以揚己志，尚未盡九章之篇，而愁思悲結也。猶，一作「獨」。

⑧噓吸、於悒，皆啼泣貌也。噓，一作「呼」。

⑨言己吟歎九章未盡，自知言不見省用，故長噓吸而啼，涕下交集，自閔傷也。

⑩言忠良弃捐，讒佞珍用也。

⑪馬母驢父生子曰驘。橐駔，駿馬也。【補曰】駔，作朗切，牡馬。

⑫班駮，雜色也。闒茸，駑頓也。言君不明智，斥逐忠良，而任用佞諛，委弃明珠而貴魚眼，乘駑羸，雜駿馬，重班駮，喜闒茸，心迷意惑，終不悟也。班，一作「斑」。【補曰】闒茸，劣也。上託盍、下乳勇切。

⑬藟，葛荒也。虆，緣也。詩曰：「葛藟虆之。」虆，一作「纍」。一注云：藟，巨荒也。【補曰】藟，力水切。虆，倫追切，蔓也。

⑭鴟鴞，鸋鴂，貪鳥也。言葛藟惡草，乃緣於桂樹，鴟鴞貪鳥，而集于木蘭。以言小人進在顯位，貪佞升爲公卿也。【補曰】鴞，于驕切。郭璞云：「鸋鴂，鴟類。」

⑮偓促，拘愚之貌。【補曰】偓促，迫也。一曰：小貌。於角、楚角二切。

⑯律，法也。魁，大也。言拘愚蔽闇之人，反談論廊廟之中，明於大法賢智之士，弃在山閒而不見用也。乎，一作「於」。

⑰言世人愚惑，惡虞舜簫韶之樂，反好俗人淫泆激楚之音也。猶言惡典謨中正之言，而好諂諛之說也。

⑱爨，炊竈也。詩曰：「執爨踖踖。」鬵，釜也。詩云：「溉之釜鬵。」言乃藏九鼎於江、淮之中，反炊土釜於堂宇之上，猶言弃賢智，近愚頑者也。【補曰】鬵音潛。又才淫切，大釜也。一曰：鼎大上小下，若甑。

⑲持，一作「有」。

⑳言賢人君子，其心所志，自有舊故，執守信義，不可長保而行之也。一無「而」字。

㉑言己放流，轉彼江南之道，晨夜而行，身勤苦也。一本「征」上有「以」字。

㉒漣漣，流貌也。詩云：「泣涕漣漣。」言己思念楚郢之路，冀得復歸，還顧眄視，心中悲感，涕泣交會，漣漣而流也。【補曰】睠音眷。

歎曰：登山長望，中心悲兮①。菀彼青青，泣如頹兮②。留思北顧，涕漸漸兮③。折鋭摧矜，凝氾濫兮④。念我煢煢，魂誰求兮⑤？僕夫慌悴，散若流兮⑥。

憂苦

①言己登於高山，長望楚國，則心中悲思而結毒也。

②菀，盛貌也。詩云：「有菀者柳。」言己觀彼山澤草木，莫不茂盛，青青而生，己獨放弃，身將萎枯，故自傷悲，涕泣俱下也。菀，一作「苑」。【補曰】菀音鬱。青音菁。

③言己所以留精思，常北顧而視郢都，想見鄉邑，思念君也，故涕漸漸而下流。【補曰】漸，仄銜切。

④摧，挫也。矜，嚴也。凝，止也。氾濫，猶沈浮也。言己欲折我精鋭之志，挫我矜嚴忠直之心，止與俗人更相沈浮，而意不能也。【補曰】氾音泛。

⑤言己自念，煢煢東西，魂魄惶遽，而求忠直之士，欲與事君，亦誰乎？此不能沈浮之道也。一作

「魂」。
⑥慌，亡也。言己欲求賢人而未遭遇，僕御之人感懷愁悴，欲散亡而去，若水之流，不可復還也。【補曰】慌音荒。博雅云：「忘也。」

昔皇考之嘉志兮，喜登能而亮賢①。情純潔而罔薉兮②，姿盛質而無愆③。放佞人與諂諛兮，斥讒夫與便嬖④。親忠正之悃誠兮⑤，招貞良與明智⑥。心溶溶其不可量兮⑦，情澹澹其若淵⑧。回邪辟而不能入兮，誠願藏而不可遷⑨。逐下袟於後堂兮⑩，迎宓妃於伊雒⑪。刜讒賊於中廇兮⑫，選呂管於榛薄⑬。叢林之下無怨士兮，江河之畔無隱夫⑭。三苗之徒以放逐兮⑮，伊皐之倫以充廬⑯。

①言昔我美父伯庸，體有嘉善之德，喜升進賢能，信愛仁智以爲行也。
②【補曰】「薉」與「穢」同。
③言己受先人美烈，情性純厚，志意潔白，身無瑕穢，姿質茂盛，行無過失也。情純潔，一云「外清潔」。姿，一作「資」。質，一作「實」。
④便，利也。嬖，愛也。以言君如使己爲政，則放遠巧佞諂諛之人，斥逐讒夫與便利嬖愛之臣，而去之

也。【補曰】便，毗連切。嬖，卑義切。賤而得幸曰嬖。

⑤悃，厚也。正，一作「政」。之，一作「與」。【補曰】「政」與「正」同。悃，苦本切。

⑥言己如得秉執國政，則使君親任忠正之士，招致幽隱明智之人，令與衆職也。

⑦溶溶，廣大貌。其，一作「而」。

⑧澹澹，不動貌也。言己之心，智謀溶溶，廣大如川，不可度量，情意深奥，澹澹若淵，不可妄動。

⑨言己執志清白淵靜，回邪之言，淫辟之人，不能自入於己，誠願執藏此行，以承事君，心終不移也。

【補曰】辟，匹亦切。

⑩下袟，謂妾御也。【補曰】集韻：袟音秩，「祭有次也」。

⑪宓妃，神女，蓋伊雒水之精也。言己願令君推逐妾御，出之，勿令亂政，迎宓妃賢女於伊雒之水，以配於君，則化行也。雒，一作「川」。

⑫剬，去也。中霤，室中央也。霤，一作「雷」。一注云：「堂中央也。」【補曰】霤音溜〔五〕，中庭也。

剬，斷也，音拂。

⑬吕，吕尚也。管，管仲也。言己欲爲君斫去讒賊之臣於堂霤之中，選進吕尚、管仲之徒以爲輔佐，則邦國安寧也。薄，釋文音博。

⑭畔，界也。言己欲舉士，必先於叢林側陋之中，使無怨恨，令江河之界無隱佚之夫，賢人盡升，道可興也。

⑮三苗，堯之佞臣也。尚書曰：「竄三苗於三危。」

⑯伊，伊尹也。皐，皐陶也。充，滿也。言放逐佞諛之徒若三苗者，置之四裔，進用伊尹、皐陶之徒，使滿國盧，則讒邪道塞也。【補曰】自此以上，皆言皇考之美。自此以下，言今之不然也。

今反表以爲裏兮，顛裳㠯爲衣①。戚宋萬於兩楹兮②，廢周邵於遐夷③。却騏驥以轉運兮④，騰驢贏以馳逐⑤。蔡女黜而出帷兮⑥，戎婦入而綵繡服⑦。慶忌囚於阱室兮⑧，陳不占戰而赴圍⑨。破伯牙之號鍾兮⑩，挾人筝而彈緯⑪。藏瑉石於金匱兮⑫，捐赤瑾於中庭⑬。韓信蒙於介胄兮⑭，行夫將而攻城⑮。莞芎棄於澤洲兮⑯，瓟蠡蠹於筐簏⑰。麒麟奔於九皐兮⑱，熊羆羣而逸囿⑲。折芳枝與瓊華兮，樹枳棘與薪柴⑳。掘荃蕙與射干兮㉑，耘藜藿與蘘荷㉒。惜今世其何殊兮㉓，遠近思而不同㉔。或沈淪其無所達兮㉕，或清激其無所通㉖。哀余生之不當兮，獨蒙毒而逢尤㉗。雖謇謇以申志兮，君乖差而屏之㉘。誠惜芳之菲菲兮，反以兹爲腐也㉙。懷椒聊之蔎蔎兮㉚，乃逢紛以罹詬也㉛。

①顛，倒也。言今世之君，迷惑讒佞，反表以爲裏，倒裳以爲衣，而不能知也。

②宋萬，宋閔公之臣也。與閔公博，爭道，以手搏之，絶其脰。戚，親也。楹，柱也。兩楹之間，户牖之前，尊者所處也。一云「宋萬戚於兩楹兮」。

③不用曰廢。周，周公旦也。邵，邵公奭也。遐，遠也。言君反親愛篡逆之臣，若宋萬者，置於兩楹之間，與謀政事。廢弃仁賢若周公、邵公者，放於遠夷之外而不近也。

④却，退也。轉，移也。

⑤騰，乘也。言退却騏驥以轉徙重車，乘駑頓驢贏反以奔走，馳逐急疾，失其性也。以言役使賢者，令之負檐，進用頑愚，以任政職，亦失其志也。

⑥蔡女，蔡國賢女也。黜，貶也。一本「女」下有「疾」字。

⑦戎，戎狄也。言蔡女美好，反見貶黜，而去離帷幄。戎狄醜婦，反入椒房，被五綵之繡，衣夫人之服也。

⑧慶忌，吳之公子，勇而有力。阱，深陷也。【補曰】阱，疾郢、因性二切。淮南云：「王子慶忌死於劍。」注云：「吳王僚之弟子闔閭殺僚，慶忌勇健，亡在鄭，闔閭畏之，使要離刺慶忌也。」

⑨陳不占，齊臣，有義而怯，聞其君戰，將赴之，飯則失匕，上車失軾。既至，聞鍾鼓之聲，因怖而死。言乃囚勇猛之士若吳慶忌於阱陷之中，使陳不占赴圍而戰，軍必敗也。以言君國〔六〕用臣，顛倒失其人也。

⑩號鍾，琴名。號，一作「号」。【補曰】乎高切。

⑪挾，持也。箏，小瑟也。緯，張絃也。言乃破伯牙號鍾所鼓之鳴琴，反持凡人小箏，急張其弦而彈之也。以言世憎惡大賢之言，親信小人之語也。【補曰】軒轅本紀云：「黃帝之琴名號鍾。」傅玄琴賦

云：「齊桓公有鳴琴曰號鍾。」長笛賦云：「號鍾高調。」風俗通云：「箏，蒙恬所造。」一云：「秦人薄義，父子爭瑟而分之，因以爲名。」文選注引「挾秦箏而彈徽」。人箏，一作「介箏」。小瑟，一作「小琴」。

⑫瑉石，次玉者。匱，匣也。瑉，一作「珉」。【補曰】珉音旻。

⑬赤瑾，美玉也。言乃藏珉石置於金匱，反弃美玉於中庭。言不知別於善惡也。言人而不別玉石，則不知忠佞之分也。【補曰】瑾音近。

⑭韓信，漢名將也。介，鎧也。冑，兜鍪也。

⑮言使韓信猛將被鎧兜鍪，守於屯陣，藏其智謀，令行伍怯夫反爲將軍而攻城，必失利而無功也。【補曰】行，胡朗切。

⑯莞，夫離也。芎，芎窮也。皆香草也。夫離，一作「符離」。【補曰】莞音丸。本草：「白芷，一名莞，一名芙蘺。」爾雅：「莞，芙蘺。」注云：「蒲也。」

⑰瓟，瓠也。蠡，瓢也。方爲筐，圓爲簏。言弃夫離芎藭於水澤之中。藏枯匏之瓢置於筐簏，令之腐蠹，言愛小人，憎君子也。或曰：蠹，囊也。瓟，一作「匏」。蠡，一作「蠭」。【補曰】方言：「蠡，陳、楚、宋、魏之閒或謂之瓢。」注云：「瓠，勺也，音麗。」「瓟」與「匏」同，一音雹。

⑱麒麟，仁獸也。君有德則至，無德則去也。

⑲熊羆，猛獸，以喻貪殘也。囿，苑也。言麒麟奔竄於九皋之中，熊羆逸踊於君之苑也。以言斥遠仁德

之士，而養貪殘之人也。逸，一作「溢」。注云：滿溢君之苑。

⑳小棗爲棘，枯枝爲柴。

㉑射干，香草。【補曰】掘，具物切。射音夜。荀子曰：「西方有木焉，名曰射干，莖長四寸，生於高山之上，而臨百仞之淵。木莖非能長也，所立者然也。」注引陶弘景云：「花白莖長，如射人之執竿。」又引阮公詩云：「夜干臨層城。」是生於高處也。據本草在草部中，又生南陽川谷。此云木，未詳。

㉒耘，耔也。詩云：「千耦其耘。」蘘荷，蓴菹也。藿，豆葉也。言折弃芳草及與玉華，列種柴棘，掘拔射干，而耨耘藜藿，失其所珍也。以言賤弃君子而育養小人也。【補曰】蘘，而羊切。蓴，普各切，即大招所稱苴蓴也。

㉓何殊，一作「舛異」。

㉔言己哀惜今世之人，賢愚異性，其思慮或遠或近，智謀不同也。

㉕淪，没。

㉖清，明也。激，感也。言或有耳目，沈没無所照見，或有欲感激行於清明，亦復不能通達，分別其臧否也。一本無兩「所」字。【補曰】此言沈淪於世俗者，困而不能達。清激以自厲者，介而不能通。

㉗言哀我之生，不當昭明之世、舉賢之時，獨蒙苦毒，而遇罪過也。

㉘言己雖竭忠謇謇，以重達其志，君心乃乖差而不與我同，故遂屏棄而不見用也。謇，一作「蹇」。差，

一音楚嫁切。

㉙腐，臭也。言己自惜被服芳香，菲菲而盛，君反以此爲腐臭不可用。一無「也」字。

㉚在衣曰懷。椒聊，香草也。詩曰：「椒聊且。」蔎蔎，香貌。蔎，一作「藹」。一注云：在袖曰懷。【補曰】蔎，桑葛切。集韻引此。

㉛言己懷持椒聊，其香蔎蔎，身修行潔，動有節度，而逢亂世，遂爲讒佞所害，而見恥辱也。罹，一作「離」。詬，一作「訽」。一本句末無「也」字。【補曰】詬，呼候切。

歎曰：嘉皇既殁，終不返兮①，山中幽險，郢路遠兮②。讒人諓諓，孰可愬兮③。征夫罔極，誰可語兮④。行唫累欷，聲喟喟兮⑤。懷憂含戚⑥，何侘傺兮⑦。

愍命

①嘉，美也。皇，君也。以言懷王不用我謀，以殁於秦，遂死而不歸，終無遺命，使己得還也。

②言己被放，在此山澤深險之處，去我郢道，甚遼遠也。

③諓諓，讒言貌也。尚書曰：「諓諓靖言。」言讒人諓諓，承順於君，不可告以忠直之意也。【補曰】諓音翦，巧言也。

④言己放逐遠行，憂愁無極，衆皆佞諛，不可與語忠信也。

⑤欷，歎貌。喟，歎聲也。累，一作「絫」，一作「纍」。
⑥一云「心懷憂戚」。
⑦言己行常歌唫，增歎累息，懷憂含戚，悵然佗傺而失意也。【補曰】上丑加、下丑利切。

冥冥深林兮，樹木鬱鬱。山參差以嶄巖兮，阜杳杳以蔽日①。悲余心之悁悁兮②，目眇眇而遺泣③。風騷屑以搖木兮④，雲吸吸以湫戾⑤。悲余生之無歡兮，愁倥傯於山陸⑥。旦徘徊於長阪兮，夕彷徨而獨宿⑦。髮披披以鬤鬤兮⑧，躬劬勞而瘏悴⑨。魂俇俇而南行兮⑩，泣霑襟而濡袂⑪。心嬋媛而無告兮，口噤閉而不言⑫。違郢都之舊閭兮⑬，回湘沅而遠遷⑭。念余邦之橫陷兮⑮，宗鬼神之無次⑯。閔先嗣之中絕兮⑰，心惶惑而自悲⑱。聊浮遊於山陿兮⑲，步周流於江畔⑳。臨深水而長嘯兮，且倘佯而汜觀㉑。

①言己放在中野，處於深林冥冥之中，山阜高峻，樹木蔽日，望之無人，但見鳥獸也。參差，一作「嵾嵳」。
②一作「悄悄」。
③遺，墮也。言己居於山林，心中愁思，目視眇眇而泣下墮也。

④騷屑，風聲貌。

⑤吸吸，雲動貌也。湫戾，猶卷戾也。言己心既憂悲，又見疾風動摇草木，其聲騷屑，浮雲吸吸，卷戾而相隨，重愁思也。湫，一作「啾」。戾，一作「淚」。【補曰】湫，子小切。戾，力結切，曲也。

⑥倥傯，猶困苦也。言悲念我之生，遭遇亂世，心無歡樂之時，身常困苦於山陸之中也。【補曰】倥傯，苦貢、走貢二切，困苦也。又音孔揔[七]，事多也。

⑦言己旦起徘徊，行於長阪之上，夕暮獨宿山谷之間，憂且懼也。

⑧披披、鬤鬤，解亂貌也。鬤，古本作「鬃」。【補曰】鬤，而羊切。鬃，匹昭切。

⑨劬，亦勞也。詩云：「劬勞於野。」瘏，病也。詩云：「我馬瘏矣。」言己履涉風露，頭髮解亂，而身罷病也。【補曰】瘏音徒。

⑩徂徂，惶遽之貌。䰟，一作「魂」。行，一作「征」。【補曰】徂，具往切。

⑪袂，袖也。言己中心憂戚，用志不安，䰟䰟徂徂，惶遽南行，悲感外發，涕泣交下，霑衣袖也。濡，一作「掩」。

⑫閉口爲噤也。言己愁思，心中牽引而痛，無所告語，閉我之口，不知所言，衆皆佞僞，無可與謀也。【補曰】噤，巨蔭切。

⑬閭，里。

⑭言己放逐，去我郢都故閭，回於湘、沅之水，而遠移徙，失其所之也。回，一作「過」。

⑮【補曰】横，户孟切。

⑯同姓爲宗。次，第也。言我思念楚國任用讒佞，將横陷危殆，己之宗族先祖鬼神，失其次第而不見祀也。

⑰嗣，繼。

⑱言己傷念先祖，乃從屈瑕建立基功，子孫世世承而繼之，至於己身而當中絶，心爲惶惑，内自悲哀也。

⑲陿，山側也。【補曰】與「峽」同。

⑳畔，界。

㉑氾，博也。言己憂愁不能寧處，出升山側，遊戲博觀，臨水長嘯，思念楚國而無解已也。【補曰】倘音常。氾音泛。

興離騷之微文兮，冀靈修之壹悟。還余車於南郢兮，復往軌於初古①。道脩遠其難遷兮，傷余心之不能已②。背三五之典刑兮③，絶洪範之辟紀④。播規榘以背度兮⑤，錯權衡而任意⑥。操繩墨而放弃兮，傾容幸而侍側⑦。甘棠枯於豐草兮⑧，藜棘樹於中庭⑨。西施斥於北宫兮，仳倠倚於彌楹⑩。烏獲戚而驂乘兮，燕公操於馬圉⑪。蒯瞶登於清府兮，咎繇棄而在壄⑫。蓋見兹以永歎兮⑬，欲登階而狐疑⑭。乘白水而高騖兮⑮，因徙弛而長詞⑯。

①軌，車轍也。月令曰：「車同軌。」言己雖見放逐，猶興離騷之文以諷諫其君，冀其心一寤，有命還己，己復得乘車周行楚國，脩古始之轍跡也。【補曰】「車同軌」，今中庸文也。古音故。

②言己後或歸郢，其路長遠，誠難遷徙，然我心中想念於君，不能已也。

③典，常。刑，法。

④洪範，尚書篇名，箕子所爲武王陳五行之道也。言君施行，背三皇五帝之常典，絶去洪範之法紀，任意妄爲，故失道也。【補曰】辟，婢亦切。

⑤播，弃。

⑥錯，置也。衡，稱也，所以銓物輕重也。言君弃先王之法度而不奉循，猶置衡稱不以量物，更任其意而商輕重，必失道徑、違人情也。【補曰】錯，七故切。意有臆音。

⑦側，旁也。言賢者執持法度而見放弃，傾頭容身讒諛之人，反得親近侍於旁側也。幸，一作「達」。

⑧甘棠，杜也。詩云：「蔽芾甘棠」。【補曰】爾雅：「杜，甘棠。」注云：「今之杜梨。」

⑨堂下謂之庭。言甘棠香美之木，枯於草中而不見御，反種蒺藜棘刺之木，滿於中庭。以言遠仁賢、近讒賊也。

⑩西施，美女也。仳倠，醜女也。彌，猶徧也。楹，柱也。言西施美好，弃於後宮不見進御。仳倠醜

女，反倚立徧兩楹之間，侍左右也。【補曰】仳，步浼。倠，虎猥切。又，仳音毗。倠，呼維切。説文云：「醜面也。」淮南注云：「仳倠，古之醜女。音靡也[八]。」

⑪烏獲，多力士也。燕公，邵公也。封於燕，故曰燕公也。養馬曰圉。言與多力烏獲同車驂乘，令仁賢邵公執役養馬，失其宜也。【補曰】孟子曰：「舉烏獲之任。」許慎云：「秦武王之力士。」

⑫蒯聵，衛靈公太子也，不順其親，欲害其後母。清府，猶清廟也。言使蒯聵無義之人，登於清廟而執綱紀，放弃聖人咎繇於外野，政必亂，身危殆也。一作「弃於壄外」。一作「外野」。【補曰】蒯，苦怪。聵，五怪切。

⑬以，一作「而」。

⑭言己見君親愛惡人，斥逐忠良，誠欲進身登階，竭盡謀慮，意中狐疑，恐遇患害也。

⑮椉，一作「乘」。

⑯言己恐登階被害，欲乘白水，高馳而遠遊，遂清潔之志，因徙弛却退而長訣也。弛，一作「弛」，一作「施」。

歎曰：倘佯壚阪，沼水深兮①。容與漢渚，涕淫淫兮②。鍾牙已死，誰爲聲兮③？纖阿不御，焉舒情兮④？曾哀悽欷，心離離兮⑤。還顧高丘，泣如灑兮⑥。

思古

①倘佯，山名也。壚，黄黑色土也。沼，池也。詩云：「王在靈沼。」言倘佯之山，其阪土玄黄，其下有池，水深而且清，宜以避世，而長隱身也。【補曰】説文：「壚，黑剛土也。」

②漢，水名也。尚書曰：「嶓冢導漾，東流爲漢。」言己將欲避世，遊戲漢水之岸，心中哀悲而不能去，涕流淫淫也。

③鍾，鍾子期。牙，伯牙也。言二子曉音，今皆已死，無知音者，誰爲作善聲也。以言君不曉忠信，亦不可爲竭謀盡誠也。

④纖阿，古善御者。言纖阿不執轡而御，則馬不爲盡其力。言君不任賢者，賢者亦不盡其節。

⑤離離，剝裂貌。

⑥言己不遭明君，無御用者，重自哀傷，悽愴累息，心爲剝裂，顧視楚國，悲感泣下，如以水灑地也。【補曰】灑，所宜切。

悲余性之不可改兮，屢懲艾而不迻①。服覺晧以殊俗兮②，貌揭揭目巍巍③。譬若王僑之乘雲兮，載赤霄而淩太清④。欲與天地參壽兮⑤，與日月而比榮⑥。登崑崙而北首兮⑦，悉靈圉而來謁⑧。選鬼神於太陰兮，登閶闔於玄闕⑨。回朕車俾西引兮，褰虹旗於玉門⑩。馳六龍於三危兮⑪，朝西靈於九濱⑫。結余軫於西山兮，横飛谷以南征⑬。絶都廣以直指兮⑭，歷祝融於朱冥⑮。枉玉衡於炎火兮⑯，委兩館于咸唐⑰。貫澒濛以東朅兮⑱，維六龍於扶桑⑲。

①言己體受忠直之性，雖數爲讒人所懲艾，而心終不移易也。艾，一作「忞」，一作「[艹忞]」。迻，一作「移」。【補曰】艾、忞，並音乂。迻，遷徙也，通作「移」。

②覺，較也。詩云：「有覺德行。」晧，猶明也。晧，一作「浩」，一作「酷」，注並同。

③揭揭，高貌也。巍巍，大貌也。言己被服衆芳，履行忠正，較然盛明，志願高大，與俗人異也。巍，釋文作「魏」，音危。【補曰】揭，居謁切。

④言己志意高大，上切於天，譬若仙人王僑乘浮雲，載赤霄，上淩太清，遊天庭也。淩，一作「凌」。

⑤一無「欲」字。

⑥言己修行衆善，冀若仙人王僑得道不死，遂與天地同其壽命，與日月比其光榮，流名於後世，不腐滅也。一無「而」字。

⑦首，嚮。【補曰】首音狩。

⑧悉，盡也。靈圉，衆神也。言己設得道輕舉，登崑崙之上，北向天門，衆神盡來謁見，尊有德也。圉，釋文作「圄」。【補曰】並魚呂切。大人賦云：「悉徵靈圉而選之兮。」張揖曰：「靈圉，衆仙号也。」淮南云：「騎蜚廉而從敦圄。」注云：「敦圄，仙人名。」郭璞云：「靈圉、淳圉，仙人名

也。」

⑨言己乃選擇衆鬼神之中行忠正者，與俱登於天門，入玄闕，拜天皇，受勑誨也。

⑩褰，袪也。玉門，山名也。言乃旋我之車而西行，褰舉虹旗，驅上玉門之山，以趣疾也。

⑪三危，西方山也。

⑫朝，召也。濱，水涯也。言乃馳騁六龍，過於三危之山，召西方之神，會於大海九曲之涯也。西，一作「四」。

⑬結，旋也。飛谷，日所行道也。言乃旋我車軫，橫度飛泉之谷，以南行也。軫，一作「車」。

⑭都廣，野名也。山海經曰：「都廣在西南，其城方三百里，蓋天地之中也。」【補曰】淮南曰：「建木在都廣，蓋天地之中也。」注云：「都廣，南方山名。」又曰：「八殥之外有八紘。南方曰都廣。」注云：「國名，山在此國，因復曰都廣山。」

⑮朱，赤色也。言己行乃橫絶於都廣之野，過祝融之神於朱冥之野也。【補曰】莊子曰：「南冥者，天池也。」傳曰：「南海之神曰祝融。」

⑯枉，屈也。衡，車衡也。

⑰委，曲也。館，舍也。咸唐，咸池也。言己從炎火，又曲意至於咸池，而再舍止宿也。

⑱澒濛，氣也。朅，去也。澒，一作「鴻」。【補曰】澒、鴻，並乎孔切。濛，蒙孔切，大水也。朅，丘列切。

⑲言遂貫出湏濛之氣而東去，繫六龍於扶桑之木。扶，一作「榑」。【補曰】春秋命曆序曰：「皇伯登扶桑日之陽，駕六龍以上下。」

周流覽於四海兮，志升降以高馳①。徵九神於回極兮②，建虹采以招指③。駕鸞鳳以上遊兮，從玄鶴與鷦明④。孔鳥飛而送迎兮⑤，騰羣鶴於瑶光⑥。排帝宫與羅囿兮⑦，升縣圃以眩滅⑧。結瓊枝以雜佩兮，立長庚以繼日⑨。淩驚雷以軼駭電兮⑩，綴鬼谷於北辰⑪。鞭風伯使先驅兮，囚靈玄於虞淵⑫。遡高風以低佪兮⑬，覽周流於朔方⑭。就顓頊而陳詞兮，考玄冥於空桑⑮。旋車逝於崇山兮⑯，奏虞舜於蒼梧⑰。澨楊舟於會稽兮⑱，就申胥於五湖⑲。見南郢之流風兮，殞余躬於沅湘⑳。望舊邦之黯黮兮㉑，時溷濁其猶未央㉒。懷蘭茝之芬芳兮，妬被離而折之㉓。張絳帷以襜襜兮，風邑邑而蔽之㉔。日暾暾其西舍兮㉕，陽焱焱而復顧㉖。聊假日以須臾兮，何騷騷而自故㉗。

①言己既周行遍於四海之外，意欲上下高馳，以求賢士也。升，一作「陞」。

②徵，召也。回，旋也。極，中也。謂會北辰之星於天之中也。

③虹采，旗也。招指，指麾也。旗，所以招指語人也。言己乃召九天之神，使會北極之星，舉虹采以指麾四方也。一作「采虹」。

④鵾明，俊鳥也。

⑤一作「庭迎」。

⑥鶴，靈鳥也，以喻潔白之士。言己乃駕乘鸞鳳明智之鳥，從鵾明羣鶴潔白之士，過於瑶光之星，質己修行之要也。鶴，一作「鵠」。瑶，一作「摇」。一注云：鶴，白鳥也。【補曰】瑶光，北斗杓星也。

⑦羅囿，天苑。

⑧言遂排開天帝之宫，入其羅囿，出升縣圃之山而望，目爲炫燿，精明消滅，心愁思也。升，一作「陞」。縣，一作「懸」。【補曰】縣音玄。

⑨長庚，星名也。詩云：「西有長庚。」言己精明雖消滅，猶結玉枝申脩忠誠，立長庚之星，以繼日光，晝夜長行，志意明也。一作「繼曜」。

⑩一無「以」字。【補曰】軼音佚。

⑪綴，係也。北辰，北極星也。論語曰：「譬如北辰，居其所而衆星拱之。」言遂凌乘驚駭之雷，追逐奔軼之電，以至於天，使北辰係綴百鬼，勿令害賢者也。鬼谷，一作「百鬼」。

⑫靈玄，玄帝也。虞淵，日所入也。淮南言：日出湯谷，入於虞淵。[九]

⑬遡，一作「泝」。一云「遡高風以徘徊」。【補曰】泝、遡，一也。泝，向也，逆流而上曰泝洄。

⑭言乃鞭風伯使之掃塵，因玄帝之神使無陰冥，周徧流行於北方也。

⑮空桑，山名也。玄冥，太陰之神，主刑殺也。言乃就聖帝顓頊，陳列己詞，考問玄冥之神於空桑之

山，何故害賢也。

⑯崇山，驩兜所放山也。逝，一作「遊」。

⑰言己從崇山見驩兜，以佞故囚〔一〇〕，至蒼梧告愬聖舜，己行忠直，而遇斥弃，冀蒙異謀也。虞，一作「帝」。

⑱楊，木名也。詩云：「汎汎楊舟。」會稽，山名也。浍，一作「濟」。

⑲湖，大池也。言己復乘楊木之輕舟，就伍子胥於五湖之中，問志行之見者也。一本「揖大禹於江濱」。一注「伍子胥」作「申包胥」。然上文有「申子」，注云子胥也。

⑳言還見楚國風俗，妬害賢良，故自沈於沅、湘而不悔也。

㉑黯黮，不明貌也。邦，一作「鄉」。【補曰】黯，烏感。黮，都感切。

㉒言己望見故國，君闇不明，羣下貪亂，其化未盡，心憂愁也。一無「其」字。

㉓言己懷忠信之行，故爲衆佞所妬，欲共被離摧折而弃之也。被，一作「披」。【補曰】被音披。

㉔邑邑，微弱貌也。言君張朱帷，襜襜鮮明，宜與賢者共處其中，而政令微弱，適以自蔽者也。

㉕其，一作「而」。

㉖言日暾暾西下，將舍入太陰之中，其餘陽氣，猶尚焱焱，而顧欲還也。以言己年亦老暮，亦思還返故鄉也。焱，一作「炎」。【補曰】暾，他昆切。焱，火華也，音琰。炎，音同。

㉗言己思年命欲暮，願且假日遊戲須臾之閒，然中心愁思如故，終不解也。故，一作「苦」。

歎曰：譬彼蛟龍，乘雲浮兮①。汎淫澒溶，紛若霧兮②。潺湲轇轕③，雷動電發，馺高舉兮④。升虚淩冥，沛濁浮清，入帝宫兮⑤。摇翹奮羽，馳風騁雨，遊無窮兮⑥。

遠遊

①一云「譬彼雲龍」，無「乘雲浮兮」一句。一云「乘雲游兮」。一云「乘浮雲兮」。

②言己懷德不用，譬若蛟龍潛於川澤，忽然乘雲汎淫而遊，紛紜若霧，而乃見之也。汎，一作「沉」。澒，一作「鴻」。【補曰】汎淫，已見九懷。澒、鴻，並乎孔切。溶，弋孔切。

③轇，一作「膠」。【補曰】轕音葛。

④言蛟龍升天，其形潺湲，若水之流，縱横轇轕，遂乘雷電而高舉也。以言己亦想遭明時，舉而進用。【補曰】馺，素合切。方言：「馺，馬馳也。」注云：「疾貌。」

⑤言龍能登虚無，淩清冥，弃濁穢，入天帝之宫。言己亦想升賢君之朝，斥去貪佞之人也。升，一作「登」。沛，一作「弃」。

⑥言龍既升天，奮摇翹羽，馳使風雨。言己亦願奮竭智謀，以輔事賢君，流恩百姓，長無窮極也。

【校勘記】

［一］叛，原脱，據毛校引文瀾閣本補。

[二]孑，原作「子」，據景宋本改。
[三]衷，原作「哀」，據文選吳都賦改。
[四]逾，爾雅作「愈」。
[五]溜，原作「淵」，據集韻改。
[六]國，原脱，據毛校引文瀾閣本補。
[七]揔，原作「偬」，據景宋本改。
[八]靡也，何寧淮南子集釋作「靡㐌」，是。
[九]此條注原在「遡高風以低佪兮」下，現據其内容移至此。
[一〇]囚，原作「因」，據景宋本改。

楚辭卷第十七

漢侍中南郡王　逸叔師作

九思章句第十七　楚辭

逢尤① 怨上 疾世② 憫上③ 遭厄
悼亂④ 傷時 哀歲 守志

①逢，一作「見」。
②世，一作「俗」。
③憫，一作「閔」。
④一作「隱思」，一作「散亂」。

九思者，王逸之所作也。逸，南陽人①，博雅多覽，讀楚辭而傷愍屈原，故爲之作解。

又以自屈原終没之後，忠臣介士、遊覽學者讀離騷、九章之文，莫不愴然，心爲悲感，高其節行，妙其麗雅。至劉向、王褒之徒，咸嘉其義②，作賦騁辭，以讚其志。則皆列於譜録，世世相傳③。逸與屈原同土共國，悼傷之情與凡有異。竊慕向、褒之風，作頌一篇，號曰九思，以裨其辭。未有解説，故聊叙訓誼焉④。辭曰⑤：

①一作「南郡」。

②一云「咸嘉歎之」。

③皮日休九諷叙云：「屈平既放，作離騷經，正詭俗而爲九歌，辨窮愁而爲九章。是後詞人摭而爲之，若宋玉之九辯，王褒之九懷，劉向之九歎，王逸之九思，其爲清怨素豔，幽快古秀，皆得芝蘭之芬芳，鸞鳳之毛羽也。楊雄有廣騷，梁竦有悼騷，不知王逸奚罪其文，不以二家之述爲離騷之兩派也。」

④一無「叙」字。

⑤逸不應自爲注解，恐其子延壽之徒爲之爾。

悲兮愁，哀兮憂①。天生我兮當闇時②，被諑譖兮虚獲尤③。心煩憒兮意無聊④，嚴載駕兮出戲遊⑤。周八極兮歷九州⑥，求軒轅兮索重華⑦。世既卓兮遠眇眇⑧，握佩玖兮中路躇⑨。羡咎繇兮建典謨⑩，懿風后兮受瑞圖⑪。愍余命兮遭六極⑫，委玉質兮於泥塗⑬。遽傽遑兮驅林澤⑭，步屏營兮行丘阿⑮。車軏折兮馬虺頹⑯，惷悵立兮涕滂沲⑰。思丁文兮聖明哲⑱，哀平差兮迷謬愚⑲。吕傅舉兮殷周興⑳，忌噽專兮郢吳虚㉑。仰長歎兮氣餲結㉒，悒殟絶兮咶復蘇㉓。虎兕爭兮於廷中㉔，豺狼鬭兮我之隅㉕。雲霧會兮日冥晦㉖，飄風起兮揚塵埃㉗。走𦉪罔兮乍東西㉘，欲竄伏兮其焉如㉙。念靈閨兮隩重深㉚，願竭節兮隔無由。望舊邦兮路逶隨㉛，憂心悄兮志勤劬㉜。䰟煢煢兮不遑寐㉝，目眽眽兮寤終朝㉞。

逢尤

①傷不遇也。

②君不明也。

③爲佞人所傷害也。諑，毁也。尤，過也。【補曰】諑音卓。

④愁君迷蔽，忿姦興也。憒，亂也。聊，樂也。【補曰】憒音潰。聊音留。

⑤將以釋憂憤也。

⑥求賢君也。

⑦覬遇如黄帝、堯、舜之聖明也。

⑧去前聖遠，然不可得也。卓，遠也。卓，一作「逴」。【補曰】逴音卓。

⑨懷寶不舒，悵仿偟也。【補曰】躇音除。

⑩樂古賢臣，遇明君也。咎，一作「臯」。

⑪懿，深也。屈原之喻也。風后，黄帝師，受天瑞者也。

⑫愍，一作「憫」。

⑬見放逐汙辱，若陷泥塗中也。泥，一作「埿」。

⑭遽，一作「遂」。傽，一作「章」，一作「憧」，一作「憒」。【補曰】集韻：「徸偟，行不正。」

⑮憂憒不知所爲，徒經營奔走也。【補曰】屏音并，卑盈切，征伀也。

⑯驅騁不能寧定，車弊而馬病也。軏，一作「軸」。【補曰】語云：「小車無軏。」軏，車轅，耑持衡者。一作「軌」，非是。虺音灰。集韻作「虺隤」。

⑰憂悴而涕流也。惷，一作「意」，一作「惆」，一作「怊」。【補曰】惷，丑江切。意，音同，視不明也。一曰：直視。

⑱丁，當也。文，文王也。心志不明，願遇文王時也。

⑲平，楚平王。差，吴王夫差也。平王殺忠臣伍奢，奢子員仕吴以破楚。夫差不用子胥，而爲越所滅也。

⑳吕，吕望。傅，傅説。兩賢舉用，而二代以興盛也。

㉑忌，楚大夫費無忌。嚭，吳大夫宰嚭。虛，空也。忌、嚭佞僞，惑其君而敗，二國空虛。郢，楚都也。嚭，一作「噽」。【補曰】普美切。集韻從喜。

㉒仰將訴天也。餇，結也。【補曰】餇，於結切。說文：「飰窒也。」與「噎」同。

㉓憤忿晻絶，徐乃蘇也。殟，釋文作「愠」。咶，一作「活」，一作「恬」。蘇，釋文作「穌」。【補曰】殟，廣雅云：「極也。」音温。咶，息也，乎刮切。

㉔廷，朝廷也。虎兕，惡獸，以喻姦臣。

㉕隅，旁也。言衆佞辯爭，常在我傍也。

㉖衆僞蔽君，如雲霧之隱日，使不可得見也。

㉗回風爲飄，以喻小人。造設姦僞，賊害仁賢，爲君垢穢，如回風之起塵埃也。

㉘動觸諂毁，東西趣走。一作「悤趟」，一作「暢趟」。一本云：趟，敞音，又主尚切。【補曰】集韻有「趟」，敞、尚二音，距也，蹋也。有「趟」，音餉，正也。

㉙無所逃難。

㉚靈，謂懷王。闉，閣也。言欲訴論，輒爲羣邪所逆，不能得通達。隩，一作「奧」，一作「窔」。

㉛逶隨，迂遠也。近而障隔，則與迂遠同也。逶，一作「委」。

㉜悄，猶慘也。劬，勞也。志，一作「以」。【補曰】悄，子小切。

㉝冤，一作「魂」。

㉞眽眽，視貌也。終朝，自旦及夕，言通夜不能瞑也。眽，一作「脈」，一作「眩」。【補曰】眽，目財視貌，音脉。

令尹兮謷謷①，羣司兮譨譨②。哀哉兮淈淈③，上下兮同流④。菽藟兮蔓衍⑤，芳虈兮挫枯⑥。朱紫兮雜亂，曾莫兮別諸⑦。倚此兮巖穴⑧，永思兮窈悠⑨。嗟懷兮眩惑⑩，用志兮不昭⑪。將喪兮玉斗，遺失兮鈕樞⑫。我心兮煎熬，惟是兮用憂⑬。進惡兮九旬⑭，復顧兮彭務⑮。擬斯兮二蹤⑯，未知兮所投。謠吟兮中壄⑰，上察兮璇璣⑱。大火兮西睨，攝提兮運低⑲。雷霆兮硠磕⑳，雹霰兮霏霏㉑。奔電兮光晃，涼風兮愴悽㉒。鳥獸兮驚駭，相從兮宿棲㉓。鴛鴦兮噰噰㉔，狐貍兮徾徾㉕。哀吾兮介特㉖，獨處兮罔依㉗。螻蛄兮鳴東，蟊蠽兮號西。蛓緣兮我裳，蠋入兮我懷。蟲豸兮夾余，惆悵兮自悲㉘。佇立兮忉怛㉙，心結縎兮折摧㉚。

怨上

①令尹，楚官，掌政者也。謷謷，不聽話言而妄語也。【補曰】謷，五高切。

②羣司，衆僚。譨譨，猶㦗㦗也。言皆競於佞也。羣，一作「群」。【補曰】譨譨，多言也，奴侯切。

③漏漏，一國並亂也。【補曰】漏音骨。
④君臣俱愚，意無別也。
⑤葹蘠，小草也。蔓衍，廣延也。【補曰】葹，釋文音焦。蘠，力水切。
⑥藴，香草名也。挫枯，弃不用也。【補曰】藴，許苗切。本草：「白芷，一名藴。」説文：「楚謂之蘺，晉謂之藴，齊謂之茝。」
⑦君不識賢，使紫奪朱，世無别知之者。
⑧退遁逃也。
⑨長守忠信，念無違，而塗悠遠也。悠，一作「窕」。
⑩懷，懷王也。爲衆佞所欺曜，目盡迷瞀。
⑪獨行忠信，無明己者。昭，一作「照」。
⑫鈕樞，所以校玉斗，玉斗既喪，將失其鈕樞。言放弃賢者，逐去之。一注云：鈕樞、玉斗，皆所寶者。【補曰】釋文：鈕，女有切。一作「劍」，非是。
⑬敖，亦煎也，憂無已也。煎敖，一作「敖鬻」。釋文作「熬」。【補曰】並音炒。
⑭紂爲九旬之飲，而不聽政。惡，一作「思」。進惡，一作「集慕」。九旬，一作「仇荀」。一注云：紂爲長夜之飲。【補曰】仇荀，謂仇牧、荀息。
⑮彭，彭咸。務，務光。皆古介士，恥受汙辱，自投於水而死也。復，一作「退」。務，一作「瞀」。注

同。釋文音牟。

⑯擬，則也。蹤，跡也。言願效此二賢之迹，亦當自沈。

⑰未得所死，且彷徨也。一作「野」。

⑱璇，一作「旋」，一作「琁機」。【補曰】北斗魁四星爲璇璣。

⑲璇璣天中，故先察之。大火西流，攝提運下，夜分之候。愁思不寐，起視星辰，以解戚者也。流，一作「匿」。【補曰】大火，房、心、尾也。晉志：「攝提六星，直斗杓之南，主建時節。」

⑳雷聲。【補曰】上音郎，下苦蓋切。

㉑霏霏，集貌。

㉒獨處愁思不寐，見雹電涼風之至，益憂多也。晃，一作「照」。

㉓言鳥獸驚惶，尚相從就，傷己單獨，心用悲也。

㉔和鳴貌也。

㉕相隨貌。【補曰】黴，釋文音眉。一作「獄」，非。

㉖介特，獨也。一「吾」下有「子」字。

㉗罔，無也。

㉘言己獨處山野，與衆虫爲伍，心悲感也。一作「蟊蠽」。蛓，一作「螢」。懷，一作「衣」。豸，一作「豕」。【補曰】螻蛄，婁姑二音。蟊蠽，矛節二音。蟊虫食草根者。爾雅：「蠽，茅蜩，似蟬而小，

青色。」音截。載音次，説文云：「毛虫。」有毒，螫人。蠋音蜀，豸，直氏切。有足謂之蟲，無足謂之豸。

㉙佇，停。【補曰】忉音刀，憂勞也。怛，丁葛切。

㉚【補曰】緡，結也，音骨。

周徘徊兮漢渚①，求水神兮靈女②。嗟此國兮無良③，媒女詘兮謰謱④。鴳雀列兮譁讙⑤，鴝鵒鳴兮聒余⑥。抱昭華兮寶璋⑦，欲衒鬻兮莫取⑧。言旋邁兮北徂⑨，叫我友兮配耦⑩。日陰曀兮未光⑪，闃睄[二]窕兮靡睹⑫。紛載驅兮高馳⑬，將諮詢兮皇羲⑭。遵河皐兮周流，路變易兮時乖⑮。濿滄海兮東遊，沐盥浴兮天池⑯。訪太昊兮道要⑰，云靡貴兮仁義⑱。志欣樂兮反征，就周文兮邠岐⑲。秉玉英兮結誓⑳，日欲暮兮心悲㉑。惟天祿兮不再㉒，背我信兮自違㉓。踰隴堆兮渡漠㉔，過桂車兮合黎㉕。赴崑山兮馽騄㉖，從邛遨兮棲遲㉗。吮玉液兮止渴，齧芝華兮療飢㉘。居嵺廓兮尠疇㉙，遠梁昌兮幾迷㉚。望江漢兮濩渃㉛，心緊絭兮傷懷㉜。時昢昢兮且旦㉝，塵莫莫兮未晞㉞。憂不暇兮寢食，吒增歎兮如雷㉟。

疾世

①言居山中愁憤，復之漢水之涯，庶欲以釋思念也。渚，一作「濱」。

②冀得水中神女，以慰思念。

③此國，楚國也。言君臣無善，皆凶愚也。

④謰謱，不正貌。一云「謀女」。一云「媒拙訥兮」。【補曰】「詘」與「訥」同。方言：「謰謱，拏也，南楚曰謰謱。」音連縷。注云：「言諸拏也。」一曰：謰謱，語亂也。

⑤鴳雀，小鳥，以喻小人列位也。言小人在位，患失之，競爲佞諂，聲啾啾也。鴳，一作「鷃」。

⑥鴝鵒，鴳雀類也。多聲亂耳爲聒。【補曰】鴝音劬。

⑦昭華，玉名。璋，一作「章」。【補曰】淮南云：「堯贈舜以昭華之玉。」

⑧行賣曰衒。鬻，賣也。言己竭忠信以事君而不見用，猶抱此昭華寶璋衒賣之。璋，玉名也。

⑨己不見用，欲遠去也。旋，一作「逝」。一云「逝言邁兮」。

⑩叫，急叫也。言此國已無良人，庶北行遇賢友，而以自耦也。

⑪北方多陰。陰，一作「霒」。

⑫閴，窺也。睄窕，幽冥也。一作「闃䏑𩃎」。【補曰】閴，古覓切。「睄」與「宵」同。窕，徒了切，深也。

⑬適北無所遇，故欲馳而去。

⑭皇羲，羲皇也。諮，問。詢，謀。所以安己也。一云：羲，伏羲。伏羲稱皇也。

⑮所志不遇，無所用其志也。時，一作「旹」。

⑯天池，則滄海也。瀰，一作「厲」。【補曰】「瀰」與「厲」同。

⑰太昊，東方青帝也。將問天道之要務。

⑱太昊答：惟仁義爲上。【補曰】義有儀音。

⑲聞惟仁義，故欣喜復之西方，就文王也。邠岐，周本國。邠，一作「豳」。

⑳願與文王約信，以玉英爲贄幣也。

㉑日暮而歲邁，年將老，悲不見進用也。

㉒福不再至，年歲一過，則終訖也。

㉓若背忠信以趨時俗，則違本心，故不忍爲。

㉔隴堆，山名。漠，沙漠也。一云「漢」，漢水也。

㉕桂車、合黎，皆西方山之名。

㉖崑山，崑崙也。言渡隴堆，適桂車、合黎，乃至崑崙，取駿馬而絆之。騄，駿馬名。崑，一作「昆」。馽，一作「褭」。【補曰】馽，竹及切，絆馬也。騄耳，馬名，音綠。

㉗邛，獸名。遨，遊也。馽騄從邛而棲遲顧望也。一云「從盧敖兮」。【補曰】邛，謂邛邛，駏虛也。

㉘玉液，瓊蘂之精氣。芝，神草也。渴啜玉精，飢食芝華，欲僊去也。渴，釋文作「潄」。【補曰】吮，常兖切，㖧也。又子兖切，潄也。潄，與「渴」同。

㉙嵺廓，空洞而無人也。尠，少也。疇，匹也。言獨行而抱影也。【補曰】嵺音寥。

㉚梁昌，陷據失所也。迷惑欲還也。陷據，一作「蹈懅」。

㉛濩渃，大貌也。還見江、漢水大也。漢，一作「海」。【補曰】濩音穫。渃音若，大水也。

㉜緊絭，糾繚也。望舊土而心感傷也。絭，一作「韏」。一作「繾綣」。【補曰】緊、繾，並袪引切。韏、綣，並苦遠切，纏綿也。

㉝日月始出，光明未盛爲昢。昢，一作「朏」。一云「旦旦」，一云「且旦」。【補曰】昢，日將曙。朏，月未盛明。並普突切。且，子魚切。

㉞莫莫，合也。晞，消也。朝陽未開，霧氣尚盛。莫，一作「漠」。

㉟吒，一作「咤」。增，一作「曾」。【補曰】吒，竹嫁切，吐怒也。

哀世兮睩睩①，諓諓兮嗌喔②。衆多兮阿媚③，骫靡兮成俗④。貪枉兮黨比，貞良兮煢獨⑤。鵠竄兮枳棘，鵜集兮帷幄⑥。罽蒘兮青蔥⑦，槀本兮萎落⑧。覩斯兮僞惑⑨。心爲兮隔錯⑩。逡巡兮圃藪⑪，率彼兮畛陌⑫。川谷兮淵淵⑬，山皀兮峉峉⑭。叢林兮崟崟⑮，株榛兮岳岳⑯。霜雪兮漼溰⑰，冰凍兮洛澤⑱。東西兮南北，罔所兮歸薄⑲。庇廕兮枯樹，匍匐兮巖石⑳。蜷跼兮寒局數㉑，獨處兮志不申㉒，年齒盡兮命迫促。魁壘擠摧兮常困辱㉓，含憂強老兮愁不樂㉔。鬚髮薴顇兮顠鬢白㉕，思靈澤兮一膏沐㉖。懷蘭英兮把瓊若㉗，待天明兮立躑躅㉘。雲蒙蒙兮電儵爍㉙，孤雌驚兮鳴呴呴㉚。思怫鬱兮肝切剝，忿悁悒兮孰訴告㉛。

憫上

①睩睩，視貌。賢人不用，小人持勢也。【補曰】睩，目睞謹也，音祿。

②譏譏，竊言。嗌喔，容媚之聲。【補曰】嗌音益。喔，於角切，又音屋。

③阿，曲。

④委靡，面柔也。骫，一作「委」。

⑤詩云：「獨行煢煢。」煢，一作「惸」。

⑥木帳曰帷。言大人處卑賤，小人在尊位也。鵠，一作「鶴」。鵜，一作「鶗」，一作「鴮」。【補曰】鵜音啼，與「鶗」同。説文：「鶗鶘也。」

⑦蘮蒘，草名。青葱，見養有光色也。【補曰】蘮，居滯切。蒘，女豬切。集韻：「蘮蒘似芹，可食。」葱，當作「蔥」。

⑧槀本，香草也。喻賢愚易所。落，舊音格。

⑨惑，一作「盛」。一云「疾斯兮僞忒」。

⑩隔錯，失其性也。

⑪蘩林曰藪。

⑫田間道曰畛。陌，塍分界也。

⑬深貌。

⑭峉峉，長而多有貌也。𠂤，一作「阜」，一作「屈」。峉，一作「硌」。【補曰】「𠂤」即「阜」字。𠂤，舊音五結切，集韻作「峊」，山高也。峉音額，山高大貌。硌音落。

⑮崟崟，衆饒貌。崟，一作「岒」。【補曰】並音吟。

⑯岳岳，衆木植也。株，一作「林」。【補曰】博雅：「木叢生曰榛。」

⑰積聚貌。一作「溰溰」，一作「漼漼」。【補曰】漼音摧。溰，五來切，霜雪積聚貌。

⑱洛，竭也。寒而水澤竭成冰。【補曰】集韻：「冰謂之洛澤。」其字從仌，上音洛，下大洛切。又曰：「澤，冰結也。」引此云：「冬冰兮洛澤。」

⑲言四方皆無所停止也。

⑳穴可居者。

㉑一云「蜷跼兮數年」。一云「蜷跼兮寒風數」。【補曰】數音促。

㉒蜷，傴僂也。

㉓魁壘，促迫也。擠摧，折屈也。壘，一作「纍」。【補曰】魁，苦罪切。壘、纍，並音磊。魁壘，盤結

也。擠，子奚切。
㉔愁早老曰強也。不，一作「無」。
㉕薴，亂也。顆，雜白也。鬚，一作「鬢」。薴，一作「蔓」。鬢，一作「顮」。【補曰】薴音獰，草亂也。顇音悴，顛顇也。顆，疋沼[二]切，髮亂貌。
㉖靈澤，天之膏潤也。蓋喻德政也。靈，一作「雲」。
㉗英，華。瓊若，飾[三]也。蘭，一作「華」。
㉘言懷蘭把若，無所施之，欲待明君，未知其時，故屏營躑躅。一作「蹢躅」。【補曰】上文隻、下丈[四]局切。
㉙儵爍，疾也。闇多而明少也。蒙，一作「濛」。【補曰】爍，書灼切。
㉚雌，一作「雛」。【補曰】呴音握。
㉛一云「於悒悒兮」。【補曰】怫音佛。悁，一緣切。告，入聲。

悼屈子兮遭厄①，沈玉躬兮湘汨②。何楚國兮難化③，迄于今兮不易④。士莫志兮羔裘⑤，競佞諛兮讒閲⑥。指正義兮爲曲，訿玉璧兮爲石⑦。鴟鴞遊兮華屋⑧，鵔鸃棲兮柴蔟⑨。起奮迅兮奔走，違羣小兮謑詢⑩。載青雲兮上昇，適昭明兮所處⑪。躡天衢兮長驅，踵九陽兮戲蕩⑫。越雲漢兮南濟，秣余馬兮河鼓⑬。雲霓紛兮晻翳⑭，參辰回兮顛倒⑮。逢流星兮問路，顧我指兮從左⑯。俓娵觜兮直馳⑰，御者迷兮失軌。遂踢達兮邪造⑱，與日月兮殊道。志閼絶兮安如⑲，哀所求兮不耦。攀天階兮下視⑳，見鄢郢兮舊宇㉑。意逍遥兮欲歸，衆穢盛兮杳杳㉒。思哽饐兮詰詘㉓，涕流瀾兮如雨㉔。

遭厄

①子，男子之通稱也。

②賢者質美，故以比玉。湘、汨，皆水名。【補曰】汨音覓。

③言楚國君臣之亂，不可曉喻也。兮，一作「之」。

④政教荒阻，不可變也。于，一作「乎」。

⑤言政穢則士貪鄙，無有素絲之志、皎潔之行也。

⑥閱，不相聽。一云「讒閱閱」。【補曰】閱，虛的切。

⑦一作「璧玉」。【補曰】訿音紫。

⑧鴉，一作「鶻」。

⑨鵕，一作「鵔」。棲，一作「指」，一作「蒨」，音竄。【補曰】鵕，素俊切。鸃音儀。蔟，千木切。

⑩謑，恥辱垢陋之言也。詢，一作「呴」。【補曰】謑音傒。詢，許候切，又胡豆切。荀子：「無廉恥而

忍謑[五]詬。」注云：「謂罵辱也。」謑音奚。一云：謑詬，小人怒。

⑪終無所舒情，故欲乘雲升天，就日處矣。昭明，日暉。昇，一作「陞」。

⑫衢，路也。九陽，日出處也。

⑬河鼓，牽牛別名。【補曰】爾雅：「河鼓謂之牽牛。」晉志曰：「河鼓三星，在牽牛北。」

⑭雲，一作「霄」。翳，一作「鬱」。

⑮參、辰，皆宿名，夜分而易次，故顛倒失路也。【補曰】揚子：「吾不覩參、辰之相比。」

⑯流星發所從也。一云「顧指我兮」。

⑰觜，一作「訾」。【補曰】娵，酒于切。觜音訾。爾雅：「娵觜之口，營室東壁也。」

⑱流星雖甚，猶不得道。踢達，誤過也。邪，一作「衺」。【補曰】踢音湯。達，他達切，一音跌。跌踢，行不正貌。林云：「踢，徒郎、大浪二切。」

⑲志望已訖，不知所之。如，一作「歸」。【補曰】閼音遏。

⑳下，一作「俛」。

㉑鄢、郢，楚都也。言上天所求不得，意欲還下視，見舊居也。【補曰】鄢，於建切，地名，在楚。音偃者在鄭，音焉者在潁川。釋文音𢡟。

㉒衆穢，諭佞人。言將復害己。

㉓饐，一作「咽」。

㉔還爲衆僞所害，故悲泣也。

嗟嗟兮悲夫①，殽亂兮紛挐②。茅絲兮同綜③，冠屨兮共絇④。督萬兮侍宴⑤，周邵兮負蒭⑥。白龍兮見䠶，靈龜兮執拘⑦。仲尼兮困厄⑧，鄒衍兮幽囚⑨。伊余兮念兹⑩，奔遁兮隱居⑪。將升兮高山⑫，上有兮猴猿。欲入兮深谷，下有兮虺蛇。左見兮鳴鵙，右睹兮呼梟⑬。惶悸兮失氣⑭，踊躍兮距跳⑮。便旋兮中原⑯，仰天兮增歎⑰。菅蒯兮壄莽⑱，藋葦兮仟眠⑲。鹿蹊兮躖躖，貒貉兮蟫蟫⑳。鸇鷂兮軒軒㉑，鶉鷂兮甄甄㉒。哀我兮寡獨，靡有兮齊倫㉓。意欲兮沈吟，迫日兮黄昏㉔。玄鶴兮高飛㉕，曾逝兮青冥㉖。鶬鶊兮喈喈㉗，山鵲兮嚶嚶㉘。鴻鸕兮振翅㉙，歸鴈兮于征㉚。吾志兮覺悟，懷我兮聖京。垂屣兮將起，跓竢兮碩明㉛。

悼亂

①傷時昏惑。

②君任佞巧，競疾忠信，交亂紛挐也。殽，一作「散」。釋文：殽，乎巧切。【補曰】挐，女居切。

③不别好惡。綜，一作「緃」。【補曰】綜，子宋切，機縷也。列女傳曰：「推而往、引而來者，綜也。」

④上下無别。屨，一作「屣」。【補曰】絇，具于切。鄭康成云：「絇，謂之拘，著舄屨頭以爲行戒。」

⑤華督、宋萬二人，宋大夫，皆弑其君者也。

⑥周公、邵公。言楚君使忠賢如周、邵者負蒭，反以督、萬之人侍宴。【補曰】説文：「蒭，刈草也。」

⑦白龍，川神。靈龜，天瑞。【補曰】河伯化爲白龍，羿射之，眇其左目。神龜見夢於宋元君，曰：「予爲清江使河伯之所，漁者余且得予。」

⑧仲尼，聖人，而厄於陳、蔡也。

⑨鄒衍，賢人，而爲佞邪所攝，齊遂執之。

⑩伊，惟也。兹，此也。

⑪欲避世也。

⑫升，一作「陟」，一作「階」。

⑬鵙，伯勞也。山有猴猿，谷有虺蛇，左右衆鳥，闃無人民，所以愁懼也。【補曰】鵙，古覓切。

⑭悸，懼也。失氣，晻然而將絶。【補曰】悸，其季切。

⑮以泄憤懣也。【補曰】跳，徒招切。

⑯旋，一作「絶」。

⑰仰，一作「卬」。

⑱壄，一作「野」。【補曰】菅音姦。蒯，苦怪切。

⑲一作「千眠」，一作「仟玄」。仟，一作「阡」。

⑳蟫蟫，相隨之貌。鹿蹊，一作「玄鹿」。躖，一作「蹝」。躖躖，一作「繼踵」。【補曰】蹊，徑也。蹝，吐管切。集韻作「𨆪」。說文云：「禽獸所踐處也。」貒音湍，似豕而肥。一音歡。蟫，淫、潭二音。

㉑軒軒，將止之貌。【補曰】鷂音燿。

㉒甄甄，小鳥飛貌。鴿，一作「鷂」。一云「鶉鴳兮飄飄」。一作「鶉鴿」。【補曰】鴿，烏甘切。

㉓齊，偶。齊，一作「匹」。

㉔意且欲遲，望又促暮，當棲宿也。迫，一作「白」。

㉕鶴，一作「鸖」。一云「鶡雞」。

㉖青冥，太清。曾，一作「增」。逝，一作「遊」。

㉗鶬鶊，鸝黃也。喈喈，鳴之和。

㉘嚶嚶，鳴之清也。

㉙鴈之大者曰鴻。鸕，鸕鶿也。振翅，將飛也。

㉚征，行也。言將去。

㉛垂，釋文作「凾」，測夾切。碩，一作「須」。【補曰】屣，所爾切。跓，竹句切。集韻：「重主切，停足。」

惟昊天兮昭靈①，陽氣發兮清明。風習習兮龢煖②，百草萌兮華榮③。堇荼茂兮扶疏④，蘅芷彫兮瑩嫇⑤。愍貞良兮遇害，將夭折兮碎糜⑥。時混混兮澆饡⑦，哀當世兮莫知。覽往昔兮俊彥，亦詘辱兮係纍⑧。管束縛兮桎梏，百貿易兮傳賣⑨。遭桓繆兮識舉⑩，才德用兮列施⑪。且從容兮自慰⑫，玩琴書兮遊戲⑬。迫中國兮迮陿⑭，吾欲之兮九夷⑮。超五嶺兮嵯峨⑯，觀浮石兮崔嵬⑰。陟丹山兮炎野⑱，屯余車兮黃支⑲。就祝融兮稽疑⑳，嘉己行兮無爲㉑。乃回朅兮北逝㉒，遇神孏兮宴娭㉓。欲靜居兮自娛㉔，心愁慼兮不能㉕。放余轡兮策駟㉖，忽飂騰兮浮雲㉗。蹠飛杭兮越海㉘，從安期兮蓬萊㉙。緣天梯兮北上，登太一兮玉臺㉚。使素女兮鼓簧，乘戈龢兮謳謠㉛。聲噭誂兮清和㉜，音晏衍兮要媱[六]㉝。咸欣欣兮酣樂，余眷眷兮獨悲㉞。顧章華兮太息㉟，志戀戀兮依依㊱。

傷時

①昊天，夏天也。昭，明也。靈，神也。

②煖，一作「暖」，古作「燸」。【補曰】乃管切。

③榮，一作「英」。

④堇，蘄也。荼，苦菜也。扶，一作「敷」。【補曰】爾雅：「齧，苦堇。」注云：「今堇葵也。」

⑤蘅，杜蘅。芷，若芷。皆香草。嫇，一作「冥」。【補曰】瑩，於銘切。嫇音銘。

⑥一作「靡」。

⑦饡，餐也。混混，濁也。言如澆饡之亂也。餐，一作「飱」。【補曰】饡音贊。説文云：「以羹澆飯。」

⑧釋文作「累」，力桂切。

⑨傳，一作「傅」。【補曰】淮南云：「伯里奚轉鬻。」注云：「伯里奚知虞公不可諫，轉行自賣於秦，爲穆公相。」傳亦有轉音。

⑩管，管仲。百，百里奚也。管仲爲魯所囚，齊桓釋而任之。百里奚，晉徒役，秦繆以五羖之皮贖之爲相也。【補曰】繆音木。

⑪德，一作「得」。

⑫以古賢者皆然，緩己憂也。

⑬【補曰】戲音希。

⑭無所用志，故云迮陋。一作「窄陝」。

⑮子欲居九夷，疾時之言也。

⑯超，越也。將之九夷，先歷五嶺之山，言艱難也。

⑰東海有浮石之山。崔嵬，山形也。

⑱復之南方。丹山、炎野，皆在南方也。

⑲一本此句在「就祝融兮稽疑」之下。【補曰】揚子曰：「黄支之南。」

⑳黄支，南極國名也。祝融，赤帝之神，稽，合。所以折謀，求安己之處也。

㉑嘉，善也。言祝融善己之處。

㉒復旋至北方也。回，一作「迴」。【補曰】朅，去竭切。

㉓孈，北方之神名也。言遇神宴而待之。孈，一作「孈」。釋文作「嫣」，音擕。

㉔言己遇神而宴樂，亦欲安居自娛也。

㉕慼，一作「戚」。

㉖復欲去也。放，一作「收」。

㉗一云「忽風騰兮雲浮」。

㉘蹠，一作「跖」。

㉙蓬萊，海中山名也。安期生，仙人名也。言欲往求仙也。

㉚登，一作「升」。太一，天帝所在，以玉爲臺也。

㉛乘戈，仙人也。和素女而歌也。【補曰】張晏云：「玉女、青要、乘弋等也。」戈字從弋。

㉜噭誂，清暢貌。噭，釋文作「激」，音叫。誂，他弔切。【補曰】噭，呼也。楚謂兒泣不止曰噭咷。咷音躍。

㉝要媱，舞容也。【補曰】說文：「媱，曲肩貌[七]。」方言：「媱，遊也。江、沅之間，謂戲爲媱。」

㉞言天神衆舞，皆喜樂，獨己懷悲哀也。

㉟章華，楚臺名也。太息，憂歎也。
㊱戀，一作「鬱」。

旻天兮清涼①，玄氣兮高朗②。北風兮潦洌③，草木兮蒼唐④。蛜蚗兮噍噍⑤，蝍蛆兮穰穰⑥。歲忽忽兮惟暮⑦，余感時兮悽愴⑧。傷俗兮泥濁，矇蔽兮不章。寶彼兮沙礫，捐此兮夜光⑨。椒瑛兮湼汙，葈耳兮充房⑩。攝衣兮緩帶，操我兮墨陽⑪。陞車兮命僕，將馳兮四荒⑫。下堂兮見蠆⑬，出門兮觸蠭。巷有兮蚰蜒，邑多兮螳螂。睹斯兮嫉賊，心爲兮切傷。俛念兮子胥，仰憐兮比干。投劒兮脫冕，龍屈兮蜿蟤⑭。潛藏兮山澤，匍匐兮叢攢⑮。窺見兮溪澗，流水兮沄沄⑯。黿鼉兮欣欣，鱣鮎兮延延。群行兮上下，駢羅兮列陳。自恨兮無友，特處兮煢煢⑰。冬夜兮陶陶⑱，雨雪兮冥冥。神光兮熲熲，鬼火兮熒熒⑲。修德兮困控⑳，愁不聊兮遑生㉑。憂紆兮鬱鬱，惡所兮寫情。

哀歲

①秋天爲旻天。秋節至，故清且涼也。
②秋冬陽氣升，故高朗也。朗，一作「明」。

③寒節至也。洌，一作「烈」。【補曰】潦音寮。
④始凋也。草，一作「艸」。唐，一作「黄」。
⑤促寒將蟄，故嘸嘸鳴。
⑥將變貌。
⑦暮，末。
⑧感時以悲思也。
⑨夜光，明珠也。
⑩葈耳，惡草名也。充房，侍近君也。
⑪墨陽，劍名。
⑫四裔謂之四荒。
⑬蠆，土蠭〔八〕也。喻佞人欲害賢，如蠆之有螫毒。
⑭蜿蟤，自迫促貌。
⑮叢攢，羅布也。
⑯沄沄，沸流。
⑰獨行貌。
⑱長貌。

⑲神光，山川之精，能爲光者也。熒熒，小火也。
⑳將誰困控，言無引己也。
㉑遑，暇。

陟玉巒兮逍遥①，覽高岡兮嶢嶢②。桂樹列兮紛敷③，吐紫華兮布條④。實孔鸞兮所居⑤，今其集兮惟鴞⑥。烏鵲驚兮啞啞⑦，余顧瞻兮怊怊⑧。彼日月兮闇昧⑨，障覆天兮祲氛⑩。伊我后兮不聰⑪，焉陳誠兮效忠。攄羽翮兮超俗⑫，遊陶遨兮養神⑬。乘六蛟兮蜿蟬⑭，遂馳騁兮陞雲。揚彗光兮爲旗，秉電策兮爲鞭⑮。朝晨發兮鄢郢⑯，食時至兮增泉⑰。繞曲阿兮北次⑱，造我車兮南端⑲。謁玄黄兮納贄⑳，崇忠貞兮彌堅㉑。歷九宫兮偏觀㉒，睹祕藏兮寶珍。就傅説兮騎龍㉓，與織女兮合婚。舉天罼兮掩邪㉔，彀天弧兮躰姦㉕。隨真人兮翱翔㉖，食元氣兮長存㉗。望太微兮穆穆㉘，睨三階兮炳分㉙。相輔政兮成化，建烈業兮垂勳㉚。目瞥瞥兮西没，道遐迥兮阻歎。志稸積兮未通，悵敞罔兮自憐㉛。

守　志

①玉巒，崑崙山也。山脊曰巒。逍遥，須臾也。

②山嶺曰岡。嶢嶢，特高也。
③崑崙山多桂樹，紛錯敷衍。
④桂華紫色，布敷條枝。
⑤孔鸞，大鳥。
⑥鴞，小鳥也。以言名山宜神鳥處之，猶朝廷宜賢者居位，而今惟小人，故云鴞萃之也。
⑦神鳥至，則衆鳥集從，今反鴞往處之，故驚而鳴也。
⑧怊怊，四遠貌。
⑨日月無光，雲霧之所蔽。人君昏亂，佞邪之所惑。
⑩祲，惡氣貌。
⑪后，君。
⑫無所効其忠誠，故飄飛而去也。
⑬陶遨，心無所繫。
⑭蜿蟬，群蛟之形也。龍無角曰蛟。
⑮復欲升天，求仙人也。
⑯郢，楚都也。
⑰增泉，天漢也。

⑱次，舍。
⑲復適南方也。
⑳玄黄，中央之帝也。
㉑雖遥蕩天際之間，不失其忠誠也。
㉒九宫，天之宫也。
㉓傅説，殷王武丁之賢相也。死補辰宿。
㉔䍐，宿名也。畢有凶姦名，故欲以掩取邪佞之人也。
㉕弧，亦星名也。弧矢弓弩，故欲以躲姦人也。
㉖真，仙人也。
㉗元氣，天氣。
㉘太微，天之中宫。穆穆，和順也。
㉙太微之階。
㉚當與衆仙共輔天帝，成化而建功也。
㉛言陞仙之事迫而不通，故使志不展而自傷也。

亂曰：天庭明兮雲霓藏，三光朗兮鏡萬方①。斥蜥蜴兮進龜龍，策謀從兮翼機衡②。

配稷契兮恢唐功③，嗟英俊兮未爲雙④。

①天清則雲霓除，日月星辰昭。君明下理，賢愚得所也。

②蜥蜴，喻小人。鼉、龍，喻君子。璇璣，玉衡，以喻君能任賢，斥去小人，以自輔翼也。一云「奮策謀兮」。

③配，匹也。恢，大。唐，堯也。稷、契，堯佐也。言遇明君，則當與稷、契恢大[八]堯、舜之善也。一曰「恢虞功」。

④雙，匹也。

【校勘記】

[一]睄，原作「睄」，據景宋本改，注同。

[二]沼，原作「沿」，據四庫全書本及集韻改。

[三]飾，原作「食」，據黃靈庚楚辭集校改。

[四]丈，原作「文」，據集韻改。

[五]謑，原作「護」，據荀子非十二子篇改，下同。

[六]媱，原作「婬」，据景宋本改。下引説文及方言同。

〔七〕曲肩貌，説文解字作「曲肩行貌」。
〔八〕螽，原作「蝵」，據皇都本改。
〔九〕大，原作「夫」，據楚辭章句改。

附錄

楚辭補注序跋著録

楚辭補注跋

見汲古閣本楚辭補注。

明　毛表撰

今世所行楚辭，率皆紫陽注本，而洪氏補注絶不復見。紫陽原本六義，比事屬辭，如堂觀庭，如掌見指，固已探古人之珠囊，爲來學之金鏡矣。然慶善少時卽得諸家善本，參較異同，後乃補王叔師章句之未備者而成書。其援據該博，考證詳審，名物訓詁，條析無遺。雖紫陽病其未能盡善，而當時歐陽永叔、蘇子瞻、孫莘老諸君子之是正，慶善師承其説，必無剌謬。表方舞勺，先人手離騷一篇，教表曰：「此楚大夫屈原所作，其言發於忠正，爲百代詞章之祖。昔人有言：『國風好色而不淫，小雅怨誹而不亂，若離騷者，可謂兼之。』我之從事鉛槧，自此書昉也。小子識之。」壬寅秋，從友人齋見宋刻洪本，黯然於先人之緒言，遂借歸付梓。其九思一篇，晁補之以爲不類前人諸作，改入續楚辭。而紫陽并謂七諫、九歎、九懷、九思「平緩而不深切」，盡删去之，特增賈長沙二賦。則非復舊觀矣。洪氏合新、舊本爲篇第，一無去取，學者得紫陽而究其意指，更得洪氏而溯其源流，其於是書，庶無遺憾云。汲古後人毛表奏叔識。

楚辭補注提要

四庫全書總目提要卷一四八集部一楚辭類。

臣等謹案：楚辭補注十七卷內府藏本，宋洪興祖撰。興祖字慶善，陸游渭南集有興祖手帖跋，稱爲洪成季慶善，未之詳也。丹陽人。政和中登上舍第。南渡後召試，授秘書省正字。歷官提點江東刑獄。知真州、饒州，後忤秦檜，編管昭州，卒。事蹟具宋史儒林傳。周麟之海陵集有興祖贈直敷文閣制，極褒其編纂之功。蓋檜死乃昭雪也。案：陳振孫書錄解題列補注楚辭十七卷，考異一卷。稱「興祖少時，從柳展如得東坡手校十卷，凡諸本異同，皆兩出之。後又得洪玉父而下本十四五家，參校遂爲定本。始補王逸章句之未備者。成書又得姚廷輝本，作考異，附古本釋文之後。又得歐陽永叔、孫莘老、蘇子容本於關子東、葉少協，校正以補考異之遺」云云。則舊本兼載釋文，而考異一卷附之，在補注十七卷之外。此本每卷之末，有「汲古後人毛表字奏叔依古本是正」印記，而考異已散入各句下，未知誰所竄亂也。又目録後有興祖附記，稱鮑欽止云「辨騷非楚辭本書，不當録。班固二序，舊在九歎之後，今附於第一通之末」云云。此本離騷之末有班固二序，與所記合。而劉勰辨騷一篇仍列序後，亦不詳其何故。豈但言其不當録，而未敢遽刪歟？漢人注書，大抵簡質，又往往舉其訓詁，而不備列其考據。興祖是編，列逸注於前，而一一疏通、證明、補注於後，於逸注多所闡發。又皆以「補曰」二字别之，使與原文不亂，亦異乎明代諸人妄改古書，恣情損益。於楚辭諸注之中，特爲善本。故陳振孫稱其用力之勤，而朱子作集注亦多取其説云。總纂官臣紀昀、臣陸錫熊、臣孫士毅、總校官臣陸費墀。

楚辭十七卷跋 明翻宋本，校書郎臣王逸上，曲阿洪興祖補注，藏南京金陵圖書館。

清　丁丙撰

目録前題漢護都水使者光禄大夫臣劉向集，一行。末有二序。後漢文苑傳：「逸，字叔師，南郡宜城人。元初中，舉上計吏，更爲校書郎。順帝時，爲侍中。著楚辭章句。」逸之注釋，採自淮南王安以下，著爲訓傳。安與班固、賈逵之書皆不傳，唯賴此以存焉。至宋洪興祖又以諸本異同，重加參校，補逸之未備。當時分行，今則合爲一編矣。興祖字慶善，丹陽人。政和中登上舍第，南渡後召試，授秘書省正字，知真州、饒州。忤秦檜，編管昭州，卒。宋史具儒林傳。此仿宋刊本，宋諱有闕筆，猶存舊時典型。

楚辭十七卷跋

日本寬延二年（一七四九）皇都書林繙汲古閣刻本。

日本　平安　柳啓美撰

楚辭十七卷，朱子全注，梓行有年，流布極廣。獨若王逸古注，則資諸華版，而稍稍散乏。既垂泯滅，往往自伊、洛餘波，浸淫海東。而吾邦縫掖，專以程、朱爲準的，不肯些轉。其視當時書肆，亦惟一切阿順，以射賈利，遂致此忽略爾。近十許年，習風稍遷，學者易方，古書鏤版，往往而出，而猶不及此者。獨何哉？逸注善本，固未易得。若其具洪興祖之補，則絶無之也。蓋興祖之於逸，拾遺糾謬，該綜精覈，窮致其力。故逸注雖詳，猶倚藉洪氏，然後可謂大備也。予購求數年，今而始獲，乃閲之，則汲古毛奏叔所校，最爲整飭可傳。然但興祖序題，宜存而不存，且補注間有數字脱而不補，因知此希世殘編。雖彼大方，而僅僅一種，無復别本可校也，况吾異邦而獲之爲幸，焉暇其微瑕乎？因即繙刻，以弘世傳，覽者察諸。平安柳啓美識。

楚辭補注版本著錄

郡齋讀書志 宋鼂公武撰

卷四七上　楚辭類

楚辭釋文一卷

右未詳撰人。其篇次不與世行本同。蓋以離騷經、九辯、九歌、天問、九章、遠遊、卜居、漁父、招隱士、招魂、九懷、七諫、九歎、哀時命、惜誓、大招、九思爲次。按今本九章第四、九辯第八，而王逸九章注云：「皆解於九辯中。」知釋文篇次蓋舊本也。後人始以作者先後次第之耳。或曰：天聖中陳説之所爲也。

補注楚辭十七卷　考異一卷

未詳撰人。凡王逸章句有未盡者補之。自序云：「以歐陽永叔、蘇子瞻、鼂文元、宋景文家本參校之，遂爲定本。又得姚廷輝本作考異，且言辨騷非楚辭本書，不當錄。」

直齋書錄解題 宋陳振孫撰

卷十五　楚辭類

楚辭十七卷 漢護都水使者光禄大夫劉向集，後漢校書郎南郡王逸叔師注，知饒州曲阿洪興祖慶善補注。

逸之注雖未能盡善，而自淮南王安以下爲訓傳者，今不復存。其目僅見於隋、唐志，獨逸注幸而尚傳，興祖從而補之，於是訓詁名物詳矣。

離騷釋文一卷 古本，無名氏

洪氏得之吴郡林虙德祖，其篇次不與今本同。今本首騷經，次九歌、天問、九章、遠遊、卜居、漁父、九辯、招魂、大招、惜誓、招隱、七諫、哀時命、九懷、九歎、九思。釋文亦首騷經，次九辯，而後九歌、天問、九章、遠遊、卜居、漁父、招隱士、招魂、九懷、七諫、九歎、哀時命、惜誓、大招、九思。洪氏按：「王逸九章注云『皆解於九辯中』，則釋文篇第，蓋舊本也。後人始以作者先後次序之耳。」朱侍講按：「天聖十年，陳説之序，以爲舊本篇第混并，乃考其人之先後，重定其篇第。然則今本説之所定也。」余按：楚辭皆王逸所集所注，本不關劉向之事。

楚辭考異一卷 洪興祖撰

興祖少時從柳展如得東坡手校楚辭十卷，凡諸本異同，皆兩出之。後又得洪玉父而下本十四、五家參校，遂爲定本。始補王逸章句之未備者。書成，又得姚廷輝本作考異，附古本釋文之後。其末又得歐陽永叔、孫莘老、蘇子容本於關子東、葉少協校正，以補考異之遺。洪於是書用力亦以勤矣。案：文獻通考作補注楚辭十七卷、考異一卷。鼂公武曰：「凡王逸章句有未盡者補之。」自序云：「以歐陽永叔、鼂文元諸家參考之爲定本。又得姚廷輝本作考異。」此所云亦二書，蓋因補注，已見前條，故不復載。然標題終爲脱落也。

文獻通考 元馬端臨撰

卷二三〇經籍考五十七

楚辭十七卷

鼂氏曰：「後漢校書郎王逸叔師注。楚屈原，名平。爲懷王左徒，博聞強志，嫺於辭令。後同列心害其能而譖之，王怒疏平。平自傷忠而被謗，乃作離騷經以諷，不見省納。及襄王立，又放之江南，復作九歌、天問、九章、遠遊、卜居、漁父、大招。自沈汨羅以死。其後楚宋玉作九辯、招魂，漢賈誼作惜誓，淮南小山作招隱士，東方朔作七諫，嚴忌作哀時命，王褒作九懷，劉向作九歎，皆擬其文，而哀平之死於忠。至漢武時，淮南王安始作離騷傳。向典校經書，分爲十六卷。東京班固、賈逵各作離騷章句，餘十五卷闕而不說。至逸自以爲南陽人，與原同土，悼傷之，復作十六卷章句。又續爲九思，取班固二序附之，爲十七篇。按：漢書志：屈原賦二十五篇。今起離騷經至大招，凡六，九章、九歌又十八。則原賦存者二十四篇耳。并國殤、禮魂在九歌之外爲十一，則溢而爲二十六篇。不知國殤、禮魂何以繫九歌之末。又不可合十一爲九。然則謂大招爲原辭，可疑也。夫以招魂爲義，恐非自作。或曰景差，蓋近之。其卷後有蔣之翰跋云。鼂美叔家本也。」

陳氏曰：「逸之注雖未能盡善，而自淮南王安以下爲訓傳者，今不復存。其目僅見於隋、唐志，獨逸注幸而尚傳，興祖又從而補之，於是訓詁名物詳矣。」

楚辭釋文一卷

鼂氏曰：「未詳撰人。其篇次不與世行本同。」陳氏曰：「古本無名氏。洪氏得之吴郡林虙德祖，其篇不與今本同。今本首騷經，次九歌、天問、九章、遠遊、卜居、漁父、九辯、招魂、大招、惜誓、招隱、七諫、哀時命、九懷、九歎、九思，釋文亦首騷經，次九辯，而後九歌、天問、九章、遠遊、卜居、漁父、招隱士、招魂、九懷、七諫、九歎、哀時命、惜誓、大招、九思。洪氏按：王逸九章注云：『皆解於九辯中。』則釋文篇第，蓋舊本也。後人始以作者先後次序之耳。朱侍講按：天聖十年，陳説之序，以爲舊本篇第混并，乃考其人之先後，重定其篇第。然則今本説之所定也。余按：楚辭劉向所集，王逸所注，而九歎、九思亦列其中，蓋後人所益也歟。」

補注楚辭十七卷　考異一卷

鼂氏曰：「未詳撰人。凡王逸章句有未盡者補之。自序云：『以歐陽永叔、蘇子瞻、鼂文元、宋景文家參考之，遂爲定本。又得姚廷輝本作考異。且言辯騷非楚辭本書，不當錄。』」

陳氏曰：「洪興祖撰。興祖少時從柳展如得東坡手校楚辭十卷，凡諸本異同，皆兩出之。後又得洪玉父而下本十四、五家參校，遂爲定本。始補王逸章句之未備者。成書，又得姚廷輝本作考異，附古本釋文之後。其末又得歐陽永叔、孫莘老、蘇子容本於關子東、葉少協校正，以補考異之遺。洪於是書，用力亦勤矣。」

宋史 元脱脱撰

卷二百八藝文志

補注楚辭十七卷　考異一卷 宋洪興祖撰

海源閣書目 清楊紹和撰

集部　楚辭類

【元本】惠校汲古閣楚辭十七卷 六册。曾案：此書宋存書室宋元秘本書目未著錄。

【明本】汲古閣本楚辭章句十七卷 漢王逸撰 宋洪興祖補注 清初毛氏汲古閣刻本，四册。

萬卷精華樓藏書記 清耿文光斗垣甫

卷一〇三　集部一　楚辭類

楚辭補注十七卷 宋洪興祖撰

汲古閣本。是本每卷末有「汲古後人毛表字奏叔依古本是正」印記，目錄後有附記，離騷經第一後錄班固二序，劉勰辨騷一篇。按：陳錄洪氏有考異一卷，此本已散入各句下。其注先列逸注於前，所補者，以「補曰」二字别之。在諸注中，向稱善本。

鼂氏曰：凡王逸章句有未盡者補之。自序云：「以歐陽永叔、蘇子瞻、鼂文元、宋景文家諸本參考之，遂爲定本。又得姚廷輝本作考異。且言辨騷非楚辭本書，不當録。」録於讀書志。

文光案：陳録洪氏所據者凡十四五家，用力甚勤。朱子云：「詳於訓詁名物。」

上善堂宋元板精鈔舊鈔書目一卷 清孫從添撰，民國瑞安陳氏刻湫漻齋叢書本。

景宋鈔本 楚辭類

景宋鈔王逸注楚辭十七卷 汲古閣藏本

鐵琴銅劍樓藏書目録 清瞿鏞編

卷十九 楚辭類

楚辭補注十七卷 明刊本

題校書郎王逸上，曲阿洪興祖補注。案：陳氏書録附考異一卷，本別爲一書。此迺散入各句下，非洪氏原本之舊。然猶是明繙宋刻本，宋諱字俱減筆。知此書在宋時已竄亂矣。

皕宋樓藏書志 清陸心源撰

卷六十七 集部離騷類

楚辭十七卷 明覆宋本

漢護都水使者光祿大夫臣劉向集，後漢校書郎臣王逸章句，宋曲阿洪興祖補注。

善本書室藏書志

清錢塘丁丙松生甫輯

卷二十三　集部一

楚辭十七卷 明翻宋本，校書郎臣王逸上，曲阿洪興祖補注。

目錄前題「漢護都水使者光祿大夫臣劉向集」一行，末有二序。後漢文苑傳：「逸字叔師，南郡宜城人。元初中，舉上計吏，爲校書郎。順帝時爲侍中，著楚辭章句。」逸之注釋，採自淮南王安以下，著爲訓傳，安與班固、賈逵之書皆不傳，唯賴此以存焉。至宋洪興祖又以諸本異同，重加參校，補逸之未備。當時分行，今則合爲一編矣。興祖字慶善，丹陽人。政和中登上舍第，南渡後召試，授祕書省正字，知真州、饒州。忤秦檜，編管昭州，卒。宋史具儒林傳。此仿宋刊本，宋諱有闕筆，猶存舊時典型。

抱經樓藏書志

慈谿沈德壽藥庵編

卷五十一　集部　離騷類

楚辭十七卷 明覆宋刊本

漢護都水使者光祿大夫臣劉向集，後漢校書郎臣王逸章句，宋曲阿洪興祖補注。

咸豐元年八月烟嶼樓訂本。卷中有「徐印時棟」白文方印，「烟嶼樓」朱文長印。

傳是樓宋元板書目 清徐乾學撰，見清光緒十一年傳硯齋叢書本

楚辭補注 六册

楚辭補注十七卷 宋洪興祖撰，汲古閣刊，二册

書目答問 清張之洞撰

卷四　集部　楚辭第一

楚辭補注十七卷 漢王逸注，宋洪興祖補，汲古閣毛表校本

書目答問補正 清張之洞撰

卷四　集部　楚辭第一

楚辭補注十七卷 漢王逸注，宋洪興祖補，汲古閣毛表校本

【補】同治十一年江寧局翻毛校補注本

四部叢刊影印明翻宋補注本

道光間三原李錫麟刻補注本 在惜陰軒叢書內

中國叢書總錄 上海圖書館編輯，上海古籍出版社一九八二年版

【摛藻堂四庫全書薈要】

楚辭補注十七卷 宋洪興祖撰

【惜陰軒叢書】

楚辭補注十七卷 宋洪興祖撰

【四部叢刊】

楚辭十七卷 漢王逸章句，宋洪興祖補注

【四部備要】

楚辭十七卷 漢王逸章句，宋洪興祖補注

【叢書集成初編】

楚辭補注十七卷 宋洪興祖撰

【類編・楚辭四種】

楚辭十七卷 漢王逸章句，宋洪興祖補注。民國國學整理社輯，民國二十五年（一九三六）上海世界書局排印本。

北京圖書館古籍善本書目 書目文獻出版社一九八七年版

集部 楚辭類

楚辭十七卷 漢王逸章句，宋洪興祖補注，明刻本，十册。九行十五字小字，雙行二十字，白口，左右雙邊。

楚辭十七卷 漢王逸章句，宋洪興祖補注，明刻本，六册。

楚辭十七卷 漢王逸章句，宋洪興祖補注，明刻本。一册，九行十五至十七字，小字雙行二十至二十一字，白口，左右雙邊。存三卷，九至十一。

楚辭十七卷 漢王逸章句，宋洪興祖補注，清初毛氏汲古閣刻本，王國維校，八册，九行十五字，小字雙行二十字，白口，左右雙邊。

楚辭十七卷 漢王逸章句，宋洪興祖補注，清初毛氏汲古閣刻本，王念孫校注，六册，存五卷（一至五）。

楚辭十七卷 宋洪興祖、明劉鳳等注評。附録一卷。明凌毓枏刻套印本，四册，八行十八字，白口，四周單邊。

楚辭十七卷 宋洪興祖、明劉鳳等注評。附録一卷。明凌毓枏刻套印本，二册。

楚辭補注十七卷 明刊本。

題：「校書郎王逸上，曲阿洪興祖補注。」案，陳氏書録附考異一卷本，别爲一書。此乃散入各句下，非洪氏原本之舊，然猶是明繫番宋刻。宋諱字俱減筆，知此書在宋時已竄亂矣。

中國科學院圖書館藏中文古籍善本書目 科學出版社一九九四年版

楚辭十七卷 漢王逸章句，宋洪興祖補注。附録一卷。明三樂齋刻本，六册一函。

楚辭十七卷 漢王逸章句，宋洪興祖補注，清康熙元年毛氏汲古閣刻本，四函一册。

中國古籍善本書目　上海古籍出版社一九九六年版

楚辭章句十七卷 漢王逸章句，宋洪興祖補注，明刻本。

楚辭章句十七卷 漢王逸章句，宋洪興祖補注，明刻本，清丁丙跋。

楚辭十七卷 漢王逸章句，宋洪興祖補注，明抄本。

楚辭十七卷 漢王逸章句，宋洪興祖補注，清初毛氏汲古閣刻本，王國維校。

楚辭十七卷 漢王逸章句，宋洪興祖補注，清初毛氏汲古閣刻本，清王念孫校注，存五卷（一至五）。

楚辭十七卷 漢王逸章句，宋洪興祖補注，清初毛氏汲古閣刻本，清王筠批校，存九卷（二至十）。

楚辭十七卷 漢王逸章句，宋洪興祖補注，清初毛氏汲古閣刻寶翰樓印本，清謝章鋌校並跋。

楚辭十七卷 漢王逸章句，宋洪興祖補注，清初毛氏汲古閣刻寶翰樓印本，王大隆跋並錄前人批點。

楚辭十七卷 漢王逸章句，宋洪興祖補注，清同治十一年金陵書局刻本，清于鬯校。（庚案：此書已佚。）

楚辭十七卷 漢王逸章句，宋洪興祖補注，清同治十一年金陵書局刻本，清譚獻校並跋。

楚辭十七卷 漢王逸章句，宋洪興祖補注，清末長沙聚德堂刻本，王闓運批注。

中國古籍總目　中國古籍總目編輯委員會，中華書局、上海古籍出版社二〇一二年版

集部一

楚辭章句（楚辭箋注、楚辭、楚辭補注）漢王逸撰，宋洪興祖補注

明天德堂刻本

東北師大

明刻本

國圖　上海　南京（清丁丙跋）　浙江

明末海虞毛氏汲古閣刻本（楚辭箋注）

國圖（王國維校）　南京

明抄本

上海

清初海虞毛氏汲古閣刻本（楚辭）

國圖（存卷一至卷五，清王念孫校注）　北大　山東　山東博（存卷二至卷十，清王筠批校）

清初海虞毛氏汲古閣刻吳郡寶翰樓印本（楚辭）

國圖　北大　上海　南京　山東　福建（清謝章鋌校並跋）

四庫全書薈要本（乾隆寫，楚辭補注）

四庫全書本（乾隆寫，楚辭補注）

惜陰軒叢書本（道光刻、光緒刻，楚辭補注）

清同治十一年金陵書局刻本（楚辭）

國圖　北大　上海（清于鬯校。案：上圖不見此書，已佚）　南京　山東　浙江（清譚獻校並跋）

清光緒九年長沙書堂山館刻本（楚辭）

國圖　上海　南京　山東

清光緒二十一年刻本

國圖　上海

清金陵書局刻本（楚辭補注）

南京

清末長沙聚德堂刻本

湖南（王闓運批注）

楚辭十七卷　附錄一卷　漢王逸撰　宋洪興祖　明劉鳳補注　明陳深批點　明萬曆間吳興淩毓柟刻　朱墨套印本

國圖　北大　天津　上海　南京　山東　浙江　遼寧　湖北　蘇州（清項皋跋）